KB166311

을유세계문학전집 · 12

루쉰 소설 전집

루쉰 소설 전집

魯迅小說全集

루쉰 지음 · 김시준 옮김

❀ 을유문화사

옮긴이 김시준

서울대학교 문리과대학 중문학과를 졸업하고 대만대학 중국문화연구소에서 문학석사 학위를, 서울대학교 대학원에서 문학박사 학위를 받았다. 서울대학교 인문대학 교수를 역임하였으며, 현재 서울대학교 명예교수이다. 저서로 『중국현대문학사』·『중국현대문학론』·『중국당대문학사조론연구』·『중국당대문학사』·『모시연구』·『한반도와 중국3성의 역사문화』(공저)·『반도와 만주의 역사문화』(공저) 등이 있고, 번역서로 『노잔유기』·『루쉰 소설선』·『리가장의 변천』·『샤오얼헤이의 결혼』·『중국현당대산문선』·『안자춘추』·『대학 중용』·『소동파시선』·『고문진보 후집』·『초사』·『벽위편』 등이 있다.

을유세계문학전집 12
루쉰 소설 전집

발행일 · 2008년 10월 20일 초판 1쇄 | 2023년 1월 20일 초판 15쇄
지은이 · 루쉰 | 옮긴이 · 김시준
펴낸이 · 정무영, 정상준 | 펴낸곳 · (주)을유문화사
창립일 · 1945년 12월 1일 | 주소 · 서울시 마포구 서교동 469-48
전화 · 02-733-8153 | FAX · 02-732-9154 | 홈페이지 · www.eulyoo.co.kr
ISBN 978-89-324-0342-7 04820 978-89-324-0330-4(세트)

차례

제1소설집 「납함(吶喊)」

제1 소설집 『납함(吶喊)』

자서(自序)

　나도 젊었을 때는 많은 꿈을 가졌었다. 후에는 대개 잊고 말았지만. 그렇다고 내 자신이 결코 애석하게 여긴 적은 없다. 추억이라고 하는 것이 사람을 즐겁게 하기도 하나 때로는 사람을 적막하게 함은 어쩔 수 없다. 마음의 실오라기로 자신의 이미 지나간 적막했던 세월을 매어 둔들 무슨 의미가 있겠는가. 그러나 나는 완전히 잊을 수 없음을 몹시 괴로워하고 있으니, 이 완전히 잊을 수 없는 한 부분이 지금에 와서 『납함(吶喊)』을 쓰게 된 이유가 되었다.

　오래전에 나는 4년여 동안 언제나―거의 매일 전당포와 약방을 들락거렸다. 몇 살 때인가는 잊었지만, 아무튼 약방 계산대는 내 키만큼 높았고, 전당포의 계산대는 내 키의 갑절이나 높았다. 나는 내 키의 갑절이나 되는 계산대 안으로 의복과 장신구를 밀어넣고 모멸 속에 돈을 받아 든 뒤, 다시 내 키만큼 높은 한약방의 계산대로 가 오랫동안 병으로 앓고 계신 아버지에게 약을 지어 갖다 드렸다. 집에 돌아오면 또 다른 일로 바빴다. 왜냐하면 약 처방을 해 준 의원은 아주 유명한 분이었는데, 그래서 그런지 필요한 보조약도 아주 기이한 것들이었기 때문이다. 한겨울의 갈대 뿌리, 3년간 서리 맞은 사탕수수, 교미 중의 귀뚜라미, 열매 맺은 자금우(紫金牛) 나무 등…… 모두가 구하기 쉽지 않은 것들이었다. 그러나 아버지는 날로 위중해지시더니 결국 돌아가시고 말았다.

누구든지 먹고 살 만하던 사람이 갑자기 몹시 어려운 처지로 떨어지게 된다면, 이 몰락하는 과정에서 세상 사람들의 참모습을 볼 수 있을 것이다. 내가 N시의 K학당에 가려고 하였던 것은 아마도 다른 길, 다른 곳으로 도망쳐 다른 종류의 사람들을 찾아보고자 했기 때문이었던 것 같다. 나의 어머니는 어쩔 수 없이 8원의 노자를 장만하여 주시면서 내 뜻대로 하라고 말씀하셨다. 그리고 어머니는 우셨는데, 이는 사람의 이치로 보아 마땅한 것이었다. 왜냐하면 그 시기에는 경서를 읽어 과거 시험을 보는 것이 바른 길이었다. 말하자면 서양식 공부란 사회에서 갈 길 없는 따위의 사람들이나 어쩔 수 없이 서양도깨비에게 영혼을 파는 행위로 여겨져, 곱절의 비웃음과 배척을 당했기 때문이다. 하지만 어머니로서는 그보다 당신의 아들을 볼 수 없기 때문에 우셨을 것이다. 그렇지만 나는 이런 것들을 일일이 신경 쓸 겨를이 없었다. 결국 나는 N시로 가서 K학당에 입학했다. 이 학당에 입학하여 처음으로 세상에는 이른바 격치(格致),* 산수, 지리, 역사, 회화와 체조라는 것이 있다는 것을 알았다. 생리학은 배우지는 못했으나 목판으로 된 『전체신론(全體新論)』*과 『화학위생론(化學衛生論)』* 등을 읽을 수 있었다. 나는 전날에 의원이 떠들어 대며 처방하던 것과 현재 알게 된 것을 비교하여 보면서 점차 한의사가 의식적이든 무의식적이든 일종의 사기꾼에 지나지 않는다는 것을 깨닫게 되었고, 동시에 속임을 당한 병자와 그 가족들에 대한 동정이 심히 일었다. 또한 번역되어 나온 역사책에서 일본 유신의 태반이 서양 의학에서 발단되었다는 사실도 알게 되었다.

이런 유치한 지식으로 인해 후에 나는 일본의 시골에 있는 의학전문학교에 학적을 두게 되었다. 나의 꿈은 아름다움에 차 있었다. 학교를 졸업하고 귀국하면 나의 아버지와 같이 잘못된 치료를 받는 병자들의 고통을 구하고 전쟁 시에는 군의(軍醫)가 되리라. 또한 국민에게는 유신에 대한 새로운 신앙을 촉진시키리라. 요새 미생물학의 교수법이 어떻게 진보하였는지는 모르겠으나, 어쨌든 그 시기에는 슬라이드 필름으로 미생물의 모습을 비쳐 주곤 했었다. 그래서 강의가 일단락된 뒤에도 시간이 남으면 교수님은 풍경이나 시사에 관한 그림을 학생들에게 보여 주면서 남은 시간을 때우곤 했다. 당시는 마침 러일전쟁 시기라 자연히 전쟁에 관한 화면이 비교적 많았다. 나는 이런 교실에서 언제나 내 동급생들의 박수와 갈채에 기꺼이 장단을 맞추어야만 했다. 한번은 화면에서 문득 내가 오랫동안 보지 못했던 많은 중국인들을 만나게 되었다. 한 사람은 묶여서 가운데에 있고 많은 사람들이 좌우에 서 있는데 하나같이 건장한 체격이었으나 무감각한 표정을 짓고 있었다. 해설에 의하면, 묶여 있는 사람은 러시아를 위해 군사 기밀을 정탐하였기 때문에 바로 일본군이 참수하여 본보기를 보이려고 하는 중이었다. 둘러 있는 사람들은 바로 이 본보기의 성대한 행사를 감상하고자 하는 사람들이었다.

2학년이 종강하기 전에 나는 도쿄로 나와 버렸다. 왜냐하면 그 일이 있고 난 후부터 나는 의학이 결코 중요한 것이 아니라는 것을 깨달았기 때문이다. 무릇 우매한 국민은 체격이 아무리 멀쩡하고 건장하더라도 하잘것없는 본보기의 재료나 관객이 될 수밖에 없으며, 병으로 죽는 사람이 아무리 많아도 불행하다고 여길 것도 없다는 것이다. 우리들의 첫 번째 중요한 일은 그들의 정신을 고치는 데 있다. 당시 나는 정신을 고치는 데 있어 최선으로 당연히 문예를 들어야 한다고 여겼다. 이리하여 문예 운동을 제창하게 되었다. 도쿄 유학생들은 대부분 법학, 정치학, 물리학, 화학이나 경찰학, 공학 등을 공부하였고, 문학이나 미술을 공부하는 사람은 아무도 없었다. 그러나 썰렁한 분위기 속에서도 다행히 몇 사람의 동지를 찾아냈고, 이 밖에 또 필요한 몇 사람을 모았다. 상의 끝에 먼저 반드시 잡지를 내기로 했다. 잡지명은 '새로운 생명'이라는 뜻을 취하기로 했다. 당시 우리는 대체로 복고적 경향을 띠고 있었기에, 한문으로 그냥 『신생(新生)』이라고 하기로 했다.

『신생』의 출판 기일이 가까워졌다. 하지만 맨 먼저 글쓰기를 담당한 몇 사람이 숨어 버리더니 이어서는 자본을 대기로 한 사람마저도 도망갔다. 결국 동전 한 푼 없는 세 사람만이 남게 되었다. 처음 시작할 때부터 이미 시류에 맞지 않는 일이었으므로, 실패하였을 때에도 물론 할 말이 없었다. 그 후 이 세 사람조차도 모두 각자의 운명에 내몰려 한자리에 모여 장래의 아름다운 꿈을 마음대로 떠들 수도 없었다. 이것이 바로 우리가 세상에 내놓아 보지도 못한 『신생』의 결말이다.

내가 여태껏 경험해 보지 못했던 답답함을 느끼게 된 것은 이 일이 있고 난 후부터였다. 나는 처음에는 왜 그런지 그 까닭을 몰랐지만, 얼마 후에야 생각이 났다. 한 사람의 주장이 남의 찬성을 얻게 되면 그것은 전진을 촉진하게 되고, 반대를 얻게 되면 그것은 분투를 촉진하게 된다. 홀로 낯선 사람들 속에서 소리쳤는데 낯선 사람들이 아무런 반응도 없이, 찬성도 없고 반대도 없으면, 마치 내 자신이 아득히 끝없는 황야에 버려진 듯 어찌 할 바를 모르게 되니 이 얼마나 슬픈 일인가? 나는 그래서 내가 느꼈던 것을 적막함이라고 여겼다.

이 적막은 하루하루 자라더니 마치 큰 독사와 같이 나의 영혼을 칭칭 감아 버렸다.

그러나 비록 내 스스로가 까닭 없는 슬픔을 가졌다고 해서 결코 화를 내고 속을 끓이지는 않았다. 왜냐하면 이 경험이 나를 반성하게 하였고, 나 스스로를 돌아보게 했기 때문이었다. 나는 내가 팔을 휘두르기만 하면 대번에 호응하는 사람들이 구름같이 모여드는 영웅이 결코 아니었다.

나는 자신의 적막을 쫓아 버려야만 했다. 왜냐하면 그것이 나를 너무나 고통스럽게 했기 때문이었다. 나는 그래서 갖가지 방법으로 자신의 영혼을 마취시키기 위해 나를 민중 속에 빠져들게 하거나, 나를 옛날로 돌아가게 하려고 했다. 후에 몇 가지 더욱 적막하고 더욱 슬픈 일을 몸소 경험하거나 옆에서 지켜보기도 했으나, 모두가 돌이켜 생각해 보고 싶지 않은 것들뿐이었다. 그것들과 나의 머리를 한꺼번에 진흙 속에 파묻어 없애 버리고 싶었다. 하지만 나의 마취법이 효과가 있었던지 청년 시절의 강개하고 격앙하던 생각이 다시는 일어나지 않았다.

S회관에는 세 칸짜리 방이 있다. 전해 내려오는 말로 옛날에 한 여인이 뜰에 있는 홰나무에 목을 매 죽었다고 한다. 지금은 홰나무가 기어오를 수 없을 만큼 높게 자랐으나, 이 방에는 사람이 살지 않고 있다. 여러 해 동안 나는 이 방에 살면서 옛 비문을 베꼈다. 손님도 오는 사람이 거의 없었고, 옛 비문 속에서 무슨 문제나 주의(主義)를 만나지도 않았다. 그러나 나의 생명은 도리어 암암리에 꺼져 가고 있었다. 이것은 바로 나의 유일한 바람이기도 했다. 여름밤에는 모기가 많아 부들부채로 부채질하며 홰나무 아래에 앉아서, 무성한 나뭇잎 사이로 반짝이는 푸른 하늘을 보고 있노라면, 늦게 깨인 홰나무 벌레 유충이 섬뜩하게 머리와 목 위에 떨어지곤 했다.

그 무렵에 가끔 와서 이야기를 나누던 사람은 옛 친구 진신이(金心異)*였다. 그는 손에 든 큰 가죽 가방을 낡은 탁자 위에 내던지고는 장삼을 벗고 맞은편에 앉는다. 그는 개를 두려워해서 아직도 가슴이 벌렁벌렁 뛰고 있는 듯한 모습이었다.

"자네 이런 것들 무엇에 쓰려고 베끼나?"

어느 날 밤 그는 내가 옛 비석을 베낀 것들을 뒤적이면서 따지듯이 물었다.

"아무 데도 쓸데없네."

"그렇다면, 자네는 무슨 생각으로 그걸 베끼는 건가?"

"아무 생각도 없네."

"내 생각인데, 자네 글을 좀 썼으면 해⋯⋯."

나는 그의 뜻을 이해할 수 있었다. 그들은 바로 『신청년(新靑年)』이라는 잡지를 출판하고 있었다. 그러나 그 시기에 아무도 찬동하지 않을 뿐만 아니라 또한 반대하는 사람도 없는 것 같았다. 나는 그들이 아마도 적막함을 느끼고 있으리라 생각했지만, 다음과 같이 말했다.

"가령 말일세, 쇠로 된 방인데 창문도 전혀 없고 절대로 부술 수도 없는 것이라 하세. 안에는 많은 사람들이 깊이 잠들어 있네. 오래지 않아 모두 숨이 막혀 죽겠지. 그러나 혼수상태에서 죽어 가므로 결코 죽음의 비애 같은 걸 느끼지 못할 걸세. 지금 자네가 크게 소리를 지른다면 비교적 정신이 돌아온 몇 사람은 놀라서 깨어날 걸세. 자네는 이 불행한 소수의 사람들에게 구제될 수 없는 임종의 고통을 받게 하는 것이 미안하지 않다고 여기나?"

"그러나 몇 사람이 깨어 일어난다면, 이 쇠로 된 방을 부술 수 있는 희망이 없다고는 말할 수 없을 걸세."

그렇다. 나는 비록 내 나름의 확신을 가지고 있으나, 희망이라고 한다면, 그건 지워 버릴 수가 없다. 왜냐하면 희망은 장래에 있는 것이므로 결코 나의 틀림없이 없다는 증명으로, 그의 있을 수 있다고 하는 말을 결코 설복시킬 수는 없기 때문이었다. 이렇게 하여 나는 그에게 글을 쓰겠다고 응답했다. 이것이 최초의 작품인

「광인일기(狂人日記)」이다. 이 이후부터 점점 더 수습할 수 없게 되어, 매번 소설 비슷한 글들을 쓰게 되었고, 친구들의 부탁을 그럭저럭 들어주다 보니 그렇게 쌓인 것이 10여 편이 되었다.

나 자신으로서는 지금 절박한 처지에 몰려 있다고는 하나 결코 말을 할 수 없는 사람은 아니라고 여긴다. 그러나 어쩌면 당시 나 자신의 적막한 비애를 아직도 잊을 수 없기 때문에, 때로는 몇 마디 함성을 지르지 않을 수가 없었을 것이고, 또 얼마간은 그런 적막함 속에서 내닫는 용감한 전사들을 위로하고 그들이 앞을 향해 달려 나가는 데 거리낌이 없게 해 주고자 함일 것이다. 나의 함성이 용맹한 것인지, 혹은 슬픈 것인지, 증오스러운 것인지, 가소로운 것인지, 어떻든 그런 것은 돌아볼 겨를이 없다. 그러나 고함인 이상 당연히 지휘관의 명령을 들어야 한다. 따라서 나는 가끔 곡필(曲筆)임에도 상관하지 않고 「약(藥)」에서 위얼(瑜兒)의 무덤 위에 까닭없이 꽃다발을 올려놓기도 하고, 「내일(明天)」에서도 산쓰(單四) 아주머니가 아들을 만나는 꿈을 꾸지 못하게 서술하지 않았다. 왜냐하면 그 당시 지휘관은 소극적인 것을 주장하지 않았기 때문이다. 나 자신으로서도 결코 스스로가 고통으로 여겼던 적막을, 내 젊은 시절같이 아름다운 꿈에 부풀어 있는 청년들에게 다시 전염시키기를 원하지 않기 때문이다.

이렇게 이야기하면, 나의 소설이 예술과는 거리가 멀다는 것을 미루어 알았을 것이다. 그러나 오늘 소설이라는 이름을 붙이고, 심지어 책자로 묶어 낼 수 있는 기회를 얻게 되었으니, 어떻든 요행한 일이라고 말하지 않을 수 없다. 다만 요행이 내 마음을 불안

하게 하나, 사람들이 잠시라도 독자가 되어 주리라 짐작하는 것만
으로도 어쨌든 그나마 기쁜 일이다.

따라서 나는 드디어 나의 단편소설들을 모았고 인쇄에 붙였다.
또 위에서 말한 이유 때문에 『납함』이라 부르기로 했다.

1922년 12월 3일, 루쉰이 베이징에서 쓰다.

광인일기(狂人日記)

모군(某君) 형제는 지금 그 이름을 숨기지만, 모두 나의 중학교 때 친한 친구들이다. 여러 해 서로 떨어져 있는 동안에 점차 소식마저 끊어졌다. 일전에 우연히 그 형제 중 한 친구가 큰 병을 앓는다는 소식을 듣고 마침 귀향하던 참에 길을 돌아 찾아갔다가 형제 중 한 사람을 만났는데, 병을 앓은 사람은 그의 아우라고 했다. 일부러 먼 곳에서 병문안을 와 주어 감사한데 그는 이미 완쾌되어 모지(某地)로 부임하여 임관을 기다린다고 했다. 그리고는 큰소리로 웃더니 일기장 두 권을 내보이며 당시의 병상을 알 수 있을 것이라고 하면서, 옛 친구에게 주어도 무방하리라고 하는 것이었다. 그것을 가지고 돌아와서 읽어 보고는 '피해망상증'의 일종을 앓았음을 알 수 있었다. 말이 자못 갈피를 잡을 수 없게 뒤엉키고 조리가 없으며, 또 황당한 말이 많았다. 날짜도 쓰여 있지 않았다. 다만 먹 색깔과 글자체가 일치하지 않아 일시에 쓴 것이 아님을 알 수 있었다. 사이사이에 문맥을 대략 갖춘 것이 있어 이제 여기

한 편을 뽑아 기록하여 의학자들의 연구 자료로 제공하고자 한다. 기록 중에 있는 틀린 말은 한 자도 바꾸지 않았다. 다만 사람들의 이름은 비록 시골 사람들이라 세간에 알려져 있지 않고 또 내용 전체와는 무관하긴 하나 그래도 모두 바꾸었다. 책 제목은 본인이 나은 후에 붙인 것이므로 다시 고치지 않았다.

7년 4월 2일에 씀.

1

오늘 밤은 달빛이 아주 좋다.

내가 저걸 보지 못한 지 벌써 30여 년이 되었군. 오늘 보니 정신이 유난히 상쾌하네. 이전 30여 년 동안 온통 정신을 잃고 지냈음을 이제야 겨우 알았다. 하지만 아주 조심하지 않으면 안 되겠다. 그렇지 않다면 저 자오씨(趙家)네 개가 왜 내 두 눈을 보지?

내가 두려워하는 것도 이유가 있다.

2

오늘은 전혀 달빛이 없다. 나는 심상치 않다는 것을 알겠다. 아침에 조심스럽게 문을 나섰는데 자오궤이(趙貴) 영감의 눈초리가 이상했다. 나를 두려워하는 것 같기도 하고, 나를 해치려고 하는 것 같기도 하다. 그 밖에 7, 8명의 사람들이 서로 머리를 맞대고 나에 대해 쑥덕거리면서 내가 알아차릴까 봐 두려워한다. 길거리에서 만나는 사람들마다 모두가 그랬다. 그중 제일 포악하게 생긴 사내가 입을 쩍 벌리고 나를 보고 히죽히죽 웃는다. 나는 머리끝에서 발끝까지 소름이 쫙 끼쳤다. 그들의 계획이 이미 모두 주도하게 꾸며졌음을 알 수 있다.

하지만 나는 두려워하지 않고 내 갈 길을 그대로 걸어갔다. 앞에 있는 한 무리의 아이놈들도 나에 대해 쑥덕거리는데 눈초리가 자오궤이 영감과 같고 얼굴색도 모두 푸르딩딩하다. 나는 내가 아이들과 무슨 원수를 졌기에 아이들마저 저러는 걸까라는 생각이 들자 참을 수가 없었다. 나는 크게 소리를 질렀다. "너희들 말해 봐!" 그러자 그들은 모두 뛰어 달아났다.

나는 생각해 보았다. 내가 자오궤이 영감과 무슨 원수를 졌는지, 길에서 만난 사람들과는 무슨 원수를 졌는지? 있다면 20년 전에 구쥬(古久) 선생의 오래된 묵은 출납 장부를 한번 발로 밟았다가 구쥬 선생이 매우 화낸 일이 있었다. 자오궤이 영감이 비록 그와 모르는 사이이긴 하나 틀림없이 풍문으로 듣고는 대신 불만을 품고 길 가는 사람들에게 나와 원수지자고 약속을 하였을 것이다. 그런데 아이들은 왜? 그때라면 아이들은 태어나지도 않았을 터인데 왜 오늘 나를 두려워하는 것 같기도 하고, 나를 해치려고 하는 것 같기도 한 괴상한 눈초리로 보는 것일까? 이건 정말로 나를 두렵게 하고 나를 놀라게 할 뿐만 아니라 또한 마음 아프게 한다.

알겠다. 이건 그들의 어미 아비가 가르친 것이다.

3

밤에 전혀 잠을 잘 수가 없다. 모든 일은 반드시 연구해야만 비로소 알 수 있는 것.

그들 중에는 — 현감에 의해 칼을 뒤집어쓰는 형벌을 받은 자도 있고, 마을 유지에게 뺨을 얻어맞은 자도 있으며, 현청 말단 관리에게 아내를 빼앗긴 자도 있으며, 아비 어미가 채권자의 빚 독촉에 몰려 죽은 자도 있다. 하지만 그런 상황에서도 그들의 안색은 전혀 어제처럼 그렇게 두려워하거나 그렇게 포악해 보이지 않았었다.

가장 괴이한 것은 어저께 길거리에서 본 그 여인이었다. 그녀는 제 아이를 때리며 입으로는 "이 새끼야! 내 너를 몇 입이고 물어 뜯어야 직성이 풀리겠다!"라고 하면서도 눈으로는 도리어 나를 보고 있는 것이다. 나는 깜짝 놀랐고 그 놀라움을 감출 수 없었다. 그러자 한 무리의 험상궂게 생긴 놈들이 모두 소리쳐 웃는 것이었다. 천라오우(陳老五)가 앞으로 달려나오더니 나를 억지로 잡아 집으로 끌고 갔다.

내가 집으로 끌려오자 집안사람들은 모두 나를 모르는 척하였는데 그들의 눈빛도 모두 다른 사람들과 같았다. 서재에 들어서자 밖에서 문이 잠겨, 완연히 한 마리 닭이나 오리가 갇힌 꼴이나 다름없었다. 이 사건이 있고 나서 나는 더더욱 자세한 내막을 짐작조차 할 수 없게 되었다.

며칠 전에는 늑대촌의 소작인이 와서 흉년이 들었다고 하며 큰형님에게 말하기를, 그들 마을에서 매우 흉악한 놈이 사람들에게 맞아 죽었다고 했다. 마을의 몇 사람이 그의 심장과 간을 끄집어내어 기름에 튀겨 먹었는데 그러면 담이 튼튼해진다고 했단다. 내가 말참견을 좀 했더니 소작인과 큰형님이 함께 나를 흘깃흘깃 보는 것이었다. 오늘에야 그들의 눈빛이 모두 밖의 그놈들과 똑같다는 것을 알았다.

생각만 해도 머리끝부터 발끝까지 소름이 쫙 끼친다.

그들이 사람을 잡아먹을 수 있다면, 나라고 잡아먹지 않는다고 단정할 수 없다.

그 여인이 "너를 몇 입이고 물어뜯어야겠다"라고 하던 말이나, 험상궂게 생긴 놈들의 웃음, 며칠 전 소작인이 하던 말을 보라. 명백한 암호이다. 나는 그들의 말 속에 온통 독이 가득 들어 있고, 웃음 속에는 온통 칼이 들어 있으며, 그들의 이빨은 온통 하얗게 반짝반짝 줄지어 있는 것을 알아냈다. 이것이 바로 사람을 잡아먹는 연장이다.

내 자신을 돌아보아도 비록 악인은 아니나 구씨 댁 출납 장부를 발로 밟은 후부터는 아니라고 말하기도 어렵다. 그들이 달리 무슨 심사가 있는가 본데 나는 전혀 짐작할 수조차 없다. 하물며 그들은 심사가 틀어졌다 하면 바로 상대를 악인이라고 부른다. 나는 아직도 큰형님이 나에게 글쓰기를 가르치던 것을 기억하고 있다. 아무리 훌륭한 사람일지라도 그를 몇 마디 비판하면 그는 곧 몇 개의 동그라미를 쳐 주었으며, 나쁜 사람을 몇 마디 변호하면 그는 바로 "기상천외한 재능이야, 남달리 뛰어나구나"라고 했다. 이러니 내 어찌 그들의 심사를 헤아릴 수 있겠는가. 도대체 어떻게 되는 것인지, 하물며 잡아먹으려고 할 때에야.

모든 일이란 연구해 보아야만 비로소 명확히 알 수 있다. 옛날에는 늘 사람을 잡아먹었다는 것을 아직도 기억하고 있기는 하지만, 아주 명확한 것은 아니다. 역사책을 펼쳐보니 역사책에는 연대가 없고 비뚤비뚤 페이지마다 온통 '인의도덕(仁義道德)'이라는 몇 글자가 쓰여 있었다. 나는 아무리 해도 잠이 오지 않아 한밤중까지 자세히 들여다보았다. 그러다가 비로소 글자들 사이에서 글자를 찾아냈으니, 책 전체가 온통 '식인(食人)'이라는 두 글자뿐이었다.

책에 쓰여진 그 수많은 글자들, 소작인이 한 그 많은 이야기들, 그 모두 히죽히죽 웃으며 괴상한 눈초리로 나를 노려본다.

나도 사람이다. 그들은 나를 잡아먹고 싶어 하는 것이다!

4

아침에 나는 한동안 조용히 앉아 있었다. 천라오우가 밥을 날라 왔다. 채소 반찬 한 접시와 생선찜 한 접시인데, 생선의 눈이 희고 딱딱하며 입을 벌리고 있는 것이, 사람을 잡아먹고 싶어 하는 그 패거리들과 흡사하다. 몇 젓가락 먹어 보니 미끈미끈한 것이 생선인지 사람인지 모르겠기에 그것들을 몽땅 토해 버렸다.

내가 "라오우, 큰형님께 내가 몹시 답답해서 마당을 좀 거닐고 싶어 한다고 말해 줘"라고 하자, 라오우는 대답도 하지 않고 가더니 얼마 후에 돌아와 문을 열어 주었다.

나는 꼼짝도 하지 않고 그들이 나를 어떻게 처리할 것인가를 연구하기로 했다. 그들이 절대로 허술하게 하지 않으리라는 것은 알고 있다. 아니나 다를까! 큰형님이 한 늙은이를 데리고 천천히 걸어왔다. 그 늙은이의 눈은 온통 흉악한 빛으로 가득 차 있는데 내가 알아차릴까 봐 머리를 땅바닥을 향해 숙인 채 안경 너머로 몰래 흘금흘금 나를 본다.

큰형님이 "오늘 아주 좋아 보이는구나"라고 하자 나는 "그래요"라고 대답하였다. 큰형님은 "오늘 허 선생님을 모시고 와서 너를 진맥해 주십사 부탁했다"라고 말했다. 나는 "좋습니다"라고 했다.

하지만 내 어찌 이 늙은이가 망나니 노릇을 하는 자라는 것을 모르겠는가! 진맥한다는 명목을 빌려 살이 쪘는지 말랐는지를 헤아려 주고는 그 노고로 살코기 한 점을 나누어 받아 먹으려는 것이다. 하지만 나는 두렵지 않다. 비록 사람을 먹지는 않지만 간담은 그들보다 세다. 두 주먹을 불끈 내밀고는 그가 어떻게 손을 쓰는가를 보았다. 늙은이는 앉아서 눈을 감고는 한동안 만지작거리더니 다시 한동안 멍하니 있는다. 그러다가 귀신 같은 눈을 뜨더니 "허튼 생각 하지 말고 조용히 며칠 요양하면 좋아질 거요!"라고 하는 것이었다.

허튼 생각 하지 말고 조용히 요양하라고! 살이 찌면 그들은 당연히 더 많이 먹을 수 있겠지만 내게 무슨 이익이 있으며, 어떻게 '좋아질 수 있다'는 건가? 이자들, 또 사람을 잡아먹으려고 하는

군. 몰래 나쁜 짓이나 꾸며 대고, 숨길 궁리나 하면서 또 대놓고 손을 쓰지는 못하고 있는 것이 참으로 우스꽝스럽다. 나는 참다 못해 큰소리로 웃었다. 그랬더니 매우 기분이 좋아졌다. 이 웃음 속은 온통 용기와 정의로 차 있다는 것을 나 스스로 알고 있다. 늙은이와 큰형님은 모두 나의 이 용기와 정의에 짓눌려 얼굴빛이 하얗게 질렸다.

그러나 나에게 용기가 있을수록 저들은 더욱 나를 먹고 싶어 할 것이다. 이 용기를 조금이라도 더 보태고 싶어서 말이다. 늙은이는 급히 문을 나서더니 좀 가다가 낮은 소리로 큰형님에게 말하는 것이었다. "얼른 먹어치웁시다." 큰형님은 머리를 끄덕거렸다.

알고 보니 바로 당신마저도! 이것은 큰 발견이다. 비록 뜻밖인 것 같긴 하나, 마음속에 짐작은 하고 있었다. 패거리를 지어 나를 잡아먹으려고 하는 사람이 바로 나의 형님이라니! 사람을 잡아먹는 사람이 나의 형님이다!

나는 사람을 잡아먹는 사람의 동생이다!

내 스스로가 남에게 잡아먹히면서, 여전히 사람을 잡아먹는 사람의 동생인 것이다.

5

요 며칠 동안은 한 발 물러나서 생각해 보았다. 가령 저 늙은이가 망나니가 변장하고 온 것이 아니고 진짜 의생이라고 해도 역시 본래부터 사람을 잡아먹는 사람이다. 그들의 창시자인 이스전(李時珍)이 썼다는 『본초(本草) 어쩌구』 하는 것에 사람의 고기를 지져 먹을 수 있다고 명백히 쓰여 있다. 그런데도 그는 자신이 사람을 먹지 않는다고 말할 수 있겠는가?

우리 집 큰형님에 대해서도 전혀 생사람 잡는 것이 아니다. 그는 내게 글을 가르칠 때 자신의 입으로 "자식을 바꾸어 먹었다(易子而食)"라고 말했었으며, 또 한번은 우연히 한 나쁜 사람에 대한 이야기가 나왔는데, 그는 바로 마땅히 죽여야 할 뿐만 아니라 또한 "고기를 먹고 가죽을 잠자리로 해야 한다(食肉寢皮)"라고 말했다. 나는 그때 나이가 아직 어려서 한나절이나 가슴이 두근거렸다. 그저께 늑대촌의 소작인이 와서 심장과 간을 먹은 사건을 말하자 그는 전혀 이상하게 여기지 않고 연방 머리를 끄덕거렸다. 이로 보아 형님의 마음이 종전과 같이 사납다는 것을 알 수 있다. "자식을 바꾸어 먹었다"면 무엇과도 바꿀 수 있으며, 어떤 사람도 모두 잡아먹을 수 있는 것이다. 나는 전에는 그가 이치를 설명하는 것을 듣기만 하고 어물어물 넘어갔다. 지금에야 그가 이치를 설명하던 때에 입술에 사람의 기름이 칠해져 있었을 뿐만 아니라 마음속에는 사람을 잡아먹을 생각으로 가득 차 있었다는 것을 알 수 있다.

6

깜깜하다. 낮인지 밤인지 알 수 없다. 자오씨네 개가 또 짖어 댄다. 사자같이 흉악한 마음, 토끼의 나약함, 여우 같은 교활함······.

7

나는 그들의 수법을 안다. 바로 죽여 버리자니 선뜻 내키지도
않고, 그럴 깜냥도 없다. 화가 미칠까 두려워서이다. 그래서 그들
은 여럿이 연락을 취해 그물을 촘촘히 쳐놓고는 내가 스스로 자살
하도록 몰아가는 것이다. 며칠 전 거리에서 본 남녀의 모습이나
요 며칠간 나의 큰형님의 거동으로 보아 십중팔구는 충분히 알아
차릴 수 있다. 가장 좋은 것은 허리띠를 풀어 대들보에 걸고 스스
로 목을 조여매고 죽는 것이다. 그들은 살인의 죄명도 쓰지 않으
며 또 바라던 바를 이루게 될 것이다. 그렇게 되면 모두가 뛸 듯이
기뻐하며 아이고 아이고 하며 웃음소리를 낼 것이 틀림없다. 그렇
지 않고, 놀라거나 걱정을 하다가 죽으면 비록 조금 마르기는 해
도 그런대로 잘되었다고 몇 번 머리를 끄덕일 것이다.

그들은 죽은 고기만 먹을 줄 안다! — 어떤 책에 '하이에나' 라
고 부르는 일종의 동물이 있는데 눈빛과 모습이 매우 사나우며 늘
죽은 고기만 먹는데 아주 큰 뼈까지도 잘게 씹어 배 속에 삼킨다
고 쓰여 있어서 생각만 해도 두려웠던 기억이 난다. '하이에나' 는
늑대의 일족으로 늑대는 개의 본가가 된다. 그저께 자오씨네 개가
나를 흘깃흘깃 쳐다보았는데 그놈도 함께 모의하기로 벌써부터
약속이 되어 있음을 알 수 있다. 늙은이가 땅을 보고 있지만 어찌

나를 속일 수 있겠는가.

제일 불쌍한 이가 나의 큰형님이다. 그도 사람이니 어찌 전혀 두려움 없이 패거리들과 어울려 나를 잡아먹을 수 있겠는가? 그렇지 않으면 옛부터의 관습이 되어 잘못이라고 여기지 않는 것인가? 그렇지 않으면 양심을 버리고 죄를 짓는다는 것을 명백히 알면서도 고의로 하는 것일까?

나는 사람을 잡아먹는 사람을 저주한다. 먼저 형님부터 사람을 먹지 않도록 권하여야겠다. 역시 먼저 그부터 손을 써야겠다.

8

사실 이런 도리는 지금이면 그들도 벌써 알고 있어야만 하는데…….

갑자기 한 사람이 찾아왔다. 나이는 갓 스무 살쯤 되었을까. 외모는 별로 똑똑히 보지 못했으나 만면에 웃음을 띤 채 나를 보고 고개를 끄덕여 인사를 한다. 그의 웃음 또한 진짜 웃음 같지 않다.

나는 그에게 물었다. "사람을 잡아먹는 일이 옳은 거요?"

그는 여전히 웃으며 말했다. "흉년도 아닌데 왜 사람을 잡아먹겠어요."

나는 대뜸 이 녀석도 한 패거리로 사람 잡아먹기를 좋아한다는 것을 알았다. 그래서 용기 백배하여 바로 그에게 물었다.

"옳아요?"

"그런 것은 왜 물으십니까. 댁은 참…… 농담 잘하시네요…….
오늘 날씨가 아주 좋네요."

날씨야 좋지, 달빛도 아주 밝고. 그렇지만 당신에게 물어야겠
어. "옳은 거요?"

그는 그렇지 않다고 여기는지, 어물어물 대답하기를 "아
니……."

"옳지 않지요? 그런데 그들은 왜 먹는 거요?!"

"그런 일은 없어요."

"그런 일이 없다고? 늑대촌에서 지금 먹고 있고, 또 책에도 쓰
여 있어, 온통 금방 새로 쓴 것같이 선명해!"

그는 금방 얼굴이 파랗게 질리더니, 눈을 크게 뜨고는 "있을 수
는 있겠으나 그건 옛날부터 그래 왔으니까……."

"옛날부터 그래 왔다고 해서 옳은 거요?"

"댁과 그런 도리를 따지고 싶지 않아요. 어떻든 그런 말은 하면
안 돼요. 댁이 말하는 것은 잘못된 거예요."

나는 벌떡 일어나 눈을 부라렸다. 그러나 그 사람은 사라져 버
렸다. 온몸에 땀이 흠뻑 나 있었다. 그의 나이는 나의 큰형님보다
훨씬 어린데도 한 패거리라니, 이것은 틀림없이 그의 어미 아비가
먼저 가르쳐 주었기 때문일 것이다. 어쩌면 이미 그의 자식들에게
도 가르쳐 주었을지 모른다. 그래서 어린아이들까지도 모두가 사
나운 눈초리로 나를 쳐다보는 것일 게다.

9

자신이 사람을 잡아먹고 싶어 하면서 또 남에게 잡아먹힐까 봐 두려워서, 모두가 지극히 의심이 깊은 눈빛으로 서로의 얼굴을 살핀다……

그런 생각을 버리기만 하면, 안심하고 일을 하고, 길을 걸어다니고, 밥을 먹고, 잠을 잘 수 있을 테니 얼마나 편안하겠는가. 이는 단지 문지방이요, 문턱일 뿐이다. 그들은 정녕 부자, 형제, 부부, 친구, 스승과 제자, 원수 관계이며, 또 서로 알지도 못하는 사람까지도 모두가 한 패거리가 되어 서로 이끌어 주거나 서로 견제하면서, 죽어도 이 한 걸음을 넘어서려고 하지 않는다.

10

아침 일찍이 큰형님을 찾아갔다. 그는 안채 문밖에서 하늘을 쳐다보고 있었다. 나는 그의 등뒤로 가 문을 막아선 채 각별히 조용하고 부드럽게 말을 걸었다.

"큰형님, 말씀드릴 게 있는데요."

"말해 봐." 그는 얼른 얼굴을 돌리더니 머리를 끄덕였다.

"몇 마디면 되는데, 그런데 말이 나오지 않네요. 큰형님, 아마 원래 야만인들은 모두가 사람을 잡아먹었겠지요. 후에 생각이 달라져서 어떤 자는 사람을 잡아먹지 않고 줄곧 착하게 살면서 사람으로 변했겠죠. 진짜 사람이 된 겁니다. 어떤 자는 벌레와 마찬가지로 계속 잡아먹었겠죠. 어떤 자는 물고기나 새나 원숭이로 변하였다가 계속 변해서 사람이 되었겠지요. 어떤 자는 착하게 살려고 하지 않아 지금까지도 벌레로 있겠지요. 그들 사람을 잡아먹는 사람들은 사람을 잡아먹지 않는 사람에 비하면 얼마나 부끄럽겠습니까. 아마도 벌레가 원숭이로 변하지 못한 것을 부끄러워하는 것보다도 훨씬 더할 겁니다.

역아(易牙)가 그의 자식을 삶아서 걸왕(桀王)과 주왕(紂王)에게 먹였다는 것은 예전부터 전해 내려오는 일이지요. 하지만 반고(盤古)가 천지를 개벽한 이래로 역아의 아들을 잡아먹기에 이르고, 역아의 아들 이후로 줄곧 쉬스린(徐錫林)을 잡아먹기에 이르렀으며, 쉬스린 이후로 또 줄곧 늑대촌에서 사람을 잡아먹는 데까지 이르리라고 누군들 알았겠어요. 작년에 읍내에서 범인을 잡아 죽였는데 역시 한 폐병을 앓는 사람이 만두에 피를 발라 먹었다고 하네요.

저들이 나를 잡아먹으려고 하고 있어요. 형님 혼자서는 생각조차 할 수 없었겠지요. 그런데 어쩌자고 패거리에 들어가셨나요. 사람을 잡아먹는 사람들이 무슨 짓인들 못하겠어요. 저들이 나를 잡아먹을 수 있다면, 형님도 잡아먹을 수 있고, 한 패거리 안에서 또한 서로 잡아먹을 수도 있어요. 하지만 한 걸음만 생각을 돌려 즉각 고치려고만 한다면 사람들은 모두가 태평해집니다. 비록 옛날부터 그렇게 해 왔다고 하더라도 우리는 오늘부터라도 아주 사이좋게 지낼 수 있어요. 그렇게 해서는 안 된다고 말씀하세요. 큰형님, 나는 형님이 말씀하실 수 있다고 믿어요. 그저께 소작인이 세금을 감해 달라고 했을 때 형님은 안 된다고 말씀하셨잖아요."

처음에 형님은 냉소만 짓더니 곧 이어 눈빛이 흉악해졌고, 자신들의 숨겨둔 비밀을 폭로하자 얼굴이 온통 새파랗게 질렸다. 대문 밖에 한 패거리가 서 있는데 자오꿰이 영감과 그의 개도 함께였다. 그들은 모두가 머리를 쑤셔박으며 문안으로 밀고 들어오려 했다. 어떤 자는 얼굴을 알아볼 수가 없는데 헝겊을 뒤집어쓴 것 같았다. 어떤 자는 여전히 흉악한 얼굴로 입을 비죽이 내밀며 웃고 있었다. 나는 그들이 모두 사람을 잡아먹는 한 패거리라는 것을 알고 있다. 그러나 그들의 생각이 모두가 꼭 같지만은 않다는 것도 알고 있다. 일부는 이전부터 그래 왔으므로 잡아먹는 것이 당연하다고 여기는 놈들이 있고, 일부는 마땅히 먹어서는 안 된다는 것을 알면서도 여전히 잡아먹으려고 한다. 그들은 다른 사람들이 자신들의 정체를 폭로할까 봐 두려운지 내 말을 듣고는 몹시 화가 나면서도 비죽이 입을 내밀고 냉소를 짓고 있다.

이때 큰형님이 갑자기 험악한 얼굴을 하더니 크게 소리쳤다.

"모두 나가요. 미치광이가 무슨 재미라고!"

이때 나는 또 한 가지 그들의 교묘함을 알았다. 저들은 마음을 고치려고 하지 않을 뿐만 아니라 벌써부터 일을 꾸며 놓고 있었다. 미친놈이라는 명목을 나에게 뒤집어씌우기로 준비해 놓고 있었던 것이다. 앞으로 잡아먹어도 태평무사할 뿐만 아니라 어쩌면 사람들의 동정도 받게 될 것이다. 소작인이 말한, 여러 사람들이 악인 한 사람을 잡아먹었다는 것이 바로 이 방법인 것이다. 이것이 그들의 상투적 수법이다!

천라오우도 잔뜩 화가 나서 곧바로 걸어들어와 어떻게든 나의 입을 막으려 하였으나 나는 한사코 이 패거리들에게 소리를 질렀다.

"너희들은 고칠 수 있어. 진심으로 마음을 고쳐먹어야 돼! 장차 사람을 잡아먹는 놈들은 용납되지 않는다는 것을 알아야 해. 너희들이 마음을 고치지 않으면 자신도 다 잡아먹히고 말 거야. 아무리 많이 낳는다고 해도 진정한 사람들에게 멸종당하고 말 거야. 사냥꾼이 늑대를 모두 잡아 죽이듯이! 벌레처럼 말이야!"

그 패거리들은 모두 천라오우에게 쫓겨났다. 큰형님도 어디 갔는지 모르겠다. 천라오우가 나를 방으로 들여보냈다. 방 안은 온통 캄캄했다. 서까래와 대들보가 모두 머리 위에서 흔들리고 있었다. 한동안 흔들리더니 곧이어 커지면서 내 몸 위에 쌓이는 것이었다.

어쩌나 무거운지 몸을 움직일 수 없다. 그의 뜻은 나를 죽이겠다는 것이다. 나는 그의 무게가 거짓이라는 것을 알고는 몸부림을 쳤다. 온몸이 땀투성이가 되었다. 그러나 나는 한사코 소리쳤다.

"너희들은 즉각 마음을 고쳐야 해! 참된 마음으로 고쳐야 해. 장차 사람을 잡아먹는 놈들은 용납되지 않는다는 것을 알아야 해……"

해도 뜨지 않는다. 문도 열리지 않는다. 매일매일 두 끼 밥뿐이다.

나는 젓가락을 들고 큰형님을 생각했다. 누이동생이 죽은 까닭이 전적으로 그에게 있다는 것을 알았다. 그때 누이동생은 겨우 다섯 살이었다. 그 사랑스럽고 가련하던 모습이 지금도 눈앞에 어른거린다. 어머니가 하염없이 울자 형님은 어머니에게 울지 말라고 말렸다. 아마도 자신이 잡아먹었기 때문에 어머니가 울자 조금은 미안한 마음을 금할 수 없었을 것이다. 만약에 정말로 미안한 마음이라면…….

누이동생이 큰형님에게 잡아먹혔다는 것을 어머니는 모르셨을까, 나는 정말 알 수가 없다.

어머니는 알았을 것이다. 그러나 우시면서는 전혀 말씀을 하지 않으셨다. 아마도 당연한 일이라고 여겼는가 보다. 내가 네다섯 살 때로 기억된다. 안채 앞에 앉아서 바람을 쐬고 있는데, 큰형님이 부모가 병이 나면 아들 된 자는 반드시 살 한 점을 베어내어 삶아서 부모에게 드시게 해야 비로소 훌륭한 사람이라고 말했다. 어머니도 그러면 안 된다고 말씀하지 않았다. 고기 한 점을 먹을 수 있다면, 물론 통째로 먹을 수도 있다. 그러나 그날 우시던 모습은 지금 생각해도 참으로 사람의 마음을 슬프게 했다. 이건 참으로 매우 이상한 일이다.

12

생각할 수 없네.

4천 년 동안 수시로 사람을 잡아먹던 곳, 나도 여러 해 동안 그 속에서 함께 살아왔다는 것을 오늘에야 비로소 명백히 알았다. 큰형님이 바로 집안일을 관리하고 있을 때에 마침 누이동생이 죽었으니, 큰형님이 밥이나 반찬 속에 섞어 우리에게 몰래 먹였음에 틀림없다.

나도 모르는 사이에 누이동생의 고기 몇 점을 먹지 않았다고 확신할 수는 없는 것이다. 이제는 내 자신의 차례다……

4천 년 동안 사람을 잡아먹는 이력을 가진 나, 처음에는 몰랐으나, 지금은 명백히 알고 있다. 참된 사람을 만나기가 어렵구나!

13

사람을 먹어 보지 않은 아이들이 혹시 아직 있을까?

아이들을 구하자……

1918년 4월

쿵이지(孔乙己)

　루진(魯鎭)의 술집 구조는 다른 고장과는 다르다. 'ㄱ' 자 모양의 큰 목로가 길을 향해 있고, 목로 안쪽에는 언제든지 술을 데울 수 있게 더운 물이 준비되어 있다. 점심이나 저녁 무렵이면 일을 마친 노동자들이 언제나 동전 네 닢을 내고 술 한 잔을 사서 마신다. ― 이것은 20여 년 전의 일이고, 지금은 한 잔에 열 닢으로 올랐을 게다. ― 그들은 목로 바깥에 기대서서 따끈히 데운 술을 들며 쉬곤 했다. 한 닢 정도를 더 쓰면 짭짤하게 졸인 죽순이나 회향두 한 접시를 사서 술안주로 삼을 수 있다. 열 닢을 내면 고기 요리 같은 것도 살 수 있지만, 이곳에 오는 손님들은 거의가 노동자들이어서 그렇게 호사스럽지 못했다. 다만 장삼(長衫)을 입은 손님들만이 가게 안쪽의 방 안으로 거들먹거리며 들어가 술과 요리를 시켜 천천히 편히 앉아 마셨다.

　나는 열두 살 때부터 마을 어귀에 있는 함형주점에서 사환 노릇을 했다. 주인은 내 몰골이 너무 바보스럽게 생겨서 장삼 입은 고

객을 시중들지는 못할 것 같으니 밖에서 심부름이나 하라고 일렀다. 밖의 노동자 손님들과는 비록 이야기하기는 수월했지만 이러쿵저러쿵 까닭없이 귀찮게 구는 사람이 적지 않았다.

그들은 곧잘 술독에서 황주를 퍼내는 것을 자기 눈으로 확인하려 하고, 술병 밑바닥에 물이 있나 없나를 살피고, 또 술병을 더운 물에 담그는 데까지 자기 눈으로 확인한 후에야 겨우 안심을 하곤 했다. 이렇게 엄중한 감시하에 술에 물을 타기란 여간 어려운 것이 아니었다. 그렇게 며칠이 지나자 주인은 나보고 이런 일 하나 똑바로 못한다고 책망을 했다.

다행히도 나를 추천해 준 사람과 친분이 두터워 나를 내쫓지는 않았지만 대신 줄창 술만 데우는 변변찮은 일로 바꾸었다.

나는 그 후로 하루 종일 목로 안에 서서 내 일만을 하게 되었다. 별다른 실수는 없었지만 너무 단조롭고 지루했다. 주인은 험상궂은 인상이었고, 단골 손님들도 성깔이 좋지 않아서 기를 펼 수가 없었다. 오직 쿵이지(孔乙己)가 가게에 올 때만은 몇 번 웃을 수 있었기 때문에 지금도 잘 기억하고 있다.

쿵이지는 서서 술을 마시는 사람들 중에서 장삼을 입은 유일한 사람이었다. 그는 키가 훤칠하게 큰 데다가 창백한 얼굴을 하고 있었으며, 주름 사이에는 상처 자국이 떠나지 않았고, 희끗희끗한 수염은 마구 흩어져 있었다. 입은 옷이 비록 장삼이긴 하나 더럽고 너덜너덜하여 십 몇 년 동안 꿰매기는커녕 세탁도 한 일이 없는 것 같았다. 그가 사람들에게 하는 말은 온통 '지호자야(之乎者也)'를 붙인 알쏭달쏭한 문어(文語)투성이였다.

그의 성이 쿵(孔)가였으므로 사람들은 습자책에 나오는 '상다런쿵이지(上大人孔乙己)'라는 알쏭달쏭한 문구에서 별명을 따가지고, 그를 쿵이지라고 불렀다.

쿵이지가 가게에 나타나기만 하면 술을 마시던 손님들은 모두 그를 보고 놀렸다. 어떤 사람이, "쿵이지, 자네 얼굴에 또 새 상처가 늘었군" 하고 소리치면, 쿵이지는 대꾸도 없이 목로 안쪽에 대고 "따끈한 술 두 잔하고 회향두 한 접시"라고 하면서 10전짜리 아홉 개를 늘어놓았다.

사람들은 또 일부러 더 소리 높여 말한다. "자네 또 남의 물건을 훔친 게로군."

쿵이지는 눈을 부릅뜨면서 대답한다.

"왜 또 터무니없이 남의 청렴을 더럽히려 하는고……?"

"청렴이라고? 내가 엊그제 이 눈으로 똑똑히 보았는데, 자네가 허(何)씨 댁의 책을 훔치다가 들켜 거꾸로 매달려 매맞고 있는 걸!"

쿵이지는 금방 얼굴이 새빨갛게 달아오르더니 이마에 퍼런 힘줄을 세우면서 열심히 변명을 한다.

"책을 훔치는 건 도둑질이라고 할 수 없지…… 책을 훔치는 건! …… 독서인(讀書人)이 하는 일이, 어떻게 훔치는 것이 될 수 있나?"

그리고는 잇달아 알아듣기 어려운 말들, 즉 "군자는 원래 가난하느니라"라느니, 무슨 '……이리오' 등의 문자를 써서, 가게 안의 모든 사람들을 크게 웃게 만들었다. 그러면 가게 안팎은 유쾌한 분위기로 가득 차곤 했다.

사람들이 뒤에서 수군대는 말에 의하면, 쿵이지는 원래 글을 읽는 선비였으나 끝내는 공부를 계속하지 못했으며, 게다가 생계를 이어 가는 방법도 몰랐다고 한다. 이렇게 되자 갈수록 더욱 가난해져서 구걸할 지경으로까지 몰락했다고 한다.

다행히 붓글씨는 잘 썼기 때문에 남에게 책을 베껴 주는 것으로 겨우 입에 풀칠이나 했다.

그러나 유감스럽게도 그는 술 마시기 좋아하고 일하기를 싫어하는 나쁜 버릇이 있었다. 앉아서 일한 지 며칠 못 가서 사람과 책, 종이, 붓, 벼루까지 일제히 행방불명이 되어 버리곤 하였다.

이 같은 일이 몇 번 거듭되자 그에게 책을 베껴 달라고 부탁하는 사람조차 없게 되었다. 쿵이지는 어떻게 하다 보니 도둑질을 하지 않을 수 없게 되었다. 하지만 우리 가게에서 그의 품행은 다른 어떤 사람보다도 훌륭했으니 이때껏 한 번도 외상을 미룬 적이 없었다. 비록 이따금 현금이 없어 얼마 동안 칠판에 이름이 적히는 일은 있었지만, 반드시 한 달을 넘기지 않고 깨끗이 갚아서 칠판 위에 적힌 쿵이지란 이름이 지워지는 것이었다.

쿵이지가 술을 반 잔쯤 마시고 나니, 새빨개졌던 얼굴빛이 점차 제 얼굴로 돌아왔다. 그러자 옆사람이 또 물어 댄다.

"쿵이지, 자네 정말 글을 아나?"

쿵이지는 이렇게 묻는 사람의 얼굴을 빤히 쳐다보면서 변명하기조차 귀찮다는 표정을 짓는다. 그들은 계속해서 묻는다.

"자네는 어째서 반쪽자리 수재(秀才)도 따내지 못했지?"

쿵이지는 곧바로 당혹스럽고 불안한 표정을 지으며, 얼굴에 우울한 빛을 드리운 채 입 속으로 무어라고 중얼거렸는데, 이번엔 온통 '지호자야(之乎者也)'가 붙은 문자로 조금도 알아들을 수가 없었다. 그럴 때면 모두들 껄껄대고 웃었고 가게 안팎에 유쾌한 분위기가 가득 차는 것이었다.

이런 때에는 나도 따라 웃을 수 있었으며, 주인도 결코 나무라지 않았다. 뿐만 아니라 주인까지도 쿵이지를 보면 매번 그런 말을 걸어 사람들을 웃게 했다. 쿵이지는 스스로 그들과는 이야기 상대가 되지 않는다는 것을 알고는 아이들에게 말을 걸 수밖에 없었다. 한 번은 그가 내게 물었다.

"너 글을 배운 일이 있니?"

내가 고개를 약간 끄덕이자, 그는

"글을 배웠다고! ……그럼 내가 너를 시험해 보아야겠다. 회향두의 '회' 자는 어떻게 쓰지?" 하고 물었다. 나는 '거지나 다름없는 사람이 날 시험할 자격이나 있어?'라는 생각이 들어 고개를 돌리고 상대하지 않았다.

쿵이지는 한참 기다리더니, 간곡하게 말했다.

"쓸 줄 모르나 보지? ……내 가르쳐 줄 테니 외워라. 이런 글자는 외워 둬야 한다. 앞으로 가게 주인이 되면 장부를 쓸 때 필요할 테니까."

나는 속으로 나와 주인의 계급은 아직 까마득할 뿐만 아니라, 우리 주인은 여태껏 회향두를 장부에 올려본 적이 없다는 생각을 하고는 우습기도 하고 귀찮기도 해서 건성으로 대답했다.

"누가 당신더러 가르쳐 달랬어요? 초두 밑에 돌아올 회 자 아니에요?"

쿵이지는 몹시 기쁜 듯, 두 손가락의 긴 손톱으로 목로를 두드리고 고개를 끄덕이며 말하는 것이었다.

"그래, 그래 맞았다! ……그 회(回) 자 쓰는 법이 네 가지가 있는데 너 알고 있니?"

나는 더욱 참을 수 없어 입을 삐쭉 내밀고 멀리 가 버렸다. 쿵이지는 막 손톱에 술을 적셔서 목로 위에 글자를 쓰려던 참이었는데, 내가 전혀 성의를 보이지 않자 후우 한숨을 내쉬며 몹시 유감스럽다는 듯한 표정을 지었다.

몇 번인가는 이웃의 아이들이 웃음소리를 듣고 와자지껄 달려와서 쿵이지를 둘러쌌다. 그는 아이들에게 회향두를 먹으라고 한 아이에게 한 개씩 나누어 주었다. 하지만 아이들은 콩을 먹고 나서도 여전히 가지 않고 모두가 접시만 바라보는 것이었다.

쿵이지는 당황해서 다섯 손가락을 펴서 접시를 가리고는 허리를 굽히면서 말했다.

"이제 없어! 난 이제 별로 남은 게 없다구!"

그는 몸을 똑바로 일으켜 다시 콩을 흘긋 보고는 고개를 절레절레 저으며 혼자 말했다.

"많지 않도다. 많지 않도다. 많다고? 많지 않으니라."

그러자 한 무리의 아이들은 모두 웃으며 흩어져 갔다.

쿵이지는 이처럼 사람들을 유쾌하게 했다. 하지만 그가 없어도 다른 사람들은 별일 없이 그저 그렇게 지냈다.

아마 추석을 2, 3일 앞둔 어느 날이었던 것 같다. 천천히 장부를 결산하고 있던 주인이 칠판을 내리면서 문득 말했다.

"쿵이지가 오랫동안 오지 않았었군! 아직 열아홉 닢이나 외상이 남았는데!"

나도 비로소 그가 꽤 오랫동안 오지 않았다는 것을 깨달았다.

술을 마시던 손님 한 사람이 주인의 말을 받았다.

"그자가 어떻게 오겠나? 다리가 부러졌는데……."

주인이 깜짝 놀라 되물었다.

"그래요?"

"그자는 여전히 도둑질을 하고 다녔어. 이번에는 정신이 나갔지. 띵거인(丁擧人) 댁으로 물건을 훔치러 들어가다니! 그 집의 물건을 제가 감히 훔쳐낼 수 있을 것 같아?"

"그래서 어떻게 되었대요?"

"어찌 되었냐구? 자백서를 쓰고 나서 얻어맞았지. 오밤중까지 얻어맞아 정강이까지 부러졌다더군."

"그래서요?"

"그래서 정강이가 부러졌다니까!"

"정강이가 부러져서 어떻게 됐소?"

"어찌 되었는지…… 그걸 누가 아나? 아마 죽었을 거야."

주인도 그 이상은 묻지 않고 다시 천천히 장부를 정리해 갔다.

추석이 지나자 가을바람이 하루하루 차가워졌다. 초겨울이 가까이 다가오고 있었다. 나는 하루 종일 화롯가에 있어도 솜저고리를 입어야 했다.

어느 날 오후, 손님이 한 사람도 없어서, 눈을 감고 앉아 쉬고 있는데, 갑자기 "술 한 잔 데워 줘" 하는 소리가 들렸다. 몹시 낮았지만 귀에 익은 음성이었다. 눈을 떠 보니 사람이라고는 아무도 없었다. 일어나 밖을 내다보니 바로 그 쿵이지가 목로 아래에서 문턱을 마주하고 앉아 있었다. 그의 얼굴은 거무죽죽하고 야위어 이미 꼴이 말이 아니었다.

떨어진 겹옷을 입고, 책상다리를 했는데 그 아래에 거적을 깔았고, 그것을 새끼줄로 묶어 어깨에 메고 있었다. 나를 보자 그는 또 말했다.

"술 한 잔 데워 줘."

주인이 머리를 내밀고 말했다.

"쿵이지인가? 자네 아직 열아홉 닢이나 외상이 남았어!"

쿵이지는 의기소침한 표정으로 고개를 들며 말했다.

"그건…… 이 다음에 갚겠소! 오늘은 현금이오. 술은 좋은 걸로 주시오."

주인은 평소에 그랬듯이 웃으면서 그에게 말했다.

"쿵이지, 자네 또 도둑질을 했군!"

하지만 그도 이번에는 별로 변명하지 않고 그저 한마디만 했다.

"놀리지 마시오!"

"놀리다니? 도둑질을 하지 않았다면 왜 다리가 부러졌지?"

쿵이지는 낮은 소리로 말하는 것이었다.

"넘어져서 부러졌소. 넘어져, 넘어져서…… ."

그의 눈빛은 더 이상 캐묻지 말라고 주인에게 애원하는 듯했다.

그때에 이미 몇 사람이 모여들어 주인과 함께 웃고 있었다. 나는 술을 데워 들고 나가 문지방 위에 놓았다. 그는 해어진 옷 주머니에서 동전 네 개를 꺼내어 내 손에 얹어 주었다. 그의 손은 온통 흙투성이였다. 알고 보니 그는 그 손으로 땅을 짚고 기어온 것이었다. 잠시 후, 그는 술을 다 마시고 나자, 사람들이 웃고 지껄이는 속에서, 앉은 채 그 손으로 엉금엉금 기어갔다.

그 뒤로 오랫동안 다시는 쿵이지를 보지 못했다. 연말이 되자 주인은 칠판을 내리면서 말했다.

"쿵이지는 아직 열아홉 닢 외상이 남아 있어!"

그 다음해 단오절이 되자 또 말했다.

"쿵이지는 아직 열아홉 닢 외상이 남아 있군."

하지만 그해 추석에는 아무 말이 없었다. 연말이 되어서도 그의 모습을 보지 못했다.

나는 지금까지도 끝내 그를 못 보았다. ― 쿵이지는 아마 틀림없이 죽었을 것이다.

1919년 3월

약(藥)

1

가을날 새벽, 달은 졌으나 아직 해가 뜨지 않은 채 검푸른 하늘만이 남아 있다. 밤에 어슬렁거리며 돌아다니는 것들 이외에는 모두가 잠들어 있다.

화라오수안(華老栓)은 급히 일어나 앉아 성냥을 그어 온통 기름투성이인 등잔에 불을 붙였다. 두 칸짜리 조그마한 찻집 안에 푸른빛이 가득 찼다.

"샤오수안(小栓) 아버지, 지금 가시려고요?"

늙은 여인의 목소리였다. 안에 있는 작은 방에서 한바탕 기침하는 소리가 들렸다.

"응."

라오수안은 들으며, 대답하며 옷에 단추를 끼우더니 손을 내밀며 말했다.

"그거 이리 줘."

화 서방 아내는 베개 밑을 한참 더듬더니 한 꾸러미의 돈을 꺼내어 라오수안에게 건네주었다. 라오수안은 받아들고는 부들부들 떨면서 주머니에 집어넣고는 밖으로 두어 번 지그시 눌러 보았다. 그러고는 초롱불을 켜 들고 등잔불을 불어 끈 다음, 작은 방으로 들어갔다.

작은 방 안에서는 바스락바스락하는 소리가 나더니 이어 한바탕 기침 소리가 났다. 라오수안은 기침 소리가 가라앉기를 기다렸다가 나지막한 소리로 말했다.

"샤오수안…… 일어나지 마라. ……가게는 ……네 엄마가 다 준비해 놓았다."

아들에게서 더 이상 대꾸가 없자, 라오수안은 아들이 편히 잠든 거라고 생각하고 문을 나와 거리로 나섰다.

거리는 온통 어둠에 싸인 채 아무것도 없고, 다만 한 줄기 희끄무레한 길만이 환히 보일 뿐이었다. 초롱불이 그의 앞뒤로 왔다갔다 하는 두 다리를 비추고 있었다. 때때로 개 몇 마리와 마주치긴 했지만 한 마리도 짖진 않았다.

날씨는 집 안보다 훨씬 추웠다. 하나 라오수안에게는 도리어 상쾌하게 느껴졌다. 마치 하루아침에 소년으로 변하여 신통력을 얻어 사람들에게 생명을 부여하는 재능이라도 얻은 것처럼 내딛는 발걸음이 더욱 가뿐했다. 또 길은 갈수록 더욱 환해지고, 하늘도 갈수록 더욱 밝아졌다.

정신없이 걸어가던 라오수안은 저 멀리 삼거리가 분명하게 가로놓여 있는 것을 보자 흠칫 놀랐다. 몇 걸음 뒷걸음질 쳐서, 문이 닫혀 있는 가게 처마 밑으로 숨어들어 문에 기대섰다. 한참을 그러고 있자니 몸이 서늘해 오는 것을 느꼈다.

"여어, 영감."

"기쁘겠군⋯⋯."

라오수안이 또 깜짝 놀라 눈을 크게 뜨고 자세히 보니 몇몇 사람이 그의 눈앞을 지나쳐 갔다. 그중 한 사람이 고개를 돌려 그를 보는데, 모습은 잘 알 수 없었다. 그러나 몹시 오랫동안 굶주렸던 사람이 먹이를 발견했을 때처럼, 눈에는 무엇인가를 낚아채려는 듯한 광채가 번득이고 있었다. 라오수안이 초롱불을 보니 불은 이미 꺼져 있었다. 주머니를 눌러보니 딱딱한 것이 별 탈 없이 그대로 있었다.

고개를 쳐들어 양쪽을 둘러보니, 괴상한 모습의 많은 사람들이 두세 사람씩 짝을 지어 귀신처럼 그 근처를 서성대고 있었다. 눈을 똑바로 뜨고 다시 자세히 보니, 별로 이상한 것은 보이지 않았다.

얼마 후에 다시 몇 명의 병정들이 저쪽에서 움직이는 것이 보였다. 제복의 가슴과 등에 달린 희고 큰 둥근 표찰이 멀리서도 또렷이 보였다. 바로 눈앞을 지나갈 때는 그 제복의 검붉은 옷깃 테까지 분간할 수 있었다. — 한바탕 발걸음 소리가 요란하게 울리더니 순식간에 한 무리의 사람들이 서로 밀치며 지나갔다.

두세 명씩 서성대던 사람들도 갑자기 한데 어울려 밀물처럼 앞으로 몰려가더니 삼거리에 이르자 별안간에 멈추어 서면서 반원형의 떼를 짓는 것이었다.

라오수안도 그쪽으로 눈을 돌렸다. 하지만 한데 무리를 이룬 사람들의 등만이 보일 뿐이었다. 모두들 목을 길게 빼고 있었는데, 그 모양이 마치 수많은 오리가 보이지 않는 손에 목이 잡혀 매달려 있는 듯했다. 잠시 조용하더니 무슨 소리가 나는 듯하면서 다시 술렁이기 시작하다가 '쾅' 하는 소리가 울리자 모두들 뒤로 물러났다. 곧바로 라오수안이 서 있는 곳까지 밀려와서 하마터면 그를 밀쳐 넘어뜨릴 뻔했다.

"이봐! 돈 내고 물건 받아요!"

온몸이 시커먼 사람이 라오수안 앞에 불쑥 나타났다. 두 자루 칼날 같은 눈초리에 라오수안은 질겁을 하여 몸이 반으로 오그라드는 듯했다.

그 사람은 커다란 한쪽 손은 그를 향해 벌리고, 한쪽 손에는 시뻘건 만두를 움켜쥐고 있었다. 시뻘건 것에서는 아직도 피가 뚝뚝 떨어지고 있었다.

라오수안은 황망히 은전을 더듬어 부들부들 떨면서 그에게 건네주었지만, 감히 그의 물건을 받지 못했다.

그 사람은 조급하였던지 버럭 소리를 질렀다. "뭐가 무섭소? 왜 집지 않는 거요?" 라오수안은 그래도 머뭇거렸다.

그 시커먼 사람은 초롱을 낚아채더니 초롱의 갓종이를 북 찢어 만두를 싸가지고 라오수안에게 안겨주고는 한쪽 손으로 은전을 잡아 뺏어 만져 보고는 돌아서 가 버렸다. 그가 가면서 투덜거리는 소리가 들려왔다.

"늙은 것이……."

"그것으로 누구의 병을 고치려는 거요?" 라오수안은 누군가가 자신에게 묻는 소리가 들리는 듯했으나, 대답조차 하지 않았다. 그의 정신은 지금 이 꾸러미 위에만 집중되어 있을 뿐이었다. 마치 10대 독자인 갓난아이를 안고 있는 듯, 그 밖의 일에는 이미 아무런 관심도 없었다.

그는 지금 이 꾸러미 속에 든 새 생명을 자기 집에 옮겨 심어 숱한 행복을 거둬들이려고 하는 것이다.

해가 떠올랐다. 그의 눈앞에는 그의 집까지 곧장 이어진 큰길이 나타났다. 뒤쪽의 삼거리 가두(문루)에 걸려 있는 낡은 편액에 '고 무슨 정구(古?亭口)'라는, 색바래 거무죽죽한 황금빛 네 글자에 아침 해가 비치고 있었다.

2

라오수안이 집에 도착하니 가게는 이미 말쑥이 정돈되어 있고, 한 줄 한 줄 늘어선 차 탁자는 반질반질 빛나고 있었다. 하지만 손님은 아직 보이지 않았다. 다만 샤오수안이 혼자 안쪽 탁자 앞에 앉아 밥을 먹고 있었는데, 굵은 땀방울이 이마에서 굴러 떨어지고, 등에 찰싹 달라붙은 겹저고리 밑으로 양쪽 어깨뼈가 툭 튀어나와 여덟 팔자를 그리고 있었다.

라오수안은 그 꼴을 보자 눈살을 찌푸리지 않을 수가 없었다. 그의 아내가 부엌에서 급히 나오는데, 눈을 크게 뜨고 입술을 약

약 49

간 떨고 있었다.

"구했어요?"

"구했소."

두 사람은 함께 아궁이 앞으로 가서 잠시 의논하더니 화 서방 아내가 밖으로 나갔다가 얼마 후에 한 장의 커다란 연잎을 가지고 돌아와 그것을 탁자 위에 폈다. 라오수안도 초롱 갓종이를 펼치고는 그 시뻘건 만두를 연잎에 옮겨 다시 쌌다.

샤오수안이 식사를 끝내자 그의 어머니가 황급히 말했다.

"샤오수안 — 너 거기 앉아 있거라. 여기 오면 안 돼."

그러면서 아궁이 불을 고르게 지피자 라오수안은 짙은 녹색의 뭉치와 붉고 희게 얼룩져 찢어진 초롱을 함께 아궁이 속에 밀어넣었다. 한바탕 검붉은 불꽃이 타오르자 가게 안에는 뭐라 형용할 수 없는 야릇한 냄새가 가득 찼다.

"냄새가 좋은데! 새참으로 무얼 드셨어?"

꼽추 영감 우사오예가 들어서며 물었다. 이 영감은 거의 매일 찻집에서 날을 보냈다. 제일 일찍 왔다가 제일 늦게 가곤 했다. 이때도 마침 길가에 면한 벽 쪽 탁자 옆으로 어정어정 걸어와 앉으면서 이렇게 물었다. 하지만 아무도 대답하는 사람이 없었다.

"쌀죽을 쑤나?"

여전히 아무도 대답이 없다.

라오수안은 총총히 나와서 그에게 차를 따라 주었다.

"샤오수안, 들어오너라!"

화 서방 아내는 샤오수안을 안방으로 불러들였다. 방 가운데에는 둥근 의자가 하나 놓여 있었다. 샤오수안이 앉자 그의 어머니는 새까맣고 둥근 것을 담은 접시를 두 손으로 받쳐들고 와서 나직이 말했다.

"먹어라. ─ 병이 나을 게다."

샤오수안은 그 검은 물건을 집어들고 잠시 들여다보았다. 마치 자기의 목숨을 들고 있는 듯한, 뭐라 말할 수 없는 이상한 느낌이었다. 살며시 조심하며 가르자, 거뭇거뭇 탄 만두 껍질 속에서 흰 김이 피어올랐다. 김이 사라지자 그것은 둘로 갈라진 밀가루 만두였다. ─ 얼마 지나지 않아 전부 뱃속으로 들어갔는데, 무슨 맛이었는지 전혀 생각나지 않았다. 눈앞에는 빈 접시 한 개만이 남았다. 그의 옆에는 한쪽에 아버지, 다른 한쪽에는 어머니가 서 있었는데 두 사람의 눈빛이 마치 그의 몸 안에 무엇인가를 부어넣고, 또 무엇인가를 꺼내려는 듯한 것을 보자 갑자기 가슴이 심하게 두근거렸다. 그는 가슴을 누르고 다시 한바탕 기침을 했다.

"한숨 자거라. ─ 곧 나아질 거다."

샤오수안은 어머니가 시키는 대로 기침을 하면서 드러누웠다.

화 서방 아내는 아이의 기침이 가라앉기를 기다렸다가 온통 누덕누덕 기운 겹이불을 아이에게 살며시 덮어 주었다.

3

가게에 많은 손님들이 들어오자 라오수안도 바빠졌다. 커다란 구리 주전자를 들고 연방 돌아가며 손님들에게 차를 따라 주었다. 양쪽 눈언저리에는 거무스레한 빛이 둘러져 있었다.

"라오수안, 몸이 어디 불편한가? ─ 병이라도 났나?"

수염이 희끗희끗한 사람이 물었다.

"아닙니다요."

"아니라고? ─ 하긴 싱글벙글한 걸 보니, 아픈 것 같지 않아 보이긴 하는군⋯⋯."

수염이 희끗희끗한 사람은 이내 자기의 말을 취소했다.

"라오수안이야 바쁜 것뿐이지, 만약 저 사람 아들이⋯⋯."

꼽추 영감의 말이 미처 끝나기도 전에, 갑자기 얼굴이 험상궂게 생긴 사람이 뛰어들었다. 검정색의 무명 웃옷을 걸쳤는데 단추도 제대로 채우지 않았고 폭이 넓은 검정띠를 허리께에 아무렇게나 묶고 있었다. 그는 입구에 들어서자마자 라오수안을 향해 소리쳤다.

"먹었어? 나았겠지? 라오수안, 당신은 운이 좋았어! 운이 좋았단 말이야. 만일 내가 귀뜸해 주지 않았더라면⋯⋯."

라오수안은 한 손에 주전자를 든 채 한 손을 공손히 내리고 싱글벙글하며 듣고 있었다. 그 자리에 있던 사람들도 모두 공손히 듣고 있었다. 화 서방 아내가 거무스레한 눈언저리를 하고는 싱글거리며 찻잔과 찻잎, 그리고 올리브 한 알을 더하여 들고 오자, 라오수안은 바로 끓는 물을 찻잔에 부었다.

"이건 틀림 없어! 이건 다른 것들과는 달라. 생각해 보라구, 뜨거울 때 가져와서 뜨끈뜨끈한 채로 먹었을 테니."

험상궂게 생긴 사내는 연방 떠들어 댔다.

"정말이에요. 캉 어른이 돌봐 주지 않으셨다면 어떻게 이런⋯⋯."

화 서방 아내도 몹시 감격하여 그에게 인사의 말을 했다.

"틀림 없어요! 틀림 없이 나을 거요. 그렇게 뜨거울 때 먹었으니. 사람의 피를 묻힌 만두는 어떤 폐병이든 즉효야!"

화 서방 아내는 '폐병'이라는 한마디를 듣자 얼굴빛이 조금 변하고 약간 언짢은 기색이었으나 이내 또 웃음을 지으며 민망스러운 듯이 그 자리를 물러났다.

캉 어른은 전혀 눈치채지 못하고 여전히 큰소리로 떠들고 있었다. 떠드는 소리에 안방에서 잠자던 샤오수안이 깨어나 쿨럭이기 시작했다.

"알고 보니 자네 아들 샤오수안이 그렇게 좋은 운을 만났구면. 그 병은 틀림없이 나을 걸세. 어쩐지 라오수안이 종일 싱글거리더라니."

희끗희끗한 수염이 이렇게 말하면서 캉씨 앞으로 걸어가 나직한 소리로 묻는 것이었다.

"캉 어른⋯⋯ 듣자하니 오늘 처형된 범인이 샤(夏)씨 집안의 아이라던데, 도대체 누구의 아이요? 도대체 어쩐 일인지 아시오?"

"누구긴! 바로 샤씨 댁 넷째 부인의 아들이 아닌가. 그 못난 놈!"

캉 어른은 여러 사람이 모두 자기 말에 귀를 기울이고 있는 것을 보자, 더욱 신이 나서 볼따귀를 씰룩이며 한층 큰소리로 지껄여 댔다.

"그놈은 살기 싫어하는 놈이니, 싫으면 그만이지만, 이번에 나는 국물 한 방울도 없었단 말야. 놈이 벗어놓은 옷마저 모두 간수인 빨간 눈의 아이(阿義)가 가져가 버렸어. ― 제일 운수가 좋았던 것은 우리 라오수안 아저씨고, 다음은 스물닷 냥이나 되는 눈같이 하얀 은화를 보상으로 받은 샤씨 댁 셋째 어른이지. 고스란히 제 주머니에 집어넣고 한 푼도 쓰지 않았거든."

샤오수안은 두 손으로 가슴을 움켜쥐고, 연방 쿨럭이며 작은 방에서 느릿느릿 걸어나왔다. 그는 부뚜막으로 내려가 찬밥을 한 그릇 퍼담고 끓는 물을 붓더니 앉아서 먹기 시작했다. 화 서방 아내가 그의 뒤를 쫓아와서 낮은 소리로 물었다.

"샤오수안, 좀 나았니? 너 여전히 허기가 지는 게로구나."

"틀림 없어! 꼭 나을 거야."

캉 어른은 샤오수안을 흘끗 보고는 다시 고개를 돌려 여러 사람을 향해 말했다.

"샤씨네 셋째 어른은 정말 약았어. 만약 그가 미리 관가에 고발하지 않았다면 그의 온 집안이 몰살당했을 거야. 지금은 어떤가? 은화라! ― 죽은 그놈도 정말 덜된 놈이더군! 감옥에 갇혀 있으면서도 간수들에게 반란을 일으키라고 꼬드겼다니."

"허! 그거 대단하군."

뒤쪽 탁자에 앉아 있던 스무 살 남짓한 젊은이가 몹시 화가 난 듯한 표정으로 말했다.

"다들 알아 두시오. 빨간 눈의 아이(阿義)가 일의 전말을 자세히 조사하려고 갔더니, 그놈이 도리어 이런저런 말을 걸더니 '이 청(淸)나라의 천하는 우리들 모두의 것이다'라고 하더라는 거야. 생각해 보시오. 그게 사람이 할 소리요? 빨간 눈의 아이도 그놈 집에 늙은 어미밖에 없다는 걸 알고는 있었지만, 설마 그렇게까지 가난할 줄은 몰랐다는 거야. 아무리 쥐어짜도 기름 한 방울 안 나오는 판이라 잔뜩 화가 올라 있는데, 그놈이 호랑이 수염을 뽑은 꼴이 되었으니. 그놈에게 볼따귀를 두어 대 올려붙였다고 하더군!"

"아이 형은 주먹으로 한 수 놓는데, 두 대나 맞았다면 틀림없이 어지간했겠는걸."

구석에 앉아 있던 꼽추가 신이 났다.

"그 천골은 맞으면서도 겁도 안 내고, 도리어 가엾다, 가엾다라고 중얼거리더라는 거야."

희끗희끗한 수염이 말했다.

"그런 놈을 때린 것이 뭐가 가엾다고?"

캉 어른은 그에게 경멸하는 듯한 표정을 짓고는 비웃으며 말했다.

"당신은 내 말을 잘못 알아듣고 있어. 그의 표정으로 보아, 아이가 불쌍하다는 거야."

듣고 있던 사람들의 눈빛이 별안간 이해할 수 없다는 듯 멍청해지더니, 이야기도 뚝 끊겼다.

샤오수안은 밥을 다 먹고 나자, 온몸이 땀투성이가 되었고 머리에서는 김이 무럭무럭 피어오르고 있었다.

"아이가 가엾다니 — 미쳤지. 정말 미친 거야."

희끗희끗한 수염이 별안간 크게 깨달은 듯이 말했다.

"그래, 미친 거야!"

스무 살 남짓한 젊은이도 역시 크게 깨달은 듯이 말했다.

가게 안의 손님들은 다시 활기를 띠고 담소하기 시작했다. 샤오 수안은 그 왁자지껄 떠드는 틈을 타서 죽자 하고 기침을 했다.

캉 어른이 앞으로 다가와서는 그의 어깨를 두드리며 말했다.

"틀림없이 낫는다! 샤오수안! ……그렇게 기침하면 안 돼. 꼭 나을 거야!"

"미쳤지."

꼽추 영감이 고개를 끄덕이며 말했다.

4

서쪽 성문 밖의 성벽 아래 땅은 원래 관가 땅이었다. 중간을 가로지른 꾸불꾸불한 오솔길은 지름길로 가려는 사람들의 발길로 자연스럽게 경계를 이루고 있었다. 그 길 왼쪽은 모두 사형이나 옥살이로 목숨을 잃은 사람들이 묻혀 있고, 오른쪽은 빈민들의 공동묘지였다. 양쪽 다 이미 무덤들이 층층이 겹겹이 가득 들어찬 것이 마치 부잣집 생일 잔치상에 만두를 쌓아놓은 듯했다.

그해 청명절(淸明節)은 유난히 추워 버드나무는 겨우 쌀 반 알 갱이만한 새눈이 텄다. 날이 밝은 지 얼마 안 되는데 화 서방 아내는 이미 오른쪽의 새 무덤 앞에 웅크리고 앉아 네 접시의 반찬과 한 그릇의 밥을 늘어놓고 한바탕 곡을 한 뒤 지전(紙錢)*을 태우고는 멍하니 무언가를 기다리기라도 하듯 땅바닥에 앉아 있었다. 하지만 무엇을 기다리는지는 그녀 자신도 몰랐다.

미풍이 불어와 그녀의 짧은 머리를 흩날렸다. 분명히 작년보다 훨씬 백발이 늘어나 있었다.

오솔길로 한 여인이 걸어왔다. 역시 반백의 머리에 남루한 옷을 걸치고, 낡아 부서진 붉은 칠을 한 둥근 광주리를 들고 있었다. 그녀는 광주리 밖으로 한 꾸러미의 지전을 늘어뜨리고 터벅터벅 걸어왔다.

그녀는 문득 땅바닥에 주저앉은 화 서방 아내가 자기를 바라보고 있음을 알자, 약간 망설이더니 핏기 없는 얼굴에 부끄러운 듯한 기색을 떠올렸다. 하지만 결국 체면 따질 것 없다는 듯이 왼쪽에 있는 무덤 앞으로 가 광주리를 내려놓았다.

그 무덤과 샤오수안의 무덤은 한 일 자로 나란히 줄지어 있으며 그 사이에 오솔길이 가로질러 있었다.

화 서방 아내는 그녀가 네 접시의 찬과 밥 한 그릇을 차려놓고, 선 채로 한참 곡을 하고 지전을 태우는 걸 보면서 속으로 생각했다.

'저 무덤도 역시 아들인 모양이군.'

그 늙은 여인이 주위를 둘러보더니 별안간 수족을 떨며 비틀거리다가 몇 발짝 뒷걸음질을 치는데, 눈을 크게 뜬 것으로 보아 넋이 나간 것 같았다.

화 서방 아내는 이 모양을 보고, 그녀가 상심한 나머지 미쳐 버리는 게 아닌가 하고 걱정이 되었다. 더 참고 있을 수가 없어 벌떡 일어나 오솔길을 건너가서 나지막한 소리로 그녀에게 말을 걸었다.

"여보세요. 아주머니. 너무 마음 아파하지 마세요. 우리 같이 돌아가는 것이 좋겠어요."

그 여인은 고개를 끄덕였지만, 눈은 여전히 위쪽을 향해 크게 뜨여 있었다. 그리고 작은 소리로 더듬거리며 말하는 것이었다.

"보세요. — 저게 뭐지요?"

화 서방 아내는 그녀가 가리키는 쪽을 바라보았다. 눈길이 앞에 있는 무덤에 머물렀다.

이 무덤은 아직 풀뿌리조차도 제대로 내리지 못해 황토(黃土)가 덩어리덩어리지어 매우 보기 흉하게 드러나 있었다. 그 위를 좀 더 자세히 살펴보던 화 서방 아내는 자기도 모르게 깜짝 놀랐다. — 분명히 붉고 흰 꽃들이 그 무덤 꼭대기를 에워싸고 있었다.

그들 두 할머니의 눈은 이미 노화된 지 오래되었지만 그 붉고 흰 꽃은 그래도 똑똑히 알아볼 수 있었다. 꽃이 많지는 않지만 둥글게 테를 이루고 있으며, 썩 싱싱하지는 못하지만 그런대로 단정하게 피어 있었다.

화 서방 아내는 얼른 자기 아들의 무덤과 다른 사람의 무덤들을 둘러보았다. 거기에는 단지 추위에도 아랑곳 않는 몇 송이 작은 파랑꽃들이 드문드문 피어 있을 뿐이었다.

그녀는 마음속에 갑자기 어떤 아쉬움과 공허감이 퍼져 가는 것을 느꼈다. 하지만 그 까닭을 캐고 싶지는 않았다.

그 늙은 여인은 다시 몇 발짝 다가서서 자세히 둘러보며 혼잣말로 중얼거렸다.

"이건 뿌리가 없어. 저절로 피어난 것 같진 않은데! ─ 이런 데를 대체 누가 왔었을까? 아이들도 놀러 오지 않는 데를! ─ 일가 친척들이 발길을 끊은 지는 오래되었는데 ─ 대체 이게 어찌 된 일일까?"

그녀는 한참 동안 생각에 잠겨 있더니 별안간 눈물을 흘리며 큰 소리로 부르짖는 것이었다.

"위얼(瑜兒)아! 그놈들이 널 무고하게 죽인 거지? 너는 그것을 잊을 수가 없고, 너무나 원통하여, 그래서 오늘 일부러 영험을 나타내서 내게 알리려는 것이지?"

그녀가 주위를 둘러보니 한 마리의 까마귀가 잎이 모두 떨어져 나간 나무 위에 앉아 있었다. 그녀는 다시 말을 계속했다.

"알겠다. ─ 위얼아, 너를 모함한 놈들이 가엾구나. 그놈들은 이제 곧 천벌을 받을 테니. 하느님은 모든 걸 다 알고 계신다. 너는 이제 눈을 감으면 된다. ─ 만약 정말 네가 여기서 내 목소리를 듣는다면 저 까마귀를 네 무덤 위로 날게 하여 나에게 보여다오."

미풍은 벌써부터 멈추어 있었다. 시든 풀들은 마치 철사같이 꼿꼿이 서 있다. 그 풀들이 떠는 소리는 공기 속에서 점점 가늘어지더니 끝내 사라져 버렸다. 주위는 온통 죽은 듯이 조용했다.

두 사람은 마른 풀밭에 선 채 까마귀를 올려다보았다. 까마귀는 곧은 나뭇가지 사이에서 머리를 움츠리고 동상처럼 꿈쩍도 않고 서 있었다.

오랜 시간이 지나고, 무덤을 찾아 오는 사람들의 수가 점차 늘어났다. 몇 사람의 노인과 어린아이들이 무덤 사이를 들락거렸다.

　화 서방 아내는 어쩐지 무거운 짐을 내려놓는 듯한 기분이 들어 그만 돌아갈 생각으로, 그녀에게 권했다.

　"우리 이제 돌아가는 게 좋겠네요."

　늙은 여인은 후우 한숨을 내쉬고는, 되는 대로 밥과 반찬을 챙기더니 또 한참을 망설이다가 끝내는 천천히 걷기 시작했다. 입속으로는 계속 혼잣말을 중얼거리고 있었다.

　"이게 어찌된 일이지……?"

　두 사람이 미처 스무 발짝도 못 옮겼을 무렵에 별안간 등뒤에서 "까악 —" 하는 큰 울음소리가 들렸다.

　두 사람이 흠칫하여 돌아보니, 그 까마귀가 두 날개를 펴고, 몸을 한 번 꺾더니 곧바로 먼 하늘을 향해 쏜살같이 날아가고 있었다.

1919년 4월

내일(明天)

"아무 소리도 없네. ─ 어린 것이 어찌 되었나?"

빨강코 라오공(老拱)은 황주 한 사발을 들고 이렇게 말하면서 이웃집을 향해 턱짓을 했다. 얼굴빛이 푸르죽죽한 아우(阿五)가 술사발을 놓고 손바닥으로 그의 등을 한 차례 힘껏 치고는 어쩌고 저쩌고 떠들어 댔다.

"자네…… 자네, 또 생각하고 있군 그래……."

루진(魯鎭)은 본래 외진 곳이라 아직도 옛 풍습이 많이 남아 있어서 초저녁 일곱 시도 못 되어 모두 문을 닫고 잠을 잔다. 한밤중이 되어도 잠들지 않고 있는 곳은 단지 두 집뿐이다. 한 집은 함형 주점으로, 몇 명의 술꾼들이 목로를 둘러싸고 기분 좋게 먹고 마신다. 다른 한 집은 바로 이웃의 산쓰(單四) 아주머니네 집이다. 그녀는 재작년에 과부가 된 후로, 오로지 자신의 두 손으로 물레질을 하여 자신과 세 살 난 아들이 먹고 살아야 하기 때문에 늦게 잔다.

요 며칠 확실히 물레질하는 소리가 나지 않았다. 그러나 밤이 깊어서까지 자지 않는 집이 두 집뿐이기 때문에 산쓰 아주머니 집에서 소리가 나면 자연 라오꿍이 듣게 되고, 소리가 안 난다 해도 라오꿍만은 알게 된다.

라오꿍은 한 대 맞더니 기분이 아주 좋아진 듯 한 잔 잔뜩 들이켜고는 신이 나서 민요를 부르기 시작했다.

이때 산쓰 아주머니는 아들 빠오(寶)를 안고 침대 가에 앉아 있었고, 물레는 조용히 바닥에 놓여 있었다. 어둠침침한 등불이 빠오의 얼굴을 비추고 있었다. 열이 오른 얼굴에 푸른 기를 띠고 있었다. 산쓰 아주머니는 마음속으로 헤아려 보았다. 신점도 쳐 보았고 불공도 드려 보았고 민간 처방약도 먹여 보았는데 아직 효험이 없으니 어떻게 하면 좋을까? — 그래 이제는 허샤오셴(何小仙)에게 진찰을 받으러 가는 길밖에 없어. 그러나 빠오가 낮에는 덜하고 밤에는 더하니 하룻밤 자고 나서 해가 떠오르면 열도 가라앉고 숨가쁜 것도 고르게 될지 모른다. 사실 병자에게 그런 일은 흔히 있는 일이다.

산쓰 아주머니는 우매한 여인이어서 '하지만'이라는 말의 무서움을 똑똑히 몰랐다. 많은 나쁜 일들은 물론 요행이 있음으로 해서 좋아지기도 하나, 많은 좋은 일들은 도리어 그것 때문에 그르치기도 한다.

여름밤은 짧아서 라오꿍 패거리가 소리 지르며 노래를 다 부르고 난 뒤 얼마 되지 않아 동녘이 훤히 밝아왔다. 조금 있으려니 창틈으로 은백색의 새벽빛이 스며들어 왔다.

산쓰 아주머니는 날 밝기를 기다리자니 다른 사람처럼 쉽지 않고 대단히 더디게 뜨는 것처럼 느껴졌다. 빠오의 숨결 하나하나가 거의 1년이 지나는 것처럼 길었다. 이제 완전히 날이 밝았다. 날이 밝자 등불은 빛을 잃었다. ─ 빠오의 콧방울이 열렸다 닫혔다 벌름거리는 게 보였다.

산쓰 아주머니는 심상치 않다는 것을 알고는 자기도 모르게 "아이고!" 하고 외마디 소리를 지르며 마음속으로 생각해 보았다. '어떻게 하면 좋을까? 허샤오셴에게 진찰 받으러 가는 길밖에는 없구나.'

그녀는 비록 우매한 여인이지만 결단이 서자 곧 일어나서 나무 궤짝 속에서 매일 절약해 온 열세 닢의 은화와 180푼의 동전을 꺼내어 모두 주머니 속에 넣고 문을 잠근 뒤, 빠오를 안고 곧장 허씨 집을 향해 달려갔다.

아직 이른 아침인데도 허씨의 집에는 벌써 환자가 넷씩이나 앉아 있었다. 그녀는 은화 40전을 내고 진찰권을 샀다. 다섯 번째 빠오의 차례가 되었다. 허샤오셴은 손가락 두 개로 맥을 짚어 보는데, 손톱 길이가 족히 네 치도 더 되었다. 산쓰 아주머니는 속으로 놀랐지만, 어쨌든 마음속으로는 빠오가 틀림없이 살아날 수 있을 거라고 생각했다. 그러나 마음이 조급해서 물어보지 않고는 참을 수가 없었으므로 공손하게 물었다.

"선생님 ─ 우리 빠오가 무슨 병인가요?"

"이 애는 중초(中焦)*가 막혔어요."

"괜찮을까요? 애는……."

"먼저, 두 첩 먹입시다."

"이 애는 숨이 가쁘고 콧방울이 벌렁거리는데요."

"그것은 화(火)*가 금(金)*을 누르고 있기 때문이오……."

허샤오셴은 말을 하다 말고 눈을 감았다. 산쓰 아주머니는 더 묻기가 민망했다. 허샤오셴과 마주 앉아 있는 30여 세 난 남자가 이때 이미 약 처방을 다 쓰고는 종이 모서리에 쓴 몇 글자를 가리키며 말했다.

"이 첫 번째의 보영활명환(保嬰活命丸)은 쟈(賈)씨네 제세(濟世) 약방에만 있는 겁니다."

산쓰 아주머니는 처방을 받아들고 걸어가면서 궁리했다. 그녀가 비록 우매한 여인이긴 해도, 허씨네 집과 제세약방과 자기 집은 바로 삼각 지점에 있으므로 당연히 약을 사 가지고 집에 가는 것이 편리하다는 것쯤은 알았다. 그래서 제세약방을 향해서 곧장 달려갔다. 약국의 점원도 긴 손톱을 세우고 천천히 약방문을 훑어보더니 느릿느릿 약을 지었다. 산쓰 아주머니는 빠오를 안고 기다렸다. 빠오가 갑자기 작은 손을 들어 힘껏 그녀의 헝클어진 머리털을 한 움큼 뽑는 것이었다. 이건 지금까지 전혀 없었던 행동이었다. 산쓰 아주머니는 두려움에 넋이 나가는 듯했다.

해는 이미 훌쩍 떠올라 있었다. 산쓰 아주머니는 어린애를 안은데다 약 꾸러미까지 들고 있어서 걸어갈수록 더 무거워지는 것을 느꼈다. 아이가 끊임없이 보채어 길이 더욱 먼 것 같았다. 하는 수 없이 길가의 어느 집 문지방에 앉아 쉬고 있으려니까, 옷이 살갗에 닿는 것이 얼음에 닿은 듯이 선뜻하였다. 그녀는 그때야 비로소 자기 몸이 온통 땀에 젖어 있는 것을 알았다. 빠오는 잠이 든 것 같았다. 다시 일어나서 천천히 걸었으나 여전히 지탱할 수가 없었다. 그때 갑자기 귓가에 누군가가 말하는 소리가 들렸다.

"산쓰 아주머니, 내가 대신 안아 줄까!"

얼굴빛이 푸른 아우(阿五)의 목소리 같았다.

고개를 들고 보니 바로 푸른 얼굴의 아우가 잠이 덜 깬 듯 몽롱한 눈을 하고 그녀를 따라오고 있었다.

산쓰 아주머니는 그때 하늘에서 천사라도 내려와 작은 힘이나마 자신을 도와주었으면 하고 바라던 참이었지만 아우만은 내키지 않았다. 그러나 아우가 의협심에 어찌 됐든 꼭 도와주겠다고 하는 바람에 잠시 사양하다가 마침내 허락하고 말았다. 그가 팔을 뻗쳐 산쓰 아주머니의 유방과 아이 사이에 손을 집어넣어 아이를 안아 갔다. 산쓰 아주머니는 유방이 화끈해지고 순간적으로 뺨과 귀뿌리가 뜨거워짐을 느꼈다.

그들 두 사람은 두 자 반쯤 떨어져 함께 걸었다. 아우가 몇 마디 말을 걸었으나 산쓰 아주머니는 거의 대답을 하지 않았다. 아우는 얼마 안 가서 아이를 그녀에게 돌려주며, 어제 친구와 약속한 식사 시간이 다 되었다고 말하는 것이었다. 산쓰 아주머니는 아이를 받았다. 다행히 집도 별로 멀지 않았다. 앞집의 왕쥬(王九) 할멈이 길가에 나와 앉아 있는 것이 보였다. 그녀가 멀리서 말했다.

"산쓰 댁, 아이는 어때? — 의사 선생님께 보였어?"

"보이긴 보였는데, — 왕쥬 할머니, 당신은 연세가 많으시니까 보신 것도 많겠죠. 당신의 경험으로 봐 주시는 것이 낫겠어요. 어때요……."

"허……."

"어때요."

"허……."

왕쥬 할멈은 한 차례 자세히 살피더니 머리를 두 번 끄덕이고 두 번 가로 저었다.

빠오가 약을 먹은 것은 정오가 지나서였다. 산쓰 아주머니가 유심히 아들의 안색을 살펴보니 적잖이 평온해진 듯했다. 오후가 되자 갑자기 눈을 뜨고 "엄마" 하고 한마디 부르고는 다시 눈을 감았다. 꼭 잠이 든 것 같았다. 잠이 들고 한참 있다가 보니 이마에도 코끝에도 모두 방울방울 땀방울이 맺혀 있었다. 살그머니 만져보니, 풀처럼 끈적거렸다. 당황한 산쓰 아주머니는 가슴을 문질러 주다가 그만 참지 못하고 오열하기 시작했다.

빠오의 호흡이 평온에서 무호흡으로 변하자, 산쓰 아주머니의 목소리도 오열에서 통곡으로 변했다. 그러자 많은 사람들이 모여들었다. 문 안에는 왕쥬 할멈과 푸른 얼굴의 아우 등이 있고, 문 밖에는 함형주점의 주인과 빨강코 라오꿍 등이 있었다. 왕쥬 할멈은 곧 지전(紙錢) 한 묶음을 불사르라고 일렀다. 그리고 산쓰 아주머니를 위해 걸상 두 개와 다섯 벌의 옷을 저당잡히고 은화 2원을 꾸어 일 보는 사람들에게 밥을 준비하게 했다.

첫째 문제는 관이었다. 산쓰 아주머니에게는 아직 한 쌍의 은귀걸이와 도금한 은비녀 한 개가 있었다. 모두 함형주점 주인에게 주면서, 그가 보증을 서서 반은 현금으로 반은 외상으로 관을 사게 해 달라고 부탁했다. 푸른 얼굴의 아우가 손을 내밀면서 자진하여 관 사는 것을 돕겠다고 나섰으나, 왕쥬 할멈은 허락하지 않고, 단지 내일 관을 메고 가는 것만 허락했다. 아우는 "늙은 여우" 하고 한마디 욕을 내뱉고는 못마땅한 듯 입을 내밀고 서 있었다. 함형주점의 주인이 친히 갔다가 저녁때가 되어서야 돌아왔는데, 관은 지금 만들고 있고 새벽이나 되어야 다 될 거라고 말했다.

함형주점 주인이 돌아왔을 때, 일을 도와주던 사람들은 벌써 저녁 식사를 다 끝마친 후였다. 루진은 옛 풍습이 남아 있기 때문에 일곱 시도 안 돼서 모두들 집에 돌아가 잠자리에 들었다. 다만 아우만이 함형주점의 목로에 기대어 술을 마시고 있었고, 라오꿍이 소리 지르며 노래 부르고 있을 뿐이었다.

이 무렵 산쓰 아주머니는 침대 가에 앉아서 울고 있었다. 빠오는 침대에 누워 있었고, 물레는 조용히 땅바닥에 놓여 있었다. 한참 후에야 산쓰 아주머니는 눈물을 거두었다. 눈을 크게 뜨고 사방 형편을 둘러보니 괴이하고 모든 일이 있을 수 없는 일처럼만 느껴졌다. 그녀는 마음으로 생각했다. 꿈일 뿐이야, 모든 것이 꿈이야. 내일 아침에 깨어나면 나는 침상에서 한잠 잘 자고 일어날 거고, 빠오도 내 곁에서 잘 자고 있겠지. 그리고 그 애가 잠을 깨면 "엄마!" 하고 부르며, 용이나 호랑이처럼 씩씩하고 활발하게 뛰어나가 놀 것이다.

라오꿍의 노랫소리도 벌써 잠잠해졌고, 함형주점의 불도 꺼졌다. 산쓰 아주머니는 눈을 크게 뜨고 둘러보았다. 아무래도 모든 일이 믿어지지 않았다. ― 닭도 울었다. 동녘이 점점 훤해지더니 창 틈으로 은백색의 새벽빛이 비쳐 새들어왔다.

은백색의 새벽빛이 서서히 붉은빛을 띠더니 이어서 햇빛이 지붕을 비쳤다. 산쓰 아주머니는 눈을 뜨고 멍청히 앉아 있었다. 문을 두드리는 소리를 듣고서야 깜짝 놀라 뛰어나가 문을 열었다. 문밖에는 모르는 사람이 무언가를 등에 짊어진 채 서 있었고, 뒤에는 왕쥬 할멈이 서 있었다.

아, 그들은 관을 짊어지고 온 것이다.

오후가 되어서야 겨우 관 뚜껑이 닫혔다. 왜냐하면 산쓰 아주머니가 울다 들여다보고, 또 울다 들여다보며 한사코 덮지 못하게 했기 때문이었다. 왕쥬 할멈이 기다리다가 참을 수 없어 화를 내며 앞으로 달려나가 그녀를 끌어낸 다음에야 겨우 여러 사람이 부랴부랴 뚜껑을 덮었다.

산쓰 아주머니는 빠오에게 온갖 정성을 다 쏟아서 조금도 부족함이 없게 하려고 했다. 어제는 지전을 한 묶음 불살랐고, 오전에는 49권의 대비주(大悲呪)를 불살랐다. 염(斂)할 때는 빠오에게 제일 좋은 새옷을 입혔고, 평소에 좋아하던 장난감 ― 흙 인형 한 개, 작은 나무 그릇 두 개, 유리병 두 개 ― 을 머리맡에 놓아 주었다. 후에 왕쥬 할멈이 손가락을 꼽으며 차근차근 세어 보았더니, 무엇 하나도 빠진 것이 없었다.

이날 하루 동안, 푸른 얼굴의 아우는 온종일 나타나지 않았다. 함형주점의 주인은 산쓰 아주머니를 위해 두 사람의 인부를 고용하여 한 사람에게 210푼씩 주고 묘지까지 관을 메고 가 안장하게 해 주었다. 왕쥬 할멈은 그녀를 도와 밥을 지어서는, 일을 했거나 조언을 해 주었던 사람들 모두에게 식사를 대접하도록 해 주었다. 해가 점점 서산으로 넘어가려는 빛을 보이자, 밥을 다 먹은 사람들도 모두 집으로 돌아가려는 빛을 보였다. ― 이렇게 하여 그들은 마침내 모두 집으로 돌아갔다.

산쓰 아주머니는 몹시 현기증이 났으나 좀 쉬고 난 후에 조금 평정을 찾았다. 그러나 그녀는 곧이어서 이상한 느낌에 사로잡혔다. 평생 당해 보지 못한 일을 당했고, 있을 수 없을 것 같던 일이 확실히 일어났다. 그녀는 생각할수록 이상한 느낌이 들었다. ― 이 방 안이 갑자기 너무 조용해졌다.

그녀는 일어나서 불을 켰다. 방은 더욱 조용해졌다. 그녀는 비틀비틀 걸어가서 문을 닫고 돌아와 침상 가에 앉았다. 물레는 조용히 방바닥에 놓여 있었다. 그녀는 정신을 가다듬고 사면을 돌아다보더니 더욱더 안절부절을 못했다. 방 안이 너무 조용할 뿐 아니라 너무 크고 공허했다. 커다란 방이 사면에서 그녀를 에워싸고 휑뎅그렁한 것들이 사면에서 그녀를 압박하여 숨도 못 쉬게 했다.

그녀는 그제서야 아들 빠오가 확실히 죽었다는 걸 알았다. 방 안을 보는 것이 싫어 불을 끄고 누웠다. 그녀는 울면서 생각했다. 언제였던가, 그녀가 무명실을 잣고 있을 때 빠오가 곁에 앉아 회향두(茴香豆)를 먹으며 조그맣고 새까만 두 눈을 크게 뜨고 잠깐 생각하더니, "엄마! 아빠가 물만두 장사 했지? 나도 커서 물만두 장사 할래. 돈 많이 벌어서 ― 모두 엄마 줄게" 한 적이 있었지. 그때는 정말 자아내는 무명실까지도 한 치 한 치가 모두 의미가 있었고, 마디마디가 모두 살아 있는 것 같았어. 그러나 지금은 어떤가? 지금 한 일, 산쓰 아주머니로서는 사실 아무런 생각도 나지 않았다. — 전에도 말했듯이, 그녀는 우매한 여인이다. 그녀가 무슨 생각을 해낼 수 있겠는가? 그저 단순히 이 방이 너무 고요하고 너무 크고 너무 비었다는 생각만 할 뿐이었다.

그러나 산쓰 아주머니가 비록 우매하긴 해도, 죽은 혼이 돌아온다는 것은 있을 수 없는 일이고, 아들 빠오도 다시는 만날 수 없다는 것만은 확실히 알고 있었다. 그녀는 깊은 한숨을 쉬고 혼잣말로 중얼거렸다.

"빠오야, 너는 틀림없이 아직 여기 있을 테니, 내 꿈속에라도 나타나 주렴."

그러고는 눈을 감았다. 빨리 잠이 들어 아들 빠오를 만나고 싶었다. 괴로운 숨소리가 고요하고 크고 공허한 공간을 지나가는 것이 자신에게도 똑똑히 들렸다.

산쓰 아주머니는 마침내 아련히 꿈속으로 빠져 들어갔고 온 방 안은 아주 고요해졌다. 이때 빨강코 라오꿍은 이미 노래를 마치고 비틀비틀 함형주점을 나와 더욱 목청을 높여 노래를 부르기 시작했다.

"원수 같은 당신이지만! — 불쌍한 당신 — 홀로 외로운⋯⋯."

푸른 얼굴의 아우가 손을 뻗쳐 라오꿍의 어깨를 움켜쥐고, 두 사람은 이리 비틀 저리 비틀 웃으며 지껄이며 걸어갔다.

산쓰 아주머니는 벌써 잠이 들었다. 라오꿍 패거리도 가 버렸고 함형주점도 문을 닫았다. 이 시각의 루진은 완전히 정적 속으로 떨어졌다. 다만 저 어두운 밤만이 내일의 변화를 기대하며 여전히 정적 속을 바쁘게 달려가고 있었다. 그리고 개 몇 마리가 어둠 속에 숨어서 컹컹 짖어 대고 있을 뿐이었다.

1920년 6월

작은 사건(一件小事)

　내가 시골에서 경성으로 나온 지 눈 깜짝할 사이에 벌써 6년이나 흘러갔다. 그동안 보고 들은, 이른바 국가 대사라는 것도 헤아려 보니 무척 많았지만, 내 가슴에 자취를 남긴 것은 아무것도 없었다. 만약 그 사건들이 내게 미친 영향에 대해서 말해 보라고 한다면, 단지 내 나쁜 버릇만 더 늘어난 것뿐이라고 하겠다. ― 솔직히 말하자면, 나는 하루하루 더욱 사람들을 경멸하게끔 되었다.

　하지만 한 가지 사건만은 나에게 뜻있는 것이었고, 그것만은 나를 나쁜 버릇으로부터 벗어나게 해 주었기 때문에 지금까지도 잊지 않고 있다.

　민국(民國) 6년의 겨울이었다. 바로 강한 북풍이 맹렬히 휘몰아치던 날이었지만, 나는 생계를 꾸리기 위해 어쩔 수 없이 아침 일찍 길을 나서야 했다. 길에는 오가는 사람이 거의 없었다. 가까스로 인력거 한 대를 잡아타고 인력거꾼에게 S문(門)으로 가자고 했다. 얼마 후 북풍도 잠잠해지고, 길 위의 떠다니던 먼지도 이미 바람에 깨끗이 쓸려 한 줄기 말쑥한 큰길이 드러났다. 인력거꾼도 더욱 빨리 달려갔다.

막 S문 가까이 다가갔을 때, 별안간 한 사람이 인력거 손잡이에 걸려 비실비실 쓰러졌다. 쓰러진 사람은 여인이었는데, 희끗희끗한 머리에 옷은 몹시 남루했다. 그녀가 큰길 옆에서 갑자기 인력거 앞을 가로질러 가려고 하자, 인력거꾼은 재빨리 길을 비켰었다. 그러나 그녀의 너덜너덜해진 솜조끼의 단추가 채워지지 않아 바람에 불려 헤쳐지면서 그만 손잡이에 걸리고 말았던 것이다.

다행히 인력거꾼이 빨리 멈추었기에 망정이지, 그렇지 않았더라면 그녀는 틀림없이 크게 곤두박질을 치며 넘어져 머리가 깨져 피가 났을 것이다.

그녀가 땅에 엎어지자, 인력거꾼은 곧 멈춰섰다. 내겐 이 노파가 심하게 다쳤다고는 생각되지 않았다. 더구나 본 사람도 없는데, 일을 번거롭게 하는 인력거꾼이 매우 이상하게 여겨졌다. 만약 그 자신이 시비를 따지려 든다면 그만큼 나의 길도 늦어지고 만다. 나는 그에게 말했다.

"별일 아니구먼! 어서 가세!"

하지만 인력거꾼은 전혀 들은 척도 하지 않고, — 혹 전혀 못 들었는지도 모르겠지만 — 인력거를 내려놓고는, 그 노파의 어깨를 부축하여 천천히 일으켜 세우고 그녀에게 묻는 것이었다.

"어떠세요?"

"넘어져 다쳤어요."

나는 생각했다. '내가 천천히 쓰러지는 것을 보았는데 어떻게 쓰러져 다칠 수 있어? 엄살을 부리다니 정말 밉살스럽군. 인력거꾼도 그렇지, 스스로 고생을 사서 하다니 지금 제 궁리나 할 것이지!'

인력거꾼은 그 노파의 말을 듣자, 조금도 망설이지 않고 그 여인의 팔을 부축하여 한 발짝씩 앞으로 나아갔다. 조금 이상하여 얼른 앞을 바라보니, 거기엔 파출소가 있었다.

큰 바람이 지나간 뒤라서인지, 거리에는 사람 하나 보이지 않았다. 인력거꾼은 그 노파를 부축하여 바로 그 파출소 문을 향해 걸어가고 있었다.

이때 나는 갑자기 이상한 감동을 받았다. 온몸에 먼지를 뒤집어 쓴 그의 뒷모습이 일순간 몹시 커지더니, 한 걸음씩 발을 떼어놓을 때마다 그것은 점점 더 커져서, 마침내 우러러보아야만 보일 만큼 커졌다. 또한 그는 내게 점차로 일종의 위압에 가까운 것으로 변하여, 심지어는 내 가죽털옷 속에 숨겨져 있는 '작은 것'을 눌러 짜려고 하는 것 같았다.

나의 기력은 이때 거의 응결되었다. 꼼짝 못하고 앉아 있었고 아무 생각도 나지 않았다. 파출소 안에서 순경 한 사람이 걸어나오는 것을 보고서야 비로소 인력거에서 내렸다. 순경은 내게 다가서며 말했다.

"다른 인력거를 잡으시지요. 저 사람은 이제 끌지 못하게 되었습니다."

난 아무 생각 없이 외투 주머니에서 동전을 한 줌 꺼내어 순경에게 건네주며 말했다.

"인력거꾼에게 전해 주시오……."

바람은 완전히 멎었지만 길은 아직도 조용했다. 나는 걸으면서 생각했다. 두려움으로 감히 내 자신에 대해 생각할 수조차 없었다. 그전의 일들은 접어 두고라도, 그 한 줌의 동전이 무슨 뜻이 있는가? 그를 표창하려고? 내가 인력거꾼을 심판할 자격이 있는가? 나는 내 자신에게 대답할 수가 없었다.

이 일은 지금까지도 항시 내 머리에 떠오른다. 나는 그것 때문에 항상 고통을 참고 내 자신에 대해 생각하려고 노력한다. 요 몇 년 동안 문치(文治)니, 무력(武力)이니 하는 것은, 내가 일찍이 어린 시절에 읽었던 '공자가 말씀하시기를, 시(詩)에 이르기를……' 같은 것은 반 구절도 외워낼 수 없다. 다만 이 작은 사건만은 항시 내 눈앞에 아른거리며, 어떤 때는 도리어 더욱 분명해져서 나를 부끄럽게 하고, 나를 새롭게 분발시키고, 아울러 나에게 용기와 희망을 북돋워 준다.

1920년 7월

머리털 이야기(頭髮的故事)

일요일 이른 아침이었다. 나는 전날의 일력(日曆)을 뜯어내고, 새로운 장을 찬찬히 보며 말했다.

"아! 10월 10일이군! — 알고 보니 오늘이 바로 쌍십절(雙十節)인데 여기엔 아무런 표시도 없다니."

선배 N선생이 마침 우리 집에 왔길래 한담을 하고 있던 참이었다. 그는 이 말을 듣자 매우 불쾌한 듯이 나에게 말했다.

"그들이 옳아! 그들이 기억하고 있지 않다고 해서 자네가 그들을 어쩌겠나? 또 자네가 기억하고 있다고 해서 무얼 어쩌겠나?"

본래 이 N선생은 성질이 괴팍해서 늘상 별것 아닌 일에 화를 내고, 세상 물정에 꽉 막힌 소리를 하곤 했었다. 그런 때면 나는 대체로 혼자 제멋대로 지껄이게 내버려 두고 말참견을 하지 않으면 그만이었다. 그는 혼자 하고 싶은 말을 다 떠들고 나면 제풀에 시들어지게 마련이었다. 그가 말했다.

"나는 베이징의 쌍십절 정경에 가장 감탄하네. 이른 아침에 순경들이 집집마다 돌아다니며 '기를 꽂으시오' 하고 분부하면, '예! 꽂겠습니다' 하고는 거의 모든 집마다 한 사람씩 어슬렁어슬렁 나와서는 알록달록한 광목천을 게양하지. 그러다 밤이 되면 기를 거두고 문을 닫는데, 어떤 집은 거둬들이는 걸 잊고 그 다음날 오전까지 걸어 두기도 하지. 그들은 기념하는 걸 잊은 거야! 기념 행사도 그들을 잊었고!

　나도 역시 기념하는 걸 잊어버린 사람 중의 하나지. 만약 억지로 기념해 보라고 한다면, 첫 번째 쌍십절 무렵의 일이 생각나서 나를 몹시 불안하게 하네. 많은 옛사람들의 얼굴이 내 눈앞에 아른거리네. 어떤 젊은이들이 십몇 년을 고생하며 뛰어다니다가 아무도 모르게 탄알 하나에 생명을 빼앗기기도 했고, 또 어떤 젊은이들은 총알은 맞지 않았으나 감옥에 갇혀 한 달 이상이나 고문에 시달렸지. 어떤 젊은이들은 큰 뜻을 품고는 있었지만 홀연히 종적이 묘연해져 그 유해조차 찾을 길이 없었다네.

　그들은 모두가 사회의 냉소와 조롱과 박해와 모함 속에서 일생을 보냈네. 지금은 그들의 묘지조차도 망각 속에서 점점 사라져 가고 있네.

　나는 그 일들을 감히 기념해 낼 수 없네!

　우리 조금 재미있는 일을 기억해 내어 이야기하는 게 좋겠네!"

　N선생은 갑자기 미소를 띠며 손을 뻗어 자신의 머리를 한 번 쓰다듬고 나서 큰소리로 말하는 것이었다.

　"내게 가장 유쾌했던 일은, 첫 번째 쌍십절을 지낸 후 길거리에서 다시는 남들에게 조롱당하지 않게 된 일이었지.

자네. 머리털이란 것이 우리 중국인에게 보배도 되고 원수도 되며 옛날부터 지금까지 얼마나 많은 사람들이 그것 때문에 전혀 가치 없는 고통을 받았는가를 알고 있겠지!

우리의 아득한 옛날 조상들은 머리털에 대해서 그래도 가볍게 보았던 듯하네. 형법으로 볼 때, 가장 중요한 것은 물론 머리니까 참수가 최고로 무거운 벌이었지. 다음으로 소중한 것이 생식기이므로 궁형(宮刑)이었고, 유폐(幽閉)도 놀라운 형벌이었어. 머리털을 자르는 형벌 같은 것은 정말 가볍기 짝이 없는 형벌이었네. 하지만 그런데도 헤아려 보면 얼마나 많은 사람들이 까까머리를 했던 까닭에 사회로부터 일생 동안 멸시를 받았는지 알 수 없다네.

우리가 혁명을 이야기할 때 무슨 '양저우(揚洲) 10일'이니, '쟈딩(嘉定) 도살'이니 하고 크게 떠들지만, 사실은 하나의 수단에 불과한 것이야. 사실대로 말해서, 그때 중국인들의 반항은 나라가 망했대서가 아니고 변발(辮髮)을 늘어뜨리는 일 때문이었어.

고집 부리는 백성들은 모두 죽여 버리고, 살아남은 늙은이들은 어차피 늙어 죽을 목숨이니 변발을 늘이게 허락했네. 그러다가 홍양(洪楊)이 또 난리를 일으켰네. 우리 할머니가 들려주신 이야기에 의하면 그때는 백성들만 재난을 당했다는 거야. 머리를 기른 사람은 관병에게 살해되고, 변발을 한 사람들은 반란군인 장발적에게 피살당했다는 거야.

나는 얼마나 많은 중국인이 이 별것 아닌 머리털 때문에 괴로움과 수난을 당하고 목숨까지 잃었는지 알 수가 없네!"

N선생은 두 눈으로 천장을 바라보며 무언가 생각에 잠겼다가

또 말을 이었다.

"이 머리털 때문에 나까지 곤란을 당하게 될 줄이야 누가 알았겠는가?

나는 유학을 가서 바로 변발을 잘라 버렸네. 그건 결코 무슨 특별한 이유가 있었던 게 아니라 단지 너무 불편했기 때문이었어. 그런데 뜻하지 않게도 변발을 머리 꼭대기에 둘둘 감고 다니던 유학생들은 나를 매우 싫어했고, 감독관도 매우 화를 내며 내 장학금을 취소하고 나를 중국으로 송환하겠다고까지 말하는 거였네.

그러나 며칠 안 되어, 그 감독관 자신이 강제로 변발을 깎이고 도망쳐 버렸어. 그의 머리를 깎은 사람 중의 한 사람이 '혁명군'의 쩌우룽(鄒容)이었네. 그것 때문에 그 사람은 더 이상 유학을 계속하지 못하고 상하이(上海)로 돌아왔다가 뒤에 감옥에서 죽었지. 자네 벌써 잊었겠지?

몇 년이 지나자 우리 집 형편이 전 같지 않아 무슨 일이든 하지 않으면 굶을 판이어서, 중국에 돌아오지 않을 수 없었네. 나는 상하이에 도착하자마자, 당시의 시가로 2원이나 하는 가짜 변발을 사서 뒤집어쓰고 집에 돌아갔네. 어머님은 오히려 아무 말씀도 안 하셨는데, 주위 사람들이 내 얼굴을 보자마자 제일 먼저 그 변발을 갖고 논의를 하더군. 그러다가 그것이 가짜라는 것을 알게 되자, 한마디 비웃고는 나를 참수형(斬首刑)에 해당되는 죄라도 지은 듯이 하는 것이었어. 친척 한 분은 관가에 고발하려고까지 했었지만, 혹 후에 혁명당의 모반이 성공할까 봐 두려워 그만두었다더군.

나는 가짜가 진짜보다 못하다고 단호하게 결단을 내리고, 아예 가발을 벗어던지고 양복을 입고 거리를 나다녔어.

길을 걷다보면 내내 조소와 욕설이 이어지더군. 어떤 자는 뒤에 따라다니며 '저 건방진 놈', '가짜 양놈' 하며 욕을 하더라구.

그래서 나는 양복을 입지 않고 장삼으로 바꾸어 입었지만 그들은 더욱 심하게 욕을 하는 거야.

그렇게 막다른 골목에 이르렀을 때 나는 손에 지팡이 하나를 가지고 다니며 필사적으로 몇 차례 휘둘러 댔네. 그러자 그들도 점점 욕을 하지 않더군. 다만 몽둥이를 휘두른 적이 없는 낯선 장소에 가면 여전히 욕설을 퍼부어 대는 거야.

이 사건은 지금까지도 때때로 기억할 정도로 날 매우 슬프게 하였네. 나는 유학 시절에 일간신문에서 남양(南洋)과 중국을 유람한 혼다(本多) 박사의 기사를 읽은 적이 있었네. 그 박사는 중국어나 말레이어를 모른다네. 그래서 어떤 사람이 그에게 묻기를 '당신은 언어가 통하지 않으면서 어떻게 다녔습니까?'라고 하자 그는 지팡이를 들어올리며 '이게 바로 그들의 말이지. 잘 알아듣던데!'라고 대답했다는 거야.

나는 그것 때문에 며칠 동안 몹시 화가 났었네. 그런데 결국엔 나도 그것을 사용하게 될 줄을 누가 알았겠는가? 더구나 사람들이 정말 잘 알아듣더군…….

선통(宣統) 원년에 나는 한 시골 중학교의 훈육교사가 되었는데, 동료들은 내가 가까이 올까 피했고, 관료들은 빈틈을 보일까 두려워 나를 경계했어. 나는 마치 하루 종일 얼음창고 안에 앉아 있는 듯, 형장 옆에 서 있는 듯한 기분이 들었네. 그것은 별다른 이유 때문이 아니었네. 단지 내게 변발이 없었기 때문이었어.

그러던 어느 날엔가 몇 명의 학생이 갑자기 내 방으로 뛰어들어오더니 '선생님, 저희는 변발을 자르려고 합니다'라고 말하는 거야.

나는 '안 돼' 하고 말했네.

'변발이 있는 것이 좋습니까? 없는 것이 좋습니까?'

'그야 없는 게 좋지…….'

'그럼 왜 안 된다고 하시는 겁니까?'

'그럴 것까지는 없어. 자르지 않는 게 그래도 너희들에게 좋을 거다. ─ 조금 기다려 봐라.'

그 아이들은 아무런 말도 하지 않고 입을 삐죽이며 방을 나가 버렸어. 그러나 끝내 변발을 잘라 버렸더군.

아! 대단했어. 사람들이 얼마나 시끄럽게 떠들어 대던지! 하지만 나는 모르는 척하고 그들 까까머리들이 많은 변발들과 함께 교실에 들어오는 것을 그대로 내버려 두었네.

그러나 이 변발 자르는 병은 곧 전염이 되었어. 사흘째 되던 날은, 사범학교의 학생 여섯이 느닷없이 변발을 잘랐는데, 그날 밤으로 이 여섯 학생이 퇴학당했네. 이 여섯 학생은 학교에 머물 수도 없고 집에 돌아갈 수도 없게 되었다네. 그들은 첫 번째 쌍십절이 지나고도 또 한 달이 지난 뒤에야 죄를 지었다는 낙인을 지울 수 있었다네.

나 말이야? 나도 마찬가지였지. 민국 원년 겨울에 베이징에 왔을 때도 여러 차례 욕을 얻어먹었었네. 그 뒤 나를 욕하던 자들도 경찰에게 변발을 잘리는 바람에 다시는 욕 먹는 일이 없었지. 하지만 나는 시골에는 가지 않았네."

N선생은 매우 유쾌한 듯하더니 갑자기 다시 얼굴이 침울해졌다.

"지금 자네들, 이상주의자들은 어디서고 '여자도 머리를 잘라야 한다'느니 하고 떠들지만, 한 푼의 소득도 없이 괴로움을 당하는 많은 사람들만 만들어 냈어!

지금 이미 머리털을 잘라 버린 여자는 그것 때문에 학교에 진학할 수도 없거나, 혹은 학교에서 제적당하기도 하지 않았는가!

개혁을 한다고? 무기는 어디 있지? 일하며 배운다고? 공장이 어디에 있어?

조용히 지내다 시집가서 며느리 노릇이나 하는 거야. 모든 것을 잊는 게 바로 행복일세. 만약 그녀들이 평등이니 자유니 하는 말들을 기억하고 있으면 평생 고통스러울 뿐이야!

나는 알츠이바세프*의 말을 빌려 자네들에게 묻고 싶네. 자네들은 황금시대의 출현을 자손들에게 약속하지만 정작 자신에게는 무엇을 줄 수 있는가?

아아, 조물주의 채찍이 중국의 등판 위에 내려쳐지지 않는 한, 중국은 영원히 이런 식의 중국이지, 결코 스스로는 머리카락 한 올조차 바꾸려 하지 않을 걸세.

자네들의 입안에 독을 뿜는 이빨이 없는데도 어쩌자고 이마 위에 '독사'라는 두 큰 글자를 써 붙이고 거지들을 끌어들여 맞아 죽으려 하는가?"

N선생의 이야기는 더욱더 괴상해져 갔다. 하지만 내가 별로 듣고 싶어 하지 않는 표정인 것을 보고는 곧 입을 다물고, 일어서서 모자를 집어들었다.

"가시려고요?" 하고 내가 물었다.

"그래! 비가 내릴 것 같군!"

그가 대답했다.

나는 묵묵히 그를 대문간까지 바래다주었다.

그는 모자를 쓰며 말했다.

"잘 있게! 폐를 끼쳐서 미안하이. 다행히 내일은 쌍십절이 아니니 우리들은 모든 걸 잊게 되겠지."

1920년 10월

풍파(風波)

 강을 가까이 끼고 있는 마당에 태양이 서서히 싯누런 빛을 거둬들이고 있었다. 마당 끝머리 강가의 오구목(烏桕木) 나무의 바싹 말랐던 나뭇잎들은 겨우 한숨 돌리고, 그 밑으로 모기 몇 마리가 앵앵거리며 날고 있었다. 강을 면하고 있는 농가의 굴뚝에서는 밥 짓는 연기가 점점 사그라져 갔다. 아낙네들과 아이들은 자기 집 마당에 물을 뿌리고 작은 탁자와 낮은 걸상을 가져다 놓았다. 사람들은 저녁 먹을 때가 되었다는 것을 알고 있다.

 노인과 남정네들은 나지막한 걸상에 앉아 커다란 파초 부채를 부치며 잡담을 하고 있었고, 아이들은 펄쩍펄쩍 뛰어다니기도 하고, 오구목 나무 밑에 쪼그리고 앉아 공기놀이를 하기도 했다. 아낙네들은 김이 무럭무럭 나는 새까만 마른 나물 삶은 것과 송화빛의 누런 쌀밥을 날라 왔다. 강에 문인들의 술놀이 배가 지나가면서, 시인들이 이 광경을 보았다면 크게 시상이 떠올라 이렇게 말했을 것이다.

'근심 걱정 없도다. 이게 바로 전원(田園)의 즐거움이라!'

그러나 시인의 말은 사실과는 좀 맞지 않는다. 그들은 구근(九斤) 할머니의 말을 듣지 못했기 때문이다. 그때 구근 할머니는 크게 노해서 찢어진 파초 부채로 걸상을 두들기며 말했다.

"나는 일흔아홉까지 살았어. 살 만큼 살았지만 이렇게 집안이 망해 가는 꼴은 못 보겠다고. ― 죽는 게 낫지. 금방 밥을 먹을 텐데 미리부터 볶은 콩을 처먹다니, 먹어서 집안을 망치겠다니까!"

그녀의 증손녀 육근(六斤)은 콩을 한 움큼 쥐고 맞은편에서 달려오다가 이 광경을 보자, 강 쪽으로 곧장 달려가 오구목 나무 뒤에 숨었다가 두 갈래로 땋아 늘인 조그만 머리를 내밀고 외쳤다.

"저 할망구, 죽지도 않아!"

구근 할머니는 나이는 먹었어도 귀는 아직 그리 심하게 먹지는 않았다. 그렇긴 해도 증손녀가 하는 말을 듣지 못하고 여전히 혼자서 지껄였다.

"정말이지, 대대로 못해져만 간다니까!"

이 마을의 관습은 좀 별난 데가 있었다. 여자가 아이를 낳으면 저울에 아이 무게를 달아서 그 근수로 아이의 이름 짓기를 좋아하였다. 구근 할머니는 쉰 살을 경축하는 생일잔치를 치르고 난 후부터는 점점 불평객으로 변했다. 그녀가 젊었을 때에는 날씨가 지금처럼 이렇게 덥지 않았다느니, 콩도 지금처럼 이렇게 딱딱하지 않았다느니, 아무튼 지금 세상은 틀려먹었다고 하면서 언제나 투덜거렸다. 하물며 육근은 그녀의 증조할아버지보다 세 근이나 모자라고, 또 그녀의 아버지 칠근보다도 한 근이 덜 나가니 이것은 정말 움직일 수 없는 실례인 것이다. 그래서 할머니는 힘주어서 말하는 것이었다.

"정말이지, 대대로 못해져 간다니까!"

그녀의 며느리인 칠근의 처가 마침 밥 바구니를 들고 식탁으로 걸어오더니, 갑자기 밥 바구니를 식탁에 탁 놓으며 쏘아붙였다.

"어머님 또 그 말씀이시네요. 육근이 태어날 때 여섯 근하고도 다섯 냥이 더 나갔잖아요? 집에 있는 저울추도 직접 만든 것이라, 무게가 더 나가는 열여덟 냥짜리 저울추잖아요. 열여섯 냥짜리 저울추를 썼더라면 우리 육근이도 틀림없이 일곱 근은 넘어 나갔을 거예요. 증조할아버지나 할아버지도 정말로 아홉 근이나 여덟 근을 꽉 채웠는지 잘 모르는 일이잖아요. 그때 사용한 저울추가 열넉 냥짜리였는지도 모르고……."

"대대로 못해져만 간다니까!"

칠근의 처는 미처 대꾸도 하기 전에, 갑자기 칠근이 골목 어귀를 돌아 나오는 것을 보자마자 그쪽으로 방향을 바꾸며 소리쳤다.

"이 죽일 인간아. 어째서 이제야 돌아오는 거야. 어디 가서 뒈졌나 했지! 식구들이 밥을 먹으려고 기다리고 있는 것은 생각지도 않고!"

칠근은 비록 농촌에 살고 있지만, 일찍부터 출세를 해 볼 야심을 품고 있었다. 그의 할아버지로부터 그의 대에 이르기까지 3대가 호미자루를 잡아 본 적이 없었다. 그도 언제나처럼 사공 노릇을 하며 매일 한 번씩 이른 아침에 루진(魯鎭)에서 읍내로 들어갔다가 해질녘이면 루진으로 돌아오곤 했다. 이런 까닭에 그는 세상

돌아가는 소식에 매우 밝았다. 말하자면 어느 곳에서는 번개 귀신이 지네 귀신을 쳐죽였다느니, 어느 곳에서는 규중 처녀가 야차(夜叉) 귀신을 낳았다느니 하는 따위였다. 그는 마을에서 제법 세상 밖으로 나다니는 인물로 알려져 있었다. 그러나 여름에 밥을 먹을 때 등불을 밝히지 않는다는 것이 전부터 지켜져 내려오는 농가의 관습이었으므로 귀가 시간이 너무 늦으면 당연히 욕을 먹게 되어 있다.

칠근은 한 손에 상아 물부리에 백동(白銅) 대통의 여섯 자도 더 되는 반죽(斑竹) 장죽을 들고, 머리를 숙인 채 천천히 걸어와서 낮은 걸상에 앉았다. 육근도 그 틈을 타서 살그머니 나와 자기 아버지 곁에 앉아 아버지를 불렀다. 그러나 칠근은 대답하지 않았다.

"대대로 못해져 가고 있다니까!"

구근 할머니가 말했다.

칠근은 천천히 고개를 들고 한숨을 푹 내쉬면서 말하기를

"황제께서 등극하셨대"라고 했다.

칠근의 처가 잠시 멍청히 있더니, 갑자기 크게 깨닫기라도 한 듯이 말했다.

"참 잘됐네요. 그러면 또 대사령(大赦令)이 내리지 않겠어요!"

칠근은 또 한숨을 내쉬며 말했다.

"나는 변발이 없잖아."

"황제께서 변발이 있어야 한대요?"

"황제께서는 변발을 요구하거든."

"당신 어떻게 알아요?"

칠근의 처는 조급해져서 다그쳐 물었다.

"함형주점 사람들이 모두 있어야 한댔어."

칠근의 처는 이때 직감적으로 사태가 별로 좋지 않다는 것을 느꼈다. 왜냐하면 함형주점이라면 소식이 정통한 곳이기 때문이었다. 그녀는 칠근의 까까머리를 흘깃 보고는 화가 치미는 것을 참을 수가 없었다. 남편이 안타깝기도 하고 밉기도 하고 원망스럽기도 했다. 그러자 순간 절망적인 기분에 빠져들었다. 그녀는 밥 한 그릇을 퍼서 칠근 앞에 내밀며 말했다.

"어서 밥이나 먹어요. 울상을 한다고 변발이 생기겠어요?"

태양이 그 마지막 광선마저 모두 거두어들이자 물 위는 어두워지면서 시원한 기운으로 돌아왔다. 마당에서는 젓가락과 대접이 달그락거리는 소리가 울리고, 사람들의 등줄기에서는 땀방울이 배어나왔다. 칠근의 처는 밥 세 공기를 다 먹은 후 무심히 고개를 들었다. 갑자기 심장이 참을 수 없이 두근두근 뛰기 시작했다. 오구목 나무 사이로 키가 작고 뚱뚱한 자오치(趙七) 어른이 바로 통나무 다리를 건너오는 것을 보았기 때문이다. 게다가 그는 파란 옥양목의 두루마기까지 입고 있었다.

자오치 어른은 이웃 마을 마오웬(茂源)주점의 주인이고, 또 사방 30리 고을 안에서는 유일하게 학문까지 겸비한 뛰어난 인물이었다. 학문이 있기 때문에 어딘가 모르게 유로(遺老)의 분위기가 풍겼다. 그는 10여 권이나 되는 김성탄(金聖歎)이 비평을 붙인 『삼국지(三國志)』를 가지고 있으며, 언제나 자리에 앉아 한 자 한

자 읽고 있었다. 그는 오호장군(五虎將軍)의 이름을 알 뿐만 아니라 심지어는 황충(黃忠)의 자(字)가 한승(漢升)이고, 마초(馬超)의 자가 맹기(孟起)라는 것까지도 알고 있었다. 혁명이 일어난 후에 그는 변발을 머리에 얹고 도사(道士)처럼 하고 다녔다. 늘 탄식을 하며 만약 조자룡(趙子龍)이 살아 있었으면 천하가 이 지경까지 어지러워지지는 않았을 것이라고 말하곤 하였다.

칠근의 처는 눈이 밝았다. 오늘의 자오치 어른은 이미 도사가 아니라, 머리를 반짝반짝 빗어넘겨 새까만 변발로 변해 있음을 멀리서 바라보고도 알아차렸다. 그녀는 틀림없이 황제가 등극하였을 뿐만 아니라 또한 반드시 변발이 있어야 하고, 또한 칠근이 틀림없이 대단히 위험한 지경에 빠져 있음을 알아차렸다. 왜냐하면 자오치 어른이 쉽게 아무 때나 이 옥양목 두루마기를 입지는 않기 때문이었다. 3년 동안 오직 두 번을 입었는데 한 번은 그가 몹시 싫어하는 곰보 아쓰(阿四)가 병이 났을 때였고, 또 한 번은 그의 술집을 엉망으로 만들었던 루(魯) 어른이 죽었을 때였다. 지금이 세 번째로, 틀림없이 그에게는 경사스러운 일이 있고, 그의 원수에게는 재앙이 내린 것을 뜻하는 것이었다.

칠근의 처는 2년 전에 칠근이 술에 만취해서 자오치 어른을 '천한 놈'이라고 욕했던 기억이 떠올랐다. 그래서 지금 이 순간 칠근의 신변에 위험이 닥쳤다는 것을 직감하고 가슴이 갑자기 두근거리기 시작했던 것이다.

자오치 어른이 걸어오자 길가에 앉아서 밥을 먹고 있던 동네 사람들이 모두 일어나서, 젓가락으로 자신의 밥그릇을 가리키며 말했다.

"치 어른, 여기서 진지 좀 드시지요!"

치 어른도 줄곧 머리를 끄덕이며 "어여들 드시게" 하고 대답하면서 곧장 칠근네 집 식탁 옆으로 다가왔다. 칠근네 식구들은 황급히 인사를 했다. 치 어른도 미소를 띠며 "어서들 드시게" 하고 대답하면서도 한편으론 그들의 밥과 반찬을 찬찬히 훑어보았다.

"향긋한 나물이군 — 소문은 들었겠지?"

자오치 어른은 칠근의 뒤에 서서 칠근의 처를 마주보며 말했다.

"황제께서 등극하셨다지요!"

칠근이 말했다.

칠근의 처는 치 어른의 얼굴을 바라보면서 한껏 웃는 얼굴로 물었다.

"황제께서 등극하셨으니 황은(皇恩)의 대사령은 언제쯤 내릴까요?"

"황은의 대사령? — 대사령이야 천천히, 언젠가는 대사령이 내리겠지."

치 어른은 여기까지 말하더니, 목소리가 갑자기 엄숙해졌다.

"그런데 자네 남편 칠근의 변발은 어떻게 된 거지, 변발은? 그건 중요한 일이야. 자네들도 알다시피 장발적 난리 때는 '머리털을 보존하면 머리를 보존하지 못하고, 머리를 보존하면 머리털을 보존하지 못한다' 였는데……."

칠근과 그의 처는 공부라곤 해 본 일이 없어서 이런 고전(古典)의 오묘함을 알 리가 없다. 그러나 학식이 있는 치 어른이 이렇게 말하는 것으로 보아, 사태가 돌이킬 수 없을 만큼 대단히 중대하다는 것을 느꼈다. 마치 사형선고라도 받은 것처럼 귀에서 윙 하는 소리가 나면서 더는 한마디도 말을 할 수가 없었다.

"대대로 못해져만 간다니까……."

구근 할머니는 불평이 치밀었던 참이라 이 기회를 타서 자오치 어른에게 말했다.

"요즘의 장발적들은 사람들의 변발을 잘라서 중도 아니고 도사도 아닌 꼴을 만든다더군. 옛날의 장발적들이야 어디 그랬소? 나는 일흔아홉까지 살았으니 살 만큼 살았어. 옛날의 장발적들은 ― 붉은 비단 한 필로 머리를 싸매어 길게 늘어뜨려서 발뒤꿈치까지 늘어뜨렸지. 임금님은 누런 비단을 늘어뜨렸어, 누런 비단이었지. 붉은 비단이나, 누런 비단이나……. 나는 살 만큼 살았지. 일흔아홉이면."

칠근의 처는 몸을 일으키며 혼잣말로 중얼거렸다.

"어쩌면 좋지? 이렇게 노인네와 아이들 모두가 저이 하나만 의지하고 사는데……."

자오치 어른은 머리를 설레설레 흔들면서 말했다.

"어쩔 도리가 없어. 변발이 없으면 틀림없이 어떤 벌이고 받게 되어 있어. 책에도 조목조목 똑똑히 쓰여 있는걸. 집에 누가 있는가 따위는 상관하지 않지."

칠근의 처는 책에 쓰여 있다는 말을 듣고는 완전히 절망했다. 자기 혼자 아무리 허둥대도 방법이 없었다. 그러자 또 갑자기 칠근이 미워지기 시작했다. 그녀는 젓가락으로 칠근의 코끝을 가리키며 말했다.

"이 죽일 인간아! 다 자업자득이야. 혁명 때 내가 뭐랬어. 배를 젓지 말아라, 문 안에 들어가지 말아라 그랬는데도 기를 쓰고 문 안에 들어가더니, 문 안에 들어가서는 기어이 변발을 잘렸잖아. 전에는 비단같이 윤이 나는 새까만 변발이더니, 지금은 중도 아니고 도사도 아닌 꼴을 하고 있으니, 저 원수야 제가 사서 하는 고생이라지만, 거기에 말려든 우린 어떻게 하라는 말이야? 이 죽일 놈의 죄인아……."

마을 사람들은 자오치 어른이 마을에 온 것을 보고는 얼른 식사를 끝내고 칠근네 식탁 주위로 몰려들었다. 칠근은 그 자신이 세상 물정을 꽤 아는 인물로 여겼는데, 대중 앞에서 여자에게 이렇게 모욕을 당하고 보니 체면이 말이 아니었다. 할 수 없이 고개를 들고 천천히 말했다.

"오늘은 네가 입에서 나오는 대로 지껄이지만, 그때는 너도……."

"이 등신 같은 죄인이……."

구경꾼 중 바이(八一) 여인은 성질이 아주 온순한 사람이었다. 그녀의 두 살 난 유복자를 안고서 칠근의 처 바로 옆에서 떠드는 것을 보고 있다가, 민망해서 달래듯이 말하였다.

"칠근 댁, 그만둬요. 사람이 신이 아닌 이상 어느 누가 앞일을 알겠어요? 칠근 댁도 그때 그렇게 말했잖아요. 변발이 없어도 전혀 추하지 않다고 했잖아요. 게다가 관청의 나으리께서도 아직 아무런 지시가 없으니……."

칠근의 처는 다 듣기도 전에, 두 귀가 새빨개지더니 젓가락의 방향을 바꾸어 바이 여인의 코를 가리키며 말했다.

"아니! 지금 무슨 소리를 하는 거야! 바이 댁. 나는 내 자신이 그래도 제대로 된 사람이라고 여기고 있는데, 그렇게 황당한 소리를 했을 리가 있겠어? 나는 그때 사흘을 꼬박 울었다구. 모두들 보았지. 내 새끼 육근이까지도 울었던 것을……."

육근은 커다란 사발의 밥을 다 먹고도 빈 그릇을 집어들고 내밀며 더 달라고 소리쳤다. 칠근의 처는 화가 났던 터라 젓가락으로 육근의 갈래머리 한가운데를 쿡 찌르고는 소리쳤다.

"누가 당신더러 말참견하라고 했어? 이 도둑놈의 과부떼기야!"

탁 하는 소리가 나더니, 육근의 손에서 빈 사발이 땅에 떨어지면서 공교롭게도 벽돌 모서리에 부딪쳐 그 자리에서 크게 깨져 조각이 났다. 칠근은 벌떡 일어나서 깨진 사발을 주워들고 그 조각들을 맞추어 보더니 "우라질 넌!" 하고 큰소리를 지르며 육근의 따귀를 때려 쓰러뜨렸다. 육근은 넘어진 채 울기 시작했다. 구근 할머니는 육근의 손을 잡고

"대대로 못해져만 간다니까."

라고 연방 말하면서 데리고 나갔다.

바이 부인도 화가 나서 크게 소리쳤다.

"칠근 댁, 당신 '밉다고 몽둥이질을 하다니' ……."

자오치 어른은 처음에는 웃으며 옆에서 구경만 하고 있었으나 바이 부인이 '관청 나리의 지시도 없는데'라고 말하자 화가 좀 났다. 이때 그는 이미 식탁을 돌아나와서는 말을 받았다.

"'밉다고 몽둥이질을 하면' 어떻다는 거야. 곧 대군이 당도할 거
야. 잘 알아 두라고. 이번에 천자를 모시는 분은 장(張) 장군이란
분이야. 장 장군은 바로 연나라 사람〔燕人〕 장익덕(張翼德)의 후손
이라고. 그가 열여덟 자 사모창을 잡으면 장정 만 명도 당해 내지
못할 만큼 용맹하다고. 어느 누가 그분과 대적할 수 있겠어?"

그는 두 손으로 동시에 주먹을 불끈 쥐었는데, 마치 무형의 사
모창을 잡는 시늉을 하면서 바이 부인을 향해 몇 발자국 달려들며
말했다.

"자네가 그분과 대적할 수 있겠나!"

바이 부인은 너무 화가 나서 어린애를 안고 바들바들 떨고 있었
다. 그러나 돌연 자오치 어른의 얼굴이 온통 기름과 땀으로 범벅
이 되더니 눈을 부릅뜨고 그녀에게 달려드는지라, 몹시 겁이 나서
감히 말도 끝내지 못하고 몸을 돌려 가 버렸다. 자오치 어른도 뒤
를 쫓아갔다. 사람들은 바이 부인이 쓸데없이 참견한 것을 나무라
면서 길을 비켜 주었다. 변발을 잘리고 다시 기르기 시작한 사람
들은 그에게 들킬까 봐 두려워 재빨리 사람들 무리 뒤로 숨었다.
자오치 어른은 자세히 살펴보지도 않고 사람들 사이를 지나가다
가 갑자기 오구목 나무 뒤로 돌아가더니 말했다.

"네가 그분과 대적할 수 있겠나!"

그리고는 외나무 다리를 건너 활갯짓을 하며 유유히 사라져
갔다.

마을 사람들은 멍청히 서 있었다. 마음속으로 모두가 자기는 확
실히 장익덕을 당해 낼 수 없을 것이라고 여겼고, 이 때문에 칠근

도 목숨을 부지하지 못하리라 확신했다. 칠근이 이미 황제의 법을 범한 이상, 그가 지난날 자기들에게 성안의 새 소식을 얘기해 줄 적에 장죽을 물고 그렇게 거드름을 피우지 말았어야 했다고 생각했다. 따라서 칠근의 범법행위에 대하여 다소 통쾌하게 느꼈다. 그들은 무언가 의논할 것이 있는 것 같은 생각이 들기도 하고, 또 의논할 만한 것이 별로 없다고도 느껴졌다. 모기가 한바탕 앵앵거리며 벌거벗은 몸뚱이에 부딪치며 오구목 나무 밑에 모여들었다. 그들은 천천히 흩어져 집으로 돌아가 문을 잠그고 잠이 들었다. 칠근의 처는 투덜거리며 그릇과 식탁, 걸상 등을 챙겨 든 채 집으로 돌아가 문을 잠그고 잠이 들었다.

칠근은 깨진 사발을 들고 집으로 돌아와, 문지방에 걸터앉아 담배를 피워 물었다. 그러나 너무나 걱정이 되어서 담배 빨아들이는 것조차 잊어버렸다. 상아 물부리에 여섯 자가 넘는 반죽의 장죽 백동 담뱃대 통 속의 불빛이 점점 사그라져 갔다. 그는 마음속으로 사태가 매우 위급한 듯하다는 것을 느꼈다. 방법을 모색하고 계획을 세우고 싶어도 어찌된 것인지 대단히 모호하여 종을 잡을 수가 없었다.

"변발이라, 변발? 열여덟 자 사모창이라. 대대로 못해 간다! 황제께서 등극하셨다. 깨진 사발은 읍내에 가서 붙여 와야겠군. 누가 그와 대적해 낼 수 있나! 책 속에 조목조목 쓰여 있다니, 우라질 년……!"

다음날 아침, 칠근은 전과 다름없이 루진에서 배를 저어 읍내에 들어갔다가 해질녘에 루진으로 돌아왔다. 그는 여섯 자가 넘는 반죽 장죽과 밥그릇 하나를 들고 마을로 돌아왔다. 그는 저녁상을 받은 자리에서 구근 할머니에게 이 그릇은 읍내에서 붙여 왔는데, 깨진 자리가 커서 구리 못이 열여섯 개가 들었고, 못 하나에 서 푼씩 모두 48푼이나 들었다고 말했다.

구근 할머니는 아주 언짢아 하면서 말했다.

"대대로 못해져만 간다니까! 내가 너무 오래 살았지. 못 한 개에 서푼이나 하다니. 옛날의 못이야 어디 그랬나? 예전의 못이야……. 내가 일흔아홉 살까지 살았으니……."

그 이후에도 칠근은 여전히 매일 읍내에 들어가긴 했지만 집 안 분위기는 어딘가 모르게 어둡기만 했다. 마을 사람들은 대부분이 그를 피하고 있었다. 문 안에서 일어난 소식을 들으러 오는 사람도 다시는 없었다. 칠근의 처도 인기가 없어지자 칠근을 언제고 '죄인' 다루듯 했다.

10여 일이 지났다. 칠근이 읍내에서 돌아와 보니 그의 아내는 무척 기분이 좋은 듯, 그에게 물었다.

"읍내에서 무슨 소식 못 들었수?"

"아무 소식도 못 들었는데."

"황제가 용상에 앉으셨대요?"

"아무 말도 없던데."

"함형주점에서도 아무 소리 없던가요?"

"아무 소리도 없던데."

"내 생각엔 틀림없이 황제가 용상에 오르지 못했어. 내가 오늘

자오치 어른의 가게 앞을 지나오는데, 자오치 어른이 앉아서 책을 읽고 있는 것을 봤거든. 그런데 변발은 다시 머리에 얹고 두루마기도 입지 않았던 걸요."

"……."

"어때요, 등극하지 않은 거지요?"

"그래, 등극하지 않았나 보군."

요사이 칠근은, 그의 처나 마을 사람들로부터 다시 상당한 존경과 대우를 받게 되었다. 여름이 되자 그들은 여전히 자기 집 문간 마당에서 밥을 먹었다. 모두들 마주 보고 웃으며 인사를 해 왔다.

구근 할머니는 이미 여든 살을 넘어섰는데도 여전히 불평을 늘어놓았고 또 건강했다. 육근의 갈래머리는 벌써 커다란 머리채로 변해 있었다. 그 애는 요새 새로 전족을 했지만 칠근의 처 일을 도울 수 있게 커서, 열여섯 개의 구리못으로 때운 밥그릇을 들고 뒤뚱거리며 마당을 돌아다녔다.

1920년 10월

고향(故鄕)

　나는 모진 추위를 무릅쓰고 2천여 리나 떨어진, 20여 년이나 떠나 있던 고향으로 돌아왔다.

　때는 한겨울인지라 고향이 가까워 옴에 따라 날씨마저 잔뜩 찌푸렸고, 차가운 바람이 선창 안으로 불어닥쳐 윙윙 소리를 내고 있었다. 틈 사이로 밖을 내다보니 어슴푸레한 하늘 아래 스산하고 황폐한 몇 개의 마을이 전혀 활기 없이 여기저기 가로누워 있었다. 나는 맘속으로 쓸쓸하고 처량한 느낌을 참을 수 없었다.

　'아! 이것이 내가 20년 동안 늘 그리워하던 고향이란 말인가?'

　내가 기억하던 고향은 전혀 이렇지 않았다. 내 고향은 훨씬 더 좋았다. 그러나 그 아름다움을 가슴에 그리며 그 좋은 점을 말로 표현해 보려고 하면 그 모습은 순식간에 지워지고, 하려던 말도 없어져 버린다. 마치 전부터 그랬던 것 같다. 그래서 난 스스로 이렇게 설명하였다. 고향은 원래부터 이런 거야. — 비록 발전된 것은 없지만 그렇다고 내가 느끼는 것같이 쓸쓸하고 처량하지도 않다. 이것은 단지 내 자신의 심경의 변화에서 온 것이리라. 왜냐하면 나의 이번 귀향은 전혀 즐거운 마음이 아니기 때문이다.

이번 나의 귀향은 오로지 고향과 작별하기 위해서 왔다.

우리 가족들이 오랫동안 같이 모여 살던 옛집은 이미 공동으로 남에게 팔려서 양도 기한이 금년 연말까지이다. 그래서 아무래도 정월 초하룻날 이전에 정들었던 옛집과 영원히 이별하고, 정들었던 고향을 멀리 떠나 내가 생계를 꾸려 가고 있는 타향으로 이사를 해야만 했다.

다음날 아침 일찍, 나는 우리 집 대문 앞에 도착했다.

기와지붕 위에는 수많은 시든 풀의 부러진 줄기들이 바람을 맞아 떨고 있었다. 그것은 바로 이 낡은 집이 주인을 바꾸지 않으면 안 될 이유를 설명해 주고 있었다.

함께 살던 친척들 몇 집은 아마 이미 이사를 한 모양이어서 몹시 조용했다. 내가 우리 집 대문 밖에 이르자, 어머니는 벌써 마중을 나와 계셨고, 뒤따라 여덟 살 난 조카 홍얼(宏兒)도 뛰어나왔다.

어머니는 무척 기뻐하셨지만 여러 가지로 착잡한 심경을 감추고 계신 듯했다. 내게 앉아서 쉬며 차나 마시자고 하시면서, 이사에 관한 말씀을 선뜻 꺼내지 않으셨다. 홍얼은 나와 처음 대면하는지라 멀찌감치 마주서서 바라만 보고 있었다.

하지만 우리는 끝내 이사에 관한 이야기를 했다. 나는 저쪽에는 집을 이미 계약을 했고 약간의 가구도 사놓았다고 하고, 이밖에 집 안에 있는 나무그릇들을 모조리 팔아서 몇 가지를 더 장만하면 되겠다고 말씀드렸다.

어머니도 찬성하시면서 짐짝 정리도 대강 끝났고, 운반하기 불편한 나무그릇들은 절반쯤 팔아 버렸는데 아직 돈을 받지 못하고 있을 뿐이라고 말씀하였다.

"하루 이틀 쉬고, 친척 어른들을 한 번 찾아뵙고 나서 떠나면 된다."

어머니는 이렇게 말씀하였다.

"네."

"그리고 룬투(閏土) 말이다. 그가 우리 집에 올 때마다 꼭 네 안부를 묻고 너를 꼭 한 번 만나고 싶어 하더라. 네가 집에 도착할 무렵 날짜를 알려줬으니, 아마 곧 찾아올 거야."

이때 내 머릿속에는 퍼뜩 한 폭의 신기한 그림이 반짝 떠올랐다. 진한 쪽빛 하늘에 황금빛 보름달이 걸려 있고, 그 아래는 바닷가 모래사장을 향해 끝없이 펼쳐진 파아란 수박밭이다. 그 가운데 은목걸이를 한, 열두어 살쯤 되는 소년이 손에 쇠작살을 들고 오소리를 힘껏 찌른다. 그러나 그놈은 날쌔게 몸을 틀어 도리어 소년의 가랑이 밑으로 도망쳐 버린다.

이 소년이 바로 룬투이다.

내가 그를 알게 된 때는 겨우 열몇 살 무렵으로, 지금으로부터 30여 년 전의 일이다. 그땐 아버지도 살아 계셨고, 집안 형편도 좋아서 나로 말하자면 어엿한 도련님이었다.

그해는 우리 집에서 큰 제사를 지내야 하는 해였다. 그 제사는 30여 년 만에 한 번씩 돌아오는 제사여서 아주 정중하게 지내야 했다.

정월에 조상에게 제사를 지내는데, 차려놓는 제수도 많거니와 제기(祭器)에도 매우 정성을 들였다. 제사 보러 오는 사람도 매우 많아서 제기를 도둑맞지 않도록 각별히 주의해야 했다. 그때 우리 집에 망월(忙月)이 한 사람 있었는데, ─ 우리 고향에서는 머슴을 세 가지로 나눈다. 1년 내내 일정한 집에 고용되어 일하는 사람을 장년(長年)이라 부르고, 날짜를 정해서 남의 집에 고용되어 일하는 사람은 단공(短工)이라 부른다. 그리고 자기 농사를 지으면서 정월이나 명절 때, 또는 도지료를 받아들일 때만 정해진 집에 가서 일하는 사람을 망월(忙月)이라 한다. ─ 어찌나 바빴던지 망월은 아버지에게 자기 아들 룬투를 불러다 제기를 지키도록 하면 좋겠다고 했다.

아버지는 승낙하셨다. 나도 대단히 기뻤다. 왜냐하면 난 일찍이 이 룬투라는 이름을 들은 적이 있고, 또 그 애가 나와 거의 같은 또래이며 윤달에 태어났는데 오행(五行) 중에서 '토(土)'가 빠졌다고 해서 그 애 아버지가 이름을 룬투라고 지었다고 했다. 또 그 애는 덫을 놓아 새도 잡을 줄 안다는 것이었다.

그래서 나는 매일 새해가 오기만을 기다렸다. 새해가 되면 룬투도 올 테니까.

가까스로 섣달 그믐께가 되었다. 어느 날 어머니가 나에게 룬투가 왔다고 일러 주셨다. 나는 날듯이 뛰어나가 보았다.

그 애는 마침 부엌에 있었는데 보라색의 둥근 얼굴에, 머리에는 조그마한 털모자를 쓰고 목에는 반짝반짝 빛나는 은목걸이를 걸고 있었다. 보아하니 그 애 아버지가 아들을 매우 사랑하여 그 애가 죽을까 봐 두려워 부처님 앞에 가서 불공을 드린 뒤, 목걸이를 그 애의 목에 걸어 준 것임을 알 수 있었다. 그 애는 남들 앞에서는 몹시 부끄럼을 탔지만 내게만은 그렇지 않아 옆에 아무도 없을 때면 내게 말을 걸어왔다. 그래서 한나절도 못 되어 우리는 곧 친해졌다.

그때 우리가 무슨 이야기를 했는지는 모르겠으나 단지 룬투가 읍내에 들어온 후에 지금까지 못 보던 것들을 많이 구경했다고 몹시 기뻐했던 것만은 기억하고 있다.

이튿날 나는 그 애에게 새를 잡아 달라고 졸랐다. 그러자 그 애가 대답하기를,

"그건 안 돼. 큰 눈이 와야 해. 우리 동네 모래사장에 눈이 오면, 우리는 눈을 쓸어 빈 터를 만들어 놓고, 대나무 소쿠리에 짤막한 막대기로 버티어 놓고 나락을 뿌려 놓는 거야. 새가 와서 쪼아 먹을 때, 막대기에 잡아 맨 줄을 멀리서 잡아당기기만 하면 그 새는 소쿠리 안에 갇혀 도망칠 수 없게 되거든. 무엇이든 잡을 수 있어. 볏새든, 뿔새든, 산비둘기든, 파랑새든······."
라고 말하는 것이었다.

그래서 나는 눈이 내리기만을 몹시 기다렸다.

룬투는 또 내게 말했다.

"지금은 너무 추워. 여름에 우리 고장으로 놀러 와. 우리 낮엔 해변에 조개껍데기를 주우러 가자. 붉은 것, 푸른 것, 뭣이든 다 있어. 귀신 쫓기 조개도 있고, 관세음보살 손 조개도 있어. 밤엔 아버지하고 수박을 지키러 가는 거야. 너도 가도 돼."

"도둑을 지키러 가는 거야?"

"아냐! 지나가던 사람이 목이 말라서 수박 한 개쯤 따 먹는 일 따위는 우리 동네에선 도둑질로 치지 않아. 지켜야 하는 것은 너구리, 고슴도치, 오소리야. 달밤에 사각사각 소리가 나면 그건 오소리가 수박을 갉아 먹는 거야. 그러면 쇠작살을 들고 살그머니 다가서……."

그때까지 나는 세상에 이렇게도 많은 신기한 일이 있는 줄은 몰랐다. 바닷가에는 오색의 갖가지 조개껍데기가 있고, 또 수박에 그렇게 위험한 내력이 있다는 것을 몰랐다. 그때까지 나는 수박은 과일 가게에서만 파는 것으로 알았다.

"우리 동네 모래사장엔 말이야, 밀물이 밀려들면 날치들이 펄떡펄떡 뛰어오른단다. 청개구리처럼 두 다리가 달린 놈이 말이지……."

아아, 룬투의 마음속엔 내가 일상에서 만나는 친구들이 모르는 기이한 일들이 무진장 간직되어 있는 것이다. 룬투가 바닷가에 있을 때, 그 애들은 모두 아무것도 모르는 채 나처럼 마당에 둘러친 높은 담장 위의 네모진 하늘만 바라보고 있었던 것이다.

안타깝게도 정월이 지나 버리고 룬투는 집으로 돌아가야 했다. 나는 어쩔 줄을 모르고 큰소리로 엉엉 울었다. 그 애도 부엌에 숨어서 울 뿐, 돌아가려 하지 않았다. 하지만 결국엔 그 애 아버지에게 끌려가고 말았다.

그 애는 후에 제 아버지에게 부탁하여 조개껍데기 한 꾸러미와 예쁜 새깃털 몇 개를 내게 보내 주었다. 나도 두어 번 선물을 보낸

적이 있었지만 그 뒤로는 다시 만나지 못했다.

이제 또다시 어머니한테서 그 애의 말을 듣자, 그 어렸을 때의 기억이 별안간 번갯불처럼 되살아나서, 나의 아름다운 고향을 찾은 것만 같았다. 나는 어머니께 대답했다.

"그것 참 반갑군요! 룬투는 — 어떻게 지내나요?"

"그 애 말이냐? 형편이 몹시 어려운가 보더라."

어머니는 그렇게 말씀하시면서 밖을 내다보시더니,

"저 사람들이 또 왔구나. 말은 나무그릇을 사러 왔다면서 손 가는 대로 물건을 가져가니 잠깐 나가 봐야겠다."

어머니는 일어서서 나가셨다. 문밖에서는 몇몇 여자들의 말소리가 들렸다. 나는 홍얼을 앞에 불러놓고는 아이에게 글씨를 쓸 줄 아느냐, 또 다른 고장에 가보고 싶으냐는 등을 물어보았다.

"우리 기차를 타고 가는 거예요?"

"암, 기차를 타고 가지."

"배는요?"

"먼저 배를 타야 해. 그리고……."

"아이구, 이 꼴 좀 봐! 수염도 이렇게 길렀네!"

별안간 날카롭고 큰 괴상한 목소리가 들려왔다.

내가 깜짝 놀라서 급히 고개를 들어 보니, 광대뼈가 툭 튀어나오고 입술이 얇은 쉰 전후의 여자가 내 앞에 서 있었다. 두 손을 허리에 짚고 치마도 입지 않은 채 두 다리를 벌리고 있는 모습은 바로 제도기기 중에 가는 다리만 쭉 뻗쳐 나온 컴퍼스 꼴이었다.

나는 놀라움에 어안이 벙벙해졌다.

"날 모르겠어? 안아 준 일도 있는데!"

나는 더욱 어안이 벙벙했다. 다행스럽게도 어머니께서 들어오셔서 옆에서 말씀하였다.

"저 사람은 오랫동안 외지에 나가 있었기 때문에 까맣게 잊어버렸을 거야. 그런 줄 알아요" 하시며 나를 보고,

"이이는 우리 집이랑 대각선으로 마주보던 집의 양(楊)씨 둘째 아주머니시다. ……왜 그 두부가게 하던."

아, 생각이 난다. 내가 어렸을 때, 우리 집에서 대각선으로 맞은편의 두부가게에 거의 하루 종일 앉아 있던 양씨 집 둘째 아주머니가 있었다. 사람들은 모두 그녀를 '두부집 서시(西施)'라고 불렀다. 하지만 그때는 하얗게 분칠을 하고 광대뼈도 이렇게 튀어나오지 않았으며 입술도 이렇게 얇지 않았다. 더구나 종일 앉아 있었던 탓에 이런 컴퍼스 같은 자세를 본 적이 없었다.

당시 사람들은 이 여자 때문에 이 두부가게가 대단히 번창한다고 말했었다. 하지만 그건 아마도 나이 관계로 나는 결코 전혀 어떤 감화도 받지 못했기 때문에 완전히 잊어버렸던 것이다.

그러나 이 컴퍼스는 몹시 비위에 거슬렸던지 경멸하는 듯한 표정을 짓더니 마치 나폴레옹을 모르는 프랑스인이나, 워싱턴을 모르는 미국인을 비웃기라도 하듯 냉소하며 말했다.

"잊었다고? 이건 정말 귀한 사람은 눈이 높다더니……."

"어디요, 그럴 리가 있나요…… 전……."

나는 어쩔 줄 몰라 하며 일어서서 이렇게 말했다.

"그럼 내 자네에게 말하겠는데, 쉰(迅)이, 자네는 부자가 됐고,

또 이렇게 무거운 걸 운반하기도 거추장스러울 테니, 이런 부서지고 망가진 목기들을 무엇에 쓰겠나. 내나 가져가게 해, 우리 같은 가난뱅이에겐 쓸모가 있거든."

"전 부자가 아닌데요. 이것들을 팔아야 다시……."

"아니! 지사(知事)까지 되고도 부자가 아니라고? 자네는 지금 소실이 셋이나 되고 밖에 나가려면 여덟 사람이 떠메는 큰 교자를 타면서도 부자가 아니라고? 호호, 날 속이지는 못할걸."

나는 무슨 말을 해도 소용없다는 것을 알고는 입을 다물고 묵묵히 서 있었다.

"흥! 부자들은 있으면 있을수록 한 푼도 풀려고 하지 않고, 한 푼도 풀려고 하지 않으니 더욱 부자가 될 수밖에."

컴퍼스는 화를 내며 돌아서더니 투덜대며 천천히 밖으로 걸어 나가면서 슬쩍 어머니의 장갑을 바지춤에 쑤셔넣고 가 버렸다.

그 후엔 또 근방의 집안 사람들과 친척들이 나를 찾아왔다. 나는 그들을 응대하는 한편, 틈틈이 짐을 챙겼다. 그렇게 사나흘이 지났다.

몹시 춥던 어느 날 오후, 점심을 먹고 나서 앉아 차를 마시고 있는데 밖에서 누군가 사람이 들어오는 인기척이 나서 돌아다보았다. 나는 그를 보자 그만 몹시 놀라 황급히 몸을 일으켜 맞으러 나갔다.

들어온 사람은 바로 룬투였다. 비록 보자마자 대뜸 그가 룬투임을 알았지만, 내 기억 속에 있던 룬투는 아니었다.

키는 배나 커졌고, 옛날의 보라색 둥근 얼굴은 누르스름한 회색으로 변해 있었으며, 또 깊은 주름이 잡혀 있었다. 눈도 그의 아버지와 마찬가지로 언저리가 온통 벌겋게 부어올라 있었다. 바닷가에서 농사를 짓는 사람은 하루 종일 불어닥치는 바닷바람 때문에 대개 이렇다는 것을 나도 알고 있었다. 머리에는 너덜너덜한 털모자를 쓰고, 몸에는 몹시 얇은 솜옷만을 입고서 추위에 온몸을 부들부들 떨고 있었다. 손에는 종이 봉지 하나와 기다란 담뱃대를 들고 있었는데, 그 손도 내가 기억하고 있는 통통하고 혈색 좋은 손은 아니었다. 거칠고 울퉁불퉁한데다 금이 가고 터져서 마치 소나무 껍질 같았다.

이때 나는 너무 흥분하여 어떻게 말해야 좋을지 몰라, 단지 "아, 룬투 형, ……왔어……?"라고 말했을 뿐이다.

나는 이어 하고 싶은 많은 말들이 꿰어놓은 구슬같이 연달아 용솟음치듯 떠올랐다. 뿔새며, 날치에, 조개껍질에, 오소리에……. 그러나 어쩐지 무언가에 가로막힌 듯한 느낌이 들고, 머릿속에서만 빙빙 돌 뿐, 입 밖으로 나오지 않았다.

그는 멈춰 섰다. 얼굴에는 기쁨과 처량한 표정이 역력히 드러났다. 입술을 움직이긴 하는데 역시 아무 소리도 내지 못했다. 그의 자세가 마침내 공손해지더니 분명히 이렇게 말하는 것이었다.

"나으리……!"

나는 오싹 소름이 돋는 듯했다. 나는 우리 둘 사이가 슬프게도 두터운 장벽으로 막혀 있다는 것을 알았다. 나도 말이 나오지 않았다.

그는 뒤를 돌아다보며 말하였다.

"쉐이성(水生)아! 나으리께 절을 올려라."

그리고는 등뒤에 숨어 있던 아이를 앞으로 끌어냈다. 그 아이야 말로 20년 전의 룬투였다. 단지 누렇게 뜨고 야위었으며 목에 은 목걸이가 없을 뿐이었다.

"이놈이 다섯째 아이입니다. 아직 세상 구경을 못해서인지 부끄럼만 타고……."

어머니와 홍얼이 2층에서 내려왔다. 아마 말소리를 들은 모양이다.

"노마님, 보내 주신 편지는 벌써 받았습니다. 정말 어찌나 기뻤는지. 나으리께서 돌아오신다는 것을 알고……."

룬투는 이렇게 말했다.

"아니, 왜 이렇게 서먹서먹하게 구나. 자네들 옛날에는 너, 나하고 부르지 않았나? 옛날같이 쉰(迅)이라 하게나."

어머니는 기쁜 듯이 말씀하셨다.

"아이고, 노마님두 정말…… 그런 법이 어디 있습니까. 그땐 어린아이여서 아무것도 모르고……" 하면서 룬투는 또 쉐이성에게 이리로 나와 인사를 드리라고 했지만, 아이는 부끄러워서 저의 아버지 등뒤에 숨듯이 바싹 붙어 있었다.

"그 애가 쉐이성인가? 다섯째지? 모두 낯선 사람들이라 부끄러워하는 것도 당연하지. 그래 홍얼아, 저 애랑 같이 나가 놀아라." 하고 어머니가 말씀하셨다.

홍얼이 이 말을 듣고 쉐이성에게 손짓을 하자, 쉐이성은 가벼운 걸음으로 홍얼과 함께 밖으로 나갔다.

어머니는 룬투에게 자리에 앉으라고 권하셨다. 그는 잠시 머뭇거리다가 겨우 자리에 앉았다. 긴 담뱃대를 탁자 옆에 기대 세워 놓고 종이봉지를 내밀면서 말했다.

"겨울이라 변변한 게 없습니다. 이건 푸른 콩을 말린 것인데, 얼마 안 되지만 저희 집에서 말린 것입니다. 나으리께서 맛보시라고……."

내가 그의 생활 형편을 묻자, 그는 머리를 흔들 뿐이었다.

"몹시 어렵습니다. 여섯째 아이까지도 거들고 있지만, 그래도 먹고 살 수가 없어요. 또 세상이 뒤숭숭하고, ……일정한 규정도 없이 마구 돈만 걷어 가고…… 게다가 작황은 나빠만 가고. 농사를 지어서 팔러 가면 세금만 몇 번이고 바쳐야 하고, 본전만 까먹고 들어가죠. 그렇다고 팔지 않자니 썩어 버릴 뿐이구요……."

그는 머리를 절레절레 흔들 뿐이었다.

얼굴에는 숱한 주름살이 새겨져 있었지만, 마치 석상처럼 전혀 움직이지 않았다. 그는 아마도 그저 괴롭기만 한데, 그것을 말로 표현하려 해도 표현할 수가 없는 듯, 잠시 입을 다물고 있더니, 담뱃대를 집어 들고 묵묵히 담배를 피웠다.

어머니가 그에게 물어서 그가 집안일이 바빠 내일 돌아가야 한다는 것을 알았다. 또 점심도 먹지 않았다고 하여 부엌에 가서 손수 밥을 볶아 먹도록 일렀다.

그가 나간 뒤, 어머니와 나는 탄식을 하며 그가 사는 형편에 대해서 이야기했다. 많은 아이들, 흉작, 가혹한 세금, 군인, 도적, 관리, 향신(鄕神) 그런 것들이 한데 어울려 그를 괴롭혀 마치 장승처럼 만들어 버린 것이다. 어머니는 내게 가져가지 않아도 될 물건은 모두 그에게 주어서 그가 갖고 싶은 걸 손수 고르게 하자고 하셨다.

오후에 그는 몇 가지 물건을 골랐다. 기다란 탁자 두 개, 의자 네 개, 향로와 촛대 한 벌, 저울 한 개였다. 그는 또 재 — 우리 고향에서는 밥을 지을 때 짚을 때는데, 그 재는 모래사장의 비료가 된다. — 를 전부 달라고 했다. 우리가 떠날 때에 배로 나르겠다고 했다.

밤에 우리는 또 잡담을 했는데, 별로 중요하지 않은 이야기들이었다. 다음날 아침 일찍 그는 쉐이성을 데리고 갔다.

그로부터 아흐레가 지나 우리가 떠날 날이 되었다. 룬투는 아침 일찍이 왔는데 쉐이성은 데려오지 않고 대신 다섯 살짜리 딸아이를 데리고 와서 배를 지키게 했다.

우리는 하루 종일 몹시 바빴기 때문에 이야기를 나눌 틈도 없었다. 찾아온 손님도 많았다. 전송하러 온 사람, 물건을 가지러 온 사람, 전송도 할 겸 물건도 가져갈 겸해서 온 사람 등 가지각색이었다. 저녁 무렵이 되어 우리가 배에 오를 때에는 이 옛집에 있던 크고 작은 온갖 잡동사니들이 이미 비로 쓴 듯이 깨끗이 사라졌다.

우리의 배는 앞을 향해 나아갔다. 양편 강기슭의 푸른 산들은 황혼에 검푸른 빛깔로 물들며 하나하나 연이어 배 뒤쪽으로 사라져 갔다.

홍얼은 나와 함께 선창에 몸을 의지하고 바깥의 흐릿한 풍경을 바라보다가, 별안간 이렇게 물었다.

"큰아버지! 우리 언제 돌아와요?"

"돌아와? 너는 왜 가기도 전에 돌아올 생각부터 하니?"

"하지만, 쉐이성과 개네 집으로 놀러 가기로 약속했는걸요……."

홍얼은 크고 검은 눈을 뜨고는 멍청히 생각에 잠기는 것이었다.

나와 어머니도 지친 듯이 좀 멍해 있었다. 그러다 룬투에 대해 이야기가 나왔다. 어머니 말씀에 의하면 그 '두부집 서시'라는 양씨 집 둘째 아주머니는 우리 집이 이삿짐을 챙기면서부터 매일같이 찾아왔었다고 한다. 엊그제는 그녀가 잿더미 속에서 접시와 그릇을 열몇 개나 찾아내고는 이리저리 따져보고 나더니 틀림없이 룬투가 재를 나를 때에 함께 가져가려고 숨겨둔 것이라고 했다고 하더란다.

양씨 집 아주머니는 이 일을 발견하고는 큰 공이라도 세운 것처럼 하더니, '구기살(狗氣殺)' — 이것은 우리 고장에서 닭을 칠 때 쓰는 도구이다. 나무판 위에 창살을 치고 그 속에 모이를 담가 둔다. 닭은 목을 길게 뻗어 쪼아먹을 수 있지만 개는 그럴 수가 없어서 그저 바라보며 속을 태울 뿐이다. — 을 집어들고 쏜살같이 내뺐는데, 용케도 뒤축이 높고 몽탁한 작은 전족으로 그렇게 빨리 달릴 수 없더라고 하셨다.

옛집이 점차 내게서 멀어져 갈수록 고향의 산천도 점차 내게서 멀리 떨어져 갔다. 하지만 나는 아무런 미련도 느끼지 않았다. 나는 단지 사면이 보이지 않는 높은 담이 나를 홀로 가두고 전혀 숨조차 쉴 수 없게 하는 것 같음을 느낄 뿐이었다.

저 수박밭 위에 은목걸이를 한 작은 영웅의 영상이 이전에는 무척 또렷했었는데, 지금은 그것조차도 갑자기 흐릿해지며 나를 몹시 슬프게 하는 것이었다.

어머니와 홍얼은 잠이 들었다.

나도 자리에 드러누웠다. 배 밑바닥에 철썩철썩 부딪치는 물소리를 들으며, 난 내가 나의 길을 가고 있다는 것을 깨달았다. 나는 생각했다. 나와 룬투는 결국 이렇게까지 멀어졌지만, 우리의 후대들은 아직도 함께 어울리고 있다. 홍얼은 지금 쉐이성을 그리워하고 있지 않은가? 난 그 애들이 다시는 나처럼 다들 멀어지지 않기를 바란다. ……하지만 나는 또 그들이 함께 어울리고자 나처럼 괴롭게 이리저리 떠도는 생활을 하는 것도 바라지 않는다. 또 그들이 룬투처럼 괴로움으로 정신이 마비되는 생활을 하는 것도 바라지 않는다. 또 다른 사람들처럼 괴로움으로 방종한 생활을 하는 것도 바라지 않는다. 그들은 마땅히 새로운 생활을 가져야 한다. 우리가 아직 경험해 본 일이 없는 생활을!

나는 희망이라는 것에 생각이 미치자 갑자기 무서워졌다. 룬투가 향로와 촛대를 달라고 했을 때, 나는 마음속으로 몰래 그를 비웃었다. 그는 줄곧 우상을 숭배하고, 언제라도 잊지 못하는구나라고 생각했다. 하지만 지금 내가 말하는 희망 역시 내 스스로의 손으로 만들어낸 우상이 아닌가? 단지 그의 소망이 현실에 아주 가까운 것이라면, 나의 소망은 막연하고 아득하다는 것뿐이다.

몽롱한 나의 눈앞에 바닷가의 파아란 모래사장이 떠올라 왔다. 위로는 짙은 쪽빛 하늘에 황금빛 보름달이 걸려 있다.

나는 생각했다. 희망이란 것은 본래 있다고도 할 수 없고, 없다고도 할 수 없다. 그것은 마치 땅 위의 길과 같은 것이다. 사실 땅 위에는 본래 길이 없었다. 걸어가는 사람이 많아지면서 곧 길이 된 것이다.

1921년 1월

아큐정전(阿Q正傳)

제1장 서(序)

　내가 아큐(阿Q)를 위하여 정전(正傳)을 쓰려고 한 것은 이미 한 두 해의 일이 아니다. 그러나 막상 쓰려고 하면 그만 생각이 원점으로 돌아가고 만다. 그러니 내가 '말을 후세에 전할' 만한 위인이 못 된다는 것을 충분히 알 수 있다. 왜냐하면 예로부터 불후(不朽)의 문장이란 불후의 인물을 전해야만 하거늘, 그리하여 사람은 글로써 전해지고, 글은 사람에 의해서 전해진다는 것인데 ― 그렇다면 대체 누가 누구에 의해 전해지는 것인지 점점 알 수 없게 되고 만다. 결국 아큐를 전하겠다는 결정에 이르고 보니, 어쩐지 내가 귀신에게 홀린 듯한 기분마저 든다.

　아무튼 금방 잊혀질 이 한 편의 문장을 쓰기로 작정하고 붓을 들자, 곧 여러 가지로 곤란을 느끼게 되었다.

　첫째로, 문장의 명칭이다. 공자(孔子)께서 말씀하기를 "이름이 바르지 않으면 말이 순조롭지 못하다〔名不正則言不順〕"고 하셨다. 이것은 처음부터 응당 지극히 주의해야 할 일이다. 전(傳)의 명칭은 매우 많다. 열전(列傳), 자전(自傳), 내전(內傳), 외전(外傳), 별전(別傳), 가전(家傳), 소전(小傳)……. 그러나 애석하게도 이들 모두가 적합하지 않다. '열전'이라고 하자니 결코 이 글이 많은 훌륭한 사람들과 함께 정사(正史) 속에 배열될 수가 없고, '자전'이라고 하자니, 나는 결코 아큐가 아니다. '외전'이라고 한다면 '내전'은 어디에 있는가? 혹 '내전'을 쓰자니 아큐는 결코 신선(神仙)이 아니다. '별전'으로 하자니, 사실 아직 대총통(大總統)으로부터 국사관(國史館)에, 아큐의 '본전(本傳)'을 작성하라는 유시가 없다. ……비록 영국의 정사(正史)에는 '로드니 스톤 별전(博徒別傳)'이 없음에도 문호 디킨즈가 『로드니 스톤 별전』이란 책을 저술한 적이 있다지만 그것은 문호이기에 할 수 있는 것이지 나 따위로서는 할 수 없는 일이다.*

　다음은 '가전'인데, 나는 아큐와 같은 종파인지 아닌지조차 모르며, 또한 그의 자손으로부터 의뢰를 받은 적도 없다. 혹 '소전'이라 해도 아큐에게는 더구나 따로 '대전'이 있는 것도 아니다. 요컨대 이 한 편은 역시 '본전'이 되겠으나, 내 문장에 대해서 생각해 보면 문체에 품위가 없어 '수레를 끌면서 콩국이나 파는 사람들'이나 쓰는 말이기 때문에 감히 본전이라고 주제넘게 지칭할 수도 없다. 그래서 삼교구류의 학자*축에도 못 끼는 소설가들이 쓰는 '한담(閑談)은 그만두고 정전으로 돌아가서'라는 이 틀에 박힌 문구에서 '정전(正傳)'이라는 두 글자를 따내어 명칭으로 삼은 것이다. 설령 옛사람이 편찬한 '서법정전(書法正傳)'의 '정전'과 글자가 똑같아서 혼동될 염려가 있긴 하나 그것까지 돌볼 겨를이 없다.

둘째로, 전기의 통례로서 첫머리에는 대개 '아무개, 자(字)는 무엇이며, 어느 곳 사람이다'라고 쓰게 되어 있다. 그러나 나는 아큐의 성이 무엇인지 전혀 모른다. 한 번은 그의 성이 자오(趙)인 것 같았으나, 그 다음날 바로 모호해졌다. 그것은 자오 나으리의 아들이 수재(秀才)에 급제하였을 때였다. 둥둥 하는 바라 소리와 함께 그 소식이 마을에 전해지자, 아큐는 마침 황주를 두어 잔 들이켜고는 몹시 좋아 춤을 추면서 이것은 그 자신에게도 대단한 영광이라고 했다. 왜냐하면 그는 원래 자오 나으리와 동족이며, 곰곰이 항렬을 따지자면 그는 수재보다 3대나 윗 항렬이라는 것이었다. 그때 옆에서 이 이야기를 듣고 있던 몇 사람들은 약간 숙연한 태도로 그를 공손하게 대했다. 그런데 다음날, 지보(地保)*가 오더니 아큐를 자오 나으리 댁으로 끌고 갔다. 나으리는 아큐를 보자 온통 얼굴을 붉히며 호통을 치는 것이었다.

"아큐, 이 발칙한 놈아, 내가 너의 친척이라고?"

아큐는 입을 열지 않았다.

자오 나으리는 볼수록 더욱 화가 치미는지 몇 발짝 앞으로 쫓아 나서며 말했다.

"네놈이 감히 터무니없는 소릴 지껄이다니! 나에게 어떻게 네놈 같은 동족이 있을 수 있단 말이냐! 네 성이 자오냐?"

아큐가 입을 열지 않은 채 뒤로 물러나려 하자, 자오 나으리가 달려들어 따귀를 한 대 올려붙였다.

"네놈이 어떻게 성이 자오가 될 수 있단 말이야? 네놈이 어디서 자오씨라니 당치도 않다."

아큐는 결코 자기 성이 확실히 자오씨라고 한마디도 항변하지를 않았다.

그저 손으로 왼뺨을 문지르면서 지보와 함께 물러날 뿐이었다. 밖에 나오자 이번에는 지보가 그를 한바탕 닦아세웠다. 그래서 아큐는 잘못했다고 사죄하고는 지보에게 술값으로 200닢을 바쳤다.

그 소문을 들은 사람들은 아큐가 너무 황당한 말을 하고 다녀서 스스로 얻어맞을 짓을 했다고 말했다. 그는 아마도 틀림없이 자오씨는 아닌 것 같다. 설사 진짜 자오씨라고 해도 자오 나으리가 여기 있는 한 그런 허튼소리는 하지 말았어야 했다. 그 뒤부터는 아무도 그의 성씨에 대하여 운운하지 않았으므로 나도 아큐의 성이 무엇인지 결국 모르게 되었다.

셋째로, 나는 또 아큐의 이름을 어떻게 쓰는지조차 모른다. 그가 살아 있을 때 사람들은 모두 그를 아Quei라고 불렀다. 죽은 뒤론 누구 하나 아Quei를 입에 올리는 사람조차 없었다. 그러니 어디 '역사에 기록한다'는 일이 될 수 있겠는가? 만약 '역사에 기록한다'로 말한다면 이 문장이 아마 최초가 될 것이므로 먼저 이 첫 번째 난관에 부딪치게 된다. 나는 곰곰이 생각해 보았다. 아Quei라는 건 '아꿰이(阿桂)'일까, 아니면 '아꿰이(阿貴)'일까? 만약 그에게 '월정(月亭)'이라는 호가 있다든가 혹은 8월 중에 생일 잔치를 한 적이 있다고 한다면 그것은 틀림없이 '아꿰이(阿桂)'일 것이다. 그러나 그에게는 호가 없었고 — 호가 있었을지는 모르겠으나 아무도 그걸 아는 사람이 없다. — 또 생일 잔치에 와 달라는 초청장을 돌린 적도 없으므로 '아꿰이(阿桂)'라고 쓰는 것은 독단적인 것이 된다.

또 만약 그에게 '아푸(阿富)'라는 이름의 형이나 아우가 있었다면 그 자신은 틀림없이 '아꿰이(阿貴)'일 것이다. 그러나 그에겐 형제가 없으므로 '아꿰이(阿貴)'라고 부를 근거가 없다. 그 밖의 Quei라는 소리가 나는 어려운 글자로는 더욱 알맞은 게 없다.

이전에 내가 자오 나으리의 아들인 수재 선생에게 물어본 적이 있었는데 그렇게 박학하고 귀하신 분께서도 모르겠다며 망연해 하였다. 그의 결론에 의하면 천두슈(陳獨秀)가 『신청년(新靑年)』을 발간하면서 서양 문자를 제창한 탓에 국수(國粹)가 멸망하였으므로 고증할 수 없게 되었다는 것이었다. 나의 최후의 수단은 오직 한 가지, 동향 친구에게 아큐의 범죄 기록을 조사해 달라고 부탁하는 것이었다. 그런데 8개월 뒤에야 겨우 회신이 있었으나 조서 중에는 아Quei와 비슷한 발음을 가진 사람도 없다는 것이었다. 정말로 없었는지, 아니면 아예 조사도 해 보지 않은 것인지는 모르겠으나, 더 이상 별다른 방법이 없었다. 주음자모(注音字母)는 아직 일반적으로 통용되지 않는 것 같으니 부득이 서양 문자를 써서 영국에서 유행하는 병음법(拼音法)으로 그를 아Quei라고 쓰고, 간략히 아Q라고 하는 수밖에 없다. 이것은 『신청년』에 맹종하는 것 같아 내 자신도 매우 유감이지만 수재 선생조차도 모르는 걸 나라고 무슨 좋은 수가 있겠는가?

넷째로는 아큐의 본적이다. 만약 그의 성이 자오라면, 현재 군중(郡中)의 명문을 들먹이기 좋아하는 옛부터의 예에 의해, '군명백가성(郡名百家姓)'의 주석에 비추어 보아 '농서천수(隴西天水) 사람'이라고 해도 좋을 것이다. 그러나 애석하게도 이 성 또한 그리 믿을 만한 게 못 된다. 따라서 본적 또한 결정할 수가 없다. 그가 비록 미장(未莊)에 오래 살긴 했지만, 언제나 잠자리가 다르므로 미장 사람이라고도 말할 수 없다. 설령 '미장 사람'이라고 한다 해도 여전히 사법(史法)에는 어긋난다.

내가 조금 자위하는 바는 그래도 '아(阿)'라고 하는 이 한 자만은 매우 정확하여 절대로 억지로 빌려다 붙여 썼다는 결점이 없으므로 누구 앞에서도 떳떳할 수 있다는 것이다. 그 밖에는 모두 나의 미천한 학문으로는 억지로나마 끌어다 붙일 수도 없다. 다만 역사벽과 고증벽이 있는 후스(胡適) 선생의 문인들이 장차 혹 새로운 단서를 많이 찾아낼 수 있기를 바랄 뿐이지만, 나의 이『아큐정전(阿Q正傳)』은 그 무렵에는 아마 벌써 소멸되어 있을지도 모른다.

이상으로 서문을 대신한다.

제2장 승리의 기록

아큐는 성명과 본적이 분명치 않을 뿐만 아니라, 이전의 행적조차도 분명치 않다. 왜냐하면 미장 사람들의 아큐에 대한 관심은 다만 그에게 일을 부탁할 때나, 그를 두고 농담할 때뿐이지 지금까지 그의 '행적'엔 마음을 쓰지 않았기 때문이다. 게다가 아큐 자신도 말을 하지 않았다. 다만 남과 말다툼할 때 이따금 눈을 부릅뜨며 이렇게 말하곤 했다.

"우리 집도 그전에는…… 너보다는 훨씬 더 잘살았어! 네 따위가 무어야!"

아큐는 집이 없이 미장의 신주 모시는 사당(祠堂)에서 살고 있었으며 일정한 직업도 없이 그냥 남의 집 날품을 팔면서, 보리를 베라면 보리를 베고, 쌀을 찧으라면 쌀을 찧고, 배를 저으라면 배를 젓기도 했다. 일이 좀 오래 걸릴 때는 임시로 주인집에서 묵기도 하였으나 끝나면 곧 돌아갔다. 그러므로 사람들은 바쁠 때에는 아큐를 생각해 내곤 했다. 그러나 그것도 일을 시키기 위해 생각하는 것이지, 결코 그의 '행적'은 아니다. 한가해지면 아큐라는 존재조차도 잊어버리는 판국이니 '행적'은 더더욱 말할 나위도 없다. 꼭 한 번 어느 노인이 "아큐는 정말 일꾼이야!" 하며 칭찬한 적이 있었다. 그때 아큐는 웃통을 벗은 채 멋적은 듯 말라빠진 몰골로 그 노인 앞에 서 있었는데, 다른 사람들은 이 말이 진심인지 빈정거림인지 잘 짐작이 가지 않았으나, 아큐는 대단히 기뻐했다.

아큐는 또한 자존심이 매우 강했다. 모든 미장 주민들은 하나같이 그의 눈에 차지 않았고 심지어 두 분의 '글방 도련님'에 대해서도 일소(一笑)의 가치조차 없다고 여기는 표정을 지었다. '글방 도련님'이란 장래 수재로 변할 수도 있는 사람들로, 자오 나으리와 첸 나으리가 주민들로부터 크게 존경을 받고 있는 이유도, 돈이 많다는 것 이외에 두 사람 모두 '글방 도련님'의 아버지라는 것 때문이었다. 그러나 유독 아큐는 마음속으로 특별히 존경한다는 표시를 하지 않았다. 그는 '내 아들이었다면 더 훌륭했을 거야!'라고 생각했다. 게다가 몇 번 성안으로 들락거리고 나면서 그는 절로 더욱 자부심을 가지게 되었다.

그러나 한편 그는 성안 사람들까지도 퍽 경멸하였다. 예컨대, 길이 석 자, 폭 세 치의 널빤지로 만든 걸상을 미장에서는 '긴 걸상'이라고 부르며, 그도 '긴 걸상'이라고 부르는데 성안의 사람들은 '긴 의자'라고 부르고 있었다. 이것은 틀린 것이며 가소로운 일이라고 그는 생각했다. 도미를 기름에 튀길 때 미장에서는 모두 반 치 길이의 파를 얹는데 성안에서는 잘게 썬 파를 얹는다. 이것도 틀린 것이며 가소롭다고 그는 생각했다. 그러나 미장 사람들이야말로 세상물정 모르는 가소로운 시골뜨기들로, 그들은 성안의 생선 튀김은 본 적도 없다.

아큐가 '옛날에는 잘살았고', 견식도 높고, 게다가 '정말 일 잘하는 일꾼'이니, 원래는 거의 '완벽한 인간'이라고 할 만하다. 그러나 애석하게도 그에겐 약간의 신체상의 결점이 있었다.

가장 마음을 괴롭히는 것은 그의 머리 위에 언제 생겼는지도 모르는 부스럼 자국이 몇 군데 있다는 것이다. 이것이 비록 그의 몸에 생긴 것이기는 하나, 아큐가 아무리 생각해 보아도 귀티가 난다고 여겨지지는 않는 것 같았다. 그는 곧 '부스럼'이나 또는 모든 '부스럼 자국'이라는 말과 비슷한 발음의 말조차 꺼려하였다. 후에는 그것이 점점 더 확대되어, '빛나다'라는 말도, '밝다'라는 말도 금기로 삼았고, 더 나아가 '등불'이라든가 '촛불'이라는 말까지도 금기시하는 것이었다. 그 금기를 범하는 자가 있으면 고의든 아니든 따질 것 없이, 아큐는 부스럼 자국까지 붉혀 가며 화를 냈다. 상대를 어림쳐 봐서 말이라도 어눌하면 그는 욕을 퍼부었고, 힘이 약하다 싶으면 두들겨 주었다. 그러나 어찌된 셈인지 언제나 아큐가 당하는 때가 더 많았다. 그래서 그는 차츰 방침을 바꾸어 대개는 화난 눈으로 노려보기로 했다.

하지만 누가 알았으랴, 아큐가 '노려보기 주의'를 채택한 뒤로 미장의 건달들이 더욱더 그를 놀려 댈 줄이야. 만나기만 하면 그 녀석들은 짐짓 깜짝 놀라는 시늉을 하며 이렇게 말하는 것이었다.

"어이구, 밝아졌네!"

그러면 아큐는 여지없이 성을 내고 노려보았다.

"알고 보니 여기 보안등이 있었군그래."

그러나 그들은 결코 두려워하지 않았다.

아큐는 할 수 없이, 따로 보복할 말을 생각해 내지 않으면 안 되었다.

"네깐 놈들과는 상대도 안돼……."

이때 그는 자신의 머리 위에 있는 것이 마치 고상하고 영광스러운 부스럼 자국이며, 결코 평범한 부스럼 자국이 아닌 것처럼 굴었다. 그러나 앞에서도 말한 것처럼 아큐는 견식이 높은 사람이므로 '금기를 범하는 것'에 조금이라도 저촉된다는 것을 알고는 그만 더 이상 말을 잇지 않는 것이었다.

건달들은 그것으로 그치지 않고, 그를 계속 놀려 대더니 마침내

치고받는 싸움에까지 이르렀다. 아큐는 형식상으로는 패배했다. 놈들에게 노란 변발을 낚아채여, 벽에 머리를 네댓 번이나 찧었다. 건달들은 그렇게 하고 나서야 만족하여 의기양양해 가는 것이었다. 아큐는 잠시 동안 우두커니 서서 '내가 자식놈에게 얻어맞은 걸로 치지. 요즘 세상은 정말 돼먹지 않았어⋯⋯' 하고 생각했다. 그러고 나서는 그도 만족해서 의기양양해 가는 것이었다.

아큐는 마음속으로 생각해 둔 것은 나중에 하나하나 말하곤 했다. 그래서 아큐를 골려 주었던 모든 사람들은 그에게 이러한 정신적 승리법이 있다는 것을 거의가 알게 되었다. 그 후로 놈들은 그의 노란 변발을 낚아챌 때마다 먼저 이렇게 말하는 것이었다.

"아큐! 이것은 자식이 아비를 때리는 게 아니라 사람이 짐승을 때리는 거야. 네 입으로 말해 봐! 사람이 짐승을 때리는 거라고."

아큐는 양손으로 자신의 변발 머리꼭지를 움켜잡고, 고개를 비틀며 말했다.

"벌레를 치는 거야! 됐어? 나는 벌레야. ─ 이래도 안 놓을 거야?"

그러나 비록 벌레라고 했건만 건달은 결코 놓아 주지 않고, 늘 하던 대로 가까운 데 아무 데나 머리를 대여섯 번 소리나게 찧고 나서야 만족하여 의기양양해 하면서, 이번에야말로 아큐도 혼이 났겠지 하고 생각하는 것이었다.

그러나 10초도 지나지 않아 아큐도 역시 만족하여 의기양양해 돌아갔다. 그는 그야말로 스스로를 경멸하고 스스로를 낮추기로는 으뜸가는 사람이라고 생각하는 것이었다. '스스로를 경멸하고 스스로를 낮춘다'는 말을 빼버리면 남는 것은 '으뜸'이라는 것뿐이다. 장원급제도 '으뜸'을 말하는 것이 아닌가?

"네까짓 것들이 다 뭐냐?"

아큐는 이처럼 갖가지 묘수로 원수들을 굴복시킨 다음 유쾌하게 술집으로 달려가서 술을 몇 잔 마셨다. 거기에서 또 다른 사람에게 한바탕 놀림을 당하거나, 입씨름을 한 뒤 또 이기고 나면, 유쾌하게 신주 모신 사당으로 돌아가 머리를 쑤셔박고 잠을 자는 것이었다.

가령 돈이 있으면 그는 도박을 하러 간다. 한 무리의 사람들이 땅바닥에 쪼그리고 앉아 있다. 아큐는 온 얼굴에 땀을 뻘뻘 흘리며 그 가운데 끼어 앉아 있는데 떠드는 소리 중에서 그의 목소리가 가장 컸다.

"청룡에 400!"

"자 ―, 엽니다!"

물주가 통 뚜껑을 열면, 그도 땀을 뻘뻘 흘리며 노래하듯 소리친다.

"천문이로다 ―. 각은 비기고, 인과 천당은 헛것이라 ―. 아큐의 돈은 내가 먹었어……."

"천당에 100 ― 150이다!"

아큐의 돈은 이런 노랫가락을 타고 땀을 뻘뻘 흘리는 다른 사람의 허리춤으로 점차 흘러 들어갔다. 마침내 그는 사람들 틈에서 밖으로 밀려나고 말았다. 그는 뒷전에 서서 남의 승부에 마음을 졸이다가 노름판이 흩어질 때까지 지켜보고서야 아쉬운 듯 사당으로 돌아갔다. 그리고 다음날은 퉁퉁 부은 눈을 하고 일하러 가는 것이었다.

그러나 참으로 '인간만사(人間萬事)는 새옹지마(塞翁之馬)라, 어찌 복이 도리어 화가 될 것을 알았으리오?' 이다. 아큐는 불행히도 딱 한 번 이겼는데, 그 때문에 도리어 낭패를 보았던 일이 있었다.

그날은 미장에서 마을 축제를 지내던 날 밤이었다. 이날 밤은 관례대로 무대를 차렸고, 무대 주변엔 으레 많은 도박판이 벌어졌다. 연극무대의 꽹과리 소리와 북 소리도 아큐의 귀에는 10리 밖 먼 데서 들리는 것만 같았다. 그에겐 물주의 노랫가락 소리만이 들렸다. 그는 따고 또 땄다. 동전이 은전이 되고 작은 은전이 큰 은전이 되었다. 큰 은전이 쌓이고 쌓였다. 그는 매우 신바람이 났다.

"천문에 두 냥!"

누가 누구와 무엇 때문에 싸우게 되었는지는 잘 모르겠지만, 욕하는 소리, 때리는 소리, 발자국 소리, 정신을 차릴 수 없는 혼란이 한바탕 벌어졌다. 그가 간신히 기어 나왔을 땐 노름판도 보이지 않았고 사람들도 보이지 않았다. 몸의 여러 군데가 아픈 듯한 것으로 보아 아무래도 얻어맞기도 하고 발길질을 당한 것 같기도 했다. 몇 사람이 그를 놀랍다는 듯이 쳐다보고 있었다. 그는 넋 잃은 사람처럼 사당으로 돌아와 마음을 가라앉히고서야 자신의 은화 무더기가 보이지 않는다는 것을 알았다. 축제날에 벌이는 노름판의 대부분은 이 마을 사람들이 하는 것이 아니다. 그러니 어디가서 그것을 찾겠는가?

새하얗고 번쩍번쩍 빛나는 은화더미! 더구나 그의 것이었는데 — 지금은 없어진 것이다. 자식놈이 가져간 셈 친다고 말해 보았으나 역시 마음이 편치 않았다. 스스로가 벌레라고 말해 보아도 역시 편치 않았다. 그도 이번만은 실패의 고통을 약간 느꼈다.

그러나 그는 곧 패배를 승리로 전환시켰다. 그는 오른손을 들어 힘껏 자기 뺨을 두 차례 연거푸 때렸다. 얼얼하게 아팠다. 그제서야 그는 마음이 평안해지기 시작했다. 마치 때린 것은 자신이고, 얻어맞은 것은 또 다른 자신 같았기 때문이다. 잠시 후 그는 자기가 남을 때린 것같이 — 비록 아직도 얼얼하지만 — 몹시 만족하여 의기양양해 드러누웠다.

그는 푹 잠들었다.

제3장 속(續) 승리의 기록

아큐는 비록 항상 승리하고 있었지만 그래도 자오 나으리에게 따귀를 맞고 난 뒤에야 겨우 유명해졌다.

그는 지보(地保)에게 200닢의 술값을 치른 후, 화가 나서 드러누워 있다가 나중에 이렇게 생각했다.

'요즘 세상은 너무 말이 아니야. 자식 놈이 아비를 때리다니……'

그러자 갑자기 자오 나으리의 위풍당당한 모습이 떠올랐다. 이제는 자기 자식인 것이다. 그렇게 생각하자 그는 점점 의기양양해져 몸을 일으키면서 「청상과부 성묘 가네」라는 노래를 부르며 술집으로 가는 것이었다. 그때 그는 자오 나으리가 딴사람보다 한층 더 고상한 사람이라고 느껴졌다.

이상하게도 이 일이 있고 나서부터 과연 사람들이 각별히 그를 존경하는 것 같았다. 아큐로서는 자신이 자오 나으리의 부친이 되었기 때문이라고 여길지 모르나, 실은 그렇지가 않았다. 미장의 통례로는 아치(阿七)가 아빠(阿八)를 때렸다든가, 혹은 이사(李四)가 장삼(張三)을 때렸다든가 하는 것은 본시 사건으로 치지도 않는다. 반드시 자오 나으리 같은 유명한 사람과 관련되어야 비로소 그들의 입에 오르는 것이다. 일단 입에 오르면 때린 사람이 유명한 사람이므로 맞은 사람도 그 덕에 유명해진다.

잘못이 아큐에게 있음은 물론 말할 것도 없다. 왜냐하면 자오 나으리에게는 잘못이 있을 리 없기 때문이다. 잘못이 그에게 있는데 무엇 때문에 사람들이 그를 각별히 존경하는 것 같을까? 이것은 정말 어려운 문제다. 억지로 끌어다 붙여 말하자면, 혹 아큐가 자오 나으리의 동족이기 때문에 비록 언어맞긴 했어도 사람들이 약간은 정말일지도 모른다고 여기고 어떻든 조금은 존경해 두는 게 온당하다고 여겼을지도 모른다. 그렇지 않다면 공자묘(孔子廟)에 바친 황소가 비록 돼지나 양과 같은 짐승이면서도 성인(聖人)이 젓가락을 댔기 때문에 선유(先儒)들도 감히 함부로 건드리지 못하는 것과 같은 이치일 것이었다.

그 뒤로 여러 해 동안 아큐는 우쭐하였다.

어느 해 봄, 그는 얼큰히 취해 길을 걷는데, 양지 바른 담 밑에서 왕털보가 벌거벗고 이를 잡고 있는 것이 눈에 띄었다. 그걸 보니 갑자기 자신의 몸이 근질근질해졌다. 이 왕털보는 부스럼 자국도 있고 털도 많아서 딴사람들은 그를 왕부스럼털보라 불렀다. 아큐만은 부스럼 자를 떼고 왕털보라고 불렀으나 그를 무척 경멸하고 있었다. 아큐의 생각으로는 부스럼 자국은 이상하다고 생각할 만한 것이 못되나 볼을 덮은 수염만은 사실 너무나 신기하여 보기만 해도 사람을 기분 나쁘게 한다는 것이었다. 아큐는 그와 나란히 앉았다. 만일 딴 건달이었다면 아큐는 감히 가까이 앉을 생각도 못했을 것이다. 그러나 이 왕털보 옆이라면 무서울 게 무엇이 있겠나? 사실대로 말하자면 그가 앉아 주는 것만으로도 그야말로 그에게 체면을 세워 주는 것이 된다.

아큐도 누더기가 된 저고리를 벗어서 한 번 뒤집어 봤다. 새로 빨아서 그런지, 아니면 허투루 봐서 그런지 한참 만에 서너 마리를 잡았을 뿐이었다. 왕털보를 보니 한 마리, 또 한 마리, 두 마리, 세 마리, 입안에 털어넣고 바작바작 깨문다.

처음에 아큐는 실망했다. 그러다가 나중에는 약이 올랐다. 볼품없는 왕털보에겐 저렇게 많은데, 자신은 이렇게 조금밖에 없다니, 이 얼마나 체통 없는 꼴인가! 그는 한두 마리라도 큰 놈을 찾아내려고 했으나 끝내 없었다. 가까스로 어중간한 놈 한 마리를 잡아내 투박한 입술을 사납게 벌려 집어넣고 힘껏 꽉 씹었다. '톡' 소리가 났으나 왕털보가 씹는 소리에는 미치지 못했다.

"이 송충이놈아!"

"비루먹은 개새끼야, 네가 누굴 욕하냐?"

왕털보는 경멸하듯 눈을 치뜨며 말했다.

이 무렵 아큐는 남들로부터 비교적 존경을 받고 있어, 전보다 더욱 거들먹거렸지만 그래도 싸움 잘하는 건달들을 보면 겁이 났었다. 그런데 이번만은 매우 용감했다. 이따위 털보놈이 제멋대로 지껄이게 내버려 둘 수야 있는가?

"누가 누굴 욕하는지 알려 주지!"

그는 일어서서 두 손을 허리에 짚으며 말했다.

"너 꼴통이 근질근질하냐?"

왕털보도 일어나 옷을 걸치면서 말했다.

아큐는 그가 달아나려는 줄 알고 달려들어 주먹을 날렸다. 그러나 그 주먹이 상대의 몸에 닿기도 전에 그의 손에 잡히고 말았다. 그리고 잡아끌자 아큐는 비실비실 끌려갔다. 이어 왕털보에게 변발을 휘어잡힌 채 담으로 끌려가 전처럼 머리를 짓찧었다.

"군자는 말로 하지, 손찌검은 하지 않는 거야!"

아큐는 고개를 꼬며 말했다.

왕털보는 군자가 아닌 것 같았다. 전혀 상대도 하지 않고 연속으로 내리 다섯 번이나 처박고 나서 힘껏 밀쳐 버렸다. 그 바람에 아큐가 여섯 자나 멀리 나가떨어졌다. 그제서야 왕털보는 만족하여 돌아갔다.

아큐의 기억으로 아마도 이것이 평생 첫 번째로 당한 굴욕적인 사건이라 하겠다. 왜냐하면 왕털보는 그의 볼을 덮은 털의 결점 때문에 이때껏 아큐에게 놀림을 받았으면 받았지, 아큐를 깔본 적이 없기 때문이다. 더욱이 손찌검 따위는 말도 안 된다. 그런데 지금 손찌검을 당하고 말았으니, 참으로 뜻밖이었다. 설마 세상에 떠도는 소문대로 황제가 수재(秀才)도 거인(擧人)도 필요없다며, 이미 과거 시험을 중지하여, 이것 때문에 자오 씨네 위세가 떨어지고 이 때문에 그들도 아큐를 깔보는 것일까?

아큐는 어쩔 줄 몰라 우두커니 서 있었다. 그의 적이 또 나타난 것이다. 이 사람도 아큐가 가장 싫어하는 사람 중의 하나다. 바로 첸 나리리의 큰아들이었다. 그는 전에 성안의 서양학교에 들어갔으나 무슨 이유인지 몰라도 또 일본으로 건너갔다가 반 년 후에 집에 돌아왔는데 걸음도 곧바로 걷고 변발도 보이지 않았다. 그의 모친은 열 번 이상이나 울며 법석을 떨었고, 그의 아내는 세 차례나 우물에 뛰어들었다. 나중에는 그의 모친이 어디를 가나 이렇게 말하는 것이었다.

"그 변발은 나쁜 놈이 술을 잔뜩 먹여 취하게 하고 잘라 갔대요. 본래 훌륭한 관리가 될 수 있었는데 이제 머리가 자랄 때까지 기다리는 수밖에 없어요."

그러나 아큐는 그 말을 믿으려 들지 않았다. 어디까지나 그를 '가짜 양놈'이라 했고, 또 '외국놈의 앞잡이'라고도 불렀다. 그를 보기만 하면 반드시 속으로 은근히 욕을 해 댔다.

더욱이 아큐가 '몹시 싫어하고 증오'하는 것은 그의 가짜 변발이었다. 변발이 가짜라면 사람 노릇을 할 자격도 없는 것이다. 그의 아내가 네 번째로 우물에 뛰어들지 않은 것을 보면 역시 훌륭한 여자는 아니다.

그 '가짜 양놈'이 다가왔다.

"까까머리, 당나귀……."

평소라면 아큐는 뱃속에서만 욕지거리를 할 뿐 입으로 소리를 내는 법이 없었는데, 이번만은 마침 분통이 치밀고 앙갚음을 하고 싶은 기분 때문에 자기도 모르게 작은 목소리로 욕을 하였던 것이다.

뜻밖에도 이 까까머리는 노란 니스칠을 한 지팡이를 들고는 — 바로 아큐가 상주지팡이라고 하는 — 큰 걸음으로 성큼 다가왔다. 아큐는 이 찰나에 아마도 얻어맞겠거니 하고 온몸을 움츠리고 어깨를 솟구치고 기다리고 있었다. 과연 딱! 하는 소리가 났는데 확실히 자기 머리를 때리는 것 같았다.

"나는 저 애보고 말한 거예요."

아큐는 곁에 있던 아이를 가리키며 변명했다.

"딱! 딱딱!"

아큐의 기억으론 이것이 아마 평생 두 번째로 받은 굴욕적인 사건으로 여겨진다. 다행히도 딱딱 하는 소리가 나고 나서는 그것으로써 사건이 일단락된 듯싶어 도리어 마음이 홀가분해짐을 느꼈다. 게다가 '망각'이라는 이 선조 때부터 전해 내려오는 보물도 효력을 나타냈다. 그가 천천히 걸어서 술집 문 앞에 도착했을 때쯤엔 이미 기분이 다소 좋아져 있었다.

그런데 맞은편에서 정수암(靜修庵)의 젊은 비구니가 걸어오고 있었다. 아큐는 평소에도 그녀를 보기만 하면 반드시 욕하고 침을 뱉고 싶었었는데, 하물며 굴욕을 당한 후가 아닌가? 그는 굴욕의 기억이 되살아나자 적개심이 발동했다.

'내가 오늘 왜 이렇게 재수가 없나 했더니, 바로 너를 만났기 때문이었구나!'

하고 그는 생각했다.

그는 그녀 앞으로 마주 가서 크게 소리를 지르며 침을 뱉었다.

"캭! 퉤!"

그러거나 말거나 젊은 비구니는 전혀 거들떠보지도 않고 머리를 숙인 채 걷고만 있었다. 아큐는 그녀 곁으로 바싹 다가서서 손을 쑥 내밀어 그녀의 새로 깎은 머리를 쓰다듬고 껄껄 웃으며 말하였다.

"까까머리야, 얼른 돌아가거라. 중놈이 널 기다리고 있어……."

"왜 나한테 집적거리는 거야?"

비구니는 얼굴이 새빨개져서 말하며 잽싸게 걸어갔다.

술집에 있던 사람들이 크게 웃었다. 아큐는 자기의 공로가 인정되는 것을 보고는 더욱 흥이 나서 의기양양해졌다.

"중놈은 건드려도 되고, 나는 건드리면 안 된단 말이냐?"

그는 비구니의 볼을 꼬집었다.

술집에 있던 사람들은 크게 웃었다. 아큐는 더욱 신이 나서 구경꾼들이 만족할 수 있도록 다시 한 번 힘주어 꼬집고 나서야 풀어 주었다. 그는 이 일전으로 왕털보와의 일을 깨끗하게 잊어버렸고 또 가짜 양놈과의 일도 잊어버렸다. 오늘의 모든 불운에 대하여 전부 원수를 갚은 것만 같았다. 뿐만 아니라 신기하게도 온몸을 딱딱 얻어맞고 난 후보다도 더욱 가벼워진 것 같고, 펄럭펄럭 날아갈 것만 같았다.

"이 씨도 못 받을 아큐놈아!"

멀리서 젊은 비구니의 울음 섞인 목소리가 들려왔다.

"하하하!"

아큐는 매우 자랑스럽게 웃었다.

"하하하!"

술집 안에 있던 사람들도 얼마큼은 만족한 듯이 웃었다.

제4장 연애의 비극

사람들이 말하길 ― 어떤 승리자는 적수가 호랑이나 매처럼 사납기를 원하며 그래야만 승리의 기쁨을 느낀다고 한다. 가령 양이나 병아리 같다면 도리어 승리의 허무함을 느낀다고 한다. 또 어떤 승리자는 모든 것을 정복하고 난 후에, 죽을 사람은 죽고 항복할 사람은 항복하고 나서 "신이 황공하옵고 황공하옵게도, 죽을 죄를 지었나이다. 죽을 죄를 지었나이다"라고 하는 것을 본다. 그렇게 되면 그에게는 적도 없고, 적수도 없고, 친구도 없고 오직 자신만이 높은 자리에 홀로 있게 되어 외롭고, 처량하고, 적막할뿐, 오히려 승리의 비애를 느낀다고 한다.

그러나 우리의 아큐는 그렇게 무능하지 않다. 그는 영원히 만족해 할 것이다. 이건 어쩌면 중국의 정신문명이 전 세계에서 가장 뛰어나다는 하나의 증거일지도 모른다.

보라. 그는 훨훨 날아갈 것 같다고 하지 않는가!

그러나 이번의 승리는 오히려 그를 좀 별다르게 했다. 그는 한나절 동안이나 훨훨 날아다니다가 신주 모신 사당으로 훌쩍 날아들었다. 여느 때 같으면 드러눕자마자 코를 곯았을 것이다. 한데 이날 밤만은 쉽게 잠이 들지 못할 줄이야 누군들 알았겠는가? 그는 자신의 엄지와 검지가 좀 괴상하게 평상시보다 매끄러운 것 같다는 것을 느꼈다. 젊은 비구니의 얼굴에 뭔가 매끄러운 것이 있어서 그것이 자신의 손에 묻은 탓인가, 아니면 자신의 손가락이 미끈미끈해지도록 젊은 비구니의 뺨을 만진 탓일까? 알 수가 없었다. ……

"이 씨도 못 받을 아큐놈!"

아큐의 귓속에 이 말이 다시 들려왔다. 그는 생각했다. 틀림없어, 여자가 하나 있어야겠어. 자손이 끊어지면 죽은 후 밥 한 그릇 올려놓아 줄 사람도 없게 된다. …… 여자가 있어야 한다.

무릇 "불효에는 세 가지가 있나니, 그중 후손이 없음이 가장 큰 것이다"라고 하였고, 또 "후손이 없어 조상의 제사를 지내지 못하는 것"이라고 했겠다. 이렇게 된다면 또한 인생의 크나큰 비애이다. 그러므로 그의 이 생각은 사실 모두가 성현의 경전에 맞는 것이다. 다만 안타까운 것은 이후에라도 '그 마음을 놓을 수 있도록 수습할 수가 없다'는 것이다.

'여자, 여자……'

그는 생각했다.

'……중놈은 손을 댈 수 있는데……. 여자, 여자, 여자!'

그는 또 생각했다.

그날 밤 아큐가 몇 시쯤 잠이 들었는지 우리는 알 수 없다. 그러나 아마도 이때부터 그는 손끝이 매끈매끈한 느낌을 알게 되었고, 따라서 이때부터 그의 마음이 둥둥 뜨기 시작했다.

'여자……' 그는 생각했다.

이 일단의 사건만으로 우리는 여자란 사람을 해치는 존재임을 알 수가 있다.

중국 남자들은 대부분 성현이 될 수가 있었으나 애석하게도 모두 여자 때문에 실패하고 말았다. 상(商)나라는 달기(妲己)로 망하고, 주(周)나라는 포사(褒姒) 때문에 허물어졌다. 진(秦)나라도…… 비록 역사에 명확히 기록된 것은 없지만 우리가 여자 때문이라고 가정해도 아마 전혀 틀린 말은 아닐 것이다. 그리고 한(漢)나라의 동탁(董卓)은 분명히 초선(貂蟬)에게 죽임을 당했다.

아큐는 본래 올바른 사람이다. 우리는 비록 그가 어떤 위대한 스승의 가르침을 받았는지 알 수 없지만, 그는 '남녀유별'에 대해서 지금까지 매우 엄격했다. 또한 이단(異端) — 예를 들어 젊은 비구니라든가 가짜 양놈 따위 — 을 배척하는 정의감이 매우 투철했다. 그 학설은 이렇다. 모든 비구니는 틀림없이 중놈과 몰래 간통을 하며, 여자가 혼자서 바깥으로 나다니는 것은 틀림없이 남자를 유혹하려는 생각 때문이고, 남녀가 어디서고 둘이 이야기를 하는 것은 틀림없이 무슨 수작을 부리려 하는 것이다. 따라서 그는 이들을 혼내 주기 위해 때때로 성난 눈으로 노려보기도 하였고, 혹은 큰소리로 몇 마디 '잘못을 꾸짖는' 말을 하기도 하였으며, 혹은 으슥한 곳에서라면 등뒤에서 돌을 던지기도 했던 것이다.

그러던 그가 서른의 나이에 뜻밖에 젊은 비구니 때문에 마음이 둥둥 뜨는 재난을 입을 줄이야 누가 알았겠는가? 이 둥둥 뜨는 마음은 유교 도덕상 있을 수 없는 것이다. — 그러므로 여자란 정말 증오해야 한다. 가령 젊은 비구니의 얼굴이 매끈매끈하지 않았더라면 아큐가 넋을 뺏기는 데까지는 이르지 않았을 것이다. 또 가령 젊은 비구니의 얼굴에 베 한 겹을 덮기만 했어도 아큐가 넋을 뺏기는 데까지 이르지는 않았을 것이다. — 그가 5, 6년 전에 무대 아래 관중들 틈에서 한 여인의 넙적다리를 스쳤던 일이 있었는데, 바지 한 겹이 사이에 있었기 때문인지 그때는 결코 마음이 이렇게 둥둥 뜨지는 않았다. — 그러나 젊은 비구니는 결코 그렇지 않았다. 이것은 역시 이단이란 미워하기에 충분하다는 것을 알려 주는 것이다.

'여자……'

아큐는 생각했다.

그는 '남자를 유혹함에 틀림없다고 생각되는' 여자에 대하여 언제나 주의하며 지켜보았다. 그러나 그 여자들은 결코 그에게 웃음을 던지지 않았다. 자신과 이야기하는 여자에 대해서도 언제나 주의하여 들어보았지만 결코 어떤 수작을 부리는 따위의 이야기는 하지 않았다. 아! 이 또한 여자를 미워해야 할 이유의 하나이다. 그 여자들은 모두 '시치미를 떼고 안 그런 척' 하고 있는 것이다.

그날 아큐는 하루 종일 자오 나으리 댁에서 쌀을 찧었다. 저녁밥을 먹고 나서는 부엌에 앉아서 담배를 피우고 있었다. 다른 집이었다면, 저녁밥을 먹고 나면 돌아갈 수 있었지만, 자오 나으리

댁은 저녁을 일찍 먹는다. 비록 전에 하던 대로라면 등불을 켜는 것이 허락되지 않으며 저녁을 먹자 잠자리에 들어야 하지만 어쩌다 몇 가지 예외가 있었다. 하나는 자오 어른의 아들이 아직 수재 시험에 합격하지 못했을 때, 등불을 켜고 공부하는 것을 허락하였고, 두 번째는 아큐가 날품팔이로 고용되었을 때 등불을 켜고 쌀을 찧게 허락하였다. 이 예외 조항 때문에 아큐는 쌀 찧기를 시작하기 전에 부엌에 앉아서 담배를 피우고 있었던 것이다.

자오 나으리 댁의 유일한 하녀인 우어멈(吳媽)이 설거지를 끝내고 걸상에 앉아서 아큐와 잡담을 했다.

"마님은 이틀 동안 아무것도 자시지 않았다우. 나으리께서 젊은 씨앗을 보려고 하시기 때문이라니……."

'여자…… 우어멈…… 이 청상과부…….'

아큐는 생각하고 있었다.

"우리 댁 젊은 마님은 8월에 아기를 낳는다우……."

'여자……' 하고 아큐는 또 생각했다.

아큐는 담뱃대를 놓고 일어났다.

"우리 댁 젊은 마님은 말예요……."

우어멈은 계속 지껄였다.

"너, 나하고 자자. 나하고 자."

아큐는 갑자기 달려들어 그녀 앞에 무릎을 꿇었다.

한 순간 침묵이 흘렀다.

"아악!"

우어멈은 질겁을 하고 갑자기 벌벌 떨면서 큰소리를 지르며 밖으로 뛰어나갔다. 뛰어가면서 소리를 질러 대는데, 나중에는 울먹이는 듯했다.

아큐는 벽을 마주하고 꿇어앉은 채 멍하니 있었다. 그러더니 두 손으로 빈 걸상을 짚고 천천히 일어났다. 좀 잘못된 것 같은 느낌이 들었다. 그제야 그는 약간 불안해졌다. 황급히 담뱃대를 허리띠에 찔러 넣고 쌀을 찧으러 가려고 했다. 순간 딱! 소리와 함께 무언가 매우 굵직한 것이 머리에 떨어졌다. 급히 돌아다보니 수재가 굵은 대나무 몽둥이를 들고 그의 앞에 서 있었다.

"너 이 고얀 놈! ……네 이놈……."

굵은 대나무 몽둥이가 또 그를 향해 내리쳐졌다. 아큐는 두 손으로 머리를 감쌌다. 딱 하더니 바로 손가락 마디에 맞았다. 이번에는 정말 몹시 아팠다. 그는 부엌 문을 튀어나왔다. 등에 또 한 대 얻어맞은 것 같았다.

"짐승 같은 놈!"

수재는 등뒤에서 표준어로 욕을 퍼부었다.

아큐는 방앗간으로 뛰어들어가 혼자 서 있었다. 아직도 손가락이 아팠다. '짐승 같은 놈'이란 말이 아직도 귀에 쟁쟁하다. 이런 말은 본래 미장의 시골뜨기들은 쓰지 않으며, 오직 관청의 훌륭한 분들만이 쓰는 말이므로 각별히 두려웠고 인상도 각별히 깊었기 때문이다. 그러나 이 통에 그 '여자……'에 대한 생각도 사라졌다. 더구나 매를 맞고 욕을 얻어먹고 나니, 이 사건이 그것으로 결말이 난 것 같아 도리어 마음이 후련해져 곧 쌀 찧기에 착수했다. 한참 찧자니까 더워져서 일손을 놓고 웃옷을 벗었다.

웃옷을 벗었을 때 밖에서 왁자지껄하는 소리가 들렸다. 천성적으로 구경을 좋아하는 아큐는 곧 소리 나는 쪽으로 찾아갔다. 소리 나는 쪽을 찾아서 점점 가다 보니 자오 나으리 댁 안마당까지와 버렸다. 어둑할 무렵이기는 했으나 그래도 많은 사람을 분간할수는 있었다. 자오 나으리 집 사람들이 모두 모여 있었는데, 이틀이나 밥을 먹지 않았다는 마님까지도 그 안에 있었다. 그 밖에 이웃의 쩌우씨 댁 일곱째 아주머니(鄒七嫂)도 있고 진짜 친척인 자오바이옌(趙白眼)과 자오쓰천(趙司晨)도 있었다.

마침 젊은 마님이 우어멈의 손을 끌고 아랫방에서 나오며 말했다.

"이리 나오너라…… 네 방에 숨어 있을 거 없어……."

"네 행실이 바르다는 걸 누가 모르냐……. 절대로 쓸데없는 생각은 말아라."

쩌우씨 댁 일곱째 아주머니도 옆에서 거든다.

우어멈은 울면서 무엇인가 지껄이기는 하나 분명히 알아들을 수가 없었다.

아큐는 생각했다.

'흥! 재미있군. 저 청상과부가 무슨 짓거리로 저렇게 떠들어 대는지 모르겠군.'

그는 궁금하여 자오쓰천의 옆으로 다가갔다. 그때 문득 자오 나으리가 그를 향해 달려오는 것을 보았다. 게다가 손에는 굵은 대나무 몽둥이를 들고 있었다. 그는 이 굵은 대나무 몽둥이를 보자 돌연 조금 전에 자기가 맞은 게 지금의 이 소동과 관련 있는 것 같다는 생각이 들었다. 그는 몸을 돌려 달아났다. 방앗간으로 도망치려 했으나 뜻밖에도 대나무 몽둥이가 그의 길을 가로막았다. 그는 다시 몸을 돌려 어쩔 수 없이 뒷문으로 달아났다. 오래지 않아 그는 이미 사당 안에 와 있었다.

아큐는 잠시 앉아 있으려니 피부에 좁쌀만한 것이 돋으며 한기를 느꼈다. 비록 봄이라곤 하지만 밤에는 자못 추워 맨몸으로 견딜 만한 때가 아니었다. 저고리를 자오씨네 집에 두고 온 생각이 났으나 가지러 가자니 수재의 몽둥이가 두려웠다. 그러고 있는데 지보가 들이닥쳤다.

"아큐, 제기랄 놈! 자오씨 댁의 하녀까지 희롱을 하다니, 한마디로 배신이지 뭐야. 그 바람에 나까지 밤에 잠 못 자게 됐잖아. 이 제기랄 놈아!"

그리고는 어쩌구저쩌구 한바탕 설교를 늘어놓았다. 아큐는 물론 할 말이 없었다. 끝내는 밤중이라는 이유로 지보에게 평소의 두 배인 400닢을 술값으로 지불해야만 했다. 아큐는 마침 현금이 없었으므로 털모자를 잡히고 게다가 다섯 조항의 서약까지 했다.

1. 내일 홍촉(紅燭) ─ 한 근짜리 ─ 한 쌍과 향(香) ─ 한 봉지를 가지고 자오 나으리 댁에 가서 사죄할 것
2. 자오 나으리 댁에서 도사(道士)를 불러 목맨 귀신을 떨쳐버리는 굿을 하는데 그 비용은 아큐가 부담할 것
3. 아큐는 앞으로 자오 나으리 댁 문턱 안에 들어가지 말 것
4. 우어멈에게 앞으로 만약 뜻밖의 일이 생기면 모두 아큐에게

책임을 물을 것임

5. 아큐는 품삯과 웃옷을 달라는 요구를 하지 말 것

아큐는 물론 이 모든 것을 승낙했으나 유감스럽게도 돈이 없었다. 다행히 이미 봄이 왔으니 솜이불은 없어도 되었으므로, 그것을 2천 닢에 저당잡혀서 서약을 이행했다. 벌거벗은 몸으로 머리를 조아려 사죄한 뒤, 의외로 몇 푼인가 돈이 남았으나 그는 털모자를 찾지 않고 몽땅 술을 마셔 버렸다. 한편 자오 나으리 집에서는 그 향과 초를 쓰지 않고 마님이 부처님 모실 때 쓰려고 간수해 두었다. 그 떨어진 웃도리의 반은 젊은 마님이 8월에 낳을 아기의 기저귀가 되었고, 좀 남은 누더기는 우어멈의 헝겊신 밑창으로 썼다.

제5장 생계 문제

아큐는 사죄의 예가 끝나자 여느 때처럼 사당으로 돌아왔다. 해가 지고 나니 아무래도 점차 세상이 야릇하다는 생각이 들었다. 곰곰이 생각해 본 끝에 그 원인은 자기가 벌거숭이였기 때문이라는 사실을 깨달았다. 그는 누더기 겹옷이 또 있음을 생각해 내고 그걸 걸쳐 입고는 드러누웠다. 다시 눈을 떴을 때는 태양이 이미 서쪽 담 뒤를 비치고 있었다. 그는 몸을 일으키면서 "제기랄……!" 하고 투덜댔다.

그는 일어나 평소처럼 거리를 쏘다녔다. 벗고 있을 때처럼 피부를 찌르는 추위는 없었으나 또 어쩐지 세상이 좀 야릇하다는 느낌이 점차 들었다. 마치 이날 이후로 미장의 여인들이 갑자기 부끄럼을 타는 모양인지 그녀들은 아큐가 오는 것을 보기만 하면 저마다 대문 안으로 몸을 숨겼다. 심지어는 쉰이 가까운 쩌우씨 댁 일곱째 아주머니마저도 다른 사람들을 따라 함께 숨었으며, 더구나 열한 살짜리 계집애까지 불러들이는 것이었다. 아큐에게는 퍽 이상스러웠다. 그래서 이렇게 생각했다.

'이것들이 갑자기 모두 아씨 흉내를 내는군. 이 화냥년들이……'

그러나 그가 세상이 좀 괴상해졌다고 느낀 것은 그로부터 여러 날이 지난 뒤였다. 첫째, 술집에서 외상을 주지 않는 것이다. 둘째, 사당을 관리하는 늙은이가 이러쿵저러쿵 쓸데 없는 잔소리를 하는 품이 그를 내쫓으려는 것 같았다. 셋째, 며칠이나 되었는지 기억할 수 없으나 하여튼 꽤 여러 날 아무도 그에게 날품 일을 시키려 하지 않는 것이었다. 술집에서 외상을 안 주는 것은 참으면 그만이고, 늙은이가 그를 내쫓으려 해 보았자 투덜대는 대로 내버려두면 그만이지만 아무도 날품 일을 시키려 하지 않는 것은 아큐의 배를 곯게 하는 것이다. 이것은 정말 아주 '제기랄' 일이었다.

아큐는 도저히 견딜 수가 없어서 옛날 단골집들을 찾아다니며 물어보는 수밖에 없었다. — 자오 어른 댁만은 출입이 금지되어 있었지만 — 그런데 사정은 달랐다. 반드시 남자가 나와서 귀찮다는 얼굴로, 마치 거지라도 쫓아 버리듯 손을 내저으며 말하는 것이었다.

"없어, 없어. 꺼져!"

아큐는 더욱 이상한 느낌이 들었다. 이제까지 이런 집에서는 일이 없던 적이 없었다. 지금이라고 갑자기 일이 없어질 리가 없다. 여기에는 반드시 무슨 곡절이 있음에 틀림없다고 그는 생각했다. 곰곰이 알아보고서야 비로소 그들은 일이 있으면 샤오Don에게 시킨다는 것을 알았다. 이 샤오디(D)는 몸도 작고 힘도 없고 말라깽이여서 아큐의 눈에는 왕털보보다도 한 수 아래였다. 그런데 누가 알았으랴, 이 애송이에게 자신의 밥그릇을 뺏기다니. 그래서 아큐의 분노는 평상시와 달랐다. 너무나 화가 나서 길을 걸어가다가 별안간 손을 휘저으며 노래를 불렀다.

"내가 잡은 쇠채찍으로 네놈을 치리라……."

며칠 뒤 그는 첸씨 댁 담 앞에서 샤오디와 마주쳤다.

'원수는 외나무 다리에서 만난다'고 아큐가 마주 다가가자 샤오디도 멈춰 섰다.

"개새끼!"

아큐는 눈을 부릅뜨고 말했다. 입가에서 침이 튀었다.

"나는 벌레야. 그럼 됐지……?"

샤오디가 말했다.

이 겸손이 도리어 아큐의 분통을 터뜨렸다. 그러나 그의 손에는 쇠채찍이 없었으므로 그냥 덤벼들어 손을 뻗어 샤오디의 머리채를 움켜잡는 수밖에 없었다. 샤오디는 한 손으로 자기 머리채 꼭지를 감싸면서 다른 한 손으론 아큐의 머리채를 잡아챘다. 아큐도 비어 있는 한쪽 손으로 자기의 머리채를 감쌌다. 그전의 아큐라면 샤오디쯤은 상대도 되지 않는다. 그러나 그는 요사이 배를 주려 샤오디 못지 않게 마르고 지쳐서 힘이 엇비슷한 맞수의 형상이 되어 있었다. 네 개의 손이 두 개의 머리채를 서로 움켜쥐고 둘 다 허리를 구부린 채 버티고 있자니, 첸씨 댁 흰 담벼락 위로 푸르스름한 무지개 모양의 그림자가 비추었다. 그렇게 반 시간이나 계속되었다.

"이젠 됐다! 됐어!"

구경꾼들이 말했다. 아마도 말리려는 것인가보다.

"됐어, 됐어!"

구경꾼들이 거듭 말했다. 말리는 건지, 칭찬하는 건지, 그렇지 않으면 부추기는 건지 알 수가 없었다.

그러나 둘 다 들은 척도 않는다. 아큐가 세 발짝 나서면 샤오디는 세 발짝 물러서서 멈춘다. 샤오디가 세 발짝 나서면 아큐가 세 발짝 물러나 또 멈춘다. 거의 반 시간, — 미장에는 자명종 시계가 없으므로 정확한 시간을 말하기는 어렵다. 어쩌면 20분이었는지도 모른다. — 그들의 머리에서는 김이 모락모락 솟았고 이마에서는 땀이 흘러내렸다. 아큐의 손이 느슨해졌다. 동시에 샤오디의 손도 느슨해졌다. 둘은 동시에 허리를 펴고 일어서더니 동시에 물러나 군중 속으로 헤쳐 나갔다.

"두고 보자, 개새끼……."

아큐가 뒤돌아보며 말했다.

"개새끼, 두고 보자……."

샤오디도 돌아보며 말하였다.

이 한 판의 '용과 호랑이의 싸움'은 무승부로 끝난 것 같았다. 구경꾼들이 만족했는지 어쩐지는 모르겠으나 아무도 거기에 대해 이러쿵저러쿵 말하는 사람이 없었다. 그러나 아큐에게는 여전히 날품 일을 시키는 사람이 없었다.

매우 따뜻한 어느 날이었다. 살랑거리는 미풍에 자못 여름 기운이 났으나, 아큐만은 으스스 추위를 느꼈다. 그러나 그것은 그래도 견딜 만했다. 첫째가 어떻든 배가 고픈 것이었다. 솜이불, 털모자, 홑옷은 벌써 없어졌고, 그 다음에는 솜옷도 팔아먹었다. 이제는 바지만 남았으나 이것만은 벗을 수가 없었다. 누더기 겹옷이 있기는 하지만 남에게 주어 신창이나 하라고 하면 모를까 결코 팔아서 돈이 될 것은 못 된다. 그는 길거리에서 돈이라도 주웠으면 하고 진작부터 생각하고 있었으나 지금까지 눈에 띄지 않았다. 자기의 부서진 집 어딘가에 돈이 떨어져 있지 않을까 하고 황망히 사방을 둘러보아도 집안은 텅텅 비어 있을 뿐 아니라 또한 휑뎅그렁하기까지 했다. 그래서 그는 밖으로 나가 구걸을 하기로 결심했다.

그는 길을 걸으면서 구걸할 작정이었다. 낯익은 술집이 눈에 띄었다. 낯익은 만두집도 눈에 띄었다. 그러나 그는 모두 지나쳤다. 발걸음도 멈추지 않았고, 구걸하려고 하지도 않았다. 그가 구하려는 것은 이런 것이 아니었다. 그가 구하는 것은 무엇인가? 그 자신도 잘 몰랐다.

미장은 본래 큰 마을이 아니므로 마을 끝까지 가는 데 많은 시간이 걸리지 않았다. 마을을 벗어나면 모두 논인데 눈에 보이는 것은 온통 근래에 모를 낸 파릇파릇한 새싹이었다. 그 사이에 여기저기 움직이는 둥그스름한 검은 점들은 논을 매는 농부들이다. 아큐는 이러한 전원 풍경도 감상하지 않고 그저 걷기만 했다. 왜냐하면 그는 이런 것들과 자신의 '구걸'의 길과는 매우 동떨어진 것이라는 것을 직감적으로 알고 있기 때문이었다. 드디어 정수암의 담 밖에까지 이르렀다.

암자의 주위도 논이었다. 신록 사이로 흰 벽이 우뚝 나와 있고, 뒤쪽의 낮은 토담 안쪽은 야채밭이었다. 아큐는 한참을 망설이다가 사방을 둘러보았으나 아무도 없었다. 그는 낮은 담장을 기어올라가 새박뿌리 덩굴을 움켜잡았으나 담장 흙이 부석부석 떨어져서 아큐의 발도 후들후들 떨렸다. 결국은 뽕나무 가지를 잡고 기어올라 안으로 뛰어내렸다. 안은 초목이 매우 울창하였으나 결코 황주나 만두 같은, 먹을 만한 것은 하나도 없어 보였다. 서쪽 담벼락 근처는 대나무 숲으로, 아래에는 죽순이 많이 나 있으나 안타깝게도 익은 것이 아니었다. 이 밖에도 유채는 씨를 맺고 있었고, 겨자는 이미 꽃이 피어 있었으며, 박초이도 몹시 쇠어 있었다.

아큐는 마치 글방도령이 낙방했을 때처럼 무척 억울하게 느껴졌다. 그는 채마밭으로 난 문을 향하여 천천히 걸어가다가 갑자기 너무 놀랍고 기뻐서 어쩔 줄을 몰랐다. 이건 분명히 무밭이었다. 그는 쪼그리고 앉아 무를 뽑기 시작했다. 그때 갑자기 문 안에서 동그란 머리가 나오더니 다시 바로 쑥 들어가 버렸다. 틀림없이 젊은 비구니였다. 젊은 비구니 따위는 아큐의 눈에 본래 지푸라기 같은 존재였다. 그러나 세상 일이란 '한 발짝 물러서서 생각' 해야만 하는 것이다. 그래서 그는 얼른 무 네 개를 뽑아서 푸른 잎은 잘라 버리고 저고리 속에 숨겼다. 그러자 늙은 비구니가 벌써 나타났다.

"나무아미타불. 아큐! 너 이놈 어쩌자고 채소밭에 몰래 들어와 무를 훔치는 거냐. 암, 죄악이지. 아이고 나무아미타불."

"내가 언제 당신네 채마밭에 뛰어들어가 무를 훔쳤다는 거야?"

아큐는 달아나면서도 힐끔힐끔 뒤돌아보며 말했다.

"지금…… 그건 뭐냐?"

늙은 비구니는 그의 품속을 가리켰다.

"이게 당신 거라고? 당신이 부르면 무가 대답이라도 하우? 당신……."

아큐는 말도 맺지 못하고 뛰었다. 한 마리 커다란 검정개가 쫓아오고 있었기 때문이다. 이 개는 본래 정문에 있던 것인데 어떻게 뒤꼍 채마밭까지 왔는지 모르겠다. 검정개가 으르렁대며 쫓아와 아큐의 다리를 막 물려는 순간 요행히 품에서 무 한 개가 굴러떨어졌다. 개는 깜짝 놀라 주춤 멈춰 섰다 그 틈에 아큐는 뽕나무에 기어올라 토담을 타고 넘어 무와 함께 담장 밖으로 굴러떨어졌다. 뒤에 처진 검정개가 뽕나무를 향해 짖어 대고, 늙은 비구니는 염불을 외고 있었다.

아큐는 비구니가 또 검정개를 풀어 놓을까 봐 무를 주워들고는 곧바로 뛰었다. 뛰어가면서 길가에서 돌을 몇 개 주워들었으나 검정개는 다시 나타나지 않았다.

그래서 아큐는 돌멩이를 던져 버리고 길을 걸으며 무를 씹어 먹었다. 그러면서 생각했다.

'여기서는 구할 만한 것이 아무것도 없어. 성안으로 들어가는 게 나아……'

무 세 개를 다 먹고 났을 때, 그는 이미 성내로 들어갈 결심을 굳혔다.

제6장 중흥에서 말로까지

미장에 다시 아큐의 모습이 나타난 것은 그해 중추절이 막 지나서였다. 사람들은 모두 놀라며 아큐가 돌아왔다고 말했다. 그러고는 새삼스럽게 그가 이전에 어디에 갔던 것일까 하고 생각해 보는 것이었다.

아큐는 전에 여러 번 성안에 다녀왔는데 대개는 미리 신이 나서 사람들에게 떠들어 대곤 했다. 그런데 이번에만은 그렇지가 않았다. 그래서 아무도 마음에 두지는 않았다. 그가 혹 사당을 관리하는 늙은이에게만은 털어놓았을지도 모르나, 미장의 오랜 관례로 치면 자오 나으리나 첸 나으리, 또는 수재 나으리가 성안에 가는 경우에만 사건으로 쳤다. '가짜 양놈'도 아직 그 축에 끼지 못할 정도니 하물며 아큐쯤이야 말할 나위도 없다. 그러므로 늙은이가 그를 위해 광고를 해 주었을리도 없으니 미장 사회에서 전혀 알 리 없었던 것이다.

그러나 아큐가 이번에 돌아온 것은 전과는 딴판으로 확실히 깜짝 놀랄 만한 가치가 있었다. 날이 저물 무렵 그는 멍청한, 졸리는 눈을 하고 술집 문 앞에 나타났다. 그는 목로 옆으로 걸어가 허리춤에서 손을 빼더니, 한 움큼 가득 은전과 동전을 목로 위에 던지며 말하는 것이었다.

"현금이야. 술 좀 줘!"

입고 있는 것은 새 겹옷이었다. 보아하니 허리춤에 큰 전대를 차고 있는데 묵직하여 허리띠에서 그 부분만이 심하게 축 늘어져 있었다. 미장의 오랜 관례에 의하면 조금이라도 사람의 눈길을 끄는 인물을 만나게 되면, 그 사람을 얕보기보다는 오히려 존경하는 편이었다. 지금 비록 아큐라는 것을 명백히 알고는 있지만 누더기 옷을 입은 아큐와는 좀 다르기 때문에 옛사람들이 말하기를 "선비란 사흘만 떨어져 있어도 다시 눈을 비비고 보아야 한다"라고 했기에 심부름꾼도, 주인도, 손님도, 길 가던 사람도 자연히 일종의 의심스러운 눈빛을 하면서도 또한 존경의 태도를 보였다. 주인먼저 머리를 꾸벅 하더니 이어서 말을 걸었다.

"어허! 아큐, 자네가 돌아왔군!"

"돌아왔지."

"벌었군, 벌었어. 자네 — 어디에서……."

"성안에 갔었지."

이 소문은 이튿날 온 미장에 퍼졌다. 사람들은 모두가 현금과 새 겹옷을 갖게 된 아큐의 중흥사(中興史)를 알고 싶어 했고, 술집과 찻집 그리고 절간의 처마 밑에서 조금씩 내용을 알아냈다. 그

결과 아큐는 새롭게 존경 받는 인물이 되었다.

아큐의 말에 의하면 그는 거인(擧人) 나으리의 집에서 일했다고 한다. 이 한마디를 들은 사람들은 모두가 숙연해졌다. 이 나으리는 본래 성이 바이(白)씨이나 성안에서 그 한 사람만이 유일한 거인이기 때문에 성을 붙일 필요도 없이 그냥 거인이라고만 하면 바로 그를 가리키는 것으로 되어 있었다. 이것은 미장에서만 그런 것이 아니라 100리 사방 내에서 모두 그랬다. 그래서 사람들은 거의 그의 성명을 '거인 나으리'로 알고 있는 사람이 많았다. 이 사람의 집에서 일했다면 그건 당연히 존경받을 만했다. 그러나 아큐의 얘기로는 이제 두 번 다시 일하고 싶지 않다는 것이었다. 까닭인즉 이 거인 어른은 실제로 너무나 '제기랄 놈!'이기 때문이라는 것이다. 이 한마디에 듣던 사람들은 모두가 한숨을 쉬거나 또는 속 시원해 하기도 했다. 왜냐하면 아큐 따위는 원래 거인 나으리 댁에서 일을 거들 만한 위인이 되지 못하지만, 그렇다고 일을 가지 않겠다는 것은 아까운 일이었기 때문이었다.

아큐의 말에 의하면, 그가 돌아온 것은 성안 사람에 대한 불만도 한 원인인 것 같았다. 그것은 성안에 있는 사람들이 '긴 걸상'을 '긴 의자'라고 부른다든가, 생선을 튀길 때 파를 잘게 썰어 넣는다든가, 그 외에 최근에 관찰하여 발견한 결점으로, 여자가 길을 걸을 때 엉덩이를 흔드는 모습도 별로 좋지 않다는 것이다. 그러나 더러는 탄복할 만한 점도 있다고 한다. 즉 미장의 시골뜨기들은 서른두 장의 죽패 놀이밖에 할 줄 모르고, '가짜 양놈'만이 마작을 할 줄 아는데, 성안에서는 조무래기 얼간이들도 모두 아주

능숙하게 마작을 한다는 것이다. 가짜 양놈 따위는 성안의 여남은 살 조무래기 얼간이들 속에 놓아 두면 금세 '염라대왕 앞의 작은 도깨비' 꼴이 되고 만다는 것이었다. 이 한마디에 듣는 사람들은 부끄러움으로 얼굴이 붉어졌다.

"자네들, 목 자르는 것 본 적 있나?"

하고 아큐가 말했다.

"허어, 볼 만하지……. 혁명당원을 죽이는데 정말 볼 만하더 군……."

그가 머리를 설레설레 흔들자 침이 바로 맞은편에 있던 자오쓰 천의 얼굴에 튀었다. 이 한마디는 사람들을 모두 섬뜩하게 했다. 아큐는 또 사방을 한 번 둘러보더니 갑자기 오른손을 쳐들고 목을 뺀 채 이야기에 넋이 빠진 왕털보의 뒤통수를 향하여 똑바로 내리 치면서 말했다.

"싹둑!"

왕털보는 깜짝 놀라면서, 동시에 전광석화처럼 재빨리 머리를 움츠렸다. 듣는 사람들도 모두 섬뜩했으나 재미있기도 했다. 그 후로 왕털보는 오랫동안 머릿골이 띵했다. 더구나 다시는 아큐 곁 에 가까이 가려 하지 않았다. 다른 사람들도 마찬가지였다.

당시에 미장 사람들의 눈에 비친 아큐의 지위는 자오 나으리보 다 위라고는 할 수 없어도 거의 동등하다고 해도 아무런 어폐가 없다고 할 정도였다.

그러고 나서 오래지 않아 이 아큐의 명성이 미장의 규방에까지 온통 전파되기에 이르렀다. 비록 미장에는 첸씨와 자오씨만이 큰 저택을 가지고 있고, 그 나머지는 십중팔구가 초라한 집들이지만 그래도 규방은 결국 규방이었다. 따라서 이것도 한 가지 신기한 사건이라고 칠 만했다. 여인들은 만나기만 하면 여지없이 수군댔다. 쩌우씨 댁 일곱째 아주머니가 아큐에게서 푸른 비단치마를 샀는데, 물론 낡은 고물이긴 하지만 값은 90전밖에 하지 않았다고 한다. 그리고 자오바이옌의 어머니 — 일설에는 자오쓰천의 어머니라고 하나, 사실은 더 조사를 해 보아야겠음 — 도 아이에게 입힐 붉은 면사 홑옷을 샀는데 거의 새것처럼 보이는 것을 겨우 300전 92문에 샀다는 것이다. 그리하여 여인들은 모두가 눈이 빠지도록 아큐를 만나고 싶어 했다. 비단치마가 없는 사람은 그에게 비단치마를 살 수 있는가를, 면사 홑옷을 갖고 싶은 사람은 그에게 면사 홑옷을 살 수 있는가를 묻고자 했다. 만나도 달아나지 않을 뿐 아니라, 때로는 아큐가 지나가고 난 후에도 뒤따라가서 그를 불러세우고 물어보는 것이었다.

"아큐, 비단치마가 아직도 있어? 없다구? 면사 홑옷도 사고 싶은데, 있겠지?"

나중에는 이 소문이 마침내 여염집 안방에서 나으리 댁 안방에까지 전파되어 갔다. 쩌우씨 댁 일곱째 아주머니가 자랑스러운 나머지 자기가 산 비단치마를 자오 마님에게 감상하게 했더니, 자오 마님은 자오 나으리에게 이야기하면서, 게다가 정말 좋은 것이라고 한바탕 치켜세우기까지 했다. 자오 나으리는 저녁상 머리에서 수재 어른과 이야기를 나누었다. 아큐는 아무래도 기이한 놈으로 여겨지니, 우리가 문단속을 단단히 하는 것이 좋겠다. 그의 물건

중에 아직도 살 만한 것이 있을지 모르겠으나, 어쩌면 좋은 것이 좀 있을지도 모르겠다고 했다. 자오 마님도 값이 싸고 예쁜 모피 배자를 사고 싶었다. 이렇게 가족회의를 한 결과 곧장 쩌우씨 댁 일곱째 아주머니에게 아큐를 즉시 불러오도록 부탁하였다. 뿐만 아니라 그것을 위해 세 번째 예외를 베풀어 이날 밤만은 잠시 특별히 등불을 켜는 것을 허락하기로 했다.

등불의 기름이 다 말라 가는데도 아큐는 나타나지 않았다. 자오씨 댁의 온 가족은 모두가 매우 조급해져서 하품을 하거나, 아큐가 너무 뽐낸다고 미워하기도 하고, 또는 쩌우씨 댁 일곱째 아주머니가 약삭빠르지 못하다고 원망하기도 했다. 자오 마님은 아큐가 봄날의 그 서약 조건 때문에 감히 오지 못하는 것이라고 걱정을 했다. 그러나 자오 나으리는 바로 '내'가 그를 불러오라 했으므로 걱정할 것 없다고 했다. 과연 자오 나으리의 견식이 높았다. 끝내 아큐는 쩌우씨 댁 일곱째 아주머니를 따라서 들어왔다.

"이 사람이 자꾸 없다고만 하는군요. 제가 직접 가서 말씀드리라고 말했는데도, 없다고 해서, 제가······."

쩌우씨 댁 일곱째 아주머니는 숨을 헐떡이며 들어오면서 말했다.

"나으리."

아큐는 희미하게 웃는 듯한 표정으로 한마디 하고서는 처마 밑에 멈춰 섰다.

"아큐, 듣자하니 밖에서 돈을 벌었다고 하던데."

자오 나으리는 천천히 걸어가 그의 온몸을 아래위로 훑어보며 말했다.

"잘했어, 아주 잘했어. 그런데⋯⋯ 듣자하니 낡은 옷가지들을 좀 가지고 있다고들 하던데⋯⋯, 모두 가져와서 한 번 보여 주지. ⋯⋯별 게 아니라 내가 좀 필요한 게 있어서⋯⋯."

"제가 쩌우씨 댁 일곱째 아주머니에게 다 말했습니다. 모두 팔렸어요."

"없다고?"

자오 나으리는 자기도 모르게 엉겁결에 말했다.

"그렇게 빨리 모두 나갔다고?"

"친구 것이라서요. 원래 많지도 않은데다, 그들이 사가서⋯⋯."

"아직, 조금은 남아 있겠지."

"이제 문발 하나밖에 남지 않았어요."

"그럼, 문발이라도 가져와 보게."

자오 마님은 황급히 말했다.

"그럼, 내일 가져오도록 하게."

자오 나으리는 마음이 별로 내키지 않았다.

"아큐, 다음에 무슨 물건이 있을 땐 모두 우리에게 먼저 보여 주게⋯⋯."

"값이야 결코 딴 집들보다 덜 내지는 않을 테니!" 하고 수재가 말했다. 수재의 처는 급히 아큐의 얼굴을 흘깃 보며 그가 감동했는지 안 했는지 살폈다.

"나는 모피 배자가 필요해." 자오 마님이 말했다.

아큐는 비록 대답은 했으나 썩 내키지 않는다는 듯 밖으로 나가 버렸으므로, 그가 정말 마음에 새겨 뒀는지 어쨌는지 알 수가 없었다. 이 일은 자오 나으리를 매우 실망케 했고, 화를 돋우고 근심이 되어 하품까지도 멈추게 했다. 수재도 아큐의 태도가 매우 불만스러워서, "그런 짐승 같은 놈은 조심하지 않으면 안 돼. 할 수만 있다면 지보에게 일러서 미장에서 살지 못하게 해야 해"라고 말했다. 그러나 자오 나으리는 그렇게 여기지 않았다. 그렇게 하면 원한을 사게 될지도 모른다고 했다. 하물며 이런 장사꾼은 대개 "매는 둥지 옆의 먹이를 먹지 않는다"는 말과 같게 마련이니, 이 마을은 도리어 걱정할 필요가 없으므로 다만 스스로 밤에 좀 더 경계를 엄중하게 하면 된다고 했다. 수재는 부친의 가훈을 듣고 대단히 옳은 말씀이라고 여기고는 아큐를 쫓아내자던 제의를 즉각 철회했다. 그리고 쩌우씨 댁 일곱째 아주머니에게는 이 이야기가 절대로 남에게 새어나가지 않도록 하라고 단단히 당부했다.

그러나 다음날, 쩌우씨 댁 일곱째 아주머니는 푸른 치마를 검게 물들이러 나간 김에 아큐가 수상하다는 이야기를 퍼뜨리고 말았다. 그러나 수재가 아큐를 추방하려 했다는 이 한마디는 확실히 말하지 않았다. 그러나 이 이야기만으로도 아큐에게 매우 불리했다. 제일 먼저 지보가 찾아와 그가 가지고 있던 문발을 빼앗아가 버렸다. 아큐가 자오 마님에게 보일 것이라고 했는데도 지보는 돌려주지 않을 뿐 아니라 다달이 상납금(上納金)을 내겠다고 약속할 것을 요구했다. 그 다음으로는 마을 사람들이 그를 대하던 존경의 태도가 갑자기 변하였다. 비록 아직 감히 멋대로 하지는 못하지만 그를 멀리 피하려는 기색이 역력했다. 그러나 이런 기색은 이전에 그가 올까 봐 대문을 '찰칵' 하고 닫아 걸던 때와는 또한 달랐으며 자못 '경이원지(敬而遠之)' 하는 것이 있었다.

다만 일부 건달들만이 여전히 아큐를 찾아와서는 내막을 알아보려고 미주알고주알 자세한 것을 물어보았다. 아큐도 별로 숨기려 하지 않고 거만하게 자신의 경험을 이야기해 주곤 했다. 이렇게 하여 그들은 비로소 그는 졸개에 지나지 않으며, 담을 넘거나 창고에 숨어 들어가지 못했을 뿐만 아니라, 기껏 창고 밖에 기다려 서서 물건을 받는 역할만 했다는 것을 알았다. 어느 날 밤에 그는 꾸러미 하나를 방금 받아들고는 다시 막 숨어 들어가려고 하는데 잠깐 사이 안에서 크게 소리치는 소리가 들려오는 바람에 얼른 도망쳐 밤을 틈타 성을 빠져 나와서 미장으로 돌아왔다고 했으며, 이제 다시는 가지 않겠다고 말했다. 그러나 이 이야기로 아큐는 도리어 더욱 불리해졌다. 마을 사람들이 아큐를 '경이원지' 한 것은 알고 보면 원한을 살까 두려워했기 때문인데, 그가 두 번 다시 도둑질을 하러 가지 않겠다는 도적이라는 것을 누군들 알았겠는가? 이것이 야말로 '이 또한 두려워할 만한 것이 못 되느니라' 인 것이다.

제7장 혁명

선통(宣統) 3년 9월 14일 — 즉 아큐가 전대를 자오바이엔에게 팔아 버린 날 — 한밤중에, 검은 나룻배 한 척이 자오 나리의 저택이 있는 강 기슭에 닿았다. 이 배가 어둠 속을 저어 올 무렵 마을 사람들은 깊이 잠들어 있어 아무도 눈치채지 못했으나, 배가 떠날 무렵에는 이미 새벽녘이었으므로 몇 사람이 똑똑히 목격하였다. 이리저리 알아보고 조사한 결과 그것이 거인 나으리의 배라는 것을 알아냈다.

그 배는 미장에 큰 불안을 실어다 주었다. 정오도 되기 전에 온 마을의 민심이 매우 술렁거렸다. 그 배의 임무에 대하여 자오씨 댁에서는 아예 극비에 붙이고 있었으나, 찻집이나 선술집들에서는 모두 혁명당이 입성하려고 하므로 거인 나으리께서 우리 마을로 피난해 왔다고 말하는 것이었다. 오직 쩌우씨 댁 일곱째 아주머니만은 그렇지 않다면서, 그것은 낡은 옷 상자 몇 개일 뿐으로 거인 나으리가 맡아 달라고 했는데 자오 나으리가 거절하여 돌려보낸 것이라고 했다. 사실 거인 나으리와 자오 수재는 절친한 사이가 아니므로 '고난을 함께할' 만한 정분은 원래 없었던 것이다. 하물며 쩌우씨 댁 일곱째 아주머니는 자오씨 댁 이웃에 살고 있으니 소식이 어느 정도 진실에 가까울 것이므로 아마도 그녀의 말이 틀림없을 것이다.

그러나 유언비어는 매우 왕성했다. 소문인즉, 거인 나으리가 직접 온 것 같지는 않으나 장문의 편지를 써서 보냈는데, 자오씨 댁과는 먼 친척이 된다고 늘어놓았으며, 자오 나으리는 배알이 틀렸으나 어떻든 자기로서는 손해 될 일이 없으므로 그대로 상자를 받아 놓았는데, 지금은 그것을 마누라의 침대 밑에 처박아 놓았다느니 하는 것이었다. 혁명당에 대해서 어떤 사람은 말하기를, 그날 밤에 성안으로 들어왔는데 저마다 흰 투구에다 흰 옷을 입고 있는 것이, 명조(明朝)의 숭정(崇禎) 황제에 대한 상복을 입은 것이라고 했다.

아큐의 귀에도 혁명당이라는 말은 벌써부터 들려오던 터였다. 금년에는 혁명당원이 살해되는 걸 제 눈으로 보기도 했다. 그러나 그는 어디서 얻은 생각인지는 몰라도 혁명당이란 바로 반란을 일삼는 무리들이며, 반란은 그에게 고난을 가져온다고 여겼다. 따라서 그는 줄곧 이를 '몹시 증오하고 미워' 했다. 한데 뜻밖에도 100리 사방에 그 이름을 떨치는 거인 나으리까지도 그토록 두려워한다니, 그로서는 '마음이 끌리지' 않을 수가 없었다. 게다가 미장의 어중이떠중이 연놈들까지 당황해 하는 모습을 보노라면 아큐는 더욱더 유쾌해지는 것이었다.

'혁명이란 것도 괜찮구나.'

하고 아큐는 생각했다.

'이 제기랄 놈들을 죽여 버리자! 더러운 놈들을! 미운 놈들을…… 나도 혁명당에 투항해야지.'

아큐는 요새 쓸 돈이 궁색해져서 다분히 불평을 품고 있었다. 게다가 빈속에 낮술을 두어 잔 들이켰더니 취기가 더욱 빨리 돌았다. 생각하며 걷다보니 다시 마음이 하늘거리기 시작했다. 어찌된 셈인지 갑자기 자신은 이미 혁명당이며 미장 사람들은 모두 그의 포로가 된 것 같았다. 그는 기쁜 나머지 참지 못하고 크게 소리를 질렀다.

"반란이다, 반란이야!"

미장 사람들은 모두가 두려운 눈빛으로 그를 바라보았다. 그런 가련한 눈빛을 아큐는 여태까지 본 적이 없었다. 그걸 보자 그는 마치 유월 한여름에 얼음물을 마신 것처럼 속이 시원했다. 그는 더욱 신이 나서 걸으면서 고함을 질렀다.

"자! 내가 갖고 싶은 것은 모두가 내 것이고, 내 마음에 드는 사람은 모두 내 것이다.

덩기 덩기 덩더쿵!

후회해도 소용없다. 취해서 잘못 쳤구나. 정(鄭)가의 아우를.

후회해도 소용없어. 아, 아, 아…….

쿵덕쿵, 쿵덕쿵!

쇠채찍으로 너를 치리니……."

자오씨네 남자 두 사람과 집안의 두 어른이 마침 대문간에 서서 혁명에 대해 토론하고 있었다. 아큐는 그것도 보지 못하고 머리를 똑바로 쳐들고 계속 읊어 대며 지나가고 있었다.

"쿵당 쿵당……."

"큐 형."

자오 나으리가 겁먹은 눈으로 맞으면서 작은 소리로 불렀다.

"쿵당."

아큐는 자기 이름에 '형'이란 말이 붙으리라고는 생각지도 않았으므로 자기와는 관계없는 다른 말이라 여기고 그저 노래만 불렀다.

"덩더쿵 쿵!"

"큐 형."

"후회해도 소용없다……."

"아큐!"

수재는 할 수 없이 그의 이름을 바로 부르지 않을 수 없었다.

아큐는 그제야 멈춰 서서 고개를 꼬며 물었다.

"뭐요?"

"큐 형…… 요즈음……."

자오 나으리는 막상 할 말이 없었다.

"요사이…… 돈 잘 버시나?"

"버냐구요? 아무렴요. 갖고 싶은 것은 모두가 내 것……."

"아…… 큐 형, 우리 같은 가난뱅이 동무들은 괜찮겠지요……."

자오바이엔은 마치 혁명당의 말투를 흉내라도 내듯이 조심조심 말했다.

"가난뱅이 동무라고? 당신은 나보다는 부자야."

아큐는 말하면서 떠나갔다.

모든 사람들은 낙심하여 맥이 풀렸다는 듯이 아무 말도 하지 않았다. 자오 나으리 부자는 집에 돌아와 밤이 되어 불을 켤 때까지 의논했다. 자오바이엔은 집에 돌아오자 허리춤에서 전대를 풀어 아내에게 주며 상자 밑에 감추어 두게 하였다.

아큐가 마을을 하늘거리며 날아갈 듯 한 바퀴 돌고 나서 사당에 돌아왔을 때에는 술기운도 이미 깨끗이 가셨다. 이날 밤에는 사당 지기 영감도 의외로 친절해서 그에게 차를 권하는 것이었다. 아큐는 그에게 떡 두 개를 달라고 해서 다 먹고 난 후, 이미 켰다 남긴 넉 냥짜리 초 한 자루와 나무 촛대 하나를 달라고 하였다. 촛불을 켜고 홀로 자기의 작은 방에 드러누웠다. 그는 말로 표현할 수 없을 만큼 기분이 신선하고 유쾌했다. 촛불은 정월 보름날 밤처럼 반짝반짝 환하게 밝았고, 그의 공상도 점점 더 넓은 날개를 펴는 것이었다.

'반란? 재미있군……. 한 무리의 흰 갑옷에 흰 투구의 혁명당이 쳐들어오는 거야. 저마다 날이 두터운 청룡도며, 쇠채찍, 폭탄, 서양 총, 세말박이칼, 갈고리창을 들고서 사당 앞을 지나가며 소리치겠지. "아큐, 함께 가세, 함께 가!" 그럼 나도 함께 가는 거야…….

이때 미장의 어중이떠중이 연놈들 볼 만할 거야. 무릎을 꿇고 "아큐, 목숨만은 살려 줘!" 하고 소리를 질러 대겠지. 쳇, 누가 들어 준대? 맨 먼저 죽일 놈은 샤오디와 자오 나으리. 그리고 또 수재, 가짜 양놈이 있지……. 몇 놈은 남겨 둘까? 왕털보는 남겨 둬도 상관없겠지만, 그래도 안 돼…….

그리고 물건은…… 곧바로 뛰어들어가 상자를 여는 거지. 말굽 은화, 은전, 면사 홑옷…… 먼저 수재 마누라의 닝뽀(寧波)식 침대를 사당으로 옮겨야지. 그리고 첸씨네 탁자와 의자를 늘어놓고 — 아니면 자오씨네 것을 써도 좋지. 난 손을 대지 않고 샤오디에게 운반을 시켜야지. 빨리 날라! 꾸물대면 뺨을 갈겨 줄 테다…….

자오쓰천의 누이동생은 정말 추물이지. 쩌우씨 댁 일곱째 아줌마의 딸은 아직 젖비린내 나고, 가짜 양놈의 마누라는 머리채 없는 사내랑 잤으니, 흥, 좋은 물건은 못돼! 수재의 마누라는 눈두덩 위에 흉터가 있고……. 우어멈은 오랫동안 못 보았군. 어디 갔을까……. 그런데 아깝게도 발이 너무 커.'

아큐는 공상이 다 끝나기도 전에 벌써 코를 곯았다. 넉 냥짜리 양초는 아직 반쯤밖에 타지 않았고 빨간 불꽃이 그의 헤벌어진 입을 비추고 있었다.

"어어!"

아큐는 별안간 큰소리를 지르며 일어나 사방을 두리번거리더니, 넉 냥짜리 초가 눈에 띄자 또 쓰러져 잠이 들었다.

다음날 그는 꽤 느지막하게 일어났다. 길거리에 나가 보아도 모든 것이 이전 그대로다. 그는 여전히 배가 고팠다. 생각해 보려고 했으나 아무것도 생각나지 않았다. 그러다 갑자기 뭔가 생각이 떠오른 것 같았다. 느릿느릿 걷다가 보니 자기도 모르는 사이에 정수암에 이르렀다.

암자는 봄철 때와 마찬가지로 조용하였으며 흰 벽과 검은 문이었다. 그는 한참 생각하다가 앞으로 나가 문을 두드렸다. 개 한 마리가 안에서 짖어 댔다. 그는 얼른 기와조각 몇 개를 주워들었다. 그리고 다시 한 번 힘차게 문을 두드렸다. 검은 문에 수많은 곰보 자국이 졌을 때야 비로소 누군가 문을 열기 위해 나오는 소리가 들렸다.

아큐는 서둘러 기와조각을 움켜쥐고 다리를 쩍 벌려 검정개와 싸울 준비를 했다. 그러나 암자의 문이 빠끔히 열렸을 뿐 안에서 검정개는 뛰어나오지 않았다. 들여다보니 늙은 비구니 한 사람뿐이었다.

"너 또 무엇하러 왔어?"

그녀는 깜짝 놀라며 말했다.

"혁명이야…… 알고 있어?"

아큐는 자신 없는 목소리로 더듬거렸다.

"혁명이라구? 혁명은 벌써 끝났어……. 너희들이 우리를 어떻게 혁명하겠다는 거지?"

늙은 비구니는 두 눈이 새빨개져 가지고 말했다.

"무엇이라구?"

아큐는 이해가 안 갔다.

"넌 모르고 있냐? 그 사람들이 벌써 혁명을 해 버렸어!"

"누가?"

아큐는 더욱 이해가 안 갔다.

"저 수재와 가짜 양놈이!"

아큐는 너무 뜻밖이라 부지중에 깜짝 놀랐다. 늙은 비구니는 그의 풀이 꺾인 것을 보자 잽싸게 문을 닫아 버렸다. 아큐가 다시 밀어 보았지만 문은 꿈쩍도 하지 않았다. 다시 두드려 보았으나 대답이 없었다.

그것은 아직 오전 중의 일이었다. 자오 수재는 소식통이 재빨랐다. 혁명당이 밤중에 입성했다는 것을 알고는 변발을 머리 꼭대기에 틀어올리고 일찌감치 이때껏 사이가 좋지 않던 첸 가짜 양놈을 방문했다. 이제 '모든 것을 유신(維新)하는' 시대가 되었다. 따라서 그들은 서로 뜻이 맞는 것으로 이야기가 되자, 즉각 의기투합하는 동지가 되어 서로 혁명을 서약했다. 그들은 생각하고 생각한 끝에 정수암에 '황제 만세! 만만세!'라고 쓴 용패(龍牌)가 있다는 것을 생각해 내고는 그것을 얼른 없애 버려야 한다고 여겼다. 이리하여 곧장 함께 암자로 혁명하러 간 것이다. 늙은 비구니가 나와서 그들을 저지하며 잔소리를 해 대자, 그들은 그녀가 만주정부(滿洲政府) 편이라고 간주하고 몽둥이와 주먹으로 그녀의 머리를 마구 때렸다. 두 사람이 돌아간 뒤에 비구니가 마음을 가라앉히고 살펴보았더니 용패가 산산이 부서져 땅에 흩어진 것은 물론, 관음보살상 앞에 모셔 두었던 선덕(宣德) 향로도 보이지 않았다.

이러한 사실을 아큐는 나중에야 알았다. 그는 자기가 늦잠 잔 것을 후회했으나 그들이 자신을 불러 주지 않은 것 또한 무척 괘씸했다. 그는 다시 한 걸음 물러서서 생각했다.

'설마 그놈들이 내가 이미 혁명당에 투항했다는 것을 아직도 모르는 건 아니겠지?'

제8장 혁명을 불허하다

미장의 인심은 날로 안정되어 갔다. 전해 오는 소식에 의하면 혁명당이 성안으로 들어오긴 했으나 별로 크게 달라진 것은 없다는 것이었다. 지사(知事) 나으리는 그대로 관직에 있으면서 명칭만 고쳤을 뿐이고, 또한 거인 나으리도 뭐라는 — 이러한 명칭은 미장 사람들은 말해도 잘 모른다 — 관직을 맡았다고 한다. 군대의 책임자도 역시 이전의 늙은 부대장이 맡고 있다는 것이다. 단지 한 가지 두려운 사건은 질 나쁜 혁명당원 몇 사람이 끼어 있어서 난폭한 짓을 하며, 다음날부터 변발을 자르기 시작했는데, 들리는 말로는 이웃 마을의 뱃사공 칠근(七斤)이 길거리에서 잡혀 사람 같지 않은 꼴이 되었다고 했다. 그러나 이것은 오히려 크게 두려워할 일은 아니었다. 왜냐하면 미장 사람들은 별로 성안에 잘 가지 않으며, 설사 어쩌다 성안에 가려고 했던 사람도 즉각 계획을 바꾸어 버리면 이런 위험에 부딪치지 않기 때문이었다. 아큐도 성안에 들어가서 그의 친구를 찾아볼 작정이었으나 이 소식을 듣자 그만두지 않을 수 없었다.

그러나 미장에도 개혁이 없다고 할 수는 없었다. 며칠 후 변발을 정수리로 둘둘 말아올린 자들이 차츰 늘어났다. 이미 말했듯이 가장 먼저 한 사람은 물론 수재 선생이었고, 다음이 자오쓰천과 자오바이엔이었으며 아큐는 그 다음이었다. 만약에 여름이라면 사람들이 변발을 머리 위에 틀어올린다거나 묶는다고 해서 별로 진기한 일로 치지 않는다. 그러나 지금은 이미 가을도 저물었으므로, 이것은 '가을에 섬머 타임을 실시하는' 격이라, 머리를 틀어올리는 자들은 대단한 결단을 내린 것이라 하지 않을 수 없으며, 미장도 개혁과 무관하다고 말할 수 없다는 것이다.

자오쓰천이 횅한 뒤통수를 하고 걸어오자, 그것을 본 사람들은 와글와글 떠들어 댔다.

"야아, 혁명당이 오셨다."

아큐는 이 말을 듣자 몹시 부러웠다. 그도 비록 수재가 변발을 틀어올렸다는 대단한 소식을 벌써 듣고 있었지만, 자신이 흉내낸다는 것은 미처 생각조차 못했던 것이다. 이제 자오쓰천도 그렇게 한 것을 보고서야, 비로소 흉내낼 생각이 났고 실행을 결심했다. 그는 대나무 젓가락으로 변발을 머리 꼭대기로 틀어올리고는 한

동안 머뭇거리다가 마침내 대담하게 거리로 걸어나갔다.

그가 거리를 거닐자 사람들도 그를 쳐다보았지만 아무 말도 하지 않았다. 아큐는 처음에는 몹시 불쾌했고 나중에는 대단히 불만스러웠다. 그는 요사이 툭하면 골을 잘 냈다. 사실 그의 생활은 반란 전에 비해 결코 어려워지지는 않았다. 사람들은 그에게 공손했고, 상점에서도 현금을 내라고 말하지 않았으나 아큐는 암만해도 자신의 뜻대로 되지 않음을 느꼈다. 혁명을 한 이상 이와 같아서는 안 된다. 게다가 샤오디를 한 번 만난 것이 그를 더욱 화나게 했다.

샤오디도 변발을 정수리 위로 둘둘 틀어올리고 대나무 젓가락까지 꽂고 있었다. 아큐는 설마 그가 이럴 수 있으리라곤 생각도 못했다. 자기는 결코 그를 용납할 수 없었다. 샤오디가 어디서 굴러먹던 개뼉다귀야? 그는 당장 샤오디를 거머잡고 그 대나무 젓가락을 분질러 버리고 그의 변발을 풀어헤치고 싶었다. 아울러 귀싸대기를 몇 대 갈겨 주고, 우선 자기 분수를 잊고 감히 혁명당이 되고자 했던 죄를 다스리고자 했다. 그러나 그는 결국 용서해 주기로 했다. 다만 성난 눈으로 노려보면서 '퉤!' 하고 침을 뱉기만 했다.

요 며칠 사이에 성안을 다녀온 사람들은 가짜 양놈 한 사람뿐이었다. 자오 수재도 옷 상자를 맡아 준 것을 근거로 내세워 직접 거인 나으리를 방문할 생각이었으나 변발을 잘릴 위험 때문에 중지하고 말았다. 그는 '정중한' 편지를 한 통 써서 가짜 양놈에게 부탁하여 성안으로 보내고, 또한 신정부의 자유당에 입당할 수 있도록 자신을 소개해 줄 것을 부탁했다. 가짜 양놈은 돌아와서 수재에게 은화 4원을 내놓으라고 했다. 수재는 복숭아처럼 생긴 은배지를 저고리 옷깃에 달았다.

미장 사람들은 모두 놀라 탄복하며, 이것은 시유당(柿油黨)*의 휘장으로 한림(翰林)에 해당하는 것이라고들 했다. 자오 나으리는 이 때문에 몹시 거드름을 피웠으며, 전에 자식이 수재가 되었을 때보다 훨씬 더했다. 따라서 눈에 뵈는 것이 없었고 아큐 따위는 안중에 두지도 않았다.

아큐는 마음이 편치 않았다. 또 시시각각 냉대받고 있다고 느끼는 터에 이 은으로 만든 복숭아 이야기를 듣고 나자, 그는 금세 자신이 냉대받는 원인을 깨닫게 되었다. 혁명을 한다면 입으로만 입당한다고 해서는 안 된다. 변발이나 틀어올려서도 안 된다. 무엇보다 먼저 혁명당과 사귀어야만 된다. 그가 평생에 알고 있는 혁명당은 단 두 사람뿐이었다. 성안에 있던 한 사람은 이미 '싹둑' 죽고 말았다. 이제는 그 가짜 양놈 한 사람만 남았다. 얼른 찾아가서 가짜 양놈과 상담하는 외에는 더 이상 달리 길이 없는 것이다.

첸씨네 저택 대문은 마침 열려 있어서 아큐는 조심조심 소리나지 않게 들어갔다. 그는 안에 이르자 깜짝 놀랐다. 가짜 양놈이 뜰 한가운데 서 있었는데, 전신에 새까만 양복인지 하는 것을 입고, 그 위에 은으로 만든 복숭아를 달고 있었으며, 손에는 아큐가 일찍이 얻어맞은 적이 있는 지팡이를 들고 있었다. 이미 한 자 정도나 자란 변발을 풀어헤쳐서 어깨까지 늘어뜨리고 있는데, 헝클어진 머리칼은 흡사 그림에 그려져 있는 유해선인(劉海仙人) 그대로였다. 그 맞은편에 꼿꼿하게 서 있는 사람은 자오바이엔과 세 사람의 건달들인데, 바로 공경스러운 태도로 말을 듣고 있었다.

아큐는 조용히 다가가서 자오바이엔의 뒤에 섰다. 마음속으로는 말을 걸고 싶었으나 뭐라고 해야 좋을지 몰랐다. 그를 가짜 양놈이라 불러서는 물론 안 될 말이다. 서양 사람이라 하는 것도 옳지 않다. 혁명당도 역시 타당치 않고, 어쩌면 서양 선생이라 부르는 것이 적당할 것 같았다.

서양 선생은 그를 보지 못했다. 마침 눈을 희번득이며 말에 열중하고 있었던 것이다.

"나는 성질이 급한 사람이기 때문에 만나기만 하면 '홍(洪) 형! 우리 시작합시다'라고 말했지. 그런데 그는 늘 '노'라는 거야. ― 이건 서양 말이라 너희들은 못 알아들을 거야. 그렇지 않았다면 벌써 성공했을 거야. 하지만 그러니까 그가 신중하다고 하는 거지. 그는 거듭해서 나더러 후베이(湖北)로 가라고 부탁했으나, 나는 아직도 승낙을 안했지. 누가 그런 자그마한 고장에서 일하기를 원하겠어⋯⋯."

"저⋯⋯ 그게."

아큐는 그의 말이 잠시 멈추기를 기다렸다가 끝내 크게 용기를 내어 입을 뗐다. 그러나 왠지 결코 그를 '서양 선생'이라고 부르지는 못했다.

말을 듣던 네 사람은 모두 깜짝 놀라며 그를 돌아다보았고, 서양 선생도 보았다.

"뭐야?"

"제가⋯⋯."

"나가!"

"저도 참가하려고⋯⋯."

"꺼져!"

서양 선생은 상주막대기를 쳐들어올렸다.

자오바이엔과 건달들이 크게 소리소리 질렀다.

"선생님이 나가라고 하셨는데, 그래도 못 알아들어!"

아큐는 손으로 머리를 감싸고 자신도 모르는 사이에 문 밖까지 뛰어 달아났다. 서양 선생이 쫓아오지는 않았다. 그는 60보쯤 달리고 나서야 겨우 천천히 걸었다. 그러자 마음속에 슬픔이 솟구쳤다. 서양 선생이 그에게 혁명을 허락하지 않는다면 그에게는 더 이상 다른 길이 없었다. 이제부터 결코 흰 투구에 흰 갑옷을 입은 사람이 자신을 데리러 오기를 바랄 수는 없는 것이다. 그의 모든 포부, 의지, 희망, 앞길은 깡그리 사라져 버렸다. 건달들이 소문을 퍼뜨려 샤오디나 왕털보들에게 비웃음을 당하는 일 따위는 오히려 둘째 문제였다.

그는 여태까지 이렇게 무력함을 경험한 적이 없었던 것 같았다. 그는 자신이 변발을 틀어올린 것이 무의미하다고 생각하고, 심지어 모멸감마저 느끼는 것 같았다. 복수심이 일어 곧장 변발을 풀어 버리려고 생각했으나 끝내 그렇게 하지는 못했다. 그는 밤이 될 때까지 헤매다가 술을 두어 잔 들이켜고 나자 점점 기분이 좋아졌다. 머릿속에서 다시 흰 투구와 흰 갑옷에 대한 생각들이 토막토막 떠오르는 것이었다.

어느 날, 그는 여느 때처럼 밤늦도록 헤매다가 술집이 문을 닫을 때가 되어서야 사당으로 뚜벅뚜벅 돌아왔다.

펑! 우르르! ······.

갑자기 그는 이상한 소리를 들었다. 폭죽 소리는 아니었다. 아큐는 본래 구경을 좋아하고 참견하기도 좋아하는 인간이다. 곧장 어둠 속으로 달려갔다. 앞에서 사람의 발자국 소리가 들리는 것 같았다. 귀를 기울이고 있는데 갑자기 한 사나이가 맞은편에서 도망쳐 나오는 것이었다. 아큐는 그것을 보자마자 재빨리 몸을 돌려 함께 도망쳐 갔다. 그 사내가 방향을 바꾸자, 아큐도 방향을 바꾸었다. 방향을 바꾸자 그가 멈추어 섰고, 아큐도 멈추어 섰다. 뒤를 돌아보았지만 아무도 없었다. 자세히 보니 그 사내는 바로 샤오디였다.

"뭐야?"

아큐는 언짢아졌다.

"자오······ 자오씨네 집이 당했어!"

샤오디가 숨을 헐떡이며 말했다.

아큐의 심장은 쿵쿵 뛰었다. 샤오디는 말을 마치자마자 가 버렸다. 아큐는 도망가다 말고 두세 차례 멈췄다. 그러나 그는 어떻든 '이런 장사'를 해 보았던 사람이어서 의외로 간이 컸다. 그래서 길모퉁이에서 살금살금 나와 가만히 귀를 기울였다. 약간 시끌시끌한 것 같았다. 다시 자세히 보았더니 흰 투구와 흰 갑옷을 입은 많은 사람들이 연이어 옷 상자와 가구들을 들어내고 있었는데, 수재 마누라 것인 닝뽀식 침대까지 들어내고 있었다. 확실하게 보이지 않아 그는 좀 더 앞으로 나가서 보려고 했으나 두 발이 떨어지지 않았다.

이날 밤은 달이 없었다. 미장은 어둠 속에 매우 고요했다. 고요하기 짝이 없어서 복희씨(伏羲氏) 시대처럼 태평스러웠다. 아큐는 선 채로 싫증이 나도록 보고 있었다. 사람들은 전처럼 그곳에서 왔다갔다하면서 나르고 있었다. 상자를 들어 내오고, 가구도 들어 내오고 수재 마누라의 닝뽀식 침대도 들어내고 있었다. …… 자신의 눈을 믿을 수 없을 만큼 들어내고 있었다. 그러나 그는 더 이상 앞으로 나가지 않기로 마음을 먹고 자신의 사당으로 돌아왔다.

사당 안은 깜깜했다. 그는 문을 닫고 더듬거리며 자기 방으로 들어갔다. 한참 누워 있으려니까 그제야 기분이 가라앉아 자신의 일을 생각할 수 있게 되었다. 흰 투구에 흰 갑옷을 입은 사람이 분명히 오기는 했으나, 아는 척도 않고, 좋은 물건만 많이 날라 갔으니, 자기의 몫은 없다. ……이것은 전부 밉살스런 가짜 양놈이 나에게 반란을 허락하지 않은 때문이다. 그렇지 않다면 이번에 어째서 내 몫이 없단 말인가?

아큐는 생각하면 생각할수록 더욱 화가 치밀고 나중에는 마음 가득한 통분을 참을 수 없어 세차게 머리를 흔들며 지껄였다.

"나에게는 반란을 허락하지 않고 네놈만 반란하겠다는 거야? 제기랄, 가짜 양놈 — 어디 보자, 네놈이 반란했것다! 반란은 목이 잘리는 죄야. 내 어떻게 해서든지 고소해서 네놈이 관청으로 잡혀 들어가 목이 싹둑 잘리는 걸 보고 말 테니 — 온 집안이 목이 잘리는 것을 — 싹둑! 싹둑!"

제9장 대단원

자오씨 댁이 약탈당한 뒤 대부분의 미장 사람들은 통쾌해 하면서도 두려워했다. 아큐도 매우 통쾌하면서도 두려웠다. 그러나 나흘 뒤 아큐는 밤중에 갑자기 체포되어 성안으로 연행되어 갔다. 때마침 캄캄한 밤이었다. 한 무리의 병사, 한 무리의 경비단, 한 무리의 경찰 그리고 또 다섯 명의 탐정까지 몰래 미장에 들어와 어둠을 타서 사당을 포위하고 문 맞은편에 기관총을 걸어 놓았다. 그러나 아큐는 튀어나오지 않았다. 한참 동안 아무런 동정이 없었다. 부대장은 초조해졌다. 스무 냥의 현상금을 걸어서야, 비로소 두 사람의 경비단원이 위험을 무릅쓰고 담장을 넘어 들어가 바깥의 사람들과 호응하여 단숨에 쳐들어가서 아큐를 잡아 끌어냈다. 사당 밖에 걸어놓은 기관총 곁으로 잡혀 나왔을 때에야 그는 겨우 정신이 좀 들었다.

성내에 도착하니 이미 정오였다. 아큐는 허름한 관청 문으로 끌려들어가 대여섯 번 모퉁이를 돌고 난 뒤 조그만 방에 밀어넣어졌다. 그가 비틀비틀하는 찰나에 통나무로 만든 책문이 그의 발꿈치 바로 뒤에서 닫혔다. 목책문 이외의 삼면은 모두 벽인데 자세히 보니 방 귀퉁이에 또 두 사람이 있었다.

아큐는 좀 불안했으나 결코 그렇게 괴롭지는 않았다. 그의 사당의 침실이라야 결코 이 방보다 더 훌륭하지 않았기 때문이었다. 다른 두 사람도 시골뜨기인 모양인데 점차 그들과 사귀게 되었다. 한 사람은 거인 나으리가 그의 조부가 체납한 묵은 소작료를 지불

하라고 고소했다는 것이며, 또 한 사람은 무슨 일 때문인지도 모른다고 했다. 그들이 아큐에게도 묻자 아큐는 서슴없이 대답했다.

"나는 반란하려 했기 때문이오."

그는 오후에 다시 목책문 밖으로 끌려나와 대청에 이르렀다. 상좌에는 머리를 빡빡 깎은 늙은이 한 사람이 앉아 있었다. 아큐는 그가 중인가 의심했다. 그러나 아래쪽을 보니 1개 소대의 군인이 서 있었고, 양 옆에는 또 긴 두루마기를 입은 사람이 10여 명 서 있었는데 이 늙은이처럼 머리를 빡빡 깎은 사람도 있고, 한 자 남짓한 긴 머리를 가짜 양놈처럼 뒤로 늘어뜨린 사람도 있었다. 모두가 험상궂은 얼굴에 성난 눈으로 그를 노려보고 있었다. 그는 이 사람들이 분명 내력이 있는 사람들이라는 것을 알고 나자 즉각 자기도 모르는 사이에 무릎 관절의 힘이 빠져 꿇어앉고 말았다.

"서서 말씀드려라! 꿇어앉으면 안 돼!"

긴 두루마기를 입은 사람들이 모두 꾸짖었다.

아큐는 그 말 뜻을 알아듣기는 한 것 같으나 암만 해도 서 있을 수가 없었다. 몸이 자기도 모르는 사이에 움츠러들더니 끝내는 그만 꿇어 엎드리고 말았다.

"노예 근성⋯⋯!"

긴 두루마기를 입은 인물이 경멸하듯 말했으나 그에게 다시 일어서라고는 하지 않았다.

"사실대로 불어라. 그러면 고생은 덜할 거야. 나는 이미 모두 알고 있어. 털어놓으면 널 풀어 주마!"

까까머리 늙은이가 아큐의 얼굴을 뚫어지게 보며 침착하고 똑똑히 말했다.

"자백해!"

긴 두루마기를 입은 사람도 큰소리로 말했다.

"제가 당연히…… 먼저 입당부터……."

아큐는 어물어물 생각하다가 겨우 더듬거리며 말했다.

"그러면 왜 오지 않았느냐!"

늙은이가 부드럽게 물었다.

"가짜 양놈이 허락하질 않았습죠!"

"허튼소리! 이제 와서 말해 봤자 늦었어. 지금 너희 패거리는 어디 있어?"

"무슨 말씀인지?"

"그날 밤 자오씨 댁을 약탈했던 놈들 말야."

"그놈들은 저를 부르러 오지 않았어요. 제놈들끼리 멋대로 실어 가 버렸습니다."

아큐는 이렇게 말하고는 툴툴댔다.

"어디로 달아났지? 말하면 너는 석방해 준다."

늙은이가 더욱 부드럽게 말했다.

"전 모르는걸요……. 그놈들은 저를 부르러 오지도 않았으니까 요……."

그러나 늙은이가 한 번 눈짓을 하자 아큐는 또다시 목책문 안에 갇혔다. 그가 두 번째로 목책문으로부터 끌려나온 것은 이튿날 오전이었다.

대청의 광경은 모두 전과 같았다. 상좌에는 여전히 대머리 늙은

이가 앉아 있었다. 아큐도 역시 어제처럼 꿇어앉았다.

늙은이가 부드럽게 물었다.

"더 무슨 할 말은 없느냐?"

아큐는 잠시 생각해 보았으나 별로 할 말이 없었으므로 "없습니다" 하고 대답했다.

그러자 긴 두루마기를 입은 사람이 종이 한 장과 붓 한 자루를 가지고 와 아큐 앞에 놓고 붓을 그의 손에 쥐어주려고 했다. 아큐는 거의 혼비백산하도록 깜짝 놀랐다. 왜냐하면 그의 손이 붓을 쥐어 보기는 이번이 처음이었기 때문이었다. 그는 어떻게 쥐는 것인지 정말 몰랐다. 그 사람은 한 군데를 가리키며 그에게 서명하라고 했다.

"저는…… 저는…… 글을 쓸 줄 모르는뎁쇼……."

아큐는 붓을 움켜잡고는 황송하고 또한 부끄러운 듯이 말했다.

"그러면 너 좋은 대로 동그라미 하나 그려라."

아큐는 동그라미를 그리려고 했으나 붓을 잡은 손이 떨리기만 했다. 그러자 그 사람은 그를 위해 종이를 땅 위에 펴 주었다. 아큐는 엎드려 평생의 힘을 다해 동그라미를 그렸다. 그는 남들에게 웃음거리가 될까 두려워 동그랗게 그리려고 마음 먹었으나 이 밉살스런 붓이 지나치게 무거울 뿐만 아니라 또한 말을 듣지 않아 벌벌 떨면서 간신히 동그라미를 거의 완성하려 할 때 붓이 밖으로 약간 솟구쳐서 수박씨 모양이 되고 말았다.

아큐는 자기가 동그랗게 그리지 못한 것을 부끄럽게 생각했으나 그 사람은 문제 삼지도 않고 재빨리 종이와 붓을 가지고 가 버렸고, 여러 사람들이 또 그를 재차 목책문 안에 처넣었다.

그는 다시 목책문 안에 들어갔어도 결코 그리 고민하지 않았다. 그는 사람이 천지지간에 태어나서 아마도 때로는 감옥에 들어갔다가 나오는 일도 있을 게고, 또 때로는 종이 위에 동그라미를 그려야 할 때도 있을 테지만, 다만 동그라미가 동그랗게 그려지지 않은 것만은 그의 평생의 행적에 하나의 오점이라고 생각했다. 그러나 오래지 않아 곧 마음이 풀렸다. 손자 대가 되면 동그라미를 아주 동그랗게 그릴 수 있을 것이라고 그는 생각했다. 그는 잠이 들었다.

그러나 그날 밤 거인 나으리는 잠을 잘 수가 없었다. 그는 부대장과 시비를 했다. 거인 나으리는 도난당한 물건을 찾는 것이 첫째라고 주장했고, 부대장은 본보기로 조리를 돌리는 것이 첫째라고 주장했다. 부대장은 요사이 거인 나으리를 그다지 안중에 두지 않고 있었으므로 책상을 두드리고 걸상을 치면서 말했다.

"일벌백계(一罰百戒)입니다. 보십쇼! 내가 혁명당이 된 지 20일도 안 되었는데 약탈사건은 10여 건이나 되고 사건은 전혀 해결되지 못하고 있으니 내 체면은 무엇이 된단 말이오? 기껏 해결해 놓았더니 당신은 또 엉뚱한 소리나 하고. 안 돼요! 이건 내 소관이오!"

거인 나으리는 난처했다. 그러나 자기 주장을 견지하며 만약 도난품을 찾아내지 못한다면 자기는 즉각 민정업무에 협조하는 직책을 사임하겠다고 말했다. 그러나 부대장은 도리어 "마음대로 하시구려!" 하고 대답하는 것이었다.

그래서 거인 나으리는 그날 밤 한잠도 못 잔 것이다. 그러나 다행히 다음날이 되었는데도 사임하지는 않았다.

아큐가 세 번째로 목책문에서 끌려나온 것은 거인 나으리가 한잠도 못 잔 그 밤의 다음날 오전이었다. 그가 대청에 이르러 보니 상좌에는 역시 예의 대머리 늙은이가 앉아 있었다. 아큐도 역시 전처럼 꿇어앉았다.

늙은이는 아주 부드럽게 물었다.

"무슨 할 말이 없느냐?"

아큐는 잠시 생각해 보았으나 별로 할 말도 없으므로 곧 "없습니다" 하고 대답했다.

긴 두루마기를 입은 사람과 짧은 옷을 입은 사람들 여럿이 별안간 그에게 무명으로 된 흰 조끼를 입혔다. 위에는 무슨 검정 글자가 쓰여 있었다. 아큐는 대단히 기분이 나빴다. 왜냐하면 그것은 마치 상복을 입은 것 같았으며 상복을 입는다는 것은 불길한 일이기 때문이었다. 그와 동시에 그의 양손이 뒤로 묶여지면서 바로 관청 문밖으로 끌려나왔다.

아큐는 포장 없는 수레에 떠메어 올려졌다. 짧은 옷을 입은 몇 사람들도 그와 함께 같은 자리에 올라탔다. 수레는 곧 움직이기 시작했다. 앞엔 총을 멘 군인과 경비단원들이 있고 양쪽엔 멍하니 입을 벌린 많은 구경꾼이 있었다. 뒤쪽은 어떤지 아큐는 보지 못했다. 그러나 그는 퍼뜩 깨달았다. 이것은 목을 '싹둑' 하러 가는 것이 아닌가? 그는 갑자기 눈앞이 캄캄해지고 귓속에서 윙 하는 소리가 나면서 얼이 빠지는 것 같았다. 그러나 그는 완전히 정신을 잃지는 않았다. 때로는 조급해지기도 했으나 때로는 도리어 태연해졌다. 그의 생각으로는 사람이 천지지간에 태어나서 아마도 때로는 어쩔 수 없이 목이 잘리는 수도 있는 것이라고 여기는 것 같았다.

그래도 그는 길은 알아볼 수가 있었다. 그런데 아무래도 이상하다. 어째서 형장 쪽으로 가지 않는 것일까? 그는 이것이 본보기를 보이기 위한 조리돌림임을 전혀 알지 못했다. 설사 그가 알았다 해도 마찬가지였을 것이다. 그는 사람이 천지지간에 태어나서 아마도 때로는 어쩔 수 없이 조리돌림을 당할 수도 있는 것이라고 생각했을 것이다.

그는 깨달았다. 이것은 돌아서 형장으로 가는 길이다. 틀림없이 싹둑! 하고 목이 잘리러 가는 것이다. 그가 경황없이 좌우를 둘러보니까 인파가 개미처럼 따르고 있었다. 뜻밖에도 길가의 사람 무리 속에서 우어멈의 모습을 발견했다. 정말 오래간만이었다. 알고 보니 그녀는 성안에서 일하고 있었던 것이다. 아큐는 갑자기 자기가 배짱이 없어 노래 몇 마디 부르지 못하는 것이 부끄러웠다. 생각이 마치 회오리 바람처럼 머릿속에서 소용돌이쳤다. 「청상과부 성묘 가네」는 화려하지가 못하고, 「용호상쟁」 중의 '후회해도 소용 없다……'도 따분하다. 역시 「손에 쇠채찍을 들고 네놈을 치리라」로 하자. 그는 동시에 손을 쳐들려고 했으나, 손이 묶여 있음을 상기했다. 그래서 「쇠채찍을 들고」도 부르지 못했다.

"20년이 지난 후에 또 한 사람……."

아큐는 정신이 없는 중에도 이제까지 한 번도 입에 담아 본 적이 없는 말이 '스승 없이 스스로 통달' 한 듯이 저절로 입에서 튀어나왔다.

"잘한다."

군중 속에서 늑대의 울부짖음 같은 소리가 들려왔다.

수레는 쉬지 않고 전진했다. 아큐는 갈채 소리 가운데서 눈알을 굴려 우어멈을 찾았다. 그녀는 내내 그를 보지 못한 듯하였으며 그저 병정들이 메고 있는 총만을 정신없이 바라보고 있을 뿐이었다.

아큐는 그래서 다시 환호하는 사람들을 보았다.

이 찰나에 그는 또 한 가지 생각이 회오리바람처럼 뇌리에서 소용돌이쳤다. 4년 전, 그는 산기슭에서 굶주린 늑대 한 마리를 만났다. 늑대는 가까이 오지도 않고 멀리 떨어지지도 않은 채 어디까지고 그의 뒤를 따라와 그의 고기를 먹으려고 했다. 그는 그때 무서워서 거의 죽을 것 같았다. 다행히 손에 도끼 한 자루를 들고 있었으므로 그것만 믿고 용기를 내어 간신히 미장까지 이르렀다. 그러나 그 늑대의 눈알은 영원히 기억에 남았다. 그것은 흉측하고도 무서웠으며 반짝반짝 빛나는 도깨비불처럼 멀리서도 그의 육체를 꿰뚫을 것만 같았다. 그런데 이번에 또 그는 여태껏 보지 못했던 더욱 두려운 눈을 보았던 것이다. 그것은 둔하고 날카로워 이미 그의 말을 씹어 먹었을 뿐 아니라 또 그의 육체 이외의 무엇인가를 씹어 먹으려는 듯이 언제까지고 멀지도 가깝지도 않게 그의 뒤를 따라오는 것이었다.

이 눈들이 단숨에 하나로 이어지는가 싶더니 벌써 그곳에서 그의 영혼을 물어뜯고 있었다.

"사람 살려……."

그러나 아큐는 입 밖으로 말하지 못했다. 그는 벌써부터 두 눈이 캄캄해지고 귓속이 멍해져 마치 온몸이 작은 티끌같이 흩어지는 듯함을 느꼈다.

당시의 영향으로 말하면 가장 큰 충격을 받은 사람은 오히려 거인 나으리였다. 끝내 도난물을 찾아내지 못해 그의 온 집안이 울부짖었기 때문이었다. 그 다음은 자오씨 댁이었다. 수재가 성안의 관청에 고소하러 갔다가 악질 혁명당에게 머리채를 잘렸을 뿐 아니라 스무 냥의 포상금을 뜯겼기 때문에 또한 온 집안이 울부짖었다. 이날 이후부터 그들은 점차 지난 왕조의 신하 같은 냄새를 풍겼다.

여론으로 말하면 미장에서는 별로 이의도 없었다. 물론 모두들 아큐를 나쁘다고 말했다. 총살당했다는 것은 그가 나쁘다는 증거이다. 그가 나쁘지 않다면 무엇 때문에 총살을 당했겠는가? 그러나 성안의 여론은 오히려 좋지 않았다. 그들의 대부분은 불만이었다. 총살은 목을 베는 것보다 재미가 없으며 더구나 어떻게 되어먹은 자인지 웃기는 사형수라는 것이었다. 그렇게 오래도록 거리를 끌려 돌아다니면서도 끝내 노래 한마디 못 부르다니. 그들은 헛걸음으로 따라다녔다는 것이었다.

1921년 12월

단오절(端午節)

　팡쉬엔춰(方玄綽)는 요즈음 '그게 그것(差不多)'이라는 이 한마디 말을 즐겨 써서 거의 '입버릇'처럼 되어 버렸다. 말뿐만 아니라 확실히 그의 머릿속에도 그런 생각이 뿌리를 박고 있었다. 그가 애초에 말했던 것은 '다 같다(都一樣)'였는데, 후에 아마 적당치 않다고 느꼈는지 '그게 그것'으로 고쳐 지금까지 줄곧 사용해 왔다.

　그가 이 한마디의 평범한 경구(警句)를 발견한 이래로 비록 새로 불끈할 일이 적잖게 일어났으나, 동시에 새로운 위안도 많이 얻었다. 예를 들어 늙은이가 젊은이에게 위엄만 부리는 것을 보면 그전 같았으면 분개하였겠지만 이제는 생각을 돌리는 것이었다. 이 젊은이도 장래에 아들, 손자가 생기면 아마 이렇게 허세를 부리겠지 하고 생각하면 더는 어떠한 불평도 하지 않게 되었다. 또 병사가 수레꾼을 때리는 것을 보면 그전 같으면 분개하였겠지만 지금은 이렇게 생각한다. 만약 이 수레꾼이 병사가 되고 이 병사가 수레를 끈다면 아마도 이렇게 때렸겠지 하며, 더 이상 마음에 두지 않게 되었다. 그가 이런 생각을 하게 된 후로, 때로는 자신이 사회악과 싸울 용기가 없기 때문에 양심을 저버리고 고의로 도피할 길을 만들어 내는 게 아닌가, 이건 혹시 '시비(是非)를 가리는 마음이 없는 것'에 가까운 게 아닌가 하는 의심이 들어, 고치는 것이 훨씬 좋겠다고 생각하기도 했다. 그러나 이런 생각은 도리어 그의 머릿속에서만 자라는 것이었다.

그가 이 '그게 그것'을 최초로 공표한 것은 베이징의 서우산학교(北京首善學校)의 강당에서였다. 그때 아마 역사상의 사건에 관해 이야기하다가, "예나 지금이나 사람은 별로 다르지 않다〔古今人不相遠〕"는 것을 말하고, 여러 가지 종류의 사람들일지라도 "성격은 비슷하다"고 말하는 데까지 이르더니, 끝내는 학생과 관료의 신상에까지 이야기를 끌어내면서 일대 열변을 토한 것이다.

"현재 사회에서의 유행이 관료를 욕하는 것인데 학생들이 더욱 심하게 욕하고 있습니다. 그러나 관료라고 결코 타고난 특별한 종족이 아니라 바로 평민이 변해서 된 것입니다. 지금 학생 출신의 관료도 적지 않은데, 그들이 나이 든 관료와 무슨 다른 점이 있습니까? '자리를 바꾸면 다 그런 것〔易地則皆然〕'이니, 사상, 언론, 행동, 풍채에 무슨 커다란 구별이 있는 것은 아닙니다⋯⋯. 학생 단체가 새로 하고 있는 많은 사업도 폐해를 면치 못하거니와, 대부분은 연기나 불같이 자취도 없이 사라져 버리지 않았습니까? 그게 그것입니다. 중국의 장래 걱정거리가 바로 여기에 있습니다⋯⋯."

강당 안에 흩어져 앉아 있던 20여 명의 청중 중 어떤 자는 실망을 하면서도 어쩌면 이 말이 옳다고 여겼다. 어떤 자는 화를 냈는데 아마도 신성한 젊은이를 모욕했다고 여기는 것 같다. 몇 사람은 도리어 그를 향해 미소를 지었는데, 아마도 이것이 그가 자신을 위한 변명이라고 여기는 것 같았다. 왜냐하면 팡쉬엔춰는 바로 관료를 겸하고 있었기 때문이었다.

그러나 사실 이것은 모두 착오였다. 이것은 그의 새로운 불평에 지나지 않았다. 비록 불평으로 말하기는 했으나 그것은 또한 자기만족의 공론일 뿐이었다. 그 자신이 나태하기 때문인지 아니면 쓸데없다고 여기기 때문인지는 잘 몰라도, 어쨌든 그는 자신이 운동에 참가하기를 원하지 않고, 착실히 자신의 본분을 지키며 살고자 하는 사람이라고 여겼다. 억울하게도 총장은 그가 약간 정신병 기질이 있다고 했으나 지위에 동요를 가져오지 않는 한 그는 결코 입을 열어 떠벌리려 하지 않았다. 교원의 월급이 반 년 남짓 밀렸으나 따로 관료의 급료로 버티어 나가기만 한다면 그는 또한 절대로 입을 열지 않을 것이다. 입을 열지 않을 뿐만 아니라 교원들이 연합하여 봉급 지급을 요구했을 때에도, 그는 내심 생각이 모자라서 너무 떠들어 대는 것이라고 여겼다. 동료들이 지나치게 교원을 조롱하는 것을 듣고는 좀 분개하긴 했지만 뒤에 생각을 바꾸었다. 아마도 자기네들이 마침 돈에 쪼들리고 있는데, 다른 관료들은 교원을 겸직하지 못하니까 이러는 것이리라. 이렇게 하여 곧 마음이 풀렸다.

그도 비록 돈에 곤란을 겪고 있었지만 지금까지 교원단체에는 가입하지 않고 있었다. 그러나 모두들 동맹휴업을 결의하자 그도 수업 하러 가지는 않았다. 정부가 "수업을 하면 돈을 주겠다"고 했을 때, 비로소 그도 사탕으로 원숭이를 놀리는 것 같은 그들을 약간 미워했다. 교육계의 어떤 대가는 "교원이 한 손에 책가방을 끼고 한 손으로 돈을 요구한다는 것은 고상하지 못하다"고 말하자, 그는 마침내 그의 아내에게 정식으로 불만을 터트렸다.

"이봐! 반찬이 겨우 두 가지뿐이야."

'고상하지 못하다' 는 소리를 들은 날 저녁 식사 때 그는 반찬을 보면서 말했다.

그들은 신교육을 받은 적이 없고 아내도 학명(學名)이나 아호(雅號)가 없었으므로 아무런 호칭도 없었다. 옛날부터의 전례에 따라 '부인!' 하고 부를 수도 있지만 그는 구습을 지키기가 싫었다. 그래서 '이봐!' 라는 글자를 발명해 냈다. 그러나 아내는 그에게 '이봐' 라는 말조차도 쓸 수 없었으므로 그냥 그를 향해 얼굴을 돌리고 말했다. 습관에 의해 이렇게 하는 말이 그에게 하는 것임을 알고 있다.

"하지만 지난달에 받아 온 반 달치는 모두 바닥이 났어요……. 어제 쌀도 간신히 외상으로 가져온 거예요."

그녀는 탁자 곁에 서서 그와 얼굴을 마주하면서 말했다.

"보라구. 그래도 교원들이 급료를 요구하는 걸 천박한 짓이라고 할 수 있겠소. 그런 놈들은 사람이 밥을 먹어야 하고, 밥은 쌀로 지어야 하고, 쌀은 돈으로 사야 한다는 이런 아주 기본적인 일조차도 모르는……."

"맞아요. 돈도 없이 어떻게 쌀을 사며, 쌀도 없이 어떻게 밥을 끓여 먹는담……."

그의 두 볼이 부어올랐다. 부인의 대답이 바로 자기의 의견과 '그게 그것'이어서 남의 말에 부화뇌동하는 꼴이 된 것 같아 화가 난 것이다. 그는 바로 머리를 다른 쪽으로 돌려 버렸다. 습관에 의해 이것은 토론 중지를 선고하는 표시였다.

바람이 쓸쓸히 불고, 찬비가 내리는 날, 교원들은 정부에 대해 밀린 봉급 지불을 요구하러 갔다가 신화문(新華門) 앞의 진흙 속에서 군대에게 머리를 맞아 피를 흘리고서야 겨우 약간의 봉급을 받았다.

팡쉬엔춰는 손 하나 까딱 않고 돈을 받아 빚을 좀 갚았으나 대부분의 빚은 아직 남아 있었다. 관청의 봉급도 상당히 밀려 있었기 때문이었다. 때가 이런지라 청렴한 관리들도 점차 봉급을 요구하지 않을 수 없게 되었다. 더욱이 교원을 겸직하고 있는 팡쉬엔춰는 자연히 학계에 더욱 동정을 표시하기 시작했다. 그래서 모든 사람이 동맹휴학을 계속하기로 주장할 때, 비록 그 자리에 참석은 하지 않았지만 기꺼이 공동결의를 준수했다.

그러자 정부는 마침내 돈을 지불했고, 학교도 수업을 시작했다. 그러나 며칠 전 학생총회에서는 정부에 청원서를 내어 "교원이 만약 수업을 안 한다면 밀린 봉급을 지불하지 말라"고 했다. 이것은 비록 무효가 되었지만, 팡쉬엔춰는 지난번에 정부가 말한 "수업을 하면 돈을 주겠다"는 이야기가 갑자기 기억이 나서 '그게 그것'이란 그림자가 그의 눈앞에 아른거리며 사라지지 않았다. 그래서 그는 교실에서 '그게 그것'을 공표하게 되었던 것이다.

이에 의거해서 만약에 '그게 그것'이라는 설을 억지로 꾸며낸다면, 물론 사심이 섞여 있는 일종의 불평이라고 판정을 내릴 수 있겠다. 그렇다고 반드시 자신이 관리라는 것을 변명하기 위해 말하는 것이라고 할 수는 없다. 다만 그런 때마다 그는 언제나 중국의 장래 운명 따위의 문제를 끌어대기 좋아하는데, 자칫 자신까지도 우국지사(憂國之士)로 여기는 경향이 있다. 사람들은 누구나 매번 '스스로를 아는 밝은 지혜(自知之明)'가 없음을 괴로워한다.

그러나 '그게 그것'인 일이 또 발생했다. 정부는 당초에 골칫거리였던 교원들만을 상대하지 않았을 뿐이었는데, 나중에는 별 상관도 없는 관리마저 무시하여 봉급을 미루고 또 미루었다. 급기야는 이전에 교원이 돈을 요구하는 것을 천박하다고 하던 선량한 관리들까지도 봉급 지불 요구대회의 투사로 변하였다. 다만 몇몇 일간 신문만이 그들을 경멸하고 조소하는 기사를 실었을 뿐이었다. 팡쉬엔춰는 조금도 이상하게 여기지 않았고 또 조금도 개의치 않았다. 왜냐하면 그의 '그게 그것'이라는 설에 근거를 두면, 이것은 신문기자가 아직 고료가 부족해 본 적이 없었기 때문이고, 만일 정부나 부호가 보조금을 중단했다면 그들도 역시 대부분은 대회를 열었을 것이라는 것이다.

그는 이미 교원의 봉급 지불 요구에 동정을 표하고 있었으므로 물론 동료의 봉급 지불 요구에도 찬성했다. 그러나 그는 여전히 관청 안에 편안히 앉아서 전과 다름 없이 결코 그들과 함께 돈을 내라고 독촉하러 가지는 않았다. 어떤 사람은 그가 고고하기 때문인가 의심하기까지 했지만, 그것은 일종의 오해에 지나지 않았다. 그 자신의 말을 빌리면, 그는 태어나서 지금까지 남에게 빚을 독촉받기만 했지, 남에게 독촉해 본 적이 없다는 것이다. 그러므로 그런 일은 그에게는 '장기가 못 된다는 것'이다. 또한 그는 경제권을 쥐고 있는 인물과는 감히 만날 수가 없다고 한다. 그런 인물들도 권세를 잃고 난 후에 『대승기신론(大乘起信論)』을 손에 들고 불교학을 강의할 때는 분명히 매우 '부드럽고 다정한' 사람이 되지만, 아직 높은 자리에 있을 때는 염라대왕 얼굴을 하고 다른 사람을 모두 노예로 보면서 나는 너희 같은 가난뱅이들의 생사여탈권을 한 손에 쥐고 있다고 여긴다는 것이다. 그래서 그는 감히 그들을 만나볼 엄두가 나지 않으며 만나길 원치도 않는 것이다. 이러한 성질은 비록 때로는 자신이 생각해도 고고하다고 여기기는 하나, 동시에 사실 재능이 없는 것이 아닌가 하고 왕왕 의심하기도 하였다.

사람들은 이리저리 융통해서 어떻게 하든 한 철, 한 철을 억지로 보냈다. 그러나 팡쉬엔췌는 이전에 비하여 대단히 궁핍한 지경에 이르렀다. 그래서 부리던 하인이나 거래하는 상점 주인은 말할 것도 없고, 아내마저 그에 대한 존경심이 점차 감소되고 있었다. 근래에 그녀가 그에게 순종적이지 않고 늘 제멋대로 의견을 제기하는가 하면, 거동도 좀 당돌해진 것을 보아도 그렇다는 것을 알 수 있다. 음력 오월 초나흗날 오전, 그가 집에 돌아오자마자 그녀는 바로 한 묶음의 외상 명세서를 그의 코앞에 디밀었다. 이것도 평소에는 없던 일이었다.

"모두 합해서 180원은 있어야 다 갚을 것 같아요……. 월급은?"

아내는 전혀 그를 쳐다보지도 않고 말했다.

"흥, 나 내일부터 관리 노릇 집어치울 거야. 수표는 받아 왔는데, 봉급 지불 요구대회의 대표가 지불해 주지를 않는 거야. 처음에는 함께 가지 않은 사람에게는 모두 지불해 주지 않겠다고 하더니, 나중에는 또 그들 앞으로 직접 받으러 오라고 말하지 뭐야. 오늘 그놈들은 수표를 손에 쥐고 있다는 것만으로도 염라대왕 얼굴로 변해 버렸다니까. 정말 꼴보기도 무서워. ……나는 돈도 거부하고 관리도 그만두겠어. 이렇게 한없이 비굴해지느니……."

아내는 드물게 보는 남편의 분노에 놀랐으나 곧 침착해졌다.

"제 생각에는요. 그래도 직접 가서 받는 게 좋겠어요. 무슨 상관이 있어요."

그녀는 그의 얼굴을 보면서 말했다.

"난 안 가! 이건 관리의 봉급이지 상금이 아냐. 전처럼 당연히 회계과에서 보내 주어야 하는 거야."

"하지만 보내 오지 않는 데야 어떻게 해요……? 아, 어젯밤 잊어버리고 말씀 안 드렸군요? 애들이 말하던 그 수업료 말이에요. 학교에서 벌써 여러 번 독촉했대요. 만약 더 이상 안 내면……."

"쓸데 없는 소리! 아비가 학교에서 일했는데도 돈을 주지 않으면서 아이들이 몇 줄 공부한 것은 오히려 돈을 달래?"

그녀는 그가 이미 이치 따위는 돌아보지 않고 마치 자기가 교장이나 된 듯이 울분을 토하는 것 같았으므로 더 이상 말하지 않기로 했다.

두 사람은 묵묵히 점심을 먹었다. 그는 한동안 생각하더니 우울한 표정으로 나가 버렸다.

지난 예로 봐서 근년엔 대개 명절 전날이나 섣달 그믐 전날이면 그는 반드시 밤 열두 시가 되어서야 귀가하곤 했다. 들어서면서 그는 품속을 뒤적이며 큰소리로 "이봐! 받아 왔어!" 하면서 그녀에게 중쟈오 은행(中交銀行)의 빳빳한 새 수표 다발을 건네주며 아주 득의만면한 표정을 짓곤 했었다. 그런데 초나흗날에 전례를 깨고 일곱 시도 못 돼서 집으로 돌아올 줄 누가 알았겠는가! 그의 아내는 깜짝 놀라 그가 결국 사직한 것이라고 생각했다. 그러나 그의 얼굴을 몰래 훔쳐보아도 결코 기가 죽어 있는 기색은 보이지 않았다.

"웬일이에요……? 이렇게 일찍……?"

그녀는 그를 주시하며 말했다.

"미처 못 받았어. 못 찾았다구. 은행이 벌써 문을 닫았더군. 초여드레까지 기다리래."

"손수 받으러 가셨어요?"

그녀는 걱정스러운 듯이 물었다.

"직접 받으러 가는 것은 이미 취소됐어. 전같이 회계과에서 나누어 보낸다고 하더군. 그러나 오늘은 은행이 이미 문을 닫았고 사흘을 쉰다고 하니 초여드레 오전까지 기다려야 되겠어."

그는 앉더니 방바닥을 내려다보며 차를 한 모금 마시고는 천천히 입을 열었다.

"다행히 관청에서는 아무런 문제도 없어. 아마 초여드렛날에는 꼭 돈이 될 거요……. 별로 친하지 않은 친척이나 친구에게 가서 돈을 빌린다는 것은 사실 힘든 일이야. 내가 오후에 염치 불구하고 진융성(金永生)을 찾아가 한참 애기했지. 그는 처음엔 내가 봉급 지불을 요구하러 가지 않은 것, 손수 받으러 가지 않은 것은 대단히 고상하다, 사람이란 마땅히 그래야 한다고 나를 추켜세우더군. 그러나 내가 그에게 돈 50원을 융통하러 온 것을 알자, 마치 내가 그의 입속에 소금을 한 움큼 처넣기라도 한 듯 오만상을 찌푸리더니, 갑자기 집세가 안 걷힌다느니, 장사가 밑졌다느니 하고 말하더니, 동료에게 제 돈을 받으러 가는 게 뭐 어떠냐면서 즉각 나더러 돈 받으러 가라는 거야."

"이렇게 명절이 임박해서 누가 돈을 꾸어 주려고 하겠어요."

아내는 오히려 담담하게 이야기하며 전혀 분개하지 않았다.

팡쉬엔춰는 머리를 숙이고 그것도 무리는 아니라고 생각했다. 더구나 자기와 진융성은 본래 매우 소원한 사이였다. 그는 이어 작년 연말의 일이 기억났다. 그때 같은 고향 사람이 10원을 꾸러 왔었다. 그는 그때 분명히 관청의 보증수표를 받았었으나 이 사람이 후에 돈을 못 갚을지도 모른다는 생각 때문에 난색을 지으며, 관청에서 봉급도 못 받았고 학교에서도 월급을 못 받았다고 둘러대었다. 그러면서 "정말로 도와주고 싶지만 어쩔 수 없다"고 하면서 그를 빈손으로 돌려보냈었다. 그는 비록 자신이 어떤 얼굴로 가장하고 있었는지 볼 수는 없었지만, 이때 몹시 불안하게 느껴져 입술이 바르르 떨리고 머리가 흔들렸었다.

그러나 얼마 후에 그는 갑자기 깨달은 듯, 하인에게 명하여 즉시 거리에 가서 연화백표 술 한 병을 외상으로 가져오라고 했다. 그는 가게 주인이 내일 외상빚을 거의 갚아 주기를 바라고 있으므로 감히 외상을 안 주지는 못하리라는 것을 알고 있었다. 만일 외상을 안 주면 내일은 한 푼도 갚지 않을 것이며 그것은 그들이 당연히 받아야 할 징벌인 것이다.

연화백을 외상으로 가져왔다. 그가 두 잔을 마시자 창백하던 얼굴이 불그스레해졌다. 식사를 마치고 나니 자못 흥겨워졌다. 그는 특제 합덕문 궐련에 불을 붙이고 책상에서 『상시집(嘗試集)』 한 권을 꺼내 침대에 누워 읽으려 하였다.

"그럼, 내일 가게 주인에게 뭐라고 할까?"

아내가 쫓아와 침대 앞에 서서 그의 얼굴을 보며 말했다.

"가게 주인……? 초여드렛날 오후에 오라고 그래."

"나는 그렇게 말 못해요. 그들은 믿지도 않을 테고 그렇게 하려고도 않을 거예요."

"무얼 못 믿어! 그들에게 가서 물어보라지. 관청 사람들은 아무도 받지 못했으니까. 모두 초여드렛날이라야 돼!"

그는 둘째 손가락을 세워 모기장 안의 허공에다 반원을 하나 그렸다. 그의 아내는 손가락을 따라서 반원을 보았으나, 그 손에 『상시집』을 펼쳐들고 있는 것만 보였다.

아내는 그가 사리에 맞지 않게 억지를 부리자 한동안 입을 열 수가 없었다.

"이런 꼴로는 살아갈 수가 없어요. 앞으로는 어떻든 방법을 강구해야 해요. 다른 일을 하든지 해야지……."

그녀는 마침내 말머리를 돌려 이렇게 말했다.

"무슨 방법? 나는 '문(文)은 필경사만도 못하고 무(武)는 소방수만도 못해.' 다른 걸 무얼 하라는 거야?"

"당신 상하이(上海)의 서점에 글을 써 주시지 않았어요?"

"상하이의 서점? 원고를 살 때는 글자를 하나하나 계산하고, 빈칸은 세지도 않아. 당신 내가 그곳에 있을 때 지은 백화시(白話詩)를 봐. 공백이 얼마나 많아. 한 권에 고작해야 300푼 값밖에 안돼. 판권 인세는 반 년이 되었는데도 소식이 없잖아. '먼 데 물은 가까운 불을 끌 수 없다'고 했어. 그러니 누군들 견뎌내겠어?"

"그러면 이곳의 신문사에 주면······."

"신문사에 주라고? 여기 큰 신문사에 내 제자가 편집을 맡고 있어서 그 친분으로 부탁한다고 해도, 천 자에 얼마 안 돼. 아침부터 밤까지 온종일 쓴다 해도 식구들을 먹여 살릴 수 있을 것 같아? 하물며 내 배 속에 그렇게 많은 문장이 들어 있는 것도 아니고."

"그럼 명절이 지나면 뭘 할 거죠?"

"명절이 지나면? — 여전히 관리 노릇이나 해야지······. 내일 가게 주인이 돈 달라고 오거든 초여드렛날 오후에 오라고만 해."

그는 다시 『상시집』을 보려고 했다. 그의 아내는 기회를 놓칠까봐 황급히 더듬거리며 말했다.

"내 생각인데, 이번 명절을 지내고 초여드레가 되면, 우리······ 복권이나 한 장 사는 게 좋지 않겠어요······."

"쓸데 없는 소리! 저렇게 못 배운 소리나 하고······."

이때 그는 문득 진융성에게 떠밀려 나오고 난 이후의 일이 생각났다. 그때 그는 넋이 나간 듯 멍하니 타오샹촌(稻香村)을 지나오고 있었는데, 가게 문 앞에 대문짝만큼 큰 글씨로 '복권 당첨 몇만 원'이라고 쓰인 광고가 많이 붙어 있는 것을 보고 마음이 조금 동해서 어쩌면 발걸음이 조금 느려졌던 것 같던 기억이 났다. 그러나 지갑 속에 겨우 남아 있던 60전이 아까웠기 때문에 결국 의연히 단념하고 멀리 지나쳐 왔다.

그의 안색이 변하자, 아내는 그가 자기의 무식함을 화내는 걸로 알고는 말도 끝내지 못하고 급히 물러났다. 팡쉬엔춰는 말을 하다 말고 허리를 쭉 펴더니, 중얼중얼 『상시집』을 읽기 시작했다.

1922년 6월

흰 빛(白光)

천스청(陳士成)이 현시(縣試)의 합격자 발표를 보고 집으로 돌아왔을 때는 이미 오후였다. 그는 아침 일찍 나갔었다. 방을 보자 먼저 그 위에서 천(陳) 자를 찾았다. 천 자는 상당히 많아서, 모두가 앞을 다투어 그의 눈으로 뛰어드는 것 같았다. 하나 그 다음에 이어지는 글자는 모두가 스청(士成)이라는 두 글자가 아니었다. 그래서 그는 다시 한 번 열두 장의 원형으로 쓰여진 합격자 명단을 차분히 살폈다. 방을 보던 사람들이 모두 흩어졌으나, 천스청은 끝내 방에서 자기 이름을 보지 못하고 홀로 시험장 게시판 앞에 서 있었다.

서늘한 바람이 이따금 그의 흰 털이 섞인 짧은 머리칼을 나부끼게 했으나, 초겨울의 햇살은 매우 따스하게 그를 내리쬐고 있었다. 그러나 그는 햇빛을 쬐어 어질어질해지는 듯했고, 안색도 점점 창백해져 갔다. 지쳐서 붉게 충혈된 두 눈에는 야릇한 광채가 번득였다. 이때 이미 그에게는 벽에 붙어 있는 방 따위는 보이지 않았으며, 다만 새까만 동그라미가 무수히 눈앞에 어른거리며 돌아다니는 것이 보일 뿐이었다.

수재(秀才)의 자격을 얻어 성(省)에 향시(鄕試)를 보러 가고, 차례차례 시험을 돌파한다. ……그렇게 되면 지방 유지들이 온갖 방법으로 앞을 다투어 혼담을 꺼낼 테고, 사람들은 마치 신을 우러러보듯 그를 두려워하고 존경할 것이며, 이제껏 그를 경멸했던 것을 깊이 후회하며 넋을 잃겠지……. 지금 그의 낡은 집에 세 들어 살고 있는 각 성 사람들은 쫓아내고 — 아니 쫓아낼 것도 없다. 그가 나가면 되니까 — 집은 완전히 새로 짓고 대문에 깃대와 편액을 걸어야지…….

높은 관리가 되려면 중앙의 관리가 되어야겠지. 그렇지 않으면 차라리 지방관이 되는 쪽이 낫겠지. ……그가 평소에 미리 계획해 두었던 입신출세의 앞날이 물 먹은 설탕탑처럼 한순간에 무너져 산산이 부서진 조각만이 남았다. 그는 자기도 모르게 조각조각 흩어질 것만 같이 느껴지는 몸을 돌려 망연히 집으로 돌아가는 길을 향해 걸었다.

그가 자기 집 문 앞에 막 이르자, 일곱 명의 학동(學童)들이 일제히 목청을 돋워 책을 읽기 시작했다. 그는 깜짝 놀랐다. 귓전에서 종이 울리는 것 같았다. 작은 변발을 늘어뜨린 일곱 개의 머리가 눈앞에서 어른거리더니 온 방안에 퍼지며 검은 동그라미와 어울려 춤을 추는 것처럼 보였다. 그가 자리에 앉자 아이들은 오후의 숙제를 제출했는데, 얼굴에는 모두가 그를 깔보는 기색이 역력했다.

"돌아들 가거라."

그는 잠시 망설이다가 이렇게 비참하게 말했다.

아이들은 법석을 떨며 책가방을 싸서 겨드랑이에 끼고는 한 줄기 연기처럼 뛰어나갔다.

천스청은 많은 작은 머리들이 검은 동그라미 사이에 껴서 눈앞에서 춤을 추고 있는 것을 보았다. 때로는 한데 뒤섞이고 때로는 이상한 포진으로 줄을 서는 것이었다. 그러더니 점점 작아지고 흐릿해졌다.

"이번에도 또 끝장이다!"

그는 깜짝 놀라 벌떡 일어났다. 분명히 귓가에서 그렇게 말하는 소리가 들렸기 때문이었다. 뒤돌아보았으나 아무도 없었다. 또 꽝! 하고 종을 치는 소리가 들린다 싶더니 자신의 입에서도 말이 나왔다.

"이번에도 또 끝장이다!"

그는 갑자기 한쪽 손을 들어 손가락을 꼽으면서 생각해 보았다. 열한 번, 열세 번, 금년까지 열여섯 번째이다. 결국 문장(文章)을 알아보는 시험관이 하나도 없었다는 것이다. 인재를 알아보지 못하다니, 참으로 딱한 노릇이다. 그는 곧 피식피식 웃음이 나왔다. 그러나 그는 불쑥 화가 치밀어, 갑자기 책꾸러미 밑에서 베껴 둔 팔고문(八股文)과 시첩(試帖)을 꺼내들고 밖으로 나가려 했다. 문간에 막 다가서는데 눈앞이 환히 밝아지더니 한 떼의 닭까지도 그를 비웃는 것같이 보여, 자신도 모르게 가슴이 두근거려 하는 수 없이 그대로 되돌아오고 말았다.

그는 다시 주저앉았다. 눈빛이 이상하게 번쩍번쩍 빛나고 있었다. 그는 많은 물건들을 보았다. 그러더니 매우 모호해졌다. — 무너져 내린, 설탕으로 만든 탑 같은 앞길이 그의 눈앞에 가로놓여 있었다. 이 앞길은 다시 점점 넓고 커지더니 그의 모든 길을 완전히 막고 말았다.

다른 집의 밥 짓는 연기는 벌써 사라지고 젓가락과 그릇까지 이미 다 씻었으나 천스청은 밥 지을 생각도 않는다. 이곳에 살고 있는 다른 성씨 사람들은 오래된 관례대로 현에서 시험이 있는 해마다, 합격자 발표 후 그의 이런 눈빛을 보면 일찌감치 문을 잠그고 상관하지 않는 것이 좋다고 생각하고 있었다. 처음에는 사람의 말소리가 들리지 않더니, 이어 등불도 하나둘 꺼져 갔다. 오로지 달만이 천천히 싸늘한 밤하늘에 떠올랐다.

하늘은 바다처럼 푸르렀고, 약간의 뜬구름은 마치 누군가가 그림 붓을 물그릇에 씻은 뒤처럼 흐느적거리고 있었다. 달은 천스청을 향해 싸늘한 빛을 쏟고 있었다. 처음엔 그런 대로 마치 새로 갈고 다듬은 쇠거울 같은 달이었는데, 이 거울은 이상하게도 천스청의 전신을 꿰뚫어 비치고 나더니 그의 몸에 무쇠 같은 달그림자를 투영했다.

그는 여전히 방 밖의 뜰을 배회했다. 눈은 자못 맑아지고 주위는 정적에 싸였다. 그러나 이 정적이 갑자기 까닭 없이 시끄러워지기 시작하더니, 그의 귓가에서 숨차고 낮은 목소리가 또렷이 들려왔다.

"왼쪽으로 돌아서 오른쪽으로 돌아……"

그는 깜짝 놀라 귀를 기울였다. 그 소리는 좀 더 높게 되풀이되었다.

"오른쪽으로 돌아!"

그는 기억하고 있다. 이 뜰은 그의 집이 지금처럼 몰락하기 전에 여름밤만 되면, 밤마다 그의 할머니와 더위를 식히던 뜰이었다. 그때 그는 아직 열 살 안팎의 어린아이에 불과했다. 대나무 평상에 누워 있으면 할머니는 평상 옆에 앉아서 그에게 재미있는 옛날이야기를 들려주셨다. 할머니는 그녀의 할머니에게서 전에 이런 이야기를 들었다고 하셨다. 천씨의 조상은 원래 큰 부자였고 이 집도 조상이 세운 터였다는 것이다. 그 조상은 복 많은 자손이 꼭 찾아낼 수 있도록 무수한 은(銀)덩이를 이곳에 묻었다고 했다. 그러나 그것은 오늘날까지도 발견되지 않았다. 그런데 그 장소는 하나의 수수께끼 속에 감추어져 있다는 것이다.

"왼쪽으로 돌고, 오른쪽으로 돌아라. 앞으로 갔다가, 뒤로 가라. 금이야 은이야 말[斗]로 따지지 말아라."

이 수수께끼에 대해서 천스청은 평소에도 언제나 곰곰이 추측해 보곤 했는데, 안타깝게도 대강 맞았는가 싶다가도 다시 금방 빗나갔다고 여겨지는 것이었다. 언젠가 한 번은 분명히 탕(唐)씨에게 빌려 준 집 밑이라고 자신했었다. 그러나 차마 파러 갈 용기가 나지 않았다. 한참 지나니 그것은 전혀 착오 같은 느낌이 들었다. 그의 집 안에 여러 군데나 파헤친 흔적은 전부가 먼저 몇 번이나 낙방한 다음에 발작적으로 했던 행동이었다. 나중에 자기 자신이 보고도 창피하고 부끄러움을 느꼈다.

그러나 오늘은 쇠 같은 빛이 천스청을 둘러싸고 또 부드럽게 그에게 권하는 것이다. 혹시 그가 주저할까 봐 그에게 진정으로 증명을 보여 주고는 또 더욱 음침하게 독촉하여, 자기의 방을 향해 눈길을 돌리지 않을 수 없게 만드는 것이다.

흰 빛은 마치 흰 부채처럼 그의 방 안에서 일렁일렁 번쩍이고 있었다.

"결국 이곳이었구나!"

그는 이렇게 말하면서 사자처럼 날쌔게 방으로 뛰어들어 갔다. 그러나 안으로 발을 들여놓자 흰 빛의 그림자는 보이지 않았다. 오로지 낡아빠진 방과 낡은 책상 몇 개만이 모두 어둠 속에 잠겨 있었다. 그는 멍하니 서서 천천히 눈을 똑바로 뜨고 다시 보기 시작했다. 그러자 흰 빛이 다시 또렷이 일어났다. 이번엔 더 넓고 커서 유황불보다는 희고, 아침안개보다는 희미했다. 또한 동쪽 벽에 붙은 책상 밑이었다.

천스청은 사자처럼 문 뒤쪽으로 달려갔다. 손을 내밀어 곡괭이를 잡다가 한 줄기 검은 그림자에 부딪혔다. 왠지 모르게 좀 두려웠다. 급히 불을 켜 보니, 곡괭이는 아무 탈 없이 세워져 있었다. 그는 책상을 옮겨 놓고 곡괭이로 넉 장의 네모난 큰 벽돌을 들추어냈다. 몸을 구부리고 보니, 그 밑은 전처럼 누런 잔모래였다. 소매를 걷어올리고 모래를 파헤치자 그 밑으로 검은 흙이 드러났다. 그는 극히 조심스레 가만가만 아래로 한 삽 한 삽 파내려 갔다. 그러나 깊은 밤은 너무 고요했고 삽날이 흙을 스치는 소리는 속일 수 없는 둔중한 울림소리를 냈다.

구멍이 두 자 이상 깊어졌는데도 항아리는 결코 보이지 않았다. 천스청은 초조해졌다. 그때 찡 하는 소리가 나며 자못 손이 저려 왔다. 곡괭이 날에 뭔가 단단한 것이 부딪힌 것이다. 급히 곡괭이를 집어던지고 만져 보니 한 장의 커다란 벽돌장이 밑에 있었다. 그의 심장은 심하게 떨렸다. 정신을 가다듬고 그 벽돌장을 파내보니, 그 밑에는 전과 같이 온통 검은 흙이었다. 흙을 많이 더 파냈으나 그 밑은 여전히 끝도 없는 것 같았다. 그러자 갑자기 또 단단한 작은 물건에 부딪혔다. 둥그런 것이 아마 녹슨 동전인 것 같았다. 그 외에도 깨진 사기 조각이 몇 개 더 나왔다.

천스청은 마음이 텅 비는 것 같았다. 온몸이 땀에 흠뻑 젖었지만 조급하게 그저 땅만 긁을 뿐이었다. 이 사이에 마음은 공중에서 흔들리고 있었다. 다시 아주 이상한 물건에 부딪혔기 때문이었다. 그것은 말발굽 모양과 같은 것이었는데, 부석부석하게 손에 만져졌다. 그는 다시 정성스럽게 그 물건을 파냈다. 조심스럽게 집어올려 불빛 아래서 자세히 살펴보니 군데군데 벗겨져 있는 것이 썩은 뼈 같았다. 윗면에 듬성듬성한 이빨이 한 줄로 붙어 있었다. 그는 이것이 아마도 아래턱뼈일 것이라고 여겼다. 그런데 그 아래턱뼈가 그의 손에서 덜컥덜컥 움직이기 시작하더니 빙그레 웃는 모습을 나타내는 것이었다. 그리고 마침내는 입을 열어 이렇게 말하는 것이었다.

"이번에도 또 끝장이다!"

그는 소름이 오싹 끼쳐 동시에 손을 놔 버렸다. 아래턱뼈가 데굴데굴 굴러 구멍 속으로 다시 떨어진 지 얼마 안 되어, 그도 뜰로

도망쳤다. 방 안을 엿보니 등불은 여전히 휘황찬란했고 아래턱뼈
는 여전히 비웃고 있었다. 평상시와는 달리 무서워서 감히 다시는
그쪽을 쳐다볼 수가 없었다. 그는 멀리 떨어져 있는 처마 밑의 어
둠 속에 숨고서야 마음이 약간 평온해졌다. 그러나 그 평온 속에
서 문득 희미하게 속삭이는 소리가 귓가에 들려왔다.

"여긴 없어…… 산으로 가라……."

천스청은 대낮에 길에서도 누군가 이런 말을 하는 것을 들은 듯
한 기억이 났다. 그는 그 말을 다 듣기도 전에 벌써 크게 깨달았
다. 그는 갑자기 하늘을 향해 고개를 들었다. 달은 이미 서고봉(西
高峰) 쪽으로 숨어 버렸다. 성(城)으로부터 35리나 멀리 떨어져
있는 서고봉이 바로 눈앞에 있다. 벼슬아치가 들고 있는 홀(笏)처
럼 바로 시커멓게 우뚝 서 있었다. 그 주위에는 넓고 크게 번쩍거
리는 흰 빛이 퍼지고 있었다.

또한 그 흰 빛은 아득하면서도 바로 눈앞에 있었다.

"그래! 산으로 가자!"

그는 결연하게 마음을 먹고 비장한 걸음으로 뛰어나갔다. 몇 번
인가 문을 여는 소리가 들리더니 그 후로 문 안쪽에서는 다시는
어떤 소리도 들리지 않았다. 등불은 심지가 타서 꽃처럼 되어 빈
방과 구멍을 밝게 비추더니 바지직바지직 몇 번 소리를 내며 타다
가 점점 작아져 드디어 꺼졌다. 나머지 기름마저 이제 다 타 버린
것이다.

"성문을 열어라……."

큰 희망을 품은 공포의 비명 소리가 아지랑이처럼 서쪽 관문 앞

의 여명 속에 떨면서 부르짖고 있었다.

　이튿날, 대낮에 어떤 사람이 서문에서 15리 떨어진 만류호(萬流湖)에 시체가 떠 있는 것을 발견했다. 당장 그 소문이 퍼져서 끝내 지보(地保)의 귀에까지 들어가게 되자, 지보는 곧 마을 사람들을 시켜 시체를 건져올리게 했다. 그것은 남자의 시체로 50여 세 된 '몸집은 중간, 얼굴은 희고 수염이 없는 사람'이었다. 온몸에는 실오라기 하나 걸치지 않았다. 누군가 그가 바로 천스청이라고 말했다. 그러나 이웃사람들은 귀찮아서 보러 가려고도 하지 않았고, 시체를 맡을 친척도 없었기에, 현 의원의 검시를 거친 후 지보의 손에 의해 매장되었다. 사인(死因)에 대해선 물론 문제될 거리가 없었다. 죽은 사람의 옷을 벗겨 가는 것은 원래 흔히 있는 일이므로 타살의 의심을 둘 필요도 없었다. 더구나 검시인도 산 채로 물에 빠졌다고 증언했다. 왜냐하면 열 개의 손톱 밑에 강바닥의 진흙이 꽉 차 있는 것으로 보아 그가 물속에서 몸부림을 쳤음이 확실하다는 것이다.

1922년 6월

토끼와 고양이(兎和猫)

우리 집 뒤채에 살고 있는 셋째댁은 여름에 그녀의 아이들에게 보여 주려고 흰 토끼 한 쌍을 샀다.

이 한 쌍의 흰 토끼는 젖 뗀 지가 얼마 안 되는 듯, 짐승이라지만 보기만 해도 정말 천진난만했다. 그러나 작고 새빨간 긴 귀를 세우고 코를 벌름거리며 눈에는 겁먹은 눈빛을 띠고 있는 것을 보면 아마 낯선 장소와 낯선 사람들이라는 것을 알아서 태어난 곳에서와 같은 안도감을 잃어버린 듯했다. 이런 짐승은 절에서 재를 올리는 날 절간 앞에 서는 장마당에 직접 가서 산다면 한 마리에 고작 20전 정도면 될 텐데, 하인을 시켜 가게에서 샀기 때문에 셋째댁은 1원이나 값을 치렀다.

아이들은 물론 대단히 기뻐하며 와자지껄 떠들면서 토끼를 둘러싸고 보았다. 어른들도 둘러서서 보았다. 그리고 에스(S)라는 이름의 강아지도 달려와서는 곧장 코를 들이대고 킁킁거리며 냄새를 맡더니 재채기를 한바탕 하고서는 몇 발자국 뒷걸음질 쳤다.

셋째댁이 "에스야, 물면 안 돼. 알아들었지"라고 야단치며 에스의 머리를 가볍게 두드리자 에스는 뒤로 물러나, 그 후로는 물려고 들지 않았다.

이 한 쌍의 토끼는 뒤쪽 창밖에 있는 작은 뜰에 갇혀 있는 때가 많았다. 듣자 하니 녀석들이 벽지를 물어뜯기를 매우 좋아하고, 또 곧잘 가구의 다리도 갉아 대기 때문이라고 했다. 이 작은 뜰에는 야생 뽕나무가 한 그루 있었다. 오디가 떨어지면 토끼 새끼들은 그것을 먹기 좋아했지만, 먹으라고 넣어 준 시금치는 먹지 않았다. 까마귀나 까치가 내려오려고 하면 몸을 웅크리고 있다가 뒷발로 땅을 힘껏 차며 폴짝 뛰어오르는데 마치 눈덩이가 날아오르는 것 같았다. 그 바람에 까마귀나 까치는 놀라 황급히 달아나 버렸다가, 몇 번 그러자, 다시는 가까이 오려고 하질 않았다. 셋째댁의 말에 의하면, 까마귀나 까치는 고작 먹이나 많이 낚아채려는 것일 뿐이므로 별로 중요하지 않으나, 밉살맞은 것은 그놈의 커다란 검은 고양이다. 놈은 줄곧 낮은 담 위에서 사납게 노리고 있으니 주의하지 않으면 안 되었다. 다행히 에스가 고양이와는 원수지간이므로 설마 큰일이야 없겠지만 말이다.

아이들은 그놈들을 잡고는 곧잘 장난을 했다. 그놈들은 얌전하게 귀를 세우고 코를 벌름거리며, 작은 손바닥에 얌전히 서 있다가 틈만 나면 살짝 뛰어내려 달아났다. 밤에 놈들이 자는 잠자리는 안엔 짚을 깐 작은 나무 상자인데 창문이 있는 뒤꼍의 처마 밑에 있었다.

이렇게 몇 달을 보낸 후, 그놈들이 갑자기 흙을 파는 것이었다.

그 파는 솜씨가 정말 재빨랐다. 앞발로 긁고 뒷발로 차내는데 한 나절도 못 되어서 깊은 구덩이를 만들어 냈다. 모두들 이상하게 생각하였다. 뒤에 자세히 살펴보니 한 놈의 배가 다른 한 놈의 배보다 훨씬 컸다. 이튿날 그놈들은 마른 풀과 나뭇잎을 구덩이 속에 물어다 넣느라고 한나절 이상이나 부산을 떨었다.

모두들 또 새끼 토끼를 볼 수 있을 거라고 하면서 대단히 기뻐했다. 셋째댁은 아이들에게 이제부터 토끼들을 잡으면 안 된다는 엄명을 내렸다. 나의 어머니도 그놈들의 가족이 번창하는 것을 기뻐하시며, 태어난 놈들이 젖이 떨어지면 두 마리쯤 얻어다가 우리 집 창문 밖에 놓고 기르자고 하셨다.

그 후로 놈들은 자기들이 만든 구덩이 속에 살았다. 때때로 나와 먹이를 먹기는 했지만 어느새 모습을 볼 수 없게 되었다. 미리 식량을 옮겨 구덩이 속에다 저장해 두었는지, 아니면 먹지 않고 있는 것인지 짐작할 수가 없었다. 열흘쯤 지나 셋째댁이 나에게 말했다.

"그 두 마리가 다시 나왔어요. 아마도 새끼들은 태어나자마자 모두 죽어 버린 것 같아요. 왜냐하면요, 암놈의 젖이 퉁퉁 불어 있는데도 들어가서 새끼들에게 젖을 먹인 흔적을 볼 수 없거든요."

그녀의 말을 듣자하니 화가 나 있는 듯했으나, 어쩔 수 없는 일이었다.

햇빛도 따뜻하고 바람도 없어 나뭇잎조차 움직이지 않던 어느 날이었다. 갑자기 어디선가 많은 사람들이 웃는 소리가 들려왔다. 나는 곧 그 소리를 찾아가 보았다. 그랬더니 사람들이 모두 셋째댁의 뒤꼍 창문에 기대서 무엇인가 보고 있는 것이었다. 보아하니 정원 안을 뛰놀고 있는 한 마리의 새끼 토끼였다. 그 새끼 토끼는 그의 부모가 팔려 왔을 때보다 훨씬 작았지만 벌써 뒷발로 땅을 차며 폴짝폴짝 뛰놀고 있었다. 아이들은 또 한 마리의 새끼 토끼가 구덩이 입구에 머리를 내밀고 있다가 금방 숨어 버렸는데, 그 녀석은 틀림없이 저놈의 아우일 거라고 다투어 내게 일러 주었다.

그 작은 것이 혼자 풀잎을 주워 먹으려 하자, 어미 토끼는 허락할 수 없다는 듯 입으로 뺏어 버렸다. 그렇다고 자기가 먹는 것도 아니었다. 아이들이 소리내어 웃자, 그 작은 것은 놀랐는지 구덩이 속으로 뛰어들어가 버렸다. 어미 토끼도 구덩이 입구까지 따라가서는 앞발로 새끼의 등을 밀어넣은 다음 진흙을 긁어다 입구를 막아 버렸다.

그 후로 작은 뜰은 더욱 떠들썩해졌고 창문에서도 항상 사람들이 들여다보고 있었다.

그러나 마침내 큰 놈도 작은 놈도 전혀 보이지 않게 되었다. 그 무렵은 흐린 날이 계속되고 있었다. 셋째댁은 토끼들이 그 크고 검은 고양이의 이빨에 걸린 것이 아닐까 하고 걱정했다. 나는 그렇지 않다며 날씨가 추워서 숨어 있을 뿐이고, 해가 비치면 틀림없이 나올 거라고 말해 주었다.

해가 나왔으나 토끼들은 한 마리도 보이지 않았다. 그래서 모두들 잊어버리고 말았다.

오직 셋째댁만은 언제나 놈들에게 시금치를 먹이로 주고 있었기 때문에 늘상 생각하고 있었다. 한 번은 그녀가 창 너머 작은 뜰로 나가 보았더니 담벼락 구석에 또 하나의 다른 구덩이가 있는 게 눈에 띄었다. 그래 다시 예전의 구덩이를 살펴보았더니 입구에 희미하게 발톱 자국이 잔뜩 나 있었다. 그 발톱 자국은 아무리 어미의 것이라 치더라도 토끼의 발톱치고는 너무 컸다. 그녀는 항상 담 위에서 도사리고 있던 그 크고 검은 고양이를 의심했다. 그녀는 구덩이를 파헤쳐 봐야겠다는 결심을 굳히지 않을 수 없었다. 마침내 그녀는 호미를 가지고 나와서 파들어 가기 시작했다. 미심쩍어 하면서도 의외로 흰 토끼 새끼가 발견될 거라는 희망을 가지고 있었다. 그러나 끝까지 파 보니, 출산할 때 깔았던 것으로 보이는 썩은 풀더미 위에 약간의 토끼털이 보일 뿐, 그 외는 썰렁하기 짝이 없었다. 눈처럼 희던 토끼 새끼는 흔적도 없고, 잠깐 고개를 내밀었다가 다시는 구덩이 밖으로 나오지 않았던 아우 토끼도 볼 수가 없었다.

분노와 실망과 처량함으로 셋째댁은 다시 그 담장 아래의 새로운 구덩이를 파헤치지 않을 수 없었다. 손을 대자마자, 큰 놈 두 마리가 맨 먼저 구덩이 밖으로 뛰어나왔다. 이곳으로 이사를 왔구나 하는 생각에 그녀는 무척 기뻤다. 그녀는 계속 파고들어 갔다. 바닥까지 팠더니 이곳에도 풀잎과 토끼털이 깔려 있었고, 그 위에 아주 작은 토끼가 일곱 마리나 자고 있었다. 온몸이 연분홍색으로 자세히 보니 눈도 아직 떨어지지 않았다.

모든 것이 분명해졌다. 셋째댁의 지난번의 추측은 역시 틀리지 않았던 것이다. 그녀는 위험을 예방하기 위해 일곱 마리의 새끼 토끼를 모두 나무 상자에 넣어 자기 방으로 옮겨 왔으며 어미 토끼도 상자 속에 밀어넣고 강제로 젖을 먹이기로 했다.

셋째댁은 이 뒤로 검은 고양이를 몹시 미워했을 뿐만 아니라, 어미 토끼의 하는 짓도 탐탁히 여기지 않았다. 그녀의 말에 의하면 애초에 두 마리가 해를 입기 전에 또 죽은 놈이 있었을 게 틀림없다는 것이었다. 왜냐하면 놈들의 출산이 한 번에 두 마리일 리는 없기 때문에 젖을 받아먹지 못한 놈들은 먼저 죽었을 것이라는 것이었다. 그 말은 아마 맞는 말일 게다. 지금도 일곱 마리 중 두 마리는 깡말라 있다. 그래서 셋째댁은 틈만 있으면 어미 토끼를 붙잡고, 배 위에서 새끼 토끼를 한 마리씩 순번대로 젖을 먹이되 많이 먹거나 적게 먹지 못하게 했다.

어머니는 내게, 저렇게 번거롭게 토끼를 기르는 법은 여태 들어보지 못했으니, 아마 '둘도 없는 보배 목록'에 끼일 수도 있을 거라고 말씀하셨다.

흰 토끼 가족은 더욱 번성하였고 모두들 대단히 기뻐했다.

그러나 이 이후로 나는 매우 서글픈 마음이 들었다. 깊은 밤 등불 아래 앉아서 그 두 마리의 어린 생명들을 생각했다. 결국 사람도 모르고 귀신도 모르는 어느 사이에 없어지고 만 것이다. 생물의 역사에 조금의 흔적도 남기지 않고 에스조차도 짖지 않았던 것이다.

나는 옛날의 일을 생각했다. 이전에 내가 회관(會館)에 살고 있을 때, 어느 날 아침 일찍 일어나 보니, 큰 느티나무 아래에 비둘기의 털이 가득 흩어져 있었다. 매의 밥이 된 게 분명했다. 그러나 오전 중에 사환이 와서 청소를 해 버리고 나니 아무것도 남지 않았다. 그곳에서 하나의 생명이 끊어졌으리라는 것을 누가 알 것인가? 또 한 번은 서사패루(西四牌樓)를 지나다가 강아지 한 마리가 마차에 치여 죽어 있는 것을 본 적이 있었다. 돌아올 때는 벌써 치워 버렸는지 아무것도 보이지 않았다. 거리를 지나가는 사람들은 아무것도 모르고 걷고 있었으니, 그곳에서 한 생명이 끊어졌다는 것을 누가 알겠는가? 여름밤이면 흔히 창밖에서 윙윙거리며 날아다니는 파리의 소리를 들을 때가 있는데, 그것도 틀림없이 도마뱀 따위에게 잡아먹혔을 것이다. 그러나 나는 여태까지 그런 것에 마음을 써 본 적이 없다. 다른 사람들도 결코 듣지도 못했을 거다……

가령 조물주에게 비난할 만한 점이 있다고 한다면, 그건 그가 너무 멋대로 생명을 만들고 또 너무나 멋대로 짓밟아 버리는 것이라고 나는 생각한다.

야옹! 하는 소리가 났다. 또 고양이 두 마리가 창밖에서 싸움을 시작했다.

"쉰(迅)아! 너 또 고양이를 때리고 있구나."

"아니요, 저희들끼리 물어뜯고 있는 거예요. 어디 나한테 얻어맞을 놈들인가요!"

이전부터 어머니는 내가 고양이를 못살게 구는 것에 불만이셨다. 지금 어머니는 어쩌면 내가 새끼 토끼를 동정하여 고양이에게 뭔가 심한 짓을 한 게 아닐까 생각하고 물어보시는 것일 게다. 분명히 나는 집안사람들로부터 고양이의 적으로 지목되고 있었다. 나는 옛날에 고양이를 해친 적도 있고, 보통 때도 자주 고양이를 때린다. 특히 그놈들이 교미하고 있을 때 더욱 그렇다. 그러나 내가 고양이를 때리는 것은 그들이 교미하고 있기 때문이 아니라 울음소리 때문이다. 울음소리 때문에 잠을 잘 수가 없기 때문이다. 교미한다고 해서 그렇게 법석을 떨 것까지는 없지 않은가 하는 것이다!

하물며, 검은 고양이가 새끼 토끼를 죽인 판이니 내가 아무리 고양이를 들볶아도 '대의명분'은 서는 것이다. 어머니가 너무 고양이를 감싸신다는 느낌이 들어서, 얼결에 애매하고 불만스러운 대답을 해 버리고 말았다.

조물주는 너무나 무책임하다. 비록 그의 도움을 받았을지 모르나, 나는 그에게 반항하지 않을 수 없다……

저 검은 고양이가 언제까지나 저 담장 위에서 거만하게 활보하게 할 수는 없다. 그렇게 마음속으로 결정하자 나도 모르게 책장에 숨겨둔 청산가리 병으로 눈이 갔다.

1922년 10월

오리의 희극(鴨的喜劇)

러시아의 맹인 시인 에로센코 군이 그의 기타를 끼고 베이징(北京)으로 온 지 얼마 안 되어, 나에게 괴로움을 호소한 적이 있었다.

"적막하군요, 적막해. 사막에 있는 것처럼 적막하군요."

틀림없는 사실이었을 것이다. 그러나 나는 여태껏 그렇게 느껴 본 적이 없었다. 오래 살다 보니까 '향기로운 난초가 핀 방에 오래 있으면 그 향기를 맡지 못한다'는 격으로, 나에겐 그저 몹시 소란스럽게 생각될 뿐이었다. 그러나 내가 말하는 소란스럽다는 것이 어쩌면 바로 그가 말하는 적막한 것인지도 모른다.

내게 베이징은 봄과 가을이 없는 것처럼 느껴진다. 베이징 토박이들은 지구의 온기(溫氣)가 북상했는지 전에는 베이징이 이렇게 따뜻했던 일이 없었다고들 한다. 하지만 나만은 아무래도 봄과 가을이 없는 것처럼 느껴졌다. 늦겨울과 초여름이 꼬리를 물고 있어, 여름이 지났다 싶으면 곧장 겨울이 시작되는 것이었다.

그런 늦겨울과 초여름 사이의 어느 날 밤이었다. 나는 어쩌다 한가한 틈이 나서 에로센코 군을 방문했다. 그는 줄곧 중미(仲密) 군의 집에서 묵고 있었는데, 내가 갔을 때에는 집안 식구들이 모두 잠이 들어 세상이 매우 고요했다. 그는 혼자 자기 침상 위에 기대어, 길게 드리운 금발 사이로 두툼한 눈썹을 찌푸리고 있었다. 오래전에 유람했던 땅, 버마. 그 버마의 여름밤을 생각하고 있는 모양이었다.

"이런 밤이면" 하고 그는 말하는 것이었다. "버마에선 어디든 음악 소리가 들려왔어요. 집 안에서도, 풀숲에서도, 나무 위에서도, 모두 벌레가 우는 소린데, 갖가지 소리가 어우러져 합주하는 것이 정말 아름다웠어요. 그 사이사이 때때로 '쉭쉭' 하고 뱀의 우는 소리도 섞여 있었지요. 하지만 그것도 벌레 소리와 조화되어서⋯⋯."

그는 깊이 생각에 잠겨 마치 그때의 정경을 떠올리려고 하는 듯했다.

나는 아무 말도 할 수 없었다. 그런 기묘한 음악은 베이징에서는 분명 들어본 적이 없다. 그러므로 아무리 애국심이 강하다 해도 나로서는 변명할 수가 없었다. 그의 눈이 보이지 않는다고 해서 귀마저 먹은 것은 아니기 때문이다.

"베이징은 개구리 울음소리조차 들을 수 없군요⋯⋯."

그는 다시 탄식하며 말했다.

"개구리 울음소리야 들을 수 있지!"

이 탄식에 오히려 나는 용감해져서 이렇게 항의했다.

"여름이 되어 큰 비가 내린 뒤에는 많은 두꺼비 우는 소리를 들을 수 있을 거요. 그것들은 모두 웅덩이 속에 있는데, 베이징에는 도처에 웅덩이가 있으니까."

"그런가요……."

　며칠이 지나자 과연 나의 말이 증명되었다. 에로센코 군이 10여 마리의 올챙이를 산 것이었다. 그는 그것을 사다가 그의 창밖에 있는 안마당 복판에 있는 작은 연못 속에 넣어 주었다. 그 연못은 길이가 석 자, 너비가 두 자 정도로, 중미 군이 연꽃을 심으려고 판 연못이었다. 그 연못에서 연꽃이 피는 것을 한 번도 본 적은 없었지만 개구리를 기르기에는 안성맞춤인 장소였다.

　올챙이는 떼를 지어 물속을 헤엄쳐 다녔다. 에로센코 군도 언제나 그것들을 둘러보곤 했다. 언젠가 아이가 "에로센코 선생님! 저것들이 발이 났어요!" 하고 말하자 그는 무척 기쁜 듯 "그래!" 하며 웃었다.

　그러나 연못 안의 음악가를 양성하는 것만이 에로센코 군의 일이었다. 그는 늘 스스로의 힘으로 먹고 살아야 한다고 주장하면서, 언제나 여자는 가축을 길러야 하고 남자는 마땅히 농사를 지어야 한다고 말했다. 그래서 친한 친구를 만나면 꼭 뜰에다 배추를 심으라고 권했다. 중미 부인에게도 누차 벌을 쳐라, 닭을 길러라, 돼지를 길러라, 소를 길러라, 낙타를 길러라, 하고 권했다. 나중에 중미 군의 집에서 정말로 많은 병아리를 키웠는데, 그것들이 뜰 안을 돌아다니며 채송화의 싹을 모두 쪼아 먹어 버렸다. 아마 그의 권고의 결과였는지도 모른다.

그 후부터 병아리 파는 농부가 자주 찾아왔는데 찾아올 때마다 병아리를 몇 마리씩 사곤 했다. 까닭인즉 병아리들은 쉽게 소화불량에 걸리거나 더위를 먹어 별로 오래 살지 못했기 때문이었다. 그렇지만 그중의 한 마리는 에로셴코 군이 베이징에서 쓴 유일한 소설「병아리의 비극(悲劇)」의 주인공이 되기도 했다.

어느 날 오전에 그 농부가 뜻밖에도 오리 새끼를 가지고 왔다. 오리 새끼들은 걕걕 울고 있었다. 중미 부인이 안 사겠다고 말하는데, 마침 에로셴코 군이 뛰어나왔다. 그들이 오리 새끼 한 마리를 그의 두 손에 쥐여 주자, 오리 새끼는 손 안에서 걕걕대며 울었다. 그는 이것도 귀엽다고 여겨서 사지 않을 수 없었다. 그래서 모두 네 마리를 한 마리에 80닢씩 주고 샀다.

오리 새끼는 정말 귀여웠다. 온몸이 계란빛으로, 땅바닥에 놓아 주면 아장아장 걸어다니며 서로 불러 대서 언제나 한데 모여 있었다. 모두들 의논하여, 내일은 미꾸라지를 사다가 먹여 주자고 했다. 에로셴코 군이 말했다.

"미꾸라지 값도 내가 내기로 하지요."

그러고 나서 그는 강의를 하러 나갔고 모두들 흩어졌다. 잠시 후에 중미 부인이 찬밥을 가져다가 오리들에게 먹이려고 하는데, 먼 데서 물살을 헤치는 소리가 들렸다. 뛰어나가 살펴보니 네 마리의 오리 새끼가 연못 안에서 목욕을 하면서 연방 물속으로 곤두박질을 하며 무언가를 먹고 있는 것이었다. 그놈들을 물 밖으로 끌어냈을 때는 온 연못이 이미 흙탕물이 된 뒤였다. 한나절쯤이 지나고 물이 맑아졌길래 들여다보니, 진흙 밖에 삐죽이 솟은 가느다란 연뿌리 몇 줄기만 보일 뿐이었고, 막 발이 생겼던 올챙이는 한 마리도 찾을 수가 없었다.

"에로센코 선생님, 없어졌어요, 개구리 새끼가."

저녁 무렵이 되어 아이들은 그가 돌아오는 것을 보자마자 제일 작은 아이가 서둘러 일러 주었다.

"뭐? 개구리가?"

중미 부인도 나와서, 오리 새끼가 올챙이를 먹어 버렸다는 이야기를 하였다.

"저런, 저런……!"

그는 중얼거렸다.

오리 새끼의 노란 털이 변할 무렵, 에로센코 군은 그의 '모국 러시아'가 못내 그리워 총총히 치타로 떠나가 버렸다.

사방에서 개구리 울음소리가 많이 들릴 무렵에는 오리 새끼도 많이 자랐다. 두 마리는 하얗고 두 마리는 얼룩박이였는데 이제는 '꺅꺅' 울지 않고 '께엑께엑' 거리며 울었다. 연못도 그들이 마음껏 돌기에는 이미 너무 좁았다. 다행히도 중미 군이 사는 집의 지세가 몹시 낮아서, 여름에 비가 한 번 내리기만 하면 온 마당 가득히 물바다가 되었다. 오리들은 매우 기뻐하며 헤엄도 치고, 물에 잠기기도 하고, 날갯짓을 하며 '께엑께엑' 울기도 했다.

지금은 또다시 여름이 끝나고 겨울이 오려고 한다. 에로센코 군으로부터는 아직도 아무런 소식이 없다. 대체 어디에 가 있는 걸까.

네 마리의 오리들만이 아직도 사막 위에서 '꼐엑꼐엑' 울어 댈 뿐이다.

1922년 10월

마을 연극(社戲)

20년 동안을 거슬러 헤아려 보아 내가 구극(舊劇)을 보았던 것
은 단 두 번뿐이었다. 그것도 전반의 10년 동안은 전혀 보지 못했
으니 연극을 볼 생각도 기회도 없었기 때문이다. 두 번 다 후반 10
년 동안의 일이었다. 그러나 두 번 다 아무것도 보지 못한 채 나와
버렸다.

첫 번째는 민국(民國) 원년, 내가 처음 베이징(北京)에 왔을 때
였다. 그때 어떤 친구가 나에게 경극(京劇)이 제일이라면서 구경
가지 않겠느냐고 했다. 나는 연극을 보는 것은 재미있는 일이고,
더욱이 베이징에서라면, 하고 생각했다. 그래서 우리는 신이 나
무슨 극장으로 달려갔다. 연극이 벌써 시작되었던지, 둥둥 하는
소리가 밖에서도 들렸다. 우리가 비집고 안으로 들어가 보니, 빨
간 것, 파란 것들이 눈앞에서 번쩍거렸다. 무대 아래를 보니 온
통 사람의 머리로 꽉 차 있었다. 다시 마음을 가다듬고 사방을
둘러보니 중간쯤에 몇 개의 빈 자리가 보여서 밀치고 들어가 앉

으려고 했다. 그때 어떤 사람이 내게 무어라고 말을 걸어 왔으나 나는 귀가 윙윙 하고 울려서 도무지 알아들을 수가 없었다. 애를 써서 들으니 겨우 "사람 있어요. 안 됩니다" 하는 소리를 들을 수 있었다.

우리들이 뒤쪽으로 물러나자, 변발을 번쩍거리며 웬 사람이 다가와 우리를 옆쪽으로 데리고 가더니 좌석을 하나 가리켰다. 이 좌석이라는 것은 바로 긴 걸상이었다. 그러나 앉을 판자는 내 넓적다리의 4분의 3 정도의 폭이었고, 또 그 다리는 내 종아리보다 3분의 2는 더 길었다. 나는 우선 그 위로 기어올라갈 용기가 나지 않았다. 곧이어 고문할 때 쓰는 형틀이 연상되어, 나도 모르게 모골이 송연하여 그대로 나와 버렸다.

한참을 걸어가는데 느닷없이 내 친구의 목소리가 들려왔다.

"어떻게 된 거야?"

나는 돌아다보았다. 알고 보니 그는 나를 따라나온 것이었다. 그는 매우 의아한 듯이 물었다.

"왜 대답도 하지 않고 나와 버리는 거야?"

내가 말했다.

"자네에게 미안하군. 귀가 멍멍해서 자네 말소릴 듣지 못했네."

그 후 나는 그 일이 생각날 때마다 이상한 생각이 들었다. 마치 그 연극이 아주 재미 없었던 듯한 — 아니면 내가 요새 극장에 간다는 것이 생리에 맞지 않는 듯한, 그런 생각이 들었다.

두 번째는 어느 해였는지는 잊었지만 틀림없이 후베이성(湖北省)의 수재의연금 모금을 하던, 탄쟈오텐(譚叫天)이 아직 살아 있었던 그 무렵이었다. 모금 방법은 2원을 내고 연극표 한 장을 사면 제1무대에서 연극을 구경할 수 있다는 것이었다. 연기자들은 모두 명배우로 그중 한 사람이 바로 탄쟈오텐이었다. 나는 표 한 장을 샀다. 본래는 모금운동을 하는 사람들에 대한 의리에서였으나, 또 한편으로는 호사가들이 나에게 틈을 내어 쟈오텐은 꼭 보아야 하는 대단한 것이라고 말했기 때문인 것 같기도 했다. 그래서 나는 몇 년 전에 둥둥 쟁쟁 하는 소리에 혼난 것도 잊고서 제1무대에 가보기로 했다. 하기는 큰 돈을 내고 산 귀한 표였기 때문에 표를 써야만 마음이 편할 거라는 것도 이유의 반은 되었을 것이다. 나는 쟈오텐이 나오는 막은 늦게 있다는 것과, 또한 제1무대는 신식 구조로 되어 있어 자리다툼을 하는 일이 없다는 이야기를 듣고 있었으므로 마음놓고 천천히 늑장을 부려 9시가 지나서야 출발했다. 그런데 누가 알았으랴. 전처럼 만원으로 발을 들여놓을 틈조차 없을 정도였다. 하는 수 없이 뒤쪽의 많은 사람 사이를 비집고 들어갔더니 노단(老旦)*이 무대 위에서 노래를 부르고 있는 것이 보였다. 그 노단은 입가에 불이 붙은 노끈을 두 개 꽂았고 옆에는 귀신 졸개가 있었다. 나는 그가 누굴까 한참을 생각한 끝에 그가 아마도 목련존자(目連尊者)의 어머니일 거라고 생각하였다. 왜냐하면 뒤에서 또 한 사람의 화상이 나왔기 때문이다. 그러나 그 배우가 누구인지 도무지 알 수가 없었다. 그래서 내 왼쪽에 비집고 서 있는 뚱뚱한 신사에게 물어보았다. 그는 깔보는 듯이 나를 한 번 흘깃 보더니 대답하기를 "꿍윈푸(龔雲甫)요!"라고 하는 것이었다. 나는 천박하고 못나 보인 것이 몹시 부끄러워 얼굴이 화끈 달아올랐다. 그리고 마음속으로 다시는 극에 관해서 더 묻지 않겠다고 다짐했다.

그러고 나서는 소단(小旦)*이 노래하는 것을 보고, 화단(花旦)*이 노래하는 것을 보았으며, 다음으로 노생(老生)*이 노래하는 것을 보고, 이어 무슨 역인지 모르는 사람이 노래하는 것을 보았으며, 여럿이서 맞붙어 싸우는 것을 보고, 또 두세 명이 서로 싸우는 것을 보았다. 9시가 지나 10시가 되고, 10시가 지나 11시가 되었으며, 11시가 지나 11시 반이 되고, 11시 반이 지나 12시가 되었지만 — 그런데도 쟈오톈은 나오지 않았다.

나는 지금까지 이처럼 끈기있게 무엇을 계속 기다린 적이 없었다. 더구나 내 옆에 있는 뚱뚱한 신사는 하아하아 숨을 몰아쉬고 있었고, 무대에서는 둥둥 꽹꽹 징과 북이 울렸으며 울긋불긋한 것들이 번쩍번쩍했다. 12시가 되자 갑자기 나는 이런 장소가 내 생리에 맞지 않는다는 것을 깨닫게 되었다. 그와 동시에 나는 기계적으로 몸을 비틀어 바깥쪽으로 힘껏 밀고 나왔다. 미는 것과 동시에 등뒤가 꽉 차는 것을 느꼈다. 그 탄력성이 좋은 뚱뚱한 신사가 재빨리 내가 있던 공간으로 그의 오른쪽 반신을 들이민 것이리라. 나는 되돌아갈 수도 없이, 그대로 밀리고 밀려서 결국 문밖으로 빠져 나왔다.

큰길에는 손님을 기다리는 차 이외에는 거의 지나가는 사람이 없었다. 그럼에도 문 앞에는 아직 10여 명이 고개를 쳐들고 연극 광고를 바라보고 있었다. 그 밖에도 한 패가 아무것도 보지 않고 서 있는 품이 아마도 그들은 연극이 끝나고 나오는 여자들을 볼 작정인 듯했다. 그러나 쟈오톈은 아직 나오지 않았다…….

그러나 밤공기는 매우 상쾌했다. 이거야말로 정말 '심장에 스며드는' 것이었다. 베이징에서 이렇게 좋은 공기를 마셔 보기는 이번이 처음인 것 같았다.

그날 밤은 내가 구극에 하직을 고한 밤이었다. 그 뒤로는 두 번다시 그것을 생각해 본 일이 없었다. 가끔 극장 앞을 지나가는 일이 있어도 전혀 상관하지 않았다. 정신적으로 이미 하나는 남쪽 하늘에 있고, 하나는 북쪽 땅에 있는 것 같았다.

그런데 며칠 전, 우연한 기회에 무심코 일본 책 한 권을 집어들었는데, 애석하게도 책 이름과 저자는 잊고 말았지만, 아무튼 그것은 중국 연극에 관한 것이었다. 그중 한 편에 대충 다음과 같은 것이 쓰여 있었다. "중국 연극은 너무 두드려 대고, 소리를 질러 대며, 함부로 뛰어 법석을 떨기 때문에 관객들은 머리가 어질어질 해진다. 그러므로 극장에서는 알맞지 않지만, 만약 야외의 넓은 장소에서 상연해서 멀리서 보게 된다면 나름대로의 풍치가 있을 것이다."

나는 당시 이것이야말로 내 마음속에 있으면서도 미처 생각해 내지 못한 점을 말해 주었다는 느낌이 들었다. 왜냐하면 분명히 나는 야외에서 아주 멋진 연극을 본 기억이 있기 때문이었다. 베이징에 와서 두 번이나 계속 극장에 갔던 것도 그때의 영향을 받아서인지도 모른다. 어찌하다 그 책 이름을 잊어 버렸는지 애석하기만 하다.

그 멋진 연극을 보았던 때는 사실 이미 '까마득한 옛날'로, 내가 겨우 열한 살인가 열두 살인 때였다고 생각된다. 우리 고장 루진(魯鎭)의 습관으로는 시집간 여자가 살림을 맡기 전에는 여름이 되면 친정에 와서 지내는 것이 보통이었다. 당시 우리 집에는 할머니가 아직 건강하셨지만 이미 어머니가 살림 일부를 맡고 있었기 때문에 여름에도 그리 오랫동안 친정에 있을 수가 없었다. 성묘가 끝나고 나서 여가를 보아 며칠 다니러 가는 정도였다. 그때는 나도 해마다 어머니를 따라서 외할머니 댁으로 갔다.

그곳은 핑챠오촌(平橋村)이라고 불렀다. 바다에서 가깝고 아주 구석진 시골 냇가의 작은 마을이었다. 마을은 30호도 못 되었는데, 모두 농사를 지으며 고기를 잡는 생활을 하고 있으며, 작은 구멍가게가 하나 있을 뿐이었다. 그러나 그곳은 나에겐 낙원이었다. 왜냐하면 그곳에선 모두들 나에게 잘 대해 주었고, 또 '맑디 맑은 시냇물, 깊디 깊은 남산[秩秩斯干, 幽幽南山]' 같은 시경(詩經) 글을 외우지 않아도 되었다.

나의 놀이친구는 많은 아이들이었다. 멀리서 찾아온 손님이라고 해서, 그들은 부모들로부터 일을 안 해도 좋다는 허가를 얻고 나와 놀아 주는 것이었다. 작은 마을이라서 한 집에 온 손님은 거의 마을 전체의 공동 손님이 된다. 우리들은 나이는 비슷비슷했지만, 촌수를 따지고 보면 아저씨와 조카 사이, 또는 할아버지와 손자 사이가 되는 사람도 몇인가 있었다. 온 동네가 같은 성으로 조상이 같기 때문이었다. 그러나 우리는 친구들이었다. 가끔 싸움이 벌어져서 할아버지뻘 되는 아이를 때린다 해도 동네의 노인이나 젊은이가 결코 '웃어른을 범했다' 느니 하는 생각을 하는 사람은 하나도 없었다. 그들은 백 명이면 아흔아홉 명까지는 까막 눈이었다.

우리들이 매일 하는 일은 지렁이를 잡는 것이었다. 잡아 온 지렁이를 구리 철사로 만든 작은 낚시바늘에 꿰어, 냇가에서 배를 깔고 누워 새우를 낚는다. 새우는 물속의 바보다. 거리낌없이 두 집게발로 낚시바늘 끝을 마구 잡아 입에 처넣는다. 그러면 한 나절도 못 되어 한 사발 정도는 잡힌다. 이 새우는 언제나 내가 먹었다. 그 다음은 여럿이서 소를 먹이러 간다. 그런데 아마 소는 고등 동물이라 그런지 황소고 물소고 모두 낯선 사람을 얼씬도 못하게 하였다. 나까지도 깔보기 때문에 나는 감히 가까이 다가가지 못하고 먼 발치에서 따라가다가 서 있곤 하는 수밖에 없었다. 이런 때면 친구들은 그만 내가 '맑디 맑은 시냇물'이라는 시경 구절을 읽을 수 있다는 것도 무시하고 모두 놀려 대는 것이었다.

내가 그곳에서 가장 바라던 것은 바로 자오씨 마을에 연극 구경 가는 일이었다. 자오씨 마을은 핑챠오촌에서 5리쯤 되는 약간 큰 마을이다. 핑챠오촌은 너무 작아서 혼자 힘으로는 연극을 상연할 수 없으므로 매년 얼마간의 돈을 자오씨 마을에 주고 공동으로 공연하는 형식을 취하고 있었다. 그들이 어째서 해마다 연극을 하는지 그때의 나는 생각조차 해 보지 않았다. 지금 생각해 보니 그건 아마 봄제사였던가 아니면 해마다 토지신을 위해 정기적으로 공연하는 지신제(地神祭) 연극이었을 것이다.

내가 열두어 살이 되던 그해, 기다리고 기다리던 그날이 왔다. 그런데 그해에는 안타깝게도 아침에 배를 부를 수가 없었다. 핑챠오촌에는 아침에 나갔다가 저녁에 돌아오는 큰 배가 한 척 있는데, 남아 있을 리가 없었다. 그 나머지는 모두 작은 배라서 소용이 없었다. 이웃 마을에 사람을 보내어 물어보았으나 벌써 모두 다른 사람과 계약이 되어 남아 있는 배가 없다는 것이었다. 외할머니는 몹시 역정을 내시면서, 집안 사람들이 일찍 주문을 하지 않았기 때문에 이렇게 됐다고 꾸짖으셨다. 어머니는 할머니를 위로하시며, 루진의 연극은 여기 작은 마을의 것보다 더 재미있고, 1년에 몇 번씩 공연하니 오늘은 그만 단념하는 게 좋겠다고 하셨다. 그러나 나는 속이 상해 울음이 터질 것 같았다. 어머니는 그렇게 고집을 부려서 외할머니를 화나시게 하면 절대 안 된다고 나에게 간곡히 타이르셨다. 그리고 다른 사람과 같이 가는 것은 할머니가 걱정하시기 때문에 허락할 수 없다고 하셨다.

결국 끝장나 버렸다. 오후가 되자 나의 친구들은 모두 가 버렸다. 연극은 이미 시작되었는지, 징소리, 북소리가 들리는 듯했다. 게다가 친구들은 객석에 앉아서 콩국도 사 마시겠지.

이날, 나는 새우도 낚지 않고, 음식도 별로 먹지 않았다. 어머니는 속상해 하셨으나 달리 방법이 없었다. 서녁밥을 먹을 때 결국 외할머니가 눈치를 채고선, 내가 기분 나빠 하는 것도 당연하다, 사람들이 너무 게으르다, 이건 당췌 손님 접대하는 법이 아니라고 하셨다. 밥을 먹고 난 후, 연극을 보고 난 소년들이 모여들어 즐겁게 연극 이야기를 하였다. 나만 말이 없었다. 그들은 모두 한숨을 내쉬며 나를 동정했다. 그때 문득 그중에서 제일 영리한 쑤앙시(雙喜)가 크게 깨달은 듯이 제의했다.

"큰 배? 빠(八) 아저씨의 배가 돌아와 있지 않을까?"

그러자 다른 10여 명의 아이들도 생각났는지 즉시 찬성을 하면서, 이 배라면 나와 함께 타고 갈 수 있다고 했다. 나는 기뻤다. 그러나 외할머니는 모두 아이들이라 마음을 놓을 수 없다고 하셨다. 어머니는 만일 어른이 따라간다면 모르겠으나, 하루 종일 일한 사람들에게 밤일까지 시키는 것은 너무 인정머리가 없는 일이라고 하셨다. 이렇게 옥신각신하는 중에 쑤앙시가 내막을 알고는 큰소리로 이렇게 말했다.

"제가 책임을 지죠! 배도 크고요. 쉰(迅)이는 이때껏 함부로 행동한 일이 없어요. 우리들은 또 모두 물에 대해서는 잘 알거든요!"

정말 그렇다. 10여 명의 소년들 중에 헤엄칠 줄 모르는 아이는 하나도 없었다. 게다가 두세 명은 파도타기의 명수였다.

외할머니와 어머니도 믿음이 가는지 더 이상 반대하지 않고 미소를 지으셨다. 우리들은 당장 와아! 하고 소리를 지르며 밖으로 뛰어나갔다.

무거웠던 내 가슴은 갑자기 가벼워지고, 몸도 활짝 펴져 말할 수 없이 부풀어오르는 것 같았다. 대문을 나서자, 달빛 아래 핑챠오 안쪽에 지붕이 하얀 뜸을 한 배가 매어져 있는 것이 보였다. 우리들은 그 배로 뛰어올랐다. 쑤앙시가 뱃머리의 삿대를 빼들고 아파(阿發)가 뒷전의 삿대를 빼들었다. 나이가 어린 아이들은 모두 나를 부축해 선실로 들어가고, 좀 나이가 많은 아이들은 배꼬리에 모였다. 어머니가 따라와서 "조심해라" 하고 분부하실 때 우리들의 배는 이미 움직이기 시작했다. 다리의 돌기둥에 쿵 부딪치자 배는 몇 자쯤 뒤로 물러섰다가 그 길로 곧장 전진해서 다리를 빠져 나갔다. 그리고 두 개의 노를 걸고 하나에 두 사람씩 1리마다 교대하기로 했다. 웃고 떠들어 대는 소리가, 철썩철썩 하고 뱃머리에 물 부딪치는 소리와 어우러졌다. 오른쪽도 왼쪽도 시퍼런 콩밭과 보리밭으로 둘러싸인 강물을 헤치고 우리는 자오씨 마을을 향해 나는 듯이 저어 갔다.

양 언덕의 콩과 보리, 강바닥의 수초에서 풍기는 상큼한 향기가 축축한 공기에 섞여 정면에서 불어오고 있었다. 달빛은 이 물기 속에서 아련히 흐려 있었다. 거무칙칙하게 굽이친 산들이 마치 용수철로 된 짐승의 등처럼 멀리멀리 배 뒷전으로 달려갔다. 그러나 나는 아직도 배가 느리게만 여겨졌다. 노를 젓는 아이들은 네 번째로 교대했다. 그제서야 자오씨 마을이 어렴풋이 바라보였으며, 또한 노랫소리가 들려오는 것 같기도 했다. 점점이 보이는 불은 무대의 불빛인가 싶기도 하고 고기잡이 배의 불처럼 보이기도 했다.

그 음악 소리는 아마도 피리 소리인 것 같았다. 소용히 구르다 길게 높이 올라가는 소리는 내 마음을 진정시켰다. 그러자 나도 모르게, 그 소리와 함께 콩과 보리와 수초의 냄새를 담은 그윽한 밤기운 속으로 녹아드는 느낌이었다.

불빛이 다가왔다. 아니나 다를까 고깃배의 불이었다. 나는 비로소 조금 전에 보았던 불빛이 자오씨 마을이 아님을 알았다. 그것은 뱃머리 맞은편에 있는 소나무 숲이었다. 그곳에는 내가 작년에도 놀러 간 적이 있었다. 깨진 돌말〔石馬〕이 넘어져 있기도 하고 돌양〔石羊〕이 풀 속에 쪼그리고 앉아 있기도 했다. 그 소나무 숲을 지나자 배는 방향을 바꾸어 포구로 들어갔다. 그러자 자오씨 마을이 정말 눈앞에 있었다.

제일 먼저 눈에 띈 것은 마을 밖 강가의 빈 터에 높이 솟아 있는 무대였다. 흐릿하게 멀리 달빛 속에 있어 하늘과의 경계를 분간할 수 없었다. 나는 그림에서 본 일이 있는 신선 세계가 여기에 나타난 것인가 의심했을 정도였다. 배는 더욱 빨라져서, 조금 후엔 무대 위에 사람의 모습이 나타나 울긋불긋 움직이는 것이 보였다. 무대 가까운 강에 가득 있는 시커먼 것들은 연극을 구경하러 온 사람들이 타고 온 배의 뜸이다.

"무대 근처는 빈 자리가 없을 테니, 우리는 멀리서 구경하자."

아파가 말했다.

배의 속도가 느려지더니 금방 멈춰 섰다. 정말 무대 옆에는 가까이 갈 수가 없었다. 무대 바로 맞은편에 있는 신전(神殿)에서 조금 떨어진 곳에 겨우 삿대를 내리는 수밖에 없었다. 사실 우리의 이 흰 뜸배는 검은 뜸배와 같은 곳에 있고 싶지도 않았고, 더구나 빈 자리도 없었다⋯⋯.

배를 정박시키며 무대 위를 보니, 검고 긴 턱수염을 기른 사람이 등에 기를 네 개 꽂고 긴 창을 꼬나잡고 한 무리의 웃통을 벗은 사내들과 한창 싸우는 중이었다. 쑤앙시의 설명에 의하면, 저 사람이 바로 유명한 철두(鐵頭) 노인인데, 그가 낮에 직접 세어 보았더니 단번에 여든네 번이나 계속해서 재주넘기를 하더라는 것이다.

우리들은 뱃머리에 끼어앉아 싸우는 장면을 구경하였다. 그러나 철두 노인은 다시는 재주를 넘지 않았다. 단지 웃통 벗은 사내 몇이서 재주를 한바탕 넘다가 들어가 버렸다. 이어서 한 명의 소녀가 나와서 '이이야야' 하고 노래를 불렀다. 쑤앙시가 말했다.

"밤에는 구경꾼이 적어서 철두 노인도 적당히 넘어가는 거야. 누가 묘기를 헛되이 보여 주려고 하겠어?"

나는 그 말이 맞다고 생각했다. 왜냐하면 그때 객석에는 구경꾼들이 별로 없었기 때문이다. 시골 사람들은 내일 일 때문에 밤을 샐 수가 없어서 모두가 일찍 자러 돌아갔다. 드문드문 서 있는 사람들은 이 마을과 이웃 마을의 한가한 사람들 수십 명에 불과했다. 검은 뜸배 안에는 이 지방 부자들의 가족이 있기는 하나, 그들은 연극을 보는 것엔 관심이 없고, 대부분 무대 아래서 과자며 과일이며 수박씨 등을 먹고 있었다. 그러니 사실 손님은 없는 것이나 마찬가지였다.

그러나 나의 생각은 결코 재주넘기를 보는 데 있는 것이 아니었다. 내가 제일 보고 싶은 깃은, 흰 힝깊을 쓰고, 두 손으로 머리 위에 몽둥이 같은 뱀 대가리를 쳐들고 있는 뱀의 요정이고, 그 다음은 누런 헝겊 옷을 입고 날뛰는 호랑이였다. 그러나 아무리 기다려도 아무것도 나타나지 않았다. 소녀역을 맡은 아이가 들어가고 곧 나이 많은 남자 조역이 한 사람 나왔다. 나는 좀 피곤했으므로 꿰이성(桂生)에게 부탁하여 콩국을 좀 사달라고 하였다. 잠시 후 그가 돌아와서 "없어. 콩국 파는 귀머거리도 돌아갔어. 낮에는 있어서 나도 두 그릇이나 마셨는데. 지금 가서 물 한 바가지 떠다 줄 테니 마셔라"라고 하는 것이었다.

나는 물을 마시지 않았다. 꾹 참고 연극을 보고 있으려니까 무얼 보고 있는지 나도 알 수가 없었다. 점점 배우의 얼굴이 모두 이상하게 변해 가는 것을 느꼈다. 오관(五官)이 점차 어렴풋하여져 마치 한 조각으로 뭉쳐진 듯 높낮이가 없었다. 나이 어린 아이들은 모두 하품만 했고, 좀 나이 든 아이들은 저희들끼리 얘기하고 있었다. 그러자 붉은 저고리를 입은 광대가 무대 기둥에 꽁꽁 묶인 채, 수염이 희끗희끗한 사나이에게 말 채찍으로 매를 맞기 시작했다. 사람들은 그제서야 생기가 나서 웃어 가며 구경했다. 이날 밤 연극에서는 아마 제일 볼 만한 장면이었을 거라고 여겨졌다.

그런데 노파역이 무대에 나타났다. 노파는 원래 내가 제일 싫어하는 역인데, 더구나 앉아서 노래하는 것이 나는 더욱 싫었다. 다른 사람들을 보니 모두 다 재미없어 하고 있었으므로 그들의 생각도 나와 일치한다는 것을 알았다. 그 노파는 처음엔 왔다갔다 하며 노래를 부르다가 나중엔 결국 무대 한가운데 있는 의자에 앉았다. 나는 매우 조바심이 났다. 쑤앙시나 다른 아이들은 소리내어 욕을 하고 있었다. 나는 참고 기다렸다. 꽤 시간이 지나자 노파가 손을 드는 것이 보여, 나는 노파가 일어나는 줄 알았다. 그러나 그녀는 다시 천천히 손을 제자리에 내리더니 노래를 계속했다. 배 안에 있는 아이들은 모두 한숨만 내리쉬고, 그 나머지 사람들도 하품만 연발했다. 쑤앙시는 마침내 더 참지 못하고, 저 노래는 내일까지 해도 안 끝날 테니 아무래도 돌아가는 게 좋겠다고 말했다. 모두들 즉시 찬성했다. 그러자 처음 배를 출발했을 때처럼 기운이 나서 서너 명은 배꼬리로 뛰어가서 삿대를 빼들고 그대로 몇 발 뒤로 물러서서 뱃머리를 돌리고 노를 저었다. 노파역을 마구 욕해 가며 소나무 숲을 향해 전진했다.

달은 아직 지지 않았다. 연극을 구경한 시간이 별로 길지 않았던 것 같았다. 자오씨 마을을 떠나니 달빛은 더욱 밝았다. 무대를 돌아다보니 올 때 멀리서 보았을 때처럼 아득히 신선 누각같이 붉은 안개에 온통 덮여 있었다. 귓전으로 다시 조용히 길고 높은 피리 소리가 들려왔다. 나는 노파가 이미 들어가 버렸으리라 생각했지만 다시 돌아가 구경하자는 말은 할 수가 없었다.

오래지 않아서 소나무 숲은 이미 배 뒷전으로 물러갔다. 배의 속도는 별로 느리지 않았지만, 주위의 어둠은 짙어만 가서, 이제 밤이 아주 깊어진 것을 알 수 있었다. 그들은 배우에 대해 이러쿵저러쿵 평을 하고 욕도 하고 웃어 대기도 하면서, 한편으로는 더욱 힘을 주어 노를 저어 갔다. 뱃머리에 부딪치는 물소리가 더욱 높이 울렸다. 배는 마치 커다란 흰 고기 한 마리가 많은 아이들을 등에 업고 물살을 헤치며 나아가는 것 같았다. 밤마다 고기 잡는 늙은 어부 몇은 배를 멈추고 아이들을 보고는 잘한다고 소리쳤다.

핑챠오촌은 아직 1리쯤 남았다. 배가 느려졌다. 노잡이들은 모두 피곤하다고 말했다. 너무 힘을 들인데다가 오랫동안 아무것도 먹지 않았기 때문이다. 이번엔 꿰이성이 생각해 냈다. 마침 강낭콩이 제철이고 배에는 장작도 있으니 조금 훔쳐다가 구워 먹자는 것이었다. 모두들 찬성했다. 곧 배를 가까운 언덕에 정지시켰다. 언덕 위 밭의 검고 윤이 반들반들한 것은 모두가 단단하게 알이 든 강낭콩이었다.

"이봐, 아파야! 이쪽은 너희 집 밭이고, 저쪽은 류이(六一) 아저씨네 밭인데, 어느 쪽 것을 할까?"

쑤앙시가 맨 먼저 뛰어내려 언덕 위에 가서 말했다.

우리들도 모두 언덕으로 올라갔다. 아파가 뛰어오면서 말했다.

"잠깐만, 내가 좀 보고" 하더니 왔다갔다 하며 뒤져보고 나서 몸을 일으키며 말했다.

"우리 집 걸로 하자. 우리 것이 훨씬 굵다."

아이들은 와아 하며 모두 아파네 콩밭으로 흩어져 한 아름씩 뽑아서 배 위로 집어던졌다. 쑤앙시가 이제 더 뽑았다간 아파의 어머니가 아시고 야단칠 것이라고 하였다. 그래서 각자가 류이 아저씨 밭으로 가서 한 아름씩 훔쳐 왔다.

우리들 중 나이 먹은 몇 명이 전처럼 천천히 배를 젓고 나머지 몇 명은 배 뒷전에서 불을 피웠다. 그중 나이가 가장 어린 아이와 나는 콩깍지를 깠다. 콩은 금방 익었다. 배를 물 위에 띄워 둔 채 모두 둘러앉아 손으로 콩을 집어먹었다. 콩을 다 먹은 뒤에는 다시 배를 저으며 한편으로는 그릇을 씻고 콩깍지를 모두 물에 던져 버리기도 하며 흔적을 없앴다. 쑤앙시가 염려하는 것은 빠(八) 아저씨 배에 있는 소금과 장작을 썼다는 것이다. 그 노인네는 세심해서 틀림없이 알아내고는 화를 낼 것이다. 그러나 우리들은 상의 끝에 겁낼 것 없다는 결론을 얻었다. 만일 야단치면, 작년에 언덕에서 죽어간 잣나무 고목을 내놓으라 하고 또 면전에 대고 '문둥이'라고 놀려 대자고 했다.

"모두 돌아왔습니다. 걱정 없어요. 책임진다고 말씀드렸잖아요."

쑤앙시가 뱃머리에서 갑자기 큰소리로 외쳤다.

나는 뱃머리 쪽을 보았다. 바로 앞이 핑챠오였다. 다리 기슭에 한 사람이 서 있었는데 다름 아닌 우리 어머니셨다. 쑤앙시는 우리 어머니를 향해 소리치고 있는 것이었다. 나는 앞쪽 선실에서 뛰어나갔다. 배는 핑챠오로 들어가서 멈추었다. 우리들은 뿔뿔이 뭍으로 올랐다. 어머니는 조금 화가 나셔서, 벌써 열두 시가 지났는데 왜 이렇게 늦게 돌아오느냐고 하셨다. 그러나 금방 기뻐하시며 모두에게 볶은 쌀을 먹으러 가자고 하셨다.

모두들 간식은 이미 먹었고 졸려서 일찍 자는 편이 좋겠다고 말하고는 각자 집으로 돌아갔다.

이튿날 나는 한낮이 되어서야 일어났다. 빠 아저씨의 소금과 장작에 대해서는 별 탈이 없었다고 들었다. 오후에는 여전히 새우를 낚으러 갔다.

"쑤앙시, 이 조무래기들아, 어제 우리 콩을 훔쳤지? 딸려면 곱게 딸 일이지 밭을 온통 짓밟아 놓았어."

내가 머리를 들고 보니 류이 아저씨가 작은 배를 저어 오고 있었다. 콩을 팔고 돌아오는 모양인지, 팔고 남은 콩 한 무더기가 배에 쌓여 있었다.

"네, 우리가 손님 대접을 했어요. 처음엔 아저씨네 콩은 따지 않을 작정이었는데요, …… 아이, 내 새우가 놀라서 도망가고 말았잖아요!" 하고 쑤앙시가 말했다.

류이 아저씨는 나를 보자 노를 멈추고 웃으며 말했다.

"손님 접대? 그래, 그래야지."

그러고는 나를 보며 말했다.

"쉰 도련님, 어제 연극은 재미있었나?"

나는 고개를 끄덕이며 말했다.

"재미있었어요."

"콩은 먹을 만하던가?"

나는 또 끄덕이며 말했다.

"아주 맛있었어요."

그러자 뜻밖에도 류이 아저씨는 몹시 감격하여, 엄지손가락을 쑥 내밀고 자랑스럽게 말하는 것이었다.

"역시 큰 도시에서 공부한 인물이라서 물건을 볼 줄 알아. 내 콩은 낱낱이 골라낸 종자거든. 시골뜨기들은 좋고 나쁜 것도 구별 못한다니까. 우리 콩이 남의 것보다 못하느니 어쩌니 하는 거야. 오늘은 우리 아씨께 맛 좀 보시라고 보내 드려야지……."

그러고는 노를 저어 가 버렸다.

어머니가 불러 저녁을 먹으러 집에 돌아오니, 식탁에는 막 삶은 강낭콩이 한 대접 놓여 있었다. 류이 아저씨가 어머니와 나더러 먹으라고 보내온 것이었다. 그는 어머니에게 나를 극구 칭찬하며 말하기를

"나이는 어려도 식견이 있어요. 머잖아 꼭 장원급제하게 될 겁

니다. 아씨, 아씨의 복은 보증서를 써 놓은 거나 다름없습니다요"
라고 했다고 한다. 그러나 콩은 어젯밤 콩처럼 맛있지는 않았다.

　사실이지, 그로부터 지금까지 나는 정말로 그날 밤처럼 맛있는
콩을 먹은 적이 없다. ……또 그날 밤처럼 재미있는 연극을 두 번
다시 본 적도 없다.

1922년 10월

제2소설집 『방황(彷徨)』

아침에 창오(蒼梧)*를 향해 수레를 출발하니
저녁에 나는 현포(縣圃)*에 이르렀도다.
잠시 이 영쇄(靈瑣)*에 머물고자 하니
날은 총총히 저물어 해는 지려 하네.

나는 희화(犧和)*에게 수레를 천천히 몰게 하여,
엄자(崦嵫)*를 향해 가까이 가지 못하게 하네.
길은 아득하여 그것은 또한 멀고도 먼데
나는 오르고 내리며 (나를 이해하는 군을) 찾아 구하노라.

굴원(屈原)의 「이소(離騷)」에서

복을 비는 제사(祝福)

역시 음력(陰曆) 연말이 되어야 세모(歲暮)답다. 마을은 말할 것도 없고, 공중에도 새해의 기상이 나타난다. 회백색의 낮은 저녁 구름 사이로 섬광(閃光)이 번쩍이고, 이어서 둔탁한 소리를 내며 울리는 것은 부뚜막 귀신을 보내는 폭죽 소리다. 가까이서 터지는 폭죽 소리는 귀가 울릴 정도로 더욱 강렬했는데, 그 울림이 채 가시기도 전에 희미한 화약 냄새가 공기 중에 가득 퍼져 나갔다.

나는 마침 그날 저녁 내 고향 루진(魯鎭)에 도착했다. 고향이라고는 하지만 이미 우리 집은 없기 때문에, 루쓰(魯四) 어른 댁에 잠시 머물기로 했다. 그는 친척으로 나보다 항렬이 하나 위였다. 나는 그를 '넷째 아저씨'라고 불렀는데, 이학(理學)을 숭상하는 옛 국자감생(國子監生)이었다. 그는 이전과 별로 크게 달라진 데가 없었다. 단지 약간 늙어 보였는데, 수염은 기르지 않았다. 만나자 수인사를 나누었다. 수인사 후에 그는 나보고, "뚱뚱해졌구나"라고 하더니, 곧 신당(新黨)을 욕하기 시작했다. 나는 그가 욕하는 것은 캉유웨이(康有爲)이고, 결코 나를 빗대어 욕하려는 것이 아님을 알았다. 하지만 이야기가 영 죽이 맞질 않아 얼마 후에 나는 혼자 서재에 남게 되었다.

이튿날 나는 늦게 일어났다. 점심 식사를 마치고 외출하여 몇몇 친척들과 친구들을 찾아보았다. 사흘째도 역시 그랬다. 그들도 넷째 아저씨와 마찬가지로 별로 달라진 데가 없었다. 단지 약간 늙어 보일 뿐이었다. 어느 집이나 모두 '제사' 준비에 바빴다. '제사'는 루진에서 1년 중 마지막으로 올리는 가장 큰 의식으로, 다가오는 한 해의 행운을 기원하며 '복의 신(福神)'을 예를 다해 맞이하는 것이다. 닭과 거위를 잡고, 돼지고기를 사서 그것들을 정성껏 씻느라고 아낙네들의 팔은 모두 물에 불어 새빨개졌으며, 개중에는 가늘게 꼬아 만든 은팔찌를 팔뚝에 낀 여자도 있었다. 음식을 찌고 삶은 후에는 이 음식들의 가로 세로 사방에 숱한 젓가락을 꽂는데, 그것을 '복례(福禮)'라고 부른다. 새벽녘 오경부터 진열하기 시작하며, 아울러 향을 피우고 촛불을 밝혀 정성스레 복신들 앞에 바친다. 의식에 참여하는 사람은 남자만으로 한정되어 있었다. 의식이 끝나면 예의 폭죽을 터뜨렸다. 해마다 그렇게 했고 집집마다 그렇게 했다. ― 복례와 폭죽을 살 수 있는 집이라면 ― 올해도 물론 마찬가지이다.

날씨가 더욱 찌푸리며 어두워지더니 오후에는 기어코 눈이 내리기 시작했다. 매화꽃만큼 큰 눈송이가 하늘 가득 흩날리며, 자욱한 연기와 어수선한 세모 분위기에 어울려 루진을 온통 어수선하게 했다. 내가 넷째 아저씨의 서재에 돌아왔을 때 지붕 위는 이미 새하얗게 되어, 방 안까지 환하게 비춰 주어 벽에 걸린 붉은색으로 탁본한 '수(壽)'라는 큰 글자를 더욱 돋보이게 했다. '천투안노조(陳搏老祖)'*가 썼다는 대련(對聯)은, 한쪽 대련은 이미 떨어져 나가 느슨하게 둘둘 말린 채 긴 탁자 위에 놓여 있고, 남은 한쪽 대련에는 '사리통달심기화평(事理通達心氣和平)'이라고 쓰여 있었다. 나는 무료해서 창 밑 책상머리에 놓인 책을 펼쳐 보았더니 전질에서 빠진 듯한 『강희자전(康熙字典)』과 『근사록집주(近思錄集注)』, 『사서친(四書襯)』 등 한 무더기가 있었다. 나는 아무래도 내일은 이곳을 떠나야겠다고 생각했다.

게다가 어제 샹린(祥林)댁을 만났던 일을 생각하자 여기 더 이상 편히 있을 수가 없었다. 어제 오후였다. 나는 마을 동쪽에 사는 친구를 방문하고 돌아오는 길에 냇가에서 그녀를 만났다. 커다랗게 부릅뜬 그녀의 시선과 마주쳤을 때, 나는 그녀가 틀림없이 나를 향해 오고 있음을 알았다. 내가 이번에 루진에서 만난 사람 중에서, 그녀보다 더 크게 변한 사람은 없다고 말할 수 있다. 5년 전 희끗희끗하던 머리는 이미 완전히 하얗게 변하여 전혀 마흔 살 안팎의 사람으로 보이지 않았다. 얼굴은 홀쭉하게 야위었고 누런 얼굴에 검은 빛마저 띠고 있었다. 더욱이 이전의 슬퍼 보이던 표정은 흔적도 없이 사라져 마치 나무조각 같았다. 이따금 움직이는 눈동자만이 그녀가 아직 살아 있음을 보여 주고 있었다. 그녀의 한 손에는 대바구니가 쥐어져 있었는데, 그 속에는 깨어진 그릇 하나가 담겨 있을 뿐 비어 있었다. 다른 한 손에는 자신의 키보다도 더 큰 대나무 막대기를 들고 있었다. 막대기의 아래쪽은 헐어 있었는데, 그녀는 거지가 된 것이 분명했다.

나는 멈춰 서서 그녀가 구걸하러 오기를 기다렸다.

"돌아오셨어요?"

그녀가 먼저 물었다.

"네."

"마침 잘됐군요. 선생님은 글도 아시고, 또 외지에 나가 계셔서 아는 게 많으시지요. 제가 한 가지 물어볼 게 있는데요……."

생기가 없던 그녀의 눈이 갑자기 빛났다.

나는 그녀가 이런 말을 꺼내리라고는 전혀 생각지 못했기 때문에 영문을 몰라 우두커니 서 있었다.

"다름이 아니라요……."

그녀는 두서너 발짝 다가와서 소리를 낮추고 아주 비밀스러우면서도 절박한 어조로 묻는 것이었다.

"사람이 죽고 나면 영혼이라는 것이 있는가요?"

나는 소름이 오싹했다. 그녀가 나를 주시하자 등을 가시에라도 찔린 듯했다. 마치 학교에서 선생님이 예고도 없이 시험을 치면서 옆에 와서 딱 붙어 선 때보다도 더 당황스러웠다. 영혼의 유무(有無)에 대해서는 나 자신도 여태까지 전혀 생각해 본 일이 없다. 그러나 이 순간 그녀에게 뭐라고 답해 줘야 할까? 나는 지극히 짧은 순간 머뭇거리면서 생각했다. 이곳 사람들은 예전부터 귀신을 믿고 있다. 그러나 그녀는 그것을 의심하고 있는 것이다. ─ 아마도 바라는 대로 말해 주는 것이 좋을 것 같은데, 있기를 바라는 것일까, 또는 없기를 바라는 것일까……. 하필이면 인생의 말로에 접어든 사람에게 괴로움을 더해 주어야겠는가. 그녀를 위해 있다고 말해 주는 편이 좋을 것 같다.

"아마도 있을 것 같은데요 ― 내 생각에는."

나는 어물어물 대답했다.

"그럼, 지옥도 있나요?"

"네? 지옥이요?"

나는 깜짝 놀라서 되는 대로 지껄였다.

"지옥은…… 이치로 따지면 있어야겠지만…… 그러나 꼭 있다고도 할 수는 없어요. ……아무도 그런 일을 따지지 않으니까요……."

"그럼, 이미 죽은 집안사람도 모두 만날 수 있나요?"

"어어, 만날 수 있냐고요?"

그때 나는 자신이 완전히 우매한 인간임을 깨달았다. 망설이기도 하고 궁리도 해 보았지만 이 세 마디 물음에는 어찌할 수가 없었다. 나는 갑자기 겁이 나서 먼저 해 버린 말들을 뒤엎고 싶었다.

"그것은…… 사실 나로선 정확히 말할 수는 없어요……. 사실이지 영혼이 있는지 없는지도 나는 정확하게는 몰라요."

나는 그녀가 더 묻지 않는 틈을 타서 성큼성큼 그 자리를 떠나 총총히 넷째 아저씨의 집으로 도망쳤다. 하지만 마음은 매우 불편했다. 나의 그 대답이 그녀에게 어떤 위험을 가져다줄지도 모른다는 생각이 들었던 것이다. 그녀는 아마도 다른 사람들이 '제사'를 지내고 있어 자신이 적막을 느꼈기 때문일 것이다. 아니면 뭔가 다른 뜻을 품고 있었던 것일까 ― 어쩌면 어떤 예감을 느꼈던 것일까? 만일에 딴 뜻이 있다면, 그리고 그것 때문에 다른 일이 생긴다면, 나의 대답은 어쨌든 약간의 책임을 져야 하지 않겠는가. — 그러나 나는 곧 속으로 웃고 말았다. 우연히 일어난 일이니 그렇게 깊은 뜻은 없을 거라고 생각했다. 괜히 나만 꼬치꼬치 따지려 하니, 바로 남들이 교육자는 대개 신경쇠약증을 앓고 있다고 말하는 것이 당연하다. 더구나 '정확히 말할 수는 없다'고 분명히 말하여 대답의 전부를 뒤엎어 버렸으니, 설사 어떤 일이 생긴다 해도 나와는 아무런 관계가 없는 것이다.

'정확히 말할 수는 없다'는 말은 매우 쓸모 있는 말이다. 세상 경험이 없는 용감한 청년은 때로 타인을 위해서 의문을 풀어 주기도 하고, 의사를 불러다 주기도 하지만 만일 그 결과가 좋지 않으면 대개는 도리어 원한을 사게 마련이다. 그러나 이 '정확히 말할 수는 없다'는 한마디로 결말을 지어 두면 모든 일에 거리낌이 없게 된다. 나는 지금 이 한마디 말의 필요를 실감하였다. 설사 비렁뱅이 여자에게 한 이야기였지만 이 말은 절대로 없어서는 안 될 말이라고 생각했다.

그래도 어떻든 불안함을 느꼈다. 하룻밤이 지났는데도 여전히 수시로 생각나는 것이었다. 마치 무슨 불길한 징조를 품고 있는 것만 같았다. 눈 내리는 음울한 날씨에 무료하게 서재에만 틀어박혀 있자니 불안한 마음은 더욱 강렬했다. 아무래도 떠나는 것이 좋을 듯싶다. 내일은 성에 들어가야지. 푸싱러우(福興樓)의 상어 지느러미 요리는 한 접시에 1원으로 값도 싸고 맛도 좋았지. 요즘은 값이 올랐겠지? 옛날 함께 놀던 친구들은 이미 뿔뿔이 흩어졌지만, 나 혼자서라도 상어 지느러미 요리는 꼭 먹으러 가야지. ― 어쨌든 내일은 꼭 떠나도록 하자.

나는 언제나 설마 하는 일이나, 일어나지 않겠지 하고 생각한 일이 공교롭게도 그대로 일어나는 일이 있었기 때문에, 이번에도 그렇게 되지 않을까 하는 걱정이 들었다. 과연 뜻밖의 사태가 발생했다. 저녁때쯤, 안방에서 사람들이 모여 이야기하는 소리가 들렸다. 뭔가 의논하는 것 같았다. 그러나 잠시 후엔 이야기 소리가 뚝 그치더니 넷째 아저씨가 걸어 나가면서 큰소리로 말하는 것이 들렸다.

"하필 이런 때에! ― 그러니 못된 종자일 수밖에!"

나는 처음에는 이상한 느낌이 들더니, 곧이어 그 말이 나와 관계가 있을 것만 같아 몹시 불안해졌다. 밖을 내다보았지만 아무도 보이지 않았다. 마침 저녁 먹을 시간이 되어 이 집의 머슴이 차를 끓이러 왔으므로 비로소 나는 소식을 알아볼 수 있는 기회를 얻었다.

"방금 전에 넷째 아저씨는 누구에게 화를 내셨던 게요?" 하고 내가 물었다.

"샹린댁 말고 누구겠이요?" 머슴이 딱 잘라 대답했다.

"샹린댁이? 어찌 되었는데요?" 나는 다급히 물었다.

"갔어요."

"죽어요?"

내 심장이 갑자기 움츠러들어 펄떡 뛸 뻔했고 얼굴빛도 아마 변했을 것이다. 그러나 그는 시종 얼굴을 들지 않았기 때문에 전혀 눈치 채지 못했다. 나는 곧 스스로를 진정시키고 계속해서 물었다.

"언제쯤 죽었소?"

"언제냐구요? ……어젯밤인가, 아니면 오늘이겠지요. 확실히는 잘 모르겠는뎁쇼."

"왜 죽었소?"

"왜 죽었냐구요? — 굶어 죽지 않았겠어요?"

그는 무심히 대답하더니 여전히 날 쳐다보지도 않은 채 나가 버렸다.

그러나 나의 놀라움은 잠시였다. 오고야 말 일이 벌써 지나가 버렸다는 생각이 들었다. 결코 '정확히 말할 수는 없다'고 한 나자신의 말과 또 방금 그가 말한 '굶어 죽었다'는 말에 의지하여 위안할 필요도 없이, 내 마음은 곧 평정을 되찾았다. 그러나 이따금 약간 꺼림직한 기분이 드는 것 같았다.

저녁 밥상이 차려져 나왔다. 나는 넷째 아저씨와 점잖게 자리를 함께했다. 나는 그 자리에서 샹린댁의 소식에 관해서 물어보고 싶었다. 그러나 그가 비록 '귀신은 음양의 조화이다'라는 말을 책에서 읽었겠지만, 꺼리는 것이 워낙 많은데다가, 제사가 임박하여 죽음이니, 질병이니 하는 따위의 말은 절대로 입 밖에 내어서는 안 된다는 것을 알고 있다. 만약 부득이한 경우에는 그에 대신하는 은어를 써야 하는데, 유감스럽게도 나는 그런 말을 전혀 몰라서, 몇 번이나 물어보려다가 결국 단념해 버렸다.

나는 또 넷째 아저씨의 엄숙한 얼굴빛에서 문득 그가 지금 나에 대해서 꼭 이런 때에 찾아와서 자신을 귀찮게 하는 못난 놈이라고 여기지 않을까 하는 의심이 들었다. 그래서 즉시 내일 루진을 떠나 성으로 가겠다고 말하여 한시라도 일찍 그를 안심시켰다. 그는 굳이 말리지 않았다. 그렇게 거북한 분위기에서 식사를 마쳤다.

겨울이라 해도 짧고, 또 눈까지 내려서인지 벌써 어둠이 온 마을을 뒤덮었다. 사람들은 모두 등불 밑에서 바삐 일하고 있었지만, 창밖은 매우 고요하기만 했다. 눈꽃이 눈밭 위에 겹겹으로 쌓여 마치 사각사각하는 소리가 들리는 듯하여, 사람의 마음을 더욱 쓸쓸하게 했다. 나는 노란빛을 내는 아주까리 등불 밑에 홀로 앉아 생각에 잠겼다. 아무 데도 의지할 데가 없는 샹린댁은 사람들에게 쓰레기더미에 내던져진, 보기만 해도 싫증나는 낡고 오래된 장난감처럼 취급되었었다. 전에는 그래도 그 육신을 쓰레기 속에서 드러내고 있어서, 세상을 즐겁게 사는 사람들이 보기에는 아마도 그녀가 무엇 때문에 아직도 살아가려고 하는지 이상했을 것이다. 하지만 지금 무상(無常)이란 것에 의해 흔적도 없이 깨끗이 쓸려 갔다. 영혼이 있는지 없는지 나는 모른다. 그러나 현세에서 무료하게 살던 자가 죽어서 사라져, 보기 싫어하는 자에게 보이지 않게 되는 것만으로도 남을 위해서나 자신을 위해서 나쁠 것은 없다. 나는 조용히 창밖으로 사삭사삭 눈꽃이 내리는 소리를 들으며, 이런저런 생각에 잠겼다. 점점 마음이 편안해졌다.

그러나 이전에 보고 들은 그녀의 반편생에 걸친 행적의 단편들이 지금에 이르러 한 조각 한 조각 이어지는 것이었다.

그녀는 루진 사람이 아니었다. 어느 해 초겨울, 넷째 아저씨의 집에서 식모를 바꾸려고 할 때, 소개꾼인 웨이(衛) 노파가 그녀를 데려왔다. 흰 끈으로 머리를 동여매고, 검은 치마와 남색 겹옷 상의를 입고, 그 위에 연한 노란색 조끼를 입고 있었다. 나이는 스물예닐곱쯤 되어 보였고, 양 볼이 약간 발그레할 뿐, 얼굴빛이 푸르뎅뎅했다. 웨이 노파는 그녀를 샹린댁이라고 불렀다. 웨이 노파의 말로는, 친정 동네의 이웃에 사는 여자로 남편과 사별하여 일하러 나왔다고 했다. 넷째 아저씨가 눈썹을 찌푸리자 숙모는 그녀가 과부라는 점을 남편이 못마땅해 한다는 것을 알아챘다. 하지만 그녀의 외모가 그나마 단정하고, 손발이 크고 튼실한 데다 점잖고 말이 없는 것이 분수를 지킬 줄 알고 참을성 있는 사람 같아 보여, 넷째 아저씨가 못마땅해 하거나 말거나 그녀를 고용하기로 했다. 며칠 동안 일을 시켜 보았더니 그녀는 노는 것이 무료한 듯 종일 일만 했다. 또 장정에 지지 않을 만큼 힘도 셌다. 그래서 사흘째되는 날에는 매달 500닢의 급료를 주기로 하고 쓰기로 정했다.

모두들 그녀를 샹린댁이라고 불렀지만, 그녀의 성이 무엇인지는 아무도 물어보지 않았다. 다만 소개한 사람이 웨이쟈산(衛家山) 사람이고 그녀의 이웃 사람이라고 했으므로, 그녀의 성은 아마도 웨이씨겠거니 했다. 그녀는 별반 말하기를 좋아하지 않아, 누가 물어봐야 겨우 응대하는 정도였고 대답하는 말수도 적었다. 그녀가 온 지 열흘이 지나서야 겨우 몇 마디 던진 말로 미루어 그녀의 집에는 무서운 시어머니와 어린 시동생이 있는데, 시동생은 열 살 남짓이며 나무를 잘한다는 것, 그녀가 봄에 남편을 잃었는데, 남편도 전부터 나무꾼이었으며 그녀보다 열 살이나 손아래였다는 것을 알게 되었다. 사람들이 알 수 있었던 것은 그것뿐이었다.

시간은 빨리 지나갔다. 그녀는 음식 투정도 없었고, 전혀 몸을 돌보지 않고 열심히 일했다. 사람들이 저마다, 루쓰 어른 댁에서 고용한 식모가 부지런한 남자 머슴보다 더 부지런하다고 말했다. 연말이 되면 먼지를 털어내는 일, 바닥을 닦는 일에서부터 닭을 잡고 거위를 잡는 등 밤을 새워 복례 음식을 차리는 일까지 전부 혼자 떠맡아서 날품팔이꾼을 쓰지 않았다. 그러면서도 그녀는 만족해했고, 점차 입가에 웃음기를 지었으며 얼굴에도 허여멀겋게 살이 올랐다.

설이 막 지나서였다. 그녀는 강가에서 쌀을 일다가 돌아왔는데 갑자기 얼굴빛이 변해 있었다. 한 남자가 건너편 강가를 서성이는 것을 멀리서 보았다고 하는데, 아무래도 남편의 큰아버지 같다며, 아마도 자신을 찾으러 온 것 같다는 것이었다. 숙모는 깜짝 놀라 자세히 캐물었지만 그녀는 더 이상 말하지 않았다. 넷째 아저씨는 그 말을 듣고 눈살을 찌푸리더니,

"이거 안 되겠는걸! 저 여자 도망쳐 나온 모양이오"라고 말하는 것이었다.

그녀는 정말 도망쳐 나온 것이었다. 오래지 않아 그 추측은 사실로 밝혀졌다.

그 후 열흘쯤 지나, 모두들 이전의 일을 거의 잊고 있을 무렵, 갑자기 웨이 노파가 서른 남짓한 여자를 데리고 왔다. 그녀는 샹린댁의 시어머니였다. 외모는 비록 산골 사람의 모습이었지만, 응대하는 품이 매우 점잖고 말도 잘했다. 수인사가 끝나자 곧 사죄를 하며, 저희 집에서도 봄이 되어 일이 몹시 많은데, 집에는 늙은

이와 어린아이뿐이고 일손이 모자라, 이렇게 자신의 며느리를 데려가려고 왔다고 했다.

"시어머니가 데려가겠다는 데야 무슨 말을 더 하겠는가?"라고 넷째 아저씨가 말했다.

그래서 급료를 청산하였더니 도합 1천750닢이었다. 샹린댁은 한 푼도 손대지 않고 주인집에 맡겨 놓았던 것도 모두 시어머니에게 주었다. 그 여인은 또 의복까지 챙겨들고 인사를 하고 돌아갔는데 그때가 이미 한낮이었다.

"아니, 쌀은? 샹린댁이 쌀을 일러 갔던 것 아니야?"

숙모는 한참 있다가, 그제야 놀란 듯이 소리치는 것이었다. 아마도 시장해서 점심 생각이 났던가 보다.

그래서 모두들 여기저기 흩어져서 조리를 찾아 나섰다. 숙모는 부엌부터 시작해서, 안채 앞으로, 침실에까지 들어가 보았지만 조리는 그림자도 보이지 않았다. 넷째 아저씨도 문밖으로 나가 찾아보았지만 역시 보이지 않자 강가에까지 나가 보았다. 조리는 반듯하게 언덕에 놓여 있었고, 그 옆에는 채소도 한 포기 있었다.

목격한 사람들의 말에 의하면, 강에 오전부터 흰 뜸배 한 척이 정박하고 있었다는 것이다. 온통 뜸으로 덮여 있어 안에 누가 있는지 알 수 없었고, 또 사건이 일어나기 전에는 아무도 그곳에 가서 주의 깊게 돌아보지 않았다고 했다.

샹린댁이 쌀을 일러 나와서 막 앉으려고 하자, 그 배 안에서 별안간 산골 사람 같은 남자 둘이 뛰쳐나와 한 사람은 그녀를 안고, 다른 한 사람은 거들어 배 안으로 끌고 들어갔다는 것이다. 샹린댁의 울음소리가 약간 들렸으나, 이후에는 아무 소리도 더는 들리지 않았으니 아마도 무언가로 입을 틀어막았을 것이라고 했다. 이어서 여자 두 사람이 걸어 나왔는데 한 사람은 낯선 여자이고, 다른 한 사람은 바로 웨이 노파였다는 것이다. 선실 쪽을 몰래 엿보았지만 그녀는 묶여서 바닥에라도 누워 있는지 잘 볼 수가 없었다는 것이다.

"괘씸한! 하지만……" 넷째 아저씨가 말했다.

이날 숙모는 손수 점심을 지었고, 아들 아뉴(阿牛)가 불을 지폈다.

점심 식사가 끝났을 무렵, 웨이 노파가 찾아왔다.

"괘씸한!" 넷째 아저씨가 말했다.

숙모는 그릇을 씻고 있다가 웨이 노파의 얼굴을 보자 바로,

"자네 대체 어쩔 셈인가? 그러고도 뻔뻔스럽게 또 찾아오다니! 그래 자네는 자기가 소개해 주고서 남들과 한 패가 되어 이런 소동을 벌이다니, 남들 보기에 이 무슨 꼴인가? 자네 우리 집을 웃음거리로 만들 셈인가?"라고 화를 내며 말했다.

"이, 아니에요. 지도 속은 거예요. 그래서 이렇게 찾아뵙고 내용을 분명하게 말씀드리려고요. 그녀가 제게 어디 소개해 달라고 하는데 설마 시어머니를 속였으리라고 생각이나 했겠어요? 송구하게 됐습니다. 넷째 영감님, 마나님! 어떻든 제가 그만 정신이 나가 조심하지 않아 이 댁에 폐를 끼쳤습니다. 다행히도 댁에서는 본래부터 관대하셔서 저 같은 것의 잘못은 마음에 두시지 않으리라 믿습니다. 이번에는 틀림없이 좋은 사람을 소개해 드려 이 죄를 씻

겠습니다……."

"하지만……." 넷째 아저씨가 말했다.

이렇게 하여 샹린댁 사건은 마무리되었고, 얼마 안 되어 곧 잊혀졌다.

다만 숙모만은, 후에 들어온 식모들이 대개 게으름뱅이 아니면 식충이든가, 아니면 게으름뱅이에다 식충이까지 있어서 도무지 마음에 들지 않았기 때문에 샹린댁을 곧잘 입에 올렸다. 그리고 그럴 때마다 왕왕 혼잣말처럼 중얼거리곤 했다.

"그 애는 어떻게 지내고 있을까?"

그 뜻은 그녀가 다시 와 주었으면 하는 바람이기도 했다. 하지만 이듬해 정월이 되자 숙모도 그녀를 단념했다.

설 명절이 거의 끝나 갈 무렵 웨이 노파가 세배하러 왔다. 그녀는 이미 술이 얼근히 취해 있었는데 웨이쟈산의 친정집에 들러 며칠 쉬었다 오느라고 늦게 왔다는 것이었다. 두 사람이 대화하던 중에 자연히 샹린댁에 관하여 말하게 되었다.

"그 여자 말인가요?"

웨이 노파는 신이 나서 말했다.

"지금 행운을 만났다는군요. 시어머니가 와서 잡아 갔을 때는 이미 허씨(賀氏) 마을의 허라오류(賀老六)에게 시집 보내기로 되어 있었기 때문에, 집에 돌아가서 며칠 뒤 바로 꽃가마에 태워 보냈다는군요."

"아니, 세상에 그런 시어머니가 어딨어……!"

숙모가 놀라서 말했다.

"아녜요, 마님! 정말 대갓집 마님답게 순진한 말씀만 하시네요. 저희 산골 사람이나 가난뱅이들에겐 그게 별건가요? 그녀에겐 신부를 맞아야 할 어린 시동생이 있는데, 그녀가 출가라도 하지 않으면 어디서 신부댁에 보낼 결혼예물 대금을 마련하겠습니까? 그 여자의 시어머니가 억척 같은 여자이고 계산이 빨라 그녀를 산골로 출가시켜 버린 거지요. 만약 같은 마을 사람에게 출가시킨다면 예물 대금이 얼마 안 되지만, 깊은 산골엔 시집가려는 여자가 없기 때문에 80냥이나 받았답니다. 그래서 이번에 둘째 아들의 며느리를 맞이하면서 50냥만 냈으니, 결혼 비용을 제하고도 아직 몇십 냥이 남은 게지요. 보세요, 얼마나 타산이 밝습니까?"

"샹린댁은 고분고분 말을 들었나?"

"말을 듣고 말고가 어디 있어요 ― 소란은 누구나 한바탕 피우지요. 하지만 결박해서 꽃가마에 처넣고 신랑네 집에 메고 가서 화관을 씌우고 혼례를 치르고 방문을 닫아 걸면 그것으로 그만이지요. 하지만 샹린댁은 정말 보통이 아니었던 모양이에요. 들은 얘기로는 그때 이찌나 심하게 날뛰었던지, 모두들 말하기를 아마 선비 집에서 일을 했기 때문에 남다른 모양이라고들 했답니다, 마님! 우리는 이런 경우 수도 없이 많이 봤어요. 개가하는 사람 중에는 통곡하는 자도 있고, 죽네사네 소란을 떠는 이도 있고, 남자 집에 메어 간 후에도 날뛰는 바람에 혼례를 못 올리는 경우도 있고, 화촉까지 뒤엎는 여자도 있었어요. 하지만 샹린댁은 보통 사람들과는 달랐대요. 그들이 말하길 그녀는 가는 길 내내 울부짖고 욕을 하며 허씨 마을에 도착했을 때는 이미 목이 꽉 잠겨 버렸다더군요. 가마에서 끌려나온 뒤에도 두 남자와 시동생이 힘껏 붙들었지만 식을 올릴 수가 없었답니다. 그 사람들이 잠깐 방심하여 손을 늦추었더니, 어이구, 나무아미타불, 그녀는 혼례상 모서리에 머리를 부딪쳐 이마에 커다란 구멍을 냈답니다. 피가 펑펑 쏟아져 두 묶음이나 되는 향불 재를 바르고 붉은 헝겊으로 싸맸는데도 피가 멈추지 않았대요. 여러 사람이 달려들어 그 여자를 신랑과 함께 신방에 집어넣고 밖에서 문을 잠갔는데도 욕을 하더라는군요. 아이구, 정말……."

그녀는 머리를 설레설레 흔들며 눈을 깔더니 더 말하지 않았다.

"그래서 어찌 되었소?" 숙모가 물었다.

"듣자하니, 다음날에도 일어나지 않았다는군요."

그녀는 눈을 치뜨며 말했다.

"그리고?"

"그리고요? ― 일어났지요. 연말에는 아이도 하나 낳았고요. 아들인데 새해에 두 살이 된답니다. 제가 요 며칠 고향에 가 있는 동안에 허씨 마을에 갔던 사람이 다녀와서는 그들 모자를 만나 보았더니 어머니도 뚱뚱해지고 아이도 잘 크더랍니다. 위로 시어머니가 있는 것도 아니고, 남편은 힘이 아주 좋아 일도 잘한대요. 또 집도 제 것이니 ― 정말 팔자가 폈지요."

그 후로는 숙모도 두 번 다시 샹린댁의 이야기를 꺼내지 않았다.

그런데 어느 해 가을, 아마도 그것은 샹린댁의 팔자가 폈다는 소식을 들은 지 2년이 지나서였을 게다. 그녀가 다시 넷째 아저씨의 집 안채 앞에 서게 된 것이다. 토란같이 생긴 둥근 바구니를 탁자 위에 놓고, 처마 밑에는 조그만 이불 보따리를 놓았다. 그녀는 여전히 흰 끈으로 머리를 동여매고, 검은 치마와 남색 겹옷 상의에 연한 노란색 조끼 차림이고, 얼굴은 푸르뎅뎅했으며 양 볼에선 이미 불그레한 혈색을 찾아볼 수 없었다. 눈을 내리깔았는데 눈꼬리에는 눈물 흔적이 보였으며, 눈빛에는 예전 같은 그런 생기는 볼 수 없었다. 전과 같이 웨이 노파가 데리고 와서는 아주 딱해 못 보겠다는 듯한 태도로 숙모에게 이러쿵저러쿵 사정을 하는 것이었다.

"……이거야말로 '하늘이 하는 일은 한 치 앞도 헤아리지 못한다'는 꼴이지요. 이 사람 남편은 아주 건강한 사람이었는데, 설마 그 젊은 나이에 장질부사로 죽을 줄이야 누가 알았겠어요? 당연히 병이 다 나은 줄 알고, 찬밥을 한 술 떠먹었더니 재발했다는군요. 다행히 아들이 있고, 또 이 사람이 살림을 잘하여 땔나무도 하고 찻잎도 따고 또 양잠도 하면서 근근이 살아갈 수는 있었는데, 그 아들마저도 이리가 물어가리라고 누가 알았겠습니까? 봄 철도 거의 지날 무렵에 이리가 마을에 내려오리라고 누가 생각이나 했겠어요? 이 사람은 이제 외톨이가 되어 버렸습니다. 남편의 큰아버지 되는 사람이 와서 집을 몰수하고, 저 여자를 쫓아냈답니다. 참으로 오갈 데 없게 되어 예전 주인어른께 도움을 청하는 수밖에 없게 되었답니다. 다행히 이 사람도 이젠 아무 걸리는 것이 없게 되었고, 이 댁에서도 또 사람을 바꾼다 하시기에 제가 데려왔습니다. ─ 제 생각에 집안일도 잘 알고 있어 낯선 사람보다 좋으리라 여겨서……."

"저는 정말 바보였어요, 정말……."

샹린댁은 그 얼빠진 듯한 눈을 쳐들며 이렇게 말했다.

"저는 눈이 올 때만 짐승들이 산속에서 먹이가 떨어져 마을로 내려온다고 알고 있었어요. 봄에도 나온다는 것은 알지도 못했어요. 그날 아침, 일찍 일어나 문을 열고, 조그만 바구니에 콩을 가득 담아 주며 아들 아마오(阿毛)더러 문지방에 앉아 껍질을 벗기라고 시켰어요. 그 아이는 무척 말을 잘 들어 제 말은 뭣이나 잘 들었지요. 아이가 나간 뒤, 저는 바로 뒤꼍에서 장작을 패고 쌀을 일어 냄비에 안치고 나서, 콩을 찌려고 아마오를 불렀는데 대답이 없었어요. 나가서 살펴보니, 주위에 콩이 잔뜩 흩어져 있고 우리 아마오는 없었어요. 그 아이는 남의 집에 놀러 가지 않지만, 사방으로 다니며 찾아보았어요. 그러나 역시 없었어요. 저는 당황해서 사람들에게 부탁하여 함께 찾으러 나갔지요. 점심때가 넘도록 이리저리 찾아다니다가 산속까지 들어갔는데, 뾰족한 나뭇가지에 그 애의 작은 신발 한 짝이 걸려 있는 것이 보였지요. 모두들 글렀다며 이리가 물어갔는가 보다고 말하더군요. 좀 들어가 보니 과연 풀숲에 쓰러져 있었어요. 뱃속의 창자는 몽땅 먹혀 버렸고, 손에는 아직 그 조그만 바구니를 꼭 쥐고 있었어요……."

그녀는 이어서 흐느껴 울 뿐, 제대로 말하지 못했다.

숙모는, 처음에는 고용할까 말까 망설였는데. 그녀의 말을 다 듣고 나자 눈시울이 약간 붉어졌다. 숙모는 잠시 생각하더니, 그녀에게 둥근 바구니와 이불을 아랫방에 갖다 놓으라고 말했다. 웨이 노파는 큰 짐이라도 내려놓은 듯 '후우' 하고 한숨을 내쉬었다. 샹린댁은 처음 왔을 때보다는 마음이 좀 풀린 듯 시키지도 않았는데 허물없이 이불 보따리를 풀었다. 그녀는 이후 다시 루진에서 식모로 일하게 된 것이다.

사람들은 여전히 샹린댁이라고 불렀다.

하지만 이번에는 그녀의 상황이 상당히 변해 있었다. 일을 시작한 지 사나흘도 안 되어 주인은 그녀의 손발이 예전같이 민첩하지 못하고, 기억력도 매우 나쁘고, 죽은 사람마냥 얼굴에 종일 가도 웃음기가 없는 것을 알았다. 숙모의 말투에도 불만의 기색이 역력했다. 그녀가 처음 왔을 때 넷째 아저씨는 언제나 그랬듯이 눈살을 찌푸렸지만, 여태 식모를 부리는 데 어려움이 많았던 터라 결코 크게 반대하지는 않았다. 하지만 몰래 숙모에게 저런 사람은 가엽긴 하지만 풍기를 어지럽힌 사람이니 일은 거들게 하되, 제사 때에는 손을 대게 해서는 안 된다고 주의를 주었다. 또한 음식은 모두 손수 만들어야지 그렇지 않으면 불결해서 조상들이 잡숫지 않을 거리고 했다.

넷째 아저씨 집에서 가장 큰일은 제사였다. 샹린댁이 이전에 제일 바빴던 것 역시 제사 때였다. 하지만 이번에는 그녀가 할 일이 전혀 없었다. 탁자가 대청 한가운데 놓이고, 상보 끈을 매고 나면 전과 같이 술잔과 젓가락을 놓는다는 것쯤은 그녀도 기억하고 있었다.

"샹린댁! 가만둬, 내가 할 테니."

숙모는 황급하게 말했다.

그녀는 슬그머니 손을 움츠렸고, 다시 촛대를 가져오려고 했다.

"샹린댁! 가만둬, 내가 가져올 테니."

숙모는 또 황급히 말했다.

결국 그녀는 여기저기 빙빙 돌아다니다가 끝내는 아무것도 할 일 없어 영문을 모르는 채 물러나오는 수밖에 없었다. 그녀가 이 날 하루 종일 한 일이라곤 단지 부엌에서 불을 땐 것밖에 없었다.

마을 사람들도 이전과 마찬가지로 그녀를 샹린댁이라고 불렀다. 하지만 그 어조는 이전과는 사뭇 달랐다. 그들은 그녀에게 말을 걸기도 했지만, 웃는 얼굴은 차디찼다. 하지만 그녀는 전혀 눈치 채지 못한 채 그저 눈을 곧바로 뜨고 사람들에게 밤낮이고 그녀의 잊을 수 없는 이야기를 들려주는 것이었다.

"나는 정말 바보였어요, 정말……" 하고 그녀는 말했다.

"나는, 짐승은 눈이 올 때에는 깊은 산속에서 먹이가 떨어져야 마을로 내려온다고 알고 있었어요. 봄에도 나온다는 것은 알지도 못했어요. 그날 나는 아침 일찍 일어나서 문을 열고, 조그만 바구니에 콩을 가득 담아 주며 아들 아마오더러 문지방에 앉아 껍질을 벗기라고 시켰어요. 그 아이는 무척 말을 잘 들어서 제 말은 뭣이든 잘 들었지요. 아이가 나가자, 나는 곧 뒤꼍에서 장작을 패고 쌀을 일어 냄비에 안친 다음, 콩을 찌려고 아마오를 불렀는데 대답이 없었어요. 나가 보니 콩은 잔뜩 흩어져 있고, 아마오는 보이지 않았어요. 그 아이는 남의 집에 놀러 가는 애는 아니었지만, 사방으로 찾아보았으나 역시 없었어요. 나는 당황하여 사람들에게 부탁해서 함께 찾으러 나갔어요. 점심때가 넘도록 이리저리 찾아다니다가 산속까지 들어갔는데, 뾰족한 나뭇가지에 그 애의 작은 신발 한 짝이 걸려 있는 것을 보았어요. 모두들 글렀다며 이리가 물어갔을 거라고 말했어요. 좀 더 깊숙이 들어가 보았더니 과연 그 아이가 풀숲에 쓰러져 있었어요. 뱃속의 창자는 몽땅 먹혀 버렸고, 손에는 아직 그 조그만 바구니를 꼭 쥐고 있었어요……."

그녀는 눈물을 흘렸고 말소리는 거의 흐느끼는 것이었다.

그 이야기는 자못 효과가 있었다. 남자들은 여기까지 들으면 어느덧 웃음을 거두고 재미없다는 듯이 슬그머니 자리를 뜨곤 했다. 여자들은 오히려 그녀에게 동정을 금할 수 없다는 듯한 표정을 지을 뿐만 아니라 얼굴에서 즉각 깔보던 표정을 바꾸고 함께 많은 눈물을 흘리기도 했다. 거리에서 그녀의 이야기를 듣지 못한 할머니들 중에는 일부러 찾아가서, 그녀한테서 이 한 토막의 비참한 이야기를 듣는 사람도 있었다. 이야기가 끝나고 그녀가 흐느껴 울게 되면, 그녀들도 함께 눈꼬리에 괸 눈물을 훔치며 탄식과 함께 여러 가지 소감을 이야기하면서 만족해서 돌아갔다.

그녀는 반복해서 사람들에게 자신의 비참한 이야기를 했고, 항상 너덧 명이 그녀의 이야기에 이끌려 듣고 있었다. 하지만 얼마 안 되어 모든 사람들은 귀가 닳도록 들어서 가장 자비심 많고 부처를 잘 믿는 노부인네들의 눈에서조차 한 방울의 눈물도 볼 수 없게 되었다. 나중에는 온 마을 사람들이 그녀의 이야기를 외울 정도가 되었고, 마침내는 듣는 것조차 넌더리 치게 되었다.

"나는 정말 바보였어요, 정말."

하고 그녀가 이야기를 꺼내면,

"그래, 자네는 눈 오는 날에는 짐승들이 깊은 산속에서 먹이가 떨어져야 마을에 내려온다고 알고 있었어" 하며 곧 그녀의 이야기를 가로막고 가 버렸다.

그녀는 입을 벌리고 멍하니 서서 그들을 쳐다보다가 이어 그 자리를 떠나며 자기 스스로도 재미없는 것 같다고 여기는 것이었다. 하지만 그녀의 망상은 끊이지 않았다. 예컨대 작은 바구니라든지, 콩이라든지, 다른 집 어린아이를 보기만 하면, 아마오의 이야기를 끄집어내는 것이었다. 만약 두서너 살짜리 아이를 보기만 하면 그녀는 곧 "아아, 우리 아마오도 살아 있다면 이만큼 컸을 텐데……"라고 말했다.

어린아이는 그녀의 눈초리를 보고는 깜짝 놀라 어머니의 옷자락을 끌며 그 자리를 떠나자고 재촉했다. 그러하여 그녀가 혼자 남게 되면, 결국 재미없다는 듯 돌아가는 것이었다. 후에 사람들은 그녀의 이런 버릇을 알아챘고, 어린아이가 눈앞에 있기만 하면 농담조로 선수를 쳐서 묻는 것이었다.

"샹린댁, 아마오가 여태 살아 있으면 이만큼 크지 않았겠어?"

그녀는 자신의 슬픔이, 이미 오랫동안 사람들의 입에 오르내려 벌써 찌꺼기가 되어 혐오와 지겨움의 대상이 되었다는 것을 전혀 알아차리지 못했다. 그러나 사람들의 웃는 낮에서 냉랭함과 날카로움이 느껴지자 그녀는 스스로가 더 이상 말할 필요가 없다는 것을 느꼈다. 그래서 그녀는 그들을 힐긋 쳐다볼 뿐, 결코 한마디도 대꾸하지 않았다.

루진에서는 언제나 설 때문에 섣달 20일 이후면 바로 바빠지기 시작했다. 넷째 아저씨의 집에서는 이번에는 남자 일꾼을 고용했는데, 그래도 일손이 모자라서 류어멈(柳嫣)을 불러다 일을 거들게 했다. 닭도 잡고 거위도 잡는데, 류어멈은 육식도 하지 않고 살생도 하지 않는 신앙심 깊은 사람이라, 설거지만 하려고 했다. 샹린댁은 불을 때는 일 이외에는 달리 할 일이 없어 한가하게 앉아 류어멈이 그릇 씻는 것을 바라보고 있을 뿐이었다. 밖에는 진눈깨비가 흩날리고 있었다.

"아아, 나는 정말 바보였어."

샹린댁은 하늘을 쳐다보면서 탄식하며 혼잣말로 중얼거렸다.

"샹린댁, 또 시작이야."

류어멈은 참을 수 없다는 듯 그녀의 얼굴을 쳐다보며 말했다.

"자네한테 묻겠는데, 그 이마의 흉터는 그때 부딪친 건가?"

"어, 어."

그녀는 모호하게 대답했다.

"이봐! 결국 시키는 대로 했으면서 그때는 왜 그랬지?"

"나 밀이야……?"

"자네지. 내 생각엔, 그건 어떻든 자네가 스스로 바랐던 거지, 그렇지 않다면……."

"아니, 아니, 당신은 그 사람 힘이 얼마나 센지 몰라서 그래."

"난 못 믿겠어, 자네만큼 힘센 여자가 꺾이다니, 아무래도 믿을 수 없어. 틀림없이 뒤로는 자진해서 말을 들어주고는 그 사람이 힘이 세어서 그랬다느니 하고 변명하는 거겠지."

"저런, 당신은…… 자기가 직접 당해 보지도 않구서……" 하며 그녀는 웃었다.

류어멈의 주름투성이인 얼굴은 웃는 바람에 호두처럼 쭈글쭈글 해졌다. 메마른 작은 눈으로 샹린댁의 이마를 흘깃 쳐다보더니, 다시 그녀의 눈을 빤히 쳐다보았다. 샹린댁은 몹시 거북한 듯 즉시 웃음을 거두고, 눈 내리는 바깥쪽으로 눈길을 돌렸다.

류어멈은 은밀하게 말했다.

"샹린댁, 자넨 정말 손해만 보았어." 류어멈은 은밀하게 말했다.

"좀 더 힘이 세거나 아니면 그때 차라리 책상에 머리를 부딪쳤을 때 죽어 버렸으면 좋았을걸. 지금에 와서, 자네는 두 번째 남편과는 이태도 살아보지 못하고 죄명만 뒤집어쓴 꼴이 되었어. 생각해 봐, 자네가 죽어서 저승에 가면 귀신이 된 두 남자가 서로 차지하려고 다툴 터이니, 자넨 어느 쪽으로 가야 하지? 염라대왕은 자네를 톱으로 잘라서 두 사람에게 나누어 주는 수밖에 없을걸. 그렇게 되면 정말……"

그녀의 얼굴에는 금세 두려움의 빛이 드러났다. 이런 얘기는 산골에서는 전혀 알지 못했던 것이다.

"내 생각인데, 자네가 서둘러 방비를 해 두는 것이 좋을 거야. 토지묘에 가서 문지방 하나를 기증하게. 그걸 자네 몸 대신 천 명의 사람들에게 밟게 하고, 만 명의 사람들이 타고 넘게 하면 이 세상의 죄도 사라지고, 죽은 후에도 고통을 면할 수 있게 될 거야."

그녀는 그때에는 무어라고 대답을 하지 않았으나, 아마도 몹시 고민했던 모양이다. 다음날 아침 일어났을 때에는 두 눈 가장자리가 거무죽죽해 있었다. 아침 식사를 마치자 그녀는 재빨리 마을 서쪽에 있는 토지묘에 찾아가 문지방을 기증하겠다고 했다. 묘지기는 처음엔 승낙하려고 하지 않았다. 그러나 그녀가 다급해 하며 눈물을 흘리자 하는 수 없이 응낙했다. 문지방의 값은 은화 열두 냥이었다.

아마오의 이야기를 여러 사람들이 들으려 하지 않게 된 이후로 그녀는 오랫동안 남들과 말을 하지 않았다. 그러나 류어멈과 이야기를 한 뒤로 그 얘기가 퍼진 모양으로, 많은 사람들은 새로운 흥밋거리가 생겼다는 듯이 찾아와서 그녀를 놀렸다. 화제는 물론 새것으로 바뀌어서 그녀의 이마에 있는 흉터에 집중되었다.

"샹린댁, 자넨 왜 그때 시키는 대로 말을 들었지?"

이렇게 한 사람이 말하면,

"그래, 정말 아깝게 됐어, 머리를 헛 부딪친 거야."

또 한 사람이 그녀의 흉터를 보고 맞장구를 쳤다.

아마 그녀도 그들의 웃음 띤 얼굴과 말투에서 자기를 놀린다는 것을 알아챘을 것이다. 그녀는 눈을 크게 뜬 채 한마디도 하지 않았으며, 나중엔 고개조차 돌리지 않았다. 그녀는 온종일 입을 굳게 다물고 사람들이 치욕의 표시라고 여기는 그 흉터를 머리에 간직한 채 묵묵히 심부름을 하고, 청소를 하고, 야채를 씻고, 쌀을 일었다. 어느덧 1년이 흘러, 그녀는 이때까지 모아 두었던 급료를 숙모한테서 받았다. 그녀는 그것을 열두 냥의 은화로 바꾸고, 휴가를 얻어서 마을 서쪽으로 갔다. 그녀는 한나절도 안 되어 돌아왔다. 몹시 홀가분해하는 태도였고, 눈에도 한결 생기가 돌았다.

그녀는 기쁜 듯이 숙모에게, 자기가 지금 토지묘에 가서 문지방을 기증하고 왔노라고 했다.

동지 제사 때에, 그녀는 더욱 부지런히 일했다. 숙모가 제물을 차리고 아뉴(阿牛)와 제상을 맞잡고 대청 한가운데로 나르는 걸 보고, 그녀는 아무 생각 없이 술잔과 젓가락을 집었다.

"가만둬, 샹린댁!"

숙모는 당황하여 큰소리로 외쳤다.

그녀는 마치 불에 데기라도 한 듯 손을 움츠렸고, 얼굴은 금세 새파래져서 다시 촛대를 집으러 가지도 못하고 그저 얼빠진 사람 모양 우두커니 서 있었다. 넷째 아저씨가 향을 피울 때, 비키라고 해서야 겨우 그 자리를 떠났다. 이 일이 있은 후 그녀는 많이 변했다. 다음날 그녀의 눈은 움푹 들어가 있었을 뿐 아니라, 정신마저 이미 정상이 아니었다. 더구나 겁이 많아져서 깜깜한 밤을 무서워 할 뿐만 아니라, 검은 그림자만 보아도 무서워하고, 제 주인이더라도 사람만 보면 벌벌 떠는 것이 마치 대낮에 쥐구멍에서 나와 기어다니는 생쥐 같았다. 그렇지 않을 땐 멍하니 앉아 있는 것이 마치 나무로 만든 인형 같았다. 반년도 못 가서 머리가 세기 시작하더니, 기억력은 더욱 나빠져서 심지어 쌀 이는 것조차도 자주 잊어버리는 것이었다.

"샹린댁이 왜 이렇게 되었지? 그때 차라리 쓰지 말았어야 할 걸 그랬어."

숙모는 가끔 경고하듯 그녀에게 말했다.

하지만 그녀는 여전히 마찬가지였고, 정상으로 돌아올 가망은 전혀 없는 듯했다. 그래서 그들은 그녀를 웨이 노파에게 돌려보내려고 했다. 그러나 내가 루진에 있을 무렵엔 그렇게 말만 했었는데, 지금의 상황을 보면 나중에는 결국 실행한 모양이다. 그러나 그녀가 넷째 아저씨의 집을 나간 뒤에 바로 거지가 되었는지, 아니면 먼저 웨이 노파한테 돌아갔다가 거지가 되었는지는 나도 모른다.

나는 근방에서 커다란 소리를 내며 터지는 폭죽 소리에 놀라 정신을 차렸다. 콩알만한 크기의 노란색 등불이 비치는 게 보였고, 잇달아 펑펑 하는 폭죽 소리가 들려왔다. 넷째 아저씨의 집에서는 지금 '복을 비는 제사'가 한창 올려지고 있었다. 이미 새벽녘 오경이 가까웠음을 알았다. 나는 몽롱한 의식 속에서, 희미하게 멀리서 계속 터지는 폭죽 소리를 들었다. 마치 하늘 가득 울려 퍼지는 소리와 어울린 짙은 구름이 펄펄 흩날리는 눈송이와 함께 루진 전체를 감싸 안는 듯했다. 나는 이 시끄러운 소리의 포옹 속에서 나른해지고 또한 편안해졌다.

대낮부터 이른 밤중까지 계속되던 근심은 축복의 공기 속으로 자취도 없이 사라지고, 다만 하늘과 땅의 성령들이 제물과 향 연기를 흠향하여, 모두가 곤드레만드레 취하여 공중에서 비틀거리며, 루진 사람들에게 무한한 행복을 가져다주려는 듯했다.

1924년 2월 7일

술집에서(在酒樓上)

나는 북방에서 동남쪽으로 여행하는 길에 길을 에돌아 고향에 들렀다가 S시에도 들렀다. 이 도시는 나의 고향에서 30리밖에 되지 않아 작은 배를 타고 가면 반나절이면 도착했다. 나는 이곳 학교에서 1년 간 선생 노릇을 한 적이 있었다.

한겨울에 눈이 내린 뒤라, 쓸쓸한 풍경이었다. 편안한 마음과 지난날의 추억들이 마음속에 연이어 떠올랐다. 나는 S시의 뤄서(洛思) 여관에 머물기로 했다. 이 여관은 전에는 없었다. 원래 시내가 넓지 않아서 옛동료들 중 몇 명은 만나볼 수 있을 것으로 생각했지만, 어디로 흩어져 떠났는지 알 수가 없었으며 한 사람도 만나볼 수 없었다. 학교 문 앞을 지나쳐 보았으나 학교명도 바뀌고, 모습까지 변해서 매우 생소했다. 두시간도 못 되어 감흥은 벌써 시들해졌고, 이곳에 와서 이런저런 것을 보려 했던 것이 자못 후회되었다.

내가 묵었던 여관은 방만 빌려 주고 음식은 팔지 않아, 식사를 밖에서 시켜 먹어야 했다. 그러나 음식 맛이 전혀 나지 않아 마치 모래를 씹는 것 같았다. 창밖으로 물이 스며들어 보기 흉하게 얼룩진 담벼락과 그 위로 말라죽은 이끼가 붙어 있는 것이 보였다. 그 위로 보이는 희끄무레하고 전혀 활기가 없는 잿빛 하늘에는 조금씩 눈발이 날리고 있었다. 나는 점심을 대충 먹은 데다 시간을 보낼 만한 일이 없던 차에, 전에 자주 갔던 '이스쥐(一石居)'라는 조그만 술집을 생각해 냈다. 여관에서 멀지 않을 것이라 여겨, 나는 곧 방문을 걸어 잠그고 거리로 나가 술집을 찾아갔다. 사실은 객지에서의 지루함을 잠시 잊어볼 생각이었을 뿐, 결코 술에 취할 마음은 없었다. 이스쥐는 예전 그대로 있었다. 좁고 작은 음침한 술집 안과 낡은 간판은 옛날 그대로였다. 그러나 주인도 급사도 어느 누구 낯익은 사람은 없어, 나는 이스쥐 안에서도 완전히 낯선 길손이었다. 그래도 결국 나는 전에 다니던 낯익은 구석의 계단으로 가서 이것을 따라 2층의 작은 홀로 올라갔다. 그곳에는 여전히 다섯 개의 작은 탁자가 놓여 있었는데, 나무 창살이었던 뒤쪽 창이 유리 창문으로 바뀌어 있었다.

"샤오싱주(紹興酒) 한 근하고, — 안주는? 튀김 두부 열 쪽, 고추장 많이 줘요."

나는 뒤따라 올라온 급사에게 이렇게 시키고, 뒤쪽 창문 쪽으로 가서 창가 탁자에 앉았다. 2층은 '텅텅 비어' 있었으므로 나는 가장 좋은 자리를 마음대로 골라 앉아 그 아래의 황폐한 정원을 내려다볼 수 있었다. 정원은 아마도 이 술집 것이 아닌 것 같았다. 나는 전에도 여러 번 정원을 내려다보았는데, 눈이 오는 날도 있었다. 그러나 지금은 북방의 경치를 보는 데 익숙하여서인지 내 눈에는 지금 이곳 정원이 오히려 경이로웠다. 몇 그루의 늙은 매화나무가 눈을 이겨내고 나무 가득히 꽃을 피워, 마치 한겨울이라는 것을 전혀 생각하지 않는 듯했다. 무너진 정자 옆에는 한 그루 동백나무가 있는데 짙푸른 잎 속에서 10여 송이의 붉은 꽃을 드러내고 있는 것이 마치 눈 속에서 불같이 찬란하게 빛나고 있었으며, 분노와 오만에 차서 제멋에 겨워 먼 곳을 떠도는 떠돌이를 경멸하는 듯했다. 나는 문득, 이곳 남방의 눈은 윤기가 있어서 어딘가에 붙으면 떨어지지 않고 영롱하게 빛을 내고 있으며, 바람이 한번 크게 불면 하늘 가득히 연무(煙霧)처럼 어지럽게 흩날리는 북방의 메마른 눈과는 다르다는 생각이 들었다…….

"손님, 술이요……."

심부름꾼이 건성으로 말하면서 잔과 젓가락, 술병, 접시를 놓았다. 술이 나온 것이다. 나는 탁자 쪽으로 고개를 돌려 그릇을 가지런히 늘어놓고 술을 따랐다. 북방이 원래 내 고향은 아니지만 남쪽으로 와도 나그네일 수밖에 없으니, 그쪽의 마른 눈이 어떻게 휘날리든 또 이곳의 부드러운 눈이 얼마나 정겹든 나와는 아무런 상관이 없다는 생각이 들었다. 나는 약간 서글픈 생각이 들었지만, 그러나 기분 좋게 한 잔을 들이켰다. 술맛은 순수했다. 기름에 튀긴 두부도 매우 맛있었다. 다만 고추장이 싱거운 것이 아쉬웠는데, 원래 S시 사람들은 매운 것을 먹을 줄 몰랐다.

아마도 오후이기 때문이기도 하겠지만, 이곳은 비록 술집이라고 해도 전혀 술집 기분이 나지 않았다. 내가 이미 석 잔을 마셨는데도, 내가 앉은 자리 말고는 나머지 탁자 네 개는 비어 있었다. 나는 폐허가 된 정원을 바라보며 점차 고독에 휩싸였지만, 그러나 다른 술손님이 올라오는 것을 바라지는 않았다. 어쩌다 계단에서 발소리가 들릴 때면 나도 모르게 이마가 찌푸려졌고, 심부름꾼인 것을 확인하고 나면 안도했다. 그렇게 또 두 잔의 술을 들이켰다.

이번에는 분명히 손님이라고 생각되었다. 왜냐하면 그 발자국 소리가 심부름꾼의 것보다 속도가 느렸기 때문이다. 그 손님이 계단을 다 올라왔다고 짐작되었을 때, 나는 불안한 듯 고개를 들어 나오는 전혀 상관이 없는 손님을 보았다. 동시에 나는 깜짝 놀라 일어났다. 뜻밖에도 나는 이곳에서 친구를 만난 것이다. ― 가령 그가 지금도 친구라고 부르는 것을 허락한다면 말이다. 그때 올라온 사람은 분명 나의 옛날 동창이자, 또한 교원 시절의 옛 동료였다. 얼굴 모습은 비록 다소 변했지만, 나는 한눈에 그를 알아보았다. 다만 행동이 유난히 느리게 변하여, 왕년의 민첩하고 총명했던 뤼웨이푸(呂緯甫) 같지 않았다.

"야아! 웨이푸, 자네 아닌가? 자네를 이런 데서 만날 줄은 정말 몰랐는데."

"아니! 자네가? 나도 정말 뜻밖인걸……."

나는 그에게 앉으라고 권했으나 그는 약간 주저하고 나서야 이내 자리에 앉았다. 나는 처음에는 좀 이상하게 생각되었으나, 이어 서글퍼지면서 기분이 언짢아졌다. 그의 모습은 자세히 보니, 덥수룩하게 기른 머리와 수염은 옛날과 다름없었으나, 창백한 장방형의 얼굴은 쇠약하고 수척해져 있었다. 기력도 전혀 없는 것이 사람이 위축되어 보였다. 짙고 검은 눈썹 아래의 눈도 정기가 없었다. 그러나 그가 조용히 사방을 둘러보다가 폐허가 된 정원을 바라볼 때의 눈빛은 문득 학교에 있을 당시 자주 보아 왔던, 사람을 쏘아보는 듯한 그 눈빛이었다.

"우리가" 나는 기뻤으나 퍽 부자연스럽게 말했다.

"우리가 서로 못 본 지가 10년은 되었을 거야. 자네가 지난(濟南)에 있다는 것은 진작부터 알고 있었지만, 너무 게으르다 보니 여태 편지 한 장 쓰질 못했네그려⋯⋯."

"피차일반이지. 난 지금은 타이위안(太原)에 있네. 벌써 2년이 넘었어. 어머니와 같이 있네. 내가 어머니를 모시러 왔을 때 자넨 이미 이사한 다음이었지. 완전히 옮겨 갔더군."

"타이위안에서 무얼 하고 있나?"

내가 물었다.

"선생 노릇이지. 같은 고향 사람 집에 있네."

"그전에는?"

"그전에 말인가?"

그는 주머니에서 궐련을 한 개비 꺼내 불을 붙여 물고는 입에서 내뿜는 연기를 바라보며 생각에 잠기는 듯이 말했다.

"쓸데없는 일을 한 거지 뭐. 아무것도 안했던 거나 마찬가지야."

그도 나에게 헤어진 후의 상황을 물었다. 나는 대강 그간의 일들을 말해 주고는 심부름꾼에게 먼저 술잔과 젓가락을 가져오도록 했다. 그리고 그에게 술을 권한 다음, 다시 두 근을 더 시켰다.

그 사이에 또 요리도 주문했다. 우리는 전에는 전혀 체면 같은 것은 없었다. 그러나 지금은 서로 사양하느라 누가, 무슨 요리를 시켰는지조차 모를 지경이었다. 그래서 심부름꾼이 불러 주는 대로 회향두(茴香豆), 얼린 고기, 두부 튀김, 청어 말린 것 네 가지를 주문했다.

"돌아와 보니 우습다는 생각이 들더군."

그는 한 손에 궐련을 쥐고 다른 한 손에는 술잔을 든 채 웃는 듯 마는 듯한 표정으로 나를 향해 말했다.

"나는 어렸을 때, 벌이나 파리가 한 곳에 머물러 있다가 무엇에 놀라면 즉각 날아갔다가 한 바퀴 빙 돌고는 다시 제자리로 돌아와 머무는 것을 보고는 정말 우습고 측은하다고 생각했었지. 그런데 뜻밖에도 지금 나 자신이 바로 그 조그만 원을 한 바퀴 돌고는 다시 되돌아온 거야. 그런데 뜻밖에 자네도 여기 돌아와 있네그려. 자넨 좀 더 멀리 날 수 없었나?"

"글쎄, 뭐랄까, 아마 나 역시 조그만 원을 한 바퀴 돈 것에 불과한가 봐."

나 역시 웃는 듯 마는 듯이 말했다.

"그런데 자네는 무엇 때문에 되돌아왔나?"

"역시 쓸데없는 일 때문이지 뭐."

그는 그렇게 말하고는 단숨에 술잔을 비웠다. 몇 차례 담배를 빨더니, 눈을 약간 크게 뜨며 말했다.

"쓸데없는 것이지만, ── 하지만 우리 말해 보세."

그때 심부름꾼이 새로 시킨 술과 안주를 가져와 탁자 위에 하나

가득 늘어놓았다. 2층은 담배 연기와 두부 튀김의 뜨거운 김이 올라 마치 활기가 생겨나는 듯했다. 밖에는 눈이 더 세차게 휘날리고 있었다.

"자네도 아마 전부터 알고 있었을 걸세" 하며 그는 계속해서 말했다.

"전에 내겐 어린 동생이 하나 있었는데, 세 살 때 죽어서 그 애를 이곳에 묻었다네. 나는 그 애 얼굴조차 기억하지 못하지만, 어머니 말씀에 의하면 무척 귀엽고, 나와는 사이가 아주 좋았다더군. 지금도 어머니는 그 애 얘기만 나오면 눈물을 흘리신다네.

금년 봄에 사촌형으로부터 편지가 왔는데, 내용인즉 그 애의 묘 근처에 냇물이 차올라 얼마 후에는 강에 잠길지 모르니 서둘러 손을 써야 한다는 거였네. 어머니는 이 소식을 듣자 조급해 하시면서 며칠 밤을 제대로 주무시지도 못하시는 거야. — 어머니는 편지를 읽으실 줄 알거든. 그러나 난들 무슨 방법이 있겠나? 돈도 없고 여가도 없었으니, 그때는 정말 아무런 방법이 없었네. 이제야 연가에 틈을 내어 그 아이를 이장하려고 비로소 남쪽으로 돌아왔다네."

그는 술잔을 또 비우고 창밖을 내다보면서 말했다.

"거긴 어디 여기 같나? 눈 속에서도 꽃이 피고, 눈이 와도 땅이 얼지 않으니. 엊그제 나는 시내에서 조그만 관 하나를 샀다네. — 왜냐하면 땅 속에 묻힌 것이 당연히 이미 썩었으리라고 여겼기 때문이었지. — 그리고 솜옷과 이불 따위를 가지고, 네 명의 인부까지 고용해서 이장하러 시골에 갔네. 나는 그때 갑자기 기분이 아주 좋았다네. 무덤을 파헤쳐서 예전에 나와 사이가 좋았다는 동생의 뼈를 보고 싶었지. 이런 일은 내 평생에 한 번도 경험한 일이 없는 것이었네.

묘지에 도착하니 과연 무덤에서 거의 두 자쯤 가까이까지 냇물이 들어와 있더군. 불쌍하게도 동생의 묘는 2년 동안 흙을 북돋워주지 않아 납작하게 되어 있었어. 나는 눈 속에 서서 그 무덤을 가리키면서 인부들에게 결연히 말했지. '파시오!' 나는 사실 일개 평범한 사람이지. 하지만 이때만은 나의 음성이 조금 이상하게 들렸고, 이 명령 또한 내 일생 중 가장 위대한 명령인 것같이 생각되었네. 그런데 인부들은 오히려 조금도 불쾌하게 생각지 않고 곧 파내려가기 시작하더군. 묘혈까지 파고 나서 들여다보니, 과연 관은 거의 다 썩었고 나뭇결과 작은 나뭇조각만이 남아 있었네. 나는 떨리는 마음으로 그것을 파헤치며 아주 조심스럽게 내 동생의 모습을 보려고 했다네. 그런데 뜻밖이었네! 이불이며 옷, 뼈 등 아무것도 남아 있지 않았어. 나는 그런 것들은 모두 없어지더라도 머리카락은 썩지 않는다는 말을 들어왔기 때문에 그것만은 혹 남아 있을 기라고 생각했지. 그래서 나는 곧 엎드려서 베개가 놓였던 자리로 짐작되는 곳의 흙을 자세히 살펴보았는데, 그래도 없었어. 흔적조차도 없었네."

나는 그의 눈언저리가 갑자기 붉어지는 것을 보았다. 그러나 곧 그것은 술이 오른 탓임을 알았다. 그는 아무튼 안주도 거의 먹지 않고, 술만 계속 마셨다. 거의 한 근을 마시고 나자, 표정과 동작이 활발해지더니, 과거의 뤼웨이푸의 모습이 점차 나오기 시작했다. 나는 심부름꾼을 불러 다시 두 근을 시키고, 몸을 돌려 술잔을 들고 정면으로 그를 쳐다보며 묵묵히 그의 말을 들었다.

"기실 이렇게 되었으니, 다시 이장할 필요도 없이 흙을 다시 메우고, 관은 팔아 버리면 그것으로 일은 끝나는 거지. 관을 되파는 게 좀 어색하긴 하지만, 그래도 싼 값에 내놓으면 판 가게에서 다시 살 테고, 그러면 적어도 술값 몇 푼은 건질 수 있었을 거야. 하지만 나는 그렇게 하지 않았네. 나는 전처럼 이불을 깔고 그의 시체가 있던 곳의 흙을 솜으로 싼 뒤 새로 사가지고 간 관 속에 넣어 아버지가 묻힌 무덤 옆에 묻어 주었네. 바깥쪽에 벽돌을 쌓느라고 어제는 한 나절 동안 바빴다네. 공사감독을 했지. 그 일은 그렇게 일단락을 지었네. 어머니에게는 거짓말을 하여 안심시켜 드렸네. ― 아아, 자네가 날 그렇게 쳐다보는 것은, 내가 어째서 이렇게 달라졌나 해서 의아해하는 거겠지? 그래, 나도 아직 기억한다네. 우리가 함께 성황당에 가서 신상(神像)의 수염을 뽑았던 일이며, 중국을 개혁하는 방법에 대해 매일같이 논의하다가 끝내 싸우기까지 했던 일들을 말일세. 그런데 지금은 이 모양으로 되는 대로 어물어물 지내고 있다네. 때론 나 자신도 옛날 친구가 날 보면 친구로 여기지 않을 거라고 생각한다네……. 그러나 지금 나는 이 꼴이라네."

그는 또 궐련 한 개비를 꺼내 물고 불을 붙였다.

"자네의 표정을 보니, 자넨 아직도 나에 대해 조금은 기대를 가지고 있는 것 같은데 ― 난 지금 거의 마비되어 있지만, 그런 눈치쯤은 챌 줄 아네. 자네의 그 태도가 나를 매우 감격하게도 하지만 또 나를 몹시 불안하게도 하네. 내가 결국 여태 나에게 호의를 가지고 있던 옛 친구를 배반하는 것은 아닌가 하고……"

그는 갑자기 입을 다물고 몇 모금 담배를 빨더니, 다시 느린 말투로 말했다.

"바로 오늘, 이 이스쮀에 오기 전에 한 가지 쓸데없는 일을 저지르고 왔다네. 그러나 그건 내가 원해서 한 것이었네. 내가 전에 살던 집 동쪽에 창푸(長富)라고 하는 뱃사람이 있었지. 그에게는 아순(阿順)이라고 부르는 딸이 하나 있었는데, 자네도 그때 우리 집에 왔을 때 아마 본 적이 있을 거야. 그러나 자넨 틀림없이 기억에 없을 거야. 그때 그녀는 어렸을 때니까. 그 후 커서도 그다지 예쁘지는 않았어. 그저 평범하고 마르고 갸름한 얼굴에 피부는 누런색이었지. 유별나게 눈이 크고 눈썹도 아주 길었지. 눈의 흰자위가 맑아서 맑은 밤하늘 같았었지. 북쪽 지방의, 바람 없는 날의 하늘 말이야. 여기서는 그런 맑음은 볼 수 없지. 그 아이는 훌륭한 일꾼이었어. 열몇 살에 어머니를 잃고 두 동생의 뒷바라지를 도맡아 했지. 아버지 시중도 빈틈없이 해 드리고, 게다가 살림도 알뜰하게 해서, 가계도 차츰 여유 있게 되있다네. 이웃에서도 어느 누구 칭찬하지 않는 사람이 없었고, 창푸조차도 언제나 고맙다고 말하곤 했지. 이번에 내가 집에서 떠나려고 할 때 어머니가 그녀를 기억하고 있었던 거야. 노인들의 기억력은 정말 오래 가더군. 어머니 말씀인즉, 아순이 그때 누군가가 머리에 붉은 벨벳으로 만든 리본을 맨 것을 보고, 자기도 하나 갖고 싶었지만 살 수가 없어서 한밤중까지 울다가 아버지한테 얻어맞아 2, 3일 동안 눈이 벌겋게 부어 있었다는 거야. 그 벨벳 리본은 다른 지방에서 나는 물건이어서 S시에서는 살 수 없었다네. 그러니 그녀가 어디서 그걸 얻을 수 있었겠나? 그러니 이번에 남방에 가는 김에 나더러 두 개만 사가지고 가서 그녀에게 주고 오라는 거였네.

나는 이런 심부름이 귀찮기는커녕 도리어 무척 기뻤다네. 나도 실은 아순을 위해서라면 무언가 해 주고 싶은 마음이 있었지. 재작년에 어머니를 모시러 돌아왔을 때의 일이었어. 어느 날, 집에 있던 창푸와 나 사이에 우연히 이야기가 시작되었다네. 그러더니 그는 나더러 점심으로 밀범벅을 먹고 가라며, 흰 설탕을 넣어 만든 것이라고 말하더군. 자네도 생각 좀 해 보게. 집에서 흰 설탕을 두고 먹는 뱃사람이라면 결코 가난한 뱃사람이 아님을 알 수 있지 않겠나. 그래서 그도 큰소리를 치는 거겠지. 나는 권유에 못 이겨 거절하지 못하고 그럼 먹겠다고 대답했네. 그러나 작은 그릇에 달라고 했지. 그도 세상 물정을 잘 알고 있었던지 '학문하는 사람들은 많이 먹지를 않으니까 조그만 대접에 드리고 설탕을 많이 넣도록 해라' 하고 아순에게 이르더군. 그러나 담아 들고 나왔을 때 나는 그만 기겁을 했다네. 큰 사발에 듬뿍 담아 왔더군. 내가 하루는 족히 먹을 수 있을 만큼 많았지. 하기야 창푸가 먹는 그릇에 비하면 내 것이 확실히 작긴 했네. 나는 평생 밀가루 범벅을 먹어 본 일이 없었는데, 처음으로 한 번 맛을 보니, 솔직히 입에 안 맞고 달기만 하더군. 나는 어물어물 두어 숟가락 떠먹고는 그만 먹으려고 했지. 한데 무의식중에 문득 눈을 들어 보니, 아순이 저쪽 방구석에 서 있는 것이 보였어. 그 바람에 나는 숟가락을 놓을 용기가 사라졌다네. 그녀의 표정에는 걱정과 기대가 나타나 있었어. 아마도 제대로 안 되었을까 봐 걱정스럽고, 우리가 맛있게 먹어 줄 것을 기대하고 있는 듯했네. 만일에 반 이상이나 남긴다면 틀림없이 그녀를 실망시킬 것이고 또 민망해 할 것 같았네. 그렇게 생각되자 나는 목구멍을 잔뜩 벌리고 퍼 넣었네. 거의 창포와 같은 속도로 먹었지. 억지로 먹는다는 것이 얼마나 괴로운 일인지 그때 처음 알았다네. 내 기억으로는 어릴 때 회충약 가루를 검은 설탕에 섞어 한 종지나 마시던 때의 괴로움이 그와 비슷하다 싶었다네. 그러나 나는 아순이 원망스럽지는 않았어. 빈 그릇을 가지러 왔을 때, 자랑스러움을 감추지 못하고 기뻐 웃는 얼굴을 본 것만으로도, 나의 고통은 충분히 보상되었기 때문이었네. 그래서 그날 밤 나는 과식으로 편히 잘 수 없었고 악몽을 꾸었지만, 그래도 그녀의 일생의 행복을 바라고, 그녀를 위해 세상이 좋게 되기를 빌었다네. 그러나 이런 생각들도 나의 지난날의 꿈의 흔적에 지나지 않는 것이기에, 곧 스스로 비웃고 금세 잊어버리고 말았지.

나는 전에 그녀가 벨벳 리본 때문에 매를 맞았다는 것은 전혀 모르고 있었네. 그런데 어머니가 그 얘기를 끄집어내는 바람에 밀가루 범벅의 추억이 되살아난 거야. 그래서 나 자신도 의외일 만큼 열심히 찾아보았지. 나는 먼저 타이위안(太原) 시내에서 두루 다니며 찾아보았지만 아무 데도 없었어. 그러다가 지난(濟南)에 와서……."

창밖으로 후드득하는 소리가 들리고, 가지가 휘어지도록 동백나무에 수북이 쌓여 있던 눈송이가 굴러 떨어졌다. 나뭇가지는 곧

바로 쭉 뻗어서 검게 윤기가 흐르는 잎과, 핏빛처럼 붉은 꽃이 한층 돋보였다. 잿빛 하늘은 더욱 어두워져 있었다. 짹짹 우는 참새는 아마도 황혼이 들고, 땅에는 온통 눈이 덮여 먹이를 찾을 수 없자 일찌감치 둥우리로 돌아와 쉬는 것이리라.

"지난에 오자……"

그는 창밖을 흘깃 보더니 몸을 돌려 술잔을 다 비우고는, 또 몇 모금 담배를 빨더니 다시 말을 이었다.

"가까스로 벨벳 리본을 구할 수 있었네. 그녀를 매 맞게 한 것이 바로 이런 것인지 알 수는 없었지만, 어쨌든 벨벳으로 만든 것이었다네. 게다가 그녀가 짙은 색을 좋아하는지 옅은 색을 좋아하는지 그것도 알 수가 없어서, 진홍빛으로 한 개, 분홍빛으로 한 개를 사서 그것을 가지고 그곳으로 갔다네.

바로 오늘 오후였네, 나는 밥을 먹고 곧 창푸를 보러 갔지. 이 일 때문에 일부러 출발을 하루 더 연기했던 거야. 그의 집은 아직도 남아 있었지만, 정작 가 보니 왠지 음산한 기분이 들더군. 그렇지만 그런 생각은 내 자신의 기분 탓이었는지도 모르지. 그의 아들과 둘째 딸 — 아자오(阿昭)가 문 입구에 서 있었는데, 많이 컸더군. 아자오는 생김새가 그녀의 언니와는 전혀 달랐어. 정말 유령 같더군. 내가 저희 집 쪽으로 오는 것을 보자 나는 듯이 집 안으로 달아나 버리더군. 그래서 나는 아들 녀석에게 물어보고서야 창푸가 집에 없다는 것을 알았네.

'네 큰누나는?' 했더니 그는 갑자기 눈을 동그랗게 뜨고, 누나에게 무슨 일이 있느냐고 캐묻는 것이, 서슬이 퍼래 가지고 당장이라도 달려들어 물 것 같더군. 그래서 나는 어물어물 물러나 버렸지. 나로서는 어리둥절했다네…….

자넨 모르겠지만, 난 전보다 사람을 방문하는 게 더 두려워졌다네. 왜냐하면 나는 나 자신을 몹시 혐오하고 있기 때문이지. 자기 자신조차도 싫어하는데 굳이 남까지 불편하게 해서야 되겠는가? 그러나 이번 심부름만큼은 제대로 하고 싶었기 때문에, 잠시 생각하다가 결국 그 맞은편 옆집인 나무장사 집으로 되돌아갔다네. 가게 주인의 어머니는 라오파(老發) 할머니였는데, 아직도 살아 계시더군. 나를 알아보고 의외로 나를 가게 안으로 맞이하며 앉으라 하더군. 우리는 몇 마디 수인사를 나누고, 나는 곧 내가 S시에 온 이유와 창푸를 방문하게 된 이유를 설명했네. 그런데 뜻밖에도 그녀는 한숨을 내쉬며 이렇게 말하는 거야. '가엽게도 아순은 복이 없어. 그렇게 바라던 벨벳 리본도 달아 보지 못하고.'

그리고는 상세하게 내게 이야기해 주더군. '아마 작년 봄 이후부터였을 거요. 아순은 몸이 쇠약해지더니 나중에는 계속해서 눈물을 흘리곤 했다오. 이유가 무엇인지 물었지만 말하지 않았고, 어떤 내는 밤새도록 우는 때도 있었다오. 자꾸 울자 창푸도 화가 나서 참지 못하고, 다 큰 계집애가 미치기라도 했냐면서 욕을 하기도 했지요. 그러나 가을로 접어들면서, 처음에는 대수롭지 않은 감기에 걸린 것으로만 여겼는데, 끝내는 앓아눕더니 그 후 일어나지 못했다오. 숨을 거두기 며칠 전에야 비로소 창푸에게 하는 말이, 그녀도 제 어미처럼 오래전부터 자주 피를 토하고 식은땀을 흘렸었다며 제 아비가 알면 걱정할까 봐 숨겼다는 거요. 어느 날 밤, 그녀의 큰아버지 창경(長庚)이 와서 돈을 빌려 달라고 억지를 부렸는데, — 이런 일은 언제나 있었던 일이지요. — 그녀가 주지 않으니까 창경이 냉소하며, '잘난 체하지 마, 네 남편 될 놈은 나만도 못한 놈이야'라고 했다는 거요. 그 후로 그녀는 걱정되기도 하고, 부끄럽기도 하고, 누구에게 물어볼 수도 없어서 그저 울기만 했다는 거요. 창푸는 곧 네 남편 될 사람은 매우 근면한 사람이라고 그녀에게 말해 주었지만, 어디 들어야지요? 더구나 그녀는 그 말을 믿지도 않고, 도리어 이미 내 꼴이 이렇게 되었으니 아무러면 어떠냐고 하더래요.'

할멈은 계속해서, '만약 그 애의 남편이 정말로 창경보다 못하다면 그건 큰일이지요. 좀도둑만도 못하다면 그게 사람인가요? 그러나 아순의 남편 될 사람이 장례에 왔을 때 내 두 눈으로 보았어요. 의복이 깨끗하고, 인품도 훌륭했어요. 그리고 넘쳐흐르는 눈물을 억제하지 못하면서, 자기는 반평생을 조그만 배 한 척에 의지하면서 온갖 고생 끝에 돈을 모아 색시를 맞이하려고 했는데, 기어이 죽고 말았다고 하더군요. 그 사람은 정말 좋은 사람이고 창경이 말한 것은 전부 거짓말이었다는 것을 알 수 있었지요. 다만 가여운 아순이 그런 도적놈의 거짓말을 믿고, 헛되이 목숨을 잃었다는 거예요. — 하지만 누구를 나무라겠어요. 아순이 복이 없음을 탓할 수밖에요.'

그렇게 해서 내 임무는 끝났던 걸세. 그러나 내가 가지고 온 두 개의 리본은 어떻게 하지? 나는 라오파 할멈에게 부탁해서 아자오에게 보내 달라고 했네. 아자오는 나를 보자마자 이리나 무슨 짐승을 본 것처럼 급히 달아나 버려 사실 그녀에게 주고 싶지는 않았어. — 그러나 나는 그녀에게 주기로 했네. 어머님께는 다만 아순이 무척 좋아했다고 말하면 될 거고. 이런 쓸데없는 일들이 도대체 뭐란 말인가? 적당히 어물어물 지나는 수밖에. 이럭저럭 새해가 지나면 전같이 '공자(孔子) 가라사대, 시경에 이르기를' 하며 가르치면 되는 거야."

"자네가 가르치고 있는 것이 '공자 가라사대, 시경에 이르기를' 인가?"

나는 이상하게 여겨져 물었다.

"물론이지. 자넨 내가 A, B, C, D라도 가르치고 있는 줄 알았나? 전에는 학생이 두 명 있었네. 한 학생에게는 『시경』을, 다른 한 학생에게는 『맹자』를 가르쳤지. 최근에 한 명이 더 늘었어. 여자앤데 『여아경(女兒經)』을 가르친다네. 산수는 안 가르치지. 내가 가르치지 않는 게 아니라 그들이 가르치지 말라고 해서 말이야."

"정말 뜻밖이네. 자네가 그런 책을 가르치고 있다니……."

"그 애들의 아버지가 그 애들에게 이런 책들을 읽게 하는 거야. 나는 남이라서 하지 말라고 할 수 없다네. 그런 쓸데없는 걸 따져서 무엇 하나? 되는 대로 하는 수밖에……."

그는 얼굴이 이미 새빨갛게 된 것이 상당히 취해 있는 듯했다. 그러나 눈빛은 도리어 빛을 잃어 가고 있었다. 나는 작게 한숨을 내쉬고 잠시 동안 할 말을 잃었다. 계단에서 한바탕 떠들썩한 소리가 나더니 몇 사람의 술손님이 올라왔다. 제일 앞의 손님은 키가 작고 부은 것처럼 통통한 둥근 얼굴이었고, 두 번째는 큰 키에 얼굴 한가운데의 빨간 코가 유난히 눈길을 끌었다. 그 뒤로도 사람들이 줄줄이 따라 올라와서 조그마한 술집이 떠나갈 정도였다. 내가 눈을 돌려 뤼웨이푸를 보자, 동시에 그도 눈을 돌려 나를 보았다. 나는 심부름꾼을 불러 술값을 계산하려고 했다.

"자넨 그것으로 생활이 되나?"

가려고 채비를 하면서 물었다.

"그저 그래. ― 난 매달 20원을 받는데, 그냥저냥 지내기에도 충분하지는 않다네."

"그렇다면, 자넨 앞으로 어떻게 할 셈인가?"

"앞으로? ……나도 모르겠어. 자넨 우리가 미리 예상했던 일 중에 마음먹었던 대로 된 게 하나라도 있나? 난 지금 아무것도 모르겠네. 바로 내일의 일도 모르겠고, 당장 1분 후의 일도……."

심부름꾼이 계산서를 가지고 와서 내게 주었다. 그는 처음 만났을 때처럼 그렇게 겸손하지 않았고, 다만 흘깃 한번 나를 쳐다볼 뿐 이내 담배를 피우면서 내가 지불하는 대로 놔두었다.

우리는 함께 술집을 나왔다. 그가 묵고 있는 여관은 내가 묵고 있는 곳과 정반대였기 때문에 문 입구에서 바로 헤어졌다. 나는 혼자 여관을 향해 걸었다. 차가운 바람과 눈발이 얼굴을 때리는 것이 오히려 상쾌하게 느껴졌다. 하늘은 이미 황혼이 되었고, 집이며 거리는 온통 촘촘히 쌓인 눈의 새하얗고 고르지 못한 그물눈 속에 짜여져 있었다.

1924년 2월 16일

행복한 가정(幸福的家庭)
― 쉬친원(許欽文)을 모방하여 ―

'……쓰고 말고는 전적으로 자기 마음 내키는 대로 하는 것이다. 작품은 마치 태양의 빛과 같이 무한한 광원 속에서 용솟음쳐 나오는 것이다. 부싯돌의 불씨처럼 쇠와 돌이 맞부딪쳐야 나오는 것은 아니다. 이것이 바로 진정한 예술이다. 또 그런 작가라야 비로소 진정한 예술가이다. ― 그런데 나는…… 이게 뭐란 말인가……'

여기까지 생각이 미치자 그는 갑자기 침대에서 벌떡 일어났다. 전부터 그는 몇 푼의 원고료라도 벌어 생활을 유지하지 않으면 안 되겠다고 생각하고 있었다. 투고할 곳은 우선 행복월보사(幸福月報社)로 정했다. 왜냐하면 고료가 비교적 후한 편이었기 때문이었다. 그러나 작품 내용은 반드시 범위라는 것이 있다. 그것에 맞지 않으면 채택되지 않을지도 모른다. 범위가 바로 정해져 있다면……, 오늘날의 청년들의 머릿속을 차지하고 있는 큰 문제는? ……아마도 그리 적지는 않을 것이다. 대부분이 연애라든가, 결혼, 또는 가정 문제 등등…… 그렇다. 그들의 대다수가 틀림없이 그런 일로 번민하고, 또 토론하고 있을 것이다. 그렇다면 가정에 대해서 써 보자. 그러나 어떻게 쓸 것인가? ……그렇지 않으면, 채택해 주지 않을지도 몰라. 하필이면 시대에 맞지 않는 이야기를 쓸 필요가 있을까. 그렇지만…….

그는 침대에서 뛰어내려, 책상 앞으로 네댓 걸음 걸어가 의자에 앉았다. 그리고 녹색 괘선 원고지를 한 장 꺼내 조금도 주저함 없이, 그러면서도 될 대로 되라는 듯이 '행복한 가정'이라는 제목 한 줄을 썼다.

그의 펜은 곧 멈추었다. 그는 고개를 젖히고 두 눈을 크게 뜬 채 천장을 노려보며 이 '행복한 가정'으로 설정할 만한 장소를 배치한다. 그는 생각했다.

'베이징(北京)은 어떨까? 안 돼. 전혀 활기가 없고 공기조차 죽어 있어. 가령 이 가정의 주위에 높은 담을 쌓는다 하더라도 공기까지 막을 수야 없겠지? 정말 그렇게는 할 수 없지. 장쑤(江蘇)나 저장(浙江)은 매일같이 전쟁 준비에 바쁘고, 푸젠(福建)은 더 말할 것도 없다. 쓰촨(四川)이나 광둥(廣東)은? 지금 한창 전쟁 중이다. 산둥(山東)이나 허난(河南) 지역은? 아아, 거기도 인질로 잡혀갈 위험이 있어. 만일 한 사람이라도 잡혀 간다면 그건 불행한 가정이 되고 말지. 상하이(上海)나 톈진(天津)의 조계(租界)는 집세가 비싸고……. 만약 외국으로 정한다면 웃음거리가 될 거야. 윈난(雲南)이나 구이저우(貴州)는 어떨지 모르겠지만 교통이 너무 불편해…….'

그는 이리저리 생각해 보았지만, 좋은 곳이 생각나지 않았다. 그래서 A라는 곳으로 가정해 놓고, 다시 생각을 해 보았다.

'지금 많은 사람들이 서양 글자로 인명이나 지명을 표시하는 것은 독자의 흥미를 감소시킨다고 해서 반대하고 있다. 이번 투고에서는 쓰지 않는 것이 안전할 것 같다. 그렇다면 어떤 곳으로 하는 것이 좋을까? ― 후난(湖南)도 전쟁 중이다. 다롄(大連)은 여전히 집세가 비싸다. 차하얼(察哈爾), 지린(吉林), 헤이룽장(黑龍江)은 ― 마적들이 있다는 소문이 들리니, 역시 안 되겠어⋯⋯.'

그는 다시 이리저리 생각해 보았지만, 좋은 곳이 생각나지 않았다. 그래서 결국 이 '행복한 가정'이 있는 곳을 A라고 가정하기로 했다.

'어떻든 이 행복한 가정이 반드시 A라는 곳이어야 한다는 것에는 논의의 여지가 없다. 가정에는 물론 남편과 아내, 즉 주인과 주부가 있고, 자유결혼을 했다. 그들은 40여 조항의 결혼조약을 체결했는데, 매우 상세하기 때문에 매우 평등하며 충분히 자유롭다. 더욱이 고등교육까지 받았기 때문에 우아하고 고상하다⋯⋯. 일본 유학생은 이미 먹히지 않는다. ― 그렇다면 서양 유학생으로 가정하자. 주인은 언제나 양복을 입고 칼라는 늘 희고 깨끗하다. 주부는 앞머리를 항상 참새 둥우리처럼 보글보글하게 파마를 했다. 치아는 언제나 희고 깨끗하다. 그러나 의복만은 중국 복장으로 하자⋯⋯.'

"안 돼, 안 돼요. 그렇게는 안 돼요. 스물다섯 근입니다."

그는 창밖에서 남자의 소리가 들려와 자기도 모르게 뒤돌아보았다. 창에는 커튼이 드리워져 있지만 햇빛이 눈부시게 밝게 비쳐 눈이 어지러웠다. 이어서 조그만 나뭇조각을 땅에 던지는 소리가 들렸다. '상관할 일이 아니로군.' 그는 다시 고개를 돌려 생각했다.

'스물댓 근이 뭐지? — 그들은 우아하고 고상하며 꽤 문예를 사랑한다. 그러나 모두가 어려서부터 행복 속에서 자라났기 때문에 러시아의 소설은 좋아하지 않는다. ……러시아 소설은 하등 계급의 사람들을 묘사한 것이 많아서 사실 이런 가정과는 맞지 않는다. 스물댓 근이라니? 관여할 것 없어. 그렇다면 그들은 무슨 책을 볼까? ……바이런의 시(詩)? 키츠? 안 돼. 모두 적당치 않아……. 음, 있다. 그들은 모두 『이상적인 남편』을 즐겨 읽는다. 내가 비록 그 책을 읽어 본 적은 없지만, 대학교수까지 그토록 칭찬하고 있는 것을 보면, 그들 역시 애독할 것이 틀림없어. 당신이 읽으면 나도 읽는다. ……그들은 한 사람이 한 권씩, 이 가정에는 같은 책이 두 권씩 있다…….'

그는 뱃속이 좀 비어 있음을 느끼자 펜을 놓고 두 손으로 머리를 떠받쳤다. 마치 자기의 머리를 두 개의 기둥 사이에 걸쳐 놓은 지구의(地球儀)와 같이 했다.

'……그들 두 사람은 지금 점심 식사 중이다.' 그는 생각했다. '탁자 위에는 새하얀 식탁보가 덮여 있다. 요리사가 요리를 가져온다. ……중국 요리다. '스물댓 근'이 뭐지? 상관없어. 무엇 때문에 중국 요리로 하지? 서양 사람들이 말하기를 중국 요리는 가장 진보된 것이라 맛도 좋고, 가장 위생적이라고 한다. 따라서 그

들은 중국 요리를 택한 것이다. 첫 번째 집사가 들어왔다. 그런데 이 첫 번째 요리는 무엇으로 할까⋯⋯?'

"장작이⋯⋯."

그는 깜짝 놀라 뒤를 돌아보았다. 왼쪽 어깨 너머로 자기 집의 주부가 서 있었다. 두 개의 어두운 눈이 그의 얼굴을 응시하고 있었다.

"뭐야?"

그는 그녀가 들어와서 창작에 방해가 되었다고 생각되자 약간 화가 났다.

"장작 말이에요. 다 땠어요. 그래서 오늘 좀 사려고요. 며칠 전까지만 해도 열 근에 24전 하던 것이 오늘은 26전을 내라고 하네요. 그러나 나는 25전만 주려고 하는데 어때요?"

"좋아, 25전에 해."

"저울 근수도 부족해요. 그는 틀림없이 스물네 근 반이라지만, 저는 스물세 근 반으로 계산하려고 해요. 어때요?"

"좋아. 그럼 스물세 근 반이야⋯⋯."

"그러면 오오는 이십오, 삼오는 십오⋯⋯."

"응, 오오는 이십오, 삼오는 십오⋯⋯."

그는 더 말하지 않고 잠시 멈칫했다가 갑자기 펜을 들어 '행복한 가정'이라고 한 줄 써놓은 푸른 괘선 원고지 위에 대충 계산하더니 얼마 후에야 고개를 들고 말했다.

"58전이군."

"그러면 제가 가지고 있는 것으로는 부족해요. 8, 9전쯤 모자라네……."

그는 책상 서랍을 열어 20, 30개도 안 되는 동전을 있는 대로 모두 꺼내어 그녀의 펼친 손바닥 위에 놓고, 그녀가 방을 나가는 것을 보고 나서야 머리를 책상 쪽으로 돌렸다. 그러나 그는 머릿속이 마구 부풀어오르고 있음을 느꼈다. 마치 차곡차곡 쌓아 올린 장작으로 꽉 차 있는 것 같고, 뇌피질에는 아직도 오오는 이십오 따위의 수많은 아라비아 숫자가 어지럽게 새겨져 있었다. 그는 숨을 깊이 들이쉬었다가 또 있는 힘을 다해 크게 내쉬었다. 마치 이 같은 행동을 빌려, 머릿속에 있는 장작이며 오오는 이십오 등 아라비아 숫자를 쫓아 버리기라도 하려는 것 같았다. 과연 숨을 크게 내쉰 후로는 마음이 적지 않게 가벼워졌다. 그래서 어렴풋한 생각을 다시 되돌리기 시작했다.

'어떤 요리로 할까? 요리는 특별하지 않아도 괜찮다. 등심 튀김이라든가 새우나 해삼 요리는 사실상 너무 평범하다. 그들이 먹는 음식은 아무래도 '용호투(龍虎鬪)'로 해야겠다. 그렇지만 '용호투'는 또 뭔가? 어떤 사람은 뱀과 고양이 고기로 만든 것으로 광둥에서는 귀중한 요리이기 때문에 큰 연회가 아니면 먹을 수 없다고 한다. 하지만 나는 장쑤의 요리점 식단에서 이 메뉴를 본 적이 있다. 장쑤 사람들은 뱀이나 고양이를 먹지 않는 것 같은데 아마도 누군가가 말했듯이 개구리와 뱀장어를 말하는 것일 게다. 지금 이 남편과 아내를 어느 지방 사람으로 가정해야 할까? — 아무래도 상관없다. 요컨대 어느 지방 사람을 막론하고 뱀과 고양이, 혹은 개구리와 뱀장어 요리를 먹는다고 해도 행복한 가정에 결코 손상을 끼치지 않을 것이다. 어쨌든 첫 번째 요리는 반드시 '용호투'로 하는 것에는 논의의 여지가 없다.

일단 용호투 요리가 식탁 가운데 놓이면 그들 두 사람은 동시에 젓가락을 들어 그릇 언저리를 가리키며 웃는 얼굴로 서로 마주 본다……

"*My dear, please.*(여보, 드세요.)"

"*Please you eat first, my dear.*(당신 먼저 들어요, 여보.)"

"*Oh, No! Please you!*(아니에요, 당신이 먼저예요!)"

그들은 동시에 젓가락을 뻗어 뱀 고기를 한 점 들어올린다. 아니야, 뱀 고기는 아무래도 이상하다. 역시 뱀장어가 낫겠어. 그렇다면 이 '용호투'는 개구리와 뱀장어로 만든 것이 된다. 그들은 동시에 뱀장어를 한 점 집는다. 크기도 같다. 오오는 이십오, 삼오는…… 아무래도 좋다. 동시에 입속으로 넣는다…….'

그는 뒤를 돌아보고 싶어 자제할 수가 없었다. 왜냐하면 뒤가 매우 시끄럽고 누군가가 몇 번이나 왔다갔다하는 것을 느꼈기 때문이다. 그러나 그는 꾹 참고 시끄러운 속에서 생각을 이어 갔다.

'이건 좀 낯간지러운 것 같은데, 어디 이런 가정이 있을라구? 아니, 내 생각이 왜 이렇게 혼란스럽게 되었을까? 이런 좋은 제목으로는 완성할 수 없을지도 모르겠는데 — 하필이면 유학생으로 설정해야 하나. 국내에서 고등교육을 받은 사람도 좋아. 그들은 모두 대학을 졸업했으며, 고상하고 우아하고, 고상하고…… 남자는 문학가고, 여자도 역시 문학가이든가, 혹은 문학 숭배자다. 아니면 여자는 시인이다. 남자는 시인 숭배자고 여성 존중자다. 아

니면……'

그는 마침내 참을 수가 없어서 뒤를 돌아보았다.

그의 등뒤 책장 옆에는 이미 배추더미가 쌓여 있었다. 하단에 세 포기, 가운데에 두 포기, 상단에 한 포기가 그를 향해 커다란 A 자 모양으로 쌓아 올려져 있었다.

"아이구!"

그는 놀라 탄식했다. 동시에 얼굴이 화끈 달아올랐으며 척추에 수없이 많은 바늘이 콕콕 박히는 듯했다.

"후우……"

그는 긴 한숨을 내쉬며, 먼저 등의 바늘을 뽑아내고 다시 생각을 계속했다.

'행복한 가정은 집이 넓어야 한다. 창고가 있어서 배추 같은 것들은 모두 그곳에 넣어 둔다. 주인의 서재도 별도로 하나 있어서 벽면은 모두 서가로 꾸며지고, 그 옆에는 물론 배추 포기 같은 것은 결코 없다. 서가는 중국 책과 외국 책으로 꽉 차 있고, 『이상적인 남편』도 물론 있다. …… 두 권이 함께 있다. 침실도 따로 있다. 황동(黃銅) 침대이거나 혹은 약간 검소한 것으로 제일감옥 공장의 느릅나무 침대도 좋다. 침대 밑은 매우 깨끗해서……'

그는 당장 자기의 침대 밑을 흘깃 내려다보았다. 장작은 이미 다 써 버렸고, 오직 한 가닥 새끼줄만 죽은 뱀처럼 늘어져 있었다.

"스물세 근 반……"

그는 장작이 '시냇물이 끊임없이 흐르듯' 침대 밑으로 들어오고, 또 머릿속에 장작이 차곡차곡 쌓이는 느낌이 들자, 황급히 일어나 문 쪽으로 가서 문을 닫으려 했다. 그러나 두 손이 막 문에 닿는 순간, 너무 행동이 거친 것 같아 손을 멈추고는 먼지가 가득 쌓인 커튼만을 내려놓았다. 그는 한편 생각했다. '이것이야말로 쇄국정책의 서둘음도 없고 또한 문호개방의 불안도 없는 '중용의 길'에 합치되는 것이구나.'

'……그래서 주인의 서재는 항상 문이 닫혀 있다.'

그는 돌아와 의자에 앉아 생각했다.

'무슨 일이 있어 상의하고 싶을 때는 우선 문을 노크한 후에 허락을 얻고 나서야 비로소 들어간다. 이런 방법이 사실 옳은 거야. 만약 지금 주인이 자기 서재에 있는데 주부가 문학예술에 관한 이야기를 하러 온다면, 먼저 문을 노크한다. ― 그래야만 안심할 수 있다. 그녀는 결코 배추 같은 것을 가지고 들어오지 않는다.

"*Come in please, my dear.*(들어와요, 여보.)"

그러나 주인이 문학예술에 관한 이야기를 할 시간이 없을 경우에는 어떻게 할까? 그렇다면 그녀를 상대하지 않고, 그녀가 밖에서 언제까지고 쾅쾅 문을 두드리도록 내버려 둔다? 이렇게 해서는 안 되겠지. 혹 『이상적인 남편』에는 모두 적혀 있을지 모르겠다. ― 그것은 아마 틀림없이 좋은 소설일 거야. 나도 원고료가 들어오면 꼭 한 권 사서 읽어야지…….'

찰싹!

그의 허리뼈가 곧추섰다. 그의 경험에 의하면 이 찰싹! 하는 소리는 아내의 손바닥이 세 살짜리 딸애의 머리를 때리는 소리였기 때문이다.

'행복한 가정…….'

그는 아이의 울음소리를 들었지만 허리를 곧바로 세운 채 생각했다.

'아이를 늦게 낳으려면 아예 늦게 낳든가, 그렇지 않으면 아예 없는 것이 나아. 두 사람이 깨끗하게 사는 것이 — 어쩌면 호텔에서 사는 것이 나을 거야. 모든 것을 전부 그들에게 맡기고 혼자서 깨끗하게…….'

그는 울음소리가 커지자 일어나서 커튼을 젖히며 생각했다.

'마르크스는 어린애들 울음소리 속에서도 『자본론(資本論)』을 쓸 수가 있었다. 그래서 그는 위인인 것이다…….'

바깥방으로 걸어 나가 창문을 여니, 석유 냄새가 확 끼쳐 왔다. 어린애는 문의 오른쪽에 누워 있었는데 얼굴은 땅바닥을 향해 있다가 그를 보자 "아앙" 하고 소리쳐 울었다.

"자아, 괜찮아, 괜찮아, 울지 마라, 울지 마. 우리 착한 아가."

그는 허리를 굽혀 어린애를 끌어안았다.

그가 아이를 안고 몸을 돌리는데, 문 왼쪽에 서 있는 아내가 보였다. 역시 허리를 곧추세우고 있었는데 두 손을 허리에 얹고, 화가 나 있는 것이 마치 체조라도 하려는 듯한 자세를 취하고 있었다.

"너까지 나를 못살게 구니! 도와주지는 못할망정 방해만 하다니 — 등잔까지 뒤집어 엎었으니 밤에 뭘로 불을 켤 거야?"

"아아! 괜찮아, 괜찮아. 울지 마라, 울지 마."

그는 아내의 떨리는 소리를 뒤로 하고 어린애를 안고 방으로 돌아와서는, 어린애의 머리를 쓰다듬어 주며, "우리 착한 아기" 하고 말했다. 그리고는 아이를 내려놓고 의자를 끌어다가 앉아서, 어린애를 두 무릎 사이에 세우고 손을 들어 올리며 말했다.

"울면 안 돼. 착한 아이지? 아빠가 '고양이 세수' 하는 것을 보여 줄게."

그는 목을 길게 빼고 동시에 혀를 내밀어 멀리서 손바닥을 핥는 흉내를 두 번 낸 뒤, 곧 손바닥으로 자기 얼굴을 동그랗게 쓰다듬는 흉내를 내보였다.

"아, 아, 야옹."

그러자 아기는 웃기 시작했다.

"그래, 그래. 야옹."

그는 계속해서 몇 차례 얼굴을 동그랗게 쓰다듬어 보인 후 손을 멈추었다. 어린애는 여전히 웃으면서 눈물을 머금은 채 그를 보았다.

그는 문득 어린애의 귀엽고 천진스러운 얼굴에서 5년 전 제 엄마의 모습을 보는 것 같았다. 새빨간 입술은 더욱 닮았다. 다만 윤곽이 작을 뿐이다. 그때도 역시 매우 청명한 겨울이었다. 그녀는 그가 모든 장애를 무릅쓰고 그녀를 위해 희생하겠다고 결심을 말하는 것을 들었을 때 지금 이 아이처럼 눈에 눈물을 머금고 웃으며 그를 바라보았다. 그는 망연히 앉은 채 무엇엔가 취한 듯한 기분이 들었다.

'아아, 귀여운 입술……' 하고 그는 생각했다.

갑자기 커튼이 젖혀지고 장작이 운반되어 왔다.

그가 불현듯 놀라 정신을 차리고 보니, 어린애는 아직도 눈물을 머금은 채 빨간 입술을 벌리고 그를 보고 있었다.

'입술…….'

옆을 흘깃 보니 장작이 막 들어오기 시작했다.

'……아마 장래에도 오오는 이십오, 구구는 팔십일이겠지……! 게다가 두 눈도 어둡고 처량해질 테고…….'

그는 생각하더니, 곧장 제목 한 줄과 한바탕 계산이 쓰여진 푸른 괘선 원고지를 난폭하게 잡아 몇 번이나 구겼다가 다시 펴서, 그것으로 어린애의 눈물과 콧물을 닦아 주었다.

"착하지. 나가서 놀아라."

그는 아이를 밀쳐내며 말했다. 그러고는 종이 뭉치를 힘껏 휴지통에 던져 버렸다.

그러나 그는 즉각 아이에게 약간 미안한 마음이 들어 다시 고개를 돌려 애가 혼자 쓸쓸히 걸어 나가는 뒷모습을 바라보았다. 귓속에는 나뭇조각 소리가 들렸다. 그는 정신을 가다듬어 보려고 곧 고개를 돌려 눈을 감고, 잡념을 떨쳐 버리고, 마음을 가라앉히고 조용히 앉았다.

그의 눈앞에 주황색 꽃심이 있는 한 송이 원판형의 검은 꽃이 왼쪽 눈의 왼쪽 구석에서 오른쪽으로 떠돌아 가다가 사라졌다. 이어서 암녹색 꽃심이 있는 담녹색 꽃이, 그리고 여섯 포기의 배추 더미가 하나의 커다란 A자 모양으로 그를 향해 우뚝 쌓여 있는 것을 보았다.

1924년 2월 18일

비누(肥皂)

쓰밍(四銘) 부인은 저녁 햇빛 속에서 북쪽 창문을 등진 채, 여덟 살 난 딸 슈얼(秀兒)과 함께 지전(紙錢)에 풀칠을 하고 있었다. 그때 문득 무겁고 느린 신발 소리가 들렸다. 남편 쓰밍이 들어온 것을 알았지만, 그녀는 나가 보지도 않고 지전에 풀칠만을 했다. 신발 소리는 더욱더 가까이 들려오더니 마침내 그녀 옆에 와서 멈추었다. 그때서야 눈을 들어 보았더니, 남편 쓰밍이 바로 그녀 앞에 서서 어깨를 올리고 허리를 굽혀 마고자 안에 입은 저고리 앞섶 뒤의 주머니에 손을 넣더니 무언가를 열심히 찾고 있었다.

그는 이리저리 뒤지더니 가까스로 무언가를 손에 집어내는데, 손 안에 든 것은 조그마한 장방형 녹색 종이에 싼 물건으로, 아내에게 불쑥 내민다. 그녀가 그것을 손에 받아들자 올리브 같기도 하고 아닌 것 같기도 한, 뭐라 말할 수 없는 향기가 코를 찔렀다. 또 녹색 포장지 위에는 금빛 찬란한 인장과 많은 잔 꽃무늬가 있었다. 슈얼이 갑자기 뛰어들어 뺏으려고 하자, 쓰밍 부인은 얼른 그 애를 밀어냈다.

"시내에 나갔어요……?"

그녀는 물건을 보면서 물었다.

"응."

그는 그녀의 손 안에 있는 종이 꾸러미를 보며 말했다.

이어서 녹색의 종이 포장을 벗기자 속에는 또 한 장의 얇은 종이가 있는데 역시 녹색이었다. 얇은 종이를 펴 보니 비로소 물건의 본체가 드러났다. 그것은 매끈매끈하고 딴딴했으며 역시 녹색이었다. 그 위에는 또 가느다란 꽃무늬가 있었다. 얇은 종이는 원래 미색이었다. 올리브 같기도 하고 아닌 것 같기도 한, 분명히 말할 수 없는 향기가 더욱 진하게 코를 찔렀다.

"어머나, 이거 정말로 좋은 비누군요."

그녀는 어린애를 안아 들어올리듯 그 녹색 물건을 들어 코 밑에 갖다 대고 냄새를 맡으면서 말했다.

"응, 당신 앞으로 이걸 써요……."

그녀는 그가 입으로는 그렇게 말하면서 눈은 그녀의 목덜미를 쏘아보자 광대뼈 아래쪽 볼이 약간 달아오르는 것 같음을 느꼈다. 그녀 자신도 어떤 때 우연히 목덜미를 만지거나 특히 귀 뒤가 꺼칠꺼칠한 것을 손끝으로 느꼈던 것이다. 그녀는 그것이 벌써 몇 년째 묵은 때라는 것을 알고 있었지만, 지금껏 별로 개의치 않았다. 그러나 지금 그의 주시를 받고, 이 녹색의 독특한 향기를 풍기는 서양 비누를 대하자 얼굴이 화끈거리는 것을 금할 수가 없었던 것이다. 더구나 이 화끈거림은 계속 이어져 곧장 귀뿌리에까지 이르렀다. 그러자 그녀는 저녁밥을 먹은 후 이 비누로 공들여 씻기로 작정했다.

"어떤 데는 쥐엄나무 열매만 가지고는 깨끗하게 씻기지가 않아요."

그녀는 혼자 중얼거렸다.

"엄마, 이거 나 줘!"

슈얼이 손을 뻗쳐 녹색 포장지를 뺏으려고 했다. 밖에서 놀던 작은 딸 자오얼(招兒)도 달려왔다. 쓰밍 부인은 얼른 그들을 밀어내고, 얇은 종이로 비누를 잘 싼 다음 원래대로 녹색 종이에 싸고는 발돋움을 해서 세면대 위의 제일 높은 곳 격자에 올려놓고, 확인하고는 돌아와서 다시 지전에 풀칠을 계속했다.

"쉐청(學程)아!"

쓰밍은 한 가지 일이 생각난 듯 갑자기 소리 높여 부르고는, 그녀의 맞은편 등이 높은 의자에 앉았다.

"쉐청아!"

그녀도 따라 불렀다.

그녀는 지전에 풀칠하던 것을 멈추고 귀를 기울였으나 아무런 반응이 없었다. 그가 머리를 쳐들고 초조하게 기다리는 모습을 보니 약간 미안한 생각이 들어 이번에는 있는 대로 목청을 높여 날카로운 소리로 불렀다.

"쳰얼(絟兒)*아!"

이번에는 확실히 효과가 있었다. 가죽신 소리가 탁탁 하고 가까이 다가오더니 금방 쳰얼이 그녀 앞에 와서 섰는데 속옷만 입은 채로 살찐 둥근 얼굴에 땀이 번들거리고 있었다.

"너 뭘 하고 있었니? 아버지께서 부르시는데, 안 들렸니?"

그녀는 꾸짖으며 말했다.

"전 막 팔괘권(八卦拳)을 연습하고 있었어요……."

그는 곧 쓰밍 쪽으로 몸을 돌려 꼿꼿이 서서 아버지를 보았다. 무슨 일인지 묻는 자세였다.

"쉐청, 네게 물어볼 게 있다. 어뚜푸(惡毒婦)란 게 뭐지?"

"어뚜푸요? ……그건, '매우 흉악한 여자'를 가리키는 게 아닌가요……?"

"무슨 터무니없는 소릴!"

쓰밍은 갑자기 몹시 화를 내면서 말했다.

"그럼 내가 여자란 말이냐?"

쉐청은 놀라서 두어 걸음 물러섰다가 몸을 꼿꼿이 폈다. 그는 비록 가끔 아버지의 걸음걸이가 마치 무대에 나오는 노인역 배우와 비슷하다고 생각한 적은 있었지만, 이때껏 아버지를 여자 같다고 생각한 일은 없었기 때문에 자신의 대답이 완전히 틀렸다는 것을 알았다.

"'어뚜푸'가 '매우 흉악한 여자'라는 것을 몰라서 네게 묻는 줄 아냐? ― 그건 중국말이 아니라 양놈의 말이어서 네게 물은 거야. 그게 무슨 뜻인지 너 알겠냐?"

"전……, 모르겠습니다."

쉐청은 점점 더 주눅이 들었다.

"흥, 내가 헛돈을 써 가면서 너를 학교에 보냈구나. 이런 것조차도 모르다니. 어째 너희 학교는 '말하기와 듣기를 골고루 중시한다' 고 자랑스럽게 떠들어 대면서 당췌 아무것도 제대로 가르치는 게 없구나. 이 양놈 말을 했던 아이는 기껏해야 열네다섯 살밖에 안 된, 너보다 더 어린 애였어. 그런데도 중얼중얼거리며 잘도 지껄이더군. 넌 무슨 뜻인지조차도 말하지 못하면서, 그 얼굴로 '잘 모르겠는데요' 라니……. 당장 나가서 찾아보고 와!"

쉐청은 기어들어가는 목소리로, "네" 하고 대답하고는 공손히 물러났다.

"이거 정말 돼먹지 않았어."

얼마 후 쓰밍은 또 개탄하며 말했다.

"요즘의 학생이란 것들은, 사실 광서(光緒) 연간에 나도 학교 설립을 가장 앞장 서서 제창했던 사람인데, 학교의 폐단이 이와 같이 크리라곤 정말 생각지도 못했어. 무슨 해방이네, 자유네, 하면서 실제로 배우는 것도 없이 법석을 떨기만 할 뿐이야. 쉐청을 보라구. 그 애를 위해서 적지 않은 돈을 썼는데 모두 헛 쓴 거지. 가까스로 중국식과 서양식을 절충한 학교에 입학시켰어. 영어는 또 '말하기와 듣기를 골고루 중시한다' 고 하여 그것이 틀림없는 좋은 방법이라고 생각했더니, 홍, 그런데 1년을 배웠으면서도 '어뚜푸' 조차 모르다니. 아마 여전히 죽은 글만 배우는 모양이야. 홍, 학교가 무엇을 양성했다는 거야. 솔직히 말해서 전부 없애 버려야 해."

"옳은 말씀이에요. 정말 모두 없애는 것이 좋겠어요."

쓰밍 부인은 지전에 풀칠을 하면서 맞장구를 쳤다.

"슈얼 같은 애들은 학교 같은 델 보낼 필요가 없어. 전에 쥬(九) 영감이 '여자애들에게 무슨 공부를 시키느냐?' 면서 여자 교육에 반대했을 때 난 그래도 쥬 영감을 공격했어. 지금 와서 보니 역시 나이 잡순 노인 말이 옳아. 생각 좀 해 보라구. 여자가 무리지어 거리를 나다니는 것도 썩 좋지 않게 보이는데, 그 애들은 머리도 짧게 자르고 있어. 내가 가장 미워하는 것이 바로 머리를 짧게 자른 그런 여학생들이야. 솔직히 말해서, 군인이나 비적들에 대해서는 그래도 용서할 수 있지만, 천하를 소란하게 하는 것들이 바로 이 여학생들이니, 마땅히 엄하게 다스려야 해……."

"옳은 말씀이에요. 남자들이 모두 중처럼 된 것도 부족해서 여자들까지 또 비구니 흉내를 내고 있으니……."

"쉐청아!"

쉐청은 금테 둘린 작고 두꺼운 책을 받쳐 들고 빠른 걸음으로 들어와서는, 곧 그 책을 쓰밍에게 건네주면서 한 곳을 가리키며 말했다.

"이것이 그거 같은데요. 이거요……."

쓰밍은 받아 보고는 사전이라는 것을 알았다. 그러나 글자가 매우 작은 데다가 심지어 가로쓰기였다. 쓰밍은 창문 쪽으로 향해 이맛살을 찌푸리며 눈을 가늘게 뜨고 쉐청이 가리킨 줄을 읽어 나갔다.

"'18세기에 창립한 공제조합의 명칭' — 음, 틀렸어. 이 발음은 어떻게 하지?"

쓰밍은 앞에 있는 '양놈 글자'를 가리키며 물었다.

"오드펠로우즈(Oddfellows)."

"아냐, 틀렸어. 그게 아니야."

쓰밍은 또 갑자기 화를 내기 시작했다.

"너한테 말했잖아. 그건 나쁜 뜻의 말이라구. 남을 욕하는 말이야, 나 같은 사람을 욕한 말이라구. 알겠어? 찾아봐!"

쉐청은 그를 몇 번 흘낏 쳐다보고는 꼼짝도 안했다.

"그게 무슨 수수께끼 같은 소리예요. 밑도 끝도 없이? 당신이 먼저 자세히 설명해 주고 나서 저 애더러 집중해서 찾아보라고 해야지요."

그녀는 쉐청이 난처해하는 것을 보고 불쌍한 생각이 들어 화해를 시키면서 또한 불만스러운 듯이 말했다.

"글쎄 내가 큰 거리에 있는 광룬샹(廣潤祥)에서 비누를 사고 있는데……."

쓰밍은 숨을 한 번 내쉬고는 그녀 쪽으로 얼굴을 돌리며 말했다.

"가게에서 학생 셋이 물건을 사고 있었어. 나야, 그들이 볼 때 물론 잔소리가 좀 많다고 여기겠지. 나는 대여섯 가지를 한 번에 꺼내놓고 보고 있었는데, 모두 40전 이상짜리여서 사지 않았어. 하나에 10전짜리를 보니 아무런 향기도 없는 너무 형편없는 것이었어. 나는 중간 정도가 좋겠다고 생각하고 그 녹색의 24전짜리를 골랐지. 점원이란 원래가 돈귀신이어서 눈을 치켜뜨고 벌써 심통이 나서 개주둥이를 하고 있더군. 밉살스럽게도 이 못된 조무래기 학생놈들이 서로 눈짓을 하며 도깨비 말을 지껄이더니 웃더란 말이야. 그런 후에 나는 뜯어 보고 나서 돈을 지불하려고 했지. 서양 종이로 포장되어 있으니 물건이 좋고 나쁜 것을 어떻게 알 수가 있겠어? 그런데 그 돈귀신 점원이 안 된다고 할 뿐만 아니라 전혀 도리에 맞지 않는 가증스러운 헛소리를 마구 지껄여 대더란 말이야. 또 못된 조무래기들이 한패가 되어 조롱하는 거야. 이 말은 제일 작은 놈이 한 말이야. 뿐만 아니라 눈으로 나를 보면서 모두들 웃어 댔는데 틀림없이 욕일 거야."

그렇게 말하고 쉐청에게 얼굴을 돌리며 말했다.

"넌 욕설에 대한 부분만 찾아봐!"

쉐청은 기어들어가는 목소리로, '네' 하고 대답하고는 공손하게 물러나갔다.

"그들은 또 무슨 '신문화(新文化), 신문화' 하고 떠들어 대던데, 이 꼴로 '변화' 했는데도 아직도 부족하다는 거야?"

그는 두 눈으로 대들보를 응시하면서 혼자서 떠들어 댔다.

"학생들에게 도덕이 없으면 사회에도 도덕이 없는 거야. 다시 무슨 구제하는 방법을 세우지 않으면 중국은 정말 망하고 말 거야. — 당신 생각해 봐요. 얼마나 한심스럽소?"

"뭐가요?"

그녀는 조금도 놀라지 않은 듯 입에서 나오는 대로 물었다.

"효녀 말이오."

그는 눈을 돌려 그녀를 보면서 정중하게 말했다.

"큰 거리에 거지 둘이 있었는데, 하나는 처녀였어. 보아하니 열여덟, 아홉 살은 됐을 거야. — 사실 그런 나이에 구걸한다는 것은 전혀 걸맞지 않지. 그런데도 그녀는 구걸을 하고 있더군. — 또 한 사람은 60, 70세쯤 된 늙은이로 머리는 하얗고 눈은 멀었는데, 포목점 처마 밑에서 구걸을 하더군. 사람들은 모두가 그녀는 효녀이고, 그 늙은이는 할머니라는 거야. 그 처녀는 무엇 하나라도 구걸하여 얻기만 하면 모두 할머니에게 드려 먹게 하고 자기는 기꺼이 굶는다더군. 그런데 이 같은 효녀에게 누군가 적선하려는 사람이 있을까?"

쓰밍은 마치 그녀의 생각을 시험해 보기라도 하는 것처럼 눈빛을 발하며 그녀를 주시했다.

그녀는 대답하지 않고 도리어 그가 설명해 주기를 기다리기라도 하는 듯한 눈으로 그를 응시했다.

"흥, 없었어."

그는 결국 자신이 대답했다.

"내가 한참 동안 보고 있었지만, 한 사람이 한 푼의 돈을 주었을 뿐, 다른 사람들은 주위를 둘러싸고는 오히려 놀려 대는 거야. 게다가 두 명의 불량배가 제멋대로 막말을 하더군. '아파(阿發)야. 너 저 물건을 더럽다고 생각해서는 안 돼. 비누 두 개를 사 가지고 온몸을 싹싹 씻기만 하면 썩 좋아질 거야!' 당신 생각해 보라구. 그게 말이나 되냐구?"

"흥."

그녀는 고개를 숙이고 한참 있다가 겨우 귀찮은 듯이 물었다.

"당신은 돈 줬어요?"

"나? — 안 줬어. 한두 푼은 정말 줄 수가 없더군. 그녀는 보통 거지가 아니거든. 어떻든……."

"흥."

그녀는 끝까지 듣지도 않고 천천히 일어나서 부엌으로 가 버렸다. 어둠이 짙어져 벌써 저녁밥 때가 되었다.

쓰밍도 일어나서 정원으로 나갔다. 하늘은 방 안보다 밝았다. 쉐청은 담 모퉁이에서 팔괘권을 연습하고 있었다. 낮과 밤이 바뀌는 시간을 이용하여 경제적으로 아껴 쓰라는 쓰밍의 가훈(家訓)에 따라, 쉐청은 이것을 벌써 반 년 이상 실행에 옮기고 있었다. 쓰밍은 만족한 듯이 약간 고개를 끄덕인 후 곧 뒷짐을 지고는 텅 빈 정원을 왔다갔다하며 걷기 시작했다. 얼마 지나지 않아, 하나밖에 없는 분재인 만년청의 넓은 잎도 벌써 어둠 속에 가리어졌고, 누더기 솜 같은 구름 사이로 별이 반짝거리며, 어두운 밤이 이제부터 시작되고 있었다. 이때 쓰밍은 자기도 모르게 흥분하여, 마치 주위의 불량 학생과 악한 사회에 대해서 선전포고라도 해야 할 큰 이유라도 찾은 듯하였다. 그의 의기는 점점 용맹스러워졌고 발걸음도 더욱더 넓어졌으며, 신발 소리 또한 갈수록 더욱 높아졌다. 닭장 안에서 이미 잠들었던 암탉과 병아리들이 놀라서 꾸꾸삐약삐약하고 울어 대기 시작했다.

대청 앞에 불이 켜졌다. 이것은 저녁밥 식사를 알리는 봉홧불이었다. 집안에 있는 사람은 모두 중앙에 놓인 탁자 주위에 모여앉았다. 등불은 아래쪽에 있고, 맨 윗머리에는 쓰밍이 혼자 앉았는데, 쉐청처럼 퉁퉁하게 살찐 둥근 얼굴에 가느다란 팔(八) 자 수염이 더 있었다. 국에서 피어오르는 뜨거운 김 속에서 탁자 한쪽을 독점하고 앉은 그의 모습은 마치 사당의 재신(財神)과도 같았다. 왼쪽에는 쓰밍 부인이 자오얼을 데리고 앉고, 오른쪽에는 쉐청과 슈얼이 한 줄로 앉았다. 밥그릇과 젓가락 소리가 비 오는 소리처럼 들렸다. 비록 모두가 말은 하지 않았지만 그래도 즐거운 저녁 시간이었다.

자오얼이 밥그릇을 뒤엎는 바람에 국물이 식탁 절반이나 흘렀다. 쓰밍이 가느다란 눈으로 쏘아보자 자오얼이 울려고 하기에 그는 그제야 시선을 돌리고는, 젓가락을 뻗어 바로 전에 보아 두었던 배추 속잎을 집으려 했다. 그러나 배추 속잎은 이미 보이지 않았다. 그가 옆을 흘깃 보니, 쉐청이 막 젓가락으로 그것을 집어서 크게 벌린 입속으로 넣고 있었다. 그래서 쓰밍은 씁쓸하지만 누런 이파리를 집어먹을 수밖에 없었다.

"쉐청아!"

쓰밍은 그의 얼굴을 보며 말했다.

"그 단어는 찾았느냐?"

"그 단어요? ……아직 못 찾았어요."

"흥, 그것 봐. 학문도 없고, 도리도 모르고, 오로지 먹는 것만 아는구나! 그 효녀를 배우라고. 거지 노릇을 하면서도 어디까지나 할머니에게 효도를 다하면서, 자기는 기꺼이 배를 주린다는 거야. 그런데 너희 학생들이 어디 그런 걸 아느냐? 그저 제멋대로 거리낌이 없으니, 장차 그 불량배들처럼 될 수밖에……."

"하나 생각나는 게 있긴 한데, 맞는지 모르겠어요. ― 내 생각엔 그들이 말한 것이 아마도 '올드 풀(old fool)'일 것 같아요."

"오오, 그래! 바로 그거야. 그들이 말한 것이 바로 그 발음이었어. '어두푸리' 그게 무슨 뜻이냐? 너도 그놈들과 같은 또래잖아? 너는 알고 있지?"

"그 뜻은 ― 뜻은 저도 잘 몰라요."

"거짓말 마! 날 속이려고. 너희들은 모두 못된 놈들이야."

"'하늘도 밥 먹는 사람은 치지 않는다'고 하는데, 당신 오늘 어떻게 된 게 역정만 내시더니, 밥 먹을 때까지 못살게 구네요. 애들이 무얼 안다고 그래요."

쓰밍 부인이 갑자기 말했다.

"뭐라구?"

쓰밍은 막 소리를 지르려고 고개를 돌렸다가 그녀의 홀쭉한 양볼이 불룩하게 부어오른 데다가 얼굴색까지 몹시 변한 채, 세모꼴의 눈에서도 무서운 빛이 나고 있는 것을 보자 얼른 어조를 바꾸어 말했다.

"나도 뭐 화를 내는 건 아니고, 다만 쉐청에게 사리를 좀 알게 하려는 것뿐이야."

"그 애가 당신 마음속에 있는 일을 어떻게 알겠어요?"

그녀는 더욱 화를 냈다.

"그 애가 만일 사리를 알 수 있다면 벌써 등불이나 횃불을 켜 가지고 그 효녀를 찾아갔겠죠. 마침 당신이 그녀를 위해 사둔 비누가 여기 하나 있으니 다시 하나 더 사 가지고……."

"그만둬! 그 말은 그 불량배 놈들이 한 말이야."

"그럴 것 없어요! 가서 하나 더 사다가 그 여자한테 주고, 온몸을 싹싹 씻겨서 받들어 모시면 천하가 태평하겠구려."

"그게 무슨 말이야? 그게 무슨 상관이 있냐구. 난 당신이 비누가 없는 것을 생각했기 때문에……."

"어째서 상관이 없어요? 당신이 특별히 그녀에게 사다 준 것이니까 당신이 싹싹 씻어 주구랴. 나 같은 건 자격이 없으니까 필요 없어요. 나까지 효녀의 은혜를 입고 싶지 않아요."

"그게 도대체 무슨 말이오? 당신네 여자들은……."

쓰밍은 얼버무리느라고, 마치 쉐청이 팔괘권을 연습하고 난 뒤처럼 얼굴에 기름땀을 흘렸다. 그러나 그건 아마도 반쯤은 너무 뜨거운 밥을 먹었기 때문이었으리라.

"우리들 여자들이 어떻단 말이에요? 우리 여자들은 당신네들 남자보다 훨씬 나아요. 당신네 남자들은 열여덟, 아홉 살짜리 여학생을 욕하질 않나, 아니면 열여덟, 아홉 살짜리 여자 거지를 칭찬하질 않나, 게다가 죄다 무슨 좋은 심보도 아니고, '싹싹'이라니 정말 뻔뻔도 하지!"

"내가 이미 말하지 않았소? 그건 불량배 놈들이……."

"쓰밍 공!"

밖의 어둠 속에서 갑자기 그를 부르는 큰소리가 들렸다.

"다오퉁 공(道統公)이신가요? 내 곧 나가겠소!"

쓰밍은 그가 목소리 크기로 유명한 허다오퉁(何道統)이라는 것을 알자, 마치 사면이라도 받은 듯이 기뻐하며 큰소리로 말했다.

"쉐청아, 너 빨리 불을 켜고 허 아저씨를 서재로 모셔라!"

쉐청은 촛불을 밝히고 다오퉁을 안내해서 서쪽 사랑방으로 들어갔다. 뒤에는 푸웨이웬(卜薇園)이 따르고 있었다.

"너무 늦어서 미안하오."

쓰밍은 아직도 밥을 씹으면서 나와 두 손을 맞잡고 인사하며 말했다.

"저희 집에서 식사라도 하시지요, 어때요?"

"벌써 먹었어요."

웨이웬이 맞으며 손을 잡고는 말했다.

"우리들이 이렇게 밤늦게 찾아온 것은 이풍문사(移風文社)의 제18회 작품 모집에 낼 제목에 관한 일 때문입니다. 내일이 '7자날'이 아닙니까?"

"아! 오늘이 16일이던가요?"

쓰밍이 갑자기 깨달은 듯이 말했다.

"보십시오, 얼마나 정신이 없으신지!"

다오퉁이 큰소리로 말했다.

"그렇다면 오늘밤에라도 신문사에 보내서 내일 꼭 게재할 수 있도록 해야겠군요."

"작품 제목은 제가 이미 생각해 보았는데 쓸 만한지 어떤지 좀 봐 주시오."

다오퉁이 말하면서 손수건으로 싼 한 장의 종이를 꺼내서 그에게 주었다.

쓰밍은 촛대 앞에 다가 앉아서 종이를 펼치고 한 자 한 자 읽어 내려갔다.

"「전 국민이 삼가 대총통 각하께, 오로지 경전(經典)을 중히 여기고 맹모(孟母)를 숭상함으로써 퇴폐 풍조를 바로잡고 국수(國

粹)를 보존하도록 하는 명령을 특별히 반포하시기를 합동으로 청원하는 글」. 아주 좋은데요. 아주 좋아요. 그런데 글자 수가 너무 많지 않은가요?"

"괜찮아요."

다오퉁이 큰소리로 말했다.

"제가 계산해 보았는데 광고비를 더 추가할 필요는 없구요. 그런데 시 제목은 어떻게 해야 할지……?"

"시 제목이요?"

쓰밍은 갑자기 경건한 표정을 지으며 말했다.

"제게 여기 한 가지가 있는데요, '효녀행(孝女行)'입니다. 실제로 있는 일인데, 그녀를 표창해야 할 것 같아서요. 제가 오늘 큰 거리에서……."

"어, 그건 안 돼요."

웨이웬이 급히 손을 흔들며 그의 말을 가로막았다.

"그건 저도 보았어요. 그녀는 아마 타지방 사람일 거요. 저도 그녀의 말을 알아듣지 못했고, 그녀도 제 말을 알아듣지 못하더라구요. 도대체 어디 사람인지를 알 수가 없었어요. 사람들이 모두 그녀를 효녀라고 해서 저는 그녀에게 시를 지을 수 있느냐고 물었더니, 그녀는 고개를 젓더군요. 만약 그녀가 시를 지을 수 있다면 참좋은데……."

"그러나 충효는 근본인데 시를 못 짓는다고 해도……."

"그건 그렇지 않아요. 그렇지 않다는 것을 누구나 알고 있어요!"

웨이웬은 손바닥을 펴서 쓰밍을 향해 연방 흔들어 밀어내면서 힘주어 말하는 것이었다.

"시를 지을 수 있어야만, 흥취가 나는 거니까요."

"우리는," 쓰밍은 그를 제치며 말했다.

"이 제목을 쓰되 설명을 추가해서 신문에 내도록 합시다. 첫째는 그 여자를 표창할 수 있을 거고, 둘째는 이것을 구실로 사회에 일침을 가하자는 것이오. 지금의 사회는 정말 형편이 아니오. 제가 한나절이나 옆에 서서 지켜보았지만, 결국 누구 하나 돈 한 푼 주는 사람을 보지 못했소, 이 어찌 양심이라곤 전혀 없는 것이 아니겠소……."

"아, 쓰밍 공." 웨이웬은 또 말을 막았다.

"당신은 정말 '중더러 대머리라고 욕하는' 격이군요. 저 역시 돈을 안 줬어요. 그때 난 마침 가진 돈이 없었어요."

"마음 쓰지 마시오, 웨이웬 공!"

쓰밍은 또 그를 제치고 말했다.

"당신은 물론 밖에 있었으므로 별도의 이야기를 하고 있는 거예요. 내가 말하는 걸 좀 들어보시오. 그녀 앞에는 한 무리의 사람들이 둘러서 있었는데, 전혀 경의를 표시하기는커녕 놀려 대기만 했어요. 그중 불량배 두 놈이 있었는데, 그놈들은 아무 거리낌 없이 제멋대로였어요. 그중 하나가 '아파야, 너 비누 두 개 사서 저 여자 온몸을 싹싹 씻어 보라구. 정말 좋을 테니까' 하고 말하지 않겠소. 생각 좀 해 보시오. 이건……."

"하하하, 비누를 두 개씩이나!"

다오퉁의 우렁찬 웃음소리가 갑자기 폭발했다. 그는 사람들의 귀가 멍멍할 정도로 큰소리로 말했다.

"당신이 사시오! 하하하."

"다오퉁 공, 다오퉁 공, 그렇게 떠들어 대지 말라구요."

쓰밍이 놀라서 황망히 말했다.

"싸악싸악이라, 하하."

"다오퉁 공!" 쓰밍이 얼굴을 찌푸리며 말했다.

"우리는 진지한 일을 의논하고 있는데, 당신은 왜 그렇게 소란으로 정신을 빼는 거요? 좀 들어 보시오. 우리는 이 두 개의 제목을 모두 택해서 곧 신문사로 보내어 내일 신문에 꼭 게재해 달라고 합시다. 이 일은 당신들 두 사람이 수고해 주셔야겠소."

"할 수 있지요, 그야 물론."

웨이웬은 바로 승낙했다.

"흐흐 씻는단 말이지. 싸악…… 싹, 히히히……."

"다오퉁 공!"

쓰밍은 화가 나서 소리쳤다.

다오퉁은 이 한마디에 웃음을 그쳤다. 그들은 상의해서 설명문을 작성했다. 웨이웬이 편지지 위에 베껴 써서 다오퉁과 같이 신문사로 가기로 했다. 쓰밍은 촛대를 들고 문 앞까지 그들을 전송했다.

대청 밖에 되돌아오자 마음이 약간 불안하여 조금 주저하다가 결국은 문지방을 넘어섰다. 그가 문을 들어가자마자 맨 먼저 눈에 뜨인 것은 가운데 네모난 탁자 위에 놓인 녹색 포장지로 싼 조그만 장방형의 그 비누였다. 포장 중앙의 금색으로 인쇄된 것이 등불 아래서 반짝반짝 빛나고 있었고 그 주위에는 가늘고 잔 꽃무늬가 있었다.

슈얼과 자오얼은 탁자 아래 마루에서 놀고 있었고, 쉐청은 탁자 오른쪽에 앉아 사전을 찾고 있었다. 마지막으로 등불에서 제일 먼 곳에 떨어진 그늘 안에 있는 등받이가 높은 의자에서 쓰밍 부인을 발견했다. 등불에 비친 그녀의 무표정한 얼굴에는 기쁨도 슬픔도 나타나 있지 않았으며, 그녀의 눈도 결코 아무것도 보고 있지 않았다.

"싸악 싹, 싸악 싹, 뻔뻔스러워, 정말 뻔뻔스러워……."

슈얼이 그의 등뒤에서 들릴락 말락 말하는 소리를 듣고 쓰밍이 되돌아보니 슈얼은 꼼짝하지 않고 있었다. 다만 자오얼만이 그의 조그마한 두 손가락으로 자기 얼굴을 긁고 있을 뿐이었다.

쓰밍은 그 자리에 있기가 거북해서 등불을 끄고 정원으로 나갔다. 그가 조심하지 않고 왔다갔다하자 암탉과 병아리들이 꾸꾸, 삐약삐약 소리를 내며 울기 시작했다. 그는 곧 발소리를 죽여 좀더 멀리 떨어져 걸었다. 시간이 꽤 지난 뒤에야 대청 안의 등불이 침실로 옮겨졌다. 쓰밍은 땅에 비치는 달빛을 보았다. 마치 기운 자리 하나 없는 흰 비단을 펼쳐 놓은 듯했고, 조금도 이지러진 곳을 찾아볼 수 없는 옥쟁반 같은 달이 흰 구름 사이에 나타났다.

쓰밍은 매우 슬퍼졌다. 마치 그 효녀처럼 '괴로움이 있어도 하소연할 데가 없는 사람'이 된 것 같아 외로웠다. 그는 이날 밤, 아주 늦게 잠자리에 들었다.

그러나 다음날 아침, 비누는 사용되어 있었다. 이날 쓰밍은 평상시보다 늦게 일어났다가 그녀가 이미 세면대에 몸을 굽히고 목덜미를 문지르고 있는 것을 보았다. 비누의 거품이 마치 큰 게가 입가에 거품을 내뿜고 있는 것처럼 높게 두 귀의 뒤에 쌓여 있었다. 전에 쥐엄나무 열매를 사용할 때 아주 적은 흰 거품만이 생기던 것과 비교하면 정말 그 높낮음이 천양지차였다.

그 이후부터 쓰밍 부인의 몸에서는 언제나 올리브 같기도 하고 아닌 것 같기도 한, 뭐라 말할 수 없는 향기가 났다. 거의 반 년쯤 지나자, 이번엔 갑자기 냄새가 바뀌어 냄새를 맡아 본 사람들은 모두 백단의 향기 같다고 했다.

1924년 3월 22일

장명등(長明燈)

　흐린 봄날 오후, 지광(吉光) 마을에 있는 유일한 찻집 안의 공기는 조금 긴장되어 있었다. 사람들의 귀에는 가늘고 가라앉은 음성이 아직도 남아 있는 듯했다.

　"그 불을 꺼 버려!"

　그러나 물론 마을 사람들 모두가 결코 이와 같은 것은 아니었다. 이 마을의 주민들은 그다지 나다니지를 않는다. 움직이려고 하면 반드시 역서(曆書)를 뒤져서 혹시 '외출하면 좋지 않다'라고 쓰여 있지 않나 하고 살핀다. 설령 역서에 쓰여 있지는 않다 해도 외출할 때는 반드시 간지(干支)에 따라 좋다는 방향으로 가서 길한 일을 맞으려 했다. 금기에 구애받지 않고 찻집에 앉아 있는 사람은 생각이 트이고 자신이 있는 몇 젊은이들에 불과했다. 그러나 집에 들어앉아 있는 사람들은 마음속으로 그들 하나하나가 모두 집안을 망치는 자식들이라고 생각하였다.

　지금도 틀림없이 이 찻집 안은 꽤 긴장된 분위기가 감돌고 있었다.

"아직도 그 모양인가?"

세모꼴 얼굴이 찻잔을 들고 물었다.

"듣자하니 아직도 그 모양이래."

네모난 머리가 말했다.

"아직도 줄곧 '그것 꺼 버려. 그것 꺼 버려' 라고 한다는 거야. 눈빛도 갈수록 더욱 번득이고. 귀신이 곡할 노릇이군! 이건 우리 마을의 큰 재앙이야. 세세하게 볼 것 없이 우리가 어떻게든 수를 써서 그를 없애 버려야 해!"

"그를 없애 버리는 것이야 무슨 대수야. 그놈은 기껏해야……별 볼일 없는 자식이니까! 사당을 지을 때 그의 조상이 돈을 내기까지 했는데, 지금 그가 도리어 장명등(長明燈)*을 끄라고 하다니, 불효막심한 자손 아니야? 우리들이 현에 고발해서 불효자를 잡아가도록 하자구!"

퀴팅(闊亭)이 주먹을 쥐고 탁자를 치며 분개해서 말했다. 비스듬히 덮여 있던 찻잔 뚜껑이 그 바람에 짱그랑 소리를 내며 뒤집어졌다.

"안 돼. 불효를 고발하는 것은 반드시 그의 부모나 외숙들만이 할 수 있어……."

네모 머리가 말했다.

"안타깝게도 그에겐 백부밖에 없거든."

퀴팅은 금세 풀이 죽었다.

"퀴팅!"

네모 머리가 갑자기 소리쳤다.

"자네 어제 마작 패가 좋았나?"

쿼팅은 잠시 그를 노려볼 뿐 대답을 하지 않았다. 얼굴에 살이 찐 주앙치광(莊七光)이 목청을 높여 떠들어 댔다.

"장명등을 끄면 우리 지광(吉光) 마을이 어디 '길한 빛[吉光]'이 나는 마을'이겠나. 끝나고 마는 게 아닌가? 노인들의 말로는 이 등은 양(梁)나라 무제(武帝)가 켠 이래 지금까지 죽 한 번도 꺼진 적이 없다고 했어. 장발적의 난 때조차도 꺼지지 않았다더 군⋯⋯. 보라고, 저 불빛이 녹색으로 영롱하지 않은가? 다른 지방에서 온 사람들이 이곳을 지나면서 보고는 모두 칭찬을 하거든. ⋯⋯쳇, 얼마나 좋은가 말야. 지금 그가 이렇게 소란을 피우다니 도대체 무슨 속셈이 있는 거야⋯⋯?"

"미쳐서 그러지 않나. 자넨 아직 모르고 있나?"

네모 머리가 조금 멸시하는 듯한 표정으로 말했다.

"흥, 너 잘났다."

주앙치광의 얼굴에는 교활함이 배어 있었다.

"내 생각으로는 옛날 방법으로 그를 한 번 속이는 것이 좋겠어."

이 가게의 주인 겸 점원인 훼이우(灰五) 아줌마가 끼어들었다. 처음엔 옆에서 듣고만 있었는데, 형세를 보아하니 이야기의 본론에서 멀어져 가자 서둘러 그 사이에 끼어들어 분쟁을 풀고 이야기를 본론으로 끌어올리는 것이었다.

"옛날 방법이란 게 뭔데요?"

주앙치광이 이상하다는 듯 물었다.

"그거 전에도 한 번 미친 적이 있었지 않아? 지금과 똑같았어. 그때만 해도 그의 아버지가 아직 살아 있을 때라 그를 속여서 고쳤었지."

"어떻게 속였는데요? 내가 왜 몰랐지?"

주앙치광은 더욱 의아한 듯 물었다.

"자네가 어떻게 알겠나? 그때만 해도 자네들은 아직 코흘리개였어. 젖이나 먹고 똥이나 쌀 줄 알았지. 나는 그때만 해도 이렇지는 않았어. 그때 내 두 손은 정말이지 희고 윤기가 나는……."

"아주머니는 지금도 야들야들하고 윤기가 흐르는데 뭘……."

네모 머리가 말했다.

"허튼소리!"

훼이우 아줌마는 눈을 흘기는 척하며 웃는 것이었다.

"허튼소리는 그만하구, 우리 본론으로 돌아가자구. 그도 그때는 아직 어렸었지. 그의 아버지도 약간은 정신이 이상했었고. 듣기로는 어느 날 그의 조부가 그를 데리고 사당에 가서는 토지신과 돌림병 장군, 산문지기 어른께 참배를 시키려고 했더니 무서워하며 막무가내로 참배도 안 하고 달아났다는 거야. 그러고 나서부터 좀 이상해졌다는데, 그 후로는 지금처럼 사람만 보면 정전(正殿)의 장명등을 꺼 버리자고 이야기했다는 거야. 등을 끄면 다시는 메뚜기의 피해나 질병의 고통이 없을 것이라면서, 참으로 천하의 제일 큰일처럼 말했다는 거야. 아마도 그건 몸에 악귀가 붙어 있어서 바른 신을 무서워해서일 거야. 만일 우리들이라면 토지신을 무섭다고 하겠어? 자네들, 차가 식지 않았나? 뜨거운 물을 조금 더 붓지, 좋아. 그런데 그 후에 그가 혼자 들어가서 불을 끄려고 했다는 거야. 그의 아버지는 아들을 너무 사랑했기 때문에 그를 집에 가두려고 하지는 않았어. 그래서 나중에는 온 마을 사람들이 화가 나서 그의 아버지와 싸움까지 하지 않았겠어? 그러나 별 도리가 없었어 ─ 다행히도 우리 집의 죽은 귀신*이 아직 살아 있을 때였지. 좋은 방법을 생각해 낸 거야. 장명등을 두꺼운 솜이불로 둘러싸서 아주 깜깜하게 해 놓고는, 그를 데리고 가 보여 주면서 벌써 꺼 버렸다고 했다는 거야."

"히히, 거 정말 생각 한 번 잘했는데요."

세모꼴 얼굴이 숨을 내쉬면서 지극히 감복했다는 표정으로 말했다.

"그런 일을 꾸밀 필요가 뭐 있어."

쿼팅은 화를 내며 말했다.

"그런 놈은 때려 죽이면 그만이야. 흥!"

"어떻게 그럴 수가?"

그녀는 놀라면서 그를 쳐다보고는 서둘러 손을 저으며 말했다.

"그건 안 돼. 그의 조부는 관인(官印)을 잡아 보았던 사람*이지 않아?"

쿼팅은 즉각 상대의 얼굴만 쳐다보면서 '죽은 귀신'의 묘법 이외에는 사실 다른 방법이 없을 것이라고 생각했다.

"그 후론 이내 나았어."

그녀는 손등으로 입가의 침을 닦아 내고는 더욱 빨리 말했다.

"그 후로는 완전히 나았어! 다시는 사당 문에 들어가지도 않았고, 또 몇 년 동안 아무 얘기도 꺼내지 않았어. 어찌 된 일인지 모르겠는데, 이번에는 축제를 보고 난 후 며칠이 안 돼서 또 정신이 이상해지기 시작했다는 거야. 암, 그전처럼 됐다는 거야. 그가 오후에 이곳을 지나갔으니 틀림없이 또 사당에 갔을 거야. 자네들이 넷째 나으리와 상의해서 다시 한 번 그를 속여 보도록 하게. 그 등불은 양 무제(梁武帝)의 다섯째 동생이 켰던 것이라고 하지 않던가? 그 등이 꺼지기만 하면 이곳은 바다로 변해 버리고 우리들은 모두 미꾸라지로 변한다고 말하지 않던가? 자네들 빨리 가서 넷째 나으리와 상의해 보도록 하라구. 그렇지 않으면……."

"우리들이 먼저 사당으로 가 보자구."

네모 머리는 그렇게 말하면서 의기양양하게 밖으로 나섰다.

퀴팅과 주앙치광도 뒤를 따라 나갔다. 세모꼴 얼굴이 제일 늦게 나가면서 입구에 서서 뒤를 돌아보며 말했다.

"이번 계산은 내 이름으로 달아 둬요, 제기랄……."

훼이우 아줌마는 그러마고 대답하고, 동쪽 담벽 밑으로 걸어가서 숯 동강 하나를 주워 가지고는 담벽에 그어져 있는 작은 삼각형과 짧고 가느다란 선 아래에 두 개의 선을 더 그려 넣었다.

그들이 사당이 보이는 곳에 갔을 때 과연 몇 사람이 한데 모여 있었다. 하나는 바로 그였고, 둘은 구경하는 사람, 그리고 아이들이 셋이었다.

그러나 사당 문은 굳게 닫혀 있었다.

"됐어! 사당 문은 아직 닫혀 있어!"

퀴팅이 기쁜 듯이 말했다.

그들이 가까이 가자 아이들은 마음이 놓이는 듯 그들 주위로 가까이 왔다. 여태껏 사당 문을 마주하고 서 있던 그도 얼굴을 돌려 그들을 보았다.

그는 평상시와 똑같이 누렇고 네모난 얼굴에 다 떨어진 푸른 무명 장삼을 걸치고 있었다. 다만 짙은 눈썹 밑에 크고 길게 째진 눈만은 약간 이상한 광채를 띠고는 사람을 쳐다보는데, 오랫동안 눈한 번 껌벅거리지도 않았고 더구나 슬픔과 공포의 표정조차 띠고 있었다. 짧은 머리에는 지푸라기가 두 개 붙어 있었다. 그것은 아이들이 뒤에서 몰래 그에게 던진 것이 분명했다. 왜냐하면 애들이 그의 머리를 보더니 모두 목을 움츠리고 웃으면서 혀를 낼름 내밀었기 때문이다.

그들은 멈춰 서서 서로의 얼굴을 마주 보았다.

"너 뭐하고 있는 거야?"

세모꼴 얼굴이 마침내 한 걸음 나아가며 따졌다.

"난 헤이(黑) 서방에게 문을 열게 하려는 거야."

그는 낮고 온화하게 말했다.

"저 등불은 반드시 꺼야 하기 때문이야. 보라고. 머리 셋에 팔뚝이 여섯 개인 푸른 얼굴에 눈이 셋, 긴 모자에 반쪽짜리 머리, 소머리에 돼지 이빨, 모두 꺼 버려야 돼, ……꺼 버려. 꺼 버려야 우리들은 메뚜기의 피해나 질병을 없앨 수 있어……."

"허허, 바보 같은 소리!"

쿼팅이 경멸하며 웃었다.

"네가 장명등을 꺼 버리면 메뚜기는 오히려 더 많아질 거야. 넌 또 질병에 걸릴 거구."

"허허!" 하고 주앙치광도 따라 웃었다.

윗도리를 벗은 아이가 가지고 놀던 갈대를 높이 쳐들어 그를 향해 겨냥하더니 앵두 같은 작은 입을 벌리고 말했다.

"파앙!"

"넌 아무래도 집으로 돌아가는 게 좋겠어! 만약 돌아가지 않으면, 너의 큰아버지가 네 뼈를 분질러 놓을 거야! 장명등은 말야, 내가 네 대신 꺼 줄게. 네가 며칠 지나서 와 보면 알 거야."

쿼팅이 큰소리로 말했다.

그의 두 눈이 더욱 반짝반짝 빛을 내면서 못을 박은 듯 쿼팅의 눈을 응시하자 쿼팅은 재빨리 시선을 피했다.

"네가 끄겠다고?"

그는 조소하듯 미소를 짓더니 이어서 단호하게 말했다.

"안 되지. 너희들은 필요 없어. 내가 끄겠어. 지금 당장!"

쿼팅은 갑자기 술 깬 뒤같이 무력하게 위축되었다. 그러자 네모 머리가 앞으로 나서서 천천히 말하기 시작했다.

"넌 한동안은 사리 판단이 좀 되더니, 이번에는 어떻게 된 게 아주 멍청해졌구나. 내가 가르쳐 주면 너도 똑똑히 알아들을 수 있을 거야. 불을 끈다고 해도 그런 것들은 그대로 있지 않겠어? 그런 바보 같은 생각은 하지 말고, 그대로 돌아가라구! 가서 잠이나 자라구!"

"나도 알고 있어. 불을 끈다 해도 그대로 있다는 것을."

그는 갑자기 음험하게 웃는 모습을 보이더니 곧 웃음을 거두고 침착하게 말했다.

"그러나 나는 이렇게 할 수밖에 없어. 내가 먼저 그렇게 하는 것이 쉽단 말야. 나는 불을 끄겠어. 혼자서 끄겠다구!"

그는 말하면서 몸을 돌려 힘껏 사당 문을 밀었다.

"이봐!"

쿼팅이 화를 냈다.

"넌 이곳 사람이 아니냐? 넌 꼭 우리 모두를 미꾸라지로 만들어야겠어? 돌아가! 넌 문을 열 수 없어. 문을 열 방법이 없다구! 그리고 불도 끄지 못해. 역시 돌아가는 게 좋을 거야!"

"난 돌아가지 않겠어! 난 그 불을 끄고야 말 테야!"

"안 돼, 넌 문을 열 수도 없어!"

"……."

"넌 열 수 없어!"

"그렇다면 다른 방법을 쓰겠어."

그는 얼굴을 돌려 그들을 흘깃 보고는 침착하게 말했다.

"흥, 다른 방법이란 게 뭐야? 말해 보라고."

"……."

"말해 봐. 다른 방법이라는 게 뭔지."

"불을 지르겠어!"

"뭐라고?"

쿼팅은 자기가 잘못 들은 게 아닌가 의심했다.

"불을 지르겠어!"

침묵은 맑은 종소리처럼 긴 여운을 끌었다. 마치 주위의 살아 있는 생물들이 모두 그 안에 응결되는 것 같았다. 그러나 얼마 후 몇 사람이 머리를 맞대고 귀엣말을 하더니 이내 모두 헤어졌다. 두서너 사람은 조금 떨어진 곳에 서 있었다. 사당 뒷문 담장 밖에서 주앙치광이 외치는 소리가 들렸다.

"이봐! 헤이 서방! 큰일 났어, 사당 문을 꼭 잠그라고. 헤이 서방! 자네 들리나, 단단히 잠그라구! 우리들이 가서 대책을 생각해 가지고 곧 올게!"

그러나 그는 마치 다른 일은 마음에 없는 듯, 다만 핏발 선 눈을 번득이면서, 땅에서 공중에서 그리고 사람에게서 마치 불씨라도 찾는 것처럼 신속하게 궁리를 거듭하고 있었다.

네모 머리와 쿼팅이 몇 집의 대문을 베틀의 북처럼 한바탕 들락 날락하자 지광 마을 전체가 삽시간에 술렁이기 시작했다. 많은 사람들의 귀와 마음에 '불을 지르겠다'는 무서운 소리가 꽉 찼다. 그러나 물론 아직도 집 안 깊숙이 들어앉아 있는 몇몇 사람들의 귀와 마음에는 그런 말이 들릴 리 만무했다. 하지만 온 마을의 공기는 긴장되었고, 이 긴장을 느끼는 사람들은 매우 불안해했다. 마치 자신이 곧 미꾸라지로 변하고 천하가 이제부터 멸망하는 것 같았다. 그들은 물론 멸망하는 것은 지광 마을뿐이라는 것을 은연 중에 알고 있으면서도 지광 마을을 바로 천하로 여기고 있었던 것 이다.

이 사건의 중심 인물들은 얼마 후 넷째 나으리의 대청에 모였다. 상좌에는 나이 많고 덕망이 있는 궈라오와(郭老娃)가 앉았다. 그의 얼굴은 이미 말라비틀어진 귤처럼 주름이 잡혀 있었고, 게다가 턱의 흰 수염을 금세 뽑아낼 것처럼 손으로 문지르고 있었다.

"아침녘에,"

그는 수염에서 손을 떼고 천천히 말했다.

"서쪽에 사는 중풍에 걸린 푸(富) 영감네 아들이 그건 토지 수호신의 노여움을 샀기 때문이라고 말하더군. 이렇게 나가다가, 앞으로 만의 하나라도 무슨 편치 못한 일이 일어나면, 책임을 면하기 어려울 거고, 댁에서는…… 그래, 댁으로 찾아와서 귀찮게 굴거라고 하더란 말일세."

"그랬군요."

넷째 나으리는 윗입술의 가늘고 희끗희끗한 메기수염을 꼬면서 여유 있게, 마치 대수롭지 않다는 듯이 말했다.

"이렇게 된 건 그 애 아비의 업보지요. 그가 살아 있을 때 부처님을 안 믿었잖아요? 난 그때 그와 사이가 좋지 않아서 어떻게 해볼 수가 없었지요. 지금 나더러 무얼 어떻게 하라는 건가요?"

"내 생각에 꼭 한 가지, 그래 꼭 한 가지가 있어. 내일 그 애를 묶어 가지고 성으로 데려가서, 그 애를, 그, 그 성황묘당에 보내 하룻밤을, 그렇지, 하룻밤을 지내게 하면서 그 애한테 붙은 사악한 귀신을 쫓아 버리게 하는 거야."

쿼팅과 네모 머리는 온 마을을 수호했다는 공로로, 쉽사리 구경할 수 없는 이 대청에 처음 들어왔을 뿐만 아니라 궈라오와의 아랫자리. 넷째 나으리의 윗자리에 앉아 차까지 대접받고 있었다. 그들은 귀라오와를 따라 응접실에 들어가 보고를 하고 난 후에는 차만 마셨고, 다 마신 후에도 입을 열지 않았다. 그런데 이때 퀴팅이 갑자기 의견을 발표했다.

"그 방법으론 너무 늦습니다! 두 사람이 아직 감시를 하고는 있지만, 가장 중요한 것은 당장 어떻게 하느냐 하는 겁니다. 정말 불이라도 지른다면……."

귀라오와는 깜짝 놀라더니 아래턱을 약간 떨고 있었다.

"만약 정말 불을 지른다면……."

네모 머리가 끼어들며 말했다.

"그렇게 되면……."

퀴팅이 큰소리로 말했다.

"큰일입니다!"

노란 머리의 여자아이가 또 와서 차를 따랐다. 퀴팅은 더 이상 말을 하지 않고 바로 찻잔을 집어들어 마시더니 온몸을 한번 부르르 떨고는 찻잔을 내려놓았다. 그리고는 혀끝을 내밀어 윗입술을 핥은 다음 다시 찻잔을 들고 후후 불었다.

"정말 성가신 놈이로군."

넷째 나으리가 손으로 탁자 위를 가볍게 두드렸다.

"이런 자손은 정말 죽어 마땅한 놈이야! 에잇!"

"그래요, 정말 죽일 놈입니다."

퀴팅이 고개를 들었다.

"작년에 렌거마을(連各庄)에서 한 놈을 때려죽였는데, 이런 놈이었어요. 여럿이 단단히 약속을 하고, 그러니까 같은 시각에 모두가 일제히 손을 대서 누가 제일 먼저 손을 댔는지 가릴 수 없게 한 거지요. 그 후엔 아무 일도 없었습니다."

"그것과는 또 일이 달라."

네모 머리가 말했다.

"이번 일은 그들이 지켜보고 있어. 빨리 방법을 생각해 내야 해. 내 생각으로는……."

궈라오와와 넷째 나으리가 숙연히 그의 얼굴을 처다보았다.

"제 생각으로는 차라리 당분간 그를 감금해 두는 것이 좋겠습니다."

"그것도 나름대로 적당한 방법이군."

넷째 나으리가 가볍게 머리를 끄덕였다.

"적당한 방법입니다!"

쿼팅이 말했다.

"그거야말로 확실히 적당한 방법이군."

궈라오와가 말했다.

"지금 그를 이 댁으로 끌고 오라구. 댁에서는 빨리 방 하나를 마련해 놓고, 자물쇠도 준비하시게."

"방이라고요?"

넷째 나으리가 얼굴을 위로 처들고 잠시 생각하더니 말했다.

"집엔 그런 빈 방이 없는데요. 그리고 그가 언제 나을지도 알 수 없고……."

"그럼 그 애의 방을 쓰도록 하지……."

귀라오와가 말했다.

"내 아들 류순(六順)은," 넷째 나으리가 갑자기 엄숙하게 그리고 슬프게 말했다. 목소리도 약간은 떨고 있었다.

"가을에는 장가를 보내려고 하는데…… 보시다시피 그 앤 나이를 그렇게 먹었으면서도 미친 짓만 하고, 가정을 꾸리고 사람 구실을 하려 들지 않아요. 내 아우도 생전에는 비록 분수에 맞게 성실히 살지는 않았지만, 그렇다고 절대로 대를 끊을 수야 없지요……."

"물론 그렇죠."

세 사람이 이구동성으로 말했다.

"류순이 자식을 낳으면, 내 생각에는 둘째 놈을 그 애한테 양자로 주려고 하는데, 하지만 …… 남의 자식을 공짜로 줄 수야 있나요?"

"그건 안 되지요."

세 사람이 이구동성으로 말했다.

"이 낡아빠진 집과 난 아무 관계도 없어요. 류순도 안중에 없을 거구요. 그렇지만, 자기가 낳은 자식을 그냥 남에게 준다면 어미 된 입장에서는 그렇게 기분이 좋을 수야 없겠지요?"

"그렇고말고요."

세 사람은 이구동성으로 말했다.

넷째 나으리가 입을 다물었다. 세 사람은 서로 얼굴을 마주 쳐다보고 있었다.

"나는 매일 그 애의 병이 낫기를 바라고 있었어요."

그는 잠시 침묵이 흐른 다음에 비로소 천천히 말을 이었다.

"그런데 아무리 해도 나아지지 않더군. 나아지지 않는 게 아니라 그 자신이 나으려고 하지 않더란 말이에요. 어떻게 할 방법이 없더군. 이 사람이 말한 것처럼 가둬 두는 것이 사람들에게 피해도 주지 않고 또 그 애 아비 망신도 덜 시킬 거고. 도리어 좋을지도 모르겠군요. 그래야 그 애 아비한테도 떳떳할 테고……."

"물론 그렇죠."

퀴팅은 감동해서 말했다

"그렇긴 한데 방이……."

"사당에는 빈 방이 없나?"

넷째 나으리가 느릿느릿 물었다.

"있지요!"

퀴팅이 생각난 듯이 말했다.

"있어요, 큰 문으로 들어가서 서쪽 옆방이 비어 있어요. 조그마한 네모 창이 하나 있고, 굵직한 창살이 끼워져 있어서 절대로 빠져나올 수가 없습니다. 아주 잘됐는데요."

귀라오와와 네모 머리도 금방 기쁜 표정을 나타냈다. 퀴팅은 한숨을 내쉬고 입술을 뾰족이 내밀어 차를 마셨다.

황혼 무렵도 되기 전에 세상은 이미 조용해졌다. 어쩌면 모든 것이 완전히 잊혀졌는지도 모른다. 사람들의 얼굴에는 이미 긴장의 빛이 사라졌을 뿐만 아니라 조금 전까지의 희열의 흔적도 모두 사라졌다. 사당 앞은 사람들의 왕래가 물론 평상시보다 많았지만,

그것도 얼마 안 가서 뜸해졌다. 다만 며칠 동안 사당 문이 닫혀 있었기 때문에 아이들이 들어가 놀 수 없었다. 그래서인지 오늘 아이들이 뜰에서 유난히 재미있게 노는 것이 느껴졌다. 저녁밥을 먹은 후에도 아직 몇 명의 아이들이 사당 앞에서 뛰어놀며 수수께끼 놀이를 하기도 했다.

"너 맞혀 봐."

제일 큰 애가 말했다.

"내가 다시 한 번 말해 줄게.

하얀 뜸배가 빨간 노를 저으며,

맞은편 언덕까지 저어가서 잠시 쉬고,

과자를 조금 먹고는,

희문(戲文)의 한 구절을 노래하네."

"그게 뭐니? '빨간 노를 젓는다'는 것 말야." 여자 아이가 말했다.

"내가 말해 줄게. 그건……."

"잠깐만!"

머리에 버짐이 난 아이가 말했다.

"내가 맞혀 볼게! 연락선!"

"연락선!"

웃통을 벗은 애도 말했다.

"하하, 연락선이라고?"

키가 제일 큰 애가 말했다.

"연락선이 노를 젓고, 연락선이 희문을 노래할 수 있어? 너희들 모두 틀렸어. 내가 얘기하지……."

"잠깐만."

버짐 난 아이가 또 말했다.

"흥, 못 알아맞힐걸. 내가 말할게. 그건 거위야."

"거위라고!"

여자 아이는 웃으면서 말했다.

"빨간 노를 젓는다는 게!"

"어째서 하얀 뜸배란 거야!"

웃통을 벗은 애가 물었다.

"불을 지르겠어!"

아이들은 모두 놀랐다. 이내 그를 생각해 내고 일제히 서쪽 옆 방을 주시했다. 그는 한쪽 손으로 나무 창살을 꽉 붙들고 또 한 손으로는 나무껍질을 잡아 뜯고 있었는데, 그 사이로 번쩍번쩍 빛을 발하는 두 눈이 보였다.

잠시 침묵하더니, 머리에 버짐이 난 애가 갑자기 소리를 지르며 달아났다. 나머지 애들도 웃고 떠들어 대면서 달아났다. 웃통을 벗은 애는 갈대를 뒤로 휘두르면서 색색거리며 앵두같이 조그만 입술에서 맑고 경쾌한 소리를 냈다.

"퐈앙!"

이후부터 완전히 조용해졌다. 어둠이 짙어지면서 녹색의 밝은 장명등은 한층 더 신전과 감실을 밝게 비추고 있을 뿐만 아니라 뜰과 나무 울타리 속의 어둠까지도 비추고 있었다.

아이들은 사당 밖으로 달려나와 멈춰 서서, 손을 잡고 천천히 자기의 집을 향해 걸어갔다. 모두가 웃으면서 입에서 나오는 대로 노래를 엮어 합창했다.

"하얀 뜸배, 맞은편 언덕에서 잠시 쉬고,
지금 곧 끈다. 내가 끈다.
희문의 한 구절을 노래하네.
불을 지른다. 하하하!
불불불, 과자를 조금 먹고는,
희문의 한 구절을 노래하네.
....
............"

1925년 3월 1일

조리 돌리기(示衆)

　수도(首都)의 서성(西城)의 큰길은 이맘 때면 시끄러운 소리가 전혀 들리지 않는다. 비록 아직 불꽃 같은 태양이 내리쬐지는 않지만 길바닥 위의 모래는 마치 번쩍번쩍 불꽃이 이는 것 같다. 혹독한 더위가 공기 속에 충만해서 성하(盛夏)의 위세를 떨치고 있다. 개들도 모두 혀를 내밀고, 나무 위의 까마귀조차 모두 입을 벌리고 헐떡인다. ─ 그러나 물론 예외도 있다. 멀리서 구리잔을 두드리는 소리가 은은하게 들려온다. 그것은 사람들로 하여금 산매탕(酸梅湯)을 생각나게 하며 은연중에 시원한 느낌을 준다. 그러나 이따금 들리는 그 느릿느릿하고 단조로운 금속성의 소리는 오히려 그 정적을 한층 더 깊게 한다.

　머리 위에서 작열하는 뜨거운 태양으로부터 한시라도 빨리 벗어나려는 듯 묵묵히 앞으로 달리는 인력거꾼의 발소리만이 들린다.

　"따끈한 만두요! 지금 막 쪄낸……."

　열두어 살쯤 된 뚱뚱한 아이가 눈을 가늘게 뜨고, 입을 비쭉이며 길가의 가게 앞에서 외친다. 목소리는 이미 쉬었고 조금은 졸음에 겨워 긴 여름날에 낮잠을 재촉하는 것 같았다. 그 아이 옆에 있는 낡아빠진 탁자 위에는 20, 30개의 만두가 더운 기라고는 전혀 없이 싸늘하게 식은 채 놓여 있었다.

"자, 찐빵과 만두요! 따끈따끈한……."

그때 담에 부딪쳤다가 퉁겨나오는 공처럼, 갑자기 그 애가 한길 저쪽으로 달려갔다. 전신주 옆, 그의 맞은편 바로 한길을 향해 두 사람이 멈춰 서 있었다. 한 사람은 담황색 제복에 칼을 찬 누런 얼굴에 말라빠진 순경으로, 손에는 포승줄을 쥐고 있었다. 포승의 다른 한쪽 끝은 남색의 긴 무명저고리에 흰 조끼를 입은 남자의 팔에 묶여 있었다. 이 남자는 새 밀짚모자를 쓰고 있는데 모자 차양의 사면이 밑으로 드리워져 있어 눈 언저리를 가리고 있었다. 그러나 뚱뚱한 아이는 키가 작았기 때문에 얼굴을 들고 그를 쳐다보았을 때 바로 그 사람의 눈과 마주쳤다. 그 남자의 눈도 마치 그의 머리를 보는 듯했다. 그 애는 황급히 눈을 돌려 흰 조끼를 쳐다보았다. 그 조끼에는 한 줄 한 줄 크고 작은 무슨 글자들이 쓰여 있었다.

순식간에 구경꾼들이 몰려와 주위를 반원형으로 가득 둘러쌌다. 대머리 노인이 끼어들고 난 후에는 이미 빈 곳이 거의 없었다. 곧이어 웃옷을 벗어붙인 빨강코의 뚱뚱한 사내가 끼어들었다. 이 뚱뚱보 사내는 폭이 넓어서 두 사람 몫의 자리를 차지했기 때문에 뒤이어 온 사람들은 하는 수 없이 둘째 줄에서 고개를 돌려 앞줄 두 사람의 목과 목 사이에 머리를 들이밀지 않을 수 없었다.

대머리는 흰 조끼를 입은 사람의 엇비슷이 정면에 서서 허리를 굽히고 조끼 위에 쓰여진 글자를 들여다보고 있다가 드디어 소리 내어 읽기 시작했다.

"옹(嗡), 도(道), 형(哼), 팔(八), 이(而)……."

뚱뚱한 아이는 그 흰 조끼가 번쩍이는 대머리를 자세히 들여다 보는 것을 보고는, 그도 따라서 대머리를 자세히 살폈다. 머리는 온통 번들번들 빛나고 있었고, 귀 왼쪽 부근에 회백색의 머리카락 이 남아 있는 것 이외에는 별로 볼 만한 것도 없었다. 그러나 뒤에 서 어린애를 안은 할멈이 그 틈을 타고 비집고 들어오자, 대머리 는 자리를 뺏길까 봐 두려워서 서둘러 허리를 폈다. 비록 글자를 다 읽지는 못했지만, 어쩔 수 없이 흰 조끼의 얼굴을 바라보는 수 밖에 없었다. 밀짚모자 차양 밑으로는 코의 절반과 입, 뾰족한 턱 만이 보였다.

그때 또다시 담에 부딪쳤다가 퉁겨나오는 공처럼 소학생 하나 가 달려왔다. 한 손으로 자기의 머리에 쓴 새하얀 작은 헝겊모자 를 누르고 사람들 틈을 쑤시고 들어왔다. 그러나 그가 셋째 줄 — 아마도 넷째 줄일지도 모른다. — 까지 쑤시고 들어갔을 때, 전 혀 끄덕도 하지 않는 위대한 물건에 부딪치고 말았다. 머리를 들 어 쳐다보니, 남색 바지 허리 위에 벌거벗은 넓은 잔등이 보였다. 그 등에서는 바로 땀이 줄줄 흐르고 있었다. 그는 손을 쓸 수 없음 을 알자, 하는 수 없이 남색 바지를 따라 오른쪽으로 갔다. 다행히 그 끝에 빈틈이 보이고 빛이 비쳐들고 있었다. 그가 막 머리를 낮 추어 쑤시고 들어가려고 하는데 "뭐야!" 하는 소리가 들리면서, 그 바지 허리 아래쪽의 엉덩이가 오른쪽으로 한번 움직이자 즉시 빈 곳은 막히고 동시에 밝은 빛도 보이지 않았다.

그러나 얼마 지나지 않아서 그 소학생은 오히려 순경이 차고 있는 칼 옆으로 쑤시고 들어왔다. 그는 이상한 듯 사방을 둘러보았다. 바깥쪽에는 구경하는 사람들 한 무더기가 둘러서 있었다. 위쪽에는 흰 조끼를 입은 사내, 그 맞은편에는 웃통을 벗은 뚱보 아이가 서 있고 뚱보 아이 뒤에는 상반신을 벗은 빨강코의 뚱뚱한 남자가 있다. 그는 그제서야 바로 조금 전의 위대한 장애물의 본체를 희미하게나마 깨닫고는 놀랍기도 하고 또 감탄한 듯이 빨강코를 바라볼 뿐이었다. 뚱뚱한 아이도 그때까지 소학생의 얼굴을 주시하고 있었으므로 이에 자기도 모르게 그 아이의 시선을 따라서 뒤를 돌아보았다. 거기에는 불룩한 젖통과 그 젖꼭지의 사방 가까이에 아주 긴 털이 몇 개가 나 있었다.

"저 사람이 무슨 죄를 졌습니까……?"

사람들이 모두 깜짝 놀라서 보니, 노동자 같아 보이는 초라한 사내가 대머리 노인에게 낮은 목소리로 묻고 있었다.

대머리는 대답을 하지 않고 다만 눈을 크게 뜨고 그를 쳐다보았다. 그 바람에 그는 눈을 내리깔았다가 잠시 후에 다시 보았다. 대머리는 그때까지도 눈을 크게 뜨고 그를 보고 있었다. 뿐만 아니라 다른 사람들도 모두 눈을 크게 뜨고 그를 쳐다보는 것 같았다. 그러자 그 사나이는 마치 자기가 죄라도 지은 것처럼 안절부절못하더니 종당엔 천천히 뒷걸음질을 치면서 빠져나가고 말았다. 그 자리는 양산을 옆구리에 낀 키다리가 들어와서 메웠다. 대머리도 얼굴을 돌리고 다시 흰 조끼를 보기 시작했다.

키다리는 허리를 구부리고, 늘어진 밀짚모자의 차양 아래 있는 흰 조끼의 얼굴을 보려고 했다. 그러나 어쩐 일인지 갑자기 허리를 폈다. 그래서 그의 뒤에 있는 사람들은 또다시 힘을 다해 목을 늘여야만 했다. 한 말라깽이 남자는 입까지 크게 벌리고 있는 것이 마치 죽은 농어 같았다.

순경이 돌연 한쪽 발을 올리자, 사람들은 깜짝 놀라면서 모두 그의 발을 보았다. 그러나 순경이 들었던 발을 내리자 다시 흰 조끼를 보았다. 키다리는 갑자기 또 허리를 굽혀 늘어진 밀짚모자 차양 아래를 엿보려고 했지만, 즉시 곧추섰다. 그러고는 한 손을 들고, 머리를 썩썩 긁었다.

대머리는 기분이 좋지 않았다. 왜냐하면 아까부터 뒤쪽이 조용하지 않은데다 계속 귓가에서 쩝쩝 하는 소리가 들려왔기 때문이다. 대머리가 이맛살을 찌푸리고 뒤돌아보니, 그의 오른쪽에 바싹 달라붙어서 시커먼 손으로 만두 반 조각을 집어들고 막 입속으로 처넣으려는 고양이 얼굴을 한 사람이 있었다. 그는 아무 말도 않고 고개를 돌려 흰 조끼의 새 밀짚모자를 바라보았다.

갑자기 무서운 벼락이 내리치듯이 일격이 가해지자 어깨가 넓은 뚱뚱한 사나이까지도 앞쪽으로 비틀거렸다. 동시에 그의 어깨 너머로 그의 팔뚝과 같은 굵기의 팔이 뻗쳐 오더니 다섯 손가락을 펴서 뚱뚱한 아이의 뺨을 철썩 때렸다.

"재미도 있겠다, 이놈의 자식……."

뚱뚱한 사나이의 뒤쪽에 미륵보살과 흡사하나 그보다 한층 둥글고 살이 찐 뚱뚱한 얼굴이 동시에 이렇게 말했다.

뚱뚱한 아이도 너덧 발짝 비틀거렸지만 넘어지지는 않았다. 한 손으로 뺨을 만지며 몸을 돌려, 뚱뚱한 사나이의 다리 옆 틈바구니로 빠져나가려고 했다. 뚱뚱한 사나이는 급히 바로 서서 엉덩이를 비틀어 빈틈을 막아 버리고는 못마땅한 듯이 말했다.

"뭐야?"

뚱뚱한 아이는 마치 쥐덫에 갇힌 생쥐처럼 잠시 당황하더니, 급히 소학생 쪽으로 달려가서 그를 밀어젖히고 뚫고 나갔다. 소학생도 몸을 뒤로 젖히고는 딸려나갔다.

"허 저놈 봐……."

대여섯 명이 모두 그렇게 말했다.

소란이 가라앉고 평온해지자 뚱뚱한 사나이가 다시 흰 조끼의 얼굴을 바라보았다. 흰 조끼도 얼굴을 들고 그의 가슴을 보자 그가 황급히 고개를 숙이고 자기의 가슴을 내려다보았다. 양 젖가슴 사이의 옴폭 패인 곳에 땀이 괴어 있었다. 그래서 그는 손바닥으로 땀을 닦아냈다.

그러나 형세는 어떻든 그다지 평온하지 않은 것 같았다. 어린애를 안고 있는 늙은 할멈은 그 소란 중에 사방을 둘러보느라 주의를 하지 않았기 때문에 까치 꼬리같이 빗은 '쑤저우(蘇州)식 머리'가 옆에 서 있는 인력거꾼의 콧대에 부딪쳤다. 인력거꾼이 밀어낸다는 것이 바로 어린애를 밀쳐서 어린애가 몸을 뒤틀면서, 사람들이 둘러싼 밖으로 나가자며 떼를 썼다. 늙은 할멈은 처음에는 약간 비틀거렸지만 곧 바로 서더니 어린애를 흰 조끼를 향해 빙글 돌려 안고는 손가락질하며 말했다.

"애야, 저것 봐라, 얼마나 재미있니!"

그 틈새로 갑자기 딱딱한 밀짚모자를 쓴 학생 차림의 머리가 들어오더니, 수박씨 같은 것을 한 알 입속에 집어넣고는 아래턱을 위로 한번 움직여 깨물고는 밖으로 물러났다. 그 자리는 곧, 머리에 온통 기름땀과 먼지를 뒤집어 쓴 타원형의 얼굴로 메워졌다.

양산을 옆구리에 긴 키다리는 이미 화가 나서 한쪽 어깨를 기울이고 눈살을 찌푸리며, 어깨 너머의 죽은 농어 얼굴을 노려보았다. 아마도 이렇게 많은 어른들의 입에서 뿜어내는 열기를 감당하기가 쉽지 않을 터인데 하물며 또 한여름이라니, 대머리는 고개를 쳐들고 전봇대 위에 붙어 있는 빨간 간판의 네 개의 흰 글자를 보고는 매우 재미 있어 하는 것 같았다. 뚱뚱보 사나이와 순경은 늙은 할멈의 낫과 같이 뾰족한 신발 코를 곁눈질하면서 보고 있었다.

"좋았어!"

어디선가 갑자기 몇 사람이 동시에 소리쳤다. 무언가 일이 일어났음을 알고 사람들의 머리가 모두 그쪽을 향해 돌아갔다. 순경과 순경에게 붙들린 범인도 조금 동요했다.

"막 꺼낸 만두요! 어, 따끈따끈한……"

길 맞은편에서는 뚱뚱한 아이가 머리를 비스듬히 하고 졸음에 겨운 듯 길게 소리치고 있었다. 거리엔 인력거꾼들이 묵묵히 서둘러, 한시 바삐 머리 위의 작열하는 태양으로부터 벗어나려는 듯이 분주히 달리고 있었다. 사람들은 모두가 거의 실망하면서도 행여나 하는 눈빛으로 사방을 둘러 찾아보고 있었다. 마침내 10여 집 떨어진 저쪽 거리에 인력거 한 대가 멈춰 있고, 인력거꾼 하나가 막 기어 일어나려고 하는 것을 발견하였다.

둘러쌌던 둥근 원은 즉시 흩어지면서 모두 제각기 갈 길로 간다. 뚱뚱보 사나이는 절반도 못 가서 길가의 홰나무 밑에서 쉰다. 키다리는 대머리나 타원형의 얼굴보다 걸음이 빨라서 그곳에 먼저 도착했다. 차에 앉은 손님은 앉은 그대로였고 인력거꾼은 이미 완전히 일어났지만 아직 자기의 무릎을 주무르고 있었다. 주위에서 대여섯 사람이 시시덕거리며 그들을 보고 있었다.

"괜찮아요?"

인력거꾼이 인력거를 끌려고 하자 손님이 물었다.

그는 고개를 끄덕이고는 인력거를 끌고 갔다. 사람들은 곧 실망한 듯한 눈으로 그를 전송했다. 처음에는 그래도 조금 전에 넘어졌던 인력거가 어느 인력거라는 것을 분간할 수 있었지만, 잠시 후에는 다른 인력거와 뒤섞여서 분별할 수 없게 되었다.

길거리는 퍽 조용했다. 몇 마리의 개가 혀를 늘어뜨리고 헐떡거리고 있었다. 뚱뚱보 사나이가 홰나무 그늘 아래서 매우 빨리 오르락내리락하는 개의 뱃가죽을 바라보고 있다.

늙은 할멈은 어린애를 안고 집 처마 그늘 밑으로 천천히 걸어간다. 뚱뚱한 아이는 머리를 비틀고 눈을 가늘게 뜨고는 목소리를 길게 빼면서 졸린 듯 소리친다.

"따끈따끈한 만두요! 어! ……지금 막 쪄낸……."

1925년 3월 18일

까오 선생(高老夫子)

이날 아침부터 오후까지, 그의 모든 시간은 거울 보는 일, 『중국 역사 교과서』를 읽는 일과 『원료범강감(袁了凡綱鑑)』을 조사하는 일로 보냈다. 정말로 '사람이 태어나서 글을 아는 것이 우환의 시작'이라더니, 그는 갑자기 세상사에 대해 불만스럽다는 생각을 느끼게 되었다. 더구나 이런 불만스러운 생각을 느낀 것은 이제까지 그는 한 번도 경험해 보지 못했던 일이다.

먼저, 지난날에 부모가 사실 자식들에게 너무 무관심했다고 생각했다. 그는 어렸을 때 뽕나무에 올라가 몰래 오디를 따먹는 것을 제일 좋아했다. 그러나 부모는 전혀 신경쓰지 않았다. 한 번은 나무에서 떨어져 머리를 다쳤는데도 치료를 제대로 해 주지 않아, 지금도 왼쪽 눈썹 위에 영원히 지워지지 않는 칼날 모양의 흉터를 지니게 되었다. 지금은 비록 일부러 머리를 길게 길러서 좌우로 갈라 늘어뜨려 억지로 숨기고 있으나 결국 칼날 모양 상처의 끝머리만 보여도 결점이라 할 수 있으니, 만일 여학생의 눈에 뜨이기라도 한다면 아마 경멸을 면치 못할 것이다. 그는 거울을 내려놓고 원망스러운 듯이 한숨을 지었다.

다음은 『중국 역사 교과서』의 편찬자가 교사의 입장을 전혀 고려하고 있지 않다는 것이다. 그의 책이 비록 『요범강감』과 약간은 부합되지만 전체적으로는 들어맞질 않으니, 부합된다고도 안 된다고도 할 수 없으므로 수업할 때 어떻게 연결시켜야 할지 알 수 없었다. 더구나 그 교과서에 끼어 있는 쪽지를 발견하고 나서는 또 중도에서 사직한 역사 선생이 원망스러워졌다. 그 쪽지에는 이렇게 쓰여 있었기 때문이다……

'제8장 동진(東晉)의 흥망(興亡)에서부터.'

만일 전임자가 삼국시대의 역사를 다 말하지 않았다면, 그의 수업 준비가 결코 이렇게까지 어렵지는 않을 것이다. 그가 가장 잘 아는 것이 바로 삼국이다. 예를 들어 도원(桃園)에서 세 호걸이 결의, 공명(孔明)의 화살 빌리기, 주유(周瑜)를 세 차례 화나게 하기, 황충(黃忠)이 정군산(定軍山)에서 하후연(夏侯淵)을 베기 등, 그 밖에도 얼마든지 있으므로 한 학기를 해도 다 말할 수 없을 것이다. 당(唐)대에 이르면 진경(秦瓊)이 말을 파는 대목 같은 것도 비교적 자신이 있었는데, 하필 동진이라니. 그는 또 원망하며 한숨을 짓고는 다시 『요범강감』을 끌어당겼다.

"여어, 자네. 밖에서 보는 걸로도 모자라 집 안에 틀어박혀서까지 보고 있나?"

말소리와 동시에 손 하나가 그의 등뒤에서 어깨 너머로 뻗어 나와 그의 아래턱을 퉁겼다. 그러나 그는 결코 움직이지 않았다. 목소리와 거동으로 그 사람이 몰래 살그머니 들어온 마작 친구 황싼(黃三)이란 걸 알고 있기 때문이었다. 황싼은 비록 옛날부터의 친구이며, 일주일 전까지는 같이 마작을 하기도 하고, 연극도 보고 술도 마시고, 여자를 쫓아다니기도 하였으나, 그가 『대중일보(大中日報)』에 「중화국민은 모두가 국사를 정리할 의무가 있음을 논함」이라는, 인구에 회자되는 명문을 발표하고, 이어 셴량(賢良) 여학교의 교사로 초빙된 뒤로는 웬일인지 이 황싼이라는 사내가 도무지 보잘것없는 저속한 인간으로 여겨졌다. 그래서 그는 고개도 돌리지 않고 무뚝뚝하게 정색을 하며 대답했다.

"헛소리 말게! 나는 지금 수업 준비 중이야……."

"자네 입으로 뽀(鉢) 군에게 말하지 않았나? 교사가 된 건 여학생 얼굴을 보고 싶어서라고 말야."

"뽀 군의 미친 소리 믿지 말게."

황싼은 그의 책상 옆에 앉아 탁자 위를 훑어보더니 이내 거울과 어지럽게 널린 책무더기 사이에 펼쳐진 채로 있는 넓적한 빨간 종이의 문서를 발견하고는 눈을 둥그렇게 뜨고 한 자 한 자 읽어 갔다.

까오얼추(高爾礎) 선생을 본교 역사 교사로 초빙함에 있어 1주 수업 4시간, 사례금은 시간당 은 30전으로 하되 시간 수에 따라 계산하기로 약정함.

셴량여학교 교장 허완수천(何萬淑貞) 삼가 계약함

중화민국 13년 음력 9월 길(吉)일

"까오얼추 선생이라니? 이게 누구야? 자네야? 자네가 이름을 갈았나?"

황싼은 읽고 나자 성급하게 물었다.

그러나 까오 선생은 거만하게 웃을 뿐이었다. 개명(改名)한 건 사실이었다. 그러나 황싼은 마작이나 할 줄 알았지 지금까지 새 학문이나 새 예술에는 전혀 관심이 없었다. 그는 러시아의 대문호 고리키조차 모르고 있다. 그런데 어떻게 이 개명의 깊은 뜻을 말할 수 있겠는가? 그래서 거만하게 웃기만 할 뿐 결코 대답하지 않았던 것이다.

"어이 깐(幹) 군! 이런 쓸데없는 장난은 그만두게!"

황싼은 초빙서를 내려놓더니 말하는 것이었다.

"우리 이 도시에 남자 학교가 하나 있는 것만으로도 이미 풍기가 어지간히 문란해져 있네. 게다가 여학교까지 세우려 하다니, 앞으로 어떤 꼴이 벌어질지 모르겠군. 자네까지 무엇 때문에 나서나. 그만두게……"

"그렇지도 않다네. 게다가 허(何) 부인이 간청을 하니 거절할 수 없고……"

황싼이 학교를 헐뜯고 있다. 손목시계를 보니 벌써 두 시 반, 수업 시간까지 이제 30분밖에 남지 않았기 때문에 그는 약간 화를 내면서 초조한 감정을 드러냈다.

"됐네! 그 얘기는 그만두세."

황싼은 눈치 빠른 사람이라 곧 화제를 바꾸었다.

"본론을 이야기하세. 오늘밤에 한 판 벌이세. 마오(毛)씨 마을의 마오즈푸(毛資甫) 큰아들이 마을에 와 있는데. 풍수(風水) 선생에게 묘소를 봐 달래려고 왔나 봐. 지금 현찰 200냥을 쥐고 있대. 우리가 밤에 한 판 벌이기로 이미 약속이 되어 있어. 나와 뽀 군 그리고 바로 자네야. 꼭 와야 해. 절대로 어기면 안 돼. 우리 셋이서 그 작자를 벗겨 버리잔 말야!"

깐 군 ─ 까오 선생 ─ 은 깊이 생각에 잠긴 채 입을 열지 않았다.

"꼭 와야 되네. 꼭이야! 나는 이제부터 뽀 군과 상의해야겠어. 장소는 역시 우리 집이야. 저 바보 도련님은 '풋내기'야. 우리가 틀림없이 그를 몽땅 털 수 있어. 자네의 대나무 무늬 뚜렷한 마작을 내게 주게."

까오 선생은 천천히 일어나더니 침대가에서 마작 상자를 가져다 그에게 주었다. 손목시계를 보니 2시 40분이었다. 그는 생각하였다. 황싼이 비록 재주꾼이기는 해도 내가 이미 교사가 되었다는 걸 명백히 알면서도 대놓고 학교를 헐뜯고, 또 남의 수업 준비까지 방해하다니, 결코 옳은 일이 아니야. 그래서 그는 냉담하게 말했다.

"저녁에 또 상의하세, 나는 수업에 가야 해."

그는 말하면서 안타깝게 『요범강감』을 흘끗 보고는 교과서를 집어 새로 산 가방에 넣고, 새로 산 모자를 매우 조심스레 쓰고, 황싼과 함께 집을 나섰다. 그는 나오자마자 발걸음을 떼며 마치 목수가 양손으로 송곳을 돌리듯이 두 어깨를 흔들며 곧바로 걸어 갔다. 얼마 후 황싼은 그의 그림자조차도 볼 수 없게 되었다.

한달음에 센량 여학교에 당도한 까오 선생은 즉시 새로 찍은 명함을 문지기 꼽추 노인에게 내밀었다. 그러자 금방 "어서 오십시오" 하는 말이 들렸다. 이어 그는 꼽추의 뒤를 따라 두 번 모퉁이를 돌아서 교사 준비실에 도착했는데, 응접실을 겸하고 있는 듯했다. 허 교장은 자리에 없었고 그를 마중 나온 사람은 수염이 희끗희끗한 교무장으로 이름도 드높은 완야오푸(萬瑤圃), 별호는 '옥황향안리(玉皇香案吏)'라고 하는 사람이다. 요즈음 그와 선녀가 증답(贈答)하는 시, 「선단수창집(仙壇酬唱集)」을 잇달아 『대중일보』에 게재하고 있었다.

"아! 까오얼추 공! 처음 뵙겠습니다……."

완야오푸는 연방 두 손을 맞잡고 그 위에 무릎 관절과 발목 관절을 대면서 여섯 번이나 굽히는데, 마치 꿇어앉는 듯하였다.

"아, 완야오푸 공! 처음 뵙겠습니다."

얼추 공은 가방을 겨드랑이에 낀 채 같은 동작을 하면서 말했다.

그리고 그들은 자리에 앉았다. 산송장 같은 사환이 더운 물 두 잔을 가져왔다. 까오 선생이 맞은편의 괘종시계를 보니 아직도 2시 40분으로, 자기 시계보다 반 시간 가까이나 늦어 있었다.

"정말로 얼추 선생의 대작인 그, 그, ……그래, 그 —「중국국수의무론(中國國粹義務論)」말입니다. 정말로 간략하면서도 핵심을 찌르고 있어, 백 번을 읽어도 싫지 않은 글이었습니다. 참말로 청소년들의 좌우명이지요. 좌우명, 좌우명 말이오! 본인도 문학은 매우 좋아합니다. 그러나 그저 장난하는 정도일 뿐이지 어찌 선생한테 비길 수 있겠습니까."

그리고는 그는 다시 한 번 손을 맞잡고 이번에는 낮은 소리로 말했다.

"우리들의 성덕교령회(盛德交靈會)에서는 매일 선인(仙人)을 초청합니다. 본인도 늘 시(詩) 창화(唱和)에 참여합니다. 선생께서도 왕림하여 주셨으면 합니다. 교령술을 하시는 선인은 예주선자(蕊珠仙子)님이신데 그녀의 말씨부터가 마치 홍진(紅塵) 세상에 하계(下界)하신 꽃의 정령과도 같습니다. 그녀는 명사들과 시의 창화를 하시는 것을 무엇보다 좋아하시고, 더구나 신당(新黨)을 매우 찬성하십니다. 선생 같은 학자라면 틀림없이 매우 존경하실 겁니다. 하하하!"

그러나 얼추 선생은 전혀 무슨 고담준론을 발표할 계제가 아니었다. 왜냐하면 그의 준비 — 동진의 흥망 — 가 충분하지 못한 데다가 지금 이 시각에는 그 부족한 부분마저도 얼마큼 잊어버렸기 때문이었다. 그는 조바심치며 애를 태우고 있었다. 번잡하게 흩어진 마음속에서 많은 단편적인 생각들이 솟아올랐다. 교단에서의 자세는 반드시 위엄이 있어야 해. 이마의 흉터는 반드시 숨겨야 하고, 교과서는 천천히 읽어야지. 학생들을 볼 때는 여유있게 본다. 그러면서 동시에 또 야오푸가 하는 말도 건성으로 듣고 있었다.

"……시 한 수를 주셨는데…… '취하여 청란(靑鸞)에 의지하여 창공에 오르다.' 이 얼마나 초탈합니까……. 그 왜, 덩샤오웡(鄧孝翁) 선생 같은 이는 다섯 번이나 간청하여서야 겨우 오언절구(五言絕句) 한 수를 내려 주셨는데……. '붉은 소매로 은하수를 털도다. 말하지 말라…….' 예주선자의 말씀이……. 선생께서는 여기가 처음일 텐데……. 이게 본교의 식물원입니다!"

"오오……."

얼추는 그가 손을 들어 가리키는 것을 보고야 비로소 혼란한 생각에서 놀라 깨어났다. 가리키는 쪽을 보니, 창밖은 좁은 빈 터였고 그 위에는 나무가 너덧 그루 있었으며, 바로 맞은쪽에 세 칸 정도의 작은 단층집이 있었다.

"저게 교실입니다."

야오푸는 자신의 손가락을 옮기지도 않은 채로 말했다.

"아, 네!"

"학생들은 매우 온순합니다. 요즈음은 수업 외에는 오로지 재봉에만 마음을 쓰고 ……."

"아, 네……."

얼추는 자못 다급해졌다. 그가 이제 말을 멈춰 주어, 자신이 정신을 집중하여 동진의 흥망을 얼른 생각하게 해 주길 바랐다.

"유감스럽게도 그들 중의 몇 명은 시 짓는 것을 배우려고 하는데, 그건 안 됩니다. 유신(維新)도 물론 좋으나, 시작(詩作)은 양가의 규수에게는 마땅한 것이 아닙니다. 예주선자께서도 여자 교육에는 별로 찬성치 않으십니다. 그것은 남녀의 구별을 혼란케 하는 것으로 천제(天帝)께서 좋아하지 않으신다고 여기십니다. 본인도 선자와 여러 차례 토론하였습니다만……."

얼추는 깜짝 놀라 일어났다. 벨 소리가 들렸던 것이다.

"아니, 앉으십시오. 저건 끝나는 벨입니다."

"완 선생께서도 바쁘실 테니, 염려 마시고……."

"아니, 아니! 바쁘지 않습니다! 본인은 여자 교육을 진흥하는 것은 세계의 조류에 순응하는 것이라고 생각합니다. 하나 옳게 하지 못하게 되면 한쪽으로 치우치기 쉽습니다. 따라서 천제께서 좋아하지 않으신다는 것은 아마도 폐해를 미연에 방지코자 하시는 생각이실 겁니다. 다만 운영하는 사람이 불편부당하고 중용(中庸)에 합치되게 하여 오로지 국수(國粹)를 귀결로 삼는다면 그것은 꼭 폐해로만 흐르지는 않게 됩니다. 까오 선생, 그렇지 않소이까? 이것은 예주선자께서도 '받아들이지 않으면 안 되는' 말로 여기셨습니다. 하하하……."

사환이 다시 더운 물 두 잔을 가지고 왔다. 그러나 벨이 다시 울렸다.

야오푸는 얼추에게 더운 물을 권하고는 두어 모금 마신 다음 천천히 일어나 그를 인도하여 식물원을 가로질러 교실로 들어갔다.

그가 가슴을 두근거리며 교단 옆에 꼿꼿이 서니 그의 눈에는 교실의 반이 너풀너풀한 머리털로 가득 찬 것이 보였다. 야오푸는 안주머니에서 편지지 한 장을 꺼내어 펴들고 보면서 학생들에게 말하기 시작하였다.

"이분은 까오 선생님, 까오얼추 선생님이시오. 선생님께서는 저명한 학자로서, 여러분이 모두 아시는 바, 저 유명한 「중화국민은 모두가 국사를 정리할 의무가 있음을 논함」을 쓰신 분이십니다. 『대중일보』의 소개에 의하면, 까오 선생께서는 러시아의 문호 고리키의 인품을 사모하시어 이름을 얼추라 고치셔서 경의를 표하였으며, 이런 인재의 출현은 참으로 우리 중화 문단의 행운이라고 하였소. 이번에 허 교장선생님께서 여러 번 간청을 하신바 겨우 승낙을 하시어 본교에서 역사를 담당하시기로……."

까오 선생이 갑자기 매우 조용해졌다고 느꼈을 때 완 선생은 이미 보이지 않았고 자기만이 교단 옆에 서 있었다. 그는 어쩔 수 없이 교단에 올라가서 절을 하고, 마음을 가라앉혔다. 또 태도에는 위엄이 있어야만 된다는 것이 기억나서 천천히 책을 펴고 '동진의 흥망'을 말하기 시작했다.

"호호호!"

누군가가 어디서 몰래 웃는 것 같았다.

까오 선생은 갑자기 얼굴이 달아올라서, 황급히 책을 보았다. 자기가 하고 있는 말과 어긋나지 않게 책에는 확실히 '동진의 편안(偏安)'이라 인쇄되어 있었다. 책을 펴놓은 맞은편에는 역시 교실 절반이 너풀거리는 머리털들이었고 별다른 동정은 보이지 않았다. 그는 이것이 스스로의 의심 탓이지 사실은 아무도 웃지 않았을 것이라고 생각하였다. 이리하여 다시 마음을 가라앉히고 책을 보며 천천히 수업을 계속하였다. 처음 얼마 동안은 자기 귀에도 자기가 무엇을 말하는지 들려왔으나, 차츰 알아들을 수 없게 되었고, 나중에는 자기가 무엇을 말하는지도 알 수 없게 되었다. '석륵(石勒)의 웅대한 계획'에 대한 설명으로 들어갈 무렵에는 킬킬거리는 숨죽인 웃음소리만이 들려올 뿐이었다.

그는 교단 아래를 보지 않을 수 없었다. 사태는 이미 전과는 전혀 달랐다. 교실의 반은 모두가 눈들이었고 또 많은 아담한 이등변삼각형들이 있었으며, 삼각형 가운데는 모두 콧구멍이 두 개씩

뚫려 있었다. 그것들이 한 줄로 이어지더니 마치 유동하는 깊은 바다같이 번쩍거리며 줄기차게 그의 시선을 향해 밀어닥치고 있었다. 그러나 그가 흘깃 쳐다보자 또 갑자기 번쩍하더니 교실의 반이 너풀거리는 머리털로 변하였다.

그도 황급하게 눈길을 거두고 다시는 교과서에서 눈을 떼지 못했다. 부득이한 때에는 눈길을 위로 들어 천장을 쳐다보았다. 천장은 흰 회벽이 누렇게 변색되어 있었고 중앙에는 둥그런 능선 모양으로 두드러져 있었다. 그러나 그 둥근 것이 다시 움직이기 시작하더니 갑자기 커졌다가 줄어들면서 그의 눈을 어질어질하게 했다. 만약에 눈길을 아래로 옮긴다면, 틀림없이 무서운 눈과 콧구멍들이 연합되어 있는 바다를 만나게 될 것이라 생각되자, 다시 책으로 돌릴 수밖에 없었다. 이때는 이미 '비수(淝水)의 싸움'으로 부견(苻堅)이 곧 "초목들이 모두 군사로다" 하며 놀라는 대목이었다.

그는 여러 학생들이 몰래 웃고 있는 듯한 의심이 들었으나 꾹 참고 수업을 계속하였다. 꽤 오랫동안 수업을 한 것이 분명한데 아직 벨 소리가 울리지 않는다. 학생들이 볼까 봐 두려워 손목시계를 보지도 못한다. 그러나 잠시 수업을 하다 보니 '탁발씨(拓跋氏)의 발흥'에 이르렀고, 이어서는 '여섯 나라 흥망표[六國興亡表]'였다. 그는 원래 오늘 여기까지는 진도가 나가지 않으리라고 생각하였으므로 준비를 하지 않았다.

그는 문득 자신의 강의가 중단되어 있음을 느꼈다.

"오늘은 첫날이니 이 정도로……."

그는 잠시 당혹해하다가, 떠듬거리며 말하고는 꾸벅 머리를 숙이고 교단을 내려와서 교실 밖으로 나왔다.

"호호호!"

그는 등뒤에서 여럿의 웃음소리가 들리는 듯하였다. 웃음소리가 그 깊은 콧구멍의 바다에서 쏟아져 나오는 것이 보이는 것 같았다. 그는 정신이 멍하여 식물원으로 발길을 돌려 맞은편의 교사 준비실을 향해 큰 걸음으로 걸어갔다.

그는 깜짝 놀라 얼떨결에 손에 든 『중국 역사 교과서』까지 땅에 떨어뜨렸다. 갑자기 머리에 무엇인가 부딪쳤기 때문이었다. 두어 걸음 뒤로 물러서서 자세히 보니 비스듬히 뻗친 나무 곁가지가 눈 앞에 있었는데 그의 머리에 부딪쳐서 잎들이 가늘게 흔들리고 있었다. 그는 황급히 허리를 굽혀 책을 주워들었다. 책 옆엔 나무 팻말이 서 있었고 팻말엔 이렇게 쓰여 있었다.

> 뽕나무
> 뽕나무과

그는 등뒤에서 여러 사람의 웃음소리가 들리는 것 같았다. 그 웃음소리가 저 깊은 콧구멍의 바다에서 쏟아져 나오는 것을 보는 듯하였다. 그러자 쑥스럽기는 하나 이미 아프기 시작하는 머리를 문지르며 곧바로 교사 준비실로 뛰어 들어갔다.

휴게실 안에는 더운 물이 담긴 두 개의 잔이 그대로 있었다. 산송장 같은 사환의 모습은 보이지 않았으며 완 선생도 종적이 없었다. 모두가 어슴푸레하였고, 그의 새로 산 가방과 새 모자만이 어슴푸레한 속에서 빛을 발하고 있었다. 벽의 괘종시계를 보니, 아직 3시 40분이었다.

까오 선생은 집으로 돌아온 뒤 한참 후까지도 이따금 전신이 아직도 달아오르고, 까닭을 알 수 없는 노여움이 치밀었다. 나중에는 학교가 분명히 풍기를 해친다는 느낌이 들었다. 폐쇄하는 것이 좋겠다. 더욱이 여학교는 ─ 무슨 의미가 있는가? 허영에 들떠 가지고!

"호호호."

그에게는 아직도 나지막한 웃음소리가 들려왔다. 그것이 그를 더욱 분노케 하였고 그에게 사직하겠다는 결심을 더욱 굳히게 하였다. 밤에 허 교장에게 편지를 쓰리라. 다만 발이 아파서라고만 말하리라. 그러나 만약에 만류하면 또 어떻게 하지? ─ 그래도 거절해야지. 여학교란 참으로 어떤 꼴로 되어 갈지 알 수 없어. 자기가 무엇 때문에 그들과 한패가 되어야 한단 말인가? 그럴 수는 없어. 그는 생각했다.

그러자 그는 결연히 『요범강감』을 치우고, 거울을 한쪽에 밀어 놓았으며 초빙서도 접어 버렸다. 자리에 앉으려다 생각하니 이번에는 초빙서의 빨간빛이 못마땅하다고 느껴져 곧 집어서 『중국 역사 교과서』와 함께 서랍에 쑤셔 넣어 버렸다.

모든 게 대강 마무리가 되었다. 책상 위에는 거울 하나만이 남아 있어 눈앞이 매우 깨끗해졌다. 그래도 아직 마음이 개운치 않았다. 마치 넋이 반쯤 없어진 듯했다. 그 순간 퍼뜩 생각이 떠올라 빨간 리본이 달린 가을 모자를 쓰고 곧 황싼의 집으로 향했다.

"왔나, 까오얼추 선생!"

뽀 군이 크게 소리쳤다.

"집어치워!"

그는 이맛살을 찌푸리며 뽀 군의 머리를 한 대 치면서 말했다.

"수업은 했나? 어땠어? 쓸 만한 애가 몇이나 있던가?"

황싼은 열심히 물었다.

"나는 더는 가르치러 갈 생각이 없네. 여학교라는 게 도대체 어떤 꼴로 되어 갈지 모르겠어. 우리같이 단정한 사람은 확실히 함께 어울릴 수가 없어……."

마오씨네 장남이 들어왔다. 그는 경단같이 살이 쪄 있었다.

"어! 처음 뵙겠습니다……."

방 안의 모든 사람들이 두 손을 맞잡고 무릎 관절과 발목 관절을 연이어 두세 번 꾸부리고 마치 꿇어앉는 듯이 하였다.

"이쪽이 아까 말씀드린 까오깐팅(高幹亭) 형이시오."

뽀 군이 까오 선생을 가리키며 마오씨네 장남에게 말하였다.

"아! 처음 뵙겠습니다."

마오씨의 장남은 특별히 그를 향하여 몇 번이나 두 손을 맞잡았고 아울러 머리를 끄덕였다.

방 안 왼편엔 이미 네모난 탁자가 비스듬히 놓여 있었다. 황싼은 손님과 응대를 하면서 심부름하는 여자아이와 같이 좌석과 주마*를 정리하였다. 얼마 안 되어 책상 네 구석에 가는 양초가 켜지고 네 사람이 자리에 앉았다.

소리 하나 없었다. 다만 버린 마작 패가 자단 탁자 위에 부딪치는 소리만이 초저녁의 정적 속에 맑게 울렸다.

까오 선생의 패는 결코 나쁘지 않았다. 그러나 그는 무엇인가 불만을 안고 있었다. 그는 본래 무엇이든 쉽게 잊어버리는 사람인데 이번만은 세상 풍기가 걱정스럽게 여겨졌다. 비록 자기 앞에 주마가 점점 늘어나도 그의 마음은 편하지도, 즐거워지지도 않았다.

그러나 시간이 흐르고 풍속이 바뀌면 세상 풍속도 결국은 좋아지리라. 이미 시간도 매우 늦었고, 두 번째 판이 이미 끝나고 있었으며, 그의 패는 거의 '청일색(靑一色)'이 되어 가고 있었다.

1925년 5월 1일

고독한 사람(孤獨者)

1

내가 웨이롄수(魏連殳)를 사귀게 된 상황을 생각해 보면 꽤나 별스럽다. 장례로 시작해서 장례로 끝났으니 말이다.

그때 나는 S시에 살고 있었는데 때때로 사람들이 그의 이름을 입에 올리는 것을 들었다. 모두들 그를 무척 괴팍한 사람으로 말했다. 동물학을 전공했는데도 중학교에서 역사 선생을 하고 있다느니, 사람들에 대해서는 언제나 본체만체 아랑곳하지 않으면서도 남의 일에 참견하기를 좋아한다느니, 노상 가정 같은 것은 부숴 버려야 한다고 말하면서도 월급만 타면 꼭 그 즉시 할머니께 돈을 부쳐 주는데 하루도 어기는 일이 없다느니 하는 말이었다.

이 밖에도 여러 가지 자질구레한 이야기가 많았으니, 어떻든 그는 S시에서는 화젯거리가 되는 인물의 한 사람이라고 할 수 있다.

어느 해 가을, 나는 한스산(寒石山)의 친척 집에서 한가하게 지낸 적이 있었다. 이 집의 성씨가 웨이(魏)였고, 렌수와 친족 간이었다. 하지만 그들은 렌수를 전혀 모르고 있었다. 마치 그를 외국인 대하듯 하면서 "우리들과는 전혀 딴사람"이라고 했다.

그것은 별로 이상한 일도 아니었다. 중국이 새 교육을 일으킨 지 이미 20년이나 지났지만 한스산에는 소학교조차 없었다. 온 산골 마을에서 외지로 유학한 학생은 렌수 한 사람뿐이었기 때문에 마을 사람들의 눈에 그는 확실히 별다른 사람임에 틀림없었던 것이다.

그러나 또 사람들은 그를 매우 질투하고 부러워도 하였으며 돈을 많이 벌었다고 말하기도 했다.

늦가을이 되어 이 산골 마을에 이질이 유행했다. 나도 염려되어 시내로 돌아가려고 생각하고 있었다. 그때 렌수의 할머니가 이질에 감염되었다는 소문을 들었다. 나이가 많기 때문에 몹시 중태라는 것이었다. 산골이라 의사라고는 한 사람도 없었다. 그의 가족이라곤 할머니 혼자서 식모 한 사람을 고용하고 있는 간단한 살림이었다. 렌수는 어려서 부모를 잃고 이 할머니가 키워 줬다는 것이다. 이 할머니도 이전에는 갖은 고생을 다 겪었다고 하는데, 지금은 안락한 생활을 하고 있었다. 다만 렌수에게 가족이 없었기 때문에 집안은 아무래도 쓸쓸했다. 이것이 아마도 바로 사람들이 말하는 '우리들과 다르다'는 원인의 하나인 것 같다.

한스산은 시에서 육로로는 100리이고, 뱃길로는 70리나 떨어져 있어서 사람을 보내어 렌수를 불러오는 데만도 적어도 왕복 나흘은 걸렸다. 산골 벽지에서는 이런 일이 사람들의 관심을 끄는 커다란 뉴스였다. 다음날에는 환자의 병세가 이미 지극히 위중하여 심부름 갈 사람이 출발했다는 소문이 온 마을에 전해졌으나 밤중 두 시경이 되어 숨을 거두었는데 마지막으로 말하기를, "왜 렌수를 한 번 만나게 해 주지 않느냐?"고 했다는 것이다.

집안의 웃어른과 가까운 친척, 할머니의 친정집 일가, 그리고 마을의 한가한 사람들이 한 방에 모여, 렌수가 언제쯤 이곳에 도착할 것인지 이야기들을 하고 있었다. 입관을 해야 할 시간이 되었기 때문이었다. 관과 수의는 벌써 준비되어 있었기 때문에 새로 장만할 필요가 없었지만, 그들의 제일 큰 문제는 어떻게 이 '맏손자'를 대해야 할까 하는 것이었다. 왜냐하면 그가 장례 의식을 모두 신식으로 고칠 것임에 틀림없다고 짐작되었기 때문이다. 모두들 모여 상의한 결과, 렌수가 와서 반드시 지켜야 할 세 가지 조건을 정하였다. 첫째는 상복을 입을 것, 둘째는 무릎을 꿇고 배례를 드릴 것, 셋째는 중이나 도사(道士)를 불러 불공을 올릴 것 등이었다. 결국 전부 옛 관례대로 한다는 것이었다.

그들은 의견이 정해지자, 렌수가 도착하는 날 모두 함께 대청 앞에 모여 진을 치고는 서로 호응하고 협력하여 확실한 담판을 하자고 힘주어 약속했다. 마을 사람들은 침을 삼키며 신기한 소식을 기다리고 있었다. 그들은 렌수가 서양 교육을 받은 '신식놈[新黨]'이라 당최 이치를 따져본 일이 없으니, 쌍방의 충돌은 아마도 틀림없이 시작될 것이고 어쩌면 뜻밖의 진기한 구경거리가 될 것이라고 여겼다.

렌수가 집에 도착한 것은 오후였다. 그는 문에 들어서자 할머니 영전에 약간 허리를 굽혔을 뿐이었다. 가문의 어른들은 예정된 계획대로 곧 일을 진행시켰다. 그를 대청으로 불러올려 한참 서두를 말하고 난 다음 본론으로 들어갔다. 모두들 서로 맞장구를 치고 이러쿵저러쿵 말을 주고받고 하여, 그에게는 논박할 기회도 주지 않았다. 하지만 마침내 말들을 다 끝내자 대청에는 침묵이 흘렀다. 사람들은 모두 두려움에 찬 듯이 긴장하여 그의 입을 바라보고 있었다. 렌수는 얼굴빛도 바꾸지 않고 간단히 대답하는 것이었다.

"다 좋습니다!"

이것이 또 그들에겐 천만 뜻밖이었다. 사람들은 마음의 무거운 짐을 내려놓았으나 오히려 또 다른 짐을 더 보탠 것 같기도 했다. 너무나 '다르게' 느껴져서 도리어 더 걱정이 되는 것 같았다. 이 소식을 들은 마을 사람들도 적잖이 실망했다. 그래서 서로 떠들기를, "이상한 일도 다 있지! 그가 '다 좋습니다'라고 그랬대! 우리 구경이나 가 보세."

다 좋다면 옛 관례대로 하는 것이므로 별 구경거리도 못 될 터인데, 그래도 그들은 보려고 했다. 해가 저물 무렵이 되자 그들은 즐거운 듯 집 앞에 가득 모여들었다.

나도 구경하러 간 사람 중의 하나였으며 미리 향과 양초 한 갑씩을 보내 두었다. 그의 집에 도착했을 때에는 벌써 렌수가 돌아가신 분에게 수의를 입히고 있었다. 그는 키가 작달막하고 야윈 사람으로 길쭉하고 모난 얼굴을 하고 있었다. 덥수룩한 머리와 짙은 눈썹과 수염이 얼굴의 거의 절반이나 차지하고 있었고, 두 눈만이 어둠 속에서 빛나고 있었다. 그런데 수의를 입히는 솜씨가 참으로 훌륭해 마치 염하는 전문가같이 조리가 정연해서, 옆에서 보던 사람들은 자기도 모르게 탄복하였다. 한스산의 오랜 관례로는 이런 경우를 당하면 어떻게 하든 일가친척들이 귀찮은 것을 주문하곤 하였다. 하지만 그는 묵묵히 어떤 귀찮은 주문을 해도 그대로 따르고 전혀 내색을 하지 않았다. 내 앞에 서 있던 머리가 희끗희끗한 할머니의 입에서는 선망(羨望)의 탄성이 흘러나왔다.

다음에는 절을 하고 그 다음에는 곡을 하고 아낙네들이 모두 염불을 외웠다. 그 다음에는 입관이었다. 그 다음에 절을 한 후에 또 곡을 하는데, 곡은 관 뚜껑에 못을 박을 때까지 계속되었다. 한순간 조용하더니 별안간 사람들이 웅성대는데, 놀라면서도 불만스러운 모양이었다. 나도 모르게 갑자기 롄수가 거적자리 위에 앉은 채, 시종 눈물 한 방울도 흘리지 않고, 두 눈이 어둠 속에서 반짝이고 있는 것이 느껴졌다.

입관은 이런 놀라움과 불만의 분위기 속에서 끝이 났다. 사람들은 모두 불만스러운 기분이어서 뿔뿔이 흩어지고 싶은 눈치였으나 롄수는 아직도 거적자리 위에 앉은 채로 깊은 생각에 잠겨 있는 것이었다. 그러다 별안간 눈물을 흘리더니 이어 울음을 터뜨렸고, 이는 곧 커다란 통곡으로 바뀌었다. 마치 상처를 받은 한 마리 이리가 깊은 밤 광야(曠野)에서 울부짖는 것 같았는데, 그 참담한 슬픔 속에는 노여움과 비애가 뒤얽힌 듯이 들렸다.

이러한 일은 지금까지의 관습에 없던 일이었고 미리 손을 쓸 수도 없었던 것이라, 모두들 어찌 해야 할지를 몰라 한동안 망설이다가 몇 사람이 나서서 그를 말렸는데, 갈수록 사람이 더욱 많아져서 끝내는 밀려들어 커다란 사람의 무더기가 되었다. 그러나 그는 홀로 앉아서 통곡할 뿐, 마치 철탑(鐵塔)처럼 움쩍도 하지 않았다.

모두들 진력이 나서 제각기 흩어져 버릴 수밖에 없었다. 그는 울고 또 울었다. 거의 반 시간 가량 지나자 별안간 울음을 그쳤다. 그는 조객에게 인사도 하지 않고 그대로 방 안으로 들어가 버렸다. 앞서 가서 그를 엿보고 온 사람들의 보고에 의하면, 그는 할머니 방에 들어가자 침대에 쓰러지더니 마치 깊이 잠들어 버린 듯하다는 것이었다.

이틀 후 내가 시내로 돌아가려던 그 전날, 마을 사람들이 마치 귀신에게 홀리기라도 한 듯 떠들고 있었다. 롄수가 모든 가재도구의 대부분을 불살라 할머니 영전에 바치고, 나머지는 생전에 할머니를 시중들다가 죽을 때에 그 임종을 지킨 식모에게 주었으며, 또 살던 집도 무기한으로 그녀에게 살도록 빌려 주었다는 것이다. 친척과 일가들이 입이 마르도록 아무리 설득해도 결국 막을 수 없었다는 것이다.

아마도 거의가 호기심 때문이었을 것이다. 나는 돌아가는 길에 그의 집 앞을 지나게 되었는데, 지나는 김에 위로의 말을 전하려고 들렀다. 그는 옷깃이 너덜거리는 흰 상복을 입은 채로 나왔는데 표정은 여전히 그대로 차가웠다. 내가 여러 가지 위로의 말을 했지만 그는 그저 네, 네 하는 이외에는 단 한마디,

"선생님의 후의(厚意)에 대단히 감사드립니다!"라고 대답했을 뿐이었다.

우리가 세 번째로 만난 것은 그해 초겨울이었다. S시의 한 책방에서 서로 고개를 끄덕이며 인사를 했는데, 어쨌든 얼굴은 기억하고 있었던 셈이다. 하지만 우리가 가까워지기 시작한 것은 그해가 저물어 갈 무렵, 내가 실직한 후였다. 실직한 후부터 나는 자주 렌수를 방문했다. 첫째는 물론 무료했던 때문이고, 둘째는 사람들의 말에 의하면 그는 비록 성격이 차갑기는 하나 오히려 실의에 빠진 사람과 친근하게 지낸다고 들었기 때문이다. 그러나 세상사의 부침이란 판에 박힌 듯 정해지는 것은 아니다. 실의에 빠진 사람이라고 해서 영원히 실의에만 젖어 있으란 법은 없다. 따라서 그도 오랫동안 사귄 친구는 매우 적었다.

그 소문은 과연 거짓말이 아니었다. 내가 명함을 들여보내자 그는 곧 나를 만나 주었다. 방 두 칸이 이어진 응접실에는 별다른 장식도 없고, 테이블과 의자 외엔, 서가에 꽂힌 책이 전부였다. 모두들 그를 보고 무서운 '신식놈'이라는 소릴 했지만 그의 서가에는 정작 새로운 책이 별로 보이지 않았다. 그는 내가 실직했다는 것을 이미 알고 있었다. 그러나 한두 마디 판에 박은 듯한 인사가 끝나자 주객은 말 없이 서로 대하고 있었을 뿐, 점차 분위기가 어색해졌다. 나는 그가 급하게 담배 한 대를 다 피워 꽁초가 손가락을 델 지경이 되자 그것을 땅바닥에 버리는 것을 보고 있었다.

"태우시죠!"

그는 두 개비째 담배를 집으면서 갑자기 이렇게 말했다. 그래서 나도 한 개비를 집어 피우면서 교육에 관한 이야기, 책에 관한 이야기를 했지만 역시 어색함을 느꼈다. 내가 바로 돌아갈 생각을 하고 있는데, 문밖에서 왁자지껄 떠드는 소리와 발걸음 소리가 들리더니 남녀 어린아이들 넷이 뛰어 들어왔다. 큰놈은 여덟, 아홉 살 정도이고, 작은 놈은 네댓 살 정도로, 손과 얼굴, 옷까지도 몹시 더럽고, 또 얼굴 생김도 귀염성이 없었다. 그러나 롄수의 눈에는 즉각 희열의 빛이 나타났다. 그는 황급히 일어나더니, 응접실 옆방으로 데리고 가면서 이렇게 말했다.

"따량(大良), 얼량(二良), 모두 이리들 와! 너희가 어제 사 달라던 하모니카를 내가 사다 놨어."

어린아이들은 일제히 그의 뒤를 따라갔다. 아이들은 저마다 하모니카를 하나씩 들고 불면서 떠들썩하게 쏟아져 나왔다. 그런데 응접실 문을 나가자마자 어쩐 일인지 갑자기 싸움이 벌어져서 한 애가 울기 시작했다.

"한 사람에 하나씩이야, 모두 똑같은 거야, 싸우면 못 써!"

그는 아이들 뒤에서 타이르고 있었다.

"이렇게 많은 애들이 누구네 애들인가요?"

나는 물어보았다.

"집주인의 아이들이에요. 애들에겐 어머니가 없고 할머니가 한 분 있을 뿐이에요."

"집주인은 혼자 삽니까?"

"예! 그의 부인은 이미 서너 해 전에 세상을 떠났는데, 재혼을 하지 않았죠. 그렇지 않으면 나 같은 홀아비에게 방을 빌려 주려

하지 않았을 거예요."

그는 말하면서 싸늘하게 미소를 지었다.

나는 그에게 왜 여태 독신으로 지내는가를 물어보고 싶었지만 그다지 친한 사이도 아니었기 때문에 결국 말을 꺼내지 못하고 말았다.

렌수와 친하고 보니 그는 상당히 이야기가 통하는 인물이었다. 그는 생각하는 것이 매우 많았고, 또 왕왕 자못 기발하기도 했다. 그러나 그를 찾아온 손님들 가운데 어떤 자는 마음에 들지 않았다. 아마도 『침륜(沈淪)』을 읽은 탓이겠지만, 항상 스스로를 "불행한 청년"이라느니, "쓸모 없는 인간"이라느니 하면서, 게처럼 나태하고 거만스럽게 큰 의자에 앉아 탄식을 하면서, 양미간을 잔뜩 찌푸리고 담배를 피우는 것이었다. 더구나 집주인의 아이들은 서로 마주치기만 하면 싸움을 하고 찻잔이나 접시를 함부로 뒤집어 엎고, 과자를 사 달라고 졸라 대는데, 그 소동에는 머리가 돌 지경이었다. 하지만 렌수는 아이들을 보기만 하면 여느 때의 그러한 냉담한 사람 같지 않고 자기 생명보다도 더 귀중한 듯 대하는 것이었다. 듣자 하니 한 번은 싼량(三良)이 마마를 앓았을 때에는 너무 다급하여 그의 검은 얼굴이 더욱더 검어졌다는 것이다. 하지만 생각 외로 그 아이의 병이 그리 대단한 것은 아니어서, 그 후에 아이들 할머니에 의해 웃음거리로 소문이 났다고 했다.

"아이들은 어떻든 좋아요. 아이들은 아주 천진스럽거든요……."

그는 내가 아이들을 조금 귀찮아한다고 여겼는지, 어느 날 일부러 틈을 타서 내게 이렇게 말하는 것이었다.

"그게 다 그런 것도 아니에요."

나는 그저 아무렇게나 대답했다.

"아니요, 어른들의 나쁜 버릇이 아이들에게는 없어요. 나중에는 나빠지게 되지만요. 당신이 평소에 공격하는 것 같은 나쁜 짓은 환경이 나쁘게 가르친 탓이오. 원래는 결코 나쁘지 않았어요. 천진함……. 나는 중국에 희망이 있다면, 오직 이것 하나뿐이라고 생각해요."

"그렇진 않지요. 만약 아이들 속에 나쁜 뿌리나 싹이 없다면 자라서 어떻게 나쁜 꽃이 피고 나쁜 열매가 맺힐 수 있겠어요? 예를 들어 한 알의 씨는 바로 그 안에 가지와 잎, 꽃과 열매가 될 싹을 지니고 있기 때문에 성장하였을 때 비로소 그런 것들을 낼 수 있는 것이지, 어찌 근거 없이……."

그 무렵 나는 일이 없었으므로, 훌륭한 사람들이 벼슬을 잃고 나면 곧 채식을 하고, 선(禪)을 이야기하는 것처럼, 바로 불경(佛經)을 읽고 있었다. 물론 부처의 도리[佛理]를 결코 터득한 것은 아니나, 그렇다고 스스로 마음을 조심하고 있는 것도 아니어서 입에서 나오는 대로 말했다.

그러나 렌수는 화가 나서 나를 노려보기만 할 뿐 다시는 말도 하려 하지 않았다. 나는 그가 할 말이 없어서인지, 아니면 변명하기가 귀찮아서인지는 짐작할 수가 없었다. 다만 그는 오랫동안 나타내지 않던 그 차가운 태도를 보이며 말 없이 담배를 연거푸 두 대나 피웠다. 그가 다시 세 대째 담배를 집었을 때, 나는 도망치듯

나올 수밖에 없었다.

이 미움의 감정은 석 달이 지나서야 겨우 풀렸다. 원인은 아마도 망각이 그 절반이고 나머지 절반은 결국 그 자신이 '천진스런' 아이들로부터 미움을 받아 보았기 때문인 것 같다. 그래서 내가 아이들에게 말한 모독적인 말을 이해할 만하다고 느꼈던 것 같다. 그러나 이것은 나의 추측에 불과했다. 그때는 내 방에서 술을 마신 후였는데, 그는 좀 슬픈 것 같은 표정을 짓더니 반쯤 머리를 들며 말하는 것이었다.

"생각해 보면 참 기괴하다고 여겨져요. 내가 여기 오다가 거리에서 한 어린애를 만났는데 갈대 잎사귀를 내게 들이대면서 '죽인다!'라고 하더군요. 아직 걸음도 제대로 걷지 못하는 어린애였는데……."

"그건 환경이 나쁘게 가르친 거겠지요."

나는 나의 말을 이내 후회했다. 그러나 그는 오히려 개의하지 않는 듯, 그저 술만 마셨다. 그리고 그 사이에도 줄곧 담배를 피웠다.

"내가 잊고 있었군요. 물어보고 싶은 게 있었는데……."

나는 다른 말로 얼버무리려고 했다.

"당신은 별로 사람을 방문하지 않던데 오늘은 웬일로 걸음하셨는지요? 우리가 서로 알게 된 지가 1년이 넘었지만 당신이 여기에 온 것은 처음이오."

"내 단도직입적으로 말하지요. 며칠간은 우리 집에 나를 보러 오지 마시오. 지금 우리 집엔 아주 보기도 싫은 어른 하나와 아이

하나가 와 있소. 둘 다 사람 같지도 않은!"

"어른 하나와 아이 하나라고요? 그건 누구요!"

나는 조금 이상했다.

"나의 종형과 그의 아들인데, 하하, 아이라 하지만 꼭 제 아비 같소."

"당신을 만나러 시내로 온 김에 놀다 가겠다는 건가요?"

"아니요, 그 아이를 내 양자로 삼으려고 상의를 하러 왔다는 거요."

"아니, 당신의 양자로?"

나는 저도 모르게 깜짝 놀라 소리쳤다.

"당신은 아직 미혼이 아니오?"

"그들은 내가 결혼하지 않는다는 것을 알고 있소. 그러나 그런 것은 아무 관계도 없어요. 사실 그들은 나에게서 한스산에 있는 쓰러져 가는 집을 물려받으려는 것이오. 나는 그것 외에는 아무것도 가진 게 없소. 당신도 알다시피 나는 돈이 들어오는 대로 다 써버려서 오직 그 낡은 집 한 채만 있소. 그들 부자의 평생 사업이 그 집을 빌려서 살고 있는 늙은 식모를 쫓아내는 일이오."

그의 차갑고 쌀쌀한 말투가 실로 나를 섬뜩하게 했다. 하지만 나는 그를 위로하며 말했다.

"내가 보기에 당신의 친척이 그렇게까지 할 리는 없어요. 그들의 생각이 좀 구식일 뿐인 거요. 예를 들어 할머니가 돌아가시던 해에 당신이 크게 울었을 때 그들은 모두 당신을 둘러싸고 열심히 위로해 주었고……"

"나의 아버지가 돌아가신 후에도 그들은 내 집을 뺏으려면 양도증서에 내가 도장을 찍어야 하니까, 내가 크게 울고 있는데도 열심히 내 주위에 몰려들어서 도장 찍으라고 성화더군요……."

그의 두 눈은 마치 허공 속에서 당시의 정경을 찾아내기라도 하려는 듯이 위를 향해 응시하고 있었다.

"요컨대, 관건은 바로 당신에게 아이가 없다는 것인데, 당신은 대체 왜 결혼을 하지 않으려는 거요?"

나는 갑자기 화제를 바꿀 말을 찾아냈다. 역시 오래전부터 물어보고 싶었던 말이어서 이때가 가장 좋은 기회라고 느껴졌다.

그는 이상스럽다는 듯이 나를 쳐다보더니, 잠시 뒤 눈길을 자신의 무릎 위로 떨어뜨리고 한마디 대답도 없이 그저 담배만 피울 뿐이었다.

3

그러나 비록 이렇게 무료한 환경조차 롄수를 편안히 살 수 없게 하였다. 점차로 작은 신문에서 익명(匿名)의 인사들이 그를 공격하였고 학계에서도 언제나 그에 관한 유언비어가 있었다. 그러나 그것도 예전처럼 결코 단순한 이야깃거리가 아니고 대개는 그에게 흠집을 내는 것들이었다. 나는 이것이 그가 요즘 즐겨 문장을 발표한 결과라는 것을 알고 있었으므로 결코 개의치 않았다. S시 사람들이 가장 싫어하는 사람은 기탄없이 의견을 발표하는 사람이다. 그런 인물이 있기만 하면 반드시 암암리에 그를 모함하곤 했다. 그것은 이전부터 그랬으므로 렌수 자신도 알고 있었다.

그런데 봄이 되자 별안간 그가 교장에 의해 사직 당했다는 소문이 들려왔다. 이것은 나에게 너무 뜻밖이라는 생각이 들었다. 사실, 이것 역시 그전부터 그래 왔던 것이다. 내가 아는 사람에게 이런 일이 없기를 바라고 있던 참이었기 때문에 뜻밖이라고 생각되었을 뿐이다. S시 사람들이 이번 경우에만 특별히 나쁜 것은 아니었다.

당시 나는 나 자신의 생계를 꾸리기에 바빴고, 또 그해 가을, 산양(山陽)에 교사로 부임하기 위해 교섭을 벌이고 있었기 때문에 결국 그를 방문할 틈이 없었다. 조금 여가가 생겼을 무렵에는 그가 면직된 지 이미 3개월 가량이 지난 후였다. 하지만 렌수를 방문할 생각은 나지 않았다. 그러던 어느 날, 나는 큰길을 지나던 중, 우연히 헌책을 파는 난전 앞에서 발을 멈추었다가 정말 놀라움을 금할 수가 없었다. 그곳에 진열되어 있는 급고각(汲古閣)의 초판본(初版本) 『사기색은(史記索隱)』이 바로 렌수의 책이었기 때문이다.

그는 책을 좋아했지만 장서가는 아니다. 그러나 이런 종류의 책은 그가 귀중하게 여기는 선본(善本)이기 때문에 부득이하지 않고는 손쉽게 팔았을 리가 없다. 설마 실직한 지 불과 두서너 달 만에 이렇게까지 궁핍해졌단 말인가? 그는 예전부터 돈이 손에 들어오기만 하면 다 써 버려 저축 따위는 하나도 없긴 했다. 그래서 나는 렌수를 찾아가 보기로 마음먹고, 가는 길에 거리에서 소주

한 병과 땅콩 두 봉지, 훈제 생선 두 마리를 샀다.

그의 방문은 잠겨 있었고, 두어 번 불러 보았으나 대답이 없었다. 나는 그가 잠을 자나 싶어 더 큰소리로 부르며 손으로 방문을 두드렸다.

"나갔나 봐요!"

건너편 창에서 불쑥 백발 섞인 머리가 나오더니 큰소리로 귀찮다는 듯이 말했다. 그것은 따량의 할머니로 세모꼴 눈을 한 뚱뚱한 여자였다.

"어딜 갔습니까?" 하고 내가 묻자,

"어딜 갔는지 누가 알아요? — 그 사람이 어딜 갔겠어요. 좀 있으면 틀림없이 돌아올 거요. 기다려 보시오."

그래서 나는 문을 열고 그의 응접실로 들어갔다. 참으로 '하루를 못 보면 삼추(三秋)를 떠나 있는 것과 같다'는 말과 같이, 눈에 띄는 것 모두가 처량하고 쓸쓸했다. 가구도 거의 없어졌을 뿐만 아니라 서적도 이 S시에서는 아무도 사려는 사람이 없는 양장본(洋裝本) 몇 권만이 남아 있을 뿐이었다. 방 한가운데 둥근 탁자는 그대로 있었다. 이전에는 비분강개(悲憤慷慨)하는 청년들이나, 재능은 있으나 기회를 잡지 못한 선비들, 그리고 더럽고 소란스러운 아이들이 항상 둘러싸고 있었다. 지금은 오히려 너무나 조용하고, 탁자 위에는 얇은 먼지가 덮여 있을 뿐이었다. 나는 그 탁자 위에 술병과 종이에 싼 것을 놓고 의자를 끌어당겨 책상 옆에 기댄 채 문을 마주 보고 앉았다.

정확히 '조금' 지나, 방문이 열리고, 한 사나이가 살그머니 그림자처럼 들어왔다. 바로 렌수였다. 황혼 무렵이라 그렇기도 하겠지만 이전보다도 더 까매진 것같이 보였으나 표정은 역시 이전이나 다름없었다.

"아! 오셨소? 온 지 오래되었소?"

그는 조금 반가운 듯한 기색이었다.

"아니요, 얼마 안 되었소, 어딜 갔었소?" 나는 말했다.

"어디랄 것도 없이 그저 마음 내키는 대로 돌아다녔지요."

그도 의자를 끌어 와서 탁자 옆에 앉았다. 우리는 소주를 마시기 시작했다. 술을 마시면서 그의 실직에 대해서 이야기했는데, 그는 그것에 대해서 더 말하고 싶어 하지 않았다. 그로서는 이것이 미리부터 예상됐던 일이었고 또 여러 번 당했던 일이기도 하여 별로 신기할 것도, 또 이야기가 될 만한 것도 못 된다고 생각했던 것이다. 그는 전같이 소주만 마시며, 여전히 사회, 역사에 관한 의견을 말하였다. 왠지 모르게 나는 텅 빈 서가를 바라보자 급고각의 초판본 『사기색은』이 생각나서, 갑자기 쓸쓸한 고독감과 비애를 느꼈다.

"응접실이 이렇듯 적적해졌군요……. 요즘은 손님들이 별로 오지 않나요?"

"아무도 안 와요. 그들은 내 심경이 좋지 않으니까 와도 재미가 없겠지요. 심경이 좋지 않으면, 사실 사람들을 편치 못하게 하니까요. 겨울 공원에는 아무도 들어가지 않지요……."

그는 술을 연거푸 두어 잔 마시고는 묵묵히 생각에 잠겨 있더니 갑자기 얼굴을 쳐들고 나에게 물었다.

"당신이 찾고 있는 직업도 아직 전혀 잡히지 않는 모양이지요?"

나는 비록 그가 이미 조금 취한 것을 알면서도, 그 말에 화가 나는 것은 참을 수가 없어서 한마디 해 주려고 했으나, 오히려 그가 뭔가에 귀를 기울이더니 곧 땅콩을 한 줌 움켜쥐고 방을 나가는 것을 쳐다보기만 할 수밖에 없었다. 문밖에선 따량들이 떠들며 웃어 대는 소리가 났다.

그러나 그가 나가자, 아이들의 소리가 뚝 그쳤다. 모두 가 버린 것 같았다. 그가 뒤쫓아가서 무엇인가 말을 하는 것 같았지만 아이들의 대답은 들리지 않았다. 그는 역시 그림자처럼 살그머니 되돌아왔다. 한 움큼의 땅콩을 종이봉지에 넣으며,

"이젠 내가 주는 것조차 안 먹으려고 하오."

그는 나지막한 소리로 비웃는 듯이 말했다.

"렌수 씨!"

나는 몹시 쓸쓸한 기분이 들었지만 억지로 미소를 지으며 말했다.

"나는 당신이 너무 스스로 괴로움을 찾는다고 생각하오. 당신은 인간을 너무 나쁘게만 보고 있고……."

그는 싸늘하게 웃었다.

"내 이야기는 아직 끝나지 않았소. 당신은 우리들에 대해서, 우리가 이따금 당신을 찾아오는 것이 할 일이 없어서 당신을 소일거리로 삼으려고 온다고 생각하시오?"

"결코 그렇진 않소. 하지만 때론 그렇게 생각될 때도 있어요. 그렇지 않으면 무슨 이야깃거리라도 찾으러 오는 것으로 말이오."

"그건 당신의 잘못이오. 사실은 그런 게 아니오. 사실은 당신이 자기 손으로 누에집을 만들고 그 속에 스스로 틀어박혀 있는 거요. 좀 더 세상을 밝게 보아야 해요."

나는 안타까워하며 말했다.

"어쩌면 그럴지도 모르지요. 하지만 당신이 말한 그 실은 어디서 오는 겁니까? ― 물론 세상엔 그런 사람이 얼마든지 있소. 예를 들면 우리 할머니가 바로 그랬소. 나는 비록 그 할머니의 피를 이어받은 것은 아니지만 아마도 할머니의 운명은 이어받았을지도 모르오. 그러나 그건 뭐 대단한 일이 아니오. 나는 벌써 미리 함께 울었으니까……"

나는 이때, 그의 할머니 장례 때의 정경이 마치 눈앞에 보이는 것같이 생각났다.

"나는 당신이 그때 왜 그렇게 울었는지 전혀 이해가 안 가요."

나는 당돌하게 물어보았다.

"할머니 입관 때 말이오? 그럴 거요. 당신은 이해하지 못할 거요."

그는 등잔에 불을 켜면서 냉정히 말했다.

"당신과 나와의 교제도 그때 내가 울었던 일 때문이었다고 나는 생각하오. 당신은 모를 테지만 그 할머니는 내 아버지의 계모였소. 아버지의 생모는 아버지가 세 살 적에 세상을 떠나셨지요."

그는 생각에 잠긴 채 묵묵히 술을 마시고 훈제한 생선을 먹었다.

"그런 옛일들을 나는 몰랐었소. 그저 어릴 적부터 이상스럽게 느끼기는 했어요. 당시엔 아버님도 아직 살아 계셨고, 집안 형편도 좋았기 때문에, 정월에는 반드시 조상의 초상화를 걸어놓고 성대하게 제사를 지냈는데, 성장(盛裝)을 한 많은 초상화들을 구경하는 것은 당시의 나로선 더 없는 큰 즐거움이었소. 그러나 그때 식모가 나를 안고, 한 폭의 초상화를 가리키며 '이것이 도련님의 할머니예요. 자, 절을 해요. 도련님이 용이나 호랑이같이 훌륭하게 빨리 자라도록 도와주십사 하고' 라고 말하는 것이었소. 나는 정말 알 수가 없었소. 명백히 할머니가 계신데, 어떻게 또 무슨 '나의 할머니' 가 있는 것일까 하고요. 그러나 나는 이 '나의 할머니' 가 좋았지요. 그 할머니는 집에 있는 할머니보다 늙지 않았고, 젊고 예뻤으며, 금박을 한 붉은 옷을 입고, 구슬로 장식한 관을 쓰고 있었소. 그건 내 어머니의 초상과 거의 다름이 없었소. 내가 그 초상화를 보고 있으면 그 초상화의 눈도 똑바로 나를 보면서 입가에 점점 더 미소를 짓고 있었지요. 그 초상화 속의 할머니가 틀림없이 나를 귀여워해 주시는 것이라고 생각했어요.

　그러나 나는 하루 종일 창가에 앉아서 천천히 바느질을 하고 있는 집의 할머니도 좋았어요. 비록 내가 아무리 신이 나서 할머니 앞에서 재롱을 떨고 할머니를 불러 보아도 그 할머니를 즐겁게 할 수 없었어요. 다른 집 할머니들과는 좀 다르게 언제나 나를 쓸쓸하게 하였지만 나는 이 할머니를 좋아했어요. 하지만 후에 나는 점점 할머니와 멀어졌어요. 결코 내가 나이를 먹고, 그분이 나의 아버지의 생모가 아니라는 것을 이미 알게 되었기 때문이 아니라, 하루 종일 1년 내내 기계처럼 바느질만 하는 할머니를 보고 있는 동안 자연히 싫증을 느끼게 되었던 거요. 하지만 할머니는 여전히 전과 똑같이 바느질을 하고 나를 돌봐 주고 또 귀여워해 주셨지요. 비록 별로 웃는 얼굴을 보이시진 않았지만 그렇다고 큰소리로 야단치는 일도 없었어요. 아버지가 세상을 떠날 때까지 죽 그랬소. 그 뒤 우리는 거의 할머니의 바느질에 의해 생계를 꾸려 가게 되었고 물론 이후에는 더욱더 그러했소. 내가 학교에 들어갈 때까지……."

등잔불이 점점 사그라졌다. 석유가 이미 다 된 것이다. 그는 일어나서 서가 밑에서 조그만 양철통 한 개를 찾아내어 석유를 부었다.

"한 달 동안 석유 값이 두 번이나 올라서……."

그는 등잔 심지 꼭지를 돌려 끼우고 나서 천천히 말했다.

"생활이 나날이 어려워만 가는군요. ― 할머니는 그 뒤에도 그랬지요. 내가 학교를 졸업하고 일자리를 얻어 생활이 이전보다 훨씬 안정되었을 때까지도. 아마 할머니는 병이 들어 꼼짝 못하고 자리에 눕게 될 때까지 그랬을 거요…….

할머니의 만년(晚年)은 내 생각으론 그다지 고생스러운 편이 아니었소. 또 사실 만큼 사셨으니 내가 그렇게까지 눈물을 흘려야 했을 필요는 없었소. 더구나 울 사람이 많지 않든가요? 이전에 할머니를 몹시 못살게 굴던 사람들까지도 울었어요. 적어도 얼굴빛만은 매우 슬퍼 보였소. 하하! ……그런데 나는 그때 왠지 모르게 그 할머니의 일생이 눈앞에 떠올랐소. 자기 손으로 고독을 만들어 내고 또 그것을 입속에서 씹어 삼켜 온 인간의 일생이 말이오. 그리고 이런 사람은 아직 얼마든지 있다고 느꼈소. 그런 사람들이 나를 통곡하게 하였던 거요. 그러나 무엇보다도 역시 그때의 내가 너무 지나치게 감상적이었던 까닭이었겠지만······.

지금 당신이 나에 대해 가지고 있는 생각이 바로 이전에 내가 할머니에 대해 가졌던 생각이오. 하지만 그때의 내 생각도 사실은 옳지 않은 것이었소. 나 자신이 세상 일을 조금씩 알게 되면서 확실히 할머니와 점차 멀어져 갔으니까요······."

그는 침묵했다. 손가락 사이에 담배를 낀 채 그는 머리를 숙이고 생각에 잠겼다. 등잔불이 약간 흔들리고 있었다.

"어, 인간이 죽은 뒤에 아무도 그를 위해 울지 않게 한다는 것은 쉬운 일이 아닐 거요······."

그는 혼잣말처럼 중얼거리더니, 잠깐 말을 멈추고 얼굴을 들어 나를 향해 말했다.

"생각해 보니, 당신도 무슨 좋은 방법이 생각나지 않나 보군요. 나도 어떻게든 빨리 일을 찾아야 할 텐데······."

"부탁해 볼 만한 친구는 더 없소?"

나는 이때 정말 어떻게 할 수가 없었다. 나 자신의 일조차도.

"그야 몇 사람 있긴 하지만, 그들의 처지도 모두 나와 다를 바가 없소······."

내가 작별을 하고 렌수의 집을 나섰을 땐 둥근 달이 이미 중천에 떠 있었다. 몹시 조용한 밤이었다.

4

산양(山陽)의 교육사업 상황은 매우 좋지 못했다. 내가 부임한지 두 달이 되도록 한 푼의 월급도 받아 보지 못해, 담배마저 절약하지 않을 수 없었다. 그러나 학교에 있는 사람들은 비록 월급 15, 16원을 받는 하급 직원들이라도 자기의 운명에 만족하지 않는 사람은 하나도 없었다. 오랫동안 점차 불에 달구어낸 구리봉이나 철근처럼 얼굴은 누렇고 몸은 말랐으면서도 아침 일찍부터 밤늦게까지 공무(公務)에 임하고 있었다. 때로 지위나 명예가 높은 인물이 나타나면 공손히 기립하곤 했다. 실로 모두가 '의식(衣食)이 족하여야 예절을 안다'라는 것이 필요하지 않은 백성들이었다. 나는 이러한 정경을 볼 때마다 웬일인지 렌수가 나와 헤어질 때 내게 당부했던 말이 생각났다.

당시 그의 생활은 더욱더 말이 아니었다. 늘 궁색한 티가 겉으로 드러났고, 이미 예전의 침착성은 없는 듯이 보였다. 내가 곧 출발한다는 것을 알고 그가 한밤중에 나를 찾아왔다. 한참 망설이더니 겨우 더듬거리며 이렇게 말하는 것이었다.

"그쪽엔 무슨 수가 있지 않을까 모르겠네요? …… 베껴 쓰는 것이든 뭐든 한 달에 20, 30원이면 되겠는데. 난……."

나는 매우 이상하게 여겼다. 그가 이렇게까지 타협적으로 나오리라고는 생각하지 못했으므로 한동안 말이 나오지 않았다.

"나는…… 나는 아직 좀 더 살아야 하니까……."

"저쪽에 가서 형편을 봅시다. 꼭 일이 잘되도록 힘써 보겠소."

이것이 그날 내가 그에게 책임지고 대답한 말이었다. 이 말은 그 뒤에도 항상 내 귀에 들려왔다. 동시에 롄수의 모습도 눈앞에 떠올랐고, 또한 더듬거리며 말하던 "나는 아직 좀 더 살아야 하니까……." 모습이 떠올랐다. 그때마다 나는 여러 가지 방법으로 여기저기 그를 추천해 봤다. 하지만 무슨 효과가 있겠는가? 일은 적고 사람은 많으니. 결국 남들로부터 몇 마디 미안하다는 말을 들은 것뿐이고, 나는 미안하다는 말 몇 마디를 적어 그에게 보냈다.

한 학기도 거의 다 끝나 갈 무렵에는 상황이 한층 더 나빠졌다. 이 지방의 몇몇 인사들이 발행하고 있는 『학리주보(學理週報)』에서 나를 공격하기 시작했던 것이다. 물론 결코 이름을 지목하지는 않았지만 말투가 매우 교묘하여 읽어 보면 누구든지 곧 내가 학교 내의 소요를 뒤에서 도발하고 있다고 느낄 수 있게 하였고, 롄수를 추천한 일조차 동류(同類)를 끌어들이는 일로 치는 것이었다.

나는 꼼짝도 할 수 없었다. 수업에 나가는 일 외에는 문을 닫아걸고 몸을 숨겼다. 때로는 담배 연기가 창틈으로 새어 나가는 것조차 학교 내의 소요를 조종한다는 혐의를 받을까 걱정되었다. 롄수의 일은 물론 말조차 꺼낼 수 없었다. 이렇게 한겨울이 되었다.

하루 종일 눈이 내리더니 밤이 되어도 그치지 않았다. 바깥은 모두가 너무나 조용하여 정적의 소리마저 들릴 듯 고요했다. 작은 등잔불 속에 눈을 감고 꼼짝도 않고 앉아 있으려니, 마치 눈꽃이 펄펄 날아 떨어져 끝없이 넓은 언덕 위에 쌓이는 모습이 보이는 것만 같았다. 고향에서도 이제 새해를 맞을 준비로 사람들은 한창 바쁘겠지. 어느덧 나는 어린아이가 되어 뒤뜰 편편한 곳에다 친구들과 함께 눈사람을 만들고 있었다. 눈사람의 눈은 두 개의 조그만 숯조각을 끼워 넣었는데 색깔이 유난히도 새까맣다. 그때 별안간 그 눈이 번쩍하더니 롄수의 눈으로 변했다.

"나는 아직 좀 더 살아야 해!"

여전히 그 목소리였다.

"왜?"

나는 실없이 이렇게 묻고는 스스로도 우스워졌다.

이 우습다는 문제가 나를 일깨웠다. 나는 몸을 똑바로 고쳐 앉아 담배에 불을 붙였다. 창문을 열고 밖을 바라보니 눈은 더욱 심하게 쏟아지고 있었다. 그때 누군가 문을 두드리는 소리가 나더니 한 사람이 들어왔다. 귀에 익은 하숙집 사환의 발소리였다. 그는 나의 방문을 열고 내게 여섯 치 이상이나 되는 기다란 봉투 한 통을 건네주는 것이었다. 몹시 거친 필적이었는데, 흘깃 보니 바로 '웨이로부터'라는 글자가 눈에 띄었다. 롄수가 보낸 편지였다.

그것은 내가 S시를 떠나온 이후 그에게서 받은 첫 번째 편지였다. 나는 그가 게으른 성격임을 알고 있으므로 소식이 없는 것을 별로 이상스럽게 여기지는 않았다. 그래도 때론 전혀 소식을 전하지 않는 그를 자못 원망한 적도 있었다. 그러나 막상 편지를 받고 보니 또 어쩐지 이상한 생각이 들어 황급히 편지를 뜯었다. 속에도 똑같이 거친 글씨로 이런 내용이 쓰여 있었다.

"선페이…(申飛…)

직함을 뭐라고 해야 좋을지 몰라, 빈 칸으로 두니 당신이 뭐라고 불리기를 원하는지 좋은 대로 써 넣어 주시오. 아무래도 좋소.

헤어진 후로 세 번이나 편지를 받고도 회답을 하지 못했소. 그 원인은 아주 간단하오. 내게는 우표를 살 돈조차 없었던 것이오.

당신이 내 소식을 알고 싶어 하는 것 같기에 이제 사실대로 이야기하겠소. 나는 실패하였소. 전에는 스스로 실패자라고 자청했지만 지금에 와서 보니 그땐 결코 그런 것이 아니었소. 지금이야 비로소 정말 실패자가 되고 말았소. 전에는 그래도 내가 좀 더 살아 있기를 바라던 사람도 있었고 나 자신도 좀 더 살아 보려고 한 때가 있었소. 그런데 살아갈 수가 없소. 지금은 정말 살아가야 할 필요가 없게 되었소. 그래도 살아가려 하오……

그래도 살아가야겠다고?

내가 좀 더 살기를 바라던 사람은 그 자신이 살지 못하더군요. 그 사람은 이미 적에게 모살(謀殺)당하고 말았소. 누가 죽었느냐고요? 아무도 모르오!

인생의 변화란 얼마나 빠르오! 이 반 년 동안 나는 거의 거지나 다름없었소. 실제로 이미 구걸을 하고 있다고 할 수 있소. 그러나 내게는 아직 할 일이 있소. 나는 그걸 위해서 구걸하고, 그걸 위해서 굶주리고, 그것을 위해서 추위에 떨고, 그것을 위해서 쓸쓸해하고, 그것을 위하여 쓰라린 고생도 기꺼이 감수했소. 다만 멸망하는 것만은 원하지 않았소. 보시오, 내가 좀 더 살아 있기를 바라는 한 사람의 힘이 이렇게도 컸소. 그러나 지금은 없소. 한 사람도 없소. 동시에 나 자신도 살아갈 자격이 없다고 여기고 있소. 다른 사람이오? 역시 자격이 없소. 동시에 나 자신은 또한 내가 살아가기를 원치 않는 인간들을 위하여 고집으로라도 살아가겠다고 생각하고 있소. 다행히도 내가 잘살아가기를 바랐던 사람은 이미 없어졌소. 이제 아무도 마음 아파할 사람은 없소. 나는 이런 사람을 마음 아프게 하길 원하지 않소. 하지만 지금은 없소. 그 한 사람마저 없어졌소. 무척 유쾌하고 무척 마음 편하오. 나는 이미 나 자신이 이전에 증오하던 것, 반대하던 것들 전부를 몸소 실행했고, 내가 이전에 존경하고 주장했던 모든 것을 거부했소. 나는 이제 완전히 실패한 것이오. ─ 하지만 난 승리하였소.

당신은 내가 정신에 이상이라도 생겼다고 여기겠지요? 당신은 내가 영웅이나 위인이라도 된 것으로 여기시오? 아니요, 그렇지 않소. 이 일은 매우 간단하오. 요즘 나는 두(杜) 사단장의 고문이 되어 매달 월급을 은화 80원이나 받고 있소.

선페이……

당신이 나를 어떤 인간으로 생각하든 당신 마음대로 하시오. 나는 전혀 상관없소.

당신은 아마 나의 옛 응접실을 기억하고 있을 거요. 우리가 시내에서 처음 만났을 때와 헤어질 때의 그 응접실 말이오. 나는 지금도 그 응접실을 사용하고 있소. 이곳에는 새로운 손님, 새로운 선물, 새로운 찬사, 새로운 정치운동, 새로운 절하기와 인사하기, 새로운 마작판과 노름, 새로운 차디찬 눈과 구역질, 새로운 불면(不眠)과 각혈(咯血)이 있소……

당신은 지난번 편지에 교원 생활도 여의치 않다고 했소. 당신도 고문을 하고 싶소? 당신이 원한다면 내가 주선해 드리겠소. 사실 문지기 노릇도 괜찮소. 똑같이 새로운 손님, 새로운 선물, 새로운 찬사가 있으니까……

여기는 큰 눈이 내렸는데 그곳은 어떻소? 지금은 한밤중인데 두어 번 각혈을 했더니 정신이 말똥말똥해졌소. 당신이 가을부터 세 번이나 편지를 보내 준 일을 기억하고 있소. 이건 어떻든 놀랄 만한 일이오. 그래서 당신에게 반드시 작은 소식이나마 전하려고 하였소. 그렇다고 당신은 크게 놀라지는 않겠지요.

이후 아마도 나는 다시는 편지를 쓰지 못할 것이오. 나의 이 습관은 당신도 이미 알고 있을 것이오. 언제 돌아오겠소? 빠르면 물론 만날 수도 있을 거요. ― 하지만 나는 생각하오. 우리는 결국 서로 같은 길을 걷지는 않을 거라고. 그렇다면 제발 나를 잊어 주시오. 나는 당신이 이전에 늘 나의 생계를 위해 걱정해 준 것에 대해 진심으로 감사하고 있소. 그러나 이제 나를 잊어 주시오. 나는 지금 이미 '잘되었소'.

렌수. 12월 14일"

이 편지는 비록 나를 결코 '크게 놀라게' 하지는 않았으나 대충 훑어보고 난 후, 다시 한 번 자세히 읽어 보니 역시 뭔가 마음이 불편했다. 그러나 동시에 약간의 유쾌함과 기쁨도 뒤섞였다. 또 생각해 보면 그의 생계도 그런대로 문제가 되지 않게 되었으므로 나의 짐도 내려놓은 셈이다. 비록 나 자신의 문제는 끝내 별 신통한 수가 없지만, 문득 그에게 답장을 써 줄까 생각했으나 별로 할 말이 없다고 여겨졌다. 그래서 그 생각을 즉각 지워 버렸다.

나는 확실히 점점 그를 잊어 가고 있었다. 그의 모습도 이전처럼 나의 기억에 자주 떠오르지 않게 되었다. 하지만 편지를 받아 본 지 열흘도 되지 않아서 S시의 학리칠일보사(學理七日報社)에서 갑자기 연달아 그들의 『학리칠일보』를 보내 왔다. 나는 이런 것들을 즐겨 보진 않지만, 보내 온 것이기도 해서 손 가는 대로 펼쳐봤다. 이것이 나로 하여금 또다시 렌수를 생각하게 했다. 그 속에는 언제나 렌수에 관한 시문(詩文), 예컨대 '눈 오는 밤에 렌수 선생을 배알하다' 라든가, '렌수 고문의 아름답고 높은 글 모음집' 따위가 실려 있었기 때문이다. 한 번은 '학리한담(學理閑談)' 란에 이전에 그가 남의 웃음거리가 되었던 일들을 흥미 있게 서술하고는, 그것을 '일화(逸話)' 라고 일컬었다. '비범한 사람은 반드시 비범한 일을 하는 법' 이라는 의미를 은연중에 풍기고 있었다.

왠지는 모르겠으나 이것 때문에 그를 생각해 내긴 했지만 그의 모습은 점점 희미해져 갔다. 그러나 또 한편으로는 그와의 관계가 날이 갈수록 밀접해지는 것 같아서 때로는 나로서도 알 수 없는 불안과 매우 약한 두려움마저 느끼게 되었다.

다행히 가을이 되자 이 『학리칠일보』는 오지 않았다. 그런데 산양(山陽)의 『학리주간(學理週刊)』에서 다시금 「풍문은 곧 사실」이라는 장편 논문을 게재하기 시작하였는데, 그 속에서 "모군(莫君)들에 관한 소문은 이미 공정한 지식인들 사이에서 활발히 전해지고 있다"고까지 말하고 있었다. 그것은 특정한 몇 사람을 가리키는 것이었는데 나도 그중의 한 사람이었다. 나는 지극히 조심하는 수밖에 없었고, 이전처럼 담배 연기가 새 나가는 것조차 주의하여

야만 됐다. 조심한다는 것은 일종의 고달픈 고통이다. 그것 때문에 모든 일을 그만두어야 하므로 물론 렌수를 생각할 틈이 없었다. 요컨대 사실 나는 그를 이미 잊어 버리고 있었다.

그러나 나의 임시변통 방법도 끝내 여름방학까지 계속되지 못하고, 5월 말에는 산양을 떠나게 되었다.

5

산양에서 리청(歷城)으로, 다시 또 타이구(太谷)로, 반 년 동안이나 전전했지만 결국 아무런 일자리도 구할 수가 없었다. 그래서나는 다시 S시에 돌아가기로 결심했다. 도착한 때는 이른 봄날 오후였다. 금방 비가 쏟아질 듯한 날씨여서 모든 것이 회색빛에 싸여 있었다. 이전에 들었던 하숙집이 아직도 비어 있어서 그대로거기에 머무르기로 했다. 나는 오는 길에 렌수를 생각하고 있었기 때문에 도착하자 곧 저녁 식사 후에 그를 방문하기로 마음먹었다. 나는 원시(聞喜) 지방의 명물 떡 두 봉지를 손에 들고 여러 군데질척거리는 길을 지나고, 길을 막고 드러누운 수많은 개들을 피해가며 겨우 렌수네 집 대문 앞에 도착했다. 집 안은 유난히 밝은 것같았다. 고문이 되면 집 안까지도 유달리 밝아지는 건가 하고 생각하니 나도 모르게 쓴웃음이 나왔다. 그러나 얼굴을 들고 보니대문 옆에 비스듬히 붙인 흰 네모 종이가 또렷이 눈에 띄었다. 나는 따량의 할머니가 돌아가셨나 보다고 생각하면서 대문에서 곧

바로 안으로 들어갔다.

희미한 불빛이 안마당을 비추고 관이 하나 놓여 있었다. 그 옆에는 군복을 입은 병정인지 마부인지가 다른 한 사람과 이야기를 하고 있었다. 자세히 보니 그것은 따량의 할머니였다. 그 밖에도 짧은 옷을 입은 몇 명의 인부들이 한가하게 서 있었다. 나는 갑자기 가슴이 두근거리기 시작했다. 그녀도 고개를 돌리고 나를 빤히 쳐다보더니,

"에그머니, 돌아오셨군요? 며칠만 일찍 오시지 않고……" 하며 갑자기 큰소리를 질렀다.

"누가…… 누가 돌아가셨습니까?"

나는 사실 이미 대강 짐작을 하고 있었지만, 그래도 그렇게 물어보았다.

"웨이(魏) 대인이지요! 엊그제 돌아가셨어요."

나는 주위를 둘러보았다. 응접실은 어둠침침했다. 아마도 등잔불이 하나만 켜 있는 모양이었다. 큰방 안에는 하얀 장례식 휘장이 쳐 있고, 방 밖에는 아이들이 두서넛 모여 있었다. 바로 따량과 얼량이었다.

"저쪽에 모셨어요."

따량 할머니가 다가서서 손으로 가리키며 말했다.

"웨이 대인이 출세하신 뒤로는 큰방마저 빌려 드렸기 때문에, 지금 그곳에 모셨어요."

휘장 위에는 다른 것은 아무것도 없고, 그 앞에는 기다란 탁자와 네모진 탁자가 하나씩 놓여 있었으며, 네모진 탁자 위에는 밥

과 반찬을 담은 그릇이 열 개쯤 놓여 있었다. 내가 방 안에 들어서자, 갑자기 흰 상복을 입은 두 사나이가 나타나서 나를 가로막았다. 죽은 생선 같은 눈동자를 치켜뜨고, 당혹한 빛을 띠며 내 얼굴을 뚫어지게 보는 것이었다. 나는 당황하여 나와 렌수와의 관계를 설명했다. 따량 할머니도 곁에 다가와서 틀림없다고 거들어 주어서야 겨우 그들의 손과 눈빛이 점차 풀어져, 내가 앞으로 나서서 배례하도록 내버려 두었다.

내가 머리를 숙여 절을 하자, 별안간 발치에서 누군가가 엉엉 울기 시작했다. 마음을 가다듬고 살펴보니 열 살쯤 되어 보이는 어린아이 하나가 멍석 위에 엎드려 있었는데 역시 흰 상복을 입고 있었다. 그 아이의 빡빡 깎은 머리 위에는 한 묶음의 삼줄이 감겨 있었다.

그들과 인사를 나눈 다음, 그중의 한 사람이 그나마 가장 가깝다고 할 수 있는 렌수의 종형이며, 또 한 사람은 촌수가 먼 조카임을 알았다.

내가 고인의 얼굴을 꼭 한 번 보았으면 좋겠다고 했더니, 그들은 "그럴 순 없습니다" 하며 극구 말렸다. 하지만 결국 내 말을 받아들여 휘장을 올려 주었다.

이번에는 죽은 렌수와 만난 것이다. 기괴하게도 그는 비록 구겨진 저고리와 바지를 입고 있었고 옷 앞자락에는 아직 핏자국이 남아 있었으며 얼굴은 여위어 차마 볼 수 없었지만, 모습만은 역시 이전의 그 모습이었다. 편안히 입을 다물고 눈을 감은 모양은 마치 잠들어 있는 듯했다. 나는 하마터면 그의 코앞에 손을 뻗어 아직 숨을 쉬고 있는지를 확인해 볼 뻔했다.

모두가 죽음처럼 조용했다. 죽은 사람도, 살아 있는 사람도. 내가 물러나오자 그의 종형이 또 내게 인사를 했다.

"사제(舍弟)는 나이도 젊고 역량도 한창이어서 전도가 양양한 때인데 뜻밖에 '작고' 하고 말았습니다. 이것은 우리 '가문이 쇠퇴' 하는 불행일 뿐만 아니라, 친구 되시는 분에게도 너무나 심려를 끼쳐 드리게 되었습니다."

이 말에는 렌수를 대신해서 사과를 드린다는 듯한 의미가 다분히 풍겼다. 이렇게 말을 잘하는 사람은 산골에서는 보기 드물었다. 그러나 그 후로는 침묵하였다. 모든 것이 죽음 같은 정적에 싸였다. 죽은 사람도, 살아 있는 사람도.

나는 몹시 무료함을 느꼈으며, 오히려 아무런 비애도 느끼지 못했다. 그래서 마당으로 내려와 따량 할머니와 잡담을 시작했다. 입관할 시각이 다가온 것을 알고 그녀는 수의가 도착하기를 기다렸다가 관에 못을 칠 때에는 쥐띠, 말띠, 토끼띠, 닭띠인 사람은 그 자리를 반드시 피해야 한다느니 하면서 신이 나서 샘이 솟듯 지껄여 대더니, 그의 병상(病狀)과 그의 생전의 형편을 말하는 데 이르러서는 약간 비난하는 투로 이야기하는 것이었다.

"아시겠지만, 웨이 대인은 운이 트이고 나서부터는 사람이 아주 옛날과 딴판이었어요. 얼굴을 똑바로 쳐들고 기백이 늠름했죠. 남을 대할 때도 이전같이 그렇게 어물어물하지 않았어요. 아시죠? 예전에는 마치 벙어리처럼 나를 보면 '노마님' 이라고 부르지 않았어요? 그런데 나중에는 '할멈' 이라고 불렀어요. 아이구, 정말 재미있었어요. 어떤 사람이 약초 선거출(仙居朮)을 선물로 보내왔는데 자신은 먹으려 하지 않고 안마당에 내던지며 — 바로 여기예요. — '할멈 먹게' 하고 소리치는 거예요. 그분이 운이 트인 뒤로는 사람들의 내왕이 잦아 큰방까지 비워 드리고 나는 이 옆방으로 옮겼지요. 그분은 정말 출세를 하고 나서는 남들과 전혀 달랐어요. 우리에게 노상 농담을 하고는 했답니다. 한 달만 빨리 오셨어도 여기 요란스러운 것을 보셨을 텐데. 사흘 중 이틀은 연회가 벌어졌어요. 제멋대로 떠들고, 웃고, 노래 부르고, 시가(詩歌)를 짓는 사람은 시가를 짓고 마작을 하는 사람은 마작을 하고……

  그분은 이전에는 아이들이 아버지를 무서워하는 것보다 더 아이들을 무서워했어요. 언제고 목소리를 낮추고 부드럽게 했지요. 최근에는 아주 딴판으로 말도 잘하고 잘 떠들어서 우리 아이들도 좋아하여 틈만 나면 그분의 방에 가서 놀았어요. 그분도 여러 가지 방법으로 아이들을 놀리곤 했어요. 아이들이 무얼 사 달라고 하면 개 짖는 흉내를 내라고 한다든지, 머리를 방바닥에 부딪쳐서 소리가 나도록 절을 시킨다든지 했어요. 하하, 참 요란했답니다. 두어 달 전에 얼량이란 놈이 신발을 사 달라고 졸랐을 때에는 세 번이나 방바닥에 머리를 부딪치도록 절을 시켰어요. 참 그 신발은 아직도 신고 있어요. 해지지도 않았어요."

  흰 상복을 입은 사람이 한 명 나왔다. 그러자 그녀는 입을 다물어 버렸다. 나는 렌수의 병에 대해서 물어보았지만 그녀는 자세히 알지 못했다. 다만 일찍부터 쇠약해져 있었겠지만, 언제나 유쾌해 보였기 때문에 아무도 알아채지 못했다는 것이다. 한 달쯤 전에야 비로소 그가 몇 번 각혈했다는 말을 들었으나 의사에게는 보이지 않은 것 같더라고 말했다. 그 후 자리에 눕게 되고, 세상을 떠나기 사흘 전부터는 목이 꽉 잠겨 한마디 말도 못했다는 것이다. 스싼(十三) 어른이란 사람이 멀리 한스산에서 찾아와 그에게 저금을 해 놓은 것이 있느냐고 물었지만, 그는 한마디도 말하지 않았다는 것이다. 스싼 어른은 그분이 일부러 그러는 것이 아닌가 의심했지만, 폐병으로 죽은 사람 중에는 말을 못하는 사람도 있다는데, 누가 알겠는가…….

"하지만 웨이 대인의 성질은 너무 이상해졌었어요."

그녀는 갑자기 소리를 낮추더니 말하는 것이었다.

"그분은 돈을 물 쓰듯 하고, 저축은 조금도 하려 들지 않았어요. 그래서 스싼 어른은 우리가 무슨 이득이나 보았던 게 아닌가 하고 의심했던 거지요. 이득은 무슨 개코나 있었겠어요? 그분은 되는 대로 흥청망청 돈을 썼어요. 예를 들어 물건을 사는 데도 오늘 산 것을 다음날에는 팔아 버리거나 부숴 버리거나 하여, 정말 어쩐 일인지 알 수가 없었어요. 돌아가시고 나니까 모두 못쓸 것들이고 쓸 만한 건 아무것도 없어요. 그렇지만 않았어도 오늘 이처럼 쓸쓸하지는 않을 텐데…….

그분은 올바른 일은 하나도 하려고 들지 않고 그저 제멋대로였어요. 나는 지난 일을 생각해서 그분에게 충고를 했지요. '그만한 나이가 되었으면 이제 가정을 가지셔야 합니다. 지금 형편으로는 부인을 맞기가 매우 쉬울 것이고, 만약에 어울리는 집안이 없으면 먼저 소실을 몇 두어도 좋구요. 사람은 아무튼 세상 격식에 맞도록 살아야 합니다.' 그러나 그분은 듣자마자 웃으면서 '할멈, 할멈은 남을 위해 그런 일이나 걱정하나 보지?' 라고 하더군요. 보세요. 그는 남의 좋은 말을 좋게 받아들이지 않고, 근래에는 들떠서 착실하지 않았어요. 만약 조금만 일찍 내 말을 들었더라면 지금쯤 외롭게 황천길을 방황하진 않을 거예요. 적어도 가족 몇 사람의 울음소리라도 들을 수 있었을 텐데 말이에요⋯⋯."

　가게의 점원이 옷을 짊어지고 왔다. 세 사람의 유족들이 속옷을 꺼내어 휘장 뒤로 가지고 들어가더니 잠시 후엔 휘장이 걷혀졌는데, 속옷은 이미 갈아입혔고 이어 겉옷을 입히고 있었다. 그것은 나에겐 뜻밖이었다. 굵고 빨간 줄이 쳐져 있는 누런색의 군복 바지를 입히고, 다음으로 금빛이 번쩍이는 견장이 붙어 있는 군복 상의를 입혔는데, 무슨 계급인지, 또 어디서 받은 계급인지는 알 수 없었다. 관에 넣자 렌수는 몹시 어울리지 않게 눕혀져 있었다. 발치에는 한 켤레의 노란 가죽신이 놓여지고, 허리께에는 종이로 만든 지휘도(指揮刀)가 놓였으며, 장작개비같이 뼈만 남은 거무죽죽한 얼굴 곁에는 금테를 두른 군모가 놓여졌다.

　세 사람의 유족은 관 언저리를 붙들고 한바탕 울어 대더니, 울음을 그치고 눈물을 닦았다. 머리에 삼줄을 동여맨 아이가 밖으로 나가고, 쌴량도 그 자리를 피해 나갔다. 아마 둘 다 쥐띠, 말띠, 토끼띠, 닭띠 중 어느 하나에 해당하는 모양이었다.

　인부가 관 뚜껑을 둘러메고 왔으므로 나는 다가가서 영원히 이별하는 렌수를 마지막으로 들여다보았다.

　그는 어색한 의관 속에서 눈을 감고 입은 꼭 다문 채 편안히 누워 있었다. 입가에는 마치 차가운 미소를 머금고 있는 듯, 이 우스꽝스러운 시체를 냉소하고 있는 듯했다.

관에 못을 치는 소리가 들리자 동시에 갑자기 울음소리가 일어났다. 이 울음소리를 끝까지 들을 수가 없어서 난 마당으로 물러나는 수밖에 없었다. 발 가는 대로 걷다 보니, 나도 모르는 사이에 문밖까지 나왔다. 질척질척한 길이 또렷이 눈에 비쳤다. 고개를 들고 하늘을 쳐다보니 짙은 구름은 이미 흩어지고 둥근 달이 차가운 빛을 던지며 걸려 있었다.

나는 급히 걸어갔다. 마치 무겁게 억눌린 물건 속에서 뛰쳐나오려는 것처럼. 하지만 그것은 불가능했다. 귓속에서 무언가가 몸부림치다가 길고 긴 시간이 흐른 뒤 마침내 몸부림치며 뛰쳐나왔다. 희미한, 마치 기다란 울부짖음 같은 소리였다. 상처를 입은 한 마리 이리가 깊은 밤중에 광야에서 울부짖는 것 같은 참담함 속에는 한탄과 번민, 노여움 그리고 슬픔들이 뒤섞여 있었다.

나의 마음은 가벼워졌다. 평온한 마음으로 질척질척한 돌길을 걸었다. 달빛 아래에서.

1925년 10월 17일

죽음을 슬퍼하며(傷逝)

― 쥐성(涓生)의 수기 ―

　만약 할 수만 있다면, 나는 나의 회한과 비애를, 쯔쥔(子君)을 위해서, 또 나를 위해서 적어 두려고 한다.

　회관 내 잊혀진 구석의 낡은 방은 그토록 조용하고 공허하다. 세월은 정말 빠르다. 내가 쯔쥔을 사랑하고, 그녀에게 의지하며 이 적막함과 공허에서 도망친 지 벌써 만 1년이 되었다. 세상사는 또 참 공교롭다. 내가 다시 돌아왔을 때 의외로 비어 있는 것은 또 그 방 한 칸뿐이었다. 저 깨어진 창, 저 창밖의 반쯤 말라죽은 홰나무와 늙은 등나무 덩굴, 저 창가의 모난 탁자, 저 허물어져 가는 벽, 저 벽에 기댄 나무판자로 만든 침대가 그전 그대로였다. 한밤중에 혼자서 침대에 누워 있으면, 마치 내가 아직 쯔쥔과 동거하기 이전인 것만 같고, 지나간 1년이 온통 지워져서 전혀 없었던 일 같다. 내가 이 낡은 방에서 나와 희망에 부풀어 지자오(吉兆) 골목에 작은 가정을 처음 마련했었던 일은 결코 없었던 일처럼 되어 버렸다.

그뿐만이 아니다. 1년 전의 조용함과 공허감은 결코 이렇지 않았다. 언제나 기대로 가득 차 있었고 쯔쥔이 오기를 기대했다. 오랜 기다림의 초조감 속에서, 구두의 높은 뒤축이 벽돌길에 닿는 맑은 음향이 들리기만 하면, 나는 얼마나 갑자기 생기가 돌았던가! 그러면 이내 보조개가 패인 창백한 둥근 얼굴, 희고 여윈 팔, 무명의 세로줄 무늬 상의에 검정 스커트 차림의 모습이 보이는 것이었다. 그녀는 또한 창밖의 반쯤 죽은 홰나무의 새로 난 잎사귀를 가지고 와서 나에게 보여 주고 또 쇠같이 늙은 줄기에 주렁주렁 매달려 있는 엷은 보랏빛 등나무 꽃을 들고 와서 보여 주기도 했다.

그러나 지금은 적막함과 공허감만이 예전과 다름없을 뿐, 쯔쥔은 결코 다시 오지 않는다. 영원히, 영원히…….

나의 이 낡은 방에 쯔쥔이 없을 땐, 난 아무것도 눈에 들어오지 않았었다. 무료함 속에서 손에 잡히는 대로 책을 꺼내 본다. 그게 과학책이건 문학책이건, 무엇이든 마찬가지였다. 읽어 내려가다 퍼뜩 정신이 들어 보면 벌써 10여 페이지가 넘어가 있었지만 책에 쓰여 있는 말은 전혀 기억할 수가 없었다. 오직 귀만 유달리 민감해서, 마치 대문 밖을 왕래하는 모든 신발 소리가 들리는 듯했고, 그중에서 쯔쥔의 또각또각하는 구두 소리가 점점 다가오는 것 같았다. ― 그러나 그 소리는 대개 점점 멀어져서 마침내 다른 발자국들의 어지러운 소리 속에 섞여 사라져 버린다. 나는 쯔쥔의 구두 소리와는 전혀 다른, 운동화를 신고 있는 소사 아들의 신발

소리를 미워했다. 나는 항상 새 구두를 신어서, 쯔쮠의 구두 소리와 너무나 같은 옆집 멋쟁이 아가씨를 미워했다.

쯔쮠이 탄 차가 뒤집힌 게 아닐까? 전차에 부딪혀 다친 건 아닐까……?

나는 곧 모자를 집어 들고 그녀를 만나러 가기로 했다. 그러다 그녀의 숙부가 나를 앞에 세워놓고 욕한 적도 있었다.

갑자기 한 발짝 한 발짝 그녀의 구두 소리가 가까워졌다. 마중 나가 보면 벌써 등나무 덩굴 밑을 지나 오면서 얼굴에는 미소의 보조개를 띠고 있었다. 숙부네 집에서 야단을 맞지는 않은 것 같다. 나의 마음은 안정되었고, 잠시 묵묵히 서로 얼굴을 쳐다본 후 낡은 방 안은 점차 나의 말소리로 가득 찼다. 가정의 전제(專制), 구습 타파, 남녀 평등, 입센, 타고르, 셀리 등에 관해서 이야기하였다. ……그녀는 언제나 미소 지으며 고개를 끄덕였고, 두 눈에는 순진하고 귀여운 호기심의 빛이 가득 차 있었다. 벽에는 동판으로 된 셀리의 반신상이 걸려 있다. 잡지에서 오려낸 것으로 셀리의 가장 아름다운 초상이다. 내가 그녀에게 그것을 보라고 가리키자, 그녀는 힐끗 쳐다보고는 이내 머리를 숙이고 말았다. 부끄러워하는 것 같았다. 이런 걸 보면 쯔쮠이 아직도 구사상(舊思想)의 속박에서 완전히 벗어나지 못하고 있는 것 같았다. ─ 나중에야 생각한 것이지만, 셀리가 바다에서 익사한 기념상이라든가, 아니면 입센의 초상으로 바꾸는 편이 좋았을 것이다. 하지만 끝내 바꾸지 못했고 지금은 그 반신 초상화마저도 어디 갔는지 알 수 없다.

"나는 나 자신의 것이에요. 그분들 아무도, 내게 간섭할 권리가 없어요!"

이것은 우리가 교제한 지 반 년 만에, 이곳에 있는 그녀의 숙부와 시골에 있는 부친에 대한 이야기가 나왔을 때, 그녀가 한동안 말 없이 생각에 잠기고 나더니 분명하고 단호하게 그리고 조용히 한 말이다. 그때 나는 자신의 생각, 자신의 신상, 자신의 결점까지도 거의 숨기지 않고 이미 모조리 말한 뒤였고, 그녀도 완전히 이해하고 있었다. 이 몇 마디 말은 내 영혼을 강하게 흔들었고, 그 후로도 오랫동안 귓속에서 울리는 것이었다. 뿐만 아니라 중국 여성을 알게 된 것이 말할 수 없이 기뻤다. 결코 염세가(厭世家)들이 말하듯이 중국 여성은 구제불능이 아니며, 멀지 않은 장래에 빛나는 여명을 보게 될 것 같았다.

그녀를 바래다 줄 때에는 전처럼 여남은 발짝의 간격을 두었다. 언제나와 같이 그 메기수염을 한 늙은이의 얼굴이 더러운 유리창에 코끝이 납작해질 만큼 바짝 붙어 있었다. 바깥마당으로 나가면, 언제나 그렇듯이 반짝반짝 닦아 윤이 나는 유리창으로, 잔뜩 크림을 바른 젊은이의 얼굴이 있었다. 그녀는 곁눈질도 하지 않고 거만하게 걸어 나갔다. 그녀는 그런 것에는 관심도 두지 않았다. 나도 거만하게 되돌아왔다.

"나는 나 자신의 것이에요. 그분들 아무도, 내게 간섭할 권리가 없어요!"

그녀의 뇌리에 있는 이 철저한 사상은 나보다 훨씬 투철하고 강인한 것이었다. 크림을 반 병이나 바른 녀석이나 코끝을 납작하게 하는 늙은이 따위가 그녀에게 무엇이란 말인가?

　내가 그때 나의 순수하고 열렬한 애정을 어떻게 그녀에게 표현했는지, 이미 잊어버렸다. 어찌 지금뿐이겠는가. 그때 애정을 고백한 뒤에 이미 모호해졌고 밤에 다시 생각해 보아도 몇 가지 단편만 남아 있을 뿐이었다. 동거한 지 한두 달 후에는 그 단편들조차 종적을 찾을 수 없는 한바탕 꿈으로 변해 버렸다. 다만 나는 그 당시 10여 일 전부터 표현할 때의 태도, 말을 늘어놓는 순서 그리고 혹시 만약 거절당한 이후의 상황에 대하여 자세히 연구했던 일만은 기억하고 있다. 그러나 막상 그때가 되니 모든 것이 쓸모가 없는 것 같았다. 당황한 나머지 몸이 말을 듣지 않아서 결국 영화에서 보았던 방법으로 했는데, 이는 후에 그 일을 회상할 때마다 나를 몹시 부끄럽게 했다. 그러나 기억 속에 이 점만은 영원히 남아 있을 것이다. 지금까지도 항상 어두운 방의 한 가닥 등불같이, 내가 눈물을 머금고 그녀의 손을 잡고는 한쪽 무릎을 꿇은 것을 비추고 있으리라……. 　　　　　　　　　　.

　내 자신뿐만 아니라 쯔쥔이 한 말이나 행동도 나는 그때 똑똑히 보지 못했지만, 그녀가 이제 나에게 승낙했다는 것만은 알았다. 다만 그녀의 얼굴이 파랗게 변했다가 후에는 점점 빨갛게 바뀌더니 ― 일찍이 본 적이 없는, 그 뒤에도 끝내 본 적이 없을 만큼 그녀의 얼굴이 새빨갛게 변했던 기억이 난다. 어린아이와 같은 눈에서는 슬픔과 기쁨, 그러나 놀라움의 빛이 뒤섞여 있었다. 비록 애써 내 시선을 피하였으나 어찌할 바를 몰라 당장에라도 창을 깨고 날아가려고 하는 것 같았다. 그러나 나는 이미 그녀가 나를 승낙해 주었다는 사실을 알았다. 그녀가 무슨 말을 했는지, 혹은 말을 하지 않았는지는 알지 못한다.

그녀 쪽에서는 오히려 모든 것을 잘 기억하고 있었다. 내가 한 말을 마치 숙독한 책처럼 술술 암송하는 것이었다. 내가 한 행동을 마치 나에게는 보이지 않는 필름을 눈앞에 걸어놓은 것처럼 생생하고 매우 자세하게 서술하는 것이었다. 물론 내게는 두 번 다시 생각하고 싶지 않은 천박한 영화의 한 장면 같은 것조차도 말이다. 밤이 깊어 주위가 고요해지면 두 사람이 마주 앉아 복습하는 시간이 된다. 나는 언제나 질문을 받고, 시험당하며 게다가 당시에 한 말을 다시 말해 보라는 명령을 받는다. 그러나 나는 마치 열등생처럼 언제고 그녀로부터 보충을 받고 정정을 받아야만 했다.

이 복습도 얼마 후엔 차차 드물어져 갔다. 그러나 그녀가 허공을 주시하고 넋 나간 듯이 생각에 잠겼다가, 이어서 표정이 더욱 부드러워지며 보조개가 역시 깊어지는 것을 보면 그녀가 또 혼자서 옛것을 복습하고 있다는 것을 알았다. 나는 그녀가 그 우스꽝스러운 영화의 한 장면을 보는 것을 매우 두려워했다. 그러나 그녀는 그것을 꼭 보고 싶어 했고, 보지 않고는 못 배긴다는 것을 나는 또한 알고 있었다.

그러나 그녀는 그것을 결코 우스꽝스럽다고는 여기지 않았다. 가령 나 자신은 우습다고 생각하고 심지어 비루한 짓이라고까지 생각하고 있어도, 그녀는 조금도 우습다고 생각하지 않았다. 이 일은 내가 아주 잘 알고 있다. 그녀가 나를 사랑하는 것이 그토록 열렬하고 그토록 순수했기 때문이었다.

작년 늦봄은 가장 행복스럽고, 또 가장 바쁜 때였다. 내 마음은 안정되었으나 마음의 다른 한 부분과 몸이 함께 분주하였다. 우리들은 이 무렵이 되어서야 비로소 함께 길을 걸었고 공원에도 몇 번 갔지만 살 곳을 찾으러 다닌 적이 제일 많았다. 나는 길거리에서 때때로 훑어보고, 비웃으며, 천시하고 경멸하는 눈초리와 마주치는 것을 느꼈다. 조금이라도 조심하지 않으면 나의 온몸을 움츠러들게 하므로 즉각 나의 오만과 반항심으로 버티어 나가는 수밖에 없었다. 오히려 그녀는 조금도 두려워하는 빛이 없었고, 이런 일들에 대해서는 전혀 무관심했으며, 의젓하게 느릿느릿 걸어가는 것이 마치 태연히 무인지경에 들어가는 듯했다.

집을 구하는 일은 사실 쉽지가 않았다. 대부분은 저쪽에서 이유를 내세우고 거절했고 더러는 우리가 마음에 들지 않았다. 처음에는 우리가 너무 깐깐하게 선택했다. ─ 그렇다고 지나치게 깐깐한 것도 아니었다. 대개는 우리가 안주할 만한 곳같이 보이지 않았기 때문이다. 그러나 후에는 받아 주기만 했으면 할 뿐이었다. 스무 군데 이상이나 보고서야 겨우 얼마 동안 그런 대로 살아갈 만한 곳을 찾아냈다. 그것이 지자오 골목에 있는 조그만 집의 두 칸짜리 남쪽 방이었다. 주인은 말단 관리이긴 해도 이해성 있는 사람이었으며, 자기들은 안채와 곁채에서 살고 있었다. 그에게는 부인과 아직 돌 이전의 여자아이가 있을 뿐이고, 시골에서 데려온 식모가 한 사람 있었다. 갓난아기가 울지만 않는다면 정말 평화롭고 조용한 집이었다.

우리의 가재도구는 아주 간단했다. 하지만 이미 내가 장만한 돈을 대부분 썼기 때문에 쯔쥔은 그녀의 유일한 패물인 금반지와 귀걸이를 팔았다. 나는 그녀를 말렸지만 기어이 팔겠다고 하기에 더 이상은 우기지 않았다. 나는 그녀로 하여금 조그마한 몫이라도 보태게 하지 않으면 그녀의 마음이 편치 않다는 것을 알고 있었다.

그녀는 이미 숙부와 다투고 나왔으므로 그녀의 숙부는 다시는 조카딸로 인정하지 않겠다고 하며 노발대발하였다. 나도 역시 실은 내가 하는 일에 겁을 먹거나, 혹은 질투까지 하면서 스스로 충고라고 여기는 몇몇 친구들과 잇달아 절교했다. 그러나 그 편이 도리어 훨씬 조용했다. 매일 사무실 일이 끝나면 저녁 무렵이었고, 예외없이 인력거꾼은 언제나 느렸지만, 그래도 어떻든 둘만이 마주하는 시간을 가지게 되었다. 우리는 먼저 말 없이 서로 지켜보다가, 이윽고 마음을 터놓고 친밀한 대화를 나누었고, 후에는 또 침묵에 잠기곤 했다. 둘 다 고개를 숙이고 생각에 잠겼으나 그렇다고 특별한 무엇을 생각하고 있는 것도 아니었다. 나는 점차 똑똑히 그녀의 육체와 그녀의 영혼을 두루 읽고 있었다. 3주일이 못 되어 나는 그녀에 대해 더욱 깊이 알게 되어, 전에 잘 안다고 여겼으나 지금 보니 낯선 것들, 소위 진정한 낯섦을 벗겨 나갔다.

쯔쥔은 나날이 발랄해졌다. 다만 그녀는 화초(花草)를 좋아하지 않았다. 내가 절에서 재를 드리는 날 사온 두 화분의 화초는 나흘 동안이나 물을 주지 않아 벽 구석에서 시들어 죽었다. 나도 그런 것을 돌볼 시간이 없었다. 하지만 그녀는 동물을 좋아했다. 아마도 그 관리의 부인에게서 전염되었는지, 한 달도 못 되어 우리 가족은 갑자기 늘어서 네 마리의 병아리가 작은 마당에서 주인집의 10여 마리와 어울려 다녔다. 하지만 여자들은 닭의 모습을 잘 알고 있어, 어느 것이 자기네 닭인지를 알고 있었다. 그 밖에 내가 절에서 재를 올릴 때 사온 얼룩강아지 한 마리가 있는데, 원래 이름이 있었던 것으로 기억하고 있으나 쯔쥔은 따로 아쉐이(阿隨)라는 이름을 붙였다. 나도 아쉐이라고 부르긴 했지만, 그 이름이 마음에 들지는 않았다.

애정이란 반드시 때때로 새롭게 생겨나고 성장하며 창조되어야 한다. 이것은 참말이다. 내가 쯔쥔에게 이 말을 하자 그녀도 잘 알고 있다는 듯이 고개를 끄덕였다.

아아, 그것은 얼마나 편안하고 행복스러운 밤이었던가!

평안과 행복은 함께 응고되어야만 이렇게 영원한 평안과 행복이 된다. 우리가 회관에 있을 때에는 이따금 의견의 충돌과 생각의 오해가 있었지만, 지자오 골목으로 온 후로는 그런 일조차도 없어졌다. 우리는 등불 밑에 마주 앉아 옛이야기들을 하면서, 그때 충돌한 뒤의 화해가 마치 새로 태어나는 듯한 즐거움이었음을 되씹어 보곤 하였다.

쯔쥔은 몸이 나고 혈색도 좋아졌지만 애석하게도 일이 바빴다. 집안일에 쫓겨 세상 이야기를 할 틈도 없었고, 하물며 독서나 산책 따위는 말할 것도 없었다. 우리는 항상 아무래도 식모를 구하지 않으면 안 되겠다고 이야기하곤 했다.

저녁때 집에 들어와 그녀가 불쾌한 얼굴을 하고 있으면, 나 역시 같이 불쾌하였다. 더욱이 나를 즐겁지 못하게 하는 것은, 그녀가 억지로 웃는 얼굴을 꾸미는 일이었다. 알고 보니 역시나 두 집의 병아리가 도화선이 되어 관리의 부인과 토라졌다는 것이다. 그렇다면 무엇 때문에 내게 솔직하게 말하지 않는 것인가? 사람에겐 반드시 독립된 집이 하나 있어야 한다고. 이런 데는 살 만한 곳이 못 된다고.

내가 다니는 길은 1주일 중 엿새는 집에서 사무실로, 사무실에서 집으로 틀에 박힌 듯이 정해져 있었다. 사무실에서는 책상 앞에 앉아 공문과 편지들을 베끼고, 집에서는 그녀와 상대하거나 혹은 그녀를 도와서 풍로에 불을 붙여 밥을 짓거나 만두를 쪄 주기도 했다. 내가 밥을 짓는 것을 배운 것도 바로 이때이다.

그러나 나의 음식은 회관에 있을 때보다도 훨씬 좋아졌다. 요리 만드는 것이 비록 쯔쥔의 장기는 아니었지만 그녀는 이것에 전력을 기울였다. 그녀의 밤낮 없는 마음씀에 대해 나도 또한 고락을 함께하기 위해 마음을 쓰지 않을 수 없었다. 더구나 그녀는 아침부터 밤까지 온 얼굴에 땀을 흘려서 짧은 머리카락이 이마에 붙고 두 손은 또 그토록 거칠어졌다.

게다가 아쉐이를 기르고, 병아리를 돌보고, ……모든 것이 그녀가 아니면 안 될 일들이었다.

나는 그녀에게 충고를 했다. 나는 안 먹어도 괜찮으니 절대로 이렇게 애쓰지 말라고. 그녀는 나를 흘깃 바라볼 뿐 입을 열지 않았으며, 쓸쓸한 표정을 짓고 있었다. 나도 입을 다물 수밖에 없었다. 하지만 그녀는 여전히 힘겨운 일을 했다.

진작부터 예상하고 있던 타격이 마침내 닥쳐왔다. 쌍십절 전날 밤이었다. 그녀는 그릇을 씻고 있었고, 나는 멍하니 앉아 있었다. 대문 두드리는 소리가 들려서 내가 문을 열어 보니, 내 사무실의 사환이었다. 그는 내게 한 장의 프린트한 종이쪽지를 건네주었다. 나는 집히는 데가 있어, 등불 밑에 가서 읽어 보았다. 과연 다음과 같은 내용이 찍혀 있었다.

국장의 명에 의하여 스쥔성(史涓生)은 이후 출근하지 말 것.
비서과에서 알림 10월 9일

나는 회관에 있을 때부터 이런 일이 일어날 것을 벌써 짐작하고 있었다. 그 크림을 바른 젊은 녀석이 바로 국장 아들의 도박 친구이므로, 소문을 과장하여 보고할 구실을 삼았음이 틀림없었다. 지금에서야 효력이 나타난 것은 오히려 너무 늦었다고도 할 수 있었다. 사실 이것이 나에겐 타격이라고 할 수도 없다. 나는 남에게 글을 베껴 주거나 혹은 글을 가르쳐 주거나, 아니면 비록 힘은 들겠지만 책 번역 같은 일을 할 수도 있다고 벌써부터 작정하고 있었기 때문이었다. 더욱이 『자유의 벗』 편집장과는 몇 번 만나 잘 알고 있으며, 두 달 전에는 서신을 교환했었다. 그러나 그런데도 나의 가슴은 두근거렸다. 그렇게도 겁이 없던 쯔쥔의 얼굴빛이 변한 것은 더욱이 내 가슴을 아프게 했다. 그녀는 요즘 비교적 겁이 많고 약해진 것 같았다.

"그까짓 게 무어예요? 자! 새로 일을 시작해요, 우리……."

그녀가 이렇게 말했다.

그녀의 말이 끝나기도 전에 웬일인지 모르게 내게는 그녀의 목소리가 들떠 있는 것으로 들렸고, 등불도 유달리 어둡게 느껴졌다. 인간이란 참으로 우스운 동물이어서 아주 자질구레하고 조그만 일에도 매우 심각한 영향을 받게 된다.

우리는 처음에는 말 없이 서로 지켜만 보다가 점차 의논을 시작했다. 결국 수중에 있는 돈을 최대한으로 절약하고, 한편으로는 글씨를 베끼거나 글을 가르친다는 '구직 광고'를 내기로 했으며, 한편으로는 『자유의 벗』편집장에게도 편지를 써서 나의 현재 처지를 설명하고, 나의 번역본을 채택하여 어려운 시기를 도와달라고 부탁해 보기로 했다.

"당장 시작하자! 그리고 새로운 길을 개척하자!"

나는 즉시 책상으로 몸을 돌리고는 기름병과 식초 접시 따위를 치웠다. 쯔쥔은 곧 흐릿한 등불을 들고 왔다. 나는 우선 광고문을 쓰고 다음에는 번역할 만한 책을 선정하기로 했다. 이사 온 후로 한 번도 펼쳐본 일이 없어 책들 위에는 먼지가 뽀얗게 쌓여 있었다. 맨 마지막으로는 편지를 쓰기로 했다.

나는 몹시 주저하였다. 어떻게 표현해야 할지를 몰라서 붓을 멈추고 생각을 집중시키다가 흘깃 그녀의 얼굴을 바라보니 흐릿한 등불 밑에, 그녀가 몹시 쓸쓸해 보였다. 나는 이처럼 보잘것없는 작은 일이, 굳건하고 두려움을 모르던 쯔쥔에게 이렇듯 뚜렷한 변화를 주리라고는 정말 생각지도 못했다. 그녀가 요즈음 몹시 겁이 많고 나약해져 있는 것이 결코 오늘밤에 비롯된 일은 아니다. 내 마음은 이것 때문에 더욱 혼란스러워지고, 갑자기 편안하던 생활의 영상 — 그 회관의 낡은 방의 조용함이 눈앞에 반짝 떠올랐다. 막 눈을 집중하고 응시하려 하자 나의 눈앞에는 다시금 흐릿한 등불만이 보였다.

한참 후에야 편지도 끝냈는데 자못 긴 편지가 되었다. 무척 피로함을 느꼈다. 근래에는 나 자신도 좀 겁이 많아지고 나약해진 듯했다. 그래서 우리는 광고를 내는 일과 편지 보내는 일은 내일 한꺼번에 실행하기로 결정했다. 우리 둘은 서로 약속한 것도 아니면서 똑같이 허리를 펴고 무언(無言) 중에 피차의 강한 불굴의 정신을 느끼며, 새로이 돋아나는 미래의 희망을 보는 듯했다.

외부로부터의 타격은 도리어 우리에게 새로운 정신을 가다듬게 했다. 사무실에서의 생활이란 본래 새 장수 손 안의 새와 같아서 겨우 한 줌의 먹이로 목숨을 이어 나갈 뿐 결코 살이 찔 수가 없다. 그러한 날이 길어지면 날개가 마비되어, 새장 밖에 내놓아도 이미 날개를 떨치고 날 수 없게 된다. 나는 지금 이 새장에서 벗어났다고 할 수 있다. 이제부터 나는 아직 나의 날갯짓을 망각하기 전에 저 새로운 광활한 하늘을 날고자 했다.

작은 광고는 물론 당장 효과를 나타낼 수는 없겠으나, 책 번역 역시 용이한 일은 아니었다. 이전에 읽을 때는 다 이해했다고 생각했는데, 막상 번역하려고 손을 대자 모르는 것 투성이여서 진행이 매우 느렸다. 하지만 내가 노력하기로 결심한 뒤, 별로 낡지도 않은 자전(字典)은 반 달도 못 되어 가장자리에 새까만 손가락 자국이 생겼다. 이것은 내 작업이 얼마나 진지한지를 증명하는 것이다. 『자유의 벗』 편집장은 자신의 간행물은 절대로 좋은 원고를 썩히지 않는다고 말한 일이 있었다.

유감스럽게도 내게는 조용한 방이 없었다. 또 쯔쥔에게는 이전의 정숙과 자상한 보살핌이 없어졌다. 방 안에는 항상 그릇들이 흐트러져 있고, 연기가 자욱하여 제대로 안정된 마음으로 일을 할 수가 없었다. 그러나 물론 그것은 한 칸의 서재조차 가질 수 없는 나의 무력함을 원망하는 수밖에 없는 일이었다. 게다가 또 아쉐이가 있고 몇 마리의 닭이 있다. 그 닭들이 자라면서 걸핏하면 두 집 사이의 말다툼의 도화선이 되곤 했다.

그에 더하여 '시냇물의 흐름이 쉼 없듯' 이 매일매일의 식사가 있었다. 쯔쥔의 공로는 완전히 이 식사에 세워지고 있는 듯했다. 먹고는 돈을 변통하고, 돈을 변통해 와서는 먹었다. 더욱이 아쉐이도 먹이고 닭도 길러야 했다. 그녀는 이전에 알고 있던 일을 완전히 잊어버린 듯했고, 나의 구상이 시도 때도 없이 밥 먹으라는 재촉 때문에 단절된다는 것도 생각하지 않는 것 같았다. 가령 자리에 앉아 조금 화내는 기색을 보여도 그녀는 전혀 고치려 하지 않고, 여전히 전혀 느끼지 못하는 듯이 밥만 먹어 대는 것이었다.

그녀에게 나의 일은 정해진 식사 시간에 속박될 수 없다는 것을 알게 하는 데 5주일이나 걸렸다. 그녀는 그것을 알게 되자 몹시 불쾌한 듯했지만 아무 말도 하지 않았다. 나의 일은 과연 이때부터 비교적 신속하게 진행되어 며칠 후에는 모두 5만 자를 번역했다. 윤문만 한 번 하고 나면, 이미 완성된 두 편의 소품(小品)과 함께 『자유의 벗』에 보낼 수 있게 된 것이다.

다만 식사는 여전히 내게 고통이었다. 반찬이 식는 것은 상관없었으나 아무래도 양이 모자랐다. 때로는 밥조차도 모자랐다. 심지어 내가 하루 종일 집에 앉아 두뇌를 쓰기 때문에 먹는 양이 전보다 훨씬 많이 줄었는데도 말이다. 이것은 먼저 아쉐이에게 먹이기 때문인데, 때로는 요즘 나도 쉽게 먹어 보지 못하는 양고기까지 곁들여 주기도 했다.

그녀는 아쉐이가 정말 너무 가엾을 만큼 말랐고 집주인 아주머니가 그것 때문에 우리를 비웃고 있으므로 그녀는 이런 모욕을 참을 수 없다고 말하는 것이었다.

그래서 내가 먹다 남긴 밥은 닭들만이 먹었다. 이것은 내가 훨씬 뒤에야 비로소 알았다. 하지만 그와 동시에 헉슬리가 '우주에 있어서의 인류의 위치'에서 결론지었듯이, 나의 이 집에서의 위치가 개와 닭의 중간에 지나지 않는다는 것을 스스로 깨닫게 되었다.

그 후 여러 차례의 다툼과 독촉을 거쳐 닭들은 점차 반찬으로 변했다. 우리들과 아쉐이는 함께 10여 일 동안 신선한 고기 요리를 즐겼다. 그러나 닭들은 벌써부터 매일 몇 알의 수수밖에 먹지 못했기 때문에 모두가 매우 말라 있었다. 이때부터 아주 조용해졌다. 단지 쯔쥔만이 매우 기운이 없고 항상 쓸쓸하고 무료함을 느끼는 듯했으며 별로 말을 하고 싶어 하지 않았다. 나는 생각했다. '인간이란 정말 쉽게도 변하는 것이로구나!'

그러나 아쉐이도 둘 수 없게 되었다. 우리는 이미 어디서라도 편지가 오리라는 것을 더 이상 바랄 수 없게 되었다. 쯔쥔도 이미 아쉐이에게 절을 시키거나 재롱을 부리게 하면서 주던 먹이 한 조각도 없었다. 겨울은 어찌나 빨리 다가오는지, 난로가 커다란 문제가 되었다. 개의 먹이는 사실 우리에게는 벌써부터 매우 큰 부담으로 여겨져 왔다. 그래서 개조차 둘 수가 없게 되었던 것이다.

만약 개를 장에 내다 팔면 아마 돈 몇 푼이 생길 것이다. 그러나 우리는 그렇게 할 수는 없었고, 또 그렇게 하고 싶지도 않았다. 끝내는 책보로 머리를 싸서, 내가 교외까지 데리고 가서 버렸다. 그래도 쫓아오려고 해서 별로 깊지도 않은 구덩이에 밀어넣었다.

나는 집에 돌아오자 훨씬 조용해졌음을 느꼈다. 그러나 쯔쥔의 비통해 하는 기색은 나를 몹시 놀라게 했다. 그것은 여태껏 한 번도 본 적이 없는 표정이었다. 물론 아쉐이 때문이었다. 어찌 이 지경에 이르렀단 말인가? 나는 개를 구덩이 속에 밀어넣고 온 일을 말하지 않았다.

밤이 되자 그녀의 비통해 하는 기색에 얼음 같은 차가움이 가해졌다.

"이상한데 — 쯔쥔! 당신 오늘은 왜 그러오?"

나는 참을 수가 없어 물었다.

"뭐 말이에요?"

그녀는 나를 돌아보지도 않았다.

"당신 얼굴빛이……."

"아무것도 아니에요 — 아무것도 아니라니까요."

나는 마침내 그녀의 말투와 표정에서, 그녀가 나를 모진 인간이라고 여기고 있음을 알아냈다. 사실 나 혼자라면 생활해 가기는 용이했다. 오만스러운 성격 때문에 이때껏 세교가 있는 사람들과 내왕도 하지 않고 이사한 후로는 예부터 아는 모든 사람들과도 소원해졌다. 그러나 어디든 멀리 떠난다면 살길은 훨씬 더 넓어질 것이다. 지금 이런 생활의 압박에서 오는 고통을 참아내는 것도 대부분은 그녀를 위한 것이고, 아쉐이를 버린 것도 어찌 그와 같은 것이 아닌가. 그러나 쯔쥔의 식견은 이런 점조차도 생각하지 못할 지경으로 천박해진 것 같았다.

나는 기회를 보아 그녀에게 이러한 이야기를 넌지시 일러 주었다. 그녀는 알아들은 듯 고개를 끄덕였다. 그러나 그 후 그녀의 태도를 보면, 이해하지 못했거나, 혹은 아예 믿지 않고 있었다.

차가운 날씨와 싸늘한 표정이 나로 하여금 편안히 집에 있을 수 없도록 핍박했다. 그러나 어디로 갈 것인가? 큰길이나 공원에는 비록 차가운 표정은 없다 해도 찬바람이 살을 에는 듯했다. 마침내 나는 일반 도서관에서 나의 천당을 찾아냈다.

그곳은 표를 살 필요가 없었고, 열람실에는 두 개의 난로까지 있었다. 불이 꺼질락말락 타고 있는 석탄난로이긴 하나 다만 난로가 있는 것을 보는 것만으로도 정신적으로 웬만큼 따스함이 느껴졌다. 책은 볼 만한 게 없었다. 옛것은 진부하고 새로운 것은 거의 없었다.

다행히 내가 그곳에 가는 것은 결코 책을 보기 위한 것이 아니었다. 항상 몇 사람들이, 많을 때에는 열 명 이상의 사람들이, 모두 얇은 옷을 입고 바로 나처럼 제각기 자기 책을 읽는 체하면서 난롯불을 쬐는 구실로 삼고 있었다. 이것은 내게 안성맞춤이었다. 거리에서라면 아는 사람을 만나기 쉽고, 경멸하는 눈초리를 받기도 하겠지만 여기선 결코 그러한 뜻밖의 재앙은 일어날 리가 없었다. 왜냐하면 그런 사람들은 영원히 다른 난로를 둘러싸고 있거나 또는 자기 집의 백점토로 만든 고급 난로를 끼고 있을 것이기 때문이다.

거기엔 비록 내가 읽을 만한 책은 없었지만 내가 생각할 수 있는 편안함이 있었다. 혼자 멍하니 앉아 지난 일들을 돌이켜 보니, 지난 반 년 동안 오직 사랑을 위하여 — 맹목적인 사랑을 — 그 밖의 인생의 의의를 모두 소홀히 했음을 비로소 깨달았다. 첫째는 생활이다. 사람은 반드시 생활을 해야만 사랑도 비로소 따르게 되는 것이다. 세상에는 결코 노력하지 않는 사람을 위하여 살길을 열어 주는 일은 없다. 나도 아직 날개 치는 것을 잊지는 않았다. 비록 이전보다 많이 기가 약해져 있긴 하겠지만⋯⋯.

도서관의 방과 독자들의 모습이 점차 사라지더니, 내 눈에는 노도 속의 어부, 참호 속의 병사, 자동차 속의 귀족, 조계지의 투기꾼, 깊은 산 밀림 속의 호걸, 강단 위의 교수, 한밤중에야 움직이는 것들과 심야의 좀도둑 등이 보였다. ⋯⋯쯔쥔은 — 옆에 없다.

그녀의 용기는 모두 상실되었다. 단지 아쉐이 때문에 슬퍼하고, 밥상을 마련하기에 골몰할 뿐이었다. 그런데 이상한 것은 그다지 야위지 않았다는 것이다.

추워졌다. 난로 속에 꺼질락말락하던 돌멩이 같은 몇 조각의 석탄도 마침내 다 타 버리고, 이미 폐관 시간이 되었다. 지자오 골목으로 돌아가서 차가운 얼굴을 보러 가야 한다. 요즘엔 간혹 따스한 표정을 접할 때도 있지만, 이것이 도리어 나의 고통을 증가시켰다.

어느 날 밤의 일이었다. 쯔쥔의 눈에 갑자기 또 오랫동안 보이지 않던 순진한 빛이 깃들고, 웃으며 내게 회관에 있었을 무렵의 정경을 이야기하더니, 때로는 또 매우 두려운 표정을 짓기도 했다. 나는 요즘 그녀보다도 훨씬 더 냉담해져 그녀에게 걱정과 의심을 주고 있다는 것을 알고 있었으므로 애써 유쾌한 대화로 그녀를 얼마간이라도 위로해 주어야만 했다. 그러나 나의 웃음이 얼굴에 떠오르고, 나의 말이 입에서 나오자마자, 즉각 공허한 것으로 변하는 것이었다. 이 공허는 또 즉시 메아리가 되어 내 귀와 눈으로 되돌아오고 나에게 참을 수 없는 악독한 비웃음을 주는 것이었다.

쯔쥔도 알아차린 것 같다. 이때부터 이전의 무감각한 것 같은 냉정을 잃고, 비록 감추려고 애를 쓰나 역시 때때로 근심과 의혹의 빛을 나타내는 것이었다. 그러나 내게 대해서는 훨씬 온화해졌다.

나는 그녀에게 확실히 이야기하려고 하면서도 차마 말을 꺼낼 용기가 없었다. 결심을 하고 난 다음에도, 막상 그녀의 어린아이 같은 눈을 보면 잠시라도 억지웃음을 짓지 않을 수 없게 되는 것이었다. 그러나 이것은 또한 스스로를 비웃는 것이 되어 나로 하여금 냉담한 침착성을 잃게 하는 것이었다.

그녀는 그 이후로, 다시금 지나간 옛일의 복습과 새로운 시험을 시작했다. 나에게 많은 허위의 위로하는 답안을 작성하여, 그녀에게 위로를 보여 주게 하고, 허위의 초고(草稿)를 자신의 마음속에 쓰도록 하는 것이었다. 나의 마음속은 점차 이들 초고에 의해 메워져 숨쉬기조차 어려움을 느꼈다. 나는 고뇌 속에서 항상 생각했다. 진실을 말함에는 지극히 큰 용기가 있어야만 한다. 가령 이런 용기가 없어 허위에 안주한다면, 그건 새로운 삶의 길을 열 수 없는 인간이 되고 만다. 나는 이런 사람이 아니다. 이런 사람은 일찍이 있지도 않았다.

아침에, 몹시 추운 날 아침에 쯔쥔은 원망스러운 표정을 짓고 있었다. 지금까지 본 일이 없는 표정이었다. 아마 내가 보기에 화난 표정이었는지 모른다. 나는 그때 차가운 울분을 느끼고 몰래 냉소했다. 그녀가 연마한 사상과 활달하고 두려움을 모르는 언변도 결국은 역시 하나의 공허일 뿐이었다. 그러나 이 공허에 대해 결코 자각하지 못하고 있는 것이다. 그녀는 진작부터 아무 책도 읽지 않았으므로, 인간의 생활에서 첫 번째가 삶을 구하는 것이고 이 삶을 구하는 길을 향하여 반드시 손을 맞잡고 함께 나아가거나, 또는 홀로 분투하며 나아가야 한다는 것을 모르고 있었다. 만약 남의 옷자락에 매달리면 그가 비록 전사(戰士)라 할지라도 전투를 하기가 어렵게 되고 함께 멸망할 수밖에 없다는 것을 알아야 한다.

나는 새로운 희망은 우리 두 사람이 헤어지는 길밖에 없다고 생각했다. 그녀는 마땅히 단호하게 버리고 떠나가야만 한다. ─ 나는 갑자기 그녀의 죽음을 상상했다. 그러나 곧 자책이 되어 참회했다. 다행히 아침이라, 시간이 많이 있어서 나는 나의 진실을 이야기할 수 있었다. 우리의 새로운 길의 개척은 바로 이번이라고.

나는 그녀와 한담하면서 고의로 우리의 지난 일들을 꺼냈다. 문예에 관해서 이야기하고, 외국 문인들과 그들의 작품, 「노라」와 「바다의 여인」을 이야기하고 노라의 과단성을 칭찬하기도 했다. ⋯⋯작년에 회관의 낡은 방에서 이야기한 적이 있는 그런 것들이었으나, 현재는 이미 공허한 것으로 변하였다. 나의 입에서 나온 말이 나의 귀로 전해져 올 때마다 몸을 숨긴 나쁜 아이가 등 뒤에 숨어 짓궂고 냉혹하게 나를 흉내내고 있는 것이 아닌지 의심이 갔다.

그녀는 그래도 고개를 끄덕여 대답하며 귀를 기울이더니, 나중에는 침묵했다. 나도 더듬더듬 자신의 이야기를 끝내 버렸지만 그 여운마저도 허공 속에 사라져 버렸다.

"그래요."

그녀는 잠시 침묵하더니 이렇게 말했다.

"하지만, ⋯⋯당신, 제 생각에는 요즈음 당신이 아주 달라지신 것 같아요. 그렇지요? 당신 ─ 사실대로 솔직히 말씀해 주세요."

나는 마치 머리를 한 대 얻어맞은 것같이 느껴졌다. 그러나 곧 정신을 가다듬고 나의 생각과 나의 주장을 말했다. 함께 멸망하는 것을 면하기 위해서는 새로운 길을 개척하고, 새로운 생활을 재건해야 한다고.

마지막에 나는 굳게 결심하고 다음과 같은 말을 덧붙였다.

"……더구나 당신은 이미 조금도 거리낌없이 용감히 전진할 수 있게 되었소. 당신은 내게 솔직히 말하라고 하는데, 옳은 말이오. 인간은 허위적이어서는 안 돼. 솔직히 말하겠소! 왜냐하면 나는 이미 당신을 사랑하고 있지 않기 때문이오! 하지만 이것은 당신에겐 훨씬 다행스러운 일이오. 당신은 아무런 거리낌 없이 일을 할 수 있기 때문이오……."

나는 동시에 커다란 변화가 닥쳐오리라고 예상했다. 그러나 침묵만이 있을 뿐이었다. 그녀의 안색은 갑자기 흙빛으로 변하고 마치 죽은 사람 같더니 금세 생기를 되찾았고, 눈에서도 순진하고 반짝이는 밝은 빛이 나타났다. 그 눈빛은 마치 기갈이 들린 어린 아이가 자애로운 어머니를 찾는 것같이 사방으로 쏘아보았으나 다만 허공 속에서만 찾고 있을 뿐, 두려운 듯이 내 시선을 피하고 있었다.

나는 더 이상 볼 수가 없었다. 다행히 아침이었으므로, 나는 추위를 무릅쓰고 일반 도서관으로 달려갔다.

거기에서 『자유의 벗』을 보았더니 나의 소품문(小品文)들이 모두 게재되어 있었다. 이것은 나를 깜짝 놀라게 했다. 마치 생기를 좀 얻은 듯했다. 나는 생각했다. 생활의 길은 아직 많다. ─ 그러나 역시 현재의 상태는 안 된다.

나는 오랫동안 소식을 끊었던 친구들을 방문하기 시작했다. 그러나 그것도 한두 번에 지나지 않았다. 그들의 방은 물론 따뜻했다. 그런데도 나는 뼛속까지 심한 추위를 느꼈다. 밤에는, 얼음보다도 차가운 방 안에서 웅크리고 잤다.

얼음의 바늘은 내 영혼을 찌르고, 나를 영원히 마비의 고통으로 괴롭혔다. 생활의 길은 아직 많다. 나도 아직 날개 치는 것을 잊지 않고 있다. 나는 생각했다. ─ 나는 갑자기 그녀의 죽음을 생각했다. 그러나 곧 자책하고 참회했다.

일반 도서관에서 나는 곧잘 반짝이는 한 줄기 빛을 보았다. 새로운 삶의 길이 눈앞에 가로놓여 있는 것이었다. 그녀는 용감하게 깨어나 의연히 이 얼음같이 차가운 집을 떠나간다. 더구나 ─ 조금도 원망하는 기색이 없이. 나는 떠도는 구름처럼 가볍게 하늘가에 떠돈다. 위에는 짙푸른 하늘, 아래는 푸른 산과 넓은 바다, 높은 누각, 전쟁터, 자동차, 조계지, 공관, 맑고 시끌벅적한 시가지, 어두운 밤…….

뿐만 아니라, 정말, 새로운 국면이 다가오는 듯한 예감이 드는 것이었다.

우리는 어떻든 지극히 견디기 힘든 겨울, 이 베이징(北京)의 겨울을 넘겼다. 마치 지독한 장난꾸러기들 손에 잡힌 잠자리처럼 실에 묶여져 실컷 장난감이 되어 학대받다가 다행히 목숨은 잃지 않았지만 끝내는 땅바닥에 축 늘어져 죽음의 시간을 다투는 것과 같았다.

『자유의 벗』의 편집장에게는 편지를 세 통이나 보내서야 겨우 답장이 왔다. 봉투 속에는 단지 20전, 30전짜리 도서구입권 두 장이 들어 있을 뿐이었다. 독촉 편지 보내려고 9전짜리 우표를 사느라 하루를 굶었는데, 모두 내게는 아무 소득도 없는 공허(空虛)한 일에 헛되이 쓴 것이 되고 말았다.

그러나 올 것이 드디어 왔다.

그것은 겨울에서 봄철로 접어들 무렵의 일이었다. 바람은 이제 그다지 차갑지 않았으므로, 나는 더욱 오랫동안 밖에서 배회하고 집에는 대개 어두워져서야 돌아왔다. 바로 그런 어두운 밤이었다. 나는 언제나처럼 기운 없이 돌아왔다. 집 대문이 보이자 평상시보다 더욱 맥이 풀려 발걸음을 느리게 떼어놓았다. 그러나 마침내 방 안으로 들어섰는데 불이 켜져 있지 않았다. 성냥을 더듬어 찾아 불을 붙였는데, 이상하게 적막하고 공허했다.

내가 놀라 허둥대고 있는데 마침 관리의 부인이 창밖에 와서 나를 불러냈다.

"오늘 쯔쥔 씨의 부친이 여기에 오셔서 그녀를 데려가셨어요."

그녀는 아주 간단히 그렇게 말했다.

이것은 전혀 뜻하지 못했던 일이어서 나는 뒤통수를 한 대 얻어맞은 것처럼 말 없이 우뚝 서 있었다.

"그 사람은 갔습니까?"

잠시 후에 나는 이렇게 한마디만을 물었다.

"갔어요."

"그 사람은, 그 사람은 무어라 하던가요?"

"아무 말도 없었어요. 단지 내게 당신이 돌아오시면 갔다고 전해 달라고 부탁했을 뿐이에요."

나는 믿을 수가 없었다. 그러나 방 안은 이상하게 적막하고 공허했다. 나는 여기저기 돌아보며 쯔쥔을 찾았지만, 단지 몇 개의 낡아 거무죽죽해진 가구들만이 보일 뿐, 모두가 깨끗이 청소되어 있어 그것들이 사람 하나, 물건 하나 숨길 능력이 전혀 없음을 증명해 주고 있었다. 나는 생각을 돌려 편지나 또는 남겨 둔 쪽지라도 있을까 하고 찾아보았지만 역시 없었다. 다만 소금과 마른 고추와 밀가루와 배추 반 포기가 한 곳에 모여져 있고, 그 옆에는 또 몇십 개쯤 되는 동전이 있을 뿐이었다. 이것은 우리 두 사람의 생활비의 전부였다. 지금 그녀는 정중하게 이것을 나 한 사람에게 남겨주고, 무언(無言) 중에 내게 이것으로 며칠이든 오래 생활을 유지하도록 일러주는 것이었다.

나는 마치 주위에서 밀려나듯이 마당으로 급히 나왔다. 어둠이 내 주위를 둘러싸고 있었다. 안채의 종이 창문에는 등불이 환히 비치고 있었다. 그들은 지금 어린아이의 재롱을 즐기고 있었다. 나는 마음이 진정되자 무거운 압박 속에서 점차 희미하게 탈출의 길이 나타나는 것을 느꼈다. 깊은 산, 넓은 바다, 조계지, 전등불 밑의 호화로운 연희, 참호, 칠흑같이 어두운 깊은 밤, 날카로운 칼의 일격, 소리 없이 다가오는 발걸음……

마음이 다소 가벼워지고 풀렸다. 여비(旅費) 생각을 하자 아울러 후우 하고 한숨이 나왔다.

드러누워 눈을 감으니 앞으로 예상되는 일들이 눈앞에 펼쳐지다가 한밤이 되기도 전에 이미 모두 끝났다. 어둠 속에서 갑자기 음식을 잔뜩 본 듯했다. 이어 쯔쥔의 창백한 얼굴이 떠오르더니 어린애 같은 눈을 크게 뜨고 간청하듯이 나를 쳐다보는 것이었다. 정신을 차려 보니, 아무것도 없었다.

그러나 나의 마음은 오히려 더 무거워짐을 느꼈다. 나는 무엇 때문에 며칠을 더 참지 못하고 그녀에게 그처럼 성급하게, 사실대로 말했던 것일까? 지금 그녀는 알고 있다. 그녀의 앞길은 단지 그녀 아버지의 ― 자녀의 채권자로서의 ― 열화 같은 위엄과, 주위 사람들의 서리보다도 차가운 눈초리뿐이라는 것을. 그 밖에는 모두 공허함뿐이라는 것을. 공허의 무거운 짐을 짊어지고 위엄과 차가운 눈초리 속에서, 이른바 인생이라는 길을 걸어간다는 것이 이 얼마나 무서운 일인가! 더구나 그 길의 끝은 또한 묘비조차 없는 무덤에 지나지 않는다는 것을.

나는 쯔쥔에게 진실을 말하지 말았어야 했다. 우리는 서로 사랑하였으므로 나는 그녀에게 영원히 나의 거짓말을 바쳐야만 했다. 만약 진실이 고귀하다 해도 그것이 쯔쥔에게 엄중한 공허가 되어서는 안 된다. 거짓말은 당연히 하나의 공허이다. 그러나 종말에 이르게 되면 기껏해야 이러한 엄중함에 지나지 않는다.

내가 진실을 쯔쥔에게 말하면, 나는 그녀가 전혀 거리낌없이 함께 동거하려 했던 그때와 같이 단호히 힘차게 앞으로 나아갈 것이라고만 생각하고 있었다. 그러나 그것이 아마도 나의 과오였을지도 모른다. 그때 그녀가 용감하고 두려움이 없었던 것은 사랑 때문이었던 것이다.

내가 허위의 무거운 짐을 짊어질 용기가 없었던 탓으로 도리어 그녀에게 진실의 무거운 짐을 지웠다. 그녀는 나를 사랑한 이후, 이 무거운 짐을 짊어지고, 위엄과 냉대 속에서 이른바 인생의 길을 걸어왔던 것이다.

나는 그녀의 죽음을 생각했다. ……나는 자신이 비겁자임을 알았다. 비겁자는 당연히 강한 사람들에 의해 그것이 진실한 인간이든 허위의 인간이든 간에 배격되지 않으면 안 된다. 그럼에도 그녀는 오히려 내가 얼마간이라도 생활할 수 있기를 바라고 있었다…….

나는 지자오 골목에서 떠나야 한다. 여기는 이상하게도 공허하고 적막하다. 여길 떠나야만 쯔쥔이 아직 내 옆에 있는 것 같은 생각이 들 것이다. 하지만 그녀가 아직 이 시내에 있다면, 회관에 있던 때처럼, 어느 날 갑자기 나를 방문할지도 모른다.

그러나 일체의 청탁과 편지도 모두 전혀 반응이 없다. 나는 부득이 오랫동안 문안도 드리지 않았던 친분이 있는 어른을 찾아보는 수밖에 없었다. 그분은 나의 백부와 소년 시절의 동창으로 정직하기로 이름난 관리였다. 베이징에서 오래 사셨고 교제도 넓었다.

아마도 의복이 남루하기 때문이었겠지만, 문을 들어서자 문지기의 냉대를 받으면서, 간신히 상면했다. 그는 나를 알아보기는 했으나 매우 냉담했다. 우리들의 지난 일을 그는 모두 알고 있었다.

"물론 자네는 여기에 있을 수 없네."

그는 다른 곳에 일자리 좀 부탁한다는 내 말을 듣고는 싸늘하게 말했다.

"글쎄 어디로 간다? 매우 어렵군. ― 자네, 그 뭔가, 자네 친구인가, 쯔쥔이라는 여자, 자네도 알고 있을 테지만, 그 여자 죽었네."

나는 놀라움에 말을 못했다.

"정말입니까?"

나는 끝내 자기도 모르는 사이에 그렇게 물었다.

"허허, 물론 정말이구말구. 내 집에 있는 왕성(王升)이네 집이 그녀의 집과 한동네이네."

"하지만…… 왜 죽었는지 모르십니까?"

"누가 아나? 여하튼 죽었다더군."

나는 어떻게 그에게 작별하고 집으로 돌아왔는지 기억이 나지 않는다. 나는 그가 거짓말을 한 것이 아니라는 것을 알고 있다. 쯔쥔은 이제 다시는 작년처럼 올 수 없게 되었다. 그녀가 비록 위엄과 냉대 속을 공허의 무거운 짐을 짊어지고, 이른바 인생의 길을 걸으려 해도 이미 할 수 없게 되었다. 그녀의 운명은 이미 내가 준 진실로 결정되었다. ― 사랑 없는 인간은 사멸하고 만다.

물론 나는 여기에 있을 수 없다. 그러나 '어디로 가야 할까?'

주위는 광대한 공허이고, 또한 죽음의 정적이 있었다. 사랑이 없어 죽는 인간들의 눈앞의 암흑이 내게는 마치 하나하나 보이는 것 같고 또한 일체의 고민과 절망의 몸부림 소리도 들려오는 것 같았다.

나는 아직도 새로운 것이 오기를 기다리고 있다. 이름 붙일 수 없는 것, 뜻밖의 것이. 그러나 하루하루가 죽음의 정적이 아닌 것이 없었다.

나는 전에 비해 거의 외출하지 않았다. 다만 광대한 공허 속에 앉아서, 이 죽음의 정적이 나의 영혼을 침식하는 대로 맡겨 두었다. 죽음의 정적은 때로는 저 혼자 전율하고, 저 혼자 물러갔다. 이렇게 끊겼다 이어졌다 하는 사이에 이름도 없는 뜻밖의 새로운 기대가 번뜩이는 것이었다.

하늘이 잔뜩 찌푸린 어느 날 오전, 태양도 아직 구름 속에서 몸부림쳐 나올 수 없고, 공기마저도 지쳐 있었다. 귀에 작은 발자국 소리와 킁킁대는 콧소리가 들려와서 나의 눈을 번쩍 뜨게 했다. 휘둘러 보았지만 방 안은 그대로 공허했다. 그러나 우연히 방바닥을 내려다보니, 한 마리 작은 짐승이 주위를 어슬렁거리고 있었다. 야위어 거의 반은 죽어 가고 있으며 온몸이 흙투성이였다⋯⋯.

나는 자세히 보고는 놀라움에 심장이 잠시 멈추었다. 이어서 벌떡 일어났다.

그것은 아쉐이였다. 아쉐이가 돌아온 것이다.

내가 지자오 골목을 떠난 것은 집주인들이나, 그 집 식모의 차가운 눈초리 때문만은 아니었다. 거의가 이 아쉐이 때문이었다. 그러나 '어디로 가야 할까?' 새로운 삶의 길은 물론 얼마든지 있다. 나도 대충은 알고 있다. 간혹 그 길은 희미하게 보여 바로 내 눈앞에 있는 것처럼 느껴지기도 했다. 그러나 나는 아직 거기에 들어서는 첫걸음을 떼는 방법을 모른다.

여러 차례의 생각과 비교를 해 봤지만 역시 회관만이 서로를 받아들여 줄 수 있는 곳이었다. 변함없이 이렇듯 낡은 방, 나무판자 침대, 반쯤 시들은 홰나무와 등나무가 있었다. 그러나 그때는 나에게 희망과 환희와 사랑의 생활을 하게 했으나 지금은 도리어 모두가 가 버리고 단지 공허만이, 내가 진실을 가지고 바꾼 공허만이 존재하고 있을 뿐이었다.

새로운 삶의 길은 아직 얼마든지 있다. 나는 반드시 들어가야만 한다. 왜냐하면 나는 살아 있기 때문이다. 그러나 나는 아직 어떻게 해서 그 첫걸음을 내디뎌야 할지를 모른다. 때로는 마치 그 삶의 길이 한 마리의 회색빛 뱀처럼 스스로 꿈틀거리며 나를 향해 달려오는 것이 보이는 것 같다. 그러나 그것은 내가 기다리며 다가오는 것을 지켜보자 갑자기 암흑 속으로 사라지는 것이었다.

이른 봄밤은 역시 그토록 길었다. 오랫동안 쓸쓸히 앉아 있노라니, 오전 중에 길거리에서 본 장례식 생각이 났다. 행렬 앞쪽에는 종이로 만든 사람과 종이로 만든 말이 늘어서고, 뒤쪽에서는 노랫소리 같은 곡성이 들려오고 있었다. 나는 이제야 그 사람들의 총명함을 알았다. 이 얼마나 가볍고 간결한 일인가?

그러나 또 쯔쥔의 장례식이 내 눈앞에 떠올랐다. 혼자서 공허의 무거운 짐을 짊어지고 회색의 머나먼 길을 걸어간다. 그러나 이내 주위의 위엄과 차가운 눈초리 속에서 사라져 버렸다.

나는 정말로 귀신이라든가 지옥이라는 것이 있기를 바란다. 그렇다면 가령 요사스러운 바람이 노호하는 속에서라도 나는 쯔쥔을 찾아 나설 것이고, 그녀의 면전에서 나의 회한과 비애를 이야기하여, 그녀에게 용서를 구할 것이다. 그렇지 않다면 지옥의 독화염이 나를 둘러싸고 격렬하게 나의 회한과 비애를 모두 태워 버리길 바란다.

나는 요사스러운 바람과 독화염 속에서 쯔쥔을 끌어안고 그녀에게 용서를 빌거나 혹은 그녀의 마음을 달래 줄 것이다……

그러나 이것은 새로운 삶의 길보다도 더욱 공허한 것이다. 지금 있는 것은 이른 봄의 밤이고 아직도 길기만 하다. 나는 살아 있다. 나는 반드시 새로운 삶의 길을 향해 발을 내딛지 않으면 안 된다. 그 첫걸음은 ― 오히려 나의 회한과 비애를 쓰는 것이다. 쯔쥔을 위해서, 나 자신을 위해서.

나는 여전히 노래 부르는 것 같은 울음소리로 쯔쥔을 장송하며 망각 속으로 장사 지내고 있다.

나는 나 스스로를 위해 잊으려고 한다. 아울러 다시는 망각으로 쯔쥔을 장송하지 않으려고 한다.

나는 새로운 삶의 길을 향해 첫걸음을 내디뎌야만 한다. 나는 진실로 마음의 상처를 깊이 감추고 묵묵히 전진하려고 한다. 망각과 거짓말을 나의 길잡이로 삼고서……

1925년 10월

형제(弟兄)

공익국(公益局)에는 근래 계속 할 일이 없었다. 몇몇 직원들은 사무실에서 언제나처럼 집에서 있었던 이야기를 하고 있었다. 친이탕(秦益堂)은 물담뱃대를 손에 쥔 채 숨 넘어가듯 기침을 했으므로 모두들 입을 다물 수밖에 없었다. 한참 있다가 그는 벌겋게 된 얼굴을 들고 역시 숨을 씩씩거리면서 말했다.

"어제, 그놈들이 또 싸웠어. 방 안부터 시작하여 대문간에 이를 때까지 계속 싸우더군. 내가 아무리 야단을 쳐도 들은 척도 않았어."

희끗희끗하게 몇 가닥 수염이 난 그의 입술 언저리가 여전히 떨리고 있었다.

"셋째 놈 말로는, 다섯째 놈이 복권 뽑기에서 잃은 돈은 공동의 돈에서 지출할 수 없다는 거야. 마땅히 다섯째가 배상해야 된다는 거지……."

"저것 봐, 역시 돈 때문이군요……."

장페이쥔(張沛君)은 분개하면서 낡은 긴 의자에서 일어났다. 두 눈이 깊은 눈두덩 안에서 자애스럽게 반짝였다.

　　"난 정말 자기 집 형제간에 무엇 때문에 꼭 이렇게 세세하게 따져야만 하는지 이해할 수 없어. 어떻든 모두 같은 게 아닌가?"

　　"자네들 형제 같으면야, 어디 있기나 한가."

　　이탕이 말했다.

　　"우리들 같으면 문제가 되지 않아요. 피차간에 모두 같으니까. 우리들은 돈이나 재물은 마음에 두지 않지요. 이렇게 되니까 아무 일도 없더군요. 어느 집에서든지 재산 분배로 싸움이 있으면, 나는 언제나 우리 집안 사정을 말하고 그들에게 싸우지 말라고 타이르곤 하지요. 이탕 씨도 아들에게 지도를 하셔야지요……."

　　"어디, 그게……."

　　이탕이 머리를 저으며 말했다.

　　"그건 아마도 어려울 거야."

하며 왕웨성(汪月生)이 말하고는 공손하게 페이쥔의 눈치를 보았다.

　　"당신네들 같은 형제는 정말 드물지. 나는 본 일이 없어. 당신네들이야 정말로 어느 누구도 전혀 사리사욕의 마음을 갖지 않으니, 그건 쉽지 않아."

　　"글쎄 방 안에서부터 계속 싸우면서 대문간까지 이르렀다니까……."

하고 이탕이 말했다.

　　"아우님은 여전히 바쁜가?"

웨성이 물었다.

"여전히 1주일에 열여덟 시간 수업이랍니다. 그 외에도 작문이 93명분이 있고, 정말 대단히 바쁘답니다. 며칠간 휴가를 얻었는데, 몸에 열이 있는 것을 보면 감기가 든 모양이에요……."

"거 조심해야지요."

웨성이 정중히 말했다.

"오늘 신문에 요즘 유행성 질병이 돈다고 하더군."

"무슨 병인데요?"

페이쥔이 놀라더니 황급히 물었다.

"확실히는 말할 수 없지만, 무슨 열(熱)이라고 기억되는데."

페이쥔은 걸음을 크게 떼며 신문 열람실로 급히 달려갔다.

"참으로 드물단 말야."

웨성은 그가 나는 듯이 달려가는 모습을 보면서 친이탕을 향해 그를 칭찬했다.

"저들 두 형제는 꼭 한 사람 같아요. 만약 모든 형제가 저렇다면 집에서 어디 난리법석을 피울 수 있겠어요. 나는 흉내도 못 내겠어요."

"복권 뽑기에서 잃은 돈은 공동회계에서 낼 수 없다고 하더라니까……."

이탕은 불쏘시개 종이에 불을 붙여 물담뱃대에 꽂아 불을 붙이면서 밉다는 듯이 말했다.

사무실 안은 잠시 조용해졌다. 얼마 후 그 조용함은 페이쥔의 발소리와 사환을 불러 대는 소리로 깨졌다. 그는 마치 무슨 큰일이라도 난 것처럼 말을 약간 더듬었고, 목소리도 떨고 있었다. 그는 사환더러, 푸티스 의사에게 전화를 걸어 곧 퉁싱(同興) 아파트 장페이쥔의 집으로 왕진해 주십사 부탁하라고 시켰다.

웨성은 그가 매우 다급해하고 있음을 알았다. 왜냐하면 진작부터 그가 양의사를 신뢰한다는 것은 알고 있었지만 수입도 많지 않은데다 평소에도 절약하면서 지금은 오히려 이 근처에서 제일 유명하고 치료비가 비싼 의사를 청했기 때문이었다. 그래서 마주 나가 보았더니, 그는 안색이 파랗게 되어 밖에 서서 사환이 전화 거는 것을 듣고 있었다.

"왜 그래?"

"신문에…… 성, 성홍열이 유행하고 있다는 거예요. ……성홍열이요. 제, 제가 오후에 사무실에 올 때 징푸(靖甫)가 온통 얼굴이 빨개가지고…… 이미 외출하셨다고? 그러면 전화로 찾아서 곧 와 주십사고 부탁드려요. 퉁싱 아파트야, 퉁싱 아파트……."

그는 사환이 전화를 거는 것을 듣고 나자 사무실로 뛰어들어와, 모자를 집어 들었다. 왕웨성도 걱정을 하면서 뒤따라 들어왔다.

"국장님이 들어오시면, 내가 휴가를 좀 청하더라고 말씀해 주세요. 집에 환자가 생겨서 의사를 부르러 간다고……."

그는 마구 머리를 끄덕이며 말했다.

"어서 가 보시오. 국장님은 안 오실 거요."

웨성이 말했다. 그는 듣지 못한 듯이 벌써 뛰어나가 버렸다.

그는 거리로 나서서 평소와 달리 인력거 삯을 홍정도 하지 않고 몸집이 건장하고 잘 달릴 수 있을 것 같은 인력거꾼을 보자 값을 물어보고 그대로 인력거에 올라탔다.

"좋아, 하여간 빨리 가기나 해요."

아파트는 보통 때와 같이 매우 평온하고 조용했다. 심부름꾼 아이가 전처럼 문밖에 앉아 호금(胡琴)을 켜고 있었다. 그는 동생의 침실로 들어갔다. 가슴이 더 심하게 뛰고 있는 게 느껴졌다. 동생의 얼굴이 더욱 빨갛고 숨이 차서 헐떡이고 있는 것같이 보였기 때문이다. 그가 손을 뻗쳐서 동생의 머리를 만져 보니 손을 데일 정도로 뜨거웠다.

"무슨 병인지 모르겠어. 괜찮겠지?"

징푸는 눈에 근심스러운 빛을 띠면서 물었다. 그 자신도 예사롭지 않다고 느끼는 모양이었다.

"괜찮아…… 감기겠지."

그는 어물어물 대답했다.

그는 보통 때는 미신을 타파하는 데에 앞장 섰지만, 이때만은 징푸의 태도나 말에서 조금 불길한 것이 느껴졌다. 마치 환자 자신이 어떠한 예감을 가지고 있는 것 같았다. 그런 생각이 그를 더욱 불안하게 했다. 곧 나가서 조용히 일하는 아이를 불러, 푸티스 의사를 찾아냈는지 병원에 문의해 보라고 일렀다.

"네에, 그래요, 그렇습니다. 아직 못 찾았다고요."

심부름꾼이 전화통 옆에서 말하고 있었다.

페이쥔은 앉지도 못하더니 이제 서 있지도 못했다. 그러나 그는 초조 속에서도, 어쩌면 성홍열이 아닐는지도 모른다고, 한 가닥의 희망을 지녔다. 그러나 푸티스 의사를 찾지 못했으니…… 같은 아파트에 살고 있는 바이원산(白問山)이 비록 한의사이긴 하지만 그래도 병명쯤은 진단할 수 있을 것이다. 그러나 그는 전에 그 한의사에게 여러 차례 한의사를 공격하는 말을 했고, 게다가 푸티스 선생을 찾는 전화를 그도 이미 들었을지 모른다…….

그러나 그는 결국 바이원산을 부르러 갔다.

바이원산은 조금도 개의치 않고, 곧 대모(玳瑁) 테의 검은 수정 안경을 끼고 징푸의 방에까지 와 주었다. 그는 맥을 짚어 보고 얼굴을 자세히 한 차례 살펴본 후, 옷을 헤쳐 가슴을 보고 나서 조용히 돌아갔다. 페이쥔은 뒤따라 곧장 그의 방으로 갔다.

그는 페이쥔에게 앉으라고 권하고는 입을 열지 않았다.

"원산 형, 동생은 결국……."

그는 참을 수가 없어서 물어보았다.

"홍반사(紅斑痧)요. 보다시피 벌써 반점이 나기 시작했어요."

"그럼, 성홍열은 아닙니까?"

페이쥔은 약간 마음이 놓였다.

"서양 의사들은 성홍열이라 부르고, 우리 한방에서는 홍반사라고 합니다."

그는 갑자기 손발이 싸늘해지는 것을 느꼈다.

"나을 수 있을까요?"

그는 근심스럽게 물었다.

"나을 수 있지요. 하지만 그건 댁의 가운(家運)에 달렸습니다……."

그는 이미 머리가 멍해져서, 자신이 어떻게 바이원산에게 약 처방을 받고, 그의 방을 나왔는지조차 몰랐다. 그러나 전화기 옆을 지날 때는 그래도 푸티스 의사를 생각해 냈다. 전같이 병원에 문의했더니 대답은, 계신 곳은 이미 찾아냈으나 매우 바쁘셔서 늦게 돌아올 것 같고, 어쩌면 내일 아침까지 기다려야 할지도 모른다는 것이었다. 그러나 그는 역시 오늘밤 안으로 꼭 와 주었으면 한다고 부탁했다.

그가 방으로 돌아와 불을 켜고 보니 징푸의 얼굴은 더욱 빨개져 있었고, 빨간 반점이 확실히 더 많이 나타났으며 눈과 얼굴도 부어 있었다. 그는 마치 바늘방석에 앉아 있는 것 같았다. 밤의 정적이 더해 가는 가운데, 그의 간절한 바람 속에서 그의 귀에는 모든 자동차의 경적 소리가 더욱 또렷이 들려왔다. 때로는 자기도 모르게 푸티스 의사의 자동차가 아닌가 하고는 마중하러 뛰어나갔다. 그러나 그가 문간까지 채 가기도 전에 그 차는 벌써 지나가 버리고 말았다. 실망하고는 몸을 돌려 정원을 지나는데 밝은 달이 서쪽 하늘에 떠오른 것이 보였다. 옆집의 오래된 홰나무의 그림자가 땅 위에 그림자를 드리우니 음산함이 그의 침울한 마음을 한층 더 짙게 하였다.

갑자기 까마귀 울음소리가 났다. 그가 평상시에 언제나 듣는 소리였다. 그 오래된 홰나무에는 서너 개의 까마귀 둥지가 있었다. 그러나 지금은 깜짝 놀라 거의 꼼짝 못하고 서 있었다. 가슴을 두근거리며 조용히 징푸의 방에 들어가 보니, 그는 눈을 감고 누워 있는데 마치 얼굴 전체가 부어오른 것 같았다. 그러나 자고 있지 않았다. 아마 발소리를 듣고 갑자기 눈을 뜬 것 같은데, 그 눈이 등의 불빛 속에서 이상하게도 처참하게 빛났다.

"편지예요?"

하고 징푸가 물었다.

"아니. 아니. 나야."

그는 깜짝 놀라 어쩔 줄 모르며 더듬더듬 말했다.

"나야, 나는 역시 서양 의사를 오게 해야 빨리 나을 것 같은 생각이 드는데, 그가 아직 안 오는구나……."

징푸는 대답을 하지 않고 눈을 감았다. 그는 창가의 책상 옆에 앉았다. 모든 것이 조용했고 다만 환자의 거친 숨소리와 자명종의 째깍째깍하는 소리만 들릴 뿐이었다. 갑자기 멀리서 자동차 경적소리가 들려왔다. 그의 마음은 갑자기 긴장되었다. 점차 가까이 오는 것이 들렸다. 점차 가까이 와서는 바로 문 앞에 와서 멎는 듯했다. 그러나 곧 지나치는 소리가 들려왔다. 이런 일이 여러 차례 되풀이되면서 그는 경적 소리에도 여러 가지가 있다는 것을 알게 되었다. 예를 들면 호각 부는 소리, 북 치는 소리, 방귀를 뀌는 소리, 개 짖는 소리, 오리의 울음소리, 소 울음소리, 암탉이 놀라서 우는 소리, 흐느끼는 소리, ……그는 갑자기 자기 자신에게 화가 났다. 무엇 때문에 좀 더 일찍 정신을 차려 푸티스 의사의 자동차 경적 소리가 어떤 소리인지를 알아 두지 않았단 말인가?

맞은편에 사는 사람은 아직 돌아오지 않았다. 여느 때처럼 연극을 보러 갔거나, 아니면 기생집에 놀러 갔겠지. 그러나 밤이 깊어지면서 자동차도 점점 줄어들었다. 강렬한 은백색의 달빛이 종이

창에 하얗게 비치고 있었다.

그는 기다림에 지쳐 심신의 긴장이 천천히 풀려 가고 있었다. 경적 소리에 더는 주의를 기울이지 않았다. 그러나 어지러운 생각의 실마리가 또 틈을 타고 일어났다. 그는 징푸의 병이 틀림없이 성홍열이고, 게다가 살아날 수 없다는 것을 알고 있는 듯했다. 그렇게 되면 가정을 어떻게 꾸려 나갈 것인가? 나 혼자만의 힘으로? 비록 작은 도시에 살고 있기는 하지만, 모든 물가가 올랐고⋯⋯. 자기의 세 아이, 동생의 두 아이 키우는 것만도 어려울 거고, 게다가 학교에 보내 공부를 시킬 수 있을까? 한두 아이에게만 공부를 시킨다면 물론 자기 자식인 캉(康)이 놈이 가장 총명하긴 하지만 — 그러나 모든 사람들은 틀림없이 동생의 자식들을 소홀히 한다고 비난하겠지⋯⋯.

뒷일을 어떻게 처리한다? 관을 살 돈도 부족한데 어떻게 고향 집에까지 운반할 수 있을까? 잠시 공공 영안소에 맡겨 두는 수밖에 없지⋯⋯.

갑자기 멀리서 발자국 소리가 들렸다. 후다닥 일어나서 방을 나가 보니 맞은편 방에 사는 사람이었다.

"선제(先帝)는 백제성(白帝城)에서⋯⋯."

기분이 좋아서 낮게 흥얼거리는 노랫소리를 듣자, 그는 실망하고 화가 나서 뛰어나가 욕을 해 주고 싶었다. 그러나 그는 뒤이어, 심부름하는 사람이 유리막이가 있는 초롱을 들고 있는 것을 보았는데 불빛은 뒤에 따라오는 사람의 가죽구두를 비추고 있었다. 위쪽의 희미한 불빛 속에 키가 큰 사람이 있었다. 흰 얼굴에 검은 턱

수염, 바로 푸티스 의사였다.

그는 보물이라도 얻은 것같이 나는 듯이 뛰어가서 푸티스를 환자의 방으로 데리고 들어갔다. 두 사람은 모두 침대 앞에 섰고, 그는 등불을 쳐들어 비추었다.

"선생님, 열이 높고⋯⋯."

페이쥔은 숨이 차서 말했다.

"언제부터 그랬지요?"

푸티스는 두 손을 바지 주머니에 넣은 채 환자의 얼굴을 응시하면서 천천히 물었다.

"그저께, 아니, 저어⋯⋯, 그그저께."

푸티스 의사는 아무 말도 하지 않고 맥을 짚어 보았다. 그러고 나서 페이쥔에게 등불을 높이 쳐들게 하더니 병자의 얼굴을 비추게 하고 자세히 들여다보았다. 그런 다음 이불을 치우게 하고는 옷을 벗겨 보이게 했다. 보고 난 후에는 손가락을 펴서 배를 문질렀다.

"*Measles*⋯⋯."

푸티스는 낮은 소리로 혼잣말처럼 말했다.

"홍역?"

그는 놀라움과 기쁨으로 목소리까지 떨리는 것 같았다.

"홍역입니다."

"홍역이란 말입니까?"

"홍역입니다."

"너, 아직 홍역을 안 했던가?"

그가 기뻐하며 징푸에게 묻는 사이에 푸티스 의사는 이미 책상이 있는 곳으로 걸어갔으므로 그도 뒤따라갔다. 의사는 한쪽 다리를 의자에 올려놓고, 책상 위에서 편지지 한 장을 끌어당기더니 주머니에서 아주 짧은 연필을 꺼내 책상 위에 대고 무엇인지 알아보기 어려운 글씨를 몇 자 휘갈겨 썼다. 바로 처방전이었다.

"약방은 이미 닫혔을 텐데요?"

페이쥔은 처방전을 받아들고 물었다.

"내일. 괜찮아요, 내일 먹이시오."

"내일 한 번 더 보셔야지요?"

"다시 볼 필요 없어요. 신 것, 매운 것, 너무 짠 것은 먹으면 안 됩니다. 열이 내리고 나면 오줌을 내 병원에 보내시오. 검사해 보면 됩니다. 깨끗한 유리병에 넣으시고, 밖에는 이름을 쓰세요."

푸티스 의사는 그렇게 말하며 걸어갔다. 그는 5원짜리 지폐 한 장을 받아서 주머니에 넣고는 그대로 나갔다. 페이쥔은 전송을 나가, 그가 자동차에 올라 출발하는 것을 보고 나서야 몸을 돌렸다. 막 아파트 문으로 들어가려 하는데 등뒤에서 "Gö—Gö." 하는 두 마디 소리가 들려왔다. 그는 비로소 푸티스의 자동차 경적 소리가 소의 울음소리 같다는 것을 알았다. 그러나 지금 알아서 무슨 소용이 있단 말인가, 그는 생각했다.

방 안의 불빛조차도 즐겁게 보였다. 페이쥔은 만사가 모두 해결되고 주위가 모두 평온한데도 마음속은 텅 빈 것 같았다. 그는 뒤따라 방에 들어온 심부름꾼에게 돈과 처방전을 주면서 내일 아침 일찍 메이야 약방에 가서 약을 사오라고 일렀다. 왜냐하면 그 약방은 푸티스 의사가 지정한 곳이며, 이 집의 약품만이 가장 믿을 수 있다고 말했기 때문이었다.

"동성의 메이야 약방이야. 꼭 거기 가서 사오도록 해. 잊지 마, 메이야 약방이야."

그는 나가는 심부름꾼 뒤에 대고 말했다.

뜰에는 온통 달빛이 비쳐서 은처럼 하얗다. '백제성에서'라고 노래하던 이웃 사람은 이미 잠들었는지 모든 것이 매우 조용했다. 다만 책상 위의 자명종만이 즐거운 듯 규칙적으로 째깍째깍 소리를 내고 있을 뿐이었다. 비록 환자의 호흡 소리가 크게 들리기는 했으나 매우 고르다. 그는 자리에 잠깐 동안 앉아 있다가 갑자기 즐거워졌다.

"너는 이렇게 크도록 아직도 홍역을 치르지 않았단 말이야?"

그는 무슨 기적이라도 만난 것처럼 놀라워하며 물었다.

"……."

"하긴 네가 기억할 수야 없겠지. 어머님께 물어보아야 알겠지."

"……."

"그러나 어머님은 이곳에 안 계시니, 아무튼 홍역을 안 치렀단 말이지. 하하하."

페이쥔이 침대에서 눈을 떴을 때는 아침 해가 이미 문 창호지에 비치어 그의 몽롱한 눈을 부시게 했다. 그러나 그는 사지에 힘이 빠져 당장은 움직일 수가 없었다. 또한 등이 썰렁하리만치 땀에 흠뻑 젖어 있었다. 게다가 침대 앞에는 온통 얼굴이 피투성이인 아이가 서 있었고, 자기는 그를 때리려 하고 있었다.

그러나 이런 광경은 순식간에 사라졌다. 그는 혼자 자기 방에서 잠을 자고 있었고, 다른 사람은 아무도 없었다. 그는 잠옷을 벗고 가슴과 등의 식은땀을 닦았다. 옷을 갈아입고 징푸의 방으로 가는데 '백제성에서'를 부르던 이웃 사람이 뜰에서 양치질을 하고 있는 것이 보였다. 시간이 꽤 지났음을 알 수 있다.

징푸도 깨어 있었다. 그는 눈을 크게 뜨고 침대에 누워 있었다.

"오늘은 어때?"

하고 그는 즉시 물었다.

"좀 좋아졌어요……."

"약은 아직 안 왔어?"

"안 왔어요."

그는 바로 책상 옆에 있는 침대 맞은편에 앉았다. 징푸의 얼굴을 보니 이미 어제처럼 그렇게 빨갛진 않았다. 그러나 자신의 머리는 아직도 흐리멍덩해서 꿈속의 단편들이 동시에 깜빡깜빡 떠올랐다 사라지곤 하는 것을 느꼈다.

— 징푸는 바로 이렇게 누워 있었지만, 시체였다. 그는 서둘러 입관하고 혼자서 관을 대문 밖에서 안채까지 메고 왔다. 장소는 마치 고향집 같았다. 많은 낯익은 사람들이 옆에서 칭찬하는 말을 서로 하고 있다…….

— 그는 캉이와 두 남매에게 학교에 가라고 명한다. 남은 두 아이도 따라가겠다고 울부짖는다. 그는 이미 울부짖는 소리에 얽매이는 것이 귀찮기는 하나 동시에 자기가 최고의 권위와 최대의 힘

을 가지게 되었음을 느끼기도 했다. 그는 자기의 손바닥이 평상시보다 세 배, 네 배로 커지며 쇠로 만들어진 것같이 보였다. 그 손바닥으로 허성(荷生)의 뺨을 후려갈긴다……

그는 이러한 꿈의 흔적이 엄습해 오자 무서워졌다. 일어나 방 밖으로 나가려고 했으나 끝내 움직이지 못했다. 이런 꿈의 흔적을 억누르고 잊어버리려고 했지만, 오히려 물속을 휘젓는 거위 털처럼 몇 바퀴 돌다간 결국 다시 떠오르고 마는 것이었다.

— 허성은 얼굴이 온통 피투성이가 되어 울면서 돌아왔다. 그는 제단(祭壇) 위로 뛰어오른다. ……그 아이 뒤로 한 무리의 낯익은 모습들과 낯선 모습들이 따라오고 있었다. 그는 그들이 공격하려고 다가옴을 알고 있었다……

— "나는 결코 양심을 속인 일이 없습니다. 당신들은 어린아이의 거짓말에 속지 말고……"

— 자기 자신이 이렇게 말하는 것이 들렸다.

— 그의 옆에 허성이 서 있었다. 그는 또 손을 들어……

그는 갑자기 꿈에서 깨어났다. 매우 피로함을 느꼈다. 등이 아직도 썰렁한 것 같았다. 징푸는 맞은편에 조용히 누워 있었다. 호흡은 비록 거칠었지만 매우 고르다. 책상 위에 있는 자명종은 더한층 큰소리로 째깍째깍 소리를 내고 있었다.

그는 몸을 돌려 책상 쪽과 마주했다. 먼지가 쌓인 것이 보였다. 다시 얼굴을 돌려 종이 창문을 보았다. 달력이 걸려 있었고, 예서체로 27이란 두 글자가 까맣게 쓰여 있었다.

심부름꾼이 약을 사 가지고 왔다. 책 꾸러미도 들고 있었다.

"뭐예요?"

징푸가 눈을 크게 뜨고는 물었다.

"약이야."

그는 넋을 잃고 있다가 정신을 차리고 대답했다.

"아니, 그 꾸러미요."

"그건 나중에 보고, 약부터 먹자."

그는 징푸에게 약을 먹이고 그러고 나서 책 꾸러미를 들고 말했다.

"쒀스(素士)가 보내온 거야. 틀림없이 네가 빌려달라고 했던 『*Sesame and Lilies*(참깨와 백합)』이겠지."

징푸는 손을 뻗쳐 책을 받았으나 책 표지만 보고 책등의 금박으로 된 글자를 쓰다듬어 보고는 곧 머리맡에 놓고 말 없이 눈을 감았다. 잠시 후엔 기쁜 듯이 낮은 소리로 말했다.

"병이 나으면 번역해서 문화서관에 팔아야겠어요. 그들이 채택해 줄지는 모르겠지만⋯⋯."

이날 페이쥔이 공익국에 도착한 것은 평상시보다 훨씬 늦은 거의 오후 무렵이었다. 사무실에서는 벌써 친이탕의 물담배 연기가 자욱하게 차 있었다. 웨성이 멀리서 보고는 맞으러 나왔다.

"어, 오셨군요. 아우님은 다 나았어요? 나는 그렇게 대수롭지 않게 생각했는데, 유행병은 해마다 있는 것이니까 뭐 그렇게 대단한 것은 아니었겠지요. 나와 이탕 씨가 걱정하고 있던 중이에요. 모두들 어째서 아직 안 나올까 하고 말했어요. 이제 나와서 잘됐네요. 그런데 당신 얼굴의 기색이 조금…… 그래, 어저께와는 좀 다른데요."

페이쥔도 마치 이 사무실과 동료들이 어제와는 좀 다른 것같이 느껴졌다. 비록 모든 것이 그가 익히 보아왔던 것들이기는 하나. 부러진 옷걸이, 이 빠진 타구, 흩어져 먼지를 뒤집어쓴 서류더미, 다리가 꺾인 낡은 긴 의자, 그 의자에 앉아서 물담뱃대를 받쳐 들고 기침을 하고 머리를 저으며 탄식하는 친이탕……

"그놈들이 또 안채에서부터 내내 싸우면서 대문간까지 갔다니까……."

"그래서요," 하고 웨성이 그에게 대꾸했다.

"내 말은 페이쥔 형의 일을 아이들에게 말해 주어 그들에게 배우게 하라는 거예요. 그렇지 않으면 정말 아버지인 당신의 울화통을 터뜨려 죽게 할 거예요……."

"셋째 놈이 말하길, 다섯째 놈이 복권 뽑기로 잃어버린 돈은 공동의 회계에서는 지출할 수 없다는 거야, 당연히…… 당연히……"

이탕은 허리를 굽히며 기침을 했다.

"정말 '사람의 마음은 제각각이라' 하더니……."

웨성은 그렇게 말하면서 얼굴을 페이쥔에게로 돌렸다.

"그래, 아우님은 이제 괜찮은가요?"

"아무것도 아니었어요. 의사 말로는 홍역이라는 거예요."

"홍역? 그러고 보니, 요새 밖에서 아이들에게 바로 홍역이 돌고 있다더군. 나와 같은 뜰 안에 사는 집의 세 아이가 모두 홍역에 걸렸어요. 전혀 걱정할 것 없어요. 그런데도 어제 당신의 그 다급해 하는 모습이란 옆에서 보고 있는 사람까지 감동하지 않을 수 없게 하더군요. 정말 그거야말로 '형제는 화목하다' 더군."

"어제 국장님은 오셨나요?"

"아직 '묘연하기가 황학(黃鶴)과 같'지요. 가서 출근부에 '왔다'고 사인하면 돼요."

"마땅히 자기가 배상해야 한다는 거야."

이탕은 혼잣말처럼 말했다.

"그 복권이라는 게 정말 사람 잡는 것이더군. 나는 전혀 모르겠어. 손을 대기만 하면 당하게 마련이라는 거야. 어제도 밤이 되니까, 또 안채에서 대문간까지 이르도록 내내 싸우더군. 셋째 놈에게 학교 다니는 아이가 둘이나 더 있어서, 다섯째 놈의 말로는 셋째가 공동의 돈을 더 쓰고 있다는 거야. 기가 차서."

"정말 갈수록 더 복잡해지는군요."

웨성은 실망한 듯이 말했다.

"그래서 자네들 형제를 보면 말이야, 페이쿤, 나는 정말 감복할 따름이네. 감히 말하지만 이건 결코 면전이라고 칭찬하는 것은 아니네."

페이쿤은 아무 말도 하지 않았다. 그는 사환이 서류를 가져오는 것을 마주 보고 받았다. 웨성이 따라가서 그의 손에 있는 서류를 들여다보고 읽었다.

"'공민(公民) 하오상산(郝上善) 등의 청원서, 동쪽 교외에 신원 불명의 남자 시체 한 구가 있으니 위생상, 공익상 곧 관을 지급하여 매장하도록 분국(分局)에 명하여 주시기를 청원합니다' 라. 제가 처리하지요. 당신은 일찍 댁으로 돌아가세요. 당신은 틀림없이 동생의 병이 걱정될 거예요. 당신들은 정말 '할미새가 들에 있도다〔鶺鴒在原〕*로군요……."

"아니요." 그는 서류를 놓지 않았다.

"내가 처리하겠어요."

웨성도 더 이상 억지로 뺏어서 처리하려 하지 않았다. 페이쥔은 매우 안심한 듯이 침착하게 자기 책상으로 가서 공문을 보면서, 손을 뻗쳐 청록색으로 얼룩진 먹물통의 뚜껑을 열었다.

1925년 11월 3일

이혼(離婚)

"아이구, 무(木) 아저씨! 새해 복 많이 받으세요. 돈 많이 버시고요."

"안녕하신가? 빠싼(八三)! 복 많이 받게나……."

"네에, 네. 복 많이 받으세요. 아이꾸(愛姑)도 여기 있군……."

"아, 무 할아버지……!"

주앙무싼(莊木三)과 그의 딸 — 아이꾸(愛姑) — 이 목련교(木蓮橋) 어귀에서 나룻배에 오르자 배 안에서 한꺼번에 와아 하고 인사말이 쏟아졌다. 그중 몇 사람은 두 손을 모으고 예를 하기도 했다. 동시에 뱃전 판자 자리에 네 사람 정도 앉을 수 있는 자리가 비워졌다. 주앙무싼은 인사를 주고받으면서 자리에 앉은 뒤, 긴 담뱃대를 뱃전에 기대 놓았다. 아이꾸는 그의 왼쪽에 앉아 갈고리같이 생긴 두 다리를 여덟 팔(八) 자 모양으로 한 채 빠싼과 마주했다.

"무 영감님은 성안으로 가십니까?"

게딱지 같은 얼굴을 한 사나이가 물었다.

"성안으로 가는 게 아닐세."

무 영감은 약간 기운이 없는 것 같았지만, 본래 검붉은 얼굴에 주름이 많이 져 있기 때문에 별다른 큰 변화를 알아볼 수가 없었다.

"팡(龐) 마을까지 가는 길이네."

온 배 안이 조용하여지고 다들 그들만 쳐다보았다.

"그럼, 역시 아이꾸의 일 때문인가요?"

잠시 후에 빠싼이 물었다.

"이 애 일 때문이지. ……이거 정말 귀찮아 죽겠네. 벌써 꼭 3년이나 법석을 떨었다네. 매번 싸우고는 또 매번 화해하고. 아무튼 끝장이 나지 않으니……."

"이번에도 웨이(慰) 어른 댁으로 가시나요?"

"역시 그 댁으로 가네. 그 어른이 애들을 화해시킨 것도 한두 번이 아니었네. 내가 모두 따른 건 아니지만. 그건 그렇고, 이번에 그 댁의 설날 친척모임에는 성내의 치(七) 어른까지도 오신다더군……."

"치 어른이요?"

빠싼은 눈을 크게 떴다.

"그 노인까지 오셔서 한 말씀 한다구요? ……그건……. 사실, 작년에 우리들이 그 집 부엌을 모두 때려 부숴 놓았으므로 아무튼 화풀이는 한 셈이긴 하지만. 게다가 아이꾸가 그쪽으로 돌아가도, 사실은 뭐 좋을 것도 없겠고……."

그렇게 말하고 그는 눈을 내리깔았다.

"저도 결코 그곳에 다시 돌아가고 싶어 하는 건 아니에요, 빠싼 오빠."

아이꾸는 화가 나서 머리를 들고 말했다.

"나는 화가 나서 그래요. 생각해 보세요. 짐승 같은 아들놈은 젊은 과부와 눈이 맞아서 나를 싫다고 하니, 일이 그렇게 쉽게 될 수 있겠어요? '짐승 같은 아비'는 자식 놈의 편만 들면서 나보고 필요 없다고 하니, 쉽게 되겠냐구! 치 어른이 어떻다는 거예요? 설마하니 현 지사 어른과 의형제랍시고 말 같잖은 소리 하는 건 아니겠죠? 그분은 웨이 어른처럼 꽉 막혀서 그저 '헤어지는 것이 좋겠다, 헤어지는 것이 좋겠다'는 말만 하지는 않겠죠. 저는 아무튼 제가 이 몇 년 동안에 겪은 고생을 이야기하고, 치 어른이 누가 잘못했다고 하는지를 볼 거예요."

빠싼은 설복되어서 더 이상 입을 열지 않았다

철썩철썩 뱃머리에 부딪치는 물소리가 들려올 뿐, 배 안은 매우 조용했다.

주앙무싼은 손을 뻗쳐 담뱃대를 집더니 담배를 재었다.

대각선 방향으로 빠싼 근처에 앉아 있던 뚱뚱한 사나이가 주머니에서 부시를 꺼내어 부싯깃에 불을 붙여 대통에다 얹어 주었다.

"미안해요."

무싼은 고개를 끄떡이며 말했다.

"비록 처음 뵙습니다만, 무 아저씨의 성함은 벌써부터 듣고 있었습니다."

뚱뚱한 사나이는 정중히 말했다.

"그렇구 말구요. 이 바닷가 열여덟 마을에서 모르는 사람이 누가 있습니까? 스(施)씨 댁 아들이 과부와 눈이 맞았다는 이야기는 우리들도 벌써 들어 알고 있습니다. 작년에 무 아저씨가 여섯 아드님을 데리고 몰려가서 그 집 부엌을 부숴 버린 것에 대해 옳다고 하지 않는 사람이 누가 있습니까…… 노인장께서는 어떠한 고관대작의 집이라도 거침없이 들어가실 수 있는 분이시니, 그까짓 것 무엇을 겁내시겠습니까!"

"이분 아저씨는 정말 사리에 밝으시군요."

아이꾸가 기쁜 듯이 말했다.

"저는 비록 이분이 누구신지 모르기는 합니다만."

"나는 왕더꿰이(汪得貴)라고 합니다."

뚱뚱한 사나이는 재빨리 대답했다.

"저를 버리려고 해도, 그렇게는 안 될 거예요. 치 어른도 좋고, 빠 어른도 좋아요. 나는 어쨌든 그놈 집을 패가망신시키고 말 테니까요. 웨이 어른이 저를 네 번씩이나 달래 보려고 하지 않았어요? 아버지까지도 위자료를 보시더니 탐이 나서 머리가 이상해지시고……."

"저년이!"

무싼은 낮은 소리로 말했다.

"그러나 듣기로는, 작년 연말에 스씨 댁에서 웨이 어른에게 술상〔酒宴〕을 한 상 차려 보내 주었다면서요? 빠 할아버지!"

게딱지 얼굴이 말했다.

"그건 상관없는 일이에요."

왕더꿰이가 말했다.

"술자리 하나로 사람을 현혹시킬 수가 있나요? 만약 술자리로 사람을 현혹시킬 수 있다면, 대단한 요리를 보낸다면 어떻게 되겠어요? 공부 많이 해서 머리가 깨친 사람들은 옳은 말만 한다구요. 예를 들면 어떤 사람이 많은 사람들에게 학대를 받았을 때 그들이 나타나 공정한 판단을 내리는데, 술을 얻어먹었다느니 안 먹었다느니 하는 것은 문제가 되지 않아요. 작년 연말에 우리 마을의 룽(榮) 어른이 베이징에서 돌아오셨는데 그분은 큰 곳에서 지내던 분이시라 우리 시골 사람들과 같지 않더군요. 그분의 말로는 저쪽에서는 꾸앙(光) 부인을 제일 어른으로 여겨야 한다는 거예요. 그게 또……."

"왕씨촌 돌물 어귀의 손님 내리시오."

사공이 큰소리로 외치자 배는 이미 멈추려 하고 있었다.

"내려요, 내려!"

뚱뚱한 사내는 곧 담뱃대를 집어들고 선창에서 뛰어나와 앞으로 나아가는 배를 따라 기슭에 올랐다.

"미안합니다."

그는 배 안에 있는 사람들에게 고개를 끄덕이며 인사를 했다.

배는 새로운 정적 속에서 전진을 계속했다. 물소리가 또 철썩철썩 크게 들려왔다. 빠싼은 끄덕끄덕 졸기 시작하더니, 맞은편의 갈고리같이 생긴 발을 마주하고 점점 입을 벌렸다. 선창 앞머리의 두 노파가 작은 소리로 염불을 외고 있었다. 그녀들은 염주알을 만지작거리며 아이꾸를 보다가, 서로 얼굴을 마주보고는 입을 삐죽 내밀면서 고개를 끄덕였다.

아이꾸는 눈을 크게 뜨고 배의 천장을 바라다보고 있었다. 십중 팔구 장차 어떻게 하면 녀석들의 집을 패가망신시키며, 어떻게 하면 '짐승 같은 아비'나 '짐승 같은 아들놈'을 궁지에 몰아넣을까 궁리하고 있을 것이다. 웨이 어른 따위는 그녀의 안중에도 없었다. 두 번 만나봤지만 둥근 대갈통의 난쟁이에 지나지 않았다. 그런 인간이라면 우리 마을에 얼마든지 있다. 얼굴색이 그보다 좀 더 검긴 하지만.

주앙무싼의 담배가 다 타서 대통 밑바닥에서 담뱃진이 찍찍 소리를 내고 있는데도 그는 계속 빨아 대고 있었다. 그는 왕씨 마을 돌물 어귀를 지나면, 다음이 팡 마을이라는 것을 알고 있다. 벌써 마을 입구에 있는 괴성각(魁星閣)이 선명히 바라보였다. 그는 팡 마을에 여러 번 가본 적이 있으나 별 볼일 없는 곳이었다. 웨이 어른도 그랬다. 그는 딸이 울면서 돌아왔던 일, 사돈집과 사위의 가증스러운 일들, 그 뒤에 얼마나 그들로부터 피해를 받았는지를 아직 기억하고 있다. 여기까지 생각하니, 지나간 일들이 하나하나 눈앞에 스쳐 지나갔다. 그리고 그 사돈집을 한바탕 괴롭혀 준 일을 생각하면 그는 언제나처럼 씁쓸한 웃음이 나왔다. 그러나 이번만은 달랐다. 웬일인지 모르게 갑자기 뚱뚱한 치 어른이 막아서서 그의 뇌리에 있는 구상을 정연하게 펼 수 없게 밀치는 것이었다.

배는 고요한 가운데 계속 전진하고 있었다. 다만 염불을 외는 소리만이 한층 더 커졌을 뿐, 그 밖의 모든 것이 마치 무싼과 아이꾸를 따라 깊이 상념에 잠겨 있는 듯했다.

"무 아저씨, 내리시지요. 팡 마을에 도착했습니다."

무싼이 사공의 말소리에 놀라 깨었을 때 괴성각은 이미 눈앞에 있었다.

그는 언덕 위로 뛰어올랐다. 아이꾸도 뒤를 따랐다. 그들은 괴성각 아래를 지나 웨이 어른의 집을 향해 걸었다. 남쪽으로 서른 집을 지나가서, 다시 모퉁이를 한 번 도니, 바로 웨이 어른의 집이었다. 네 척의 검은 뜸배가 문 입구에 한 줄로 늘어서 있는 것이 눈에 띄었다.

그들이 검은 칠을 한 대문을 들어서자 문간방으로 안내되었다. 대문 뒤에는 벌써 두 개의 탁자에 사공과 머슴들이 꽉 들어차 앉아 있었다. 아이꾸는 감히 그쪽을 보지 못하고 흘깃 눈길을 던졌을 뿐이다. 하지만 결코 '짐승 같은 아비'와 '짐승 같은 자식'의 종적은 보이지 않았다.

하인이 떡국을 가져왔을 때 아이꾸는 자기도 모르게 점점 초조하고 불안하기 시작했다. 그녀 자신도 무엇 때문인지 알 수가 없었다. '설마 현 지사 어른과 의형제간이라고 해서 이치에 맞는 말을 안 하겠는가?' 하고 그녀는 생각했다. '공부 많이 해서 깨친 사람은 공정한 판단을 내린다고 하니, 나는 치 어른에게 세세하게 말을 해야겠다. 열다섯 살에 시집와서, 며느리가 된 것부터 시작해서……'

그녀는 설 떡국을 다 먹고 나자 때가 되었음을 알았다. 과연 얼마 되지 않아 그녀는 아버지와 함께 하인을 따라 대청을 지나고 또 한 번 모퉁이를 돌아, 드디어 응접실의 문지방을 넘어 들어섰다.

응접실에는 많은 물건들이 있었지만 그녀는 자세히 둘러보지 못했다. 또 많은 손님들이 있는데, 번쩍번쩍 빛나는 빨갛고 파란

비단 마고자만이 보였다. 이들 중에 제일 먼저 눈에 띄는 사람이
있었다. 치 어른임에 틀림없으리라 생각되었다. 비록 둥근 머리통
이긴 하지만 웨이 어른보다는 훨씬 당당한 풍채였다. 커다랗고 둥
근 얼굴에 가느다란 두 눈과 시커먼 가는 수염, 또 머리 정수리는
벗겨져 있으나 그 머리와 얼굴은 혈색이 좋아 번쩍번쩍 빛나고 있
었다. 아이꾸는 매우 이상했으나, 곧 스스로 설명했다. 저것은 틀
림없이 돼지기름을 바른 것이라고.

"이건 바로 비색(庇塞)이라는 것인데, 바로 옛날 사람들이 염을
할 때 항문에 꽂았던 거야." 치 어른은 조약돌 비슷한 것을 손에
들고 말하면서 코 옆을 두어 번 문지르더니 이어서 말했다.

"아깝게도 출토(出土)된 지 오래지 않은 것인데. 살 수야 있겠
지. 아무리 늦어도 한(漢)나라 때야. 보라고, 자, 이 반점이 수은
침*이야……."

'수은침'의 주변에 곧 몇 개의 머리가 모였다. 한 사람은 물론
웨이 어른이었다. 그 밖에 또 젊은 나으리들도 몇몇 있었다. 다만
위세에 눌려 말라빠진 빈대처럼 납작해 있었기 때문에, 아이꾸가
먼저 보지 못했던 것이다.

그녀는 이야기의 후반은 알 수 없었다. 재미도 없었거니와 게다
가 수은침 무어라고 하는 것을 감히 알아보려 하지도 않았다. 그
틈에 몰래 주위를 둘러보았다. 그랬더니 '짐승 같은 아비', '짐승
같은 자식'이 그녀의 뒤, 입구 가까운 벽에 바싹 붙어 있는 것이
보였다. 비록 흘깃 보긴 했지만 반 년 전에 우연히 만났을 때보다
는 확실히 모두 늙어 보였다.

이어 사람들은 수은침의 주위에서 흩어졌다. 웨이 어른은 '비색'을 받고 앉아 손가락으로 문지르면서 주앙무싼 쪽으로 얼굴을 돌리며 말했다.

"자네들 둘인가?"

"네."

"자네 자식들은 하나도 안 왔어?"

"모두들 시간이 없어서요."

"신년 정월에 하필이면 자네들을 수고롭게 오라고 했네. 그러나 역시 그 일 때문이야……. 내 생각에 자네들도 할 만큼은 다 했네. 벌써 두 해나 지나지 않았나? 내 생각인데, 원한은 풀어야지 맺어서는 안 되는 거야. 아이꾸는 남편과 맞지 않고, 시부모의 마음에도 안 든다 하니……. 역시 전에 그렇게 말했듯이 헤어지는 것이 좋겠어. 나는 체통이 서지 않아서인지 말을 잘라 할 수가 없구나. 치 어른이 가장 공정한 판단을 내리시는 분이라는 것은 자네들도 알겠지. 지금 치 어른께서도 그렇게 하도록 나와 의견이 같으시네. 그러나 치 어른은 이렇게 말씀하셨어. 양쪽 모두 재난이라 여기고 스씨 집에서 10원만 더 내어 90원으로 하라고 말이야."

"……."

"90원! 자네들이 설령 고소를 해서 상감마마 앞에서 재판을 한다 해도 이렇게 잘 처리되진 못할 거야. 이런 말은 우리들의 치 어른만이 하실 수 있는 것이야."

치 어른은 눈을 가늘게 뜨고 주앙무싼을 보면서 고개를 끄덕였다.

아이꾸는 일이 조금 위급하게 돌아가는 걸 느꼈다. 그녀는 평소에 바닷가 주민들로부터는 어느 정도 두려움의 대상이 되어 왔던 자기 아버지가 여기선 어째서 말 한마디 하지 못하는 것인지 매우 이상했다. 그녀는 정말 이렇게까지 할 필요가 없다고 생각했다. 그녀는 치 어른의 의견을 듣고 나서는, 비록 말뜻은 잘 몰랐지만, 왠지 모르게, 아무튼 이 사람은 전에 멋대로 생각했던 것처럼 그렇게 무서운 사람은 결코 아니고, 사실은 너그러운 사람이라는 느낌이 들었다.

"치 어른은 학식과 교양이 있으시고 도리를 분별하셔서 가장 잘 아실 것입니다."

그녀는 용감해졌다.

"저희 촌사람들과 같지 않으십니다. 저는 원한이 있으면서도 호소할 데가 없어서, 치 어른을 찾아뵙고 말씀을 드리려 하는 것입니다. 저는 시집을 온 이후로는 정말이지 다소곳이 머리를 숙이고 드나들었고, 한 번도 예의에 벗어난 적이 없었습니다. 그럼에도 저 사람들은 한결같이 저를 적대시합니다. 한 사람, 한 사람이 마치 '흉악한 인간'과도 같았습니다. 어느 해인가 족제비가 제일 큰 수탉을 물어 죽였을 때만 해도, 어디 제가 문단속을 안 한 것입니까? 그것은 죽일 놈의 개가 겨 비빔밥 먹이를 훔쳐 먹으러 왔다가 닭장 문을 부숴놓은 것이었습니다. 그런데도 '저 짐승 같은 놈'이 사정도 알아보지 않고 느닷없이 제 뺨따귀를 때렸습니다……."

치 어른은 흘깃 그녀를 보았다.

"저는 그것에 까닭이 있음을 알고 있습니다. 이것도 치 어른의 밝으신 눈에서 벗어날 수 없을 것입니다. 학문을 하셔서 도리를 아시는 분이니 무엇이든 알고 계실 것입니다. 그는 화냥년에게 빠져서 저를 내쫓으려고 하는 것입니다. 저는 육례(六禮)를 갖추고 꽃가마 타고 시집왔습니다. 그게 그렇게 쉬운 일입니까? ……저는 반드시 저 사람들에게 본때를 보여 주어야겠습니다. 소송을 걸어서라도 해 보겠습니다. 현청에서 안 되면 부청(府廳)도 있을 거구요……"

"그런 일에 관해서는 치 어른께서도 모두 알고 계시다."

웨이 어른이 얼굴을 들고 말했다.

"아이꾸, 네가 만약 생각을 달리 하지 않으면 아무것도 이로울 게 없어. 너는 언제나 이 모양이구나. 봐라, 너의 아버지는 어느 정도 알아듣고 있잖냐. 너와 네 형제는 모두 네 아버지를 닮진 않았구나. 소송을 걸어 부청으로 가 보라구. 설사 관부에선들 치 어른과 상의하지 않을 것 같은가? 그때 가서는 개인의 감정이나 정실에 따르지 않는 '공적인 일로 원칙적으로 처리' 하게 되지. 그렇게 되면…… 넌 틀림없이……."

"그렇게 되면 전 목숨을 걸고 해 보겠습니다. 모두가 패가망신하겠지요."

"그건 결코 목숨을 걸 일이 아니야."

치 어른이 비로소 천천히 입을 열었다.

"너는 아직 나이가 젊어. 사람은 반드시 부드러워야 해. '화기로우면 재물이 든다' 라고 하지, 안 그러냐? 나는 단번에 껑충 10원을 올려 주었다. 그건 '정말 일찍이 없었던 도리' 야. 그렇지 않으면, 시어머니가 나가라면 나갈 수밖에! 부청은 말할 것도 없고,

상하이, 베이징, 그리고 외국이라 해도 모두 그런 거야. 믿지 못한다면 저기 방금 베이징에서 서양 학교를 다니다 돌아온 사람이 있으니 직접 물어보라구."

그리고는 얼굴을 아래턱이 뾰족한 젊은 도련님을 향해 말했다.

"그렇지?"

"틀림없습니다."

턱이 뾰족한 도련님이 서둘러 몸을 꼿꼿이 세우고, 공손히 낮은 소리로 말했다.

아이꾸는 자기가 완전히 고립되었다는 걸 느꼈다. 아버지는 한마디도 하지 않고, 형제들은 감히 오지도 못했다. 웨이 어른은 본래 그들을 도와주고 있고, 치 어른도 믿을 수 없게 되었으며, 턱이 뾰족한 도련님까지 말라빠진 빈대처럼 굽신거리며 맞장구를 치고 있다. 그러나 그녀는 멍청해진 머릿속에서 다시 최후까지 분투해 보리라 결심하는 듯했다.

"어찌하여 치 어른까지도……."

그녀의 두 눈에는 놀라움과 실망의 빛이 나타났다.

"그래요, ……알아요. 우리 가난한 사람은 아무것도 몰라요. 저의 아버지가 세상의 의리나 인정조차 모르고 멍청해져 있는 것을 원망해요. 다 저들 '짐승 같은 늙은이'와 '짐승 같은 놈' 들이 미리 꾸며 놓은 대로 되는 거죠. 그들은 마치 초상을 알리러 가듯이 서둘러 개구멍으로 빠져 나가려고나 하구. 약아빠진 인간들……."

"치 어른, 좀 봐 주십시오."

그녀 뒤에 묵묵히 서 있던 '짐승 같은 놈' 이 갑자기 말을 했다.

"어른 앞에서까지 이 모양입니다. 집에서는 온통 개돼지까지도 불안해합니다. 아버지를 '짐승 같은 늙은이' 라 하고 저를 가리켜 말 끝마다 '짐승 같은 놈' 이라느니, '화냥년의 새끼' 라고 불렀답니다."

"그 '잡년' 이 너를 '화냥년의 새끼' 라고 불렀지 않아?"

아이꾸는 얼굴을 돌리고 큰소리로 말하고는 다시 치 어른을 향해,

"저는 또 여러분들이 있는 앞에서 드릴 말씀이 있습니다. 그러는 그는 어디 점잖은 데가 있습니까? 입을 열었다 하면 '천한 종자' 라느니, '어미를 잡아먹을 년' 이라느니, 그 잡년과 사귄 뒤로는 저희 조상까지 들먹거렸답니다. 치 어른께서는 판단해 주십시오. 이게……."

그녀는 몸을 부르르 떨면서 급히 입을 다물었다. 왜냐하면 치 어른이 갑자기 눈을 위로 치켜뜨고 둥근 얼굴을 위로 젖히는 동시에 가늘고 긴 수염으로 둘러싸인 입에서 높고 큰, 꼬리를 길게 끄는 목소리가 튀어나왔기 때문이었다.

"이리 오너……랏!" 하고 치 어른이 말했다.

그녀는 순간 심장이 멈추는 것같이 느껴졌다. 이어서 두근두근하며 가슴이 뛰기 시작했다. 마치 대세가 물러가고 판국이 모두 뒤바뀌는 것 같았다. 발을 헛디뎌 물속으로 빠지는 것 같았다. 그러나 그녀의 생각이 틀렸다.

즉시, 곤색 두루마기에 검은색 배자를 걸친 남자가 들어와서 치 어른 앞에 나무 몽둥이처럼 손을 늘어뜨리고, 허리를 곧추세우고 마주 섰다.

응접실 전체가 '쥐 죽은 듯이' 조용했다. 치 어른이 입을 움직

였으나 무슨 말을 했는지 아무도 정확히 듣지 못했다. 그러나 그 남자는 이미 알아들었고, 게다가 그 명령의 위력이 마치 그의 뼛속까지 꿰뚫고 들어간 듯이 몸을 두어 번 곧추세우며 마치 '머리카락이 오싹' 하고 일어나는 것같이 곧 대답했다.

"네."

그는 몇 걸음 뒤로 물러나서야 몸을 돌려 나갔다.

아이꾸는 뜻하지 않았던 일이 곧 닥칠 것이라고 생각했다. 그 일은 전혀 예상할 수도 없고, 방비할 수도 없는 것이리라. 그녀는 이때 비로소 치 어른이 실로 위엄이 있다는 것을 알았다. 전에는 그녀 자신이 모든 것을 오해하고 있었기 때문에 그처럼 방자하고 어리석은 짓을 했던 것이다. 그녀는 몹시 후회하면서 저도 모르게 혼잣말로 중얼거렸다.

"저는 원래부터 오직 치 어른의 분부에 따르려고 했는데……."

응접실 전체가 '쥐 죽은 듯이' 조용했다. 그녀의 말이 비록 실처럼 가냘픈 것이긴 했지만 웨이 어른에게는 마치 천둥소리처럼 들렸다. 그는 벌떡 일어났다.

"그렇지, 치 어른은 정말 공평하셔. 아이꾸도 정말 잘 알고 있구나!"

그는 칭찬하면서 주앙무싼을 향해 말했다.

"무 서방, 자네는 물론 할 말이 없겠지. 저 애 자신이 이미 대답했네. 홍록첩(紅綠帖) — 옛날 쓰던 결혼 증서 — 은 틀림없이 가져왔겠지. 내가 통지해 놓았으니까 말이야. 그러면 양쪽에서 모두 가지고 오게……."

아이꾸는 아버지가 주머니에 손을 넣어 서류를 꺼내는 것을 보았다. 나무 몽둥이 같은 그 남자도 들어와서 조그마한 거북 모양의 새까맣고 납작한 것을 치 어른에게 건네주었다. 아이꾸는 일에 변고가 생기는 것이 아닌가 하여 급히 주앙무싼을 보니 그는 이미 작은 탁자 위에 남색 무명 보자기를 펴놓고는 은화를 집어내고 있었다.

치 어른은 작은 거북의 머리 부분을 빼고 그 몸체 안에서 무엇인가를 약간 손바닥에 쏟았다. 나무 몽둥이 같은 남자가 그 납작한 것을 받아 가지고 나갔다. 치 어른은 곧 한쪽 손의 손가락으로 손바닥의 것을 찍어서 그것을 자기 콧구멍 속에 두어 번 밀어 넣었다. 콧구멍과 인중이 곧 노랗게 되었다. 그는 콧등에 주름을 잡고 재채기를 하려는 듯했다.

주앙무싼은 은화를 세고 있었다. 웨이 어른은 아직 세지 않은 돈 꾸러미에서 얼마 가량을 집어서 '짐승 같은 늙은이'에게 돌려주었다. 그리고 두 장의 홍록첩을 바꾸어 양쪽으로 밀어 주면서 말했다.

"자네들 모두 받아 두게. 무 서방, 자네 잘 세어 보라구. 이건 무슨 장난이 아니야, 돈에 관한 일이라구……."

"엣취!" 하는 소리가 났다.

아이꾸는 치 어른이 재채기를 한 것임을 분명히 알면서도, 자기도 모르게 그쪽으로 시선을 돌렸다. 치 어른은 입을 벌리고 여전히 콧등에 주름을 잡은 채로 있었고, 한쪽 손의 두 손가락으로 먼저의 그 '옛사람이 염할 때 항문에 꽂았던 것'을 집어 콧대 옆을 문지르고 있었다.

겨우 주앙무싼이 은화를 다 세고 나자, 양쪽이 각각 홍록첩을 거두어들였다. 모든 사람의 허리뼈가 모두 훨씬 더 펴진 것 같았고, 지금까지 긴장했던 얼굴빛이 누그러지는 듯했다. 응접실 전체에 갑자기 온화한 공기가 감돌았다.

"됐어! 일이 원만히 끝났군."

웨이 어른은 양쪽이 모두 돌아가려는 기색을 보이자 한숨을 쉬고 나서 말했다.

"그러면, 응, 더 이상 무슨 다른 건 없겠지? 축하하네! 아무튼 해결된 셈이군. 자네들, 가려고? 가지 말고 우리 집에서 새해 축하술이나 한 잔씩 들고 가게나, 이거 모처럼인데."

"저희들은 안 마시겠어요. 남겨 두시면 내년에 다시 와서 마시지요."

하고 아이꾸가 말했다.

"감사합니다. 웨이 어른, 저희는 마시지 않겠습니다. 저희는 또 볼일이 있어서요."

주앙무싼과 '짐승 같은 아비', '짐승 같은 자식'이 모두 한마디씩 하고는 공손히 물러났다.

"음, 어때? 한 잔 하지 않겠나?"

웨이 어른은 맨 나중에 나가는 아이꾸를 주시하면서 말했다.

"아니오, 그만두겠어요. 웨이 어른, 고맙습니다."

1925년 11월 6일

제3소설집 『고사신편(故事新編)』

서언(序言)

    이 매우 작은 소설집은 쓰기 시작해서 책으로 엮어지기까지 지난 날짜가 매우 긴 세월이라고 여길 만한, 꼬박 13년이 걸렸다.

    제1편 「하늘을 보수한 이야기(補天)」는 ― 원래는 「부주산(不周山)」이라고 제목을 붙였었다. ― 1922년 겨울에 썼던 것이다. 그때 생각으로는 고대(古代)와 현대로부터 모두 제재(題材)를 취하여 단편소설을 쓰려고 했다. 「부주산」은 바로 '여왜(女媧)가 돌을 달구어 하늘을 보수했다'는 신화(神話)에서 취하여 착수한 시험작〔試作〕의 한 편이다. 처음에는 매우 착실하였다. 비록 프로이트의 설을 취하여 다만 창조 ― 인간과 문화 ― 의 연원을 해석하려고 한 것에 지나지 않지만. 그런데 왜 그랬는지는 모르겠으나, 중도에 붓을 멈추고 신문을 보았더니, 불행히도 바로 누군가가 ― 지금 이름을 잊었다 ― 왕징즈(汪靜之) 군의 「난초의 바람(蕙的風)」에 대하여 비평한 것을 보았다. 그는 "눈물을 머금고 애원하노니 청년들이여 다시는 이런 글을 쓰지 않기를 바란다"고 말하

고 있었다. 이 가련한 험담이 나에게는 익살로 느껴졌다. 다시 소설을 썼을 때에는 어떻게 된 것이, 옛 의관을 갖춘 작은 남자를 여왜의 두 다리 사이에 출현시키고 말았다. 이것이 바로 진담에서 익살로 떨어지게 된 시초이다. 익살이라는 것은 창작에게는 큰 적이어서 나는 내 자신에 대하여 매우 불만이다.

나는 결코 다시는 이런 소설을 쓰지 않을 요량으로, 『납함(吶喊)』을 엮어 출판할 때에 이 작품을 권말(卷末)에 넣고는 시작이자 또한 끝이라 여겼다.

이때 우리들의 비평가 청팡우(成仿五) 선생이 바로 창조사(創造社)의 문 앞에서 '영혼의 모험'이라는 깃발 아래에서 도끼를 휘두르고 있었다. 그는 '용속(庸俗)'이라는 죄목으로 『납함』을 몇 번의 도끼질로 쳐 죽였는데 「부주산」만은 가작(佳作)이라고 추켰다. ─ 물론 나쁜 곳이 있기는 하지만, 솔직하게 말해 이것은 나로 하여금 납득할 수 없게 하였을 뿐만 아니라, 이 투사를 경멸하게 된 원인이 되었다. 나는 '용속'을 천박하다고 여기지 않고, '용속'을 좋아한다. 역사소설은 문헌을 널리 살펴야 하고, 반드시 근거가 있어야 하므로, 혹 사람들이 '교수소설(敎授小說)'이라고 비웃을지라도, 실은 꾸며내기가 대단히 어려운 것이다.

다만 작은 연유에 의거하여 멋대로 한 편의 글을 만들어 내는 것은 별로 수완이랄 것도 없는 것이다. 하물며 '고기가 물을 마시고는 춥고 더운 것을 저절로 아는 것과 같은 것'으로 용속한 말로 말하면, 바로 '자기의 병을 자기가 아는 것'이다. 「부주산」의 후반은 매우 엉성하여 결코 가작이라고 말할 수는 없다. 만약에 독자들이 이 모험가의 말을 믿는다면 틀림없이 스스로를 그르치는 것이 되고, 나 또한 남을 그르치는 것이 되고 만다. 『납함』의 제2판을 인쇄할 때에는 이것을 삭제하고 이 '혼령(魂靈)' 분에게 몽둥이로 머리를 쳐서 답례를 하고자 한다. ─ 나의 소설집에는 다만 '용속'만이 남아서 발호하리라.

1926년 가을, 혼자 샤먼(廈門)의 석옥(石屋)에 살면서, 대해(大海)를 마주하고, 고서(古書)를 뒤적이니, 사방에는 인기척이 없고 마음은 텅텅 비어 있었다. 그런데 베이징의 미명사(未名社)에서는 끊임없이 편지를 보내 잡지에 실을 문장을 재촉하여 왔다. 이때 나는 목전의 일을 생각하고 싶지 않아, 마음속에서 추억을 찾아내어 열 편의 『아침꽃을 저녁에 줍다(朝花夕拾)』를 썼다. 아울러 전과 같이 고대의 전설류(傳說類)에서 취하여 여덟 편의 『고사신편(故事新編)』을 쓰려고 했다. 그러나 「달로 달아난 항아(奔月)」와 「도공의 복수(鑄劍)」를 쓰고 나자 ─ 발표할 당시에는 「미간척(眉間尺)」이라고 제목을 붙였다 ─ 나는 곧 광저우(廣州)로 도망가야 했으므로, 이 일에서 완전히 손을 놓았다. 후에 비록 우연히 제재를 얻었어도 일단의 스케치만 하여 놓고 내내 정리를 하지 못했다.

이제야 비로소 한 권의 책으로 엮어내게 되었다. 그중에는 아직도 스케치한 그대로의 것이 많으니, '문학개론'에서 이른바 소설이라고 하기에는 부족한 것이다. 사건의 서술은 때로는 옛날 책에 근거한 것도 있고 때로는 생각나는 대로 쓴 것에 지나지 않는 것도 있다. 또한 내 자신이 옛날 사람을 대하는 것이, 오늘날 사람을 대하는 것만큼 경건하지 못하기 때문에, 때로는 익살스러운 곳이 있음을 면치 못할 것이다. 13년이 지났는데도 여전히 별로 진보한 것도 없고, 보아 하니 참으로 '「부주산」의 유(流)가 아닌 것이 없다.' 그러나 결코 옛사람을 다시 죽게 쓴 것은 없으므로 아마도 잠시 존재할 여지는 아직 있으리라.

1935년 12월 26일 루쉰

하늘을 보수한 이야기(補天)

1

여왜(女媧)는 문득 잠이 깼다.

그녀는 꿈에서 놀라 깬 것 같았다. 그러나 어떤 꿈을 꾸었는지는 이미 똑똑히 기억할 수가 없다. 다만 마음이 몹시 언짢았다. 뭔가 모자란 듯한, 또 뭔가가 너무 많은 듯한 느낌이 들었다. 산들바람이 부채질하듯 불어오고 따스한 아침 햇빛이 그녀의 기력을 우주에 가득 차게 했다.

그녀는 자신의 눈을 비볐다.

분홍빛 하늘에 여러 가닥의 청록색 구름이 꼬불꼬불 떠 있었고 별은 그 뒤에서 반짝반짝 눈을 깜빡이고 있었다. 하늘가 붉은빛 노을 사이에서 사방으로 빛을 뻗치고 있는 태양은 마치 태고의 용암에 싸여서 유동하는 황금 공 같았다. 저쪽 편에는 쇠처럼 차갑고 하얀 달이 있었다. 그러나 그녀는 무엇이 지고, 무엇이 떠오르는지 따위는 마음에 두지 않았다.

땅 위는 온통 연초록빛이었다. 별로 잎을 갈지 않는 소나무나 잣나무도 눈에 띄게 아름다웠다. 복사빛과 청백색의 뒷박만한 뭇 꽃들은 가까이에서는 선명하게 보였으나, 먼 곳에 이르면 아련한 아지랑이가 되었다.

"아아! 여지껏 이렇게 무료했던 적은 없었어."

그녀는 이렇게 생각하며 벌떡 일어났다. 통통하게 살찌고 정력이 넘치는 팔을 뻗어 허공을 향해 기지개를 켰다. 그러나 하늘이 갑작스레 빛을 잃고 신기한 핑크빛으로 변하여 그녀는 잠시 자신이 있는 곳을 분간할 수 없게 되었다.

그녀는 이 핑크빛의 하늘과 땅 사이를 걸어서 바닷가로 갔다. 온몸의 곡선이 모두 연한 장밋빛의 빛나는 바다에 녹아들더니 마침내는 몸의 중앙이 순백색으로 짙어졌다. 파도는 깜짝 놀라 질서 있게 출렁대긴 했으나, 물보라가 그녀의 몸 위에 뿌려졌다. 그 순백색의 그림자가 바닷물 속에서 흔들리는 모습은 마치 온몸이 사면팔방으로 힘차게 튀어 흩어지는 것 같았다. 그러나 그녀 자신은 결코 보지 못했다. 단지 아무 까닭도 없이 한쪽 무릎을 꿇고, 손을 뻗쳐 물기 머금은 개흙을 움켜 올릴 뿐이었다. 동시에 그 개흙을 몇 번 빚자 자신과 비슷한 자그마한 것이 두 손 안에 생겨났다.

"아아!"

그녀는 물론 자기가 만든 것인 줄 알면서도 그것이 마치 흰 고구마같이 원래부터 개흙 속에 있었던 것처럼 여겨져 참으로 신기하기만 했다.

그러나 그 신기함은 그녀를 기쁘게 했다. 일찍이 없었던 의욕과 기쁨을 가지고 그녀는 일을 계속했다. 헉헉 숨을 헐떡이며 땀에 젖어 가며…….

"응아! 응아!(Nga! Nga!)"

그 작은 것들이 소리를 지르기 시작했다.

"아아!"

그녀는 또 깜짝 놀랐다. 전신의 털구멍에서 무언가가 모두 날아 흩어지는 것을 느꼈다. 그러더니 땅 위에는 젖빛 안개가 가득 끼었다. 그녀가 겨우 정신을 가다듬고 나니 그 작은 것들도 입을 다물었다.

"아콩, 아꽁!(Akon Agon!)"

어떤 것들이 그녀를 향해 말을 했다.

"아아, 귀여운 것들."

그녀는 그것들을 유심히 보며 개흙이 묻은 손가락으로 그 포동포동 살찐 얼굴을 건드렸다.

"우흐, 아하하!(Uvu, Ahaha!)"

그것들이 웃었다. 그것은 그녀가 하늘과 땅 사이에서 본 첫 번째 웃음이었다. 그래서 그녀 자신도 처음으로 입을 한껏 벌리고 웃었다.

그녀는 그것들을 어르면서 또 만들기를 계속했다. 만들어진 것들은 모두 그녀의 주위를 둘러쌌다. 그러나 그것들이 점차 멀어져 가면서 차츰 많이 지껄이는 바람에 그녀도 점차 알아들을 수 없게 되었다. 단지 귓가에 와글와글 떠들어 대는 소리가 시끄럽게 울려 머리가 멍해지는 것을 느낄 뿐이었다.

　그녀는 오랫동안의 즐거움 속에서 이미 피로해졌다. 거의 숨을 다 토해 냈고, 땀을 죄다 흘려 버린 데다, 더구나 머리마저 어지러워지자 두 눈이 몽롱해지고 양쪽 뺨도 점점 화끈해졌다. 자신이 생각해도 공연한 짓만 같았고, 게다가 귀찮아짐을 느꼈다. 그러나 그녀는 여전히 손을 쉬지 않고, 무의식적으로 만들기만 했다.

　마침내 허리와 다리의 통증이 심해지자, 그녀는 일어나서 조금 반들거리는 높은 산 위에 기대었다. 고개를 들어 보니 하늘 가득히 고기 비늘 같은 흰 구름이 떠 있었고 아래쪽은 시커먼 진한 푸른빛이었다. 그녀 자신도 왜 그런지 알 수 없었지만, 어떻든 이것저것 마음에 들지 않았다. 그래서 신경질적으로 손을 뻗쳐 손에 잡히는 대로 잡아당겼더니 산 위에서부터 하늘가에까지 자란 자주색 등나무 한 그루가 뽑혔는데 이루 말할 수 없을 만큼 큰 자줏빛의 갓 피어난 꽃이 송이송이 달려 있었다. 그녀가 잡아 흔들자 등나무는 땅 위로 넘어지면서 반은 자줏빛이고 반은 흰빛인 꽃잎을 온 땅에 가득 뿌렸다.

　이어서 그녀가 손을 흔들자 자주색 등나무가 개흙이 있는 물속으로 넘어지면서 동시에 물이 섞인 개흙이 튕겨 땅 위로 흩뿌려 떨어졌다. 그러자 아까 그녀가 만든 것과 같은 모양의 작은 것들이 많이 만들어졌다. 다만 그 대부분은 멍청하고 천한 몰골이어서 밉살맞았다. 그러나 그녀는 그런 것을 알아볼 틈이 없었다. 다만 재미있는 듯, 초조한 듯 짓궂은 장난기마저 섞어 가며 마구 손을 휘둘러 댈 뿐이었다. 휘두를수록 더욱 빨라져서 그 등나무는 마치 끓는 물에 데인 율모기 뱀처럼 개흙투성이 땅바닥 위에서 뒹굴었다. 그러자 개흙덩어리는 폭풍우처럼 등나무 줄기에서 날아 흩어지더니, 공중에서부터 이미 으앙으앙 하고 우는 작은 것으로 변한 뒤, 땅에 가득히 흩어져 엉금엉금 기어다녔다.

그녀는 거의 정신을 잃고 더욱 휘둘러 댔다. 하지만 허리와 다리가 아파 왔을 뿐 아니라 양팔의 힘마저 빠지고 말았다. 그래서 그녀는 자신도 모르게 몸을 쪼그리고는 머리를 높은 산에 기대고, 칠흑같이 검은 머리털을 산꼭대기에 걸치고 잠시 숨을 헐떡였다. 그러고 나서 후우 하고 한숨을 내쉬며 두 눈을 감았다. 자주색 등나무는 그녀의 손에서 떨어져 역시 견딜 수 없이 지쳤다는 듯이 축 늘어져 땅바닥에 드러누웠다.

2

쾅!

천지가 무너져 내리는 듯한 소리에 여왜는 후다닥 깨어났다. 동시에 동남쪽으로 미끄러져 갔다. 그녀는 발을 뻗쳐 멈추려 했으나 발을 디딜 것이 아무것도 없었다. 급히 팔을 뻗쳐 산봉우리를 붙들고서야 간신히 더 미끄러지지 않았다.

그런데 그녀는 또 물과 모래가 등뒤에서 자신의 머리와 몸으로 쏟아져 내리는 것을 느꼈다. 고개를 돌리자 입과 두 귀로 물이 쏟아져 내려, 그녀는 급히 머리를 숙였다. 그러자 이번엔 땅바닥이 끊임없이 흔들리고 있는 것이 보였다. 다행히 그 흔들림이 조용해지는 것 같아 그녀는 뒤로 물러나 주저앉으며 몸을 안정시키고 나서야 비로소 손으로 이마와 눈언저리의 물을 닦고는 어찌된 영문인지를 자세히 살펴보았다.

사태는 썩 분명치가 않았고, 도처에 폭포수처럼 물이 흐르고 있었다. 아마도 바다 속인 듯싶었다. 몇 군데에서 매우 높은 파도가 다시 일고 있었다. 그녀는 멍청히 기다려 보는 수밖에 없었다.

마침내 조용해졌다. 큰 파도는 전처럼 산만한 높이밖에 되지 않았고 육지처럼 보이는 곳에는 모난 바위도 나타났다. 그녀가 바로 바다 위를 바라보자니 몇 개의 산이 급히 떠내려 오고 있는 것이 보였고, 한편에서는 파도 더미 속에서 맴돌고 있었다. 그 산들이 자기의 다리에 부딪칠 것 같아 그녀는 손을 뻗어 그것들을 들어올리고 그 산의 골짜기를 바라보았다. 거기엔 이제껏 본 적이 없는 많은 것들이 무수히 엎드려 있었다.

그녀는 손을 당겨 산을 가까이하고 자세히 살펴보았다. 그것들 옆의 땅 위에는 토해 낸 것들이 낭자했다. 금이나 옥 가루 같기도 했고, 씹어서 부순 소나무, 잣나무 잎이나 어육(魚肉)이 한데 섞여 있는 것 같기도 했다. 그것들은 천천히 차례차례로 머리를 쳐들었다. 여왜는 눈을 동그랗게 뜨고서야, 그것들이 앞서 자기가 만들었던 자그마한 것들이라는 것을 겨우 알아차렸다. 그것들은 모두가 이미 뭔가로 몸을 감싸고 있어 괴상한 모양을 하고 있었고, 그중 어떤 것들은 또 얼굴 하반부에 새하얀 털까지 나 있었는데, 바닷물이 엉겨 붙어 뾰족한 백양나무의 잎 같은 모양을 하고 있었다.

"아, 이런!"

그녀는 이상스럽기도 하고 두렵기도 하여 소리를 질렀다. 피부에는 마치 쐐기에게 쏘인 것처럼 좁쌀 같은 소름이 끼쳤다.

"상진(上眞)님, 살려 주세요……."

얼굴 하반부에 흰 털이 난 것이 고개를 쳐들고는, 구역질을 하면서 띄엄띄엄 말했다.

"살려 주소서…… 신(臣)들은…… 선술(仙術)을 배우고 있습니다. 뜻밖에도 악겁(惡劫)이 닥쳐서 천지가 무너져 버렸습니다. ……지금은 다행히…… 상진님을 만나게 되어…… 바라옵건대 보잘것없는 목숨을 구해 주시고……. 아울러 선약(仙藥)을 내려 주소서……. 선약을……."

그러고는 머리를 들었다 내렸다 하는 이상한 거동을 하는 것이었다.

그녀는 멍해져서 그저 "뭐라고?" 하고 물을 수밖에 없었다.

그들 중의 많은 것들이 입을 열었다. 마찬가지로 구역질을 해대며 "상진님, 상진님" 하며 떠들어 댈 뿐만 아니라 또 모두가 이상한 거동을 하였다. 그녀는 그들의 시끄러움에 짜증이 났다. 산을 잡아당긴 것이 결국 까닭 모를 재난을 야기하게 된 것을 후회했다. 어찌할 바를 몰라 사방을 둘러보았더니, 큰 거북이 떼가 바로 바다 위에서 노닐고 있는 것이 보였다. 그녀로서는 뜻밖의 기쁜 일이었다. 즉시 그 산들을 거북이들의 등에 싣고는 "보다 평온한 곳으로 실어다 주어라"라고 분부했다.

큰 거북이들은 알았다는 듯이 고개를 끄덕이며 무리를 지어 멀리 신고 갔다. 그런데 아까 지나치게 힘껏 잡아당기는 바람에 얼굴에 흰 털이 있는 것 하나가 산에서 미끄러져 떨어졌었는데, 지금 보니 그것은 뒤쫓아가지도 못하고 헤엄칠 줄도 몰라서, 바닷가에 엎드린 채 자신의 뺨을 때리고 있었다. 여왜는 불쌍하다고 생각했지만 상관하지 않았다. 왜냐하면 그녀는 사실 그런 일까지 관여할 틈이 없었던 것이다.

그녀는 한숨을 한 번 내쉬고 나자 마음이 다소 가벼워졌다. 다시 자기의 주위로 눈길을 돌렸더니, 물은 이미 적잖이 줄어들어 곳곳에 널찍한 땅과 돌이 드러나 있었다. 돌 틈엔 많은 것들이 끼여 있었다. 어떤 것은 쭉 뻗어 있었고, 어떤 것은 아직 움직이고 있었다. 그녀가 흘깃 보니 그 가운데 하나가 눈을 허옇게 뜨고 그녀를 멍하니 보고 있었다. 그것은 온몸이 쇳조각으로 감싸여 있었고 얼굴 표정은 매우 실망하고 또한 두려워하는 것 같았다.

"어떻게 된 일이지?" 그녀는 본 김에 물어보았다.

"오호! 하늘이 죽음을 내리셨습니다."

그것은 처량하고 가련하게 말했다. "전욱(顓頊)이 무도(無道)하여 우리 임금님에게 반항하였습니다. 우리 임금님께서는 몸소 천벌을 행하시고자 성 밖 들녘에서 싸우셨지만, 하늘은 덕이 있는 자를 돕지 않으시어 우리 군사가 도리어 패하고……."

"뭐라고?" 그녀는 이제껏 그런 말을 들어본 적이 없었기 때문에 매우 이상하였다.

"우리의 군사는 도리어 패하고, 우리 임금님께서는 머리를 부주산(不周山)에 부딪치셔서, 천주(天柱)가 부러지고 지유(地維)가

끊어졌으며, 우리 임금님 또한 돌아가셨습니다. 오호라, 이는 진실로……."

"됐다, 됐어. 무슨 소리인지 모르겠구나."

그녀는 고개를 돌려 버렸다. 그러자 이번에는 즐겁고도 교만한 표정의 얼굴이 보였는데 역시 거의 쇳조각으로 온몸을 싸고 있었다.

"어떻게 된 일이지?" 그녀는 이제야 비로소 이 작은 것들이 갖가지 다른 얼굴로 바뀔 수 있다는 것을 알게 되었다. 따라서 아까와는 다른, 이해할 수 있는 대답을 들을 수 있으리라 생각하고 물었다.

"인심이 옛날 같지 않아, 강회(康回)가 실로 돼지같이 탐욕스러운 마음으로 천자의 자리를 엿보므로, 우리의 임금님께서 몸소 천벌을 행하시려고 성 밖 들녘에서 싸웠습니다. 하늘은 진실로 덕이 있는 자를 도우셔서 우리의 군사가 싸우는데 대적할 자가 없었으며, 부주산에서 강회를 죽였습니다."

"뭐라고?" 그녀는 여전히 알아듣지 못하는 듯했다.

"인심이 옛날 같지 않아."

"됐다, 됐어. 똑같은 소리군."

그녀는 화가 난 나머지 금방 양 볼에서 귀밑까지 새빨개졌다. 황급히 고개를 돌려 다른 곳을 살폈다. 간신히 쇳조각을 두르지 않은 것을 찾아냈는데 벌거벗은 몸에 상처가 나서 피를 흘리고 있었다. 다만 허리에만은 누더기를 감고 있었는데 그것은 금방 쭉 뻗어 버린 자의 허리에서 벗겨낸 누더기로서 황급히 제 허리에 두르고 있었다. 그러나 얼굴빛은 오히려 매우 담담해 보였다.

그녀는 그가 첫조각을 두른 것들과는 다른 것들이어서 틀림없이 무슨 단서를 얻어 낼 수 있으리라 생각되어 물었다.

"어떻게 된 일이지?"

"어떻게 된 일이지요."

그는 약간 고개를 쳐들고 말했다.

"방금 일어난 소동은……?"

"방금 일어난 소동이요?"

"전쟁인가?"

그녀는 하는 수 없이 자신이 추측하는 수밖에 없었다.

"전쟁이라고요?"

그러나 그도 되물었다.

여왜는 도리어 맥이 빠져 동시에 고개를 들어 하늘을 쳐다보았다. 하늘에는 매우 깊고 넓은 커다란 균열이 나 있었다. 그녀가 일어나 손톱으로 퉁겨 보았으나, 맑은 소리가 나지 않고 깨진 찻잔을 튕기는 것과 비슷한 소리가 났다. 그녀는 눈썹을 찡그리고 잠시 사방을 살펴본 뒤 다시 생각에 잠겼다. 그리고는 머리털의 물을 털고 양 어깨에 나누어 걸친 뒤 기운을 차리고 여기저기에서 갈대를 뽑았다. 그녀는 이미 '수리부터 하고 나서 보자' 고 마음을 정했다.

그때부터 그녀는 밤낮으로 갈대를 쌓아올렸다. 갈대 더미가 높아짐에 따라 그녀는 점점 야위어 갔다. 왜냐하면 형편이 전과는 비교할 수 없을 정도였기 때문이다. ― 올려다봐야 비뚤어지고 갈라진 하늘이고, 내려다봐야 뒤죽박죽으로 망가진 땅이어서, 마음과 눈을 즐겁게 해 줄 수 있는 것이라고는 아무것도 없었다.

갈대는 갈라진 틈까지 쌓였다. 그녀는 그제야 푸른 돌을 찾으러 갔다. 처음에는 하늘과 같은 색인 새파란 돌을 쓸 생각이었으나 땅에는 그렇게 많지 않았고, 큰 산은 또 쓰기 아까웠다. 때로는 벅적거리는 곳으로 가서 자잘한 것들을 주웠는데 그것을 본 것들이 조소하거나 욕지거리를 하기도 하고 혹은 도로 빼앗아가기도 하였으며, 심지어는 그녀의 손을 물어뜯기도 하였다. 그래서 그녀는 할 수 없이 흰 돌도 조금 섞었고 그래도 모자라 붉은빛 도는 것이나 거무스레한 것까지 주워 모아 나중에는 그럭저럭 갈라진 틈을 모두 메웠다. 이제는 단지 불을 붙여 녹이기만 하면 일은 끝나는 것이다. 그러나 그녀는 지친 나머지 눈이 가물거리고 귀가 울려, 몸을 지탱할 수가 없었다.

"아니, 이제까지 이렇게 지루해 본 적은 없었는데." 그녀는 산꼭대기에 앉아 두 손으로 머리를 감싸고 가쁘게 숨을 몰아쉬며 말했다.

이때 곤륜산(崑崙山) 위에 있는 원시림의 큰 불은 아직 꺼지지 않아서 서쪽 하늘가가 온통 붉은빛이었다. 그녀는 서쪽을 힐끗 본 뒤 그곳에서 불붙은 큰 나무를 가져다 갈대 더미에 불을 지르려고 막 손을 뻗쳤다. 그때 무언가가 발가락을 찌르는 것을 느꼈다.

내려다보니 전에 만든 예의 그 작은 것이었다. 그러나 그것은 더욱 이상한 모양을 하고 있었다. 뭔가 헝겊 같은 것을 온몸에 치렁치렁 걸치고, 허리는 또 유별나게 10여 겹의 헝겊조각을 걸치고 있었으며, 머리도 무언가 모를 것으로 싸매고, 정수리에는 까맣고 작은 네모난 널빤지를 얹어놓고 있었는데, 손에는 물건 한 조각을 들고 있었다. 그녀의 발가락을 찌른 것은 바로 그것이었다.

정수리에 네모난 널빤지를 얹은 것이 여왜의 가랑이 사이에 서서 그녀를 올려다보고 있다가 그녀가 눈길을 주는 것을 보자 황급히 그 작은 조각을 받쳐 올렸다. 받아 보니 그것은 반들반들한 푸른 대나무 조각이었다. 곁에는 떡갈나무 잎 위의 검은 반점보다 훨씬 더 작은 검은색의 가느다란 점 두 줄이 있었다. 그녀는 그 정교한 솜씨에 매우 탄복했다.

"이게 무엇이지?"

그녀는 아무래도 호기심이 생겨서 묻지 않을 수 없었다.

정수리에 네모진 판자를 얹은 것이 대나무 조각을 가리키며 물 흐르듯 암송하여 말하는 것이었다.

"벌거벗고 음탕에 빠지게 되면 덕을 잃고 예를 버리게 되며, 법도를 어기게 되니, 금수의 행위가 된다. 나라에 정해진 법도가 있으니 이를 금하노라."

여왜는 그 작고 네모난 판자를 눈여겨보고는, 자기가 너무 엉뚱한 것을 물었다고 몰래 웃음을 지었다. 그녀는 이런 것들과 이야기를 해 봤자 말이 통하지 않는다는 것은 진작부터 알고 있던 터이다. 그래서 그녀는 다시 입을 열지 않고 손 가는 대로 대나무 조각을 머리 위의 네모난 널빤지 위에 놓고는 손길을 돌려 불타는 숲속에 있는 커다란 나무 한 그루를 뽑아 갈대 더미에 불을 붙이려 했다.

갑자기 흑흑 하는 소리가 들렸다. 역시 들어본 적이 없는 것이었다. 그녀는 잠시 손을 멈추고 다시 아래쪽을 흘깃 보았다. 네모난 널빤지 아래의 작은 눈에 겨자씨보다도 작은 눈물이 맺혀 있는 것이 보였다. 그것은 그녀가 이전에 자주 들었던 '응아 응아(nganga)' 하는 울음소리와는 전혀 달랐기 때문에 그녀는 그것 역시 일종의 울음소리라는 것을 몰랐다.

그녀는 불을 붙였다. 그것도 한 곳만이 아니었다.

불길은 대단치 않았다. 갈대가 완전히 마르지 않았기 때문이었다. 그런데 의외로 피직피직 하는 소리가 나더니, 한참 지나자 마침내 무수한 화염의 혀가 뻗어 나와 늘어났다 줄어들었다 하며 위로 핥아 올라갔다. 또 얼마 지나자 화염은 합쳐져 여러 겹의 불꽃이 되더니 다시 또 불기둥을 이루면서, 곤륜산 위의 붉은빛을 엄청나게 압도하였다. 갑자기 큰 바람이 일자 불기둥은 소용돌이치며 울부짖었다. 푸른 돌과 여러 빛깔의 돌들이 온통 붉은빛이 되어 엿가락처럼 갈라진 틈에 녹아 흘러들었다. 마치 한 줄기 불멸의 번갯불 같았다.

바람과 불기운이 그녀의 머리털을 휘감아 사방으로 뿌리며 소용돌이쳤다. 땀이 폭포수처럼 세차게 흘러내렸다. 큰 화염이 그녀의 몸을 선명하게 드러내면서, 온 누리에 최후의 핑크빛을 드리웠다.

불기둥은 점점 위로 치솟더니, 한 무더기 갈대 잿더미만을 남겼다. 그녀는 하늘이 온통 푸르게 되었을 때에야 비로소 손을 뻗어 만져 보았다. 손가락에 아직도 꽤 울퉁불퉁한 것이 느껴졌다.

'좀더 기운을 차린 뒤에 다시 하기로 하자.' 그녀는 생각하였다.

그래서 그녀는 허리를 굽혀 갈대 재를 움켜쥐고 땅 위의 큰 물 속에 한 움큼씩 채워 넣었다. 갈대 재가 아직 덜 식었으므로, 물은 김을 뿜으며 피식피식 하고 끓어올라 재와 물이 그녀의 주위에 가득 뿌려졌다. 큰 바람 또한 멈추려 하지 않고 재를 흩뿌려 그녀를 잿빛으로 만들었다.

"으음……" 그녀는 마지막 숨을 내쉬었다.

하늘가 붉은빛 구름 사이로 빛살을 사방으로 비추는 태양은, 마치 유동하는 황금 공이 태고의 용암에 싸여 있는 것 같았다. 저쪽에는 쇠처럼 차갑고 하얀 달이 있었다. 그러나 어느 것이 지고, 어느 것이 떠오르는지는 알 수 없었다.

그녀는 자신의 모든 것을 탕진한 껍데기가 되어 그 중간에 엎어진 채 쓰러져 있었다. 그리고 다시는 숨을 쉬지 않았다.

위아래 사방은 사멸(死滅)한 것 이상으로 고요했다.

3

날씨가 몹시 차가운 어느 날, 시끄러운 소리가 들려왔다. 마침내 금위군(禁衛軍)이 쇄도한 것이었다. 그들은 불빛과 연기가 바라보이지 않을 때까지 기다리고 있었기 때문에 도착이 늦어진 것이다. 그들의 왼편에는 노란 도끼, 오른편에는 검은 도끼, 뒤편에는 아주 크고 아주 오래된 커다란 군기가 있었다. 요리조리 숨어

가며 여왜의 시체 옆까지 공격해 왔으나, 아무런 움직임도 발견하지 못했다. 그들은 시체의 배 위에 진을 쳤다. 왜냐하면, 그곳이 가장 지방질이 두껍게 끼어 있는 부분이기 때문이었으며, 그들의 이러한 선택은 매우 현명한 것이었다. 그러나, 그들은 갑자기 말투를 바꾸어 오직 자기들만이 여왜의 직계라고 하면서, 동시에 군기의 과두문자(蝌蚪文字)를 '여왜씨의 창자〔女媧氏之腸〕'라고 고쳐 썼다.

바닷가에 떨어진 늙은 도사도 대대손손 이어 왔다. 그는 임종할 때에야 비로소 선산(仙山)이 커다란 거북이의 등에 실려 바다로 건너왔다는 이 중대한 소식을 제자들에게 전해 주었다. 제자는 이 말을 또 손자 제자에게 전했다. 후에 한 방사(方士)가 총애를 얻으려고 그 사실을 진시황에게 아뢰었다. 진시황은 방사로 하여금 그 선산을 찾아가게 하였다.

방사가 선산을 찾아내지 못하자 진시황은 결국 죽어 버렸다. 한 무제(漢武帝)가 다시 찾게 하였으나 마찬가지로 그림자도 없었다.

아마도 큰 거북이들은 여왜의 말을 알아듣지 못하고, 그때는 어쩌다 기분 내키는 대로 고개를 끄덕인 것에 불과했을 것이다. 어물어물 등에 싣고 조금 가다가 저마다 뿔뿔이 흩어져 잠들어 버렸고, 선산도 따라서 가라앉아 버렸을 것이다. 따라서 지금에 이르도록 아무도 신선산의 반쪽도 보지 못했고, 고작 야만인의 섬 몇 개를 발견하였을 뿐이다.

1922년 11월에 씀

달로 달아난 상아(奔月)

1

총명한 가축(家畜)은 확실히 사람의 마음을 아는가 보다. 집의 대문이 막 바라보이자 말은 곧 발걸음을 늦추고, 아울러 등 위의 주인과 동시에 고개를 숙이고 방아에 쌀 찧듯이 걸음마다 고개를 끄덕인다.

저녁 안개가 큰 저택을 에워싸고 있었고, 이웃집에서는 밥 짓는 검은 연기가 오르고 있었다. 이미 저녁 먹을 때가 된 것이다. 하인들이 말굽 소리를 듣고는 벌써 맞으러 나와, 집의 대문 밖에서 손을 드리우고 몸을 곧추세우고 서 있었다. 예(羿)가 쓰레기 더미 옆에서 느릿느릿 말을 내리자, 하인이 말고삐와 채찍을 받아들었다. 그는 대문을 들어서려, 머리를 숙여 허리에 찬 전통(箭筒)에 가득 찬 새 화살과 그물 속의 까마귀 세 마리, 화살에 맞아 짓이겨진 참새를 보고 마음속으로 몹시 주저했다. 그러나 마음을 다져먹고 큰 걸음으로 걸어 들어갔다. 전통에서는 화살들이 왈가닥달가닥 울렸다.

안뜰에 이르자 상아(嫦娥)가 둥근 창문 안에서 머리를 내미는 것이 보였다. 그는 눈치 빠른 그녀가 틀림없이 벌써 그 까마귀 몇 마리를 보았으리라는 것을 알고는 자기도 모르게 놀라 즉시 발걸음을 멈추었다. ― 그러나 안으로 들어가지 않을 수 없었다. 하녀들이 모두 맞으러 나와 그에게 활과 화살을 내리게 하고 그물 망태를 풀어 주었다. 그는 그녀들이 모두 쓴웃음을 짓고 있는 듯이 느껴졌다.

"부인……." 그는 손과 얼굴을 닦고는 안방으로 들어가면서 불렀다.

상아는 둥근 창 밖의 저녁하늘을 보고 있다가, 천천히 머리를 돌리고는 상대할 것도 없다는 듯이 그를 흘깃 쳐다볼 뿐 대답을 하지 않았다.

이런 상황은 예에게는 이미 1년여나 되어 습관이 된 지 오래다. 그는 그래도 가까이 다가가서 맞은편의 털이 빠진 오래된 표범 가죽을 깐 긴 나무의자에 앉아 머리를 긁적이며 떠듬떠듬 말했다.

"오늘도 여전히 운이 좋지 않았어. 역시 까마귀뿐이야……."

"흥!"

상아는 버들잎 같은 눈썹을 치켜올리더니 훌쩍 일어나 바람같이 밖으로 나가면서 입속으로 중얼거렸다.

"또 까마귀 자장면, 또 까마귀 자장면이야! 어떤 집에서 1년 내내 까마귀 고기 자장면만 먹는지 당신 가서 물어봐요! 내가 정말 무슨 팔자로 이런 데 시집 와서 1년 내 까마귀 자장면만 먹게 되었는지 모르겠어!"

"부인!"

예도 얼른 일어나서 뒤따라가며 낮은 소리로 말했다.

"하지만, 오늘은 그래도 괜찮았소. 참새 한 마리를 잡았으니, 당신에게 요리해 줄 수 있소. 여신(女辛)아!"

그는 큰소리로 하녀를 불렀다.

"그 참새를 마님께 보여 드려라."

사냥해 온 것들은 이미 주방에 가져갔으므로, 여신이 뛰어가서 골라들고 와 두 손을 받쳐 들고 상아의 눈앞에 내보였다.

"흥!"

그녀는 흘깃 보더니, 천천히 손을 뻗어 집어 들고 불쾌한 듯이 말한다.

"형편없군, 모두 부서졌지 않아? 고기가 어디 있어?"

"그렇소."

예는 정말 미안해했다.

"화살에 맞아 부서졌소. 내 활이 너무 강하고, 화살촉이 너무 커서 말이오."

"조금 작은 화살촉을 쓸 수는 없어요?"

"내게는 작은 것이 없소. 전부터 나는 멧돼지나 큰 뱀을 잡아서……."

"이게 멧돼지고 큰 뱀이에요?"

그녀는 말하면서 여신에게 고개를 돌리더니,

"국에나 넣어!"

라고 말하고는 방을 나가 버렸다.

예만이 방 안에 남아서 벽에 기대앉아 부엌에서 땔나무 타는 소리를 멍청히 듣고 있었다.

그는 지난날 자신이 잡은 멧돼지가 얼마나 컸던지, 멀리서 보면 마치 작은 언덕 같았던 일을 추억했다. 만약에 그때 그놈을 잡아 죽이지 않고 지금까지 남겨 두었더라면, 반 년은 먹을 수 있었을 터이니, 어찌 매일 반찬 걱정을 할 필요가 있었을까 하고. 또 큰 뱀도 국을 끓여 먹을 수 있었을 터인데……

여을(女乙)이 와서 등잔에 불을 켜자, 맞은편 벽에 걸려 있는 붉은 활과 붉은 화살, 검은 활과 검은 화살, 석궁과 장검, 단검 등이 모두 희미한 등불 속에 나타났다. 예는 흘깃 보고는 머리를 숙이고 한숨을 쉬었다. 여신이 저녁밥을 들고 들어와서 중간에 있는 탁자 위에 놓았다. 왼쪽에는 국수 다섯 그릇, 오른쪽에는 두 그릇, 국 한 그릇, 중앙에는 까마귀 고기로 만든 자장 한 그릇이었다.

예는 자장면을 먹으면서 자기가 먹어도 정말 맛이 없음을 느꼈다. 상아를 흘깃 보니, 그녀는 자장은 본 척도 안하고 국에 국수를 말아, 반 그릇을 먹고는 내려놓았다. 그는 그녀의 얼굴이 보통 때보다 약간 마른 것같이 느껴져, 병이라도 나지 않았나 걱정이 됐다.

이경(二更)이 되자 그녀는 마음이 조금 풀렸는지 침상 머리에 말 없이 앉아 물을 마셨다. 예는 옆에 있는 긴 나무의자에 앉아 손으로 털이 빠진 낡은 표범 가죽을 어루만졌다.

"저!" 그는 부드럽게 말했다.

"이 서산(西山)의 무늬 표범 역시 우리가 결혼하기 이전에 잡은 거요. 그때는 얼마나 아름다웠다고. 전체가 황금빛이었소."

그는 그 무렵의 먹을 것들을 회상했다. 곰은 네 개의 발바닥만 먹고, 낙타는 등봉우리만을 남기고 나머지는 모두 하녀나 하인에게 상으로 주었었다. 후에도 큰 동물을 잡고 나면, 멧돼지나 토끼, 꿩만을 먹었었다. 활 쏘는 재능은 뛰어났고 사냥거리는 얼마든지 있었다.

"아!"

그는 모르는 사이에 탄식했다.

"나의 활솜씨는 정말 너무 뛰어났어. 어디서고 모조리 잡아 버렸으니. 그때 누가 까마귀만이 남겨져 요리해 먹게 될 줄이야 생각이나 했나……."

"흥!"

상아가 약간 웃음을 띠었다.

"오늘은 그래도 운이 좋다고 할 수 있지."

예도 기분이 좋아졌다.

"어떻게든 참새 한 마리를 잡았으니. 이건 30리나 돌아다녀서야 찾아낸 거요."

"좀 더 멀리는 갈 수 없어요?"

"맞아요, 부인. 나도 그렇게 생각하오. 내일은 좀 더 일찍 일어나야지. 당신이 나보다 더 일찍 일어나면 나를 깨워 줘요. 나는 50리쯤 더 멀리 나가 작은 사슴이나 토끼들이 있나 보겠소……. 하지만 아마도 어려울 거요. 내가 멧돼지나, 큰 뱀을 잡았을 때에는 야수(野獸)들이 많았거든. 당신도 기억할 거요, 장모님 댁 문 앞으로 검은 곰이 자주 지나다닌다고 나보고 몇 번이나 잡아 달라고 하던 것을……."

"그래요?"

상아는 별로 기억하지 못하는 것 같았다.

"지금은 깡그리 없어질 줄이야 누가 생각이나 했겠소? 생각하면 정말 장차 어떻게 살아가야 할지 모르겠구면. 나야 그래도 괜찮지…… 그 도사(道士)가 나에게 보내준 금단(金丹)을 먹기만 하면 날아 올라갈 수 있으니까. 하지만 나는 첫 번째로 먼저 당신을 위해서 대책을 마련해야겠소. ……따라서 나는 내일 좀 더 멀리 가 보려고 하오……."

"흥!"

상아는 이미 물을 다 마시고는 천천히 드러눕더니 눈을 감았다.

기름이 거의 다해 가는 등잔의 불빛이 화장기가 약간 남은 얼굴을 비쳐 주고 있었다. 분칠한 것이 여기저기 지워져 눈가에 약간의 누런 기가 나타나 있으며 눈썹의 검은색도 양쪽이 다른 것 같다. 그러나 입술은 여전히 불같이 붉으며, 비록 웃지 않으나 볼에는 아직 얇은 보조개가 있다.

"아아! 이런 사람에게 나는 1년 내내 까마귀 자장면만 먹이다니……."

예는 생각하자 부끄러움으로 두 볼과 귀뿌리까지 달아옴을 느꼈다.

2

하룻밤이 지나고 다음날이 되었다.

예가 문득 눈을 뜨자, 한 줄기 햇빛이 서쪽 벽에 비스듬히 비쳐 드는 것이 보였다. 이미 이른 시간은 아니었다. 상아를 보니 아직 도 사지를 쭉 펴고 깊이 잠들어 있었다. 그는 살금살금 의복을 걸 치고는 살그머니 표범 가죽의 침상에서 내려와 대청 앞으로 걸어 나왔다. 세수를 하면서 한편으로 여경(女庚)을 불러 왕승(王升)에 게 말을 준비하도록 분부했다.

그는 일이 바빴기 때문에 아침밥은 그만두기로 했다. 여을이 구 운 떡 다섯 개와 파 다섯 뿌리, 고추장 한 꾸러미를 그물망태 안에 넣고, 활과 화살을 그의 허리에 채워 주었다. 그는 허리띠를 단단 히 묶고는 가벼운 걸음으로 대청 밖으로 나가면서 바로 맞은편에 서 들어오는 여경에게 일렀다.

"나는 오늘 먼 곳으로 사냥감을 찾으러 가려고 하니, 조금 늦게 돌아올 거다. 마님이 깨시면 일찍 조반을 드리고 기분이 조금 좋 을 때에 네가 말씀드려라. 대단히 죄송하나 저녁밥은 기다리시라 고. 알겠느냐? 대단히 죄송하다고 말씀드려라."

그는 빠른 걸음으로 문을 나와 말에 올라탔다. 서 있던 하인들 을 뒤로 하고 내달리니, 얼마 안 되어 마을을 벗어났다.

앞쪽은 매일 익히 다니던 수수밭이고 아무것도 없다는 것을 진 작부터 알고 있었으므로 전혀 주의하지 않았다. 두어 번 채찍질을 하여 나는 듯이 앞으로 달려 단숨에 60리 가량을 나아가니 앞에 무성한 숲이 바라보였다. 말은 숨을 헐떡이고 온몸이 땀투성이가 되면서 자연히 걸음이 느려졌다. 10여 리쯤 더 가서야 숲에 접근했다. 그러나 눈에 보이는 것은 온통 벌, 나비, 개미, 메뚜기뿐이고, 어디에도 짐승의 종적이라고는 없었다. 그가 이 새로운 곳을 바라보았을 때에는, 적어도 여우나 토끼가 한 마리쯤은 있으리라 생각했는데 이제서야 또 몽상인 것을 알았다. 그는 하는 수 없이 숲을 빠져나왔다. 뒤쪽은 푸른 수수밭이고, 먼 곳에 몇 채의 자은 흙집이 흩어져 있는 것이 보였다. 바람과 해는 따뜻하고, 까마귀나 새 소리는 들리지 않았다.

"재수 없군!"

그는 있는 대로 크게 소리쳐 화풀이를 했다.

그러나 다시 10여 걸음 앞으로 나가자, 그는 금방 마음이 유쾌해지면서 화가 풀렸다. 멀리 흙집 밖의 땅바닥에 한 마리 날짐승이 모이를 쪼고 있는 것이 분명히 보이는데 매우 큰 비둘기 같았다. 그가 급히 활에 화살을 매겨 힘껏 당겼다가 놓자, 화살은 유성(流星)처럼 날아갔다.

이건 의심할 것도 없다. 이때껏 백발백중(百發百中)이었으니까. 그는 말에 채찍질하여 화살을 따라 앞으로 나는 듯이 달려가서 사냥감을 주워오기만 하면 된다. 그런데 그가 가까이 다가가려고 하자 한 노파가 화살에 맞은 큰 비둘기를 들고 크게 소리치면서 바로 그의 말머리를 마주하고 달려오는 것이 아닌가.

"당신 누구야? 왜 우리 집에서 제일 좋은 검은 암탉을 쏴 죽이는 거야? 당신 그렇게 할 일이 없어······?"

예는 저도 모르게 가슴이 철렁하여 급히 말고삐를 당겼다.

"아이쿠! 닭이라니! 나는 산비둘기인 줄로만 알았어요."

그는 겁먹은 듯이 말했다.

"눈이 멀었어! 보아하니 마흔 살도 더 되었겠는데."

"네, 노부인. 작년에 마흔다섯 살이 되었습니다."

"정말 나이를 헛먹었군! 암탉도 몰라보고 산비둘기로 알다니! 당신 도대체 누구요?"

"저는 이예(夷羿)라고 합니다."

그는 자기가 쏘았던 화살이 바로 암탉의 심장을 꿰뚫어 즉사케 한 것을 보고는 작은 소리로 이름을 대며 말에서 내려왔다.

"이예? ……누구지? 나는 모르겠는걸."

그 여자가 그의 얼굴을 보며 말했다.

"어떤 사람들은 제 이름만 들어도 알 겁니다. 요(堯) 어른 때에 나는 들돼지 몇 마리와 뱀 몇 마리를 쏘아 잡았어요……."

"하하! 거짓말쟁이, 그건 봉몽(逢蒙) 어른과 다른 사람이 함께 잡은 거야. 당신이 그 안에 있었는지는 몰라도. 그런데 당신은 자기 혼자 했다니, 정말 부끄러움도 모르는군!"

"아! 노부인, 봉몽이라는 사람은 요 몇 년 사이 내가 사는 곳에 자주 출입했을 뿐, 나는 그와 함께 일한 적도 없고 전혀 상관도 없어요."

"거짓말. 요새 사람들이 말하는 것을 나는 한 달에 네다섯 차례나 들었어."

"그건 그렇다치고, 우리 본론을 이야기합시다. 이 닭은 어떻게 하지요?"

"물어내요. 이것은 우리 집에서 제일 좋은 암탉이야. 매일 알을 낳는. 호미 두 자루와 물레추 세 개를 내게 변상해요."

"노부인, 내 꼴을 보세요. 농사도 짓지 않고 옷감을 짜지도 않으니 호미와 물레추를 어디서 가져오지요? 내 몸에는 돈도 없고, 다섯 개의 구운 떡이 있을 뿐이오. 그래도 밀가루로 만든 것이니 그것으로 당신의 닭을 변상하겠소. 또 다섯 뿌리의 파와 단고추장 한 꾸러미도 더 주겠어요. 어때요……?"

그는 한 손으로 그물 망태 속에서 구운 떡을 꺼내고, 한 손은 뻗어 닭을 집어 들었다.

노파는 밀가루 구운 떡을 보자, 조금은 생각이 있는 듯하다가, 열다섯 개를 내라고 했다. 흥정 결과, 간신히 열 개로 정하고, 내일 정오에 보내 주기로 약속하고 닭을 쏜 화살을 저당물로 잡혔다. 예는 그제야 안심하고 죽은 닭을 그물 망태 속에 쑤셔 넣고는 말 안장에 올라 말을 돌려 달렸다. 비록 배는 고팠으나 마음은 대단히 기뻤다. 그들이 닭국을 먹어 보지 못한 지도 실로 이미 1년이 넘었다.

그가 숲을 빠져나왔을 때는 아직 오후여서 서둘러 말에 채찍질을 하여 달렸다. 그러나 말은 지쳐 있었으며, 익히 다니던 수수밭 근처에 이르렀을 때는 이미 황혼 무렵이었다. 맞은편 먼 곳에서 사람의 그림자가 어른거리는 것이 보이더니, 이어 화살 한 개가 갑자기 그를 향해 날아왔다.

예는 결코 말고삐를 당기지 않고 말이 달리는 대로 둔 채, 활에 화살을 메겨 한 발만을 쏘았다. 쩽그랑하고 화살 끝과 화살 끝이 부딪치는 소리만이 들리고 공중에서 불꽃이 튀면서 두 개의 화살이 위를 향해 꺾여 '인(人)' 자를 이루면서 뒤집혀 땅바닥에 떨어졌다. 첫 번째 화살이 접촉하자마자 양쪽에서 즉각 두 번째 화살이 날아와 역시 쩽그랑하고 허공 중에서 부딪쳤다. 그렇게 아홉 개의 화살을 쏘고 나니, 예의 화살이 모두 없어졌다. 그러나 그는 이때 봉몽이 거만하게 맞은편에 서서 활에 화살 한 개를 메겨 바로 자신의 목을 조준하고 있는 것을 똑똑히 보았다.

'하하! 나는 그가 벌써 바닷가에 고기 잡으러 간 걸로 알고 있었는데, 아직도 이곳에서 이런 짓을 하고 있군. 어쩐지 그 노파가 그런 말을 하더라니.'

예는 그렇게 생각했다.

그때 갑자기 맞은편에서 활이 보름달 모양이 되더니, 화살이 유성(流星)과 같이 날아왔다. 쉿 하는 소리를 내면서 예의 목을 향해 날아왔다. 아마도 조준이 조금 잘못 되었나 보다. 바로 그의 입에 맞았다. 그는 곤두박질을 하며 화살과 함께 말에서 떨어졌다. 말도 멈추어 섰다.

봉몽은 예가 이미 죽은 것으로 여기고는 천천히 걸어와서는 미소를 지으며 다가왔다. 그의 죽은 얼굴을 보면서 승리의 배갈이라도 한 잔 마실 듯이.

봉몽이 막 똑똑히 보려고 하는 순간, 예가 눈을 번쩍 뜨고는 벌떡 일어났다.

"자네는 정말 백 번 더 와도 헛걸음이네!"

그는 화살을 입에서 뱉어내고 웃으며 말했다.

"나의 '화살촉 무는 재주' 조차도 전혀 몰랐다니, 그래 가지고야 되겠나? 이런 장난을 하면 안 되지. 남의 주먹을 훔쳐 가지고 그 사람을 때려죽이지는 못하는 거야. 스스로 단련해야지. 인간의 도리(道理)로 인간의 몸을 다스려야 하나니……."

승자(勝者)는 낮은 소리로 말했다.

"핫핫하!"

그는 크게 웃었다.

"또 경전(經典)을 인용해 봤자, 그런 말은 노파나 속일 수 있을 뿐이지. 본인 앞에서 무슨 짓궂은 장난인가? 나는 이때껏 사냥만 했을 뿐 너와 같이 강도짓은 하지 않았어……."

그는 말하면서 그물 망태 안의 암탉이 눌려 찌부러지지나 않았는지 보았다. 그리고 말에 올라타 곧바로 떠나갔다.

"……넌 죽은 거나 다름없다구……!"

멀리서 욕하는 소리가 들려왔다.

"정말 저렇게까지 못난 놈이라고는 생각지도 못했군. 젊은 나이에 욕이나 배우고. 그 노파가 저놈을 그토록 믿는 것도 무리가 아니야."

그러면서 예는 저도 모르는 사이에 말 위에서 절망한 듯이 머리를 흔들었다.

3

아직 수수밭을 다 지나가기도 전에 날은 이미 어두워졌다. 남색 하늘에 밝은 별이 나타나니, 초저녁에 나오는 금성(金星)이 서쪽 하늘에서 유독 찬란했다. 말은 흰색의 밭길을 알아서 걸어가고 있으나, 벌써부터 지쳐서 걸음이 더욱 느렸다. 다행히 달이 하늘가에서 점차 은백색의 맑은 빛을 토해 내고 있었다.

"짜증나는군!"

예는 자기 뱃속에서 꾸르르꾸르르 하고 울리는 소리를 듣자 금방 초조해지기 시작했다.

'먹고 살기도 바쁜 판에 하필 시시한 일들이 자꾸 생기니, 시간만 낭비하게 되는군!'

그는 두 다리로 말의 배를 차서 빨리 가기를 재촉했다. 그러나 말은 뒷몸을 한 번 뒤틀었을 뿐 여전히 느릿느릿 걸었다.

'상아가 틀림없이 화가 났을 거야. 오늘 이렇게 늦었으니.'

그는 생각했다.

'어떤 얼굴을 보여 줄지 모르겠군. 그러나 다행히도 여기 암탉 한 마리가 있으니 그녀를 기쁘게 해 줄 수 있겠지. 나는 이렇게 말하는 수밖에 없어. "부인, 이것이 내가 200리나 뛰어다니면서 겨우 찾아낸 거요." 아니야, 좋지 않아. 너무 자랑하는 것 같아.'

그는 인가의 등불이 눈앞에 나타나자 기쁨에 더 이상은 아무 생각도 나지 않았다. 말도 채찍을 기다리지 않고 저절로 나는 듯이 달렸다. 눈같이 흰 둥근 달이 앞길을 비쳐 주고, 시원한 바람이 얼굴에 불어왔다. 참으로 큰 사냥에서 돌아올 때보다 더 즐거웠다.

말은 절로 알아서 쓰레기 더미 옆에 멈추어 섰다. 예가 보아하니 왠지 모르게 집 안이 어수선한 것 같은, 이상한 느낌이 들었다. 마중 나온 사람도 조부(趙富) 한 사람뿐이었다.

"어떻게 된 거야? 왕승은?"

그는 이상하다는 듯이 물었다.

"왕승은 요(姚)씨 댁으로 마님을 찾으러 갔습니다."

"뭐? 마님이 요씨 댁으로 갔다고?"

예는 말 위에 멍청히 앉은 채로 물었다.

"네……."

그는 대답하면서 말고삐와 채찍을 받아들었다.

예는 그제야 말에서 내려 문으로 걸어 들어가면서 잠시 생각하더니, 다시 고개를 돌려 물었다.

"더 기다릴 수가 없어서 혼자 음식점에 간 건 아닌가?"

"네, 소인이 음식점 세 군데를 모두 찾아보았는데 안 계셨습니다."

예는 머리를 숙이고 생각하면서 안으로 걸어 들어갔다. 하녀 셋이 모두 당황하여 대청 앞에 모여 있었다. 그는 이상하여 큰소리로 물었다.

"너희들 모두 집에 있었느냐? 요씨 댁엔 이때껏 마님이 혼자 간 일이 없지 않으냐?"

그녀들은 대답을 하지 않고 그의 얼굴만 바라보다가 그에게 다가와서 활 주머니와 전통과 작은 암탉을 넣은 그물 망태를 풀어

내렸다. 예는 갑자기 마음이 덜컥 내려앉았다. 상아가 화가 나서 자살을 한 건 아닌가 여겨졌다. 그는 여경에게 조부를 불러 후원의 연못이나 나무 위를 돌아보게 하라고 시켰다. 그러나 그가 방에 들어서자 곧 이 추측이 틀렸음을 알게 되었다. 방 안은 뒤죽박죽이었다. 옷 상자는 열려 있었고, 침상 쪽을 보니 먼저 머리 장식품을 넣어 두는 상자가 보이지 않았다. 이 순간, 그는 마치 머리 위로 냉수 한 대야를 뒤집어쓴 것 같았다. 금이나 구슬은 아무것도 아니다. 그러나 도사가 그에게 준 선약(仙藥)이 바로 그 머리 장식품을 넣어 두는 상자 안에 있었던 것이다.

예는 방안을 두 바퀴나 돌고서야 왕승이 문밖에 서 있는 것을 보았다.

"어르신네, 돌아왔습니다. 마님은 요씨 댁에 가시지 않았고, 그분들은 오늘 마작도 하시지 않았답니다."

왕승이 말한다.

예는 그를 흘깃 보고는 입을 열지 않는다. 왕승은 곧 물러갔다.

"어르신네, 부르셨습니까?"

조부가 들어와서 묻는다.

예는 머리를 흔들더니 다시 손을 저어 그를 물러가게 하였다.

예는 또 방 안을 몇 바퀴 돌고는 대청 앞으로 나가 앉아서는 머리를 들고 맞은편 벽에 걸려 있는 붉은 활, 붉은 화살, 검은 활, 검은 화살, 돌 활, 긴 칼, 작은 칼을 보면서 잠시 생각에 잠겼다. 그리고 우두커니 아래쪽에 서 있는 하녀들에게 물었다.

"마님은 언제부터 보이지 않았느냐?"

"등잔에 불을 붙이러 왔을 때 뵙지 못했습니다."

여을이 말했다.

"그러나 아무도 나가시는 것을 못 뵈었습니다."

"너희들, 마님이 저 상자 안의 약을 먹는 것을 보지 못했느냐?"

"못 보았습니다. 그러나 마님께서 오후에 저에게 마실 물을 떠 오라고 하신 일은 있었습니다."

예는 급히 일어났다. 그는 마치 자기 혼자만이 지상에 남겨져 있는 것 같음을 느꼈다.

"너희들 무엇인가 하늘로 날아 올라가는 것을 보았느냐?"

그가 물었다.

"아!"

여신이 잠시 생각하더니 크게 깨달은 듯이 말했다.

"제가 등잔에 불을 붙이고 나갈 때, 검은 그림자 하나가 이쪽으로 날아가는 것을 확실히 보았습니다. 그러나 그때는 마님이라고는 전혀 생각지 못했습니다……."

그러더니 그녀의 얼굴이 창백해졌다.

"틀림없어!"

예는 무릎을 치고는 즉각 일어나 방 밖으로 나가 고개를 돌려 여신에게 물었다.

"어디냐?"

여신이 손으로 가리키는 쪽을 따라가 보니, 그곳엔 눈과 같이 흰 둥근 달이 하늘에 걸려 있었고, 그 안에는 누대와 나무가 희미하게 나타나 있었다. 그가 아직 아이였을 때 할머니가 그에게 들려주시던 월궁(月宮) 속의 아름다운 경치가 어슴푸레 생각이 났다. 그는 푸른 바다에 떠 있는 것 같은 달과 마주하고 보니 자기의 몸이 몹시 무겁게 느껴졌다.

그는 문득 화가 났다. 분노 속에서 살기(殺氣)가 나타났다. 눈을 크게 뜨고 큰소리로 하녀들을 향해 외쳤다.

"해를 쏘는 활을 가져와! 화살 세 개도!"

여을과 여경이 대청 중앙에서 큰 강궁(强弓)을 꺼내 와서 먼지를 털어 긴 화살 세 개와 함께 그의 손에 건네주었다.

그는 한 손에 활을 잡고 한 손에는 화살 세 개를 움켜잡아, 모두 활에 메기고 활시위를 힘껏 당겨 달을 겨냥했다. 몸은 바위같이 우뚝 서고, 쏘아 보는 눈빛이 번쩍이니 마치 바위에서 번개가 치는 듯했고, 수염과 머리카락은 흩어져 펄럭이는 것이 마치 검은 불길과 같았다. 이 한 순간은 마치 사람들에게 그가 지난날 해를 쏘던 때의 웅장한 모습을 상상하게 하는 것 같았다.

쉿 하는 한마디 소리 — 오직 한마디 소리에 화살 세 개가 연발(連發)되었다. 쏘고는 메기고, 메기고는 쏘는데, 눈이 미처 그 솜씨를 똑똑히 볼 수가 없었고, 귀가 그 소리를 분별할 수가 없었던 것이다. 상대편은 비록 화살 세 개를 맞았을지라도 모두 한 곳에 모여 있음이 틀림없다. 화살과 화살이 서로 이어져 나간 것이 털끝만한 차도 없기 때문이다. 그러나 그는 틀림없이 명중된다고 여겼기 때문에, 쏘는 순간 손을 약간 움직여 화살이 세 점으로 나누어지면서 목표물에 세 개의 상처를 내게 했다.

하녀들은 '악' 하고 외마디 소리를 질렀다. 달이 휘청하고 한 번 흔들리는 것을 보고는 모두가 떨어지는 것으로 여겼다. ― 그러나 달은 그대로 조용히 걸려 있었으며 부드럽고 더욱 큰 빛을 발하고 있어 마치 전혀 손상을 입은 것 같지 않았다.

"아아!"

예는 하늘을 우러러 크게 소리치고는 잠시 보았다. 그러나 달은 그를 상대하지 않았다. 그가 앞으로 세 걸음 나가자, 달은 곧 세 걸음 물러나고, 그가 세 걸음 뒤로 물러나자, 달은 또 그만큼 앞으로 나왔다.

그들은 모두 침묵한 채로 서로의 얼굴을 마주 보았다.

예는 느릿느릿 해를 쏜 활을 대청 문에 기대어 놓고는 방 안으로 들어갔다.

하녀들도 일제히 뒤따라 들어갔다.

"아!" 하고 예는 자리에 앉더니, 한마디 탄식을 했다.

"그래, 너희들 마님은 영원히 혼자 즐기게 되었다. 그녀는 결국 냉정하게도 나를 버리고 혼자 날아 올라간 건가? 설마 나를 늙었다고 생각하는 건 아니겠지? 그러나 그녀는 지난달까지만 해도 '결코 늙었다고 여기지 않아요. 스스로 늙었다고 여기는 것은 사상(思想)이 타락한 것이에요' 라고 말했는데."

"분명 그렇지 않습니다." 여을이 말한다.

"사람들은 어르신네가 아직도 전사(戰士)라고 말하고 있습니다."

"때로는 정말 예술가같이 보입니다" 하고 여신이 말한다.

"헛소리! ― 까마귀 자장면은 확실히 맛이 없었어. 그녀가 참지 못한 것은 당연하지……."

"저 표범 가죽 깔개의 털 빠진 곳은 제가 벽에 기대어 놓은 다리의 가죽을 잘라 기워 놓겠습니다. 보기 싫긴 하네요."

여신이 방으로 갔다.

"잠깐 기다려!"

예는 말하면서 잠시 생각했다.

"그건 서두를 것 없어. 나는 매우 배가 고프다. 빨리 가서 고추 닭찜 한 접시와 떡 다섯 근을 구워 오너라. 먹고 잠을 자야겠다. 내일 다시 그 도사를 찾아가 선약을 달래서 먹고는 쫓아가야겠다. 여경아, 너 가서 왕승에게 흰 콩 넉 되를 말에게 먹이라고 일러라!"

1926년 12월

치수(理水)

1

이 무렵 '거칠고 거친 홍수(洪水)가 한창 범람하더니, 큰 물이 산을 에워싸면서 언덕에 오르고 있었다.' 하지만 순(舜) 어른의 백성들은 결코 물 위에 노출된 산꼭대기에서 밀치거나 하지는 않았다. 어떤 사람은 나무 꼭대기에 몸을 묶고 있었고, 어떤 사람은 뗏목을 타고 있었으며, 어떤 사람들은 뗏목 위에 작은 판자 지붕을 씌우고 있었다. 언덕 위에서 보면 시(詩)적 정취가 물씬 풍겼다.

먼 곳의 소식은 뗏목을 타고 전해져 왔다. 곤대인(鯀大人)이 9년 동안이나 치수(治水)를 했는데도 아무런 효험이 없자, 천자(天子)가 몹시 노하여 그를 우산(羽山)으로 유배 보내고, 후임에 어렸을 때 아우(阿禹)라고 부르던 그의 아들 문명(文命) 도령을 임명하려는 것 같다고 한다.

수해(水害)가 오래되자 대학은 벌써부터 해산되었고, 유치원조차도 연 곳이 없어 백성들은 모두 다소 혼란에 빠져 있었다. 다만 문화산(文化山)에만은 많은 학자들이 모여 있었는데, 그들의 식량은 모두 기굉국(奇肱國)에서 하늘을 나는 수레〔飛車〕로 운반되어 왔으므로, 양식의 결핍은 걱정하지 않았다. 덕분에 그들은 학문을 연구할 수 있었다. 그러나 그들 중에서 대부분은 우(禹)를 반대하거나, 혹자는 세상에 정말로 우라는 인물이 있다는 사실 자체를 믿지 않았다.

매달 한 번씩 관례대로 공중에서 쏴쏴 하는 소리가 울렸다. 울리는 소리가 더욱 심해지면 나는 수레도 명확히 보였다. 수레 위에는 한 폭의 깃발이 꽂혀 있는데, 깃폭에 그린 노란 동그라미가 작은 빛을 발하고 있었다. 땅에서 다섯 자쯤 되는 곳에서 몇 개의 광주리를 줄에 매어 내리는데 안에 무엇이 들어 있는지 다른 사람들은 몰랐다. 다만 위와 아래에서 이야기하는 말만이 들렸다.

"굿모닝!"

"하우두유두!"

"컬쳐……."

"O. K!"

수레가 기굉국으로 급히 날아가 버리면, 하늘에는 작은 소리조차 남지 않는다. 학자들도 조용해진다. 모두가 밥을 먹고 있기 때문이다. 다만 산 주위에 있는 파도만이 돌에 부딪쳐 끊임없이 솟구치는 소리를 내고 있다.

낮잠에서 깨어나면 원기가 백배하고, 그러면 학설(學說)은 파도 소리조차 압도한다.

"우가 치수하면 틀림없이 성공하지 못해요. 만약에 그가 곤의 아들이라면 말입니다."

지팡이를 짚은 학자가 말했다.

"내가 전에 많은 왕공(王公) 대신(大臣)과 부자들의 족보를 수집하여 열심히 연구하여 결론을 얻었는데, 부자의 자손들은 모두가 부자이고, 나쁜 사람의 자손들은 모두가 나쁜 사람이라는 겁니다. — 이것이 바로 '유전(遺傳)'이라는 거요. 따라서 곤이 성공하지 못했다면 그의 아들인 우도 틀림없이 성공할 수 없소. 왜냐하면 어리석은 사람은 총명한 사람을 낳을 수 없기 때문이오!"

"O. K!" 지팡이를 짚지 않은 학자가 말한다.

"그러나, 우리들의 태상황(太上皇)을 생각해 보시오."

지팡이를 짚지 않은 다른 학자가 말했다.

"그는 이전에는 좀 '완고' 했지만 지금 좋아졌어요. 만약 어리석은 사람이 영원히 좋아질 수 없다면……."

"O. K!"

"이, 이런 것들은 쓸데없는 말이오." 학자 한 사람이 더듬거리면서 말하고는 즉시 코끝이 빨개졌다.

"당신들은 거짓말에 속고 있어요. 기실 '우'라는 사람은 없어요. '우(禹)'는 벌레요. 벌, 벌레가 치수를 할 수 있겠어요? 내가 보기에 '곤'도 없어요. '곤'은 고기예요. 고, 고기가 치, 치수를 할 수 있겠소?"

그는 여기까지 말하는데도 두 다리를 지탱하기가 매우 힘들어 보였다.

"하지만 곤은 확실히 있었어요. 7년 전에 내가 이 눈으로 곤륜산 아래에서 매화(梅花)를 감상하고 있는 것을 보았어요."

"그렇다면, 그의 이름이 잘못 되었겠지요. 그는 '곤'이라고 불려서는 안 되고 마땅히 '사람'이라고 불려야 해요! '우' 말인데, 그것은 틀림없는 벌레요. 나는 많은 증거를 가지고 있는데, 그가 없음을 증명할 수도 있어요. 여러분이 공정하게 비평하여 주시기를……"

그리고 그는 힘차게 일어나서 작은 칼을 꺼내어 다섯 그루의 큰 소나무의 껍질을 벗겨내더니, 먹다 남은 빵부스러기와 물을 섞어 풀을 만들고 그것에 숯가루를 섞어, 그것으로 나무 몸체에 아주 작은 과두문자(蝌蚪文字)로 아우(阿禹)를 말살하는 고증을 쓰기 시작했다. 그러기를 장장 27일 동안이나 했다. 만약에 이것을 보고 싶어 하는 사람이 있다면, 느릅나무의 새로 나온 잎 열 장을 내야 하며, 만약에 뗏목에서 사는 사람이라면 신선한 물이끼를 조개껍질에 담아 하나 가득 가져와야만 했다.

사방천지 모두가 물이므로 수렵도 할 수 없고, 농사도 지을 수 없었다. 아직 살아 있는 사람들은 한가하여 보러 오는 사람이 매우 많았다. 소나무 아래는 사흘 동안이나 사람들로 붐볐으며 도처에서 탄식하는 소리가 나왔다. 어떤 사람은 감탄해서이고, 어떤 사람은 피로해서였다. 그런데 넷째 날 정오가 되어 한 시골 사람이 끝내 입을 열었다. 마침 그 학자는 볶음국수를 먹고 있던 중이었다.

"사람들 중에는 '아우(阿愚)'라고 불리는 사람이 있어요."

시골 사람이 말했다.

"게다가 '우'는 벌레가 아니오. 그것은 우리 시골 사람들의 약자(略字)요. 나으리들이 모두 '우(禹)'라고 쓰고 있는 것은 큰 원숭이며……."

"사람을 큰, 큰 원숭이라고 부르는 법이 어디 있어?"

학자가 벌떡 일어났다. 그는 입안에 가득한 미처 씹지 못한 국수를 급히 삼켰다. 화가 나서 코는 빨갛다 못해 보라색으로 변하여 소리쳤다.

"있지요. '아구(阿狗)', '아묘(阿猫)'도 있는데요."

"새대가리〔鳥頭〕 선생, 그와 입씨름할 필요도 없어요."

지팡이를 짚은 다른 학자가 먹던 빵을 놓고, 중간에 끼어들며 말했다.

"시골 사람들은 모두 바보들이오. 네 족보를 가져와 봐."

그는 시골 사람을 향해 크게 소리쳤다.

"네 조상들이 모두 바보라는 것을 틀림없이 발견할 수 있을 거다."

"전 이때껏 족보라는 것이 없었는데요……."

"쳇, 나의 연구가 정밀할 수 없었던 이유가 바로 너희들 이 못난 것들 때문이야!"

"하지만 이, 이런 것들은 족보도 필요 없어. 나의 학설이 틀릴 리가 없어."

새대가리 선생은 더욱 분개하며 말했다.

"전에 많은 학자들이 모두 나의 학설을 찬성한다는 편지를 보내 왔어. 그 편지들은 내가 모두 이곳에 가지고 있어……."

"아니, 아니, 족보를 꼭 조사해야 되겠어."

"하지만 저는 족보가 없는데요."

그 '바보'는 말했다.

"더구나 지금 이렇게 세상이 어지럽고 교통도 불편한데, 선생의 친구들이 찬성의 편지를 보내올 때까지 기다렸다가 증거로 삼겠다니. 참으로 달팽이 껍질 속에 도장(道場)을 차리는 것보다 더 어렵겠군요. 증거는 바로 눈앞에 있어요. 선생은 새대가리 선생이라고 불린다니 사실 선생은 진짜 새의 대가리이고, 결코 사람은 아닌가 보지요?"

"뭣이!" 새대가리 선생은 화가 나서 귓바퀴까지 보라색이 되었다.

"네놈이 이렇게 나를 모욕하다니! 나를 사람이 아니라니! 내 너와 함께 고요(皋陶) 대인에게 가서 법으로 해결해야겠다. 만약 내가 정말로 사람이 아니라면 나는 사형(死刑)을 달게 받겠다. ― 바로 목을 베겠다는 거야. 알겠냐? 아니면 네가 도리어 그 벌을 받아야만 해. 기다려, 내가 볶음국수를 다 먹을 때까지 꼼짝 마!"

"선생."

시골 사람은 마비된 듯이 조용히 대답한다.

"당신은 학자이시니, 이미 오후가 다 되어서 다른 사람도 배가 고프다는 것은 틀림없이 알고 계실 겁니다. 유감스럽지만 바보의 배도 총명한 사람과 같이 고프답니다. 정말 대단히 미안합니다만 저는 청태(靑苔)를 건지러 가야겠어요. 당신이 고소장을 올리고 나면 제가 법원으로 가겠습니다."

그러더니 그는 뗏목으로 뛰어올라 그물을 들어 수초(水草)를 건지면서 둥둥 떠서 멀리 가 버렸다. 구경꾼들도 점점 흩어졌다. 새 대가리 선생은 귓바퀴와 코끝을 붉히고 다시금 볶음국수를 먹기 시작했다.

지팡이를 짚은 학자가 머리를 절레절레 흔들었다.

그러나 '우(禹)'가 도대체 벌레인지 그렇지 않으면 사람인지는 여전히 하나의 큰 의문으로 남았다.

2

우는 아무래도 진짜 벌레인 것 같았다.

반 년이 지나자, 기쾅국의 하늘을 나는 수레는 이미 여덟 번이나 왔다갔고, 소나무 몸통 위의 글자를 읽던 뗏목 주민들이 열 사람 중 아홉 사람이 각기병에 걸렸는데도, 치수를 한다는 새 관리는 아직도 소식이 없었다. 바로 하늘을 나는 수레가 열 번째 왔다 간 후에야 새로운 소식이 전해져 왔다. 우는 확실히 사람이며, 바로 곤의 아들이고, 또 확실히 수리대신(水利大臣)에 임명되었고, 3년 전에 이미 기주(冀州)를 출발하여 얼마 후에는 이곳에 도착한다는 것이다.

사람들은 약간 흥분하긴 했으나 한편으로는 매우 담담하여 크게 믿지는 않았다. 왜냐하면 이런·종류의 소식은 크게 믿을 만한 소식이 못 되는데다, 누구나 귀가 닳도록 들어왔기 때문이었다.

그러나 이번은 매우 믿을 만한 소식인 것 같았다. 10여 일 후에는 대신이 꼭 오리라고 거의 누구나 말하는 것이었다. 왜냐하면 어떤 사람이 부초(浮草)를 건지러 나갔다가 관청의 배를 직접 보았다는데, 그가 자기 머리의 검푸른 혹을 가리키면서, 너무 늦게 피했기 때문에 군인의 돌팔매를 맞았다고 말하였기 때문이었다. 이는 바로 대신이 틀림없이 온다는 증거였다. 이 사람은 이때부터 매우 유명해졌고 또 대단히 바빠졌다. 사람들이 모두 뒤질세라 앞을 다투어 그의 머리 위의 혹을 보러 왔기 때문에 뗏목이 거의 가라앉을 지경이었다. 후에는 또 학자들이 그를 불러서 자세히 연구한 뒤, 그의 혹은 틀림없는 진짜 혹이라고 결정하였다. 이리하여 새대가리 선생도 더는 자신의 의견을 고집할 수 없게 되었고, 고증학(考證學)을 다른 사람에게 양보하는 수밖에 없게 되었다. 그 자신은 따로 민간의 노래를 수집하기로 했다.

커다란 나무배 한 떼가 도착한 것은 머리에 혹이 난 지 약 20여 일 후였다. 배마다 20명의 군인들이 노를 젓고, 30명의 군인들은 창을 들고 있었으며, 앞뒤로 온통 깃발이었다. 산꼭대기에 배를 대자 신사들과 학자들은 이미 해안에 줄을 지어 있다가 공손히 환영했다. 한나절도 더 지난 뒤, 가장 큰 배에서 중년으로 보이는 두 명의 뚱뚱한 높은 관원이 나타났다. 20명 가량 되는 호랑이 가죽 옷을 입은 무사들이 그들을 호위하여 영접하러 나온 사람들과 함께 가장 높은 꼭대기의 돌집으로 갔다.

사람들은 바다와 육지 양편에서 이리저리 탐문하고서야 비로소 두 사람은 다만 시찰하러 온 전문위원일 뿐 결코 우 본인이 아니라는 것을 밝혀냈다.

높은 관원들은 돌집의 중앙에 앉아 빵을 먹고 나서 시찰을 시작했다.

"수재(水災) 상황이 결코 심각하지는 않습니다. 양식도 그런 대로 버틸 만합니다."

학자들의 대표로 묘족언어학(苗族言語學)의 전문가가 말했다.

"빵은 매달 공중에서 떨어뜨려 주고 있으며 물고기[魚]도 부족하지 않습니다. 비록 흙탕물 냄새가 조금 있기는 합니다만, 그래도 매우 살찐 것들입니다. 대인, 저 아랫백성들로 말하자면 그들은 느릅나무 잎과 김이 얼마든지 있어서, 종일 배불리 먹고 있으니 걱정할 것이 없습니다. ─ 말하자면 마음 쓸 일이 없다는 것이지요. 그들은 이것들을 먹기만 하면 충분합니다. 우리들도 먹어 보았는데 맛이 결코 나쁘지 않으며, 매우 특별한 것은……."

"게다가,"

『신농본초(神農本草)』를 연구한다는 다른 학자가 말을 가로챘다.

"느릅나무 잎에는 비타민 W가 함유되어 있고, 김에는 요오드가 있어 연주창을 치료할 것이므로 두 가지가 모두 건강에 매우 좋습니다."

"O. K!"

또 다른 학자 한 사람이 말한다. 대관들은 눈을 크게 뜨고 그를 본다.

"음료수는?"

그 『신농본초』의 학자가 이어서 말했다.

"그들이 필요한 만큼은 얼마든지 있습니다. 만대(萬代)를 마셔도 다 못 마십니다. 애석하게도 황토(黃土)가 조금 섞여 있어 마시기 전에 반드시 한 번 증류시켜야 합니다. 제가 여러 차례 지도하였습니다만, 그들은 완고하고 굼떠 절대로 시키는 대로 하려고 하지 않습니다. 그래서 많은 병자들이 나오고 있습니다……."

"바로 홍수도 그들이 꾸며낸 것이 아닌지요?"

다섯 가닥의 긴 수염을 기른 진한 갈색 두루마기를 입은 신사가 말을 가로챘다.

"물이 차기 전에 그들은 게을러서 막으려 들지 않았고, 홍수가 왔을 때에도 그들은 게을러서 물을 퍼내지 않았지요……."

"정신이 빠진 게군."

뒷줄에 앉아 있던 팔자 수염을 한 복희(伏羲) 시대의 소품문학가(小品文學家)가 웃으며 말했다.

"내 전에 파미르 고원에 올라가 보니, 하늘에서 큰 바람이 불어오고, 매화가 피었으며, 흰 구름이 날고, 금값은 올랐으며, 쥐는 잠을 자고 있었지요. 한 소년을 만났는데 입에는 시거 담배를 물고, 얼굴에는 치우씨(蚩尤氏)의 안개가 어리어 있었어요. ……하하하! 할 수 없지……."

"O. K!"

이렇게 한나절 가량 이야기했다. 높은 관원들은 모두가 귀를 기울여 듣고는, 마지막으로 그들에게 공동으로 보고서를 쓰게 하였는데, 역시 조목별로 선후책을 피력하여 기술하는 것이 가장 좋겠다고 했다.

그리고 높은 관원들은 배를 타고 갔다. 다음날은 오느라고 피곤

했다며 공무를 보지 않았고, 손님도 만나지 않았다. 셋째 날은 학자들이 공식으로 초청하여 최고봉에서 땅에 눕듯이 덮여 있는 고송(古松)을 감상했고, 오후 한나절은 또 함께 산 뒤쪽에 가서 뱀장어를 낚으며 황혼이 될 때까지 놀았다. 나흘째는 시찰하느라 피로하였기 때문에 공무를 보지 않고 손님도 만나지 않았다. 닷새째되는 날 오후에 아랫백성들을 만나겠다고 전했다.

아랫백성의 대표는 나흘 전에 추천이 시작되었다. 그러나 아무도 가려고 들지 않았다. 다들 이때껏 관리라고는 만나본 일이 없다는 것이다. 이렇게 하여 대다수가 머리에 혹이 난 그 사람을 추천하여 결정했는데 그가 관리를 본 경험이 있다는 이유에서였다. 그러나 그는 이미 가라앉은 혹 자리가 갑자기 바늘에 찔린 듯이 아파와서 징징 울면서 대표는 죽어도 못하겠다는 것이었다. 여러 사람들이 그를 에워싸고는 밤낮으로 대의(大義)라고 몰아치고, 그가 공익을 돌보지 않는 것은 이기적인 개인주의이며 중국에서는 용납될 수 없는 것이라고 꾸짖었다. 조금 격렬한 자는 심지어 주먹까지 쥐고 그의 코앞에 내밀며, 이번 수해의 책임을 그에게 지우려했다. 그는 피로해서 죽을 지경이었다. 뗏목 위에서 이렇게 핍박을받아 죽느니 위험을 무릅쓰고 공익을 위해 희생되는 편이 낫겠다싶어 일대 결심을 하고 마침내 나흘째 되는 날 응낙했다.

사람들은 모두가 그를 칭찬했다. 그러나 몇 명의 용사들은 오히려 약간 질투를 하였다.

바로 닷새째 되는 날 새벽에 사람들은 일찌감치 그를 끌고 나와 언덕에 세우고 부름을 기다렸다. 과연 높은 관원들이 그를 불렀다. 그의 두 다리는 즉시 부들부들 떨려 왔으나 곧 마음을 굳게 먹었다. 결심을 하고 나니 두어 번 크게 하품이 나왔고 눈두덩이 부어올랐다. 그는 자신의 다리가 마치 땅에 닿아 있지 않은 것 같음을 느끼면서 공중에 떠서 걷는 듯이 관리의 배에 올라탔다.

매우 이상한 것은 창을 가진 군인들이나 호랑이 가죽을 입은 무사들 모두가 그를 욕하지 않고 곧바로 가운데 선실로 들여보내는 것이었다. 선실 안은 곰 가죽과 표범 가죽이 깔려 있었으며 또 몇 개의 활과 화살이 걸려 있고, 많은 병과 통조림통이 늘어져 있어 그의 눈을 어지럽게 했다. 정신을 차리고 위쪽을 보니 바로 자기의 맞은편에 두 분의 뚱뚱한 관리가 앉아 있는데 어떤 모습인지는 감히 똑똑히 볼 수가 없었다.

"네가 백성들의 대표냐?"

높은 관원 중의 한 사람이 물었다.

"그들이 저를 보냈습니다."

그는 눈을 깔고 선창 바닥에 깔린 표범 가죽의 쑥잎 같은 색 무늬를 보면서 대답했다.

"너희들은 어떠냐?"

"……."

그는 무슨 뜻인지를 몰라 대답을 못했다.

"너희들은 잘 지내고 있느냐?"

"대인의 덕택으로 잘……"

그는 또 잠시 생각하다가 낮은 소리로 말했다.

"그저 그런 대로…… 되는 대로……."

"먹는 것은?"

"있습니다. 나뭇잎도, 물풀도……."

"모두 먹을 만한가?"

"먹을 만합니다. 우리들은 무엇에고 익숙해져 있어 먹을 만합니다. 다만 애새끼들이 조금 떠들기는 합니다만, 인심이 나빠지고 있어서, 제기랄, 저희들이 그놈들을 혼내 주고 있습니다요."

대인들은 웃었다. 한 사람이 다른 사람에게 말했다.

"이 녀석은 그래도 착실하군요."

이 친구는 칭찬을 듣자 기쁜 마음에 절로 담대해져서 마구 지껄여 댔다.

"저희들에게는 방법이 있습니다. 예를 들어 물풀로는 가장 좋은 것이 비취볶음탕[滑溜翡翠湯]을 만드는 것이고, 느릅나무 잎으로는 당조국(當朝羹) 일품을 만드는 것입니다. 나무껍질은 완전히 벗기면 안 됩니다. 한 줄기는 남겨 두어야 합니다. 그래야 내년 봄에 나뭇가지에 잎이 나오고 수확하게 됩니다. 만약에 대인들의 덕택으로 뱀장어를 낚을 수 있다면……."

그러나 대인들은 듣고 싶어 하지 않는 것 같았다. 한 사람이 두 번 연이어 크게 하품을 하더니 그의 말을 가로막았다.

"너희들도 공동으로 보고서를 제출해라. 제일 좋은 것은 선후책을 조목별로 써서 바치는 것이다."

"하지만 저희들은 아무도 글을 쓸 줄 모르는데요……."

그가 더듬더듬 말했다.

"너희들이 글자를 모른다고? 이것 참, 윗전에게 아뢸 맘이 없다는 건가! 할 수 없군, 너희들이 먹고 있는 물건을 한 가지씩 골라 가져오너라."

그는 두렵기도 하고 기쁘기도 하여 물러나와 혹이 났던 자리를 만져 보면서, 즉각 대인의 분부를 언덕에 있는 사람, 나무 위와 뗏목에서 사는 사람들에게 전하면서 아울러 큰소리로 부탁했다.

"이것은 윗전에 보내는 것이요, 그러니 깨끗하고 솜씨 있고 멋지게 만들어야 합니다요……!"

모든 주민들은 너나없이 바빠지기 시작했다. 잎을 씻고, 나무껍질을 자르고, 청태를 건지는 등 한바탕 소동이었다. 그 자신은 나무판자를 톱질하여 진상품을 넣을 상자를 만들었다. 나무 두 조각은 특별히 빛이 나게 문지른 뒤, 밤중에 산꼭대기에 달려가서 학자들에게 글을 써 달라고 부탁했다. 나무 한 조각은 상자의 뚜껑을 만들 것이니 '수명은 산처럼 길고 복이 바다처럼 넘치네〔壽山福海〕'라고 써 달라 하고, 한 조각은 자기의 뗏목에 걸 편액으로 만들어 이 영광을 새겨 두고자 '착실한 사람의 집〔老實堂〕'이라 써 달라고 했다. 그러나 학자들은 '수산복해' 한 조각만 써 주었다.

3

두 분의 높은 관원이 서울에 돌아올 때쯤, 다른 시찰원들도 대부분 속속 돌아왔다. 다만 우만이 아직 외부에 있었다. 그들이 집에서 며칠 쉬고 나자 수리국(水利局)의 동료들이 국(局) 내에 큰 연회를 베풀어 그들을 환영하였다. 각자는 가져온 자료를 복(福), 녹(綠), 수(壽)의 세 종류로 나누었는데 아무리 적어도 큰 조개껍질 50개는 내야만 했다. 이날은 참으로 수레와 말의 행렬이 끊이지 않는 성황을 이루었고 저녁 무렵에는 주객(主客)이 모두 도착했다. 뜰에는 이미 횃불이 켜졌으며, 솥에서는 쇠고기 냄새가 문밖에까지 풍겨 나왔다. 냄새가 위병(衛兵)의 코앞에까지 흐르자 모두가 침을 꿀꺽 삼켰다.

술이 세 순배 돌아가자 높은 관리들은 물나라[水鄕]의 연도에서 보았던 풍경에 대하여 이야기하였다. 갈대꽃은 눈과 같이 희고, 진흙물은 황금 같으며, 뱀장어는 기름이 올랐으며, 청태(靑苔)는 매끄럽다는…… 등등의 말을 했다. 술기가 조금 오르자 여러 사람들은 비로소 채집하여 온 백성들의 음식을 꺼내놓았는데 모두가 정교한 나무상자에 담겨 있었으며 뚜껑에는 글자가 쓰여 있는데, 어떤 것은 복희(伏羲)의 팔괘체(八卦體)로 되어 있고, 어떤 것은 창힐(倉詰)의 귀곡체(鬼哭體)로 되어 있었다. 여러 사람들은 먼저 이 글씨들을 감상하다가 입씨름이 벌어졌다. 거의 때리고 싸울 정도로 논쟁을 하고 난 후에야 비로소 '국태민안(國泰民安)'이라고 쓴 것을 일등으로 꼽기로 결정했다. 왜냐하면 문자가 질박하고 알아보기 어려우며 상고의 순수한 기풍이 있을 뿐만 아니라, 글의 뜻도 체통이 있어 사관(史館)에 보내도 될 만하다 여겨졌기 때문이었다.

중국 특유의 예술에 대한 품평(品評)이 끝나자, 어떻든 문화 문제는 일단락 지어진 셈이었다. 이어 상자에 담아 온 내용물을 시찰하였는데, 모두가 한결같이 떡 모양의 정교함을 칭찬했다. 그러나 술을 지나치게 마신 까닭인지 의견이 분분했다. 어떤 사람은 소나무 껍질의 떡을 씹어 보고는 그것의 맑은 향기를 극구 칭찬하면서, 자기는 내일이라도 벼슬을 그만두고 은퇴하여 이런 맑은 복(福)을 누리고 싶다고 했다. 잣나무 잎으로 만든 과자를 씹어 본 사람은 질이 거칠고 맛이 써서 혀가 쓰리자, 이렇게 아랫백성들과 환난을 함께하여야 임금 됨의 어려움과 또 신하 되기 쉽지 않음을 알 수 있다고 했다. 몇 사람은 달려와서 그들이 씹었던 과자나 떡을 뺏으려고 했다. 얼마 후에 전람회를 열어 모금을 하려면 이것들을 모두 진열해야 되는데 너무 많이 씹어 놓으면 볼썽사납게 된다는 것이었다.

밖에서 한바탕 떠드는 소리가 일어났다. 얼굴은 시커멓고 의복은 해어져 거지 같은 한떼의 커다란 사나이들이 교통을 차단한 경계선을 뚫고 관청 안으로 마구 들이닥쳤다. 위병들이 크게 소리치면서 급히 번쩍이는 창을 좌우에서 교차시켜 그들의 길을 가로막았다.

"뭐야? — 똑똑히 봐!"

앞에 있던 마르고 키가 크고 손발이 거친 사나이가 노려보면서 크게 소리쳤다.

위병들은 어슴푸레한 속에서 자세히 살펴본 뒤, 곧 공손하게 차렷을 하고는 창을 들어 그들을 들여보냈다. 하지만 숨을 헐떡이며 뒤쫓아오던, 짙은 남색의 무명 두루마기를 입고 손에 아이를 안은 부인은 막았다.

"왜 이러나? 자네들 나를 못 알아보겠나?"

그 여자는 주먹으로 이마의 땀을 훔치면서 이상하다는 듯이 물었다.

"우 부인, 저희들이 어찌 우 부인을 모르겠습니까?"

"그렇다면, 왜 나를 들어가지 못하게 하는 건가?"

"우 부인, 요새 세월이 썩 좋지 않은지라, 금년부터 풍속을 단정하게 하고 인심을 바르게 한다고 하여, 남녀유별(男女有別)을 하고 있습니다. 지금 어느 관청에서도 부녀자들을 들여보내지 않습니다. 여기뿐만이 아니고, 부인뿐만이 아닙니다. 이것은 윗전의 명령이니 저희들을 나무라지 마십시오."

우 부인은 잠시 명청하게 있더니, 두 눈썹을 치키고 몸을 돌리면서 소리쳤다.

"이 죽일 것들! 무슨 장사(葬事) 지내러 가냐? 저희 집 문 앞을 지나면서 들어와 보지도 않고! 네 장례를 치르는 거냐! 벼슬, 벼슬 하는데, 벼슬이 뭐가 좋다고. 네 아비같이 유배 가서는 연못에 빠져 큰 거북이 되고 싶냐! 이 양심도 없는 죽일 것……."

이때 관청 안의 대청에서도 벌써부터 소란이 벌어지고 있었다. 사람들은 한 무리의 사나이들이 뛰어드는 것을 보자 슬금슬금 숨으려고 하다가 번쩍이는 무기가 보이지 않자 정신을 가다듬고 똑바로 보았다. 뛰어든 사람들이 가까이 다가왔다. 맨 앞의 사람은 비록 얼굴이 검고 모습이 말랐으나, 표정을 보고서야 그가 바로 우라는 것을 알았다. 그 나머지는 말할 것도 없이 그의 수행원들이었다.

사람들은 모두 놀란 나머지 술기운이 싹 가셨다. 사각사각 옷이 스치는 소리가 나면서 즉각 모두가 아래로 물러났다. 우는 곧바로 성큼 자리에 이르더니 상석에 앉았다. 거드름을 피우는 것인지 혹은 관절에 병이 난 것인지 무릎을 굽히지 않고 앉았더니, 두 다리를 쭉 뻗어 큰 발바닥을 높은 관리들과 마주 대하게 했는데 버선도 신지 않았으며 발바닥에는 온통 밤알만한 굳은살이 박여 있었다. 수행원들은 그의 좌우로 갈라져 앉았다.

"대인께서는 오늘 서울에 돌아오셨습니까?"

소속된 관리 중에 대담한 사람이 무릎걸음으로 조금 앞에 나서며 공손히 물었다.

"다들 조금 가까이 나와 앉으시오."

우는 그의 물음에는 대답을 하지 않고 여러 사람에게 말했다.

"시찰은 어떻습니까?"

높은 관리들은 무릎으로 걸어 앞에 나서면서 서로가 서로의 얼굴을 마주보았다. 연회를 벌였던 자리에는 씹다가 놓은 소나무 껍질 떡과 발라먹은 소뼈가 보였다. 대단히 마음에 걸리나 — 감히 주방 사람을 불러 거두어 가라고 하지는 못했다.

"대인에게 말씀 올립니다."

드디어 대관 한 사람이 말했다.

"생각보다는 괜찮았습니다. — 인상은 매우 좋았습니다. 소나무 껍질과 수초(水草)가 적지 않게 생산되고 있었으며, 음료는 매우 풍부합니다. 백성들은 모두가 매우 성실하고 생활에 익숙해져 있었습니다. 대인께 말씀 올리자면 그들은 모두가 고생을 잘 견디는 것으로 세계에서도 이름을 날리고 있는 사람들입니다."

"하지만 소인은 이미 의연금을 모금할 계획을 세워 놓았습니다."

또 다른 높은 관원 한 사람이 말했다.

"기이한 식품의 전람회를 개최하려고 준비하고 있으며, 따로 '여외(女隗)'의 아가씨들을 청하여 패션쇼를 하려고 합니다. 표를 팔기만 할 뿐 회의장 내에서는 결코 의연금을 걷지 않는다고 성명을 발표하면 보러 오는 사람이 조금 더 많을 것입니다."

"그거 아주 좋군요."

우는 말하면서 그를 향해 허리를 약간 굽혔다.

"그러나 제일 긴급한 것은 빨리 큰 뗏목을 파견하여 학자들을 고원(高原)에서 데리고 오는 것입니다."

세 번째 높은 관원이 말했다.

"한편으로는 기괴국에 사람을 보내 그들에게 우리가 문화를 존중한다는 것을 알리고, 구제품도 매달 이곳으로 보내기만 하면 된다고 통지하는 것이 좋겠습니다. 학자들이 올린 보고서가 이곳에 있는데, 대단히 뜻있는 말을 하고 있습니다. 그들은 문화는 한 나라의 명맥(命脈)이고, 학자는 문화의 영혼이며, 문화가 존재해야만 중국도 존재하고 다른 일체의 것은 그 다음의 것이라고 합니다……"

"그들은 중국에 인구가 너무 많다고 여기고 있습니다."

첫 번째 높은 관원이 말했다.

"조금 감소시켜야 태평지도(太平之道)에 이릅니다. 하물며 그것들은 우민(愚民)에 지나지 않으므로 희로애락도 결코 지식인이 생각하는 것같이 그렇게 정교하지 못합니다. 인물을 이해하고 그 시대적 배경을 연구하려면, 첫째로 주관(主觀)에 의해야만 합니다. 예를 들어 셰익스피어는……."

'육갑 떨고 있군!'

우는 마음속으로 생각했으나 입으로는 오히려 큰소리로 말했다.

"내가 시찰하여 본 바로는 지난번의 방법인 '막기'는 잘못된 것임을 알았습니다. 이후에는 마땅히 '소통시키기'로 해야겠습니다. 여러분의 의견은 어떤지 모르겠습니다만."

묘지처럼 조용했다. 높은 관원들의 얼굴에 사색이 나타났다. 많은 사람들은 자기가 병이 난 것 같아, 내일은 병가(病暇)를 얻어야겠다고 생각했다.

"그것은 치우(蚩尤)*의 방법입니다."

한 용감한 청년 관원이 조용히 격분했다.

"소관의 어리석은 의견으로는 대인께서 그 명령은 마땅히 취소하셨으면 합니다."

흰 수염에 백발의 높은 관원이, 이제 천하의 흥망은 자신의 입에 달려 있다고 여기고, 마음을 굳게 먹고 죽을 각오로 항의하였다.

"막기는 대인의 어른께서 이루어 놓은 방법입니다. '3년 동안은 아비의 도리를 바꾸지 않아야 효라 할 수 있다'라고 했습니다. ─ 대인의 어른께서 승천하신 지 아직 3년이 되지 않았습니다."

우는 한마디도 하지 않았다.

"하물며 대인의 어른께서 얼마나 마음을 쓰셨습니까. 상제의 식양(息壤)*을 빌려서 홍수를 막았습니다. 비록 상제의 노여움을 사기는 했으나, 홍수를 조금은 낮추었습니다. 역시 전과 같은 방법으로 다스리는 것이 나을 것 같습니다."

수염과 머리가 희끗희끗한 다른 높은 관원이 말했다. 그는 우의 외삼촌의 양자였다.

  우는 한마디도 하지 않았다.

  "제가 보기에 대인께서는 '자식이 아버지의 실패한 사업을 이어 받아 성공시킴으로써 아버지의 실패를 만회하시는 것'이 더 낫겠습니다."

  뚱뚱한 높은 관원은 우가 아무 말도 하지 않는 것을 보자 굴복하려는 것으로 여기고 조금 경박하게 큰소리로 말했다. 그러나 얼굴에는 비지땀을 흘리고 있었다.

  "가법(家法)에 따라서 집의 명예를 만회하는 것입니다. 대인께서는 아마도 사람들이 대인의 어르신네를 어떻게 말하고 있는지 모르고 계시는 것 같습니다만……."

  "요점만 말한다면 '막기'는 이미 세간에 정평이 나 있는 좋은 방법입니다."

  수염과 머리가 흰 늙은 관원은 뚱뚱이가 잘못을 저지를까 봐 걱정이 되어 말을 가로챘다.

  "다른 여러 가지 것들은 이른바 '모던(modern)'이라는 것인데, 옛날에 치우 씨는 바로 이 점에서 실패했습니다."

  우는 미소를 짓더니,

  "저도 알고 있습니다. 어떤 사람은 나의 아버지가 누런 곰으로 변했다고 하고, 어떤 사람은 나의 아버지가 세 발 달린 자라로 변했다고도 하며, 또 어떤 사람들은 내가 명예를 구하고, 이익을 도모하고 있다고도 말합니다. 옳은 말입니다. 내가 말하고자 하는 것은 내가 산과 못〔澤〕의 형편을 조사하고 백성들의 의견을 모아서 이미 실정을 완전히 파악하고 방법을 정했다는 것입니다. 어떻게 되었든 '소통시키기'로 하지 않으면 안 됩니다. 이 동료들도 모두 나와 같은 뜻입니다."

그는 손을 들어 양쪽을 가리켰다. 수염과 머리가 하얀 사람, 수염과 머리가 희끗희끗한 사람, 작고 흰 얼굴, 뚱뚱하고 땀을 흘리는 사람, 뚱뚱하면서 땀을 흘리지 않는 관원들이 그의 손가락을 따라 보니, 시커멓고 마른 거지 같은 사람들이 움직이지도 않고, 말도 하지 않고, 웃지도 않고 쇠로 부어 만든 것같이 한 줄로 늘어서 있는 것만이 보일 따름이었다.

4

우 어른이 떠나고 난 후 세월은 참으로 빨리도 지나서, 모르는 새 서울의 상황은 날로 번창해 갔다. 먼저, 부자들이 명주 도포를 입기 시작했고, 다음으로, 큰 과일가게에서는 귤과 유자를 팔고, 큰 비단가게에는 수놓은 비단이 걸려 있는 것이 보이기 시작했다. 부자들의 연회 상에는 좋은 간장과 고기 지느러미 요리와 해삼 요리가 올랐고, 그 후에 그들은 곰 가죽의 깔개와 여우 가죽의 윗저고리를 가지게 되었으며, 부인들도 금 귀걸이와 은팔찌를 끼게 되었다.

대문간에 서 있기만 해도 언제나 신기한 사물을 보게 되었다.

오늘은 대나무 화살 한 수레가 오고, 내일은 소나무 판자 한 묶음이 오기도 하고, 때로는 인공 산을 만드는 데 쓰는 괴석이 메어져 왔으며, 때로는 살아 있는 신선한 물고기가 들려 오기도 했다. 때로는 한 자 두 치나 되는 큰 거북의 무리들이 대가리를 움츠린 채로 대나무 바구니에 넣어져 수레에 실려 황성 쪽으로 끌려갔다.

"엄마, 저것 봐, 굉장히 큰 거북이야!"

아이들은 보자마자 소리치며 달려가서 수레를 에워쌌다.

"요놈들, 얼른 비켜. 이건 황제폐하의 보물이야. 죽고 싶어!"

그러나 우 어른에 관한 새 소식도 진귀한 보물이 서울에 들어오는 것만큼이나 많았다. 백성들의 처마 앞에서, 길가의 나무 아래에서 모두 그의 이야기를 하였다. 가장 많은 것은 그가 밤에 누런 곰으로 변하여 입과 발톱으로 아홉 개의 하천[九河]을 하나하나 파헤쳐 소통시켰다거나, 혹은 천병(天兵)과 천장(天將)을 청하여 바람을 일으키고 파도를 일으키는 요괴인 무지기(無支祁)를 잡아 구산(龜山) 아래에서 진압시켰다는 것 등이었다. 황제인 순(舜) 어른의 일은 아무도 다시는 거론하지 않았다. 기껏해야 겨우 단주 태자(丹朱太子)가 못났다고 말하는 것이었다.

우가 서울에 돌아오려고 한다는 소식이 전해진 지는 이미 매우 오래되었다. 날마다 한 무리의 사람들이 관소(關所)의 입구에 서서, 그의 의장 행렬이 도착하는 것을 보려고 했다. 그러나 그는 결코 오지 않았다. 그럼에도 소식은 전해질수록 더욱 자자해져서 정말인 것처럼 되어 버렸다. 반쯤 흐리고 반쯤 개인 어느 날 오전, 마침내 그는 수많은 백성들이 모여 북적대는 사이를 뚫고, 기주

(冀州)인 서울로 들어왔다. 그의 앞에는 의장대가 아닌, 겨우 한 무리의 거지 같은 수행원들뿐이었다. 맨 끝이 손발이 거친 큰 사나이였는데 검은 얼굴에 노란 수염, 다리가 약간 굽었으며, 두 손에는 까만 칠을 하고 끝이 뾰족한 큰 돌덩어리 — 순 어른이 내려 주셨다는 — '현규(玄圭)'를 받들고는 연방 "실례합니다. 실례합니다. 조금 비켜 주세요. 조금 비켜 주세요"라고 하면서 사람의 무리 속을 뚫고 황궁으로 들어갔다.

백성들이 궁전 문 밖에서 환호하고 떠드니 그 소리가 마치 절수(浙水)의 파도 소리 같았다.

순 어른은 용상에 앉아 있었다. 이미 나이가 있는지라 피로한 기색을 면치 못하던 순 임금이었지만 이때만은 매우 놀란 것 같았다. 우가 도착하자 급히 정중하게 일어나 예를 행했다. 고요(皐陶)가 앞서 나가 몇 번 수인사를 하고서야 순이 말했다.

"자네도 나에게 덕담 몇 마디 해 주게."

"네? 제게 무슨 할 말이 있어야지요."

우는 자르듯이 대답했다.

"저는 매일 '열심히 열심히' 하는 것만 생각했습니다."

"'열심히 열심히' 한다는 것이 무엇인가?"

"홍수가 하늘에까지 넘쳐서, 널리널리 퍼져 산을 둘러싸고 언덕을 오르니, 아랫백성들은 모두 물속에 잠겼습니다. 저는 마른 길은 수레를 타고, 물길은 배를 탔으며, 진흙길은 썰매를 타고, 산길은 가마를 타고 갔습니다. 산에 이르면 나무를 베어 길을 내고, 익(益)과 함께 둘이서 사람들에게 밥을 주어 먹게 하고 고기를 주어 먹게 했습니다. 논에 있는 물은 내로 보내고, 내에 있는 물은 바다로 보냈습니다. 직(稷)과 함께 둘이서 사람들이 얻기 어려운 먹을 것들을 얻어다 먹게 하였으며, 물건이 부족한 곳에는 여유가 있는 곳의 것을 가져다 보급하여 주었고, 이사도 시켰습니다. 사람들은 그제야 비로소 안정이 되었고, 각 지방의 모습이 갖추어졌습니다."

"그렇군, 그렇군. 참으로 좋은 말이오."

고요가 칭찬했다.

"어!" 하고 우가 말하였다. "황제 된 사람은 조심하고 조용해야 합니다. 하늘에 대하여 양심을 가져야 비로소 하늘이 전과 같이 은혜를 베풀 것입니다."

순 어른이 한숨을 쉬고는 그에게 국가의 대사를 부탁하면서, 의견이 있으면 면전에서 말하고, 뒷전에서는 험담을 하지 말라고 하였다.

우가 승낙하는 것을 보고서 임금은 또 한숨을 쉬면서 말했다.

"단주(丹朱)와 같이 말을 안 듣는 사람이 되지 말게. 놀기만을 좋아하고, 마른 땅에서 배를 저으려 하는가 하면, 집 안에서는 또 소란을 부려 살아가기 어렵게 되어 가니, 내 정말 이런 꼴은 볼 수가 없다네."

"저는 아내를 얻은 지 사흘 만에 집을 떠났습니다."

우가 대답했다.

"아계(阿啓)가 태어났어도 그를 아들로 보아 주지도 못했습니다. 그 덕에 치수를 할 수 있었습니다. 나라를 다섯 경계로 나누었는데, 온전하게 사방 5천 리가 됩니다. 모두 12주(州)를 만들었는데, 곧바로 바닷가에까지 이릅니다. 다섯 사람의 두령을 세웠는데 모두가 대단히 잘합니다. 하지만 유묘(有苗)만은 안 되겠습니다. 유의하셔야겠습니다."

"나의 천하는 참으로 모두가 자네 덕에 잘되어 가네."

순 어른도 칭찬했다.

그러자 고요도 순 어른과 함께 숙연히 일어나서 머리를 숙였다. 조정이 파한 후, 그는 서둘러 특별령을 내렸다. 백성들은 모두 우의 행위를 배우도록 하되, 만약 그렇게 하지 않으면 즉각 죄를 범하는 것으로 친다는 것이었다.

이것은 장사하는 사람들에게 맨 처음으로 큰 공황(恐慌)을 일으키게 했다. 그러나 다행히도 우 어른이 서울에 돌아온 후부터는 사람들의 태도도 조금씩 변했다. 먹고 마시는 것에는 마음을 쓰지 않았으나 제사나 행사는 풍성하게 했다. 의복은 되는 대로 입었으나 조정에 나가거나 남을 방문할 때 입는 것은 화사한 것으로 했다. 따라서 시장은 전과 같이 되어 큰 영향을 받지 않았다. 얼마 후에 상인들은 우 어른의 행위는 참으로 배워야 마땅한 것이고, 고 어른의 새 법령도 매우 좋은 것이라고 말했다.

드디어 천하는 태평하게 되어, 온갖 짐승들조차도 모두가 춤을 추고, 봉황도 날아와서 함께 즐겼다.

1935년 11월에 씀

고사리를 캐는 사람(采薇)

1

요즈음 반 년 동안, 왠지 모르게 양로원 안조차도 그다지 평온하지 못하였다. 일부 노인들은 머리를 맞대고 귓속말을 하거나 들락날락거리면서 매우 부산을 떨고 있었다. 다만 백이(伯夷)만은 쓸데없는 일에는 전혀 마음을 쓰지 않았다. 가을이 되자 그는 늙은 몸이라 추위를 몹시 싫어하여 온종일 돌계단 가에 걸터앉아 햇볕을 쬐었다. 황급한 발소리가 들려도 결코 머리를 들어 보려 하지 않았다.

"큰형님!"

부르는 소리를 듣기만 해도 숙제(叔齊)라는 것을 안다. 백이는 원래 예의를 가장 중히 여기는 사람이었으므로 머리를 들어올리기 전에 먼저 몸을 일으키고 손을 펴 보였다. 동생에게 계단 옆에 앉으라는 뜻이었다.

"큰형님, 시국이 별로 좋지 않은 것 같아요."

숙제는 나란히 앉으면서 숨가쁘게 말했다. 그 목소리는 약간 떨리고 있었다.

"어떻게 되었기에?" 백이는 그제야 비로소 얼굴을 돌렸다. 본래 창백한 숙제의 얼굴빛이 더욱 창백해진 것처럼 보였다.

"큰형님은 상왕(商王)에게서 도망쳐 나온 두 소경의 이야기를 들으셨겠지요?"

"응, 며칠 전 산의생(散宜生)이 말했던 것 같구나. 주의해서 듣지는 않았다만."

"제가 오늘 태사(太師)인 자(疵)와 소사(少師)인 강(强)을 방문했더니 그들이 많은 악기를 가져왔더군요. 듣자하니 얼마 전에 전람회를 열었는데 참관자들이 모두 대단히 칭찬했다고 하더군요. ── 그런데 이쪽에서는 당장에라도 출병할 것 같답니다."

"악기 때문에 군대를 일으킨다는 것은 선왕(先王)의 도(道)에 어긋나는 것이지."

백이는 천천히 우물우물 말했다.

"악기 때문만은 아닙니다. 큰형님께서는 일찍이 상왕의 무도함을 들어 보시지 않았나요? 이른 아침에 강을 건너면서 차가운 물을 겁내지 않는 사람의 다리뼈를 잘라 그의 골수를 보았다느니, 비간왕(比干王)의 심장을 도려내어 성인의 표시라는 일곱 개의 구멍이 정말 있는지를 보았다느니 하지 않습니까? 전에는 소문으로만 전해졌었는데, 소경이 도망쳐 나와 사실이라고 했답니다. 더구나 상왕이 옛 법을 멋대로 고친 것이 확실히 증명되었어요. 옛 법을 멋대로 바꾸는 자는 마땅히 응징해야 해요. 그러나 제가 생각하기엔 아랫사람이 윗사람을 범하는 것도 역시 선왕의 도에 어긋나는 것이기는 합니다만……."

"요새 구운 떡이 날이 갈수록 작아지더구나. 이것만 보더라도 확실히 무슨 일이 일어날 것 같기는 하다."

백이는 잠시 생각하더니 말하였다.

"하지만 내가 보기에 너는 외출을 줄이고, 말도 줄이고, 그전같이 매일 태극권(太極拳) 연습이나 하는 것이 좋겠다."

"네……."

숙제는 매우 순종하는 사람이었으므로 짤막하게 대답했다.

"생각해 보아라." 백이는 아우가 마음속으로는 승복하지 않고 있음을 알아차리고는 이어서 말을 했다.

"우리는 식객(食客)의 몸이다. 서백(西伯)이 늙은이들을 부양하려고 했기 때문에 우리가 여기 이러고 있는 거야. 구운 떡이 작아졌다고 해서 뭐라고 말을 해서는 물론 안 된다. 세상 일이 시끄러워졌다고 해서 뭐라고 말을 해서도 안 된다."

"그렇다면 우리들은 양로를 위해서 양로를 하는 것이군요."

"될 수 있는 대로 말을 안 하는 것이 좋아. 그리고 나는 그런 일들을 들을 기력도 없어."

백이는 기침을 하기 시작하였다. 숙제는 더 이상 입을 열지 않았다. 기침이 멎자 주위는 조용해졌다. 늦가을의 저녁 해가 두 사람의 흰 수염에 비추어 번쩍번쩍 빛나고 있었다.

2

그러나 이런 불안은 어떻든 점점 더해 갔다. 구운 떡은 작아졌을 뿐만 아니라, 밀가루도 거칠어졌다. 양로원의 사람들은 더욱 자주 귓속말을 하게 되었고 밖에서는 수레나 말이 지나는 소리가 끊이지 않았다. 숙제는 더욱 외출이 잦아졌는데 비록 돌아와 아무 말도 하지 않았지만, 그의 불안한 기색은 백이조차도 몹시 편치 못하게 했다. 그는 이렇게 평온하게 밥을 먹는 날도 얼마 안 남은 것 같은 느낌이 들었다.

11월 하순. 숙제는 여느 때와 같이 침상에서 일어나 태극권 연습을 하러 나갔는데, 그가 뜰로 나오자 무슨 소리가 났다. 그는 양로원 문을 열고 밖으로 뛰어나갔다. 대략 떡을 열 개쯤 구워낼 시간이 지나서 그는 숨이 넘어갈 듯이 달려 돌아왔다. 코는 얼어서 빨갛게 되었고 입에서는 더운 입김을 뿜어내고 있었다.

"큰형님, 일어나세요! 출병입니다!"

그는 공손히 손을 내리고 백이의 침상 앞에 서서 큰소리로 말하였다. 말소리는 평소보다 다소 거칠었다.

백이는 추위에 약하기 때문에 이렇게 일찍 일어나는 것을 매우 싫어했다. 그러나 그는 매우 우애가 있는 사람이기에 동생이 조급해 하는 것을 보니 이를 악물며 일어나지 않을 수 없었다. 그는 털가죽 윗도리를 걸치고 이불 속에서 천천히 꿈지럭거리며 바지를 입었다.

"제가 막 태극권 연습을 하려는데,"

숙제는 형이 일어나기를 기다리며 말을 했다.

"밖에서 사람과 말들이 지나가는 소리가 들리기에 황급히 큰길로 뛰어가 보았더니 — 과연 왔어요. 선두는 흰 비단을 두른 큰 가마로 모두 여든한 명이 메는 것이었어요. 안에는 나무 위패가 모셔져 있었는데, 거기에는 '주나라 문왕의 위패[大周文王之靈位]'라고 쓰여 있었어요. 뒤에 따르는 자는 모두 병사들이었어요. 제 생각에 이는 틀림없이 주왕(紂王)을 토벌하러 가는 것이에요. 지금의 주(周)나라 왕은 효자여서 그는 큰일을 하려면 반드시 아버지 문왕(文王)을 앞에 모신답니다. 잠시 보다가 뛰어 돌아오는데, 뜻밖에도 우리 양로원 벽에 공고문이 붙어 있더군요……."

백이가 옷을 다 입고 나서 형제 두 사람은 방을 나왔다. 찬 기운이 왈칵 느껴져 얼른 몸을 웅크렸다. 백이는 이때껏 별로 외출해 본 적이 없기에, 대문을 나서니 조금 신선하게 보였다. 몇 걸음 가지 않아 숙제가 손을 뻗어 담장 위를 가리켰다. 과연 커다란 공고문이 한 장 나붙어 있었다.

지금 은(殷)나라 왕 주(紂)는 그 부인의 말을 듣고 스스로 하늘을 거역하여 삼정(三正)을 파괴하고, 왕의 부모와 아우를 내쫓았도다. 또한 조상의 음악을 버리고 음탕한 소리를 만들어 바른 소리를 어지럽혀 부인을 즐겁게 하였도다. 고로 이제 나 발(發)은 천벌을 삼가 감행하고자 한다. 힘쓸지어다, 그대들이여. 두 번 다시 하지 않고, 세 번 다시 하지 않으리로다! 이에 고시하노라.

두 사람은 다 읽고 나서 아무 말 없이 큰길을 향해 걸어갔다. 길 가는 사람들로 물샐 틈도 없었다. 두 사람이 뒤에서 "실례합니다" 하고 소리치자, 사람들은 뒤돌아보고 흰 수염이 난 노인 두 사람 인 것을 알고, 노인을 받들라는 문왕의 유시를 따라 급히 길을 비켜 그들이 앞으로 나갈 수 있게 하였다. 선두의 나무 위패는 이미 보이지 않았다. 지나가는 것은 모두 갑옷을 입은 군사의 대열이었다. 약 352개의 큰 떡을 구울 만한 시간이 지난 뒤에야 비로소 다른 많은 병사들이 보였다. 어깨에 멘 구류운한기(九旒雲罕旗)가 마치 오색 구름과 같았다. 이어서 또 갑옷을 입은 병사가 지나가고, 뒤에는 키가 큰 말을 탄 문무관(文武官)의 대부대가 불그스레한 얼굴에 턱수염을 기르고, 왼손에는 누런 도끼, 오른손에는 흰 쇠꼬리를 든, 위풍도 당당한 왕을 옹위하고 있었다. 그가 바로 '삼가 천벌을 행한다'는 주왕(周王) 발(發)이었다.

큰 길 양편에 늘어선 백성들은 모두가 숙연히 예를 올리며 아무도 꿈쩍하지 않았고 숨소리도 내지 않았다. 이 조용한 가운데 느닷없이 숙제가 백이를 끌고 앞으로 뛰어나갔다. 그는 몇 필의 말 머리 사이를 뚫고 나가 주왕의 말고삐를 잡고 목청을 돋우어 소리쳤다.

"아비가 죽었는데 장사를 치르지 않고 군사를 일으키는 것을 '효(孝)'라 할 수 있겠습니까? 신하가 군주를 시해하려는 것을 '인(仁)'이라고 말할 수 있겠습니까……?"

처음에는 길가의 사람들도, 수레 앞의 무장들도 모두 놀라서 어안이 벙벙했다. 주왕의 손에 든 흰 쇠꼬리조차 구부러졌다. 그러나 숙제가 막 네 마디 말을 하고 나자 쩔그렁하는 소리가 나면서 여러 자루의 큰 칼이 그들의 머리 위를 내리쳤다.

"잠깐!"

그것은 강태공(姜太公)의 목소리라는 것을 누구나 다 알았다. 어찌 감히 듣지 않겠는가. 황급히 칼을 멈추었다. 보아하니 그도 흰 수염과 흰 머리에 둥글둥글하게 살찐 얼굴이었다.

"의사(義士)로다. 그들을 놓아 주어라!"

무장들은 즉각 칼을 거두어 허리에 찼다. 한편 갑옷을 입은 네 명의 병사가 나와 공손히 백이와 숙제를 향해 차려 자세를 취하고 경례를 한 다음, 두 사람이 한 사람씩 껴안고는 보조를 맞추어 길가로 데리고 갔다. 사람들은 재빨리 길을 열어 그들을 자신들의 등뒤로 가게 했다.

사람들의 등뒤로 가자, 병사들은 다시 공손히 차려 자세를 취하며 손을 놓고, 힘껏 그들 두 사람의 등을 밀었다. 두 사람은 '아얏' 하고 외마디 소리를 지르며 1장(丈) 정도나 길가에서 휘청휘청거리다가 땅바닥에 퍽하고 쓰러졌다. 숙제는 그래도 괜찮았다. 손으로 버틸 수 있어 얼굴이 흙투성이가 되는 정도였다. 그렇지만 백이는 나이가 더 많은데다가 하필 머리를 돌에 부딪쳐 기절하고 말았다.

3

대군(大軍)이 지나간 후, 아무것도 보이지 않게 되자 사람들은 방향을 바꾸어 쓰러져 있는 백이와 앉아 있는 숙제를 둘러쌌다.

그중 몇 사람이 그들을 알아보고, 사람들에게 알리기를, 이들은 원래 요서(遼西) 지역 고죽군(孤竹君)의 세자들인데 왕위를 양보하고 끝내는 함께 이곳으로 도망 와서 선왕께서 설치한 양로원에 들어오게 되었다고 했다. 이 말은 사람들을 연방 감탄하게 하였다. 몇 사람은 몸을 굽히고 머리를 꼬아 숙제의 얼굴을 보기도 하였고, 몇 사람은 생강탕을 끓이려고 집으로 돌아가기도 하였으며, 몇 사람은 양로원에 연락하여 빨리 문짝을 들고 와 모셔 가도록 하라고 했다.

대략 백서너 개의 큰 떡을 구울 만한 시간이 지나도록 현 상황에 아무런 변화가 없자 구경꾼들도 차츰 흩어져 갔다. 다시 얼마 후에야 두 노인이 문짝을 들고 뒤뚱거리며 걸어왔는데 문짝 위에는 짚이 깔려 있었다. 이것 역시 문왕이 정한, 예로부터 내려오는 경로의 격식이었다. 문짝을 땅에 놓자 덜컥 하고 소리가 났다. 그 울림에 백이가 갑자기 눈을 번쩍 떴다. 그가 소생한 것이다. 숙제는 놀라움과 기쁨에 함성을 지르며 그 두 사람을 도와 살그머니 백이를 문짝 위에 올려놓은 뒤 양로원으로 메고 가게 하고, 자신은 옆에 붙어 문짝에 걸려 있는 노끈을 잡고 받들어 주었다.

60, 70걸음을 갔을 때 멀리서 누군가 외치는 소리가 들렸다.

"이봐요! 기다리세요! 생강탕을 가져왔어요."

바라보니 젊은 아낙네가 손에 질그릇 단지를 든 채 이쪽으로 뛰어오고 있었다. 생강탕이 넘칠까 걱정해서인지 뛰는 것이 그리 빠르지는 않았다.

사람들은 걸음을 멈추고, 그녀가 이르기를 기다릴 수밖에 없었다. 숙제는 그녀의 호의에 감사하다고 했다. 그녀는 백이가 이미 깨어난 것을 보고는 매우 실망한 것 같았다. 그러나 잠시 생각하더니 곧 그에게 위장이 훈훈해질 테니 천천히 마시라고 권했다. 그러나 백이는 매운 것을 싫어하였으므로 전혀 마시려고 하지 않았다.

"이 일을 어떻게 하면 좋죠? 그래도 8년이나 묵은 생강으로 만든 건데, 다른 집에서는 이런 것을 구할 수도 없어요. 우리 집안에는 또 매운 것을 좋아하는 사람도 없구요⋯⋯."

그녀는 다소 불쾌함을 드러냈다.

숙제는 할 수 없이 질그릇 단지를 받아들고, 어르고 달래어 백이에게 한 모금 반을 억지로 마시게 했다. 그리고 아직도 많이 남은 것을 자기도 위가 아프다고 하며 전부 마셔 버렸다. 눈언저리가 빨개진 숙제가 공손하게 생강탕의 효능을 칭찬하며 그 아낙네의 호의에 감사하고 나서야 비로소 이 대소동은 진정되었다.

그들이 양로원에 돌아온 후로는 아무 병고가 없었고, 사흘째에는 백이도 자리에서 일어날 수 있었다. 비록 이마에 큰 혹이 생기기는 했지만. ― 하지만 위는 좋지 않았다.

관원이건 민간인이건 모두 그들을 가만두지 않았다. 줄곧 관보(官報)니 신문(新聞)이니 하여 그들을 어지럽게 하는 소식들을 보내 왔다. 듣자 하니 12월 말에는 벌써 대군이 맹진(盟津)을 건넜고 제후들이 모두 도착했다는 것이다. 뒤이어 무왕의 「태서(太誓)」 사본을 보내 왔다. 이것은 특별히 양로원에 보여 주기 위해 베낀 것으로 그들의 노안(老眼)을 걱정하여 한 자 한 자가 호두알

만한 크기로 쓰여 있었다. 하지만 백이는 그래도 읽는 게 귀찮아 숙제가 읽는 것을 듣기만 했다. 다른 곳은 별게 아니었지만, 단지 '그 조상의 제사를 버리고 그 나라를 혼미하게 버려 두었으며……' 라는 몇 구절을 자기 처지에 견주어 해석하고는 스스로 매우 상심하는 것 같았다.

소문도 적잖았다. 어떤 사람은 말하기를 주나라 군사가 목야(牧野)에 도착하여 주(紂)왕의 군대와 접전을 벌였는데 싸워서 죽은 그들의 시체가 들을 덮었고 피가 강이 되어 흘렀으며 나무 몽둥이마저 떠올라, 마치 물 위에 뜬 지푸라기 같았다는 것이었다. 그러나 또 다른 사람은 주왕의 군대가 비록 70만이라지만 사실은 전쟁도 아예 하지도 않고, 강태공이 대군을 이끌고 오는 것을 보자마자 몸을 돌려 도리어 무왕을 위해 길을 열어 주었다는 것이다.

이 두 가지 소문은 물론 조금 다르기는 하나 무왕이 승리한 것만은 확실한 것 같았다. 그 뒤로는 또 녹대(鹿臺)의 보물을 실어 왔다느니 거교(鉅橋)의 쌀을 실어 왔다느니 하는 소문이 수시로 들려와 더욱 승리가 확실함을 증명하였다. 부상병들도 속속 돌아왔으므로 역시 큰 접전이 있었던 것 같았다. 간신히 걸을 수라도 있는 부상병들은 찻집이나 주점, 이발소, 심지어 여염집의 처마 앞이나 문간에 앉아 전쟁 이야기를 했다. 어느 곳이고 말할 것 없이 한 무리의 사람들이 얼굴에 기쁜 표정을 띠며 그들의 이야기를 들었다. 봄이 되어 밖도 그리 춥지 않았으므로 걸핏하면 밤늦게까지도 신이 나서 이야기하곤 하였다.

백이와 숙제는 모두 소화불량이어서 매 끼니마다 자기 몫으로 주어진 구운 떡을 다 먹을 수 없었다. 잠은 전과 마찬가지로 날이 어두워지기만 하면 자리에 들었으나 좀처럼 잠이 오지 않았다. 백이는 몸을 뒤척일 뿐이었고, 숙제는 그 소리를 듣자니 괴롭고 마음이 아팠다. 이럴 때면 그는 언제나 다시 일어나 옷을 입고 뜰을 거닐거나, 혹은 태극권 연습을 했다.

별은 떴으나 달은 없는 어느 날 밤이었다. 사람들은 모두 고요히 잠들어 있었는데 문간에서는 아직도 사람들이 이야기를 하고 있었다. 숙제는 본래 남의 얘기를 엿듣지 않았는데, 이번만은 왠지 모르게 걸음을 멈추고 귀를 기울였다.

"주(紂)왕이란 놈이 싸움에 패하자 녹대로 도망쳤어."

말하는 사람은 아마도 돌아온 부상병인 것 같았다.

"제기랄, 보물을 쌓아놓고 자신은 그 가운데에 앉아 불을 지르더군."

"어유, 그 아까운 것을."

이것은 분명 문지기의 소리였다.

"글쎄 들어보라구! 자기만 타 죽었지 보물은 타지 않았어. 우리의 대왕께서 제후들을 거느리고 상(商)나라로 들어갔는데 그들의 백성들이 모두 교외까지 나와서 영접을 했어. 대왕께서 측근의 사람들을 시켜 그들에게 '복을 받으시오!'라고 인사하도록 시켰더니, 그들이 모두 꿇어 엎드려 절을 하더군. 곧장 들어가니까 문에 '순민(順民)'이라는 두 자가 크게 붙어 있었어. 대왕의 수레가 곧장 녹대를 향해 가더니 주왕이 자살한 곳을 찾아내고서는 화살 세 개를 쏘고……."

"뭐라고? 아직 안 죽었을까 봐?"

다른 한 사람이 물었다.

"누가 알아? 아무튼 화살 세 개를 쏘고, 또 작은 칼을 뽑아 내리치고는 노란 도끼로 탁 하고 내리찍었어. 그리고는 목을 잘라 그것을 큰 백기(白旗) 위에 매달았어."

숙제는 깜짝 놀랐다.

"그 다음에는 주왕의 두 작은 마누라를 찾으러 갔었지. 흥, 이미 모두 목을 매달았더군. 대왕은 또 화살 세 개를 쏘고는, 칼을 뽑아 내리치셨지. 그리고는 검은 도끼로 그녀들의 목을 잘라 작은 백기 끝에 걸어 두었어. 이렇게 되자……."

"그 두 첩은 정말 예뻤나?"

문지기가 그의 말을 가로챘다.

"잘 모르겠어. 깃대는 높고, 구경꾼이 하도 많아서, 나는 그때까지도 상처가 너무 아팠기 때문에 가까이 가서 보지 못했어."

"사람들 말로는 달기(妲己)라고 불리는 여자는 여우가 둔갑한 요괴라더군. 근데 두 발만은 사람처럼 변할 수 없어서, 헝겊으로 싸고 있었다고 하던데, 정말인가?"

"누가 알아. 나도 그 여자의 다리는 보지 못했어. 하지만 그곳의 여자들은 정말이지 대부분 발을 마치 돼지발같이 하고 있더군."

숙제는 근엄한 사람이었다. 그들이 황제의 머리에서부터 여자의 다리까지 말하는 것을 듣자 양미간을 찡그리며 얼른 귀를 가리고 몸을 돌려 방으로 뛰어 들어갔다. 백이는 아직 잠자지 않고 있다가 가만히 물었다.

"너 또 권법 연습을 했느냐?"

숙제는 대답하지 않고 천천히 걸어가서 백이의 침상 옆에 걸터앉아 허리를 구부리고 자신이 방금 들은 이야기들을 말했다.

두 사람은 오랫동안 입을 열지 않았다. 마침내 숙제가 자못 괴로운 듯 한숨을 짓고 소리를 낮추어 말했다.

"뜻하지 않게 문왕의 법도를 완전히 바꾸어 버렸으니…… 보세요, 불효(不孝)일 뿐만 아니라 불인(不仁)하기도 하니…… 그렇다면 이곳의 밥을 먹을 수 없어요."

"그러면 어떻게 하는 것이 좋겠느냐?" 백이가 물었다.

"제가 보기에는 역시 떠나는 편이……."

그리하여 두 사람은 몇 마디 상의한 끝에 내일 아침 일찍 이 양로원을 떠나 다시는 주나라의 떡은 먹지 않기로 하고, 아무 물건도 가지고 가지 않기로 결정했다. 형제 두 사람은 함께 화산(華山)에 가서, 야생의 열매나 나뭇잎들을 먹으며 자신의 여생을 보내기로 했다. 더구나 '하늘은 친분에 구애되지 않고, 언제나 착한 사람과 함께한다' 하였으니, 어쩌면 창출(蒼朮)이나 복령(茯笭) 따위를 얻을 수 있을지도 모른다.

뜻을 정하고 나자 마음이 한결 가벼워졌다. 숙제는 다시 옷을 벗고 침상에 누웠다. 얼마 안 되어 백이가 잠꼬대하는 소리가 들렸다. 자신도 매우 기분이 좋아 마치 복령의 맑은 향기를 맡는 것 같았다. 이어서 그도 복령의 맑은 향기 속에서 깊이 잠이 들었다.

4

다음날 두 형제는 평상시보다 일찍 잠이 깨었다. 세수를 한 뒤 아무것도 지니지 않고 — 사실은 지닐 만한 것도 없었지만 — 낡은 양가죽 도포만은 아까워서 이제까지 늘 걸쳤던 대로 걸치고, 지팡이와 먹다 남은 구운 떡을 가지고 산책을 한다는 핑계를 대며 곧바로 양로원의 대문을 나섰다. 이제 영원히 이별이라고 생각하니, 미련을 떨쳐 버릴 수 없는 듯, 그들은 힐끔힐끔 뒤를 돌아다보았다.

거리에는 아직 행인이 드물었다. 만나는 이라곤 잠이 덜 깬 채 우물가에서 물을 긷고 있는 여인이 고작이었다. 교외에 가까이 왔을 무렵에는 해도 이미 높이 떠올라 있었고, 지나다니는 사람도 많아졌다. 비록 거의 모두가 고개를 쳐들고 의기양양한 모습이었으나 그들을 보자 역시 전과 같이 길을 비켜 주었다. 나무도 많아졌고 이름 모를 낙엽수에는 벌써 새싹이 돋아나 얼핏 보면 마치 회록색 아지랑이 같다. 그 사이로는 송백(松柏)이 섞여서 흐릿한 가운데도 여전히 푸르름을 드러내고 있었다.

눈앞이 훤히 트여, 자유롭고 아름다웠다. 백이와 숙제는 마치 젊음이 되살아난 듯 발걸음이 가벼워졌고, 마음도 매우 상쾌했다.

다음날 오후 그들은 몇 갈래의 갈림길과 마주쳤다. 그들은 어느 길이 더 가까운지 결정할 수 없어, 맞은편에서 오는 노인을 보고는 그에게 가서 부드럽게 물었다.

"저런, 아깝게 됐군요." 그 노인이 말했다.

"조금만 일찍 와서 아까 지나간 그 한 떼의 말을 따라갔으면 좋았을 것을. 지금은 우선 이 길로 가는 수밖에 없군요. 앞으로도 갈림길이 많으니까 다시 물어보시오."

숙제가 정오경으로 기억하고 있을 무렵에, 그들은 몇 명의 부상병과 늙은 말, 여윈 말, 다리를 저는 말, 병든 말 등 한 무리와 만났는데 그들이 등뒤로 들이닥치는 바람에 하마터면 밟혀 죽을 뻔했다. 그래서 숙제는 내친 김에 그 노인에게 그 말들을 뭘 하려고 몰고 가는 거냐고 물어보았다.

"당신은 아직 모르셨소?"

노인은 대답했다.

"우리의 대왕께서 이미 '천벌을 삼가 행하셨소'. 그러니 더는 군사를 일으키고 백성들을 동원할 필요가 없게 되었소. 그래서 말을 화산(華山) 기슭에 놓아 주러 가는 겁니다. 이것이 바로 '말을 화산 남쪽으로 돌려보낸다'는 것이오. 아시겠소? 우리는 또 '소를 도림(桃林) 벌판에 놓아 주었소.' 에헴, 이번에는 정말로 사람들이 태평하게 밥을 먹게 되겠지요."

그러나 이 말에 두 사람은 머리에 찬물을 한 통씩 뒤집어쓴 듯 동시에 소름이 쫙 끼쳤다. 하지만 여전히 내색을 하지 않고, 노인에게 고맙다는 인사를 한 뒤 일러준 길을 걸어갔다. 어찌 하랴! 이 '말을 화산 남쪽으로 돌려보낸다'는 것은 그들이 꿈에 그리던 고장을 짓밟아 버리고 만다는 것이다. 두 사람의 마음은 이때부터 안절부절하며 어찌 할 바를 몰랐다.

내심으로는 어수선하였으나 입으로 말은 하지 않고 여전히 걸어서 저녁녘엔 그리 높지 않은 황토 언덕 가까이에 이르렀다. 언덕 위에는 약간의 숲과 몇 칸짜리 흙집이 있었다. 그들은 길에서 서로 상의한 끝에 그곳에서 하룻밤을 쉬어 가기로 정했다.

언덕 기슭까지 10여 걸음 남짓 남았을 때, 숲속에서 건장한 사나이 다섯이 뛰어나왔다. 머리에는 흰 수건을 두르고 몸에는 누더기를 걸치고 있었다. 우두머리는 큰 칼을 들고 다른 네 명은 모두 나무 몽둥이를 들고 있었는데, 언덕 아래에 이르자 한 일 자로 죽 늘어서서 길을 가로막으며 일제히 공손하게 절을 한 다음 큰소리로 외쳤다.

"노인장, 안녕하십니까!"

그들 두 사람은 흠칫 놀라 두세 걸음 뒤로 물러섰다. 백이는 떨기 시작했으나 그래도 숙제는 유능했다. 거침없이 앞으로 나아가 무엇 하는 사람들이며 무슨 일이냐고 물었다.

"소인은 화산대왕(華山大王) 소궁기(小窮奇)라고 합니다." 칼을 든 사나이가 말했다.

"여기서 동생들을 거느리고 노인장들에게서 약간의 통행세를 얻을까 합니다요."

"우리들에게 무슨 돈이 있겠소, 대왕."

숙제는 점잖게 말했다.

"우리들은 양로원에서 나온 사람들이라오."

"아니!"

소궁기는 깜짝 놀라더니, 곧 정중하게 절을 하였다.

"그렇다면 두 분께서는 분명히 '천하의 대로(大老)' 시겠군요.

저희들은 선왕의 가르침을 받들어 극진히 노인을 공경하고 있습니다. 그래서 두 분께서 작은 기념품이라도 남겨 주셨으면 합니다……."

그는 숙제가 대답이 없는 것을 보자 큰 칼을 휘두르며 소리를 높여 말했다.

"만일 노인장들이 이 이상 사양하신다면 소인들은 삼가 하늘이 시키는 수색을 행하고자, 노인장들의 귀하신 몸을 살펴보지 않을 수 없습니다."

백이, 숙제는 곧 두 팔을 들었다. 몽둥이를 든 한 사내가 두 사람의 가죽 장삼, 솜저고리, 속옷을 헤치고 샅샅이 뒤졌다.

"둘 다 빈털터리야, 정말 아무것도 없군."

그 사내는 얼굴 가득히 실망의 빛을 띠고 소궁기 쪽으로 머리를 돌리며 말했다.

소궁기는 백이가 떨고 있는 것을 보고는 가까이 다가서서 공손히 그의 어깨를 두드리며 말했다.

"노인장, 두려워 마십시오. 상해의 패거리 같으면 '돼지껍질을 벗기듯' 하겠지만 우리는 문명인이랍니다. 그런 못된 짓은 하지 않지요. 아무런 기념품도 없다면 우리 자신의 불운이라고 할 수밖에 없지요. 이제 당신들은 당신들 마음대로 꺼지면 되겠소."

백이는 대답은커녕 옷도 제대로 입지 못한 채 숙제와 함께 큰 걸음으로 땅만 바라보며 앞으로 뛰어나갔다. 이미 다섯 사람은 옆으로 비켜서서 길을 터놓았다. 그리고 두 사람이 앞을 지나갈 때 공손히 두 손을 내리고는 일제히 물었다.

"가시려고요? 차라도 드시지 않고?"

"안 마셔요, 안 마셔……."

백이와 숙제는 걸어가면서 대답하는 한편, 연방 고개를 끄덕였다.

5

'말을 화산 남쪽으로 돌려보낸다'는 것과 화산대왕 소궁기 때문에 두 분 의사(義士)는 화산이 무서워졌다. 그래서 다시 상의한 끝에 방향을 북으로 돌렸다.

밥을 구걸하면서 새벽에 길을 떠나고, 밤에는 자면서 마침내 수양산(首陽山)에 다다랐다.

그곳은 분명 좋은 산이었다. 높지도 않고 깊지도 않은데다 큰 숲이 없었으므로 호랑이나 늑대 걱정도 없었고, 강도를 걱정할 필요도 없는 이상적인 은둔처였다. 두 사람이 산기슭에 이르러 바라보니, 새로 돋아난 잎은 엷은 녹색이고, 땅은 황금빛이며, 들에 난 풀에는 붉고 흰 작은 꽃이 피어 있어서, 참으로 보기만 해도 마음이 상쾌하고 눈이 즐거웠다. 그들은 기쁨으로 충만하여 지팡이로 산길을 짚어 가며 한 걸음 한 걸음 올라갔다. 이윽고 바위가 위로 튀어나와 바위 동굴처럼 되어 있는 곳을 발견하고는 그곳에 앉아 땀을 닦으면서 한숨을 돌렸다.

이때, 해는 이미 서쪽으로 기울었고, 날기에 지친 새들은 숲으로 돌아가며 쩍쩍 요란하게 울어 대고 있어 산에 오를 때처럼 그렇게 고요하지는 않았지만, 그것마저도 신선하고 유쾌하게 느껴졌다.

양털 가죽 장삼을 바닥에 깔고 잠자리 준비를 한 숙제는 큼직한 주먹밥을 두 개 꺼내어 백이와 함께 배불리 먹었다. 이것은 오는 길에 얻어서 먹다 남은 것이었다. 두 사람은 '주나라의 곡식을 먹지 않겠다'고 작정은 했지만, 그것은 수양산에 들어간 이후에나 실행할 수 있는 것이었기 때문에, 일단 그날 저녁에는 그것을 다 먹고, 다음날부터는 굳게 자신들의 뜻을 지켜 절대로 타협하지 않기로 했다.

아침 일찍 그들은 까마귀의 시끄러운 소리에 잠을 깨었다가 다시 잠들었다. 일어났을 때는 벌써 낮이 가까운 무렵이었다. 백이는 허리가 아프고 다리가 저려서 도저히 일어설 수가 없었다. 숙제는 하는 수 없이 혼자 먹을 만한 것이 있는지 찾아 보는 수밖에 없었다. 그는 한동안 돌아다니다가 이 산이 높지도 깊지도 않아 범과 늑대와 도적이 없다는 것이 사실 장점이긴 하나 이것 때문에 결점도 있다는 사실을 발견했다. 아래가 바로 수양촌(首陽村)이었기 때문에 언제나 나무를 하는 늙은이나 아낙네들이 있을 뿐만 아니라 또 놀러오는 아이들까지도 들어오므로 먹을 만한 야생 열매 같은 것은 하나도 찾아볼 수 없었다. 아마도 그들이 벌써 따가 버렸기 때문일 것이다.

그는 자연히 복령(茯苓)을 생각하게 되었다. 그러나 산에 비록 소나무가 있기는 했지만 고송(古松)이 아니어서 뿌리에 복령이 열렸을 것 같지 않았다. 설령 있다손 치더라도 자신은 호미가 없으니 어쩔 방법이 없었다. 이어서 또 창출(蒼朮)을 생각해 보았다. 그러나 그는 단지 창출의 뿌리만을 보았을 뿐이지, 그 잎의 모양은 전혀 알지 못했다. 온 산의 풀을 모두 뽑아 볼 수도 없으니 설사 창출이 눈앞에 있더라도 알아볼 수 없었다. 마음이 조급해지고 온 얼굴에 열이 올라, 그는 머리를 마구 쥐어뜯었다.

그러나 그는 곧 평정을 되찾았다. 마침 좋은 생각이라도 떠올랐는지, 소나무 옆으로 다가가 품에 솔잎을 가득 따서 담았다. 그리고 시냇가로 가서 돌을 두 개 주워들고 그것으로 솔잎 겉면의 푸른 껍질을 찧어 냇물에 씻은 다음 다시 또 곱게 찧어서 경단같이 만들었다. 그리곤 또 아주 납작한 돌조각 하나를 주워들고 바위굴로 돌아왔다.

"숙제야, 무언가 얻은 것이 있느냐? 배가 고파 반나절이나 쪼르륵 소리만 나는구나."

백이는 그를 보자마자 물었다.

"큰형님, 아무것도 없네요. 뭐 이런 거라도 잡숴 보시지요."

그는 근처에서 돌을 두 개 주워다가 납작한 돌조각을 받쳐 놓고, 그 위에 솔잎을 올려놓고는 마른 나뭇가지를 모아다가 아래에 놓고 불을 지폈다. 참으로 오랜 시간이 걸려서야 비로소 젖은 솔잎이 찌익찌익 하는 소리를 내더니 향긋한 냄새를 풍겨 두 사람으로 하여금 군침을 삼키게 했다. 숙제는 기뻐서 미소를 지었다. 이 것은 강태공의 여든다섯 살 생일잔치 때 축하인사차 갔다가 잔치 자리에서 얻어들은 방법이었다.

냄새를 풍긴 뒤에는 거품이 나오면서 점점 말라들더니 바로 과자가 되었다. 숙제는 털가죽 장삼의 소매로 손을 싸고는 싱글싱글 웃으면서 돌조각을 받쳐 들고 백이 앞으로 가져갔다. 백이는 후후 불면서 식히다가 마침내 한 조각을 떼어 급히 입에 집어넣었다.

씹을수록 그는 더욱 눈살을 찌푸렸다. 목을 늘여 몇 번이고 삼키려다가 결국에는 웩 하고 뱉어내고는 원망스러운 듯이 숙제를 보면서 말했다.

"쓰고…… 거칠고……."

이에 숙제는 마치 깊은 못에라도 떨어진 것처럼 완전히 절망해 버렸다. 떨면서 한 쪽을 떼어 씹어 보았더니 정말 전혀 먹을 만한 것이 못되었다. 쓰고…… 거칠고…….

숙제는 단번에 기백을 잃고는 주저앉아 고개를 떨구었다. 그러나 그는 여전히 생각 중이었다. 필사적으로, 깊은 못에서 기어 나오려는 것처럼, 오직 앞을 향해 기고 또 기어가듯이 생각했다. 끝내는 자신이 어린아이로 변한 것 같은 생각이 들었다. 그는 고죽군의 세자로서 보모의 무릎에 앉아 있다. 이 보모는 시골 사람으로 그에게 옛날이야기를 해 주고 있다. 황제(黃帝)가 치우(蚩尤)를 무찌른 이야기, 대우(大禹)가 무지기(無支祁)를 사로잡은 이야기, 그리고 시골 사람들은 흉년에 고사리를 먹는다는 이야기 등등…….

그는 또 자기가 고사리의 모양을 물었던 일을 생각해 냈다. 또 산 위에서 바로 그런 것을 보았던 것도 생각이 났다. 그는 갑자기 힘이 나는 것을 느꼈다. 즉시 일어나 풀섶을 헤치며 곧장 고사리를 찾으러 나갔다.

과연 고사리는 적잖이 있었다. 1리도 채 가지 않아 옷에 반이나 차도록 땄다.

그는 고사리를 시냇물에 씻어 가지고 돌아와 솔잎을 익혔던 납작한 돌조각에 그대로 익혔다. 잎이 암록색으로 변하면서 익었다. 그러나 이번에는 다시 큰형에게 감히 먼저 권할 수가 없어서 한 개를 집어 들어 자기 입에 넣고 눈을 감고 씹어 보았다.

"어때?"

백이가 조급하게 물었다.

"맛있는데요!"

두 사람은 싱글벙글 웃으며 익힌 고사리를 맛보았다. 백이는 두 번이나 더 집어먹었다. 왜냐하면 그는 형이었기 때문이다.

이때부터 그들은 매일 고사리를 뜯었다. 처음엔 숙제 혼자서 뜯으러 가고 백이는 그것을 익혔다. 나중에는 백이도 건강이 다소 회복된 듯싶자 그도 뜯으러 나갔다. 조리법도 다양해졌다. 고사리탕, 고사리찜, 고사리장, 익힌 고사리, 고사리쌕탕, 풋고사리 말림…….

그러나 근처의 고사리는 점차 거의 다 뜯겨졌다. 비록 뿌리가 남았다곤 하나 금방 새순이 돋기는 어려웠다. 그리하여 그들은 매일 멀리까지 나가지 않으면 안 되었다. 몇 번이나 이사를 하기도 했으나 이후의 결과는 역시 마찬가지였다. 게다가 새로운 거처도 점차 찾아내기가 어려웠다. 고사리가 많고 냇물이 가까운 곳이어야 하는데, 그런 편리한 곳이 수양산에는 사실 그리 많지 않았다.

또한 숙제는 백이의 나이가 너무 많아서 조금만 조심하지 않으면 중풍이라도 걸릴까 걱정이 되었다. 그래서 그는 백이더러 자기 혼자서 고사리를 뜯으러 갈 테니 형님은 집에 앉아 전같이 고사리 익히는 일만 담당하라고 강력히 권했다.

백이는 한사코 괜찮다고 사양하더니 결국 승낙했다. 그 이후로는 비교적 한가롭고 편안하게 지냈다. 그런데 수양산에 사람의 왕래가 잦고, 백이도 할 일이 없다 보니, 성질이 약간 바뀌었다. 전에는 말이 없었는데 이제는 수다스러워져서 아이들과 어울린다거나 나무꾼과 말을 주고받기도 했다. 아마도 일시적인 흥 때문이거나 아니면 남들이 그를 늙은 거지라고 불렀기 때문인 것 같다. 그는 마침내 그들 두 사람은 원래 요서의 고죽군의 아들로 그가 맏이이고 또 하나는 셋째라는 것, 부친이 살아 계실 때 그 자리를 셋째에게 물려주려고 했으나 아버지가 세상을 떠난 뒤 셋째가 한사코 형에게 양보하였다는 것, 그는 아버지의 유언을 따르고 귀찮은 것을 피해서 도망쳐 나왔는데, 뜻밖에 셋째도 도망쳐 나와 두 사람이 길에서 마주쳐 함께 서백(西伯) — 무왕 — 을 찾아가서 양로원에 들어가게 되었던 일, 또 뜻밖에도 주나라 왕이 '신하로서 임금을 시해하는' 행위를 했기 때문에 주나라 음식을 먹지 않기로 하고 수양산으로 도망쳐 와서 들풀을 먹으며 연명할 수밖에 없게 된 일 등을 말했다. 숙제가 알고 형의 수다를 나무랐을 때는 이미 소문이 퍼질 대로 퍼져 돌이킬 수 없게 되었다. 그러나 어떻든 감히 형을 나무랄 수는 없었다. 다만 마음속으로 아버지가 형에게 자리를 물려주려 하지 않았던 것은 확실히 사람을 식별할 수 있는 안목이 있었기 때문이라고 생각하지 않을 수 없었다.

숙제의 예상은 결코 틀리지 않았다. 그 결과는 매우 나빴다. 그들의 일이 줄곧 마을에서 이야깃거리가 되었을 뿐만 아니라, 언제고 일부러 그들을 구경하러 산으로 오는 자가 있었다. 어떤 사람은 그들을 유명인사 취급했고, 또 어떤 사람들은 괴물이나 골동품인 양 취급했다. 심지어는 뒤를 쫓아다니며 고사리 뜯는 것을 보기도 하고 둘러서서 어떻게 먹는지를 구경하기도 했다. 손짓 발짓으로 별의별 질문을 해 와서 머리를 어지럽게 했다. 또 겸손하게 대해야지 가령 조금이라도 부주의하여 눈썹이라도 찡그리게 되면 '성질을 부린다' 는 말을 면할 수 없게 되었다.

그러나 여론은 그래도 좋게 말하는 쪽이 많았다. 나중에는 처녀와 부인들까지도 몇 사람 구경을 하러 왔는데, 그들은 집에 돌아가서는 모두 고개를 저으며 '별 볼일 없더라' 며, 속았다고 말하였다.

소문은 마침내 수양산에서 제일 높은 사람인 소병군(小丙君)까지 움직이게 했다. 그는 본시 달기의 외숙의 양녀의 남편으로 제주(祭酒)라는 관직에 있었다. 그러나 천명(天命)이 은(殷)에서 떠났음을 알고는 수레 50대의 패물과 800명의 노비를 거느리고 현명한 군주에게 투항했던 것이다. 하지만 애석하게도 무왕은 이미 맹진(盟津)에 집결하기 며칠 전이었으므로 군무에 바빠 적당한 부서를 그에게 줄 겨를이 없었다. 그래서 그에게 수레 40대의 패물과 750명의 노비를 주고, 별도로 수양산 기슭에 비옥한 땅 2경(頃)을 주어 마을에서 팔괘학(八卦學) 연구를 하게 하였다.

그는 문학을 좋아하였으나 마을 사람들이 모두 문맹이라 문학 개론조차도 몰랐다. 그렇게 오랫동안 답답했던 터라, 곧 하인에게 가마를 메게 하고는 두 노인을 찾아서 문학, 특히 시가(詩歌)에 대해 이야기할 생각이었다. 왜냐하면 그는 시인이었고 이미 시집도 한 권 냈기 때문이었다.

그러나 이야기를 마치고 나서 가마에 오른 뒤 그는 고개를 가로저었다. 집으로 돌아와서는 끝내 벌컥 화를 내기까지 하였다. 그는 그 두 녀석은 시가를 논할 수 없는 것들이라고 여겼다. 첫째는 궁하여 생활을 꾸리기에 틈이 없으니 어떻게 좋은 시를 쓸 수 있겠는가? 둘째는 '하고자 하는 바'가 있으니 시의 돈후(敦厚)함을 잃고 있다. 셋째는 따지고 드는 것이 있어 시의 온유(溫柔)함을 잃고 있다. 특히 문제가 되는 것은 그들의 품격인데, 모두가 모순투성이라는 것이었다. 이리하여 그는 대의에 의해 엄연하고도 단호하게 비판했다.

"'무릇 하늘 아래 임금의 땅이 아닌 곳이 없다'고 하는데, 설마 그들이 먹고 있는 고사리인들 우리 성상 폐하의 것이 아니라고 할 수 있겠는가!"

그 무렵 백이와 숙제는 날로 수척해 갔다. 이것은 결코 접대하기에 바빠서 그런 것은 아니었다. 왜냐하면 참관하러 오는 사람이 도리어 점차 줄어들고 있었기 때문이다. 괴로운 것은 고사리 또한 점차 줄어든다는 것이었다. 매일 한 줌을 찾는데도 대단한 노력을 들여야만 했고 많은 길을 걸어야만 했다.

더구나 설상가상으로 재앙이 겹쳤다. 우물에 빠졌는데 위에서 또 큰 돌이 떨어지는 격이라고나 할까.

어느 날, 그들 두 사람이 익힌 고사리를 먹고 있는데 ─ 쉽사리 찾을 수 없었기 때문에 이날 점심은 오후가 되어서야 간신히 차려졌다. ─ 갑자기 스무 살 가량의 여자가 나타났다. 전에 보지 못하던 여자로 차림새로 보아 부잣집 하녀인 듯하였다.

"식사하십니까?"

그녀가 물었다.

숙제가 얼굴을 들고 얼른 웃어 보이며 고개를 끄덕였다.

"이건 무엇인가요?"

그녀가 또 물었다.

"고사리요."

백이가 말했다.

"어째서 이런 걸 드시나요?"

"우리는 주나라의 곡식을 먹지 않기 때문에……."

백이가 막 말을 꺼내는데, 숙제가 급히 눈짓을 하였다. 그러나 그녀는 몹시 영리한 듯 이미 알아차리고 있었다. 그녀는 냉소를 머금더니 늠름하고 단호하게 말하는 것이었다.

"'무릇 하늘 아래 임금의 땅이 아닌 곳이 없다'고 하는데 당신들이 먹고 있는 고사리인들 설마 우리 성상 폐하의 것이 아니라고 할 수 있겠습니까!"

백이와 숙제는 똑똑히 들었다. 마지막 한 구절에 이르러서는 마치 큰 천둥소리를 듣는 것만 같아 정신이 아득해졌다. 정신을 차렸을 때 그 계집종은 이미 보이지 않았다. 고사리는 물론 먹지 않았다. 아니 먹을 수가 없었다. 뿐만 아니라 보는 것조차 부끄러웠다. 그것을 치워 놓으려고 해도 손을 들 수가 없었다. 마치 몇백 근의 무게가 되는 것처럼 느껴졌다.

6

나무꾼이 산 뒤의 바위굴에서 백이와 숙제가 한데 웅크리고 죽은 것을 발견한 것은 그로부터 약 20일 후의 일이었다. 썩지 않았던 것은 비록 여위었기 때문이기도 하겠지만 죽은 지 얼마 되지 않았음을 알리는 것이기도 했다. 낡은 양피 장삼은 깔려 있지 않았고, 어디로 갔는지도 알 수 없었다. 이 소식이 마을에 전해지자 큰 소동이 벌어져 많은 무리의 구경꾼들이 몰려와 밤중까지 잇달아 소란을 떨었다. 결국 몇몇 호사가들이 황토로 그들을 묻고서는 상의하여 비석을 세우고 거기에 몇 자를 새겨 후세에 고적으로 삼기로 했다. 그러나 온 마을에 글자를 쓸 줄 아는 사람이 한 사람도 없어서 소병군에게 가서 부탁하는 수밖에 없었다.

그러나 소병군은 써 주려고 하지 않았다.

"그들은 내가 써 줄 만한 상대가 되지 못해."

그는 말했다.

"둘 다 바보들이야. 양로원으로 도망간 것은 그렇다 치더라도 또 속세로부터 초연하지도 않았어. 수양산으로 도망친 것은 그렇다 치더라도, 또 그런 와중에 시를 지으려고 했어. 시를 짓는 것은 그렇다 치더라도 그런 주제에 불만을 드러내려고 했어. 분수를 지키며 '예술을 위한 예술'에 힘쓰려고 하지 않은 것이야. 보게나, 이따위 시에 참된 영구성이 있겠나!

저 서산에 올라 거기 고사리를 뜯는도다.
강도는 다른 강도로 바뀌었을 뿐인데도,
그 그릇됨을 알지 못하는도다.
신농(神農), 우(禹), 하(夏)가 순식간에 사라졌으니,
나 또한 어디로 갈거나?
아아 죽을거나, 불우한 이 운명이여!

자네들 보게. 이 무슨 말투인가? 온유돈후(溫柔敦厚)한 것이라야 시가 되는데 그들이 지은 것엔 '원망' 뿐만이 아니라 온통 '욕'이야. 꽃은 없고 가시만 있어도 안 되거늘, 하물며 욕뿐이잖나. 문학을 논외로 하더라도, 그들은 조상의 유업(遺業)을 버렸으니 또한 효자도 아니고, 여기서 또 조정의 정치를 비난했으니, 더욱이 착한 백성 같지도 않아…… 나는 쓰지 않겠어!"

글을 모르는 마을 사람들은 그의 말을 잘 알아듣지는 못했지만 기세가 거친 것으로 보아 틀림없이 반대의 뜻이라는 것은 알았으므로 역시 그만두는 수밖에 없었다. 백이와 숙제의 장례는 이렇게 일단락이 지어졌다.

그러나 여름날 밤에 바람을 쐬일 때면 그래도 가끔 그들의 일이 화제에 오르곤 했다. 어떤 이는 늙어 죽었다고도 하고, 또 다른 어

떤 이는 병들어 죽었다고도 하였으며, 어떤 이는 양털 장삼을 빼앗아간 강도에게 살해당했다고도 말했다.

후에 또 어떤 이는 사실은 일부러 굶어 죽었을지도 모른다고 말했다. 그는 소병군의 집 하녀인 아금저(阿金姐)에게서 이야기를 들었다고 했다. 그 일이 있기 10여 일 전에 그녀가 산으로 올라가서 그들을 몇 마디 놀려주었는데 바보는 언제나 화를 잘 낸다고 아마 화가 나서 먹는 걸 끊고 게으름을 부리다가, 그 게으름 때문에 결국 죽게 된 것일 거라고 했다.

이리하여 많은 사람들은 아금저에게 탄복했고, 그녀를 영리한 여자라고 말했다. 그러나 어떤 사람들은 그녀를 지나치게 냉혹하다고 비난했다.

아금저는 백이와 숙제가 죽은 것은 결코 자기와는 상관없는 일이라고 여겼다. 물론 그녀가 산에 올라가서 몇 마디 농담을 한 것은 사실이나 그것은 단지 농담일 뿐이었다. 하지만 그 두 바보가 화를 내고, 그것 때문에 고사리를 먹지 않은 것도 사실이다. 그러나 결코 그 때문에 죽은 것은 아니다. 그것은 오히려 커다란 행운을 불러왔던 것이다.

"하느님은 마음이 아주 좋으시거든요."

그녀가 말했다.

"하느님은 그들이 게으름을 부려 곧 굶어죽으려는 것을 보시고 암사슴으로 하여금 그들에게 젖을 먹여 주도록 분부했던 거예요. 보세요. 이것이야말로 최고의 복이 아니겠어요. 농사지을 필요도 없고 땔나무를 할 필요도 없이, 그저 앉아 있기만 하면 매일 사슴의 젖이 절로 입으로 들어오는 거예요. 그러나 천한 것들이 하느님이 도와주시는 것도 알아보지 못하다니. 그 셋째 동생이란 자, 이름이 뭐라더라? 그자는 한 술 더 떠서 사슴의 젖만으로는 부족하다는 거지요. 그는 사슴의 젖을 마시면서도 마음속으로는 '이 사슴은 이렇게 살이 쪄 있으니 잡아먹으면 틀림없이 맛있을 것이다'라고 생각하고 슬그머니 팔을 뻗쳐 돌을 집으려고 했던 거예요. 사슴이 신통한 동물이란 것을 몰랐던 거지요. 사슴은 사람의 마음을 이미 알고, 즉시 한달음에 도망갔지요. 하느님도 놈들의 탐욕스러움이 싫어져서 암사슴에게 앞으로는 가지 말라고 시켰어요. 보세요. 그래도 그들이 굶어죽지 않을 수 있었겠어요? 어디 내 말 때문이에요? 그들의 탐욕스런 마음, 탐욕스런 입 때문이지요……."

이 이야기를 듣고 난 사람들은 끝에 가서 모두 깊이 한숨을 쉬면서 왠지 모르게 자신들의 어깨마저 가벼워지는 것을 느꼈다. 가끔 백이와 숙제가 생각나는 일이 있을지라도, 마치 그들이 바위 벽 밑에 쭈그리고 앉아 흰 수염이 난 입을 크게 벌리고 열심히 사슴 고기를 먹고 있는 모습이 아련히 보이는 것만 같았기 때문이다.

1935년 12월에 씀

도공의 복수(鑄劍)

1

미간척(眉間尺)은 어머니 곁에서 막 잠이 들려는데 쥐가 나와 솥뚜껑을 갉아 대는 통에 귀찮아 견딜 수가 없었다. 그는 낮게 몇 마디 소리를 내어 쥐를 쫓아 보았다. 처음에는 그래도 좀 효과가 있더니, 나중에는 그를 완전히 무시하고 빡빡 갉아 대는 것이었다. 낮 동안 고된 일을 하여, 밤에 눕기만 하면 금방 잠이 들어 버리는 어머니를 깨울까 걱정이 되어 그는 감히 큰소리로 쫓을 수가 없었다.

상당히 시간이 지난 뒤에야 조용해져서 그도 잠을 자려 하였다. 그때 갑자기 풍덩 하는 소리에 놀라 그는 또 눈을 번쩍 떴다. 동시에 사각사각 하는 소리가 들렸는데 발톱으로 질그릇 긁는 소리였다.

"됐다! 죽어 싸지!"

그는 어찌나 후련했던지 살그머니 일어났다.

침상에서 내려온 그는 달빛에 의지하여 문 뒤쪽으로 가서 부싯돌을 더듬어 찾았다. 관솔에 불을 붙여 물동이 속을 비쳐 보았다. 과연 큰 쥐 한 마리가 그 안에 빠져 있었다. 그러나 물이 많지 않아서 기어 나오지도 못하고 그저 물동이 안쪽 벽을 따라 긁으면서 빙글빙글 돌고 있었다.

"당연하지!"

그는 밤마다 가구를 긁어 대는 소리에 편히 잠들 수 없게 하였던 것이 바로 이놈이라고 생각하니 매우 통쾌함을 느꼈다. 그는 관솔을 흙벽의 작은 구멍에다 꽂아놓고 구경을 했다. 그런데 그 동그랗고 작은 눈이 그를 기분 나쁘게 했다. 그는 손을 뻗어 땔감으로 쓰는 갈대 하나를 뽑아 그놈을 물속으로 꾹 눌렀다. 조금 있다가 놓았더니 그 쥐도 따라서 떠오르다가 다시 물동이 안쪽을 긁으며 빙빙 도는 것이었다. 그러나 이미 아까와 같이 힘차게 긁던 기력은 없는 것 같았다. 눈도 물속에 잠겨 버리고 단지 빨갛고 뾰족한 작은 코만이 물 위에 나와 씩씩거리며 가쁜 숨을 몰아쉬고 있었다.

그는 요사이 코가 빨간 사람을 별로 좋아하지 않았다. 그러나 지금 이 뾰족하고 작은 빨간 코를 보니 문득 불쌍한 느낌이 들었다. 그래서 갈대를 쥐의 배 밑으로 뻗어 넣었다. 쥐는 그것을 붙들고 잠시 쉬더니 갈대 줄기를 타고 기어 올라왔다. 이윽고 그놈의 전신이 보였다. — 흠뻑 젖은 검은 털, 불룩한 배, 지렁이 같은 꼬리 — 다시 쥐가 몹시 밉살맞고 싫어져서 황급히 갈대를 흔들었더니, 풍덩 소리와 함께 쥐는 다시 물동이 속에 빠졌다. 그는 이어 갈대로 쥐의 머리를 몇 차례 쿡쿡 찔러 쥐를 빨리 가라앉게 했다.

관솔을 여섯 번이나 갈고 난 후에야 쥐는 움직일 수 없게 되었다. 그런데도 물에 떴다 가라앉았다 하면서 간간이 물 위로 떠오르려고 조금씩 허우적거리는 것이었다. 미간척은 다시 매우 불쌍한 느낌이 들었다. 곧 갈대를 꺾어 간신히 쥐를 집어 올려 땅바닥에 놓았다. 처음에는 꼼짝도 하지 않던 쥐가, 얼마 후에는 겨우 조금 숨을 쉬었다. 다시 한참 지나서는 네 다리를 움직이고 몸을 뒤집더니 마치 일어나서 도망가려 하는 것 같았다. 이에 미간척은 깜짝 놀라 저도 모르게 왼발을 들어 꽉 밟아 버렸다. 찍 하는 외마디 소리가 들렸다. 그가 몸을 구부리고 자세히 들여다보니 입가에 붉은 피가 조금 나와 있었는데 아마 죽어 버린 모양이었다.

그는 또 매우 불쌍한 느낌이 들었다. 마치 자기가 큰 나쁜 짓을 한 것 같아 마음이 매우 괴로웠다. 그는 쪼그리고 앉아서 멍하니 보며 일어나지 않았다.

"척아, 뭐하고 있니?"

어머니가 어느새 깨어나서는 침상에서 물었다.

"쥐가……"

그는 황망히 일어나 몸을 돌리고 한마디 대답할 뿐이었다.

"그래, 쥐 때문에 그러는 건 안다. 그런데 너는 무얼 하고 있는 거냐? 죽이는 거냐, 그렇지 않으면 살려 주는 거냐?"

그는 대답하지 않았다. 관솔은 다 타 버렸다. 그는 묵묵히 어둠 속에 서 있었다. 점차 달빛이 밝게 보였다.

"아!"

그의 어머니가 탄식하며 말했다.

"자시(子時)만 지나면 너도 열여섯 살이 되는데 성품이 아직도 그 모양으로 미적지근한 것이 조금도 변한 것이 없구나. 그래서야 네 아버지 원수를 갚을 사람이 없겠구나."

그는 어머니가 어슴푸레한 달그림자 속에 앉아 마치 몸을 온통 떨고 있는 듯한 모습을 보았다. 낮고 작은 목소리 속에는 무한한 비애가 담겨 있어, 그로 하여금 추위에 떨듯 모골이 송연하게 하더니, 일순간 다시 온몸 속에서 뜨거운 피가 끓어오르게 했다.

"아버지의 원수요? 아버지께 무슨 원수가 있나요?"

그는 깜짝 놀라 몇 걸음 내디디며 물었다.

"그래, 네가 그 원수를 갚아야 한다. 내가 진작에 네게 말을 하려고 했으나 네가 너무 어렸기 때문에 못했다. 그런데 너는 이제 성인이 되었는데도 아직도 성품이 그 모양이로구나. 그러니 난들 어떻게 하겠니? 너 같은 성품으로 큰일을 해낼 수 있겠느냐?"

"할 수 있어요. 말씀해 주세요. 어머니……. 제 잘못을 고치겠어요……."

"물론이지. 나도 말해야겠다. 너는 반드시 잘못을 고쳐야만 한다……. 그럼 이리 다가오너라."

그는 다가갔다. 어머니는 침상 위에 단정히 앉았다. 흐릿한 달빛 속에 어머니의 두 눈은 번쩍번쩍 빛을 발하고 있었다.

"듣거라."

그녀는 엄숙하게 말했다.

"너의 아버지는 원래 검(劍)을 만드는 천하 제일의 명인이셨다. 집이 가난한 나머지 아버지의 연장들은 내가 이미 모두 팔아 버려서 너는 이제 조그마한 유물도 볼 수 없게 되었다. 그러나 그분은 이 세상에 둘도 없는 검을 만드는 명인이셨다. 20년 전 왕비가 쇳덩어리 하나를 낳았는데, 듣자 하니 쇠기둥을 한 번 안고 나서는 잉태를 했다고 하더구나. 푸르고 투명한 쇳덩이였단다. 대왕은 그것을 기이한 보물로 알고 그것을 녹여서 한 자루 칼을 만들어 그것으로 나라를 보호하고, 적을 물리치며, 몸을 지키려고 마음을 먹었단다. 불행하게도 네 아버지가 그때 선발이 되셨단다. 그 쇳덩어리를 가지고 집으로 돌아와서는 낮이나 밤이나 그것을 단련하여 꼬박 3년간 정진하신 끝에 두 자루의 칼을 완성시키셨단다.

마지막으로 대장간의 화로를 열던 날에는 얼마나 놀라운 일이 벌어졌던지! 한 줄기 흰 김이 화르르 하늘로 피어 올라가는데 땅도 흔들리는 것을 느꼈단다. 그 하얀 김은 하늘로 오르자 흰 구름으로 변하여 이곳을 뒤덮더니, 점차 분홍빛을 나타내며 모든 것을 복사꽃처럼 붉게 비췄단다. 우리 집의 시커먼 야로(冶爐) 속에는 새빨간 검 두 자루가 누워 있었단다. 네 아버지가 정화수를 떠서 그 위에 천천히 뿌리자, 그 검은 푸지직 소리를 내며 점차 푸른빛으로 변해 갔단다. 이렇게 한 지 이레 낮 이레 밤이 지나자, 검은 보이지 않게 되었단다. 자세히 보았더니, 아직 야로 속에 있기는 하였는데 하도 푸르고 투명해서 마치 두 조각 얼음 같았단다.

크나큰 기쁨의 광채가 네 아버지의 눈에서 사방으로 발산되었단다. 아버지는 검을 꺼내어 닦고 또 닦았어. 하지만 슬픔의 주름

살이 이마와 입가에 나타났단다. 아버지는 그 두 개의 검을 두 개의 상자에 나누어 넣으셨단다.

'요 며칠간의 광경을 보기만 했다면 누구라도 검이 완성되었다는 것을 알 거요.' 아버지는 나에게 가만히 말씀하셨단다.

'내일이면 나는 반드시 이것을 대왕께 바치러 가야만 하오. 그러나 칼을 바치는 날이 바로 나의 목숨이 다하는 날이기도 하오. 아마 영영 이별을 하게 될 거요.'

'여보……' 나는 몹시 놀라고, 또 아버지의 마음을 헤아릴 수 없어서, 어떻게 말해야 할지 몰라, 그저 '당신이 이번에 이렇게 큰 공을 세우셨는데……' 라고 말할 뿐이었어.

'아! 당신이 어떻게 알겠소!' 아버지는 말씀하셨어. '대왕은 전부터 의심이 많고 또 매우 잔인하였소. 이번에 그에게 세상에 둘도 없는 검을 만들어 바치게 되면 그는 틀림없이 나를 죽여서 내가 그 검에 필적할 만한 또는 그보다 더 나은 검을 다른 사람에게 만들어 주지 못하도록 할 것이오.'

나는 눈물을 흘리며 울었단다.

'슬퍼하지 마오. 이것은 피할 수 없는 일이오. 눈물이 결코 운명을 씻어낼 수는 없소. 그러나 나는 진작부터 이것을 준비해 두었소.'

아버지의 눈에서 별안간 번갯불 같은 빛이 번뜩하더니 내 무릎에 검 상자 하나를 놓으셨단다.

'이것은 웅검(雄劍)이오.' 아버지는 말씀하시기를, '당신이 간직해 두시오. 내일 나는 이 자검(雌劍)을 바치러 가겠소. 만약 내가 가서 돌아오지 않는다면, 나는 틀림없이 이 세상 사람이 아닐 것이오. 당신이 아이를 가진 지 이미 5, 6개월이 되지 않았소? 슬퍼하지 마오. — 아들을 낳거든 소중히 길러 주오. 성인이 된 뒤에 당신이 그 아이에게 이 웅검을 주어서, 대왕의 목을 베어 내 원수를 갚게 해 주오'라고 말씀하셨단다."

"아버지는 그날 돌아오셨나요?"

미간척은 다그쳐 물었다.

"돌아오지 않으셨다!"

그녀는 냉정하게 말했다.

"사방으로 수소문해 보았지만 도무지 소식을 알 수 없더구나. 나중에야 사람들한테서 들었는데, 너의 아버지가 손수 벼린 칼에 첫 번째로 피를 먹인 사람이 바로 그 자신, 즉 네 아버지였다는 것이다. 게다가 네 아버지의 귀신이 귀찮게 굴까 두려워서 그의 몸과 머리를 앞문과 후원에 따로따로 묻었다더구나."

미간척은 갑자기 온몸이 맹렬한 불에 타 머리털 가닥가닥에서 불꽃이 번쩍이는 것 같았다. 그는 어둠 속에서 두 주먹을 우드득 소리가 나게 불끈 쥐었다.

그의 어머니는 일어나 침상 머리맡의 판자를 뜯어냈다. 그러고는 침상에서 내려와 관술에 불을 붙이고 문 뒤에 세워놓은 괭이를 가져와 미간척에게 주며 말했다.

"파거라!"

미간척은 가슴이 뛰었으나 침착하게 한 삽 한 삽 조용히 파내려 갔다. 아무리 파도 모두 누런 흙뿐이더니 다섯 자 남짓 파고 나자

흙 색깔이 다소 달라졌는데 마치 썩은 나무 같았다.

"잘 보아라! 조심해서!"

그의 어머니가 말했다.

미간척은 파낸 구멍 옆에 엎드려 손을 넣고 신중하고 조심스럽게 썩은 나무를 거둬냈다. 마침내 손끝에 얼음을 만진 것과 같은 감촉이 느껴지더니 푸르고 투명한 칼이 나타났다. 그는 검 자루를 똑똑히 찾아서 잡고 들어냈다.

창밖의 별과 달, 방 안의 관솔불이 갑자기 빛을 잃은 듯, 오직 파란빛만이 집 안에 가득 찼다. 검은 그 푸른빛 속에 녹아들어 있어서 보기에 아무것도 없는 것 같았다. 미간척이 정신을 집중하고 자세히 보니 길이가 다섯 자 남짓 한 것 같은데, 그다지 예리하게 보이지 않았으며, 칼날은 도리어 약간 둥그스름하여 마치 부추잎 같았다.

"너는 지금부터 너의 우유부단한 성격을 고치고, 이 검으로 원수를 갚도록 하거라."

"저는 이미 저의 우유부단한 성격을 고쳤어요. 이 검으로 원수를 갚겠습니다."

"부디 그렇게 하기를 바란다. 푸른 옷을 입고 이 칼을 메도록 하여라. 옷과 검이 같은 색이면 아무도 분명하게 가려내지 못한다. 옷은 이미 내가 여기 마련해 두었으니 내일 네 길을 떠나도록 하여라. 내 걱정은 하지 말고."

어머니는 침상 뒤의 헌 옷 상자를 가리키며 말했다.

미간척이 새 옷을 꺼내 입어 보았더니 몸에 꼭 맞았다. 그는 옷을 다시 잘 개어 놓고, 검도 싸서 베개맡에 두고 조용히 드러누웠다. 그는 자신의 우유부단한 성격이 벌써 고쳐진 것 같은 느낌이 들었다. 그는 아무 걱정도 없다는 듯이 잠자리에 들어 잠을 잔 후, 새벽에 일어나 여느 때와 전혀 다름없는 태도로 태연히 아버지의 불구대천(不俱戴天)의 원수를 찾아가리라 결심했다.

그러나 그는 잠을 이루지 못했다. 엎치락뒤치락하다가, 차라리 일어날까 생각도 해 보았다. 그는 어머니가 가냘프고 길게 실망의 한숨을 쉬는 소리를 들었다. 그러다가 첫닭 우는 소리가 들려와서 그는 이미 자시(子時)가 지난 것을 알았다. 그는 열여섯 살이 된 것이다.

2

미간척은 눈두덩이가 퉁퉁 부은 채, 뒤도 돌아보지 않고 대문을 나섰다. 푸른 옷을 입고 푸른 검을 메고, 큼직한 발걸음으로 성안을 향해 줄달음으로 갔다. 아직 동은 트지 않았다. 삼나무 숲에는 나뭇잎 끝마다 이슬방울이 맺혀 있었고 그 안에는 밤기운이 숨겨져 있었다. 그러나 숲 끝자락에 이르자 이슬방울은 갖가지 빛으로 반짝이며 점차 새벽빛으로 변해 갔다. 멀리 앞을 바라보니 잿빛 성벽과 성벽 위의 성첩이 어렴풋이 보였다.

파를 짊어진 채소 장수들 사이에 섞여서 그는 성내로 들어갔다. 거리는 이미 매우 북적거렸다. 남자들은 줄지어 우두커니 서 있었고, 여자들도 수시로 문밖을 내다보고 있었다. 그 여자들은 대부분 눈두덩이가 부어 있고 머리는 헝클어져 있었으며, 미처 화장도 하지 않았는지 누런 얼굴을 하고 있었다.

미간척은 어떤 큰 변화가 일어나려 하고 있음을 예감했다. 그들은 모두 초조해 하면서도 참으며 큰 변화를 기다리고 있었다.

그는 계속해서 앞으로 걸어갔다. 갑자기 어린아이 하나가 달려들어 하마터면 등에 멘 칼끝에 부딪칠 뻔했다. 그는 너무 놀라 온몸에 식은땀이 났다. 북쪽으로 길을 돌렸다. 왕궁에서 얼마 멀지 않은 곳에 사람들이 잔뜩 모여 서서 모두가 목을 빼고 모여 있는데, 사람 무리 속에서는 여자들과 어린아이의 울부짖는 소리도 들렸다. 그는 눈에 보이지 않는 웅검으로 사람을 다치게 할까 두려워, 감히 밀치고 들어가지 못했다. 그러나 사람들이 등뒤에서 밀려들어, 그는 몸을 돌려 피하는 수밖에 없었다. 그의 눈에는 사람들의 등과 길게 뺀 목만이 보일 뿐이었다.

갑자기 앞쪽에 있던 사람들이 모두 차례로 무릎을 꿇었다. 멀리서 두 필의 말이 나란히 달려오고 있었다. 그 뒤에 몽둥이, 창, 칼, 활, 깃발 등을 든 무인(武人)들이 누런 먼지를 자욱이 일으키며 길을 온통 메우고 있었다. 또 네 마리의 말이 끄는 큰 수레 하나가 왔는데, 위에는 한 떼의 사람들이 앉아 있었다. 어떤 이는 종을 치고 어떤 이는 북을 두드렸으며, 어떤 이는 뭔지 모를 괴상한 것을 입에 대고 불고 있었다. 그 뒤는 또 다른 수레가 따르고 있었는데 수레 안에 있는 사람들은 모두 호화스런 의상을 입고 있었으며, 노인이거나 아니면 키가 작고 뚱뚱한 사람들인데 각자의 얼굴은 온통 땀투성이였다. 이어서 또 칼과 창, 검, 삼지창 등을 든 기사의 무리가 따랐다. 무릎을 꿇고 있던 사람들이 모두 몸을 숙여 절했다. 이때 미간척은 누런 덮개를 한 큰 수레 한 채가 달려오는 것을 보았다. 한가운데 화려한 의상을 입은 비대한 사람이 타고 있었다. 희끗희끗한 수염에 작은 머리 그리고 허리에는 그가 등에 메고 있는 것과 똑같은 푸른 검을 차고 있는 것이 어렴풋이 보였다.

그는 저도 모르는 사이에 전신이 싸늘해지는 것을 느꼈다. 그러다 이내 또 온몸이 타는 듯이 뜨거워졌는데 마치 맹렬한 불에 타는 듯했다. 그는 손을 어깨 위로 뻗어 칼자루를 움켜쥐면서 발을 들어 엎드려 있는 사람들 목덜미 사이의 틈을 비집고 나갔다.

그러나 겨우 대여섯 걸음을 갔을 때 누군가가 갑자기 그의 한쪽 다리를 붙잡았기 때문에 그만 걸려 거꾸로 넘어지고 말았다. 그가 넘어진 곳은 바로 말라빠진 젊은이의 몸 위였다. 혹시 칼 끝에 젊은이가 다치지 않았을까 놀라 일어나는 순간 그는 갈비뼈 아래를 호되게 두어 대 얻어맞았다. 그는 상대할 틈도 없이 다시 길 쪽을 바라보았지만 이미 노란 덮개의 수레는 지나가 버렸을 뿐만 아니라 경호하는 기사들조차도 지나간 뒤였다.

길가의 모든 사람들도 일어났다. 말라빠진 젊은이는 아직도 미간척의 먹살을 틀어잡고 놓으려 하지 않았다. 그는 귀중한 단전(丹田)을 짓눌렀기 때문에 만약에 자기가 여든 살이 되기 전에 죽게 된다면 미간척이 반드시 목숨으로 보상하겠노라고 보증해야 한다고 우겼다. 구경꾼들이 금방 두 사람을 둘러쌌지만 그저 멍청히 보기만 하고 아무도 입을 열지 않았다. 나중에 어떤 사람이 옆에서 몇 마디 욕지거리를 하였다. 모두가 말라빠진 젊은이를 편드는 것이었다. 미간척은 이런 상대를 만나게 되자 참으로 화를 낼 수도, 웃을 수도 없어 답답함을 느낄 뿐이었다. 그렇다고 빠져 나갈 수도 없었다. 이렇게 밥 한 솥이 익을 만한 시간이 흘렀다. 미간척은 벌써부터 온몸이 불이 난 듯 초조해졌다. 구경꾼들은 그래도 재미가 있는지 여전히 줄어들지 않았다.

앞쪽의 사람 울타리가 움직이더니, 한 시커먼 사람이 헤치고 들어왔다. 검은 수염, 검은 눈, 쇠같이 야윈 사내였다. 그는 말없이 미간척에게 차디차게 웃어 보이더니, 손을 들어 가볍게 말라빠진 젊은이의 아래턱을 튕기면서 아울러 그의 눈을 똑바로 들여다보았다. 그 젊은이도 상대방을 잠시 바라보더니 어느새 멱살 잡은 손을 천천히 놓고 슬그머니 도망가 버렸고, 그 사나이도 슬그머니 사라졌다. 구경꾼들도 시시하다는 듯이 흩어졌다. 다만 몇 사람은 아직도 미간척에게 나이는 몇이고 집은 어디며 집에 누가 있느냐는 등 여러 가지 질문을 했으나 미간척은 전혀 그들을 상대하지 않았다.

그는 남쪽을 향해 걸어가면서 생각했다. 성안은 이렇게 붐비니 잘못하면 사람을 다치게 하기 쉽다. 역시 남문 밖에서 그가 돌아오는 길목을 지키고 있다가 아버지 원수를 갚도록 하자. 거기라면 장소도 넓고 사람들도 드물 테니까, 실로 복수를 하는 데 안성맞춤일 것이다. 이때 온 도성 안은 왕의 산놀이 의장의 위엄에 대해, 자기가 국왕을 볼 수 있었던 영광에 대해, 나아가서는 얼마큼 낮게 엎드려야 백성 된 도리에 합당한가 등등에 대하여 마치 꿀벌들이 웅웅대는 것처럼 시끄럽게 떠들고 있었다. 남문 가까이에 이르러서야 비로소 점차 조용해졌다.

그는 성 밖으로 걸어나와 커다란 뽕나무 아래에 앉아서 만두 두 개를 꺼내 요기를 하였다. 먹고 있자니 문득 어머니 생각이 나서 저도 모르게 눈과 코가 시큰해졌다. 그러나 얼마 후에는 아무렇지도 않았다. 주위는 갈수록 조용해져 자신의 숨소리까지도 뚜렷하게 들렸다.

날이 어두워질수록 그도 더욱 불안해졌다. 눈에 힘을 주어 앞을 바라보고 있었지만 왕이 들어오는 그림자는 전혀 보이지 않았다. 성으로 채소를 팔러 갔던 시골 사람들이 하나하나 빈 지게를 지고 성에서 나와 집으로 돌아가고 있었다.

인적이 끊기고 나서 한참 지난 후에 갑자기 성안에서 그 시커먼 사람이 번개처럼 뛰쳐나왔다.

"도망쳐라, 미간척! 국왕이 너를 잡으려 하고 있다!"

그의 목소리는 마치 올빼미 소리 같았다.

미간척은 온몸이 와들와들 떨렸다. 마법에라도 걸린 듯 곧 그 사나이 뒤를 따라 걷다가 나중에는 나는 듯이 달렸다. 멈추어 서서 한참 동안 숨을 헐떡이고 난 뒤에야 그는 비로소 이미 삼나무 숲 근처에 와 있다는 것을 알았다. 뒤편 먼 곳에 은백색의 줄무늬가 보였고 달이 이미 그쪽에 나타나 있었다. 앞에는 두 개의 도깨비불 같은 시커먼 사나이의 눈빛이 있을 뿐이었다.

"나를 어떻게 알지요……?"

그는 매우 두렵고 놀라워하며 물었다.

"하하하! 나는 전부터 너를 알고 있다."

그 사나이는 말했다.

"나는 네가 웅검을 메고 네 아버지 원수를 갚으려 한다는 것을 알고 있다. 또한 그 원수를 갚지 못했다는 것도 알고 있다. 어찌 원수를 갚지 못하는 것뿐이겠는가. 오늘 벌써 밀고한 자가 있어, 너의 원수는 벌써 동문을 통해 왕궁으로 들어가 너를 체포하라는 명령을 내렸단다."

미간척은 저도 모르게 마음이 아파왔다.

"아아, 어머니가 탄식하셨던 것은 당연하구나."

그는 낮은 소리로 말했다.

"하지만 네 어머니는 반밖에 모르고 있어. 내가 너를 위해 원수를 갚아 주려는 것을 모르고 있어."

"당신이? 당신이 나를 위해 원수를 갚아 준다구요. 의사(義士)인가요?"

"아니, 그런 호칭으로 나를 욕되게 하지 마라."

"그렇다면 당신은 과부와 고아인 우리들을 동정해서인가요……?"

"아니다, 애야. 그런 욕된 호칭은 다시는 입에 담지 말거라."

그는 냉엄하게 말했다.

"의협, 동정, 그런 것들은 예전에는 깨끗했었지만 이제는 모두가 고리대금업자의 자본으로 변했단다. 내 마음속에는 네가 말하는 그런 것들이 전혀 없단다. 나는 단지 너를 위해 복수를 해 주려는 것뿐이야!"

"좋아요. 하지만 어떻게 복수를 해 주시겠다는 겁니까?"

"오직 두 가지 물건만 나에게 주면 된다."

두 개의 도깨비불 아래에서 말소리가 나왔다.

"그 두 가지가 뭐냐고? 듣거라, 하나는 너의 검이고, 또 하나는 너의 목이다."

미간척은 비록 이상한 느낌이 들어 조금 의심이 갔으나 결코 놀라지는 않았다. 그는 한동안 입을 열지 못했다.

"내가 너의 목숨과 보물을 빼앗으려 한다고 의심하지 말아라."

어둠 속의 목소리가 또 냉엄하게 말했다.

"이 일은 완전히 네게 달렸다. 나를 믿는다면 할 것이고, 나를 믿지 않는다면 그만두겠다."

"그렇지만 무엇 때문에 나를 위해 원수를 갚아 주시려는 겁니까? 저의 아버지를 아시나요?"

"나는 전부터 네 아버지를 알고 있다. 전부터 너를 알고 있는 것과 마찬가지로 말이야. 그러나 내가 원수를 갚으려는 것은 결코 그 때문은 아니다. 총명한 아이야, 말해 주마. 너는 아직 모르는가 보구나. 내가 얼마나 복수를 잘하는가를. 너의 것이 바로 나의 것이고, 그가 또한 바로 나이다. 내 영혼에는 그토록 많은 것이 있다. 남에게 내가 입힌 상처 때문에 나는 이미 나 자신을 증오하고 있단다."

어둠 속의 목소리가 멈추자마자, 미간척은 손을 어깨 쪽으로 향해 들더니 푸른 검을 뽑아 그대로 목을 뒤쪽에서 앞쪽으로 베었다. 머리는 땅바닥의 푸른 이끼 위에 떨어졌고, 검은 시커먼 사나이에게 건네졌다.

"오, 오!"

그는 한 손에 검을 받아들고 다른 한 손으로 머리털을 움켜잡더니 미간척의 머리를 들어올려 그 뜨거운 죽어 버린 입술에 두 번 입을 맞추더니, 싸늘하고도 날카롭게 웃었다.

웃음소리는 곧장 삼나무 숲속에 퍼졌다. 숲속 깊은 곳에서 한 떼의 도깨비불 같은 눈빛이 번득이더니 순식간에 가까이 다가왔다. 씨근씨근 굶주린 이리의 숨소리가 들렸다. 첫 입에 미간척의 푸른 옷이 찢겼다. 두 번째 입에는 신체가 흔적도 없이 사라지더니, 핏자국마저 눈 깜짝할 사이에 깨끗하게 핥아져 버렸고, 뼈를 깨무는 소리만이 희미하게 들릴 뿐이었다.

가장 앞에 섰던 큰 이리 한 마리가 시커먼 사나이를 향해 덤벼들었다. 그가 푸른 검을 한 번 휘두르자 이리의 머리가 땅바닥의 푸른 이끼 위에 떨어졌다. 다른 이리들이 첫 입에 그것의 껍질을 벗겨 버렸다. 두 번째 입에 몸뚱이가 전혀 보이지 않게 되었고 핏자국도 순식간에 핥아져 버렸다. 뼈를 깨무는 소리만 희미하게 들렸다.

그는 땅 위의 푸른 옷을 집어들어 미간척의 머리를 싸서는 푸른 검과 함께 등에 메고 몸을 돌려 어둠 속에서 왕성(王城)을 향해 유유히 걸어갔다.

이리들은 꼼짝 않고 서서 어깨를 들썩이며 혀를 내밀고 씩씩 숨을 몰아쉬면서 푸른 눈빛을 번득이며 유유히 멀어져 가는 그의 뒷

모습을 바라보고 있었다.

그는 어둠 속에서 왕성을 향해 유유히 걸어가며, 날카로운 목소리로 노래를 불렀다.

핫하하 사랑, 사랑, 사랑이여!
푸른 검을 사랑하는 원수 하나는 스스로 죽었네.
아아! 연이어 뒤집히네,
몇 명의 사나이가
한 사나이는 푸른 검을 사랑하였으니,
오호라, 외롭지 않도다.
머리로 머리를 바꾸니,
두 사람의 원수는 스스로 죽었도다.
한 사나이는 이제 없어졌나니,
사랑이여 오호라!
사랑이여 오호라, 오호라, 아호라,
아호라, 오호라, 오호, 오호라!

3

산놀이는 결코 왕에게 즐거움을 주지 못했다. 더구나 길에 자객이 있다는 은밀한 보고가 있자, 그로서는 더욱 흥이 깨지고 말았다. 그날 밤 그는 매우 화가 나서 아홉째 왕비의 머리털조차도 어제처럼 그렇게 검고 아름답지 못하다고 말했다. 다행히 그녀가 그의 무릎에 앉아 교태를 부리며 특별히 일흔 번 이상 몸을 비꼬고서야 겨우 용안 미간의 주름살이 점차 퍼졌다.

오후에 왕은 일어나자마자 기분이 좋지 않더니, 점심을 먹은 후에는 곧장 화난 얼굴로 변했다.

"아아! 지루하구나!"

그는 크게 하품을 한 뒤 큰소리로 말했다.

위로는 왕후에서 아래로는 측근 신하에 이르기까지 이 광경을 보고 모두가 몸둘 바를 몰랐다. 흰 수염의 늙은 신하의 이야기에도, 어릿광대 난쟁이의 재담에도 왕은 진작부터 염증을 느끼고 있었다. 근래에는 줄타기, 장대 오르기, 구슬 던지기, 물구나무 서기, 칼 삼키기, 불 토하기 등등의 기묘한 곡예도 도무지 재미가 없다. 그는 자주 화를 냈고, 화를 낼 때마다 푸른 검을 들고는 사소한 잘못을 찾아내어 몇 사람을 죽였다.

몰래 틈을 타서 궁궐 밖으로 놀러 나갔던 두 하급 환관은 돌아오자마자 왕궁 안의 여러 사람들이 모두 근심하고 있는 광경을 보고, 전과 같이 재난이 닥쳐왔다는 것을 알아차렸다. 그중 한 사람은 겁에 질려 얼굴이 흙빛이 되었지만 다른 한 사람은 매우 자신이 있는 듯이 당황하지 않고 왕 앞에 나아가 엎드리며 말했다.

"소신이 방금 전에 희한한 사람을 만났는데 참으로 신기한 재주를 가지고 있었습니다. 대왕님께 위로를 드릴 수 있지 않을까 하여, 이렇게 특별히 찾아 뵙고 아뢰는 바이옵니다."

"뭐라고?"

왕이 말했다. 그의 말은 언제나 매우 짤막하였다.

"그자는 검고 바짝 마른 거지 같은 사내였습니다. 온몸에 푸른 옷을 입고 등에는 둥그런 보따리를 지고 있었으며, 입으로는 무슨 뜻인지 모를 노래를 부르고 있었습니다. 사람들이 그에게 물었더니, 그가 요술을 잘하는데, 여태껏 없었던 것일 뿐만 아니라 세상에 둘도 없는, 사람들이 아직껏 보지 못했던 요술로, 한 번 보고 나면 즉시 근심걱정이 사라지고 천하가 태평해진다고 하였습니다. 사람들이 그에게 한 번 해 보라고 하였으나 그는 하려고 하지 않고 말하기를, 첫째로 금룡(金龍)이 있어야 하고, 둘째로는 금솥[金鼎]이 있어야 한다고 하였사옵니다……."

"금룡(金龍)? 내가 바로 그것이지. 금솥? 그것도 내가 가지고 있지."

"소신도 바로 그렇게 생각이 되어……."

"데리고 오도록 하라!"

그 말이 채 끝나기도 전에, 무사 네 사람이 그 하급 환관을 따라 뛰어나갔다. 위로는 왕후를 비롯해서 아래로는 측근 신하에 이르기까지 저마다 얼굴에 희색이 돌았다. 그들은 모두가 이 요술로써 근심걱정이 풀려 버리고 천하가 태평해지기를 바랐다. 설사 그것이 실패한다 해도 이번에 화를 당할 자는 그 거지 같다는 검고 야윈 사내일 테니, 그들은 단지 그자가 올 때까지 기다리기만 하면 되는 것이었다.

결코 오랜 시간이 걸리지 않아, 여섯 사람이 옥계(玉階)를 향해 걸어오고 있는 것이 보였다. 앞선 것은 환관이고 뒤에는 네 명의 무사였으며 그 중간에 시커먼 사람이 끼어 있었다. 가까이 다가왔을 때 보니 그 사나이의 옷은 푸르고 수염과 눈썹, 머리털은 모두 검었다. 바짝 야위어 광대뼈, 눈두덩이뼈, 눈썹뼈가 불쑥 튀어나와 있었다. 그가 공손히 무릎을 꿇고 엎드리자 과연 동그랗고 조그만 보따리를 등에 지고 있는 것이 보였는데, 푸른 헝겊 위에 짙은 붉은색 무늬가 그려져 있었다.

"아뢰어라!"

왕은 성급하게 말했다. 왕은 그자가 가지고 온 연장이 단출한 것을 보니 별다른 좋은 요술은 보이지 못하리라고 여겼다.

"신의 이름은 연지오자(宴之敖者)라 하옵고 문문향(汶汶鄕)에서 자랐습니다. 젊어서 직업이 없다가 느지막이 훌륭한 스승을 만나게 되어, 요술을 배웠는데, 어린아이 머리의 요술입니다. 이 요술은 혼자서는 할 수 없으며 반드시 금룡 앞에 금솥을 놓고, 거기에 맑은 물을 채워 골탄(骨炭)불로 끓여야 합니다. 그리고는 물이 끓어오를 때 아이의 머리를 넣으면 그 머리가 물결을 따라 떴다 가라앉았다 하며 온갖 춤을 추고 오묘한 소리를 내며 기쁨의 노래를 부르게 되옵니다. 이 노래와 춤은 한 사람이 보면 근심걱정이 사라지며, 만인이 보게 되면 천하가 태평하게 되옵니다."

"놀아 보아라!"

왕은 큰소리로 명령하였다.

결코 오랜 시간이 걸리지 않아, 소를 삶는 커다란 금솥이 전각 밖에 놓여졌다. 거기에 물을 채우고, 아래에 골탄을 쌓고 불을 붙였다. 그 시커먼 사나이는 그 옆에 서 있다가 골탄이 붉어지는 것을 보자 보따리를 풀어 열고 두 손으로 아이의 머리를 받쳐 들어 높이 치켜올렸다. 그 머리는 미목(眉目)이 수려하고 이빨이 하얗고 입술이 붉으며 얼굴에는 미소를 띠고 있었다. 머리털은 흩어져서 마치 푸른 연기 같았다. 시커먼 사나이는 그것을 받쳐 들고 사방을 향해 한 바퀴 돌았다. 그러고는 손을 솥 위로 뻗치고 몇 마디 알지 못할 소리를 웅얼대다가 그대로 손을 놓았다. 풍덩 소리를 내며 머리가 물속으로 떨어져 들어가며 동시에 물방울이 댓 자 이상이나 높이 튀더니 그 후에는 온통 조용해졌다.

긴 시간이 지났으나 아직 아무런 동정도 없었다. 왕이 맨 먼저 조급해졌다. 이어 왕후와 비(妃), 대신, 환관 등도 모두 초조해지기 시작했다. 뚱뚱한 난쟁이 어릿광대들은 벌써 냉소를 머금고 있었다. 왕은 그들의 냉소를 보자 마치 자기가 조롱당하는 것 같아, 무사를 돌아보며 왕을 속인 발칙한 놈을 솥 속에 던져 넣어 삶아 죽이라는 명령을 내리려 했다.

그런데 바로 그때 물이 끓는 소리가 들리고, 탄불이 활활 타올라 시커먼 사나이를 비쳐 마치 쇠가 덜 달구어진 것같이 검붉게 만들었다. 왕이 다시 얼굴을 그에게로 막 돌렸을 때 그는 이미 두 손을 하늘로 향해 쳐들고 눈빛은 허공을 향한 채로 춤을 추고 있었다. 그는 갑자기 날카로운 소리로 노래를 부르기 시작했다.

핫하, 사랑 사랑 사랑이여!
사랑이여, 피여, 누군들 이것이 없으리.
백성은 어둠 속에서 방황하고, 한 사나이의 꿍꿍이속은 모르도다.

그에게는 백 개의 목, 천 개의 목, 만 개의 목이 있고,

내게는 오직 한 개의 목, 뭇사람은 없도다.

하나의 목을 사랑하노라, 피여, 오호라!

피여, 오호라, 오호 아호라,

아호라, 오호라, 오호라, 오호라!

노랫소리를 따라 물이 솥 안에서 솟구쳤다. 위는 뾰족하고 아래는 넓어서 마치 작은 동산 같았다. 그러나 물은 끝에서 솥바닥까지 끊임없이 선회하며 움직이고 있었다. 그 머리는 물을 따라 위로 올라갔다 아래로 내려갔다 하면서 원을 그리며 돌았고, 한편으로 또한 머리 자체도 빙글빙글 돌고 있었는데, 사람들은 그 머리가 재미있다는 듯 웃고 있는 모습을 어렴풋이 볼 수 있었다. 잠시지나자 갑자기 물살을 거슬러 빙글빙글 돌면서 갔다왔다하더니물결이 격해지며 물방울이 튀어 온 뜰에 뜨거운 비를 뿌렸다. 난쟁이 어릿광대 하나가 갑자기 소리를 지르며 자기 코를 움켜쥐었다. 불행하게도 그는 뜨거운 물에 코를 데어 끝내 아픔을 참지 못하고 비명을 질렀던 것이다.

시커먼 사나이의 노래가 멈추자 그 머리도 물 한가운데서 멈추고는 얼굴을 옥좌(玉座)를 향해 돌리더니, 엄숙한 표정으로 변하였다. 이렇게 10여 번 숨을 쉴 만큼의 시간이 지나자, 머리는 천천히 위아래로 떨었다. 떨림은 차츰 속도를 더하여 요동하며 헤엄치는데 그리 빠르지 않은 여유 만만한 태도였다. 물 가장자리를 따

라 높아졌다 낮아졌다 하며 세 바퀴를 돌고 나서, 갑자기 눈을 부릅뜨니 새까만 눈동자가 유별나게 빛났다. 그와 동시에 입이 벌어지면서 노래를 부르기 시작했다.

> 왕의 은혜는 흐르네. 넓고 양양하게
> 원수를 무찌른다. 원수를 무찌름이여. 혁혁하고 굳세게!
> 우주는 다함이 있어도, 만수는 무강이라.
> 요행히도 나는 왔도다. 푸르른 그 빛!
> 푸르른 그 빛이여 영원히 서로 잊지 못하리.
> 자리를 달리 하도다, 자리를 달리 하도다, 당당하고 훌륭하게!
> 당당하고 훌륭함이여, 아이 아이,
> 아! 돌아오라, 아! 함께하리, 푸르른 그 빛이여!

갑자기 머리는 물 꼭대기에 올라가 멈추더니 몇 번 재주넘기를 한 뒤 위아래로 오르내리기 시작했다. 좌우로 보내는 눈길은 몹시 아름다웠으며 입은 여전히 노래를 부르고 있었다.

> 아호라, 오호, 오호, 오호라.
> 사랑이여 오호라, 오호 아호라!
> 피 묻은 목 하나, 사랑이여 오호라,
> 나에게는 한 개의 목, 그러나 뭇사람은 없도다!
> 그에게는 백 개의 목, 천 개의 목……

머리는 여기까지 노래한 뒤 가라앉더니, 다시는 떠오르지 않았다. 노래 가사도 알아들을 수 없었다. 솟구치던 물도 노랫소리가 약해지자 점차 썰물처럼 낮아지고 마침내는 주둥이 아래로 내려가 멀리서는 아무것도 볼 수 없게 되었다.

"어찌된 일이지?"

잠시 후, 왕은 답답함을 못 참겠다는 듯이 물었다.

"대왕."

그 시커먼 사나이는 엉거주춤 몸을 꿇고서 말했다.

"지금 머리는 솥바닥에서 지극히 신기한 단원무(團圓舞)를 추고 있습니다. 가까이 다가가지 않으면 볼 수 없나이다. 단원무는 반드시 솥바닥에서 추는 것이기 때문에 신도 머리를 위로 올라오게 할 방법이 없나이다."

왕은 일어나 옥계를 내려왔다. 뜨거운 열기를 무릅쓰고 솥 가에 서서 안을 들여다보았다. 물은 거울처럼 잔잔했다. 그 머리는 물속에서 위로 향하여 누워 있었고 두 눈은 바로 왕의 얼굴을 쳐다보고 있었다. 왕의 눈빛이 그 얼굴에 쏠리자 그것은 쌩긋 웃었다. 왕은 전에 어디서 그 웃음을 본 것 같다고 느꼈으나 누군지 언뜻 생각이 떠오르지 않았다. 왕이 의아해 하고 있는 순간, 시커먼 사나이는 등에 메고 있던 푸른 검을 뽑아 번개처럼 휘둘러 왕의 뒷목을 내리쳤다. 풍덩 소리를 내며 왕의 머리는 솥 속으로 떨어졌다.

본래 원수끼리는 서로 만나면 유달리 확실히 알아보게 되어 있거늘, 더구나 외나무다리에서 만났음에랴. 왕의 머리가 수면에 닿자 미간척의 머리는 이를 맞아 그의 귓바퀴를 힘껏 물었다. 순식간에 솥 안의 물이 솟구치며 부딪치는 소리가 요란하더니 두 머리는 물속에서 사투를 벌였다. 약 20합(合)쯤 싸우고 난 뒤, 왕의 머리는 다섯 군데나 상처를 입었고, 미간척의 머리는 일곱 군데나 상처를 입었다. 왕은 교활하여 언제고 적의 뒤로 돌아가려고만 하였다. 미간척은 잠깐 소홀한 나머지 그에게 뒷목을 물려 몸을 돌릴 수 없게 되었다. 이번에 왕의 머리는 상대방을 단단히 물고서 놓으려 하지 않았다. 왕은 서서히 야금야금 잠식하여 들어갈 뿐이었다. 솥 밖에까지 어린아이가 아프다고 부르짖는 울음소리가 들리는 듯하였다.

위로는 왕후에서 아래로는 측근 신하에 이르기까지 너무나 놀라 엉켜붙은 표정도 울음소리에 의해 움직이기 시작했다. 마치 하늘에 태양이 없어져 암담한 슬픔을 느끼듯이 피부에 좁쌀 같은 소름이 알알이 돋았다. 그러나 그들은 또한 신비로운 기쁨에 휩싸여 무언가를 기다리듯 눈을 크게 떴다.

시커먼 사내도 꽤 놀란 것 같았으나 얼굴빛은 바꾸지 않았다. 그는 태연히 눈에 보이지 않는 푸른 검을 쥔 팔을 마른 나뭇가지처럼 뻗치더니, 목을 길게 뽑고 솥 밑을 자세히 보는 듯했다. 그러다 팔을 갑자기 굽히더니 푸른 검으로 갑자기 자신의 뒷머리를 내리쳤다. 검이 머리에 닿자 머리는 솥 안에 떨어졌다. 풍덩 소리가 나자 눈처럼 하얀 물보라가 공중을 향하여 사방으로 튀었다.

그의 머리는 물속으로 들어가자마자 즉각 왕의 머리로 돌진하여 왕의 코를 물고 거의 물어뜯을 뻔했다. 왕은 참지 못하고 "아얏" 소리를 지르며 입을 벌렸다. 미간척의 머리는 기회를 놓칠세라 얼른 벗어나와 홱 돌아서면서 왕의 턱 밑을 죽자하고 꽉 물었다. 두 머리는 물고 놓지 않을 뿐만 아니라 있는 힘을 다해 위 아래로 잡아 찢었으므로, 왕의 머리는 다시는 입을 다물 수 없도록 찢겨졌다. 그러자 그들은 굶주린 닭이 모이를 쪼듯이 닥치는 대로 마구 물어뜯었다. 왕의 눈은 찌그러지고 코는 깎여져 온 얼굴이 상처투성이가 되었다. 처음에는 그래도 솥 안에서 사방으로 날뛰었으나 나중에는 쓰러져 신음만 할 뿐이었다. 마침내는 소리조차 지르지 못하고, 내쉬는 숨만 있을 뿐 들이쉬는 숨은 없어졌다.

시커먼 사나이와 미간척의 머리도 점차 입을 다물었다. 왕의 머리에서 떨어져 솥 벽을 따라 한 바퀴 돌며 왕의 머리가 죽는 시늉을 하고 있는 것인지, 아니면 정말로 죽은 것인지를 살펴보았다. 왕의 머리가 확실히 숨이 끊어진 것을 알고 나자 네 개의 눈은 서로 마주보며 씽긋 웃더니, 곧 눈을 감고 얼굴을 위로 하늘을 향한 채 물 밑으로 가라앉았다.

4

연기는 사라지고 불은 꺼졌으며 물도 잔잔해졌다. 이상한 정적이 도리어 전각 위와 아래에 있는 사람들을 일깨웠다. 그들 중의 한 사람이 먼저 소리를 지르자 즉각 여러 사람들이 잇따라 놀라움에 소리를 질렀다. 한 사람이 서둘러 금솥을 향해 다가서자 모두가 앞을 다투어 몰려들었다. 뒤늦게 다가간 자는 사람들의 고개와 고개의 사이로 들여다보는 수밖에 없었다.

열기가 아직도 심해서 사람들의 얼굴을 뜨겁게 했다. 그러나 솥의 물은 도리어 거울처럼 잔잔했다. 표면에 기름이 떠 있어서 많은 사람들의 얼굴이 비쳤다. 왕후, 왕비, 무사, 늙은 신하, 난쟁이 어릿광대, 환관······.

"아이구, 하느님! 우리 대왕님의 머리가 아직도 이 안에 있다니, 아이고, 아이고!"

여섯째 왕비가 갑자기 미친 듯이 울부짖었다.

위로는 왕후에서 아래로는 측근 신하에 이르기까지 모두 정신을 못 차리고 허둥지둥 이리 뛰고 저리 뛰면서 어째야 좋을지 몰라 각자 네댓 바퀴씩 빙글빙글 돌 뿐이었다. 가장 지략이 뛰어난 늙은 신하 한 사람만이 앞으로 나아가 솥 가장자리에 손을 뻗어 만져 보았다. 그러나 그도 온몸을 부르르 떨더니 즉각 손을 움츠리고 두 손가락을 펴서 입가에 대고 연신 후후 불어 대었다.

모두들 마음을 가다듬고 전각 문 밖에 모여서 머리를 건져 올릴 방법을 상의했다. 대략 세 솥 분량의 밥을 지을 만한 시간이 지나서야, 가까스로 하나의 결론에 도달했다. 그것은 큰 주방에서 쇠그물 국자를 모아다가 무사에게 명하여 여럿이 협력하여 건져 올리게 하는 것이었다.

얼마 후 도구가 모아졌다. 쇠그물 국자, 조리, 금 쟁반, 행주걸레 등이 솥가에 놓여졌다. 무사들은 소매를 걷어올리고 어떤 자는 쇠그물 국자로, 어떤 자는 조리로, 일제히 정중하게 건져 올렸다.

국자들이 서로 부딪치는 소리, 조리가 금솥을 긁는 소리 등이 났고 국자를 휘저음에 따라 물도 맴돌았다. 조금 지나자, 한 무사의 표정이 갑자기 매우 엄숙해지더니, 조심스레 두 손으로 천천히 조리를 들어올렸다. 조리 구멍으로 구슬 같은 물방울이 새어 떨어지고 나자, 조리 안에 새하얀 두개골이 드러났다. 모두들 깜짝 놀라 소리를 질렀다. 그는 두개골을 금 쟁반에 옮겨놓았다.

"아이고! 나의 대왕님!"

왕후, 왕비, 늙은 신하에서 환관에 이르기까지 모두가 목을 놓아 울었다. 그러나 얼마 후 연달아 울음을 그쳤다. 왜냐하면 무사가 다시 똑같은 모습의 두개골 하나를 건져 올렸기 때문이었다.

그들은 눈물로 흐릿해진 눈으로 주위를 둘러보았다. 무사들이 얼굴에 땀을 뻘뻘 흘리며 아직도 끌어올리고 있는 것만이 보였다. 다음에 건져낸 것은 한데 엉킨 흰 머리카락과 검은 머리카락이었다. 또 매우 짧은 것도 몇 국자 있었는데 흰 수염과 검은 수염인 듯하였다. 그 뒤에 또 두개골 하나, 그리고 세 개의 비녀가 따라 건져졌다.

솥 안에 맑은 물만 남게 되어서야 그들은 비로소 손을 멈추었다. 건져낸 물건은 세 개의 금 쟁반에 나누어 담겨졌다. 하나는 두개골, 또 하나는 수염과 머리카락, 또 다른 하나에는 비녀가 담겼다.

"우리 대왕님의 머리는 하나뿐이오. 어느 것이 우리 대왕님의 것인가요?"

아홉 번째 왕비가 초조한 듯이 물었다.

"글쎄올시다……."

늙은 신하들은 서로 얼굴을 마주보았다.

"만약 가죽이나 살이 문드러지지 않았더라면 쉽게 분간할 수 있을 것입니다만."

난쟁이 어릿광대 하나가 무릎을 꿇고 말하였다.

사람들은 마음을 가라앉히고 자세히 두개골을 살펴보는 수밖에 없었다. 그러나 색깔이나 크기에 차이가 거의 없어, 아이의 머리조차도 분간할 수 없었다. 왕후가 왕의 오른쪽 이마에 흉터가 하나 있는데 그것은 태자였을 때 넘어져서 생긴 상처로 아마 뼈에도 흔적이 있을지 모르겠다고 말했다. 과연 난쟁이 어릿광대 한 명이 한 두개골에서 그것을 발견하였다. 모두가 기뻐하고 있을 때, 다른 난쟁이 어릿광대가 약간 누르스름한 해골의 오른쪽 이마에서도 그와 비슷한 상처 자국을 찾아냈다.

"내게 방법이 있어요."

세 번째 왕비가 자랑스럽게 말했다.

"우리 대왕님은 코가 매우 높으셨어요."

환관들이 곧 코뼈 연구에 착수했다. 어떤 하나가 확실히 비교적 높은 것 같기는 했으나 결국 차이가 거의 없었다. 가장 애석한 것은 오른쪽 이마에 넘어져서 생긴 상처가 없다는 것이었다.

"하물며,"

늙은 신하들이 환관에게 말했다.

"대왕의 후두부가 이렇게 튀어나왔을라고?"

"소인들은 전에 대왕의 후두부를 눈여겨 본 일이 없어서……."

왕후와 왕비들은 저마다 생각을 더듬으며, 어떤 사람은 튀어나왔다고 하고, 어떤 사람은 평평했다고 했다. 머리 빗겨 주는 것을 담당하던 환관을 불러서 물어보았으나 한마디도 말하지 못했다.

그날 밤 왕공(王公)과 대신들이 회의를 열어 어느 것이 왕의 머리인지를 결정하려 했으나, 결과는 낮과 마찬가지였다. 아울러 수염과 머리털에서도 문제가 발생했다. 흰 것은 물론 왕의 것이었다. 그러나 희끗희끗하였으므로 검은 부분은 처치하기가 매우 곤란하였다. 밤늦게까지 토의하여 붉은 수염 몇 올을 가려냈지만 이번에는 아홉째 왕비가 항의했다. 자기가 왕에게 몇 오라기 노란 수염이 있는 것을 틀림없이 보았는데, 어떻게 붉은 수염이 한 오라기도 없다고 할 수 있느냐는 것이었다. 그래서 붉은 수염 몇 개를 골라낸 것은 다시 본래대로 해 놓고 진상이 밝혀지지 않은 상태로 두는 수밖에 없었다.

한밤이 지나도 전혀 결론이 나지 않았다. 그래도 모두들 하품을 해 가면서 토론을 계속하다가 닭이 두 번째 울 무렵에 이르러서야 비로소 가장 신중하고 타당한 방법을 결정했다. 그것은 세 개의 두개골을 모두 왕의 신체와 함께 금으로 된 관에 넣어 장례를 치를 수밖에 없다는 것이었다.

이레 후는 장례를 치르는 날이어서 성안은 온통 법석거렸다. 성안의 백성이든 먼 곳의 백성이든 모두 국왕의 '출상'을 구경하려고 모여들었다. 날이 밝자, 거리는 이미 남녀의 무리로 가득 메워졌다. 그 중간에 많은 제단이 마련되었다. 오전이 되자 기사들이 말을 타고 느릿느릿 왔다. 또 한참 지나서 무슨 깃발, 곤봉, 창,

활, 도끼 등을 든 의장대가 보이더니, 그 뒤를 네 대의 악대(樂隊) 수레가 따랐다. 다시 그 뒤에 황색 덮개의 수레가 울퉁불퉁한 길을 따라 점점 다가왔다. 그러더니 영구차가 나타났다. 위에는 금으로 된 관이 실려 있는데, 관 속에는 세 개의 머리와 하나의 몸이 들어 있었다.

백성들이 모두 무릎을 꿇자, 제단이 군중들 사이로 한 줄 한 줄 나타났다. 몇몇 의로운 백성은 저 두 대역무도한 역적의 영혼이 지금 왕과 함께 제례를 받고 있을지도 모른다고 하며 분통해서 눈물을 흘렸다. 그러나 어쩔 수 없는 일이었다.

그 뒤는 왕후와 많은 왕비의 수레가 따랐다. 백성들은 그녀들을 보고, 그녀들도 백성들을 보며 오직 울기만 할 뿐이었다. 그 뒤로는 대신, 환관, 난쟁이 어릿광대들의 무리였는데, 모두 슬픈 기색을 하고 있었다. 그러나 백성들은 그들을 보지 않았다. 행렬도 밀려서 뒤죽박죽으로 엉망이 되어 있었다.

1926년 10월

출경(出關)

노자(老子)는 꼼짝하지 않고 앉아 있었다. 마치 나무토막 같다.

"선생님, 공구(孔丘)가 또 왔습니다!"

그의 제자인 경상초(庚桑楚)가 걸어 들어와 귀찮다는 듯이 가만히 말했다.

"모셔라……."

"선생님, 안녕하십니까?"

공자(孔子)는 지극히 공손하게 예를 드리며 말했다.

"나야 늘 그렇지요" 하고 노자가 대답했다.

"어찐 일이오? 여기에 있는 책들은 다 보셨소?"

"다 보았습니다. 그런데……."

공자는 무언가 매우 초조한 모습이었다. 이런 일은 이때껏 없었다.

"저는 『시경(詩經)』, 『서경(書經)』, 『예기(禮記)』, 『악기(樂記)』, 『역경(易經)』, 『춘추(春秋)』의 육경(六經)을 연구했습니다. 혼자

매우 오랫동안 연구하였으므로 충분히 통달했다고 생각하고 있습니다. 그런데 72명의 군주들을 만나 보았는데 그 누구도 채용해 주지 않습니다. 사람이란 정말로 명백하게 설명하기 어려운 것입니까, 그렇지 않으면 '도(道)'라는 것이 명백하게 설명하기 어려운 것입니까?"

"그래도 당신은 운이 좋은 편이오." 노자가 말한다.

"유능한 군자를 만나지 못했군요. 육경이라는 이 장난감은 다만 선왕(先王)의 자취일 뿐이오. 어디서 자취라는 것이 만들어졌겠소? 당신의 말은 바로 발자취와 같은 것이오. 발자취는 신발이 밟아서 생긴 것이지만 그렇다고 설마 발자취를 바로 신발이라고 할 수 있겠소?"

그리고는 잠시 멈췄다가 다시 말을 계속했다.

"거위들은 얼굴을 마주 보기만 하고 눈동자조차 움직이지 않아도 저절로 새끼를 배게 되고, 벌레는 수놈이 바람 위에서 부르고 암놈이 바람 아래서 대답하는 것만으로도 저절로 새끼를 배오. 이런 유(類)들은 한 몸에 암수를 함께 갖추고 있기 때문에 저절로 새끼를 배는 것이오. 성(性)을 바꿀 수 없고, 명(命)을 바꿀 수 없소. 시간을 머물게 할 수 없고, 도(道)를 막을 수 없소. 도를 얻기만 하면 무엇이든지 할 수 있지만 만약 이 도를 잃게 되면 그때는 아무것도 하지 못하게 되오."

공자는 마치 머리를 한 대 얻어맞아 혼백이 나간 듯이 앉아 있었다. 흡사 한 토막 고목과 같았다.

대략 8분 정도 지나서야 그는 깊이 한숨을 쉬었다. 그리고 작별을 고하려고 일어나면서 언제나처럼 정중하게 노자의 교훈에 감사의 말을 했다.

노자도 결코 그를 잡아 두려 하지 않고 지팡이에 의지하여 일어나서 곧바로 그를 도서관 대문 밖까지 배웅했다. 공자가 수레에 오르려 할 때 그는 비로소 녹음기처럼 이렇게 말했다.

"가시려고요? 차도 드시지 않고 가시는 거요?"

공자는 "예, 예"라고 대답하면서, 수레에 올라 두 손을 모아 인사하고는 매우 정중하게 수레 의자에 기대앉았다. 염유(冉有)가 채찍을 공중에 휘두르며 "이랴" 하고 소리 지르자 수레가 곧 움직이기 시작했다. 수레가 대문에서 10여 보 떠나가는 것을 보고서야 노자는 자기 방으로 돌아왔다.

"선생님, 오늘은 기분이 좋으신 것 같군요."

경상초는 노자가 자리에 앉는 것을 보고, 그 옆에 서서 손을 내리고 말했다.

"말씀이 꽤 많으시던데요……."

"네 말이 맞다."

노자는 가볍게 한숨을 쉬고 얼마간 맥이 빠진 듯이 대답했다.

"정말 말이 너무 많았어."

그는 갑자기 무엇이 생각난 듯, "아 그렇지. 공구(孔丘)가 보내온 거위 고기는 소금에 절여 말린 것이겠지? 네가 쪄서 먹도록 해라. 나야 어차피 이가 없어서 씹을 수가 없으니."

경상초가 밖으로 나가자, 노자는 다시 조용히 눈을 감았다. 도서관 안은 매우 조용했다. 단지 대나무 장대가 처마에 부딪치는 소리만 들렸다. 그것은 경상초가 처마 밑에 걸어 두었던 거위 고기를 내리는 소리였다.

어느새 석 달이 흘렀다. 노자는 여전히 미동도 하지 않고 앉아 있었다. 마치 한 토막의 나무와도 같이.

"선생님, 공구가 왔습니다!" 그의 제자 경상초가 의아한 듯이 들어와서 가만히 말했다.

"저분 오랫동안 오시지 않았지요? 이번에는 왜 오셨는지 모르겠네요."

"드시게 해라……."

노자는 평소와 같이 한마디만 말했다.

"선생님, 안녕하십니까?"

공자는 지극히 공손하게 예를 드리며 말했다.

"나야 언제고 그렇지요."

노자는 대답했다.

"오랫동안 못 뵈었는데, 틀림없이 집 안에서 공부만 하셨나 보지요?"

"어딜요." 공자는 겸손하게 말했다.

"외출하지 않고 생각을 해 보았습니다. 조금은 생각이 트였습니다. 까마귀와 까치가 입을 맞추고, 물고기는 침을 바르며, 땅벌은 다른 것을 변화시킵니다. 동생을 배게 되면 형 된 자는 웁니다. 제 자신은 오랫동안 변화 속에 몸을 던지지 않았는데 이래 가지고야 어떻게 다른 사람을 변화시킬 수 있겠습니까!"

"그렇지, 그래요!" 노자가 말했다. "드디어 생각이 트이셨군!"

두 사람은 이후 말이 없었다. 마치 두 개의 나무토막처럼.

약 8분 정도 지나고 나자, 공자는 비로소 깊은 한숨을 내쉬고는 자리에서 일어나 작별을 고하면서 공손하게 노자의 교훈에 대해 감사의 말을 했다.

노자도 결코 그를 만류하려 하지 않고 일어나서 지팡이에 의지하며 곧바로 그를 도서관 대문 밖까지 배웅했다. 공자가 수레에 오르려 할 때 그는 비로소 녹음기처럼 이렇게 말했다.

"가시려고요? 차도 드시지 않고⋯⋯?"

공자는 "예, 예." 대답하고 수레에 올라 두 손을 모으고 지극히 공손하게 수레의 의자에 기대었다. 염유가 채찍을 공중으로 휘두르며 "이랴" 하고 소리 지르자 수레는 곧 움직이기 시작했다. 수레가 문에서 10여 보쯤 떠나서야 노자는 방으로 들어왔다.

"선생님, 오늘은 기분이 그다지 좋지 않으신 것 같습니다."

경상초는 노자가 앉는 것을 보고 그 옆에 서서 손을 내리고 말했다.

"말씀이 거의 없으셨는데⋯⋯."

"네 말이 맞다."

노자는 가볍게 한숨을 쉬고 약간 풀이 죽은 모습으로 대답했다.

"하지만 너는 모를 거다. 아마도 나는 떠나야만 할 것 같다."

"왜 그러십니까?"

경상초는 마치 맑은 하늘에 벼락이라도 내린 듯이 깜짝 놀랐다.

"공구가 이미 나의 뜻을 알아차렸다. 그는 그의 속사정을 명백히 알 수 있는 사람은 나뿐이라는 것을 알고 있으므로 틀림없이 마음을 놓을 수 없을 거야. 내가 떠나지 않으면 썩 불편할 거야……."

"그렇다면 바로 같은 도(道)라는 것이 아닙니까? 그런데 또 어디로 가신다는 겁니까?"

"아니다" 하고 노자는 손을 저어 보았다.

"우리는 역시 도가 같지 않다. 예를 들어 한 쌍의 신발이라 해도 내 것은 사막을 밟는 신이고 그의 신은 조정(朝廷)으로 들어가는 신이다."

"그렇지만 선생님은 결국 그의 스승이십니다!"

"너는 내게서 오랫동안 배웠으면서도 아직도 그렇게 어리석구나."

노자는 웃으면서 말했다.

"이것이 바로 성(性)은 고칠 수 없고, 명(命)은 바꿀 수 없다는 것이다. 공구와 난 다르다는 걸 알아야 돼. 그는 앞으로 다신 오지 않을 거다. 그리고 다시는 나를 선생이라고 부르지 않고 영감이라 부를 거야. 뒤로는 무슨 잔꾀를 부릴지도 모르지."

"그렇게 되리라고는 정말로 생각지도 못했습니다. 그러나 선생님이 사람을 보시는 눈은 잘못될 리가 없으므로……."

"아니다. 처음에는 언제나 잘못 봤다."

"그렇다면" 하고 경상초는 잠시 생각하고 나더니 "저희들이 한번 그와……."

노자는 또 웃으면서 경상초를 향해 입을 벌리고는 "봐라, 내 이가 아직 있느냐?" 하고 물었다.

"없습니다." 경상초가 대답했다.

"혀는 아직 있느냐?"

"있습니다."

"알겠느냐?"

"선생님께서 말씀하시는 뜻은, 단단한 것은 일찍 떨어져 나가지만, 연한 것은 오히려 남는다는 것입니까?"

"네 말이 맞다. 내가 보기에 너도 정리를 하고 집으로 돌아가 네아내의 얼굴을 보는 것이 좋겠다. 하지만 먼저 내 푸른 소에 솔질을 하고 안장을 햇볕에 말려다오. 내일 아침 일찍 타야겠다."

노자는 함곡관(函谷關)에 다다르자, 곧장 관문으로 통하는 큰길로 가지 않고 푸른 소의 고삐를 당겨 갈림길로 들어서서 성벽밑을 천천히 돌아갔다. 그는 성벽을 타고 넘으려고 생각했다. 성벽은 그다지 높지 않아 소 등에 서서 몸을 한 번 솟구치면 간신히올라갈 수 있을 것이다. 그러나 그렇게 되면 소는 성벽 안쪽에 남겨지게 되고 성 밖으로 옮겨 놓을 방법이 없다. 만약 옮겨 놓으려면 기중기가 있어야 하는데 당시에는 노반(魯般)*이나 묵자(墨子)는 아직 태어나지도 않았고 노자 자신도 그런 물건이 있다는 사실을 상상조차 할 수 없었다. 요컨대 그는 철학적인 모든 두뇌를 짜보았지만 아무런 방법이 없었다.

그러나 그는 갈림길로 들어섰을 때 이미 보초에게 발각되어 즉시 관문(關門)의 관리에게 보고되었다는 것은 생각지도 못했다.

그렇기 때문에 성벽을 7, 8장(丈)도 채 돌아가지 못한 상태에서 한 무리의 사람과 말이 뒤쪽에서 쫓아왔다. 그 보초가 말을 달려 앞장 서고, 그 뒤에 수문장인 관윤희(關尹喜)가 네 명의 순경과 두 사람의 검사관을 데리고 있었다.

"멈추어라!"

몇 사람이 크게 소리를 질렀다.

노자는 허둥지둥 푸른 소의 고삐만을 당길 뿐, 자신은 조금도 움직이지 않았다. 마치 나무토막과 같이.

"아니!"

뒤쫓아온 수문장이 단번에 앞에 닥쳐왔다. 그런데 노자의 얼굴을 보더니, 깜짝 놀라 소리를 지르면서 즉시 안장에서 구르듯 내려와 손을 마주 잡고 예를 올리며 말하는 것이었다.

"전 누구신가 했더니 알고 보니 노 담관장(聃館長)이시군요. 이거 정말 뜻밖입니다."

노자도 얼른 소 등에서 내려와 눈을 가늘게 뜨고 그를 보고 나서 어물어물 말했다.

"나는 기억력이 나빠서……."

"물론 그러시겠지요. 선생님은 잊으셨을 겁니다. 저는 관윤희입니다. 전에 도서관에 『세수정의(稅收精義)』를 찾아보러 갔다가 선생님을 방문한 적이 있습니다……."

이러는 사이 검사관은 푸른 소의 등에 얹혀 있는 안장을 뒤집어 보고, 또 검사봉으로 구멍을 뚫은 뒤 손가락을 넣어 후벼 보고는 아무 소리도 없이 입을 씰룩이며 떠나갔다.

"선생님께서는 성 주위를 산책하고 계신 겁니까?"

관윤희가 물었다.

"아니오. 난 밖에 나가 신선한 공기나 쏘이려고……."

"그거 참 좋으십니다. 아주 좋습니다! 지금은 누구나 건강에 대해 말합니다. 건강은 정말로 중요한 것이지요. 그러나 얻기 어려운 기회라 선생님을 저의 관소(關所)에 며칠간 모시면서 선생님의 훌륭한 가르침을 들었으면 합니다……."

노자가 미처 대답도 하지 않았는데 네 명의 순경이 한꺼번에 다가와 그를 소 등에 올려놓았다. 검사관이 검사봉으로 소 엉덩이를 한 번 쿡 찌르자 소는 꼬리를 휘감고 발걸음을 옮기기 시작하여, 모두 함께 관문 쪽을 향해 달려갔다.

관소에 다다르자 즉시 대청을 열고 그를 맞아들였다. 이 대청은 성루 중의 한 칸으로 창문에서 바라보면 바깥은 온통 황토 평원만이 보이고 멀어질수록 낮아져 갔다. 하늘은 파랗게 개어 정말 공기가 맑았다. 이 웅장한 관문은 높은 언덕 위에 우뚝 서 있으며 성문 밖 좌우는 온통 흙 언덕이고 중간에 수레가 다니는 한 줄기 길이 나 있는데 마치 절벽 사이에 끼어 있는 것 같았다. 정말이지 이곳은 한 덩어리의 진흙만으로도 봉쇄할 수 있을 것 같았다.

모두가 끓인 물을 마시고 과자를 먹었다. 노자에게 잠시 휴식을 취하게 한 다음, 관윤희가 강연을 부탁했다. 노자는 피할 수 없다는 것을 진작부터 알고 있었으므로 흔쾌히 응낙했다. 한바탕 웅성웅성하더니 방 안은 점차 강연을 들으려는 청중들로 가득 찼다. 함께 온 여덟 명 외에도 네 명의 순경, 두 명의 검사관, 보초

다섯 명, 서기 한 명, 그리고 회계와 주방장이 있었다. 그중 몇 사람은 붓과 칼, 목찰(木札)*을 지참하고 강의를 받아쓸 준비를 하고 있었다.

노자는 마치 나무토막같이 중간에 앉아서 한동안 침묵하였다. 그리고 몇 번 기침을 하더니 흰 수염 안의 입술을 움직이기 시작했다. 사람들은 즉시 숨을 죽이고 귀를 기울였다. 그가 천천히 말하는 것이 들렸다.

"말할 수 있는 도(道)는 영원불변하는 도가 아니요, 이름 붙일 수 있는 이름은 언제나 변하지 않는 이름이 아니다. 무명(無名)은 천지의 시초요, 유명(有名)은 만물의 모태다.〔道可道, 非常道, 名可名, 非常名, 無名, 天地之始, 有名, 萬物之母.〕"

사람들은 서로 얼굴만 마주볼 뿐, 받아쓰지 않았다.

"그러므로 항상 무욕으로써 그 묘함을 보고〔常無欲以觀基妙〕"

노자는 말을 계속했다.

"항상 욕심이 있음으로써 그 규(窺)를 본다. 이 둘은 같은 데서 나왔으되 이름은 다르다. 같은 것을 현(玄)이라 하고, 현하고 또 현한 것이 중묘(衆妙)의 문(門)이다.〔常有欲, 以觀基窺, 此兩者, 同出而異名, 同, 謂之玄, 玄之又玄, 衆妙之門.〕"

사람들은 곤란한 표정을 짓기 시작했고 또 어떤 사람은 어찌할 바를 모르는 것 같았다. 한 검사관은 크게 하품을 했다. 서기 선생은 결국 졸기 시작했다. 딸그락 소리가 나더니 칼과 붓, 목찰이 모두 그의 손을 떠나 자리 위로 떨어졌다.

노자는 눈치채지 못한 것 같기도 했고, 또 눈치채고 있는 것 같기도 했다. 왜냐하면 이때부터 좀 더 자세하게 말했기 때문이다. 그러나 그는 이가 없어서 발음이 정확하지 않았으며, 섬서(陝西) 사투리에 호남(湖南) 발음이 섞여 있어 '리'와 '니'의 발음이 분명하지 않았고, 또 '니'라는 말을 쓰기 좋아해서 사람들은 더욱 알아들을 수가 없었다. 그런데다 시간을 너무 오래 끌었기 때문에 그의 강연을 듣는 사람들은 한층 더 괴로웠다.

체면을 봐서 사람들은 참을 수밖에 없었으나 나중에는 어찌되건 말건 자세를 멋대로 흩트리고는, 각자 자기 나름의 일을 생각하였다. 강연은 "성인의 도는 행하되 다투지 않는다[聖人之道, 爲而不爭]"라는 데에 이르러 끝났다. 그런데 누구도 일어나려 하지 않았다. 노자는 잠시 있다가 다시 한마디 덧붙여서 말했다.

"에, 끝!"

사람들은 그제야 비로소 오랜 꿈에서 깨어난 것 같았다. 비록 너무 오래 앉아 있었기 때문에 두 다리가 저려 금방 일어날 수가 없었으나 그래도 마음속으로는 흡사 대사면이라도 받은 것처럼 놀랍기도 하고 기쁘기도 했다.

이리하여 노자 또한 사랑채로 안내되어 휴식을 취하게 되었다. 그는 끓인 맹물을 몇 모금 마시고 나서는 조금도 움직이지 않고 앉아 있었다. 마치 나무토막처럼.

사람들은 아직 밖에서 의론이 분분했다. 얼마 지나지 않아 네 명의 대표자가 노자를 만나러 들어왔다. 그들의 말의 요지는 노자의 강연이 너무 빠른데다가 표준어가 그다지 확실하지 않았기 때문에 아무도 받아쓸 수가 없었다는 것이다. 기록이 없다는 것은 매우 유감스러운 일이므로 별도로 강연 내용을 써 달라고 청하는 것이었다.

"선생님의 말씀은 저희가 정말 잘 알아들을 수 없었습니다!" 회계가 말했다.

"역시 직접 써 주는 것이 어떻겠습니까? 써 주시기만 하면 어떻든 못 읽어내지는 않겠지요. 어떻습니까?" 하고 서기 선생이 말했다.

노자도 그들의 말을 완전히 알아들을 수는 없었다. 그러나 다른 두 사람이 붓과 칼, 목찰 등을 자기 앞에 내놓는 것을 보고는 틀림없이 자기에게 강의 내용을 써 달라는 것일 거라고 생각했다. 그는 이것도 면할 수 없는 것임을 알고 쾌히 승낙했다. 그러나 오늘은 너무 늦었으므로 내일 착수하겠다고 했다. 대표들은 이 결과에 만족해하면서 물러갔다.

다음날 아침은 날씨가 조금 음산하여 노자는 기분이 좋지 않았으나 그래도 강연 내용을 쓰지 않을 수 없었다. 왜냐하면 그는 빨리 관문을 빠져나가야 했기 때문이다. 관문을 빠져나가려면 반드시 강연 내용을 넘겨 주어야 했다. 자기 앞에 있는 한 무더기의 목찰을 보고 나니 더욱 마음이 편치 않았다.

그래도 그는 표정에 나타내지 않고 조용히 앉아서 쓰기 시작했다. 어제의 이야기를 되짚으면서 한마디씩 써 나갔다. 그 시절에는 아직 안경이 발명되지 않아서 그의 노안은 마치 실눈처럼 가늘었고 몹시 힘이 들었다. 그는 끓인 물을 마실 때와 과자를 먹는 시간을 제외하고는 꼬박 하루 반을 계속해서 썼는데도 5천 자밖에 쓰지 못했다.

"관문을 나가기 위해서 이만큼 뜻을 풀었으면 되겠지." 그는 생각했다.

끈을 가지고 목찰을 꿰었더니 두 묶음이 되었다. 지팡이를 짚고 관윤희의 사무실로 가서 쓴 것을 넘겨 주고는 아울러 곧 떠나겠다는 뜻을 밝혔다.

관윤희는 대단히 기뻐하며 감사하였고 또 한편으로는 몹시 아쉬워서 좀 더 머물러 계시라고 애써 권했으나, 그를 더 이상 머물게 할 수 없음을 알고는 슬픈 표정을 지으면서 응낙하였다. 그는 순경에게 명하여 푸른 소에 안장을 얹게 했다. 그리고 손수 선반 위에서 소금 한 포와 깨 한 포, 과자 열다섯 개를 꺼내어 그것들을 압수한 흰 무명 자루에 넣어 노자에게 주면서 여행길의 식량으로 쓰게 했다. 아울러 이것은 그가 노작가(老作家)이기 때문에 특별히 우대하는 것이며, 만일 그가 젊었다면 과자 열 개뿐이었을 것이라고 말했다.

노자는 재삼 감사의 말을 한 다음 자루를 받아들고 여러 사람과 함께 성루를 내려왔다. 관문에 이르러 푸른 소의 고삐를 끌고 걸어가려고 하였지만 관윤희는 그에게 소를 타고 가라고 극력 권했다. 그는 한참 사양하다가 끝내는 올라탔다. 작별을 고하고 소머리를 돌려서 험한 언덕 비탈의 큰길을 향해 천천히 갔다.

얼마 후에 소가 걸음을 빨리했다. 사람들은 관문에 서서 눈으로 배웅했다. 2, 3장(丈) 정도 갔을 때는 여전히 백발과 누런 도포, 푸른 소, 흰 자루를 알아볼 수 있었으나, 이어서 먼지가 발걸음을 따라 일어나더니 사람과 소를 휩싸서 온통 회색으로 변했다. 다시 조금 지나자 자욱한 황색 먼지만 굴러갈 뿐 아무것도 보이지 않았다.

사람들은 관소 안으로 돌아왔다. 마치 등에 메었던 지게를 내려놓은 듯이 허리를 펴기도 하고 또 무슨 귀중한 물건이라도 손에 넣은 것처럼 입을 다시면서 여러 사람들이 관윤희를 따라 사무실로 들어갔다.

"이것이 원고인가?"

회계 선생이 한 다발의 목찰을 들어 올려 펴보면서 말했다.

"글자만은 깨끗이 쓰여져 있군. 아마 시내에 가지고 가서 팔면 틀림없이 살 사람이 있을 거야."

서기 선생도 다가와서 한 조각을 보면서 읽었다.

"'말할 수 있는 도는 영원히 불변하는 도가 아니요……' 홍, 여전히 똑같은 말투군. 정말 듣기만 해도 골치가 아프고 싫군……."

"골치 아픈데 제일 좋은 것은 자는 거예요."

회계가 목찰을 내려놓으며 말했다.

"하하하! ……그렇지, 정말 자는 수밖에 없겠군. 솔직히 말해서 나는 노자가 자기의 연애 이야기라도 하려는 줄 알고 들으러 갔었지. 만약 그가 이런 엉터리 말을 할 줄 진작 알았더라면 아예 그렇게 한나절이나 앉아서 생고생을 하지는 않았을 거야……."

"그거야 당신 자신이 사람을 잘못 본 탓이지."

관윤희가 웃으면서 말했다.

"그에게 어디 연애 얘기 같은 것이 있겠나? 아예 연애 같은 건 해 본 적이 없을걸."

"그걸 어떻게 아십니까?"

서기가 이상하다는 듯이 물었다.

"이것도 당신이 조느라고 그가 '하는 것이 없음으로써 하지 않는 것이 없다〔無爲而無不爲〕'라고 말하는 걸 듣지 못한 탓이지. 그 인간, 정말 마음은 하늘보다 높고 목숨은 종이처럼 얇더군. '하지 않는 것이 없음〔無不爲〕'이라면 '하는 것이 없다〔無爲〕'일 수밖에 없지. 사랑하는 것이 있다면 사랑하지 않음이 없을 수 없는 것이니. 어디 그래 가지고 연애할 수 있겠어? 감히 연애를 하겠냐구? 당신 자신을 봐도 알 수 있어. 지금 나이 찬 처녀를 보기만 하면 잘생기고 못생긴 것은 따지지도 않고 눈을 게슴츠레해 가지고 모두가 자기 마누라 같겠지. 앞으로 아내를 얻어 보라구. 아마도 우리 회계 선생같이 품행이 단정해질 거야."

창밖에 한바탕 바람이 일자 모두가 약간 썰렁함을 느꼈다.

"그 늙은이 도대체 어디로 가는 거며, 가서 무얼 하려는 걸까요?"

서기 선생이 기회를 타서 관윤희의 말을 돌렸다.

"사막으로 간다고 말하더군."

관윤희가 냉랭하게 말했다.

"그가 간다고 해도, 밖에 나가면 소금이나 밀가루뿐만 아니라 물마저 얻을 수 없을 텐데, 내가 보기에 배가 고프면 다시 이곳으로 되돌아올 거야."

"그렇다면 우리가 다시 한 번 글을 쓰게 하지요."

회계 선생은 신이 났다.

"하지만 과자가 정말 많이 들겠어요. 그때는 우리들이 이미 신진작가를 발탁하는 것으로 취지를 바꾸었다고 말하기만 하면 원고 두 다발에 과자 다섯 개를 주어도 충분할 겁니다."

"그렇게는 안 될 것 같은데, 불평을 하면서 화를 낼 거야."

"배가 고픈데도 화를 내겠어요?"

"내 생각에 이런 것은 아무도 읽으려는 사람이 없을 것 같은데요."

서기가 손사래를 치면서 말했다.

"과자 다섯 개의 본전조차도 건질 수 없을 겁니다. 예를 들어 봅시다. 만약 그의 말이 옳다고 한다면 우리 대장님이 수문장 벼슬을 내놓고 하지 않아야, 이것이 비로소 '하지 않음이 없는 것'이고, 대단히 훌륭한 대인이 되는 것이겠지요……."

"그거 괜찮군."

회계 선생이 말했다.

"언제고 누군가가 읽겠지. 실직한 수문장과 아직 수문장이 못된 은자(隱者)들이 대단히 많지 않나……?"

창밖에 한바탕 바람이 일더니 누런 먼지를 말아 올려 하늘을 반이나 가려 어둡게 했다. 이때 관윤희가 문밖을 내다보니 많은 순경과 보초들이 아직도 선 채로 멍청하게 그들의 한담을 듣고 있는 것이 보였다.

"멍청히 거기 서서 무엇을 하고 있는 거야?"

그는 호통을 쳤다.

"저녁이 되었다. 바로 밀수꾼들이 성벽을 넘어 탈세할 시간이 아니야? 순찰들 돌아!"

문밖의 사람들이 재빠르게 흩어져 뛰어갔다. 방 안의 사람들도 더 이상 아무 말도 하지 않았다. 회계와 서기는 나갔다. 관윤희는 비로소 옷소매로 책상 위의 먼지를 털고 두 다발의 목찰을 집어 들어 압수한 물품인 소금, 깨, 면포, 과자 등이 쌓여 있는 선반 위에 올려놓았다.

1935년 12월에 씀

전쟁 반대(非攻)

1

자하(子夏)의 제자인 공손고(公孫高)는 묵자(墨子)를 벌써 여러 차례 방문했지만 매번 집에 없어서 만날 수가 없었다. 아마 네 번째인가 다섯 번째였을 것이다. 이번에야 비로소 운 좋게 그를 문 입구에서 만났다. 공손고가 막 도착했을 때 묵자도 마침 집에 돌아와 있었기 때문이다. 그들은 함께 방으로 들어갔다.

공손고는 한 차례 사양하고 나서 자리에 앉은 후, 눈으로는 방석의 낡아빠진 구멍을 보면서 부드럽게 물었다.

"선생님의 주장은 싸우지 말자는 것입니까?"

"그렇지요."

묵자가 말했다.

"그렇다면 군자는 싸우지 않는다는 거겠지요?"

"그래요!"

묵자는 말했다.

"돼지나 개도 싸움을 하는데 하물며 사람이야……."

"아니, 당신들 유학자들은 입으로는 요(堯), 순(舜)을 찬양하면서 하는 짓은 오히려 돼지나 개를 본받겠다는 건가요? 불쌍하구나, 불쌍해!"

묵자는 그렇게 말하면서 일어나 부엌으로 총총히 뛰어가 버렸다. 그러면서 한편으로 중얼거렸다. "당신은 내 뜻을 몰라……."

그는 부엌을 지나 뒷문 밖에 있는 우물가로 가더니, 도르래를 감아 두레박에 우물물을 반쯤 퍼올린 다음 그것을 받쳐 들고 열 모금 이상이나 마셨다. 그리고 질그릇 두레박을 내려놓고 입을 닦더니, 갑자기 정원 구석을 바라보며 소리쳤다.

"아염(阿廉)아! 왜 돌아왔느냐?"

아염도 그를 보자마자 바로 달려와, 앞에 이르자 예의 바르게 멈추어 서며 손을 내리고 "선생님" 하고 인사를 한 뒤, 약간 분개한 어조로 말을 이었다.

"저는 하지 않겠습니다. 그들은 언행이 일치하지 않습니다. 말로는 좁쌀을 천 대접 주겠다고 약속해 놓고는 500대접만 주니, 저는 떠날 수밖에 없습니다."

"만약에 자네에게 천 대접을 준다면, 그래도 그만두겠는가?"

"아닙니다" 하고 아염이 대답했다.

"그렇다면 결코 그들의 언행이 일치하지 않기 때문이 아니라 분량이 적었기 때문이었구나!"

묵자는 말하면서 또 부엌으로 들어가더니 소리쳤다.

"경주자(耕柱子)야! 옥수수 자루를 가져오너라."

경주자는 마침 방에서 나오고 있었는데 그는 원기 왕성한 청년이었다.

"선생님, 10여 일분의 휴대용 식량을 만드시려는 것입니까?"

그가 물었다.

"그렇다."

묵자가 말했다.

"공손고는 돌아갔겠지?"

"돌아갔습니다."

경주자는 웃으면서 말했다.

"그는 몹시 화를 내면서 우리들의 겸애(兼愛)는 마치 아비 없는 금수와 같다고 말했습니다."

묵자도 웃었다.

"선생님, 초나라에 가십니까?"

"그래. 자네도 알고 있었는가?"

묵자는 경주자에게 물로 옥수수 가루를 반죽하게 하고 자신은 부싯돌과 쑥으로 불을 일으켜 마른 나뭇가지를 태워 물을 끓였다. 눈으로 불꽃을 보면서 그는 천천히 말했다.

"우리의 고향 사람인 공수반(公輸般)은 자기의 얄팍한 총명함만 믿고 풍파를 일으켰어. 구거(鉤拒)*라는 무기를 만들어서 초왕(楚王)에게 월(越)나라 사람과 싸움을 하게 하고, 그걸로도 부족해서 이번에는 무슨 운제(雲梯)*니 하는 것을 고안하여 초왕에게 송(宋)나라를 공격하도록 부추기고 있어. 송나라는 작은 나라이니 어떻게 이런 공격에 견뎌낼 수 있겠느냐. 내가 가서 그를 말려야 겠다."

묵자는 경주자가 옥수수 가루로 반죽해서 만든 만두를 시루에 넣는 것을 보고는 자기 방으로 돌아와 벽장에서 소금에 절여 말린 명아와 물 한 줌과 낡은 동(銅)칼 한 자루와 낡은 보자기 하나를 찾아 꺼냈다. 경주자가 쪄낸 옥수수만두를 받쳐 들고 오자, 해어 진 보자기에 함께 쌌다. 의복은 물론 세수수건 하나 지니지 않은 채, 그는 단지 허리띠만 졸라매고 마루로 내려와 짚신을 신고 보 따리를 등에 지고는 뒤도 돌아보지 않고 나갔다. 보따리 속에서는 아직도 무럭무럭 뜨거운 김이 오르고 있었다.

"선생님, 언제 돌아오시렵니까?"

경주자가 뒤에서 소리쳤다.

"20여 일 정도 걸릴 거야."

묵자는 그렇게 대답하면서 걷기만 했다.

2

묵자가 송나라의 국경에 들어갔을 때 짚신의 끈은 이미 서너 번 끊어진 상태였다. 발바닥이 몹시 화끈거려 멈추고 살펴보니, 짚신 바닥이 닳아 큰 구멍이 뚫려 있고, 발은 여기저기 부어오르고 물 집이 잡혀 있었다. 하지만 그는 전혀 개의치 않고 여전히 걸어갔 다. 길을 따라 주위 형편을 살펴보았더니 인구는 생각보다 꽤 많았지만 해마다 겪는 수재와 병란의 흔적이 가는 곳마다 남아 있었고, 백성들의 변화는 재빠르지 못했다. 사흘을 걸어도 큰 집 한 채, 큰 나무 한 그루, 생기 있는 사람, 비옥한 밭 한 뙈기 볼 수 없었다. 이렇게 그는 도성에 도착했다.

성벽도 몹시 낡고 헐기는 했지만 몇 군데는 새로운 돌이 끼워져 있었다. 성벽 주위의 해자 가에는 누군가 그곳을 쳐내었는지 부드러운 진흙이 쌓여 있었고, 한가하게 몇 사람이 앉아 있는 것이 보였는데, 고기를 낚고 있는 것 같았다.

'아마도 소식을 들었나 보군.'

묵자는 생각했다. 그 낚시꾼들을 자세히 보았지만 그중에 자기의 제자는 없었다.

그는 성을 가로질러 나가기로 했다. 그래서 북문 쪽으로 다가가 중앙으로 난 거리를 따라 곧바로 남쪽을 향해 갔다. 성안도 몹시 쓸쓸하고 매우 조용했다. 점포에는 모두 물건을 싸게 판다는 쪽지가 나붙어 있었으나 손님은 보이지 않았다. 그렇다고 점포에 쓸 만한 물건이 있는 것도 아니었다. 길에는 작고 끈적끈적한 누런 먼지가 가득 덮여 있었다.

'이 지경인데도 공격을 하겠다니!'

묵자는 생각했다.

그는 큰길에서 앞으로 걸어나갔다. 빈약하게 보이는 것 이외에는 무엇 하나 달라진 것이 없었다. 초나라가 공격해 오리라는 소문은 아마 벌써 들었겠지만, 공격당하는 일에 익숙해져서 그런지, 공격당하는 게 당연하다고 스스로 인정하여서인지, 결코 특별한 것을 느낄 수 없었다. 게다가 누구나 목숨 하나만 겨우 남아 있을 뿐 입을 것도 먹을 것도 없기 때문에 아무도 피난 가려고 생각지도 않았다. 남문의 성루가 보이는 데까지 오자, 비로소 거리 모퉁이에 10여 명이 모여 있는 게 보였는데, 어떤 사람의 이야기를 듣고 있는 것 같았다.

묵자가 가까이 다가가니 그 사람은 손을 공중에 휘두르며 큰소리로 외치고 있었다.

"우리가 그들에게 송나라 국민의 기백을 보여 줍시다! 우리 모두 죽으러 갑시다!"

묵자는 그것이 자기의 제자인 조공자(曺公子)의 목소리임을 알았다.

그러나 그는 비집고 들어가서 그를 부르지 않고, 총총히 남문을 빠져나가 자기가 갈 길만을 걸어갔다. 하루 낮과 오밤중까지 걷고 나서야 쉬었다. 그리고 어느 농가의 처마 밑에서 새벽까지 잠을 자고 일어나서는 또 여전히 다시 걸었다. 짚신은 이미 너덜너덜 떨어져서 신을 수 없게 되었다. 보자기에는 아직 옥수수만두가 들어 있기 때문에 쓸 수가 없고, 옷을 찢어 발을 싸매는 수밖에 없었다.

그러나 헝겊이 얇았기 때문에 울퉁불퉁한 시골길이 발바닥에 걸려서 더욱 걷기가 어려웠다. 오후가 되자 그는 작은 홰나무 밑에 앉아 점심 식사도 하고 발도 쉴 겸 보따리를 풀었다. 그때 멀리서 매우 무거운 작은 수레를 밀면서 이쪽으로 오고 있는 한 남자가 보였다. 가까이에 이르자 그 사람은 수레를 멈추고 묵자 앞으로 걸어오면서 "선생님" 하고 불렀다. 그리고 옷자락 끝을 들어 얼굴의 땀을 닦으면서 숨을 가쁘게 몰아쉬었다.

"이건 모래인가?"

묵자는 그가 자기의 제자인 관검오(管黔敖)라는 것을 알아보고는 물었다.

"그렇습니다. 운제를 막을 것입니다."

"다른 것들의 준비는 어떻게 되었나?"

"이미 삼베와 재, 무쇠들은 모아 놓았습니다. 그러나 대단히 어렵습니다. 있는 자는 내려고 하지 않고, 내려는 자는 가진 것이 없습니다. 또 공론만 늘어놓는 자들이 많아서……."

"어제 성안에서 조공자가 연설하는 것을 들었는데, '기백'이 어떻고 '죽음'이 어떻고 하면서 떠들어 대고 있더군. 자네가 가서 그에게 이르게. 공연한 허세 부리지 말라구. 죽는 것은 나쁘지 않으나 매우 어려운 것이네. 그러나 죽으려면 백성들에게 유리한 죽음이 되어야 한다고!"

"그와는 이야기하기가 매우 어렵습니다."

관검오는 실망스럽다는 듯이 대답했다.

"그는 이곳에서 2년간 관리로 일하더니 저희들과는 별로 말하고 싶어 하지 않습니다……."

"금활리(禽滑釐)는?"

"그는 대단히 바쁩니다. 방금 막 연노(連弩)*라는 무기의 시험을 끝냈습니다. 지금쯤 아마 서문 밖에서 지세를 보고 있기 때문에 선생님을 만나 뵙지 못할 것입니다. 선생님께서는 초나라로 가

서서 공수반을 만나 보시겠습니까?"

"그렇네."

묵자가 말했다.

"그러나 그가 내 말을 들을지는 역시 확실히 알 수 없네. 자네들은 계속 준비를 하고 있게. 말만으로 성공하리라고는 바라지 말게."

관검오는 머리를 끄덕끄덕했다. 묵자가 길을 떠나는 것을 보고는 잠시 눈으로 배웅하더니 작은 수레를 밀고 덜그럭덜그럭 소리를 내면서 성안으로 들어갔다.

3

초나라의 수도 영성(郢城)은 송나라와는 비할 바가 아니었다. 도로는 넓고 집들도 정연하게 줄지어 서 있으며, 큰 점포에는 갖가지 좋은 물건들, 즉 새하얀 삼베, 새빨간 고추, 얼룩 반점의 사슴가죽, 크고 굵은 연뿌리 등이 많이 진열되어 있었다. 길을 가는 사람들은 비록 북방 사람보다 몸은 약간 작았지만 모두 생기가 있고 날쌔 보였으며, 의복도 깨끗했다. 묵자는 이곳에서 보니, 다 떨어진 옷에 헝겊으로 두 발을 싸맨 꼴이 참으로 타고난 거지 같았다.

다시 중앙으로 향해 가니 큰 광장이 있었다. 많은 노점들이 줄지어 있고, 많은 사람들로 붐비고 있었다. 여기는 시장이자 또 네

거리가 교차하는 곳이었다. 묵자는 곧 선비같이 보이는 한 노인을 만나자 공수반이 사는 곳을 물었으나 안타깝게도 말이 통하지 않아 도무지 알아들을 수 없었다. 손바닥에 글자를 써서 그에게 막 보여 주고 있는데 갑자기 "와" 하는 소리가 나면서 사람들이 모두 노래를 부르기 시작하는 것이었다. 알고 보니 유명한 새상령(賽湘靈)*이 그녀의 「하리파인(下里巴人)」이란 노래를 부르기 시작하자, 온 나라 많은 사람들이 이끌려서 다 같이 합창하고 있다는 것이었다.

곧이어 그 늙은 선비까지도 입속으로 흥얼흥얼 부르는 것이었다. 묵자는 그가 더는 손바닥 위의 글자를 보려 하지 않는다는 것을 알고는 '공(公)'자를 반쯤만 쓰다 말고, 다시 발걸음을 먼 곳을 향해 옮겼다. 그러나 어딜 가나 모두 노래를 부르고 있어 기회를 잡을 수가 없었다. 한참 지난 후에야 저쪽에서 이미 노래가 끝났는지 비로소 점점 안정되고 있었다. 그는 한 목공소를 발견하고는 가서 공수반의 주소를 물었다.

"그 산동(山東) 노인, 구거를 만든 공수(公輸) 선생 말입니까?"

상점 주인은 누런 얼굴에 검은 턱수염을 기른 뚱뚱한 사람이었는데, 과연 잘 알고 있었다.

"그리 멀지 않습니다. 되돌아가셔서 네거리를 지나 오른쪽으로 두 번째 작은 길에서 동쪽으로 가다가 남쪽으로 가서 다시 북쪽으로 모퉁이를 돌아가면 세 번째 집이 바로 그 양반 집입니다."

묵자는 손바닥 위에 글자를 써서 잘못 듣지는 않았나 그에게 보인 다음 그제야 비로소 마음속에 뚜렷이 새겼다. 그리고는 주인에게 감사의 인사를 하고 큰 걸음으로 곧장 그가 가르쳐 준 곳으로 걸어갔다. 과연 틀림 없었다. 세 번째 집 대문에는 정교하게 조각을 한 녹나무 문패가 걸려 있고 거기에는 대전체(大篆體)로 '노국 공수반의 집〔魯國公輸般寓〕'이라는 여섯 글자가 새겨져 있었다.

묵자는 짐승의 대가리 모양을 한 붉은 구리 문고리를 잡고 몇 번 탕탕 두드렸다. 문을 열고 나온 사람은 뜻밖에도 눈썹 꼬리가 치켜올라간 사나운 눈초리의 문지기였다. 그는 묵자를 보자마자 큰소리로 말했다.

"선생님께선 손님을 만나지 않아요! 당신들 동향 사람들이 도움을 청하러 너무 많이 오고 있어요!"

묵자가 막 그를 쳐다보았으나, 그는 이미 문을 닫은 뒤였다. 다시 두드려도 아무런 기척도 없었다. 그러나 묵자의 쏘아보는 눈빛이 그 문지기를 불안하게 했던지 그는 아무래도 마음이 편치 않아 안으로 들어가 주인에게 보고하지 않을 수 없었다. 공수반은 마침 곡자를 손에 들고 운제의 모형을 재고 있었다.

"선생님, 또 동향 사람 하나가 도움을 청하러 왔습니다. ……그런데 이 사람은 조금 이상해서……."

문지기가 하찮게 말했다.

"그의 성이 무엇이라더냐?"

"그건 아직 묻지 않았는데요……."

문지기는 겁이 났다.

"어떻게 생겼더냐?"

"거지 같습니다. 서른 살쯤 된 사람인데 키가 크고 얼굴은 새까

많고……."

"앗! 그는 틀림없는 묵적(墨翟)이야!"

공수반은 깜짝 놀라서 소리를 지르면서 운제의 모형과 곡자를 밀쳐놓은 채 계단 아래로 뛰어 내려갔다. 문지기도 깜짝 놀라 황급히 앞서 달려가 문을 열었다. 묵자와 공수반은 정원에서 얼굴이 마주쳤다.

"과연 선생이셨군요."

공수반은 반갑게 말하면서 그를 방으로 들게 했다.

"그동안 안녕하셨습니까? 여전히 바쁘시지요?"

"그렇소. 언제나 그렇지요……."

"그런데 선생께서 이렇게 먼 길을 찾아오셨는데 무슨 가르침이라도 있으신지요?"

"북쪽에서 어떤 사람이 나를 모욕했어요."

묵자는 침착한 어조로 말했다.

"당신에게 그를 죽여 달라고 부탁을 하려고……."

공수반은 불쾌했다.

"당신에게 열 냥을 드리겠습니다!"

묵자가 계속해서 말했다.

이 한마디에 주인은 화를 참을 수가 없었다. 그는 고개를 떨구고는 냉랭하게 대답했다.

"나는 의리상 사람을 죽이지 않습니다!"

"그것 참 훌륭하군요!" 묵자는 아주 감동해서 벌떡 일어나 두 번 절하고 나서 또 매우 조용한 어조로 말했다.

"그런데 제가 몇 마디 드릴 말씀이 있습니다. 제가 북쪽에서 당신이 운제를 만들어 송(宋)나라를 치려 한다고 들었습니다. 송나라가 무슨 잘못이라도 있습니까? 초나라는 땅은 얼마든지 있으나 사람은 모자랍니다. 모자라는 사람을 죽여 가면서 남는 땅을 싸워서 빼앗는 것은 지혜롭다고 말할 수 없습니다. 송나라에 죄가 없는데 그를 치려 하는 것은 인(仁)이라 할 수 없습니다. 알고 있으면서도 간(諫)하지 않는 것은 충(忠)이라고 할 수 없습니다. 싸우고도 얻지 않으면 이를 강(强)이라 할 수 없습니다. 의(義)는 적은 것을 죽이지 않는다면서 많은 것을 죽인다면 이는 분별을 안다고 할 수 없습니다. 선생은 어떻게 생각하시는지요?"

"그건……" 하고 공수반이 생각하더니

"선생 말씀이 옳습니다."

"그렇다면 그만둘 수 없겠습니까?"

"그건 안 됩니다."

공수반은 뜻대로 되지 않아 실망스럽다는 듯이 말했다.

"이미 왕에게 말했습니다."

"그러면 제가 왕을 만날 수 있게 해 주십시오."

"좋습니다. 그러나 시간이 늦었으니 식사나 하고 가시지요."

그러나 묵자는 들으려 하지 않고 몸을 구부려 일어서려고 했다.

그는 전부터 한 곳에 오래 앉아 있지를 못했다. 공수반은 그의 고집을 꺾을 수 없다는 것을 알고 곧 그를 왕에게 안내하겠다고 대답했다.

한편 공수반은 자기 방으로 가서 옷 한 벌과 신발을 들고 나와서는 간절하게 말했다.

"그런데 선생께서 옷을 갈아입으셨으면 합니다. 왜냐하면, 이곳은 우리 고향과는 달라서 무엇이든 화려하게 꾸밉니다. 그러니 갈아입으시는 게 좋겠습니다……."

"그래야지요." 묵자도 성실하게 말했다.

"실은 나도 결코 떨어진 옷 입기를 좋아하지는 않습니다. ……다만 옷을 갈아입을 시간이 없었을 뿐이지요……."

4

초나라 왕은 일찍부터 묵적이 북쪽의 성현이라는 것을 알고 있었으므로 공수반이 소개하자 힘들이지 않고 곧 그를 만나 주었다.

너무 짧은 옷을 입어 다리가 긴 왜가리 모양이 된 묵자는 공수반을 따라 편전(便殿)으로 들어가 초왕에게 인사를 하고 점잖게 입을 열었다.

"지금 어떤 사람이 덮개가 있는 수레[輻車]는 싫다 하고 오히려 이웃의 낡은 수레를 훔치려 하고 있습니다. 또 수놓은 비단은 싫다 하고 오히려 이웃의 짧은 모직 잠방이를 훔치려 하고 있습니다. 쌀과 고기는 싫다 하고 이웃의 쌀겨밥을 훔치려 하고 있습니다. 이는 어떤 사람일까요?"

"그건 틀림없이 도벽이 있는 사람이겠지요."

초왕은 솔직하게 말했다.

"초나라 땅은," 하고 묵자가 말했다.

"사방이 5천 리나 되나, 송나라는 겨우 사방이 500리밖에 안 됩니다. 이것은 바로 덮개 있는 수레와 낡은 수레의 비유와 같은 것입니다. 초나라에는 운몽(雲夢)이라는 큰 소택(沼澤)이 있어 코뿔소와 암외뿔소, 고라니, 사슴이 가득하고, 양자강(揚子江)과 한수(漢水)에는 다른 곳에 비교할 수 없을 만큼 많은 물고기나 자라, 악어가 있습니다. 그런데 송나라에는 이른바 꿩이나 토끼, 붕어조차도 없습니다. 이것은 쌀, 고기와 쌀겨밥의 비유와 같은 것입니다. 초나라에는 소나무, 가래나무, 녹나무, 예장 등의 큰 나무들이 있으나, 송나라에는 큰 나무라고는 없습니다. 이것은 바로 수놓은 비단옷과 짧은 모직 잠방이의 비유와 같은 것입니다. 그런 까닭에 신(臣)이 보기에 왕의 관리들이 송나라를 공격하려는 것은 이와 같은 것입니다."

"분명히 그렇소!"

초왕은 고개를 끄덕이며 말했다.

"그러나 공수반은 이미 나를 위해 운제를 만들었으니 공격하지 않을 수 없소."

"그러나 승패 또한 아직 단정할 수 없습니다." 묵자가 말했다.

"나뭇조각만 있다면 지금 시험할 수 있습니다."

초왕은 새롭고 기이한 것을 좋아하는 왕이라 매우 신이 나서 곧 신하를 시켜 당장 나뭇조각을 가져오게 했다. 묵자는 자기의 가죽 띠를 둥글게 구부려 공수반을 향해 활 모양으로 휘어놓고 그것을 성벽으로 삼았다. 몇십 개의 나뭇조각을 둘로 나누어 한쪽은 자신에게 두고 다른 한쪽은 공수반에게 건네주었다. 바로 공격과 수비의 기구이다.

그리고는 그들 두 사람은 각각 나뭇조각을 쥐고 장기를 두듯 싸움을 시작했다. 공격하는 쪽의 나뭇조각이 전진하면 수비하는 쪽의 나뭇조각은 막아내고 이쪽이 후퇴하면 저쪽은 나아간다. 그러나 왕과 신하들은 조금도 이해할 수 없었다.

이렇게 일진일퇴하기를 모두 아홉 번이나 했고, 공격과 수비를 하는 데도 대략 각기 아홉 가지 수법으로 바뀌는 것을 보았을 뿐이었다. 이것이 끝나자 공수반은 손을 멈추었다. 묵자는 곧 가죽띠의 활 모양을 자기 쪽을 향하여 바꾸어 놓았다. 이번에는 그가 공격하는 것 같았다. 역시 일진일퇴하면서 서로 버티고 있었다. 그런데 세 번째에 이르러 묵자의 나뭇조각이 활 모양의 가죽띠 안쪽으로 들어갔다.

초왕과 신하들은 비록 그 영문을 알 수가 없었으나 공수반이 먼저 나뭇조각을 내려놓고 얼굴에 기분 나쁜 표정을 나타내는 것을 보고는 그가 공격과 수비의 양면에서 완전히 실패한 것을 알았다.

초나라 왕도 흥이 약간 깨지는 것을 느꼈다.

"나는 어떻게 하면 당신을 이길 수 있는지를 알고 있소."

잠시 후에 공수반은 멋쩍은 듯이 말했다.

"하지만 난 말하지 않겠소."

"나도 당신이 어떻게 하면 나를 이길 수 있을지를 알고 있소."

묵자는 오히려 조용히 말했다.

"그러나 나도 말하지 않겠소."

"무슨 말들을 하고 있는 겁니까?"

초왕은 놀랍고 의아한 듯이 물었다.

"공수반의 생각은" 하고 묵자는 몸을 돌려 대답했다.

"저를 죽이려고 하는 것뿐입니다. 저를 죽이면 송나라에는 지킬 사람이 없어지게 되므로 공격할 수 있다고 생각하고 있습니다. 그러나 저의 제자 금활리(禽滑釐) 등 300명은 이미 저의 방어용 기계를 가지고 송나라 성에서 초나라에서 오는 적들을 기다리고 있습니다. 나를 죽인다 해도 역시 함락시킬 수는 없습니다."

"정말 훌륭한 방법이오!"

초왕은 감격하면서 말했다.

"그렇다면 나도 송나라를 공격하는 것을 그만두겠소."

5

묵자는 송나라 공격을 멈추게 한 후, 즉시 노(魯)나라로 돌아가려고 하다가, 공수반이 그에게 빌려준 옷을 돌려주어야만 했기 때문에 다시 그의 집으로 가는 수밖에 없었다. 때는 이미 오후여서 주인과 손님은 다같이 배고픔을 느꼈다. 주인은 물론 점심밥을 먹고 가라며 그를 굳이 잡았다. ─ 게다가 이미 저녁밥 때가 되었으니 아예 하룻밤을 묵어 가라고 권했다.

"아무래도 오늘 떠나야겠습니다."

묵자는 말했다.

"내년에 다시 와서, 내 책을 가져다 초왕에게 보여 드리겠습니다."

"역시 의(義)를 행할 것을 말하려고 하시는 것 아닙니까?"

공수반은 말했다.

"몸과 마음을 괴롭혀 가며 위급을 구하는 것은 천한 사람들이할 일이지, 대인들이 취할 일은 아닙니다. 하지만 그는 군왕입니다. 동향 친구여!"

"그건 그렇지도 않아요. 비단이나 삼베, 쌀, 조 등은 모두 천한 사람들이 만들어내는 것이지만, 대인들에게도 모두 필요한 것이오. 하물며 의(義)를 행함에야."

"그것도 옳습니다."

공수반이 유쾌하게 말했다.

"내가 당신을 만나지 않았을 때에는 송나라를 취하려는 생각이 있었는데, 당신을 만나고 나서는 설사 송나라를 내게 거저 준다고 하여도, 만약에 의롭지 못한 일이라면 나 또한 취하지 않겠소……."

"그렇다면 나는 정말로 당신에게 송나라를 드리겠소."

묵자도 유쾌하게 말했다.

"만약 당신이 언제나 의로운 일만 행하신다면 천하라도 드리겠소."

주객이 담소하는 사이에 점심이 준비되었다. 생선과 고기, 술도 있었다. 묵자는 술을 마시지 않고 생선도 먹지 않고 고기만 약간 먹었다. 공수반 혼자서 술을 마시다가 손님이 수저를 많이 놀리지 않는 것을 보고 미안해서 그에게 고추라도 들도록 권하는 수밖에 없었다.

"드세요, 드세요!"

그는 고추장과 큰 떡을 가리키며 간절하게 말했다.

"드셔 보세요. 나쁘지 않습니다. 큰 파가 우리 고향 것처럼 그렇게 굵고 좋지는 못하지만……."

공수반은 술을 몇 잔 마시고 나자 더욱 유쾌해졌다.

"내게 배싸움을 하는 데 쓰는 구거라는 무기가 있는데, 당신의 의(義)에도 구거가 있습니까?" 하고 그는 물었다.

"나의 의라는 구거는 당신의 그 배싸움에서 쓰는 구거보다 더 훌륭합니다."

묵자는 결연히 대답했다.

"나는 사랑으로써 당기고〔鉤〕, 공손함으로써 막아〔拒〕냅니다. 사랑으로써 당기지 않으면 서로 친해질 수 없으며, 공손함으로써 막아내지 않으면 교활해집니다. 서로 친하지 않고 교활해지면 곧 흩어지게 됩니다. 그래서 서로 사랑하고 서로 공경하게 되면 서로에게 똑같이 이익이 됩니다. 지금 당신이 쇠고리〔鉤〕로써 다른 사람을 낚아챈다면 다른 사람도 쇠고리로써 당신을 낚아챌 것이며, 당신이 거(拒)로써 다른 사람을 막는다면, 다른 사람도 거로써 당신을 막을 것입니다. 서로가 낚아채고 서로가 막는다면, 서로에게 똑같이 해가 됩니다. 그러므로 나의 의라는 구거는 당신의 그 배싸움의 구거보다 훌륭하다는 것입니다."

"그러나 동향 친구여, 당신이 의를 행하면, 정말로 나의 밥그릇을 깨 버리는 것이 됩니다!"

공수반은 말문이 막히자 말을 바꾸었다. 그러나 그것은 약간의 술기운 때문이었는지도 모른다. 사실 그는 술을 마실 줄 모르는 사람이었다.

"그러나 송나라의 모든 밥그릇을 부숴 버리는 것보다야 낫겠지요."

"그러면 나는 앞으로 장난감이나 만드는 수밖에 없겠군요. 동향 친구여, 잠깐만 기다리시오. 당신에게 장난감을 보여 드리겠어요."

그는 말하면서 벌떡 일어나 뒷방으로 가서 상자를 뒤지는 듯했다. 잠시 후 다시 나왔는데, 손에는 나무토막과 대나무로 만든 까치 한 마리를 들고 있었다. 그것을 묵자에게 건네주면서 이렇게 말했다.

"한 번 날리기만 하면 사흘은 날 수 있어요. 매우 묘한 것이라고 말할 수 있지요."

"그러나 목수가 수레바퀴를 만드는 것에는 미치지 못합니다."

묵자가 그것을 보고 나서 자리에 내려놓으면서 말했다.

"그는 세 치짜리 나무토막을 깎아서 50석(石)의 무게를 실을 수 있게 합니다. 사람에게 이로운 것은 바로 묘한 것이고 좋은 것이며, 사람에게 이롭지 못한 것은 바로 졸렬한 것이고 또 나쁜 것입니다."

"아, 잊었습니다."

공수반은 또 말문이 막혔다. 이번에야 비로소 술이 깼다.

"그것이 바로 당신의 주장인 것을 일찍 알았어야 했습니다."

"그러므로 당신도 또한 언제까지나 의를 행하십시오."

묵자가 그의 눈을 보며 간절히 말했다.

"묘할 뿐만 아니라, 천하까지도 당신의 것입니다. 정말 한나절이나 당신에게 폐를 끼쳤습니다. 우리 내년에 다시 만납시다."

묵자는 그렇게 말하면서 작은 보따리를 집어 들고 주인에게 하직인사를 고했다. 공수반은 그가 머물지 않으리라는 것을 알고 있었으므로, 떠나보내는 수밖에 없었다. 그를 대문까지 전송하고 나서 방으로 돌아와 잠시 생각하고는 곧 운제의 모형과 나무까치를 모두 뒷방의 상자 속에 집어넣었다.

묵자는 돌아가는 길에는 천천히 걸었다. 첫째는 힘이 달렸고, 둘째는 다리가 아팠으며, 셋째는 식량이 이미 다 떨어져서 배고픔을 면하기 어려웠고, 넷째는 일이 이미 해결되었으므로 올 때처럼 서두르지 않아도 되었기 때문이다. 그러나 올 때보다 더욱 운이 나빴다. 송나라의 국경에 들어서자마자 두 번의 검문을 당했고, 도성(都城) 가까이 이르러서는 의연금을 모집하는 구국대를 만나 낡은 보따리를 빼앗겼다. 남쪽 관문 밖에 이르러서는 또 큰 비를 만나 성문 아래에서 비를 피하려다가 창을 든 두 명의 순찰병에게 쫓겨나 온몸이 흠뻑 젖었다. 이때부터 코가 열흘 이상이나 막혔다.

1934년 8월

죽은 자 살리기(起死)

(광활한 황무지. 곳곳에 언덕이 있지만 제일 높은 것이라야 6, 7척이 안 되고 나무도 없다. 온 대지에는 온통 어지럽게 자란 잡초뿐이다. 잡초 속에 한 줄기 사람과 말이 지나면서 만들어진 오솔길이 있다. 길에서 멀지 않은 곳에 물웅덩이가 있고, 멀리 집이 보인다.)

장자(莊子) (검고 마른 얼굴에 반백의 턱수염이 있다. 도사의 관을 썼으며 무명 도포를 입고, 말 채찍을 들고 등장한다.)

집을 나선 후 물을 못 마셨더니 금방 목이 마르군. 목이 마른 건 정말로 장난이 아니야. 차라리 나비가 되는 게 낫겠어. 그러나 이곳에는 꽃조차 없으니, ……아! 못이 여기 있군. 다행이다, 다행이야!

(그는 물웅덩이 옆으로 뛰어내려가 부평초를 헤치고 손으로 물을 떠 10여 차례 마신다.)

어, 좋다! 슬슬 가 볼까.

(걸으며 사방을 본다.)

아이구! 해골이군. 이게 어떻게 된 거지?

(채찍으로 잡초 사이를 헤치고 두드리며 말한다.)

너는 삶을 탐하고 죽음을 두려워하며, 억지를 부리다가 이런 꼴이 된 거냐? (톡톡) 아니면 근거지를 잃고 칼에 맞아 이 꼴이 된 거냐? (톡톡) 아니면 엉망진창의 생활을 하다가 부모 처자에게 미안해서 이 꼴이 된 거냐? (톡톡) 그대는 자살이 약자의 행위란 것을 모르는가? (톡톡) 아니면 먹을 밥, 입을 옷이 없어서 이 꼴이 된 거냐? (톡톡) 아니면 나이를 먹어 죽을 때가 되어 이렇게 된 거냐? (톡톡) 아니면 ……아, 이건 도리어 내가 바보짓을 하는군. 마치 연극을 하는 것 같군. 어디 대답이나 할 수 있겠다고. 다행히 초나라가 그리 멀지 않으니 서두를 필요는 없지. 그러면 사명대신(司命大神)에게 부탁하여 그의 형체를 회복시키고 살을 붙여 주어 이야기를 나누다가 다시 고향집으로 보내 주어 혈육과 다시 만나게 해 주어야겠다.

(말 채찍을 내려놓고 동쪽을 향해 두 손을 모아 하늘을 향하여 목청을 높여 크게 소리 지른다.)

진심으로 삼가 아뢰옵니다. 사명대천존(司命大天尊)이시여……!

(한바탕 음산한 바람이 일더니 머리를 풀어헤친 귀신, 대머리 귀신, 여윈 귀신, 뚱뚱한 귀신, 남자 귀신, 여자 귀신, 늙은 귀신, 젊은 귀신 등 수많은 귀신 혼백이 나타난다.)

귀신 　장주(莊周)야. 이 바보 같은 놈아! 수염이 반백이 되었는데도 아직 생각이 트이지 못하다니. 죽으면 사계절도 없고 주인도 없단다. 천지가 곧 춘추이고, 황제가 된다 해도 이렇게 홀가분하지는 못할 거다. 그러니 쓸데 없는 참견은 그만두고 빨리 초나라로 가서 네가 한다는 운동이나 해라……

장자 　너희들이야말로 바보 도깨비구나. 죽어서도 아직 생각이 트이지 못하다니. 산 것이 곧 죽은 것이고, 죽은 것이 곧 산 것이며, 노비가 바로 주인이라는 걸 알아야 한다. 나는 생명의 근원에 통달해 있으니, 너희들 조무래기 도깨비들의 운동을 받아들이지 못하겠다.

귀신 　그렇다면 당장 너의 추한 꼴을 드러내 보여 주마……

장자 　초나라 왕의 성지(聖旨)가 내 머리 위에 있으니, 너희 조무래기 도깨비들이 떠드는 건 두렵지 않다!

(또 손을 모아 하늘을 향하여 목청을 돋우고 크게 소리 지른다.)

진심으로 삼가 아뢰옵나이다. 사명대천존이시여!

천지현황, 우주홍황, 일월영측, 진숙열장(天地玄黃, 宇宙洪荒, 日月盈昃, 辰宿列張)

조전손리, 주오정왕, 풍진저위, 강심한양(趙錢孫李, 周吳鄭王, 馮秦褚衛, 姜沈韓楊)

태상노군급급여율령! 칙! 칙! 칙!(太上怒君急急如律令! 勅! 勅! 勅!)

(한바탕 맑은 바람이 일더니 사명대신이 도사의 관을 쓰고,

무명 도포를 입고, 검고 여윈 얼굴에 반백의 턱수염을 달고, 손에 말채찍을 들고, 동녘의 몽롱함 속에서 나타난다. 귀신들이 모두 숨어 버린다.)

사명(司命)　장주야, 나를 불러내어 또 무슨 장난을 하려는 거냐? 물을 실컷 마셨는데도 분수에 차지 않느냐?

장자　신(臣)이 초왕을 만나러 가는 길에, 이곳을 지나다가 빈 해골 하나를 만났사온데, 머리 모양은 아직 남아 있습니다. 틀림없이 부모 처자가 있을 터인데, 이곳에서 죽었으니 참으로 오호애재라, 대단히 불쌍합니다. 그래서 사명대신께 간청하여 그 형체를 회복시키고 살을 돌려주어 그를 다시 살아나게 하여 고향으로 돌아가게 해 주십사고 부탁하옵니다.

사명　하하! 그것은 진심에서 하는 말은 아니겠지. 네가 아직 배가 차지 않아 쓸데없는 짓을 하려는 것이로다. 진실인데도 진실이 아닌 것같이 하고, 장난인데도 장난이 아닌 것같이 하는구나. 역시 네 길이나 가거라. 나와 장난치려고 하지 말고. '삶과 죽음에는 명(命)이 있다'는 걸 알아야 해. 나도 마음대로 처리하기가 어렵다.

장자　대신(大神)이시여, 그것은 옳지 않습니다. 사실 무슨 죽음이니 삶이니 하는 것이 어디 있겠습니까? 저 장주는 전에 꿈속에서 나비로 변한 적이 있었습니다. 너울너울 훨훨 나는 한 마리 나비였습니다. 꿈을 깨고 나니 장주가 되었습니다. 몹시 바쁜 한 인간 장주였습니다. 도대체 장주가 꿈속에서 나비로 변한 것인지 아니면 나비가 꿈속에서 장주로 변한 것인지 지금까지도 확실히 알 수가 없습니다. 이렇게 보면 또 이 해골이 현재 살아 있는 것이 아닌데, 살려낸 후에 도리어 죽이는 것이 될지 어찌 알겠습니까? 사명대신이여, 형편에 따라 조금 융통성 있게 하여 주십시오. 사람은 사람됨이 원활해야 한다면 신도 신 됨이 완고해서는 안 되겠지요.

사명　(웃으면서) 너는 역시 말은 잘하면서 행동은 잘 못하는구나. 하긴 사람이지 신이 아니니까⋯⋯. 그렇다면, 좋다. 한 번 해 보자.

　(사명은 채찍으로 잡초 속을 가리킨다. 동시에 사라진다. 가리킨 곳에서 한 줄기 불빛이 나오더니 한 남자가 벌떡 일어난다.)

남자　(대략 30세 정도, 체격이 크고 얼굴은 검붉은 빛으로 시골 사람 같다. 몸엔 실오라기 하나 걸치지 않고 있다. 주먹으로 눈을 비빈 후 정신을 차리고 장자를 보더니 묻는다.) 여보시오?

장자　여보시오? (미소를 지으며 가까이 다가가서 그를 본다.) 어떻게 된 거요?

남자　아아, 잘 잤다. 당신은 어떻게 된 거요? (좌우를 보며 소리친다.) 아니, 내 보따리하고 우산이 어딜 갔지? (자신의 몸을 보고) 아이구! 내 옷은? (쭈그리고 앉는다.)

장자　좀 진정하시오. 허둥댈 것 없소. 당신은 방금 막 살아난 거요. 당신의 물건은 내가 보기에 벌써 썩어 버렸거나 아니면 누군가가 주워 갔을 거요.

남자　당신 뭐라고 하는 거요?

장자　묻겠는데, 당신 성명은 무엇이고, 어디 사람이오?

남자 나는 양(楊)가촌의 양대(楊大)라는 사람이오. 학명(學名)은
필공(必恭)이라 하오.

장자 그렇다면 여기엔 무얼 하러 왔었소?

남자 친척집을 찾아가던 길인데, 조심성 없이 여기에서 자고 있
었소. (당황하기 시작한다.) 내 옷은? 내 보따리와 우산은?

장자 좀 진정하시오. 당황하지 마시오. ……묻겠는데, 당신 어
느 때 사람이오?

남자 (이상하다는 듯이) 뭐라구요? …… '어느 때 사람이라니
요?' ……내 옷은? …….

장자 쯧쯧! 당신이란 사람은 정말 어리석기가 죽어 마땅한 인물
이군. ― 오로지 자기 옷만 찾고 있으니, 정말로 철저한 이기주
의자로다. 당신이란 '사람'이 아직 누군지도 확실히 모르면서
어디에서 당신 옷을 찾겠다고 하는 거요? 내가 우선 묻겠는데,
당신 어느 때 사람이오? 아아, 알아듣지 못하는군. ……그러면
(잠시 생각하더니) 다시 묻겠는데, 당신이 전에 살았을 때 마을
에서 어떤 일이 있었소?

남자 일이라구요? 있었지. 어제 아이(阿二)의 아주머니와 아칠
(阿七)의 어머니가 말다툼을 했어요.

장자 더 큰일을 말해요!

남자 더 큰일이라구요? ……그러면, 양소삼(楊小三)이 효자로
표창을 받았고…….

장자 효자로 표창을 받았다는 것은 확실히 한 가지 큰 사건이지.
……그러나 역시 조사하기가 매우 힘들겠군……. (잠시 생각

하더니) 또 무슨 더 큰 사건이 없었소? 그것 때문에 모든 사람들이 떠들썩했다거나?

남자 떠들썩했다구요? ……(생각하더니) 아! 있다, 있어! 그건 벌써 3, 4개월 전인데, 아이들의 영혼을 뽑아서 녹대(鹿台)*의 기초를 다지는 데 넣는다고 하여 정말 모든 사람들이 놀라고 당황하여 사방으로 도망하고 서둘러 부적 주머니를 만들어 아이들에게 채워 주었어요…….

장자 (놀라며) 녹대? 어느 시대의 녹대요?

남자 바로 3, 4개월 전에 기공한 녹대요.

장자 그렇다면, 당신은 주왕(紂王) 때 죽은 사람이오. 이거 정말 대단하군. 당신은 죽은 지 이미 500여 년이 되었소.

남자 (약간 화를 내며) 선생, 아직 초면인데 농담 마시오. 나는 여기에서 잠깐 잠을 잤을 뿐인데, 무슨 죽은 지 500년이 되었다는 거요. 나는 중요한 일이 있어 친척을 찾아가는 사람이오. 빨리 내 옷과 보따리와 우산을 돌려주시오. 나는 당신과 농담할 시간이 없소.

장자 천천히, 천천히. 잠깐 나에게 생각 좀 하게 해 주오. 당신은 어떻게 해서 잠을 자게 되었소?

남자 어떻게 해서 잠을 자게 되었느냐고요? (생각한다.) 내가 아침에 여기까지 왔는데 머리 위에서 꽝 하는 소리가 난 것 같더니 눈앞이 캄캄해지면서 곧 잠이 들었소.

장자 아프던가요?

남자 아팠던 것 같지 않아요.

장자 아! …… (잠시 생각하더니) 아…… 알았다. 틀림없이 당신은 상왕조[商朝]의 주왕 때 혼자서 이곳을 가다가 노상강도를 만났고, 그들이 뒤에서 갑자기 몽둥이로 당신을 때려서 죽이고 모두 털어 간 거요. 지금 우리가 살고 있는 시대는 주(周) 왕조이며, 이미 500여 년이 지나갔소. 그러니 어디 가서 옷을 찾아내겠소. 이제 알겠소?

남자 (눈을 부릅뜨고 장자를 보면서) 나는 전혀 모르겠소, 선생. 터무니없는 짓은 그만두고 내 옷과 보따리, 우산을 돌려주시오. 나는 중요한 일이 있어 친척을 찾아가는 사람이니 당신과 농담할 틈이 없어요!

장자 당신이라는 사람 정말 도리를 모르는군…….

남자 누가 도리를 모른단 말이오? 나는 물건을 잃어버렸고, 이 자리에서 당신을 잡았는데, 당신에게 묻지 않으면 누구에게 묻겠소?

(일어선다.)

장자 (조급해서) 내 말을 더 들어 보시오. 당신은 원래 해골이었는데 내가 불쌍히 여겨 사명대신에게 부탁하여 당신을 살려준 거요. 생각해 보시오. 당신이 죽은 지 이렇게 오랜 세월이 지났는데 어디에 아직 옷이 있겠소! 나는 지금 당신에게 사례를 요구하는 것이 아니니 잠깐 앉아서 나와 주왕의 시대에 대해 이야기 좀 합시다…….

남자 허튼소리! 그런 말은 세 살짜리 어린애라도 믿으려 하지 않을 거요. 나는 서른세 살이오! (걸어간다.) 당신은…….

장자　나는 정말 그런 능력을 가지고 있소. 당신은 칠원(漆園)의 장주를 알고 있을 거요.

남자　난 몰라요. 당신에게 정말로 그런 능력이 있다 한들 무슨 가치가 있소? 나를 벌거숭이로 만들어 놓고, 살려준다 한들 또 무슨 소용이 있소? 나더러 어떻게 친척을 찾아가란 말이오? 보따리도 없어졌는데…… (약간 울려다가 달려와 장자의 옷소매를 잡고) 나는 당신의 허튼 말을 믿지 않소. 이곳엔 당신만 있으니 당연히 당신에게 내라고 해야겠소. 내 당신을 관가로 끌고 가겠소.

장자　천천히, 천천히. 내 옷은 낡아서 아주 약하니, 잡아당기면 안 되오. 잠시 내 말 몇 마디를 들으시오. 우선 옷 생각은 그만두시오. 옷은 있어도 되고, 없어도 되는 것이오. 아마 옷이 있는 것이 옳은 것인지도 모르겠고, 옷이 없는 것이 옳은 것인지도 모르겠소. 새는 날개가 있고 짐승은 털이 있소. 그러나 오이나 가지는 알몸이오. 이것이 이른바 '저것도 하나의 시비(是非)이고, 이것도 하나의 시비'라는 거요. 당신은 물론 옷이 없는 게 옳다고 말할 수는 없을 거요. 그렇다고 당신은 또 어떻게 옷이 있는 것이 옳다고 말할 수 있겠소? ……

남자　(화를 내며) 제기랄! 내 것을 돌려주지 않으면 내가 먼저 당신을 때려 죽이겠소.

　(한 손은 주먹을 쥐고, 다른 한 손으로는 장자를 잡는다.)

장자　(궁지에 몰려 급해지자 저항하면서) 감히 이렇게 난폭하게 굴다니! 손 놔라! 그렇지 않으면 내가 사명대신에게 부탁하여 당신을 죽음으로 돌아가게 해 달라고 하겠다.

남자 (냉소하며 물러난다.) 좋소, 다시 나를 죽음으로 돌아가게 하시오. 그렇지 않으면 나는 당신에게 내 옷과 우산, 보따리를 돌려달라고 하겠소. 그 속에는 엽전 쉰두 닢과 설탕 한 근 반, 그리고 대추 두 근이 들어 있소……

장자 (엄숙하게) 당신 후회하지 않겠지?

남자 네놈이나 후회하겠지!

장자 (단호하게) 그러면 좋소. 이렇게 어리석다면 본래대로 돌아가게 해 주겠소.

(얼굴을 동쪽으로 향하고 두 손을 모아 하늘을 향해 목청을 높여 큰소리로 외친다.) 진심으로 삼가 아뢰옵니다. 사명대천존이시여!

천지현황, 우주홍황, 일월영측, 진숙열장.

조전손리, 주오정왕, 풍진저위, 강심한양.

태상노군급급여율령! 칙! 칙! 칙!

(아무 반응이 없다.)

천지현황!

태상노군! 칙! 칙! 칙! ……칙!

(아무 반응이 없다.)

(장자는 주위를 둘러보며 천천히 손을 내린다.)

남자 죽었나?

장자 (풀이 죽어서) 어찌된 일인지 모르겠군. 이번에는 효력이 없는데…….

남자 (덤벼든다.) 그렇다면, 다시는 허튼소리 하지 말고, 내 옷이나 물어내!

장자 (뒤로 물러선다.) 감히 나를 칠려고? 철리(哲理)도 모르는 야만인아!

남자 (그를 붙들고) 너 이 도둑놈아! 이 강도야! 먼저 너의 도포부터 벗고, 네 말〔馬〕로 내 것을 물어내…….

　　(장자, 한편으론 몸을 지탱하면서 한편으론 급히 도포 소매 안에서 호각을 꺼내어, 미친 듯이 세 번 분다. 남자는 깜짝 놀라 동작을 늦춘다. 잠시 후에 멀리서 순사 한 사람이 달려온다.)

순사 (달려오면서 외친다.) 저놈 잡아라! 이놈! (그가 가까이 달려온다. 노나라의 거인이다. 체격이 크고 제복을 입고 제모를 썼으며 손에는 경찰봉을 들었다. 얼굴은 붉고 수염이 없다.) 저놈 잡아라! 이놈! ……

남자 (다시 장자를 꽉 잡으며) 이놈 잡으시오. 이놈이오! ……

　　(순사가 달려와 장자의 옷깃을 잡고, 한 손으로 경찰봉을 처든다. 남자는 손을 놓고 몸을 약간 구부리며, 두 손으로 아랫배를 가린다.)

장자 (경찰봉을 손으로 막으며 고개를 돌린다.) 무엇하는 짓이오?

순사 무엇하는 짓? 흥! 네 스스로도 몰라?

장자 (화를 내며) 내가 당신을 어떻게 불러왔는데, 도리어 나를 잡는 거요?

순사 뭐라구?

장자　내가 호각을 불었소…….

순사　남의 옷을 훔치고, 자기가 호각을 불다니, 이 바보야!

장자　내가 길을 지나다가 이 사람이 이곳에 죽어 있는 걸 보고, 그를 구해 주었는데, 그는 도리어 나를 붙잡고 내가 자신의 물건을 가져갔다고 말하고 있소. 내 모습을 보시오. 내가 남의 물건을 훔칠 사람이오?

순사　(경찰봉을 거두며) '사람을 알고 얼굴을 알아도 마음은 모른다'고 하지 않았소. 누가 알겠소. 경찰서로 갑시다.

장자　그건 안 되오. 나는 빨리 가서 초왕을 만나야 하오.

순사　(깜짝 놀라, 손을 놓고 장자의 얼굴을 자세히 살핀다.) 그렇다면 당신은 칠…….

장자　(기뻐하며) 그렇소! 내가 바로 칠원(漆園)의 관리인 장주요. 당신 어떻게 알았소?

순사　저희 서장님이 요즘 늘 어르신네 말씀을 하시면서, 어르신네가 초나라에 돈 벌러 가시는데, 아마 여기를 지나가실지도 모른다고 말씀하셨습니다. 우리 서장님도 은사(隱士)신데, 관리를 좀 겸하고 계시나, 어르신네의 글을 대단히 애독하십니다. 『제물론(齊物論)』을 읽어 보면 "삶은 바로 죽음이고, 죽음은 바로 삶이라. 가한 것은 바로 불가한 것이고, 불가한 것은 바로 가한 것이니라〔方生方死, 方死方生, 方可方不可, 方不可方可〕"라고 하신 것은 정말 힘이 넘치는, 상류(上流)의 문장입니다. 정말 훌륭합니다. 어르신, 저희 서로 가셔서 좀 쉬시죠.

　(남자는 놀라서 잡초 더미 속으로 물러가 웅크려 앉는다.)

장자 오늘은 이미 늦어서, 빨리 가야지 지체할 수가 없소. 다시 돌아올 때 댁의 서장을 방문하겠소.

(장자는 말을 하면서 걸어가 말을 탄다. 말에 막 채찍질을 하려고 하는데 그 남자가 갑자기 풀섶에서 달려나와 말 고삐를 잡는다. 순사도 쫓아와서 남자의 어깨를 잡는다.)

장자 당신, 왜 또 귀찮게 하는 거요?

남자 당신이 가 버리면, 나는 아무것도 없습니다. 난 어쩌란 말입니까? (순사를 보면서) 여보시오, 순사 선생…….

순사 (귓등을 긁으며) 이렇게 되면 정말 곤란한데…… 그러나 선생, 내가 보기에는 (장자를 보며) 역시 어른께서 여유가 조금 있으시니 그에게 옷을 한 벌 내려주셔서 부끄러운 데라도 가리게 해 주시는 것이…….

장자 그거야 물론 되고말고요. 옷이란 본래 내 소유가 아니오. 그렇지만 지금 나는 초왕을 만나러 가는데 도포를 입지 않고는 갈 수가 없고, 적삼을 벗고 알몸에 도포만 입고 갈 수도 없고…….

순사 맞습니다. 정말 하나도 벗고 가실 순 없군요. (남자를 향해) 손을 놓아!

남자 나는 친척을 찾아가야 하는데…….

순사 허튼소리. 다시 귀찮게 굴면 관가로 끌고 가겠어! (경찰봉을 쳐들며) 꺼져!

(남자가 물러나자 순사가 곧장 풀섶까지 쫓아간다.)

장자 잘 있으시오.

순사 안녕히 가십시오. 어르신네 잘 가십시오!

(장자가 말에 채찍질을 하고 떠난다. 순사가 뒷짐을 지고서, 그가 점점 멀어져 먼지 속으로 사라지는 것까지 배웅하고서야 천천히 몸을 돌려 왔던 길을 향해 걸어간다.)

(남자가 갑자기 풀섶에서 뛰어나와 순사의 옷자락을 잡는다.)

순사　뭐야?

남자　난 어떻게 해요?

순사　그걸 내가 어떻게 알아?

남자　나는 친척을 찾아가야 하는데…….

순사　찾아가면 되잖아.

남자　나는 옷이 없잖아요.

순사　옷이 없으면 친척을 찾아갈 수 없나?

남자　당신이 그 사람을 놓아 주고, 지금은 당신마저 도망치려 하니, 나는 당신을 붙들고 방법을 찾을 수밖에 없소. 당신에게 묻지 않으면 누구에게 묻겠소? 여보시오, 나더러 어떻게 살아가란 말이오!

순사　내 한마디 하지, 자살은 약자의 행위야!

남자　그렇다면 내게 방법을 알려 주시오.

순사　(옷자락을 뿌리치며) 나는 아무 방법도 없소!

남자　(순사의 옷소매를 붙잡고) 그렇다면, 나를 경찰서로 데려가시오.

순사　(소매를 뿌리치며) 어떻게 그럴 수 있어? 벌거벗은 사람이 어떻게 거리를 걸어다닐 수 있나? 손을 놔!

남자　그렇다면 내게 바지를 빌려 주시오!

순사　나는 바지가 이것 하나뿐인데 당신에게 빌려 주면 내 꼴이 말이 안 돼. (힘껏 뿌리친다.) 시끄럽게 굴지 말구, 손을 놔!

남자　(순사의 목에 매달린다.) 당신을 꼭 따라가야겠소.

순사　(궁지에 몰려 급해진다.) 안 돼!

남자　그렇다면, 당신을 보내지 않겠소!

순사　어떻게 하자는 거야?

남자　당신이 나를 관가로 데려가 주시오.

순사　이거 정말…… 당신을 데려가서 무슨 소용이 있어? 말썽 부리지 말아, 손을 놔! 그렇지 않으면……(힘을 다해 뿌리친다.)

남자　(더욱 단단히 붙잡는다.) 그렇지 않으면 나는 친척을 찾아갈 수 없고 사람 노릇도 할 수 없어요. 대추 두 근에 설탕 한 근 반…… 당신이 그 사람을 놓아 주었으니까, 나는 당신과 목숨을 걸고서라도…….

순사　(뿌리치며) 말썽 부리지 마! 그렇지 않으면…… 그렇지 않으면……(말하면서 호각을 꺼내어 미친 듯이 불어 댄다.)

1935년 12월

10 "격치(格致)": 자연과학

『전체신론(全體新論)』: 영국 학자 벤자민 홉슨이 쓴 『생리학』의 번역본

『화학위생론(化學衛生論)』: 영국 학자 존 스톤이 쓴 『영양학』의 번역본

14 "진신이(金心異)": 첸셴퉁(錢玄同)

57 "지전(紙錢)": 장례나 제사 때 태우는 종이돈

63 "중초(中焦)": 위장을 가리킴.

64 "화(火)": 간을 가리킴.

"금(金)": 폐를 가리킴.

82 "알츠이바세프": 러시아 작가

115 "비록 … 일이다.": 『로드니 스톤 별전』은 영국의 추리작가 코난 도일이 쓴 『로드니 스톤(Rodney Stone)』을 지칭한다. 디킨즈가 썼다는 말은 루쉰의 착오이다. 루쉰은 1926년 8월 8일 웨이쑤웬(韋素園)에게 보낸 편지 중에 "박도별전(博徒別傳)은 Rodney Stone을 번역한 제목인데, C. Doyle이 쓴 것이다. 『아큐정전』에서는 디킨즈가 썼다고 했는데, 내가 잘못 쓴 것이다"라고 했다.

"삼교구류의 학자": 삼교(三敎)는 유교, 도교, 불교 등 3개 종교, 구류(九流)는 유가, 도가, 음양가, 법가, 명가, 묵가, 종횡가, 잡가, 농가 등 9개 학파. 이것은 학술 분야 전체를 가리킴.

116 "지보(地保)": 지방 자치 경찰

167 "시유당(柿油黨)": 발음이 자유당과 비슷함.

219 "노단(老旦)": 노파역

220 "소단(小旦)": 소녀역

"화단(花旦)": 처녀역

"노생(老生)": 노인역

237 "창오(蒼梧)": 산 이름

"현포(縣圃)": 신선이 사는 곳

"영쇄(靈瑣)": 신선이 사는 궁궐 문

"희화(犧和)": 태양을 실은 수레를 모는 신

"엄자(崦嵫)": 태양이 머무는 곳

240 "천투안노조(陳搏老祖)": 송나라 때의 유명한 도사

296 "첸얼(絟兒)": 쉐청의 유명(幼名)이라고 함.

314 "장명등(長明燈)": 조상을 위해 사당에 밤새도록 켜 놓는 등

317 "우리 … 귀신": 일반적으로 마을의 평민층 여자들이 자기의 죽은 남편을 욕하는 호칭

"관인을 … 사람": 실제로 직무를 행했던 관리를 가리킴.

352 "주마": 계산 막대

438 "할미새가 … 있도다〔鶺鴒在原〕": 형제의 우애를 비유한 말

446 "수은침": 썩지 않게 뿌렸던 수은의 반점

514 "치우(蚩尤)": 고대 제후의 이름

"식양(息壤)": 전설에 나오는 것으로, 저절로 자라며 영원히 감소되지 않는 흙

588 "노반(魯般)": 중국 노나라 공수반(公輸般)을 가리킴. 기계를 잘 만들었음.

591 "목찰(木札)": 옛날 종이가 없었을 때는 목찰이나 죽간(竹簡)에 붓
으로 썼으며, 잘못 썼을 경우엔 칼로 깎아내고 다시 썼음.

601 "구거(鉤拒)": 전쟁용 사다리
"운제(雲梯)": 전쟁용 사다리

605 "연노(連弩)": 활의 일종

607 "새상령(賽湘靈)": 여신의 이름

625 "녹대(鹿台)": 은(殷)나라 주왕(紂王) 때의 보물 창고

중국 현대문학의 창시자, 루쉰

김시준(서울대 중문과 명예교수)

　　루쉰(魯迅)은 1918년 5월 중국 최초의 현대소설인 「광인일기(狂人日記)」를 발표하여 중국의 근대화 과정에서 가장 위대한 업적으로 평가되고 있는 문학혁명의 성공을 알리는 고고지성을 울렸다. 이후 루쉰은 문학계의 선구자로 문단을 영도하였다. 그는 세상을 떠나기 전해인 1935년 12월에 「죽은 자 살리기(起死)」를 마지막 작품으로 총 33편의 소설을 발표하였다. 33편의 작품 중 「아큐정전(阿Q正傳)」 1편만이 중편이고 나머지 32편은 단편이다. 후에 이 소설들을 3권의 소설집으로 엮었다.

　　제1소설집 『납함(吶喊)』은 1918년부터 1922년까지의 사이에 쓴 소설 15편을 모아 1923년 8월에 베이징의 신조사(新潮社)에서 출판하였다. 1926년에는 개판(改版)하여 북신서국(北新書局)에서 『오합총서(烏合叢書)』의 첫 책으로 출판하였다. 1930년 1월에 제13판을 낼 때에는 15편 중에서 「부주산(不周山)」 1편을 빼내어 14편으로 하였고, 이 「부주산」은 후에 「하늘을 보수한 이야기(補

天)」라고 제목을 바꾸어 제3소설집인『고사신편(故事新編)』에 수록했다.

제2소설집『방황(彷徨)』은 1924년부터 1925년까지의 사이에 창작한 단편소설 11편을 모아 1926년 8월에 베이징의 북신서국에서 역시『오합총서』의 하나로 출판하였다.

제3소설집『고사신편』은 1922년부터 1935년 사이에 창작한 단편소설 8편을 모아 1936년 1월에 상하이의 문화생활출판사(文化生活出版社)에서 바진(巴金)이 주편(主編)하던『문학총간(文學叢刊)』의 하나로 출판하였다.

루쉰의 작품으로 소설 외에도 시(詩), 산문(散文), 수필(隨筆), 평론(評論) 등이 있다. 1938년 최초로『루쉰전집(魯迅全集)』10권이 루쉰전집출판사에서 출판되었고, 그 후 여러 출판사에서 그의 전집이 출판되었다.

제1소설집『납함(吶喊)』

1923년 8월에 베이징의 신조사에서 초판을 출판했고, 1926년에 북신서국에서『오합총서』의 첫 권으로 재판을, 1930년 1월에 제13판을 출판할 때에는 15편 중에서「부주산」을 빼고 14편을 수록했다. 이 작품은 후에 제목을「하늘을 보수한 이야기(補天)」라고 바꾸어 제3소설집『고사신편』에 수록했다. 그 이유는 이 작품이 '고사(故事)'를 소재로 했기 때문이라고 한다.

1918년 5월에 최초로 발표한 「광인일기」를 필두로 1922년 10월까지 발표한 14편과 이 소설집을 출판하면서 쓴 「자서(自序)」가 수록되어 있다.

제1소설집에 수록된 작품 중 몇 편을 제외하고는 소설의 배경이 대부분 시골이라는 것이 특징이다. 그를 현대 '향촌소설(鄉村小說)'의 창시자로 보는 것도 이 때문이며, 그의 뒤를 이어 많은 문하생들이 향촌을 배경으로 한 작품을 써서 '향촌소설파(鄉村小說派)'라는 명칭이 나오기도 했다. '향촌'은 도시와 대칭되는 용어로 농촌, 어촌, 산촌 등을 아우르는 용어이다. 우리나라에서는 '농촌소설'이라는 용어로 대신하고 있다.

「자서(自序)」

이 서문은 1922년 12월 3일에 소설집을 펴내기 위하여 쓴 것으로 자서전(自敍傳)적인 성격을 띠고 있다. 유년(幼年) 시절부터 일본 유학 시절, 서양의학을 공부하게 된 동기, 의학에서 문학으로 전향한 동기, 그리고 귀국 후 소설을 쓰게 된 동기, 소설집의 명칭을 '납함(吶喊)'이라고 한 이유 등이 비교적 상세하게 기술되어 있다. 이 서문은 루쉰 연구에 귀중한 자료로 쓰이고 있다. 그에게 소설을 쓰게 한 사람인 진신이(金心異)는 바로 그의 일본 유학 시절부터의 친구인 첸셴퉁(錢玄同)으로, 그는 『신청년(新青年)』 잡지에 일찍부터 관계하였으며 문학혁명의 기수로 활약하던 인물이다. 이 서문에서 5·4운동 시기를 전후하여 그의 사상적 배경이 명확히 드러나 있다.

「광인일기(狂人日記)」

1918년 5월호인『신청년』제4권 5호에 발표되었다.

중국 최초의 현대소설이라는 점에서 중국 현대문학사에서 획기적인 작품으로 간주된다. 과거 중국 소설은 문언체(文言體)의 문인소설(文人小說)과 백화체(白話體)의 장회소설(章回小說)로 크게 구분할 수 있다. 문인소설은 주로 단편(短篇)으로 된 문언소설이고, 장회소설은 백화로 된 장편소설이다. 장회소설이 비록 백화소설이라고는 하나 그 형식이 표제(標題)부터 고정화(固定化)되어 있어 천편일률(千篇一律)이었다. 루쉰은 이러한 소설 형식의 고정 개념을 타파하고 새롭고 대담한 형식을 취했다. 또 형식 면에서뿐만 아니라 내용 면에서도 여태까지 감히 상상조차 할 수 없는 봉건사회의 근간인 '예교(禮敎)의 타파'를 주장하는 주제로 사회에 큰 파문을 일으켰다. 그는 한 피해망상증 환자(광인)의 입을 빌려 '예교'는 사람을 잡아먹는 제도라고 주장하였다. 이 소설은 수천 년 동안 봉건사회에서 '예교'라는 사상에 속박되어 있던 중국 국민들의 기본 사상을 뒤흔들어 놓아 독자들로 하여금 경악을 금치 못하게 하였다. 그의 소설은 형식의 개혁뿐만이 아니라 내용에서도 대개혁을 일으켰다고 하겠다.

루쉰은 후에 「광인일기」를 쓰게 된 동기를 다음과 같이 말했다. "아마도 의지가 되었던 것은 모두가 지난날에 보았던 100여 편의 외국 작품과 의학상의 조그마한 지식이었으며 이 밖에는 준비가 전혀 없었다."(「나는 왜 소설을 쓰는가」에서, 1933년 3월『삼한집(三閑集)』)

위의 글로 보아 「광인일기」는 서양 소설에서 영향받은 바 크다는 것을 알 수 있고, 특히 그가 일본 유학 시절에 심취했던 동구(東歐)의 소설이 크게 영향을 미쳤던 것으로 여겨진다. 루쉰은 이한 편의 소설로 당시 문학혁명의 산실이라고 할 수 있는 『신청년』 그룹에 참가하게 되었고, 문학혁명 운동의 대열에 나서게 되었으며, 「광인일기」는 반봉건 사상의 대표적 작품으로 중국 현대문학사에 길이 남게 되었다.

「쿵이지(孔乙己)」

이 작품은 「광인일기」가 발표되고 나서 거의 1년 만인 1919년 4월, 『신청년』 제6권 4호에 발표되었다.

봉건 시대 과거(科擧)라는 관리등용 시험을 위해 공부하던 선비가 중도에 몰락하여 끝내는 자신의 생계조차 영위할 수 없는 폐인이 되어 시골 마을의 웃음거리가 되는 광경을 순진무구(純眞無垢)한 소년의 눈을 통하여 조명하고 있다.

이 소설을 발표할 당시 루쉰은 소설의 말미(末尾)에 다음과 같은 내용의 부기(附記)를 달았다. "이 치졸한 작품은 작년 말에 쓴 것인데 작자의 의도는 사회생활의 한 단편을 묘사한 것에 지나지 않으며 그 이상의 뜻은 없다. 그런데 발표가 늦어졌기 때문에 왕왕 소설을 인신공격의 도구로 삼은 풍조를 만나게 되었다. 독자들을 그런 사악한 길로 이끌어 가는 소설 작가가 있다는 것은 매우 애석한 일이다. 이런 까닭에 미리 양해를 구하는 바이다."

아마도 이 글은 당시 문학혁명파와 린수(林紓) 등 문학혁명 반대파 간의 논쟁이 있을 때 린수가 쓴 영사소설(影射小說)을 가리킨 것으로 여겨지며, 이 소설은 그런 것과는 관계가 없다는 사실을 천명한 것 같다.

「약(藥)」

1919년 5월, 『신청년』 제6권 5호에 발표되었다.

이 작품에는 두 가지 내용이 복합되어 있다. 한 가지는 중국 국민의 몽매함에 대한 개탄으로, 폐병(肺病)에 사람의 피를 먹으면 낫는다는 미신 같은 속설(俗說)을 믿고, 처형되는 혁명가의 피를 얻어다 자식의 병을 고치려 하였으나 결국 죽고 만다는, 무지한 백성의 이야기와 혁명가의 희생을 목도하면서 작가 자신이 혁명이라는 대변혁기에 살면서 적극적으로 혁명에 가담하지 못한 것에 대한 속죄(贖罪)의 뜻이 표현된 것으로 여겨진다.

이 작품에 나오는 혁명가 '샤위(夏瑜)'는, 1907년에 안후이 성(安徽省)의 경찰국장 겸 경찰학교 교장이던 쉬시린(徐錫麟)이 반청무장혁명(反淸武裝革命)을 일으키다가 실패하였을 때, 당시 이 혁명사건에 가담했던 여성 혁명가 츄진(秋瑾)을 가리킨다. 본 작품에서는 남자로 묘사되어 있다. 그녀는 루쉰과 같은 고향인 사오싱(紹興) 출신으로 고향에서 체포되어 사형되었다.

「내일(明天)」

1919년 10월, 베이징 대학 학생들이 주간하던 잡지 『신조(新潮)』 제2권 1호에 발표되었다.

이 작품은 농촌의 과부가 자식의 병을 고치려 애쓰나 무지하고 무성의한 한의사 때문에 결국 죽음에 이르는 과정과, 몽매한 과부의 가련한 운명을 묘사하고 있다. 무지한 한의사에 대한 비판이 강하게 표현되어 있다.

「작은 사건(一件小事)」

1919년 12월 1일, 베이징의 『신보(晨報)』 부간(副刊)에 발표되었다.

어느 바람이 심하게 부는 추운 겨울날, 거리에서 인력거에 치인 한 노파를 정성껏 돌보는 한 인력거꾼의 착한 마음을 묘사한 수필 같은 작품이다. 1928년에 혁명문학파와의 논쟁에서 혁명문학파가 루쉰의 작품을 공격한 이유 중의 하나가 바로 중국 사회의 암흑만을 묘사하였을 뿐 광명의 희망을 제시하지 못했다는 것이었다. 그만큼 루쉰의 작품은 사회의 어두운 면이 강조되어 있다. 그런데 유독 이 작품만은 중국인의 밝은 면을 제시했다는 점에서 그의 작품 중 독특한 것으로 꼽히고 있다.

「머리털 이야기(頭髮的故事)」

1920년 10월 10일, 『시사신보(時事新報)』 부간(副刊)인 『학등(學燈)』에 발표되었다.

신해혁명(辛亥革命)에 대한 기대가 깨지면서 많은 지식인들은 방황하게 되었다. 군벌들의 횡행과 제정(帝政)의 복귀를 노리는 무리 등, 민국 초(民國初)의 혼란은 중국이 어디로 표류하는 것인지 지식인들을 불안하게 했다. 이러한 혼란기에 변발(辮髮)에 의한 수난이 도처에서 발생했다. 마치 우리나라에서 개화기에 상투로 인해 많은 백성들이 수난을 당했던 때와 유사하다고 할 수 있겠다. 이러한 시기를 당한 지식인들의 방황과 갈등을 묘사한 내용이다.

「풍파(風波)」

1920년 9월, 『신청년』 제8권 1호에 발표되었다.

신해혁명 이후 사회의 불안이 농촌에까지 미쳐, 무지한 농민들마저 혼란 속에서 방황하는 광경을 묘사한 작품이다. 사건의 배경이 되는 때는 1917년 장쉰(張勳)의 복벽사건(復辟事件), 즉 폐위된 청(淸)나라 황제를 다시 복위(復位)시키려던 시기이다. 신해혁명으로 새로운 세상이 왔다고 농촌에까지 단발령이 내려 단발을 했는데 갑자기 다시 황제가 등극한다는 소문이 퍼지면서 단발한 농민들이 벌을 받을까 봐 두려워 전전긍긍하는 광경을 묘사하고 있다.

「고향(故鄕)」

1921년 5월, 『신청년』 제9권 1호에 발표되었다.

루쉰의 대표작 중의 한 편이다. 그는 1919년 말에 고향에 돌아가서 시골집을 정리하고 전 가족이 베이징으로 이사하였다. 당시 고향에 돌아갔을 때의 정경을 작품화한 것으로 여겨지는 1인칭 소설이다. 루쉰의 작품 중에서 그 구성이나 묘사법이 뛰어난 걸작

중의 한 편으로 꼽힌다. 이 작품에는 고향의 현재와 과거, 주인공 나와 어렸을 때의 친구 룬투(閏土)와의 현재와 과거, 우리들 현 시대의 좌절과 희망, 우리의 다음 세대인 조카와 룬투의 아들에게 거는 미래의 희망 등이 아름다운 수(繡)처럼 곱게 무늬를 이루고 있다. "희망이란 원래 있다고 할 수도 없고 없다고 할 수도 없다. 그것은 마치 땅 위의 길과 같은 것이다. 본래 땅에는 길이 없었다. 걸어가는 사람이 많아지면서 그게 곧 길이 되었다"라는 유명한 말을 남긴 작품이다.

「아큐정전(阿Q正傳)」

1921년 12월 4일부터 1922년 2월 12일까지『신보(晨報)』부간에 주(週) 1회 또는 격주로 연재 발표되었다. 루쉰의 소설 중에서 유일한 중편소설이며 그의 대표작으로 꼽힌다.

전편이 9장으로 구성되어 있다. 중국의 농촌에서도 가장 하층의 인물에 속하는 날품팔이꾼 '아큐'라는 주인공을 등장시켜 신해혁명이라는 거대한 사회의 변혁기를 거쳐 가는 중국인의 실상(實像)을 폭로한 작품이라는 평을 듣고 있다. 주인공 아큐는 가족도 집도 없는 마을에서 가장 무력하고 비겁한 인간이다. 그는 남에게 모욕을 당하면 자기보다 약한 사람을 찾아 분풀이를 한다. 그것도 안 되면, 근거도 없이 스스로를 명문가의 후손으로 자처하는 자기기만으로 자존심을 찾아 정신승리법(精神勝利法)이라는 자기도취에 빠진다. 이러한 자기도취가 결국 자신을 죽음으로 몰고 간다. 중국 문단에서 작품 「아큐정전」에 대한 비평은 시대에 따라 변하였다. 1928년에 혁명문학파의 한 사람인 첸싱춘(錢杏邨)은 「아큐의 시대는 죽어 버렸다(死去了的阿Q時代)」(1928년)는 논문을 발표하여 루쉰의 「아큐정전」은 시대착오적인 작품이라고 신랄하게 비판하였다. 또 혹자는 이 작품이 신해혁명기 중국의 실상을 정확하게 묘사한 걸작이라며 찬사를 보내고 있다. 어떻든 당시의 문제작으로 크게 세상 사람들의 주목을 끌었던 작품이며, 오늘날까지도 많은 현대문학 연구가들의 연구 대상이 되고 있다. 그는 이 작품에서 '정신승리법'이라는 유명한 말을 남겼다.

「단오절(端午節)」

1922년 9월, 『소설월보(小說月報)』 제13권 9호에 발표되었다.

도시 소시민(小市民)의 생활을 소재로 한 작품이다. 루쉰의 소설에는 도시를 배경으로 한 작품보다는 농촌을 배경으로 한 것이 더 많으며, 또 도시를 소재로 하거나 지식인을 주제로 한 작품은 별로 수작이 나오지 못한 것 같다.

이 작품은 군벌정부(軍閥政府)가 경제정책의 실패로 공무원이나 교원들에게 봉급을 제때에 지불하지 못하자 각처에서 항의 소동이 일어났던 사건을 배경으로, 한 교사의 좌절과 기회주의적인 나약함에 빠져 방황하는 모습을 묘사한 작품이다. 루쉰은 이 무렵에 교육부(敎育部)의 공무원으로 있으면서, 베이징 대학과 베이징 고등사범학교에 출강하고 있었으므로 자신의 주변에서 소재를 취한 것으로 여겨진다.

「흰 빛(白光)」

1922년 7월, 상무인서관(商務印書館)에서 발행하던 반월간(半月刊) 잡지인 『동방잡지(東方雜誌)』 제19권 13호에 발표되었다.

「쿵이지」와 같이 몰락한 관리 지망생의 처참한 생활을 묘사한 작품이다. 그러나 묘사법은 「쿵이지」와는 달리 상징적(象徵的) 수법을 취해 소설 기법의 변화를 보이고 있다.

오로지 과거(科擧)에만 매달려 있으면서 생활의 방편으로 서당의 훈장을 하는 주인공이 뜻을 이루지 못하면서도 출세에의 미련을 버리지 못하다 결국 정신이상자가 된다는 내용으로, 방황하는 봉건사회 지식인의 참상과 과거의 폐해를 묘사한 작품이다.

「토끼와 고양이(兎和猫)」

1922년 10월, 『신보(晨報)』 부간에 발표되었다.

루쉰의 소설 중에서는 좀 특이한 소재이며 소설이라기보다 동화체의 문장이라고 할 수 있는 작품이다. 작품 중에 '셋째댁〔三太太〕'이라고 나오는데, 아마도 루쉰의 동생인 젠런(建人)의 부인이라고 여겨진다. 당시 루쉰은 베이징에서 동생 젠런의 가족과 함께 살았으므로 그들의 가정사(家庭事)를 소재로 삼았던 것으로 여겨진다. 셋째댁과 아이들이 토끼를 귀여워하여 정성껏 키우는데 검은 고양이가 토끼 새끼들을 해치려고 하자 어미 토끼가 필사적으로 방어한다는 내용이다. 이 작품은 바로 다음에 소개될 「오리의 희극」과 함께 루쉰의 작품 중에서 동화체의 작품으로 색다르다. 이 작품은 매우 가벼운 필치이면서도 자연계의 순환을 은유적으로 묘사하고 있다. 고양이가 토끼를 잡아먹는 '약육강식(弱肉强食)'을 보고는 조물주의 비정(非情)을, 또 자연도태(自然淘汰)가 인간의 선의(善意)의 노력과 상반된다는 것을 묘사하고 있다.

「오리의 희극(鴨的喜劇)」

1922년 12월, 상무인서관이 발행하던 『부인잡지(婦人雜誌)』 제8권 12호에 발표되었다.

앞에 소개했던 「토끼와 고양이」와 같이 동화체의 작품이다. 당시 러시아의 맹인(盲人) 작가인 바실리 에로셴코(1889~1952)가 중국에 와서 루쉰의 집에 잠시 머물면서 베이징 대학에서 '에스페란토어'를 강의하면서 작품 활동을 하고 있었다. 당시 에로셴코는 「병아리의 비극(悲劇)」이라는 동화(童話)를 써서 발표하였는데, 루쉰은 이 작품을 보고 「오리의 희극」을 썼다고 한다. 내용은 오리가 올챙이를 잡아먹었다는 지극히 간단한 내용이다. 에로셴코에 대한 추억의 작품이라고 하겠다.

「마을 연극(社戲)」

1922년 12월, 『소설월보(小說月報)』 제13권 12호에 발표되었다. 이 작품은 루쉰이 어렸을 때 어머니를 따라 외가(外家)에 갔던 일을 추억하며 지은 것으로 여겨진다. 「사희(社戲)」의 사(社) 자는 토지신(土地神)을 모시는 사당(祠堂)으로서, 시골 마을에 큰 경축 행사가 있으면 광대들을 초청하여 사당 앞뜰에서 중국의 구식 연극을 공연하는 것이 시골의 풍습이었다. 루쉰은 당시 외가 마을에서 도련님으로 대우받았던 것 같다. 그가 외가에 갔을 때 마침 이런 연극이 이웃 마을에서 공연되어 시골 친구들과 구경갔던 일들을 추억하여 지은 것으로, 콩서리 등 즐거웠던 일들이 재미있게 묘사되어 있다. 메마르고 궁핍한 농촌이지만 그 속에서의 즐거움을 농촌 출신답게 미화시킨 작품이다.

제2소설집 『방황(彷徨)』

이 소설집은 1926년 8월에 베이징의 북신서국에서 출판했다. 1924년 3월부터 1925년 11월까지 사이에 발표한 단편소설 11편을 수록했다. 서문이 없고 다만 전국시대(戰國時代) 초(楚)나라의 굴원(屈原)이 지었다는 『초사(楚辭)』 중 「이소(離騷)」 편에서 두 구절을 인용하여 서문으로 대신하였다. 『방황(彷徨)』이라는 제목에 대하여는 1932년 12월 14일에 쓴 「자선집자서(自選集自序)」에 다음과 같이 기술하고 있다.

비교적 정제(整齊)된 재료를 얻게 되면 역시 단편소설을 썼다.

다만 유격병(遊擊兵)이 되어 포진(布陣)을 이루지 못하였기 때문에 기술은 비록 전보다 조금 좋아졌고, 생각도 비교적 구속됨이 없는 것 같았으나 전투의 의기는 오히려 적잖이 냉담해졌다. 새로운 전우는 어디 있는가? 나는 이것은 매우 좋지 않은 일이라고 생각한다. 이리하여 이 시기의 작품 11편을 모아 인쇄하여 『방황』이라 하고 이후부터 다시는 이렇지 않기를 바랐다.

1924년 이후 중국의 상황은 혼돈과 갈등의 연속이었다. 군벌 간의 전쟁으로 온 나라가 편한 날이 없었고, 베이징의 중앙정부는 외국의 간섭과 노동자와 학생들의 반정부운동으로 뿌리째 동요하고 있었다. 지식인들은 이러한 중국의 혼란상을 보며 방황할 수밖에 없었을 것이다. 루쉰이 「이소(離騷)」를 인용하였던 것도 전국 시대 초나라의 충신 굴원의 심정으로 자신의 마음을 표현하고자 하여 이 소설집의 첫머리에 인용하였음을 짐작할 수 있다.

제2소설집은 제1소설집에 비해 그의 말대로 창작 기법이 많이 원숙해졌으며 내용에도 많은 차이가 있다. 수록된 작품 중 몇 편을 제외하고는 소설의 배경이 향촌에서 도시로 바뀌었고 등장 인물들은 지식인이다. 또 작가의 자아의식이 강하게 표현되어 있고, 서술의 내용이 길어졌다는 것이 제1소설집과의 차이라고 여겨진다.

「복을 비는 제사(祝福)」

1924년 3월, 『동방잡지(東方雜誌)』 제21권 6호에 발표되었다.

농촌의 가난하고 무지한 과부가 봉건사회의 윤리 도덕의 희생물이 되어 결국은 죽음이라는 비극에 이르는 내용이다.

이 작품은 소설적 기교가 매우 뛰어난 것으로 평가되며 농촌을 소재로 한 루쉰의 작품 중 걸작으로 꼽히고 있다. 제1소설집에 수록된 작품들에 비하여 매우 냉정하고 침착하게 이야기를 전개시키고 있다. 소설은 도시에 사는 주인공이 섣달 그믐에 고향의 숙부댁을 방문하였다가 그 집에서 일하던 하녀가 섣달 그믐 제사날에 죽었다는 소식을 접한다. 주인공은 며칠 전에 길에서 그녀를 만났을 때 그녀가 사람이 죽은 후 영혼은 남는 거냐고 집요하게 묻던 일이 생각난다. 우매한 농촌 여인이 미신이라는 미망에 빠져, 모든 사람들이 새해의 복을 비는 날에 이승에서의 한을 품고 죽는다.

「축복(祝福)」이라는 제목은 내용에서 보듯이 우리가 보통 말하는 '축복'이 아니다. 중국 농촌, 특히 사오싱(紹興) 지방에서 섣달 그믐에 1년 동안 수고한 부엌신을 하늘로 보내고, 새해에는 새 복신(福神)이 내려와서 더 많은 복(福)을 내려주십사 하고 비는 제례(祭禮)의 일종이다. 과거의 번역본에는 대부분 원 제목 그대로 「축복」이라 했으나, 원 뜻을 살리기 위하여 「복을 비는 제사」라고 번역했다.

「술집에서(在酒樓上)」

1924년 5월, 『소설월보』 제15권 5호에 발표되었다.

1928년 혁명문학파와의 논쟁에서 상대방이 공격 시에 가장 많이 거론했던 작품이다. 지식인인 나는 겨울에 고향을 방문하였다가 우연한 기회에 술집에서 옛 친구이자 동료였던 뤼웨이푸(呂緯甫)를 만난다. 그는 과거 반봉건 혁명운동의 선봉에 서서 중국의 근대화와 민주화를 위해 매우 열정적으로 활동했다. 그러나 지금 그에게 남은 것은 무엇인가. 혁명의 선봉에 섰던 지식인들은 소외당하고 군벌들의 횡행으로 이들 지식인들에게는 좌절과 실의, 회의만이 남았다. 뤼웨이푸는 루쉰의 학교 시절 친구이자 교원 시절의 동료였던 판아이눙(范愛農)으로 알려지고 있다.

1928년 창조사(創造社)의 펑나이차오(馮乃超)가 「예술과 사회생활(藝術與社會生活)」(1928년)이라는 글에서, 이 작품을 예로 들면서 "루쉰이라는 늙은 서생은 어두컴컴한 술집 다락에 앉아 술 취한 멍청한 눈으로 세상을 바라보며 몰락한 봉건 정서나 추억하고 있는 혁명의 낙오자이다"라고 맹렬히 비난했다. 이것은 루쉰이 사회주의 혁명에 가담하지 않는다고 비판한 것이다.

「행복한 가정(幸福的家庭)」

1924년 5월, 『부녀잡지(婦女雜誌)』 제10권 3호에 발표되었다.

이 작품에는 '쉬친원(許欽文)을 모방하여'라는 부제(副題)가 달려 있다. 이 소설의 말미 「부기」에 "본편은 『신보(晨報)』 부간에 게재된 쉬친원 군의 「이상적인 반려(理想的伴侶)」를 읽고 생각이 미친 것으로, 결말이 매우 개운치 않아서……"라고 했다. 쉬친원은 루쉰의 고향 후배로 소설가이다.

혼란기에 처한 작가의 비참한 생활상을 가벼운 필치로 쓴 작품이다. '행복한 생활'과는 거리가 먼 궁핍한 작가가 당시 유행하던 자유연애와 자유결혼에 대해 작품을 써서 원고료로 생활하기 위해 「행복한 가정」이라는 제목의 소설을 쓴다. 그러나 주위의 소란과 아내의 잔소리, 아이의 울음소리 등으로 도저히 글을 쓸 수가 없어 고심한다. 작가와 사회의 괴리를 회화적으로 묘사한 작품이다.

「비누(肥皂)」

1924년 5월 27일, 28일 양일간에 걸쳐 『신보(晨報)』 부간에 발표되었다.

이 작품은 풍자적인 성격을 많이 띠고 있다. 주인공은 무술변법 시기에 서양 학교의 설립과 여성 교육을 제창하는 데 앞장 섰던 개명파였다. 그러나 학생들의 자유분방한 행동과 여성들이 고분고분하지 않은 것에 화가 난다. 그는 길거리에서 보았던 거지 효녀가 생각나 시회(詩會)에 응모하는 시의 제목을 「효녀」로 하자고 했다가 그 이유를 들은 동료들에게 웃음거리가 되고, 또 아내에게도 면박을 당한다. 개명파를 자처하면서도 머릿속에 남아 있는 봉건사상의 잔재를 불식하지 못하는 당시 일부 지식인의 양면성을 루쉰 특유의 신랄한 필치로 풍자한 작품이다.

「장명등(長明燈)」

1925년 3월 5일부터 8일까지 베이징 『민국일보(民國日報)』 부간에 연재되었다. 작품 말미에는 3월 1일에 썼다고 기록되어 있다.

'장명등(長明燈)'은 마을의 수호신을 모시는 사당에 밤낮으로 켜 놓는 등불이다. 마을의 한 젊은이가 미신의 상징인 이 불을 끄려고 한다. 마을 사람들은 이 불을 끄면 마을이 물바다가 되어 사람들은 모두 미꾸라지가 되고 만다는 미신에 사로잡혀 있다. 결국 혁신을 요구하는 젊은이가 사당에 불을 지르겠다고 공언하자 마을 사람들은 그를 미친 사람으로 몰아 사당 안에 감금한다. 작가는 중국에서 구질서의 벽이 얼마나 두텁고 깨뜨리기 어려운가를 장명등이라는 상징물로 비유하고 있다.

「조리 돌리기(示衆)」

1925년 3월에 썼고, 1925년 4월 30일 『어사(語絲)』 주간 제22 기에 발표되었다.

옛날에는 죄를 지은 사람을 묶어서 거리를 끌고 다니는 '조리 돌리기'라는 형벌이 있었다. 이 작품은 조리 돌리기를 당하는 죄 인의 죄목이 무엇인지, 조리 돌리기 이후 어떻게 되었는지를 전혀 설명하지 않고 조리 돌리기를 구경하기 위해 모여든 사람들의 여 러 가지 생태를 풍자적으로 묘사하고 있다. 소설의 묘사법이 마치 모더니즘적 수법과 유사하다고 할 만하다. 이 작품의 창작 동기는 루쉰 자신이 「납함 자서(吶喊自序)」에서 밝힌 바가 있다. 일본 센 다이 의학전문학교(仙臺醫學專門學校) 재학 시절, 학교에서 보여 주던 슬라이드 내용 중에 중국인이 러시아의 간첩으로 일본군에 게 잡혀 조리 돌리기를 당한 후 대중 앞에서 목이 잘리는 장면이 있었는데, 그 광경을 구경하는 중국인들의 표정을 보고 당시에 느 꼈던 감정을 작품화한 것으로 여겨진다.

「까오 선생(高老夫子)」

1925년 5월 11일 발간의 『어사』 주간 제26기에 발표되었다.

구식 지식인인 주인공은 「중화국민은 모두 국사 정리의 의무를 가지고 있음을 논함」이라는 논문을 발표하여 그 도시의 유명 인 사가 되었다. 뿐만 아니라 한 여학교의 역사 교사로 임명된다. 그는 대혁신의 시대에 합당한 역사 인식을 가지지 못하고 새로운 교과서를 대하고는 당황한다. 그는 결국 교사 되기를 포기하고 룸펜 생활로 돌아간다는 풍자적 작품이다.

「고독한 사람(孤獨者)」

1925년 10월 17일에 썼다고 기록하고 있으나, 발표하지 않고 소설집으로 엮을 때 수록한 것으로 알려져 있다.

근대화 초기에 한 지식인은 서양식 학문을 공부하고 중학교 교원으로 근무하나 학교 내에 잔재하고 있는 봉건 정서에 부합하지 못하고 고뇌한다. 그는 자신을 키워준 조모의 장례를 맞아 고향에 돌아갔다가 서양 공부를 한 손자의 거동을 주시하는 친지들과의 충돌을 피하기 위해 봉건적인 예속을 따른다. 그러나 그는 사회에 적응하지 못하고 방황하다가 궁핍을 견디지 못하자 먹고 살기 위해 군벌의 고문으로 취직한다. 그러나 자신을 용납하지 못하고 타락의 생활을 하다가 결국 죽는다. 이 작품은 근대화의 격동기(激動期)에 자신들의 갈 길을 찾지 못하고 방황하는 지식인의 고뇌를 묘사한 작품이다. 루쉰의 침울하고 무거운 분위기가 잘 묘사된 수작의 하나로 꼽히고 있다.

「죽음을 슬퍼하며(傷逝)」

1925년 10월 21일에 쓴 것으로 기록되어 있으나, 발표하지 않고 소설집으로 엮을 때 수록한 것 같다.

루쉰의 소설 중에서 구태여 '연애소설(戀愛小說)'을 고르라면

이 작품을 꼽을 수 있겠으나, 작품이 풍기는 분위기는 루쉰 특유의 무겁고 침울한 내용이다. 주위의 반대를 무릅쓰고 자유결혼을 강행한 젊은 지식인, 그러나 그에게 닥친 사회의 냉대와 실직, 생활의 궁핍과 아내의 가출 등, 그들 부부에게는 고난과 좌절이 연이어 닥친다. 끝내 남편은 떠난 아내가 죽었다는 소식을 접하고 충격을 받는다. 격동기 젊은이들의 고난과 좌절을 묘사하고 있다.

이 작품은 동생인 저우젠런(周建人)의 결혼과 파탄을 소재로 했다는 설도 있다. 루쉰의 막내동생인 저우젠런은 위의 형인 저우쭤런(周作人)의 일본인 처 하후토 노부코(羽太信子)가 출산을 하자 산후 조리를 도와주기 위해 일본에서 온 친동생인 요시코(芳子)와 연애를 하게 되었다. 두 사람은 주위의 반대를 무릅쓰고 1914년에 결혼했다가 1921년에 젠런이 직장을 찾아 혼자 상하이로 가면서 헤어졌다.

「형제(弟兄)」

1925년 11월 3일에 썼고, 1926년 2월에 『망원(莽原)』 제3기에 발표되었다.

형제간의 우애를 표현한 작품이다. 내용은 주로 형이 동생을 위하여 애쓰는 모습이 묘사되어 있다. 주인공인 형제는 바로 루쉰 자신과 동생 저우쭤런을 암시하는 것이 아니냐는 평이 있다. 이들 형제는 일본 유학도 함께하는 등 형제간의 우애가 돈독한 것으로 유명했다고 한다. 쭤런은 일본에서 일본 여자인 하후토 노부코와 결혼하여 1911년에 함께 귀국했다. 처음에는 고향 사오싱(紹興)

에서 살다가 베이징에 와서 3형제가 어머니를 모시고 한 집에서 살았는데, 1923년 무렵부터 형제간에 갈등이 생겨 그해 7월에 루쉰이 따로 이사했다. 이후 1926년에 루쉰은 베이징을 떠나 광저우(廣州)를 거쳐 상하이에 정착하고, 동생 쭤런은 베이징에 거주하여 형제간 화해의 기회를 얻지 못했다고 한다.

이 작품은 형의 동생에 대한 애틋한 우애를 표현한 작품이나, 작가가 형제간의 불화에 대해 변명한 것인지 아니면 화해의 뜻을 담은 것인지는 알 길이 없다.

「이혼(離婚)」

1925년 11월에 썼으며, 같은 달에 『어사』 제54기에 발표되었다.

봉건사회에서 농촌 여인이 남편의 부정행위와 이에 저항하다가 부당하게 이혼당한 데 대하여 용감하게 반항한다. 이에 마을의 유력인사가 나서서 중재하나 그녀는 자기 주장을 굽히지 않고 상대의 부정을 신랄하게 규탄한다. 그러나 결국은 봉건사회의 권위 구조에 의하여 굴복하고 만다는 내용이다. 봉건사회의 농촌 부녀일지라도 남자로부터 부당한 대우를 받으면 정정당당하게 항변할 수 있어야 한다는 것을 암시하는 작품이다. 소설 작법상 매우 뛰어난 기량을 보인 작품으로 수작 중의 하나로 꼽히고 있다.

제3소설집 『고사신편(故事新編)』

1936년 1월에 상하이 문화생활출판사가 발간하던 『문학총간』의 일종으로 출판되었다. 이 소설집에는 1922년 11월에 쓴 「부주산(不周山)」을 「하늘을 보수한 이야기(補天)」라는 제목으로 바꾸어 수록하였고, 이후 1926년부터 1935년까지 사이에 쓴 작품 등 8편을 수록했다.

제3소설집에는 「서언(序言)」과 단편소설 8편이 수록되어 있다. 이 8편 중 맨 끝의 「죽은 자 살리기(起死)」1편은 희곡(戲曲)의 형식으로 쓰여졌는데, 그렇다고 완전히 각본화(脚本化)된 것은 아니다. 아마도 루쉰이 만년에 희곡을 쓰고자 의도했던 습작형의 작품이 아닌가 여겨진다.

이 소설집에 수록된 작품의 소재는 모두가 신화와 전설, 그리고 고대사에서 취재하고 있으나 그렇다고 역사소설(歷史小說)이라고 하기에는 풍격이 전혀 다르다. 신화, 전설, 고대사 등에 등장하는 배경이나 인물을 현대 사회에 투영하여 작가 나름대로 작품세계를 전개시키고 있다. 제목 그대로 '새로 꾸민 고사(故事新編)'이다.

이 소설집이 다른 소설집과 다른 것은 작품을 집필순으로 배열하지 않고 각 작품의 배경 연대순으로 배열하였다는 것이다. 순서는 신화, 전설에서 시작하여 고대사로 이어지고 있다. 또 한 가지 다른 점은 처음에 발표되었을 때의 제목을 소설집으로 엮을 때 개제(改題)한 것이 2편 있다는 것이다. 「하늘을 보수한 이야기(補

天)」는 처음에 「부주산(不周山)」이라는 제목으로 『납함』에 수록하였다가 제13판 인쇄 때부터 따로 빼어 제3소설집에 수록하였고, 「도공의 복수(鑄劍)」는 처음에 「미간척(眉間尺)」이라는 제목으로 잡지 『망원(莽原)』에 발표하였다가, 소설집에 수록할 때 역시 개제하였다. 또 8편 중에 「치수(理水)」, 「고사리를 캐는 사람(采薇)」, 「전쟁 반대(非攻)」, 「죽은 자 살리기(起死)」의 4편은 잡지나 신문에 발표하지 않고 소설집으로 엮을 때 수록한 것이다.

『고사신편』은 루쉰의 소설집 중에서 특이한 소재의 작품으로 알려지고 있을 뿐만 아니라, 루쉰의 해박한 지식을 피력한 작품으로 꼽히고 있다. 그는 베이징에 있을 때 대학 강단에서 '소설사'를 강의하면서 고소설(古小說)의 집성에 힘을 기울여 『고소설구침(古小說鉤沈)』, 『당송전기집(唐宋傳奇集)』, 그리고 중국 최초의 소설사인 『중국소설사략(中國小說史略)』 등 주옥 같은 소설 연구의 업적을 남겼다. 이러한 연구에서 얻어진 해박한 지식이 『고사신편』에 그대로 드러나 있다. 그러나 이 소설들을 상세히 관찰하여 보면 신화, 전설, 고대사 등에 숨겨져 있는 흥미로운 사실(史實)들을 캐내어 작품화한 것이 아니라, 특정 대상에 대한 신랄한 비판과 비수같이 날카로운 풍자가 들어 있음을 보게 된다. 근년에 『고사신편』에 대한 학계의 흥미가 증가하면서 이 작품들에 대한 연구가 점차 일고 있다.

「서언(序言)」

1935년 12월 26일에 『고사신편』의 출판을 위하여 쓴 것이다.

『납함』의 「자서(自序)」와는 달리 이 소설집에 수록된 작품들의 제작 시기와 제작 기간이 길었던 이유 등을 간단히 설명하고 있다. 특히 1914년 1월에 창조사(創造社)의 청팡우(成仿吾)가 『납함』을 범속한 작품이라 하고 「부주산(不周山)」을 가작(佳作)이라고 평한 것에 대하여 비난하는 글이 들어 있는데, 이것은 1928년에 있었던 '혁명문학(革命文學)' 논쟁 때의 원한이 그때까지도 가시지 않았음을 뜻하는 것이라고 하겠다.

루쉰은 이 서문의 끝부분에서 "그중에는 역시 스케치(速寫)한 것이 많아, '문학개론(文學槪論)'에서 말하는 소설이라고 부르기에는 부족하다. 사건의 서술에 때로는 옛 책에 조금 근거를 두기도 했으나, 때로는 생각나는 대로 썼다"라고 하여 전편을 역사소설이라고 하기에는 부족함을 스스로도 서술하고 있다.

「하늘을 보수한 이야기(補天)」

1922년 11월에 「부주산」이라는 제목으로 써서, 12월 1일에 『신보(晨報)』 제4주년 기념 증간호(增刊號)에 발표했다. 1923년 8월에 제1소설집 『납함』에 수록하였다가 1930년 1월 『납함』 제13판을 인쇄할 때 빼고, 1936년 1월 『고사신편』을 엮을 때에 「하늘을 보수한 이야기(補天)」라고 제목을 바꾸어 수록했다.

이 작품은 천지창조 신화에서 여왜(女媧)의 인류 창조설을 우화적(寓話的)으로 묘사하고 있다. 여왜의 전설은 옛 서적의 기재와 동일하지 않다. 작자는 『산해경(山海經)』, 『회남자(淮南子)』, 『열자(列子)』의 기록과 『교사지(郊祀志)』, 『한무고사(漢武故事)』에 나오는 신선 설화까지 혼합하여 이야기를 전개시키고 있다. 공공(共工)과 전욱(顓頊)의 전쟁 묘사에서는 현대 사회의 문명에 대한 비판의식이 강하게 표현되어 있다. 전쟁으로 파괴된 하늘을 보수하는 여왜의 노력은 작자의 현실에 대한 이상의 표현이라고 하겠다.

「달로 달아난 상아(奔月)」

1926년 12월에 쓰고, 1927년 12월에 출판된 『망원』 제2권 2기에 발표되었다.

태양을 활로 쏘았다는 예(羿)의 신화와 예가 서왕모(西王母)로부터 받은 불사약이라는 선약(仙藥)을 훔쳐먹고 달로 도망갔다는 상아(嫦娥)의 신화를 내용으로 하고 있다. 『회남자』와 『열자』에 기재된 신화를 소재로 한 작품인데, 일반적으로 신화 전설에서는 예가 우매한 폭군으로 묘사되어 있고, 상아는 마음씨 착하고 정숙한 여인으로 전하여 오고 있는데, 작자는 반대로 예를 우직한 남자로, 상아를 교활한 여인으로 묘사하고 있다. 또 예와 그의 제자인 봉몽(逢蒙)의 관계가 삽입되어 있는데, 이것은 루쉰과 제자 가오창홍(高長虹)의 관계를 풍자적으로 비유한 것이라는 설이 있다. 작자는 우직한 예에 대해 호감을 가지고 묘사하고 있다. 현대 사회에서는 오히려 영리한 인간보다는 이렇듯 우직한 인물이, 비록 세상 살아가는 데는 손해를 보지만, 그대로 바람직한 인간상이라는 뜻이 표현되어 있는 것 같다.

「치수(理水)」

1935년 11월에 쓰고, 잡지나 신문에는 발표되지 않고 『고사신편』에 수록되었다.

우왕(禹王)의 치수(治水) 전설을 내용으로 하고 있다. 소재는 『사기(史記)』, 『열자(列子)』, 『장자(莊子)』, 『고악독경(古嶽讀經)』, 『오월춘추(吳越春秋)』 등에서 취재했으며, 또 『상서(尙書)』, 『좌전(左傳)』, 『현중기(玄中記)』, 『주역(周易)』, 『회남자(淮南子)』의 기록도 인용되어 있다.

이 작품은 『고사신편』 8편 중에서 가장 현실비판적이고 풍자적인 색채를 강하게 나타내고 있다. 실천적인 정치가인 우(禹)와 탁상공론만을 일삼는 학자, 관료, 그리고 노예근성에 젖어 있는 백성 등이 공존하는 사회는 바로 현실사회의 투영이라 하겠다. 또 실천적 정치가인 우가 치수를 위하여 동분서주하고 있을 때, 학자들은 우의 존재 여부를 놓고 토론을 하고 있는 등 비현실적인 우매한 행위가 묘사되고 있다. 이것은 당시 '고사변(古史辯)' 파(派) 학자들이 고대사(古代史)를 재조명한다며 학계에서 열을 올리고 있던 것에 대한 비판이라는 설이 있다. 또 '가보학(家譜學)'의 대가라고 하는 판광단(潘光旦)에 대한 풍자와 린위탕(林語堂)이 당시 소품문(小品文) 운동을 제창하던 것에 대한 풍자 등이 작품 중에 묘사되어 있다. 린위탕은 원래 루쉰과 매우 친밀하였으나 루쉰이 좌익작가연맹에 가입하자 그를 떠났다. 루쉰은 이것을 매우 서운하게 여겼다고 한다. 작자의 현실비판 의도가 강한 작품이라 하겠다.

「고사리를 캐는 사람(采薇)」

1935년 12월에 쓰고 「치수」와 같이 잡지나 신문에는 발표되지 않았다.

「고사리를 캐는 사람」은 우리들에게도 널리 알려져 있는 고사(故事)로 은 왕조(殷王朝)와 주 왕조(周王朝)가 교차되는 시대에 주나라의 곡식을 먹지 않겠다고 거부하고 수양산(首陽山)에 들어가 굶어 죽었다는 백이(伯夷)와 숙제(叔齊) 형제의 고사를 소설화한 것이다.

소재는 『사기(史記)』 외에 『고사고(古史考)』, 『제왕세기(帝王世紀)』, 『상서(尚書)』, 『맹자(孟子)』 등에서 취하고 있다. 한 여인이 그들 형제에게 고사리는 어느 나라의 땅에서 나는 것이냐고 힐책하는 대목 같은 것은 『고사고(古史考)』에 근거한 것이다. 또 '소병군(小丙君)'이라는 인물은 당시 루쉰의 논적이었던 실제 인물에 대한 풍자라는 평이 있다.

「도공의 복수(鑄劍)」

1926년 9월에 쓰고, 1927년 4월과 5월의 2차에 걸쳐 『망원』 제2권 8기와 9기에 연재 발표되었다.

이 작품의 소재는 『초왕주검기(楚王鑄劍記)』, 『열이전(列異傳)』, 『오월춘추(吳越春秋)』, 『유양잡조(酉陽雜俎)』 등에 기재되어 있는 보검전설(寶劍傳說)에서 취재한 것이다. 이 작품은 복수를 내용으로 한 것으로 풍자의 요소는 전혀 볼 수 없고, 냉정하고 침울하며 둔중한 묘사가 독자를 전율케 한다.

루쉰은 산문집 『야초(野草)』에도 「복수(復仇)」라는 제목의 산문 2편을 싣고 있는데(2편 모두가 1924년 12월 20일에 쓴 것임), 복수의 대상이 누구인지는 명확히 제시하지 않고 있다.

이 작품에서는 복수의 집념에 불타는 두 주인공, 즉 소년과 중년의 사나이가 자신들의 목숨을 초개같이 여기며 복수한다. 두 주인공 중 한 사람인 중년의 사나이는 스스로의 이름을 '연지오자(宴之敖者)'라고 하였는데, 이것은 루쉰의 필명(筆名) 중 하나이기도 하다. 루쉰은 성격이 강직하여 일생을 살면서 한(恨)이 적지 않았던 인물로 알려져 있다. 그는 이런 한을 말년의 작품에 투영했던 것으로 볼 수 있다.

「출경(出關)」

1935년 12월에 쓰고, 잡지나 신문에 발표되지 않았다.

중국 고대 사상계의 양대 산맥이라고 할 수 있는 유가(儒家)와 도가(道家)의 대표자인 공자(孔子)와 노자(老子)를 등장시키고, 또 실천적 정치가로 알려진 관윤희(關尹熹)를 삽입시키고 있다.

소재는 『사기(史記)』와 『장자(莊子)』에서 취재하고, 노자의 발언은 『도덕경(道德經)』에서 인용하고 있다. 내용은 공자가 노자에게 예(禮)에 대하여 물었다는 『장자』의 기술을 부연한 것으로 여겨진다. 끝부분인 관소(關所)에서의 강연은 『도덕경(道德經)』을 그대로 인용하고 있다.

이 작품을 쓰던 당시 중국은 일본의 만주 침략으로 나라가 크게 혼란에 처해 있었다. 좌익 문화계에서 공산당의 명에 따라 '국방문학론'을 주장하자 당시 좌익작가연맹에 몸담고 있던 루쉰은 이에 반대하다가 결국 좌익 문단에서 소외당한다. 당에서는 루쉰이라는 인물이 더 이상 선전에 이용할 가치가 없다고 여겼던 것 같다. 루쉰으로서는 크게 배신감을 느꼈을 것이다. 이 작품에서 노자를 지나치게 희화화하고 있으나, 작자 자신이 노자의 심경으로 돌아가 세상사에 지쳐 은둔하고 싶은 의도를 다분히 풍기는 작품이라고 여겨진다.

「전쟁 반대(非攻)」

1934년 8월에 쓰고, 잡지나 신문에는 발표하지 않았다.

소재는 주로 『묵자(墨子)』에서 취재하였고, 「비공」이라는 제목도 『묵자』의 한 편명(篇名)이다. 전국시대(戰國時代)의 사상가인 묵자를 주인공으로 그가 유세하던 내용을 묘사하고 있다. 작자는 묵자의 실천궁행주의(實踐躬行主義), 근로주의(勤勞主義), 비전주의(非戰主義), 검약주의(儉約主義) 등에 공감하고 있으며, 제자백가(諸子百家) 중에서 묵자에 대하여 가장 존경의 뜻을 품었던 것 같다. 묵자가 유자(儒者)와 문답한 내용, 송(宋)나라의 도성에서 제자들에게 행한 구국의 연설, 초(楚)나라 왕과의 문답, 공수반(公輸般)과의 문답 등을 통하여 묵자의 사상이 유감없이 발휘되고 있다.

구국의 일념으로 유세하던 묵자가 결국에는 구국의연금 모집대에게 몸에 지닌 전 재산을 털린다는 냉소적인 풍자로 끝을 맺고 있다.

「죽은 자 살리기(起死)」

1935년 12월에 쓰고, 잡지나 신문에는 발표되지 않았다.

루쉰의 소설 창작 중에서 마지막 작품으로 알려지고 있다. 루쉰의 작품 중 유일하게 화극(話劇) 형식으로 쓴 작품이나 완전한 극본은 아니다. 이 작품의 소재는 『장자(莊子)』「지락(至樂)」편에서 취재한 것이다. 장자는 초(楚)나라에 가는 도중 길거리에 뒹굴고 있는 해골을 만난다. 그는 불쌍한 생각이 들어 해골에게는 물어보지도 않고 사명신(司命神)에게 부탁하여 그를 다시 인간으로 환원시켜 준다. 그런데 해골은 도리어 자기의 보따리와 옷을 내놓으라며 장자를 도둑으로 몬다. 루쉰은 장자의 달관주의(達觀主義)와 초월주의(超越主義)를 희화적으로 묘사하여 풍자하고 있다. 루쉰이 좌익작가연맹에 가입했다가 소외된 사건을 은유적으로 묘사한 것으로 여겨진다. 이 시기 루쉰은 이미 병이 깊어 병석에 있으면서 이 작품을 통해 좌익 문예계에 대한 서운한 마음을 풍자적으로 묘사한 것 같다.

「고사리를 캐는 사람」,「출경」,「죽은 자 살리기」등 3편은 1935년 12월 병석에서 쓴 것으로 기록되어 있다. 병을 무릅쓰고 왜 이렇게 서둘러 작품을 썼는지 매우 주목된다. 삶을 마감하기 전에 자신이 당했던 한을 작품에 남기려고 했던 것이 아닌가 여겨진다.

판본 소개

 이 번역본은 1961년 북경 인민문학출판사에서 펴낸『루쉰전집 (魯迅全集)』제1집에 수록된『납함(吶喊)』과 제2집에 수록된『방 황(彷徨)』,『고사신편(故事新編)』을 저본으로 했다. 이것에는 1918 년 5월부터 1935년 12월까지 발표한 루쉰의 소설 33편 전부를 완 역했다.

 이 번역본은 다음 몇 가지를 기본으로 번역하여 독자의 이해를 돕고자 했다.

 1) 번역은 직역을 원칙으로 하였으나 외국어문인 관계로 독자 가 이해하기 어렵다고 여겨지는 부분은 작가의 뜻을 명확하게 전 달하기 위하여 의역으로 문맥이 통하도록 배려했다.

 2) 제1소설집『납함(吶喊)』과 제2소설집『방황(彷徨)』은 배경이 근현대(近現代)이므로 등장하는 인물이나 지명 등 고유명사는 중

국어 발음으로 표기하였다. 제3소설집 『고사신편(故事新編)』은 배경이 고대이고, 등장 인물이나 지명 또한 우리가 과거에 익히 듣던 인물이나 지명이어서 독자의 편의를 위해 우리 한자음의 독음으로 하였다.

3) 제1소설집과 제2소설집에 수록된 25편의 소설 제목은 대부분 원제목을 직역하였으나, 제3소설집의 제목은 직역하지 않고, 독자들의 이해를 돕기 위해 제목과 내용을 참조하여 의역하고 괄호 안에 원제목을 넣었다.

루쉰 연보

1881 청(淸), 광서(光緖) 7년 9월 25일, 저장성(浙江省) 사오싱현(紹興縣) 성내(城內) 둥창팡커우(東昌坊口) 신타이먼(新台門)에서 태어남. 성은 저우(周), 이름은 수런(樹人). 어려서 이름은 장서우(樟壽), 필명은 루쉰(魯迅), 탕쓰(唐俟), 바런(巴人) 등 다수가 있음. 조부 저우푸칭(周福淸)은 청 말(淸末)의 관리. 아버지 저우원위(周文郁)의 본명은 펑이(鳳儀), 자는 보쉔(伯宣). 어머니의 성은 루(魯), 이름은 뤠이(瑞). 루쉰은 장남이고 동생으로 쮀런(作人)과 젠런(建人)이 있음.

1893 조부가 모종의 사건으로 하옥(下獄)되고, 부친이 병으로 눕자 집안이 일시에 몰락함.

1898 5월, 남경으로 가서 강남 수사학당(江南水師學堂) 기관과에 입학.

1900 난징(南京)에 있는 강남 육사학당(江南陸師學堂) 부설의 광무 철로학당(礦務鐵路學堂)에 입학.

1902 4월, 강남 독련공소(江南督練公所)에서 파견하는 일본 유학생으로 선발되어 도쿄(東京)에 도착, 유학생 예비학교인 도쿄 홍문학원(弘文學院)에 입학.

1903 7월, 친구 쉬서우상(許壽裳)의 권유로 잡지 『절강조(浙江潮)』에 「스파르타의 혼(斯巴達之魂)」을, 10월에는 「중국지질약론(中國地

質略論)」을 발표. 프랑스 소설가 쥘 베른의 과학소설 「월계여행(月界旅行)」과 「지하여행(地底旅行)」을 번역함.

1904 8월, 센다이 의학전문학교(仙臺醫學專門學校)에 입학.

1906 3월, 구국(救國)의 길은 의학보다는 문학이 적합하다고 자각한 후, 의학 공부를 포기하고 도쿄로 이주. 6월에 일시 귀국. 어머니의 권유로 주아안(朱阿安)과 결혼함. 결혼 직후 동생 쥐런(作人)과 함께 다시 도쿄에 옴. 쉬서우상 등과 함께 문예운동을 전개하기로 함.

1907 여름에 쉬서우상 등과 문예잡지를 출간하기로 하고 잡지 이름을 『신생(新生)』으로 정함. 그러나 원고와 자금난으로 실패함. 잡지 『하남(河南)』에 「마라시력설(摩羅詩力說)」(2월호와 3월호), 「과학사 교편(科學史教篇)」(6월호), 「문화편지론(文化偏至論)」(8월호), 「파악성론(破惡聲論)」(12월호) 등을 발표.

1909 3월, 러시아와 동유럽의 문학작품을 번역한 『역외소설집(域外小說集)』 제1권을 출판. 8월에 『역외소설집』 제2권을 출판. 8월에 귀국. 항저우(杭州) 및 저장(浙江) 두 사범학교에서 생리학과 화학 교사를 함.

1910 8월, 사오싱 부중학교(紹興府中學校)의 교사로 취임.

1911 10월, 청(淸)나라가 멸망하고 중화민국(中華民國) 정부가 수립됨. 사오싱의 산후에이 초급사범학교(山會初級師範學校) 교장이 됨. 겨울에 한문소설 「회구(懷舊)」를 씀. 후에 『소설월보(小說月報)』(1913년 4월)에 발표함.

1912 1월, 중화민국 임시정부가 난징에 수립되고 차이위안페이(蔡元培)가 교육부장(教育部長)에 임명되자 그의 추천으로 교육부 직원으로 취직이 됨. 5월, 정부가 베이징으로 옮겨가자 함께 베이징으로 감. 사회교육국(社會教育局) 제1과 과장이 됨. 8월, 첨사(僉事)로 승진함.

1917 7월, 장쉰(張勳)의 복벽(復辟)으로 잠시 교육부를 떠났다 다시 복귀함.

1918 4월, 중국 최초의 현대 창작소설 「광인일기(狂人日記)」를 『신청년 (新靑年)』 5월호에 루쉰(魯迅)이라는 필명으로 발표. 또 신시(新詩)로 「꿈(夢)」, 「사랑의 신(愛之神)」, 「도화(桃花)」 등을 탕쓰(唐俟)라는 필명으로 발표. 9월부터 『신청년』에 「수상록(隨想錄)」을 발표하기 시작함.

1919 4월에 소설 「쿵이지(孔乙己)」를 발표. 5월에 소설 「약(藥)」을 발표.

1920 6월, 소설 「내일(明天)」을 『신조(新潮)』에 발표. 7월, 소설 「작은 사건(一件小事)」을 베이징 『신보(晨報)』 부간(副刊)에 발표. 10월, 소설 「머리털 이야기(頭髮的故事)」를 『시사신보(時事新報)』의 부간인 『학등(學燈)』에 발표. 소설 「풍파(風波)」를 『신청년』에 발표. 가을 학기부터 베이징 대학(北京大學)과 베이징 사범대학(北京師範大學) 강사로 출강.

1921 5월, 소설 「고향(故鄕)」을 『신청년』에 발표. 12월 4일부터 베이징 『신보』에 「아큐정전(阿Q正傳)」을 연재하기 시작하여 1922년 2월 2일에 끝냄.

1922 5월, 러시아 작가 에로센코의 『동화집(童話集)』을 번역, 신조사(新潮社)에서 출판. 6월, 소설 「단오절(端午節)」을 『소설월보』에 발표. 7월, 소설 「흰 빛(白光)」을 『동방잡지(東方雜誌)』에 발표. 10월에 소설 「토끼와 고양이(兎和猫)」를 베이징 『신보』에, 「오리의 희극(鴨的喜劇)」을 『부녀잡지(婦女雜誌)』에, 「마을 연극(社戱)」을 『소설월보』에 발표. 11월에 소설 「부주산(不周山)」(후에 「하늘을 보수한 이야기(補天)」로 제목을 바꿈)을 『신보』에 발표. 12월에 「광인일기」 등 15편을 묶어 『납함(吶喊)』이라는 제목으로 소설집을 엮음.

1923 8월, 제1소설집 『납함』이 간행되어 나옴. 12월, 『중국소설사략(中國小說史略)』 상권이 나옴. 이 해에 베이징 여자고등사범학교(北京女子高等師範學校, 후에 베이징 여자사범대학[北京女子師範大學]이 됨)와 세계어 전문학교(世界語專門學校) 강사 역임.

1924 3월, 소설 「복을 비는 제사(祝福)」를 『동방잡지』에, 「술집에서(在

酒樓上)」를 『소설월보』에, 「행복한 가정(幸福的家庭)」을 『부녀잡지』에, 「비누(肥皂)」를 『신보』에 발표함. 6월에 『중국소설사략(中國小說史略)』 하권을 간행. 11월, 『어사(語絲)』라는 주간(週刊) 잡지를 창간함.

1925 2월에 소설 「장명등(長明燈)」을, 3월에 「조리 돌리기(示衆)」를 『어사』에 발표. 4월에 잡지 『망원(莽原)』을 창간하고, 아울러 『국민신보』 부간을 편집함. 5월, 소설 「까오 선생(高老夫子)」을 『어사』에 발표. 10월, 소설 「고독한 사람(孤獨者)」과 「죽음을 슬퍼하며(傷逝)」를 발표. 11월에 「형제(弟兄)」를 『망원』에, 「이혼(離婚)」을 『어사』에 발표. 평론집 『열풍(熱風)』(1918년부터 1924년까지 사이에 쓴 잡감문(雜感文))을 북신서국에서 간행.

1926 1월, 「'페어플레이'는 천천히 행할 것을 논함(論'費厄潑賴'緩行)」을 『망원』에 발표. 2월부터 『망원』에 「개, 고양이, 쥐(狗, 猫, 鼠)」란 산문을 연재하기 시작함. 3월, 똰치루이(段祺瑞) 정부의 실정을 비난하는 학생, 시민의 반정부 데모가 일어나, 정부군과 학생, 시민 간에 큰 충돌이 있은 '3·8사건' 다음날 대학교수, 기자, 정치인 등 50여 명에 대한 체포령이 내렸다. 루쉰도 그 명단에 들었으며 이로써 교육부 및 대학 강사직에서 물러남. 6월, 잡문집 『화개집(華蓋集)』을 베이징 북신서국에서 출판. 8월, 『소설구문초(小說舊聞鈔)』를 북신서국에서 출간. 8월 26일, 베이징을 떠남. 9월 4일, 샤먼(廈門)에 도착하여 샤먼 대학(廈門大學) 문과 교수로 취임. 9월, 「복을 비는 제사」 등 11편을 수록한 제2소설집 『방황(彷徨)』을 북신서국에서 출간. 소설 「미간척(眉間尺)」(후에 「도검의 복수(鑄劍)」로 제목을 바꿈)을 씀. 다음해 4월 『망원』에 발표. 12월, 소설 「달로 달아난 상아(奔月)」를 씀. 다음해 1월 『망원』에 발표.

1927 1월 16일 샤먼을 떠나, 18일에 광저우(廣州)에 도착. 중산 대학(中山大學) 문과 교수 겸 교무장에 취임. 1월, 잡문집 『화개집속편(華蓋集續編)』을 북신서국에서 출판. 3월, 잡문집 『분(墳)』을 베이징

미명사(未名社)에서 출간. 4월, '4 · 12사건'이 발생. 국민당 우파(國民黨右派)의 정변이 일어남. 4월 29일에 중산 대학을 사직함. 7월, 산문시집 『야초(野草)』를 북신서국에서 출간. 9월 27일, 광저우를 떠남. 10월 3일, 상하이(上海)에 도착. 10월, 쉬광핑(許廣平)과 동거 시작. 12월, 『당송전기집(唐宋傳奇集)』상권을 북신서국에서 출판.

1928 1월, 동화집 『작은 요한(小約翰)』을 미명사에서 출간. 창조사(創造社) 및 태양사(太陽社)의 작가들과 혁명문학논쟁(革命文學論爭)을 시작하여 5월까지 계속됨. 2월, 『당송전기집(唐宋傳奇集)』하권을 북신서국에서 출간. 잡지 『어사(語絲)』를 상하이에서 출간. 6월, 위다푸(郁達夫)와 함께 잡지 『분류(奔流)』를 창간. 9월, 산문집 『아침꽃을 저녁에 줍다(朝花夕拾)』를 미명사에서 출간. 10월, 잡문집 『이이집(而已集)』을 북신서국에서 출간.

1929 1월, 왕팡런(王方仁) · 췌이쩐우(崔眞吾) · 러우스(柔石) 등과 조화사(朝花社)를 조직하여 『조화주간(朝花週刊)』, 『조화순간(朝花旬刊)』, 『예원조화(藝苑朝花)』, 『세계단편소설집(世界短篇小說集)』 등을 출판. 4월, 일본인 노보루(昇曙夢)가 일어로 번역한 러시아 문예비평가 루나차르스키의 『예술론(藝術論)』을 중역. 이미 번역한 문예 논문들을 모아 『벽하역총(壁下譯叢)』이라는 이름으로 북신서국에서 출판. 10월, 일본인 구라하라(藏原惟人)가 일본어로 번역한 루나차르스키의 문예 논문집 『문예와 비평(文藝與批評)』을 수말서점(水沫書店)에서 출판.

1930 2월, 자유운동대동맹(自由運動大同盟)에 참가. 3월 2일 중국 좌익작가연맹(中國左翼作家聯盟)이 성립되자 주석단에 선임됨. 3월, 잡지 『맹아월간(萌芽月刊)』에 「억지번역과 문학의 계급성(硬譯與文學的階級性)」을 발표. 5월, 일본인 소도무라(外村史郎)가 일어로 번역한 러시아 이론가 플레하노프의 『예술론(藝術論)』을 중역함. 11월, 『중국소설사략』의 수정본을 냄.

1931 4월, 미국인 스메들리의 소개로 미국 잡지 『신군중(新群衆)』에 「어두운 중국 문예계의 현상황(黑暗中國的文藝界的現狀)」을 발표.

1932 9월, 잡문집인 『삼한집(三閑集)』을 북신서국에서 출판. 러시아 작가 20인의 단편소설을 번역하여 『수금(竪琴)』이라는 이름으로 양우도서공사(良友圖書公司)에서 출판. 10월, 잡문집인 『이심집(二心集)』을 합중서점(合衆書店)에서 출판.

1933 1월부터 『신보(申報)』 부간 '자유담(自由談)' 란에 잡문을 발표하기 시작함. 3월, 『루쉰자선집(魯迅自選集)』을 천마서점(天馬書店)에서 출판. 4월, 쉬광핑(許廣平)과 주고받은 편지를 모아 『양지서(兩地書)』를 청광서국(靑光書局)에서 출판. 7월, 취추바이(瞿秋白)의 서문이 있는 『루쉰잡감선(魯迅雜感選)』을 청광서국에서 출판. 10월, 『신보』에 발표했던 잡문을 모아 『위자유서(僞自由書)』라는 이름으로 청광서국에서 출판.

1934 3월, 잡문집인 『남강북조(南腔北調)』를 동문서점(同文書店)에서 출판. 12월, 『신보』에 게재했던 잡문을 모아 『준풍월담(准風月談)』이라는 이름으로 흥중서국(興中書局)에서 출판.

1935 1월, 『소설구문초』 수정본을 연화서국(聯華書局)에서 출판. 3월, 일본인 다카하시(高矯晩成)가 일어로 번역한 러시아 작가 고리키의 『러시아의 동화(俄羅斯的童話)』를 중역, 문화생활출판사에서 8월에 출판. 5월, 잡문집인 『집외집(集外集)』을 양지윈(楊霽雲)이 편찬하여 군중도서공사(群衆圖書公司)에서 출판. 9월, 잡문집 『문외문담(門外文談)』을 천마서점(天馬書店)에서 출판. 11월, 소설 「치수(理水)」를 씀. 12월, 소설 「고사리 캐는 사람(采薇)」, 「출경(出關)」, 「죽은 자 살리기(起死)」를 씀. 전에 쓴 「하늘을 보수한 이야기(補天)」(원제는 「부주산(不周山)」), 「달로 달아난 상아(奔月)」, 「도공의 복수(鑄劍)」, 「치수(理水)」, 「전쟁 반대(非攻)」 등 5편과 합쳐서 제3소설집 『고사신편(故事新編)』을 편찬, 1936년 1월에 문화생활출판사에서 출판. 좌익작가연맹(左翼作家聯盟) 내에서 저우

양(周揚) 일파의 '국방문학(國防文學)' 주장과 루쉰 일파의 '민족
혁명전쟁의 대중문학(民族革命戰爭的大衆文學)' 주장이 대립되어
치열한 논쟁을 전개하기 시작함.

1936 봄에 '국방문학'과 '민족혁명전쟁의 대중문학'의 논쟁으로 좌익
작가연맹은 흐지부지 해산됨. 6월, 단평집(短評集)인 『화변문학(花
邊文學)』을 연화서국(聯華書局)에서 출판. 10월 17일, 수필 「타이
엔 선생으로 인해 생각나는 두세 가지 일(因太炎先生而想起的二三
事)」을 절필(絶筆)로 10월 19일에 세상을 떠남.

1937 7월, 잡문집 『차개정잡문(且介亭雜文)』, 『차개정잡문이편(且介亭雜
文二編)』, 『차개정잡문말편(且介亭雜文末編)』이 삼한서옥(三閑書
屋)에서 출판.

1938 6월, 루쉰선생기념위원회(魯迅先生記念委員會)에서 『루쉰전집(魯
迅全集)』 20권을 출판함.

1946 쉬광핑이 800여 통의 편지를 모아 『루쉰서간(魯迅書簡)』을 출판.

1951 루쉰의 1912년 5월 5일부터 1936년 10월 18일까지(1922년의 일
부분은 유실됨)의 일기를 상하이출판공사(上海出版公司)에서 영
인(影印) 출판.

새롭게 을유세계문학전집을 펴내며

을유문화사는 이미 지난 1959년부터 국내 최초로 세계문학전집을 출간한 바 있습니다. 이번에 을유세계문학전집을 완전히 새롭게 마련하게 된 것은 우리가 직면한 문화적 상황에 적극적으로 대응하기 위해서입니다. 새로운 을유세계문학전집은 세계문학의 역할이 그 어느 때보다 중요해졌다는 인식에서 출발했습니다. 오늘날 세계에서 타자에 대한 이해는 우리의 안전과 행복에 직결되고 있습니다. 세계문학은 지구상의 다양한 문화들이 평등하게 소통하고, 이질적인 구성원들이 평화롭게 공존할 수 있는 문화적인 힘을 길러 줍니다.

을유세계문학전집은 세계문학을 통해 우리가 이런 힘을 길러 나가야 한다는 믿음으로 만들어졌습니다. 지난 5년간 이를 준비하기 위해 많은 노력을 기울였습니다. 세계 각국의 다양한 삶의 방식과 문화적 성취가 살아 있는 작품들, 새로운 번역이 필요한 고전들과 새롭게 소개해야 할 우리 시대의 작품들을 선정했습니다. 우리나라 최고의 역자들이 이들 작품 속 한 문장 한 문장의 숨결을 생생히 전하기 위해 심혈을 기울였습니다. 또한 역자들은 단순히 번역만한 것이 아니라 다른 작품의 번역을 꼼꼼히 검토해 주었습니다. 을유세계문학전집은 번역된 작품 하나하나가 정본(定本)으로 인정받고 대우받을 수 있도록 최선을 다 했습니다. 세계문학이 여러 경계를 넘어 우리 사회 안에서 주어진 소임을 하게 되기를 바라며 을유세계문학전집을 내놓습니다.

을유세계문학전집 편집위원단

김월회(서울대 중문과 교수)
박종소(서울대 노문과 교수)
손영주(서울대 영문과 교수)
신정환(한국외대 스페인어통번역학과 교수)
정지용(성균관대 프랑스어문학과 교수)
최윤영(서울대 독문과 교수)

을유세계문학전집

을유세계문학전집은 계속 출간됩니다.

을유세계문학전집 연표